論創ミステリ叢書　112

加納一朗
探偵小説選

論創社

加納一朗探偵小説選　目次

凡　例

一、「仮名づかい」は、「現代仮名遣い」（昭和六一年七月一日内閣告示第一号）にあらためた。

一、漢字の表記については、原則として「常用漢字表」に従って底本の表記をあらため、表外漢字は、底本の表記を尊重した。ただし人名漢字については適宜慣例に従った。

一、難読漢字については、現代仮名遣いでルビを付した。

一、極端な当て字と思われるもの及び指示語、副詞、接続詞等は適宜仮名に改めた。

一、あきらかな誤植は訂正した。

一、今日の人権意識に照らして不当・不適切と思われる語句や表現がみられる箇所もあるが、時代的背景と作品の価値に鑑み、修正・削除はおこなわなかった。

一、作品標題は、底本の仮名づかいを尊重した。漢字については、常用漢字表にある漢字は同表に従って字体をあらためたが、それ以外の漢字は底本の字体のままとした。

ホック氏の異郷の冒険

プロローグ

よく晴れた早春の一日、父と私は蔵《くら》の整理をはじめた。庭の一隅にある小さな土蔵は、私の曾祖父《そうそふ》にあたる榎元信《えのきもとのぶ》が建てたもので、そのときから現在までほぼ八十年を越える歳月を、大地震や空襲をふくむ風雪に耐えてきていた。この蔵の内部を整理しようという話が持上ったのは、前年の春と秋に行われた京都の冷泉家《れいぜいけ》内にある財団法人冷泉家時雨亭《しぐれてい》文庫の、文化庁による調査が、新聞紙上に報道されたときであった。文化財調査官を中心とする調査団は鎌倉時代以降堂上派《とうしょうは》の和歌の家として、伝統を伝えている冷泉家の土蔵から、国文学や歴史に関心のある者には衝撃をあたえずにはおかない数々の幻の名品を、二十世紀も終末に近い光のなかによみがえらせたのであった。そのなかには鎌倉期の歌人として藤原家隆《ふじわらいえたか》と『新古今集《しんこきんしゅう》』を撰進した藤原定家《ていか》の直筆『明月記《めいげつき》』や、定家の伝写した『古今和歌集』『後撰和歌集《ごせんわかしゅう》』をはじめとする数多の貴重な文献があった。この発見の報道は一私立大学の講師として、万葉を講じている私のような一学徒をも、一種の深い感動と興奮に誘いこまずにはおかなかった。

このとき、父が思いだしたようにいった。

「我家の蔵も一度整理する必要があるな。出てくるものはガラクタばかりだろうが、なにか面白いものが出てくるかもしれない」

蔵は物置代りに使われていて、ほとんど省みたことがなかった。私は幼いころ、面白半分に錆《さ》びついた錠《じょう》をあけて入ってみたことはあるものの、大きな蜘蛛《くも》に出会って飛びだしたきり二度と入ったことがない。そのときのかすかな記憶では、わずかに物の輪郭が見えるほどの明るさのなかに、雑多な木箱や古びた箪笥《たんす》や行李《こうり》のようなものが積重ねられているばかりで、ほこりとかびの異様な臭気が充満していた。私は明り取りの窓があることも知らず、飛び出した時点から蔵への興味を失ってしまったのである。

父と私は蔵の整理について話し合ったものの、おたがいの忙しさから実行に移れないでいた。それが急速に具体化したのは年が明けてからであった。かなり老朽化した蔵を取りこわし、その部分に部屋を建増しする計画が急に具体化してきたからである。

あらためて蔵の前に立ったとき、私はある種の感慨を抱いた。蔵は私の物心ついてからおなじようにここに建ち、いつか私の記憶のなかで私と一体化していた。ひびの入った灰色の漆喰《しっくい》の壁、青さびた瓦《かわら》、風雨に傷んだ分厚い頑丈な戸――蔵がここにあるのは山があるのとおなじように自然であり、蔵が無くなった光景を想像するのがむずかしかった。

父と私はトレーニング・パンツという軽装で蔵の内部のものを外に運びだした。曾祖父と祖父が収納したものが次々と庭に並べられ、陽光を浴びてひろげられた。時代ものの漆器、値打のない花瓶《かびん》、籐《とう》で編んだ籠《かご》、古びたランプ、二銭の切手を貼《は》った手紙類、ぼろぼろになった衣類、こわれた椅子《いす》、机、長火鉢、小簞笥――小さな土蔵に押しこめられていた雑多な道具類はひろげるとせまい庭にあふれるほどであった。

いまの時代の人とはちがって、倹約が身についていた明治大正の人たちは、不要のものも棄《す》てるに忍びず、みな蔵のなかへ入れておいたらしい。長持のなかからは家紋の入った麻 裃《あさがみしも》まで出てきた。戸棚からはいかにも素朴な手造りの細工といった感じのワイングラスやガラスの皿や時代がかったクレーのパイプが明治末期の黄ばんだ新聞紙に厳重につつまれて出てきた。

「みんな、祖父《じい》さんのものらしいな」

と、父がいった。父にとって祖父である元信は一九一八年（大正七年）に六十二歳で亡くなっており、父は一九一七年（大正六年）に生れているから、父に祖父の記憶はない。

「私は私のおやじから、よく祖父さんの話を聞いたよ。なかなか勉強家で気の強い人だったらしいな」

と、父はワイングラスをふきながらいった。私は傷だらけの机のなかを片付けていたが、いちばん下の引出しをあけたとき、そこに固く紙につつまれたものをみつけて、包装を解きはじめた。なかには渋紙でつつみ紐《ひも》をかけたものがあった。厚さ約三センチ、週刊誌大の大きさの包みである。

開けてみると、それは黄ばんだ美濃半紙の束であった。毛筆の達筆で、細かい字がおどるようにぎっしりと書かれていた。包みかたの厳重さといい意味ありげな手稿といい、ふと私はこれは曾祖父がその人生で秘めておきたい部分を書いたものではないかという気がした。

曾祖父の榎元信は医師であった。晩年は現在の住所で開業医として過した。内科を専門としていたという。その子たちは、いずれも医師を継がず、いまでは父の弟――私の叔父《おじ》の家系に医師がいるだけで、祖父、父、私と三代にわたって教職についている。

私は整理の手を休めて手稿を拾い読みしてみた。そのうちに次第に内容に惹きつけられて、整理のほうは完全に留守になってしまった。父がなにをしているのかと寄ってきたが、私の話を聞くと、父もまた整理を放りだして私と一緒に読みはじめて動かなくなってしまったのである。

以後の蔵の整理は極めておざなりなものになってしまい、妻と、小学校から帰ってきた息子に手伝わせて、なんとかその日は終らせてしまった。

この手稿の内容について、その夜、父と私のあいだにちょっとした論争が生じた。この手稿の内容はフィクションなのか、それとも曾祖父の実際の体験なのかが論争の焦点であった。父は実際の体験であると固執して譲らなかった。榎元信は文学的な才能を持っていなかったというのである。それに対して私は曾祖父がひそかに虚構の物語を書いたにちがいないと反駁《はんばく》した。

こよりで綴《と》じられた手稿の第一ページには題名も署名もなく、ただ一行、一八九六年秋記之《これをしるす》、と書かれているだけである。明治二十九年と書かず西暦で年号を記したところが、私には文明開化の尖端《せんたん》の医学者らしい気負いと感じられた。

私はその夜から余暇をさいて、曾祖父榎元信の〝手記〟あるいは〝小説〟の現代語訳に着手した。興味のおもむくままに、そんなことをしてみたのである。手稿はそれ自体でも決して読めなくはないのだが、漢語が多いし文語体でもある。〝翻訳〟上の留意点としては、たとえば当時の英語の読み方でリンカーンをリンコルン、フレーザーをフリゼルなどと表記しているのを正したが、洋燈《ランプ》、停車場《ステンショ》などはいかにも明治中葉の感触が出ているように思われるので、あえて残すことにした。

さて、この手稿の内容は一つの犯罪譚《たん》であり、曾祖父がひとりのイギリス人と協力して事件の解決に奔走する話である。これが〝手記〟であるか〝小説〟であるかは、読んだ方の判断に委《まか》せたいと思う。

第一章　サミュエル・ホック氏

私は一八五六年（安政三年）一月、江戸本所《ほんじょ》石原で生れた。父は幕府直参とはいえ微禄の旗本であったが学問の好きな人で、生活の足しにするためにわずかな礼金をとって、近所の子供たちに漢学の初歩を教えていた。維新によって世相が一変すると、生活の補助のためだった私塾が本業になり、読み書き算盤《そろばん》に手を広げて生徒をとりはじめたが、やがて新設された小学校の教員になり、一八七七年（明治十年）西南戦争の年に五十七歳で病死した。

　私は少年時代から医師になりたかった。十歳のころ、儒者林鶴梁《はやしかくりょう》に漢学を学び、維新後に独学でスペンサー社会学、フォーセット理財学、スイントン英語文法書、クワッケンボス修辞書、などを修めた。わけても英語、独語などを熱心に勉学し、ようやく伝手《つて》を得て蘭医《らんい》のもとに住みこみ、そこから苦学生として高田《たかだ》医学院に通わせてもらうことになった。昼は診療の実際を見、薬を調合し、夜は深更まで医書をひもとき二十五歳でようやく医師の資格をとり、開業免許を得たときは正に天にも昇る心地がしたものである。

　だが、開業するための資金もなく、また、これまで世話になった寄宿先の医師のために数年間は御礼奉公のかたちで、代診を勧めざるを得なかった。時代の変化は医学の世界をも一変させ、漢方医は次第にうとんじられて影を薄くし、蘭医また然《しか》り、維新後の医学界にはとうとうと独逸《ドイツ》医学の波が押し寄せてきていた。

　やがて世話をしてくれた医師が引退することになり、繁昌《はんじょう》している医院を譲ってもいいといってくれたので、私はよろこんでこれに応じ月々一定の額を払うことにして、この医院を引き継ぐことになった。

　しかし、私の夢は一開業医として市井《しせい》に埋もれることではなく、いつかはベルリンのロベルト・コッホ研究所のようなところへ留学して、世界の最尖端の新知識を吸収したいということであった。東京大学医学部が開設され新制度が整うにつれ、全国の秀才が雲のように集うのを見聞すると、いっそう私の内部で夢がふくらんでくるのであったが、現実はその夢を許さない状況であった。

　ささやかな私の医院には、それでも日々何十人かの患者が訪れてくる。その人々を診療し、買いとった医院の金を払わなくてはならないことを考えると、留学はまさに夢である。

　さいわい私の治療の評判は悪いほうではなく、次第に上流階級の知己《ちき》も得て、その方面へ往診することも度々であった。

　一八八八年の四月のある夜、発熱した患者を診察しに往診したことがあった。患者の名は陸奥宗光《むつむねみつ》といい外務省に勤務する、当時は無任所外交官の地位にある高官であった。陸奥宗光の名は知っていたが相対するのは、むろんこのときが最初である。彼は明らかに風邪《かぜ》をこじらせ肺炎《はいえん》を起す一歩手前であり、しかも私の診《み》るところ胸を冒されているとみえた。ただちに私は必要な手当をほどこし、室内に蒸気を絶やさぬよう家人に注意した。病人は元気で雄弁であった。話を交す間に俗にいうウマが合ったとでもいうのか、意気投合して十年来の知己のように親しくなった。

やがて、宗光はその年の五月半ば駐米特命全権公使として渡米した。この米国駐箚《ちゅうさつ》中にメキシコ国と対等の条約を締結し、日米間の条約改正に着手し、新条約を調印するにいたったことは吾人の記憶に新しい。宗光はその功績をもって一八九〇年（明治二十三年）一月、帰朝した。帰国するや一夜、私を呼んで烏鷺《うろ》を戦わし、四方山《よも やま》の話に打ち興じたが、その際も軽い咳《せき》を発し、病状が進んでいることをうかがわせた。


一八九一年は年頭から大きな出来事が続いた年であった。まず、一月に日比谷《ひびや》の帝国議事堂が漏電で焼失し、二月には維新の元勲である三条実美《さんじょうさねとみ》公が没し国葬が行われた。五月に山県有朋《やまがたありとも》を首班とする内閣が辞職し、松方正義《まつかたまさよし》が内閣を組織してわずか一週間後、ロシア皇太子ニコライが訪日中の大津《おおつ》で暴漢に襲われ負傷するという事件が起き、天下を震駭《しんがい》させた。政府は狼狽《ろうばい》しこの後始末が終らぬうちに七月十一日には清国《しんこく》の北洋艦隊が、丁汝昌《ていじょしょう》を提督として横浜に来航した。旗艦である装甲砲塔艦『定遠』をはじめとする七隻である。この来航の目的は表に友好を唱えながらも明らかにその本質は我が日本帝国に対する示威である。当時の国情については、記憶を呼び醒《さま》しながらのちに詳細に触れることになるので、ここでは来航の記録にのみとどめたい。

また、この年の十月には濃尾《のうび》地方を中心として大地震が発生し、死者七千二百余人を出したが、これはこの年の重大な出来事として記録さるべきである。

私はみずからの職務や勉学に追われて三十二歳でようやく結婚した。妻は零落した旧幕臣の娘で、私とは十歳違いの二十二歳で、名を多喜《たき》といった。小柄ながら健康な愛くるしい娘で、私の仕事もよく助けてくれ、翌年には玉のような男子に恵まれていた。

九月も末の、たしか二十六日の夜であった。私は急な胃痛にみまわれた日本橋本石町《ほんごくちょう》の商店主の妻を診察して七時すぎに帰宅した。その日は朝から患者が多く訪れ、きわめて繁忙の一日であったから、私はかなりの疲労を感じ、この疲労を癒すには一杯のスコッチ・ウイスキーに如《し》くはないと、そのまろやかな味を想像で楽しみながら戻ってきた。そして、多喜が下婢《かひ》とともに用意しておいてくれた夕食の前に、待望のウイスキーのグラスを口にし、膝《ひざ》に三歳になった息子の元晴《もとはる》を抱きながら、あどけない口でしきりとその日の出来事を話すのを聞いていると、いつか快い睡魔が私をとらえはじめた。

「あなた、お起きになって。陸奥様から急なお使いですよ」

妻の声にはっと私はまどろみから醒めた。妻は一通の書状を差出した。
火急なる用件有之《これあり》　使いの者と御来駕被下度候《ごらいがくだされたくそうろう》
宗光

このころ私は農商務大臣となっていた陸奥宗光から時折り、碁の誘いを受けることがあった。そして、問われるままに天下国家の論を、私なりに感じたままをおこがましくも述べたりして、談論風発、いつか烏鷺はそっちのけになり、唾《つば》を飛ばして論議することもあり、そして、たいていは宗光の論に啓発され、彼の該博《がいはく》な知識と先見の明の鋭さに圧倒されるのが常であった。宗光としては私の強情ぶりが面白かったのであろう、適当に私の論法を、いなしておいて、おもむろに識見の正鵠《せいこく》を突いてくるのである。私はその都度、頭から冷水を浴びせられた想いがして降伏せざるを得なかった。一時の興奮がさめてみれば宗光は要路の高官であり、私は一市井の医者にすぎない。その生立ちから今日までの経歴もあまりに異なる。だが、四十七歳の宗光は、三十六歳の私にとってわずか数歳上の兄のように若々しく、それが私をして、つい友人同僚に対するように遠慮の垣《かき》を取り払った態度をとらせるのである。

私は宗光からの書状を、再度読んだ。

「これはいつもと違うようだね。碁のお相手なら今夜はお断わりしたいところだが、差迫った御用らしい。行かなければなるまい」

「そうですね。お使いのお馬車がお待ちです」

「ほう、馬車が……」

青山《あおやま》の私宅から渋谷松濤《しょうとう》の陸奥邸まで、私は常には人力車を走らせる。先方から馬車の迎えが来ることは、かつてなかったことであり、その一事からも火急の用という言葉の内容が重要なものらしいと察せられた。

「御容態にお変りでもあったのでございましょうか」

と、多喜が心配気な顔を私に向けた。

「いやいや、そうではあるまい。胸の病いをお持ちだが病状の進行は緩慢だし、先日お会いした際も至極お元気だった。この書状は直筆だが筆勢もしっかりしていて、御病気とは見受けられない。それに、発熱でもあればその旨を使いに托してくるだろう。なにか、ぜんぜん別のことだよ」

私はただちに仕度を整え、玄関を出た。深まり行く秋の気配を感じさせる虫の声があちこちの草叢《くさむら》からかまびすしく聞え、白い靄《もや》が靉靆《あいたい》として街衢《がいく》にたなびいている。玄関の前には二輪馬車が待受けていて、私の姿を見ると顔を見知っている馭者《ぎょしゃ》の又七《またしち》が、一礼して扉をあけた。乗りこむとただちに又七は馬に一鞭《ひとむち》をくれ、馬車は車輪の音も高く走りはじめた。

私は馬車の震動に身を委《ゆだ》ねながら、陸奥宗光からの急用とは何事であろうかと思いをめぐらせた。いつものような世間話や碁の相手でもなく、病気に関することでもないとすると何事であろうか。種々、忖度《そんたく》してみたもののまるで見当がつかない。

思案しているうちに馬車は渋谷宮益《みやます》の坂を下り、間もなく陸奥邸の門を入って止った。

私は下婢にみちびかれて洋式の居間に通された。主人の健康を気づかってか大理石のマントルピースのある暖炉には火が燃え、部屋のなかは適度にあたたかく、壁のいくつかのガス灯の炎が部屋を明るく照らしていた。私は中央の長椅子とテーブルを前にしてしつらえられたゴブラン織りの優美なかたちの椅子に腰を下ろし、巻煙草に火をつけた。屋敷内は森閑として物音といえば暖炉の薪《まき》のはぜる音のみである。私は壁面にかかる『九天於動』の扁額《へんがく》をながめた。その四文字はこの家の主人の、有為転変《ういてんぺん》の人生を象徴しているかのようである。

宗光のこれまでの人生は栄光と挫折《ざせつ》の繰返しである。政府に重用されるやたちまち意見を異にして野《や》に下《くだ》り、さらに登用されると政策をめぐって衝突し、わけても西南の役に際しては、薩閥大久保利通《おおくぼとしみち》派の専制を排斥せんとして意ならず、武力をもって大久保一派を倒そうと計画した土佐立志社の大江卓《おおえたく》、林有造《はやしゆうぞう》等に加担したとして、元老院幹事の身でありながら五年の刑を受け、山形、宮城の監獄につながれる身となったほどである。出獄すると彼は郷里和歌山に帰り、県民の熱狂的歓迎を受けたが、一八八三年（明治十六年）伊藤博文《いとうひろぶみ》が憲法調査を了《お》えてオーストリアから帰朝すると、ただちに宗光に会い外遊をすすめ、宗光はやがてオーストリアはウイーンのスタイン教授のもとに旅立つことになった。政府はこの俊敏剃刀《かみそり》のごとき頭脳を持った有用の人物を無視することができなかったのである。彼はスタイン教授のもとで伊藤と同様、憲法のいかなるものかを学び、帰途、英国に渡ってつぶさに国法、行政、議会制度の運用についての知識を吸収して八六年に帰朝した。その年の十月、任官に同意しただちに弁理公使に任じられ、米国へ渡り日本メキシコ、日本アメリカとの条約を締結させて、明治二十三年帰国していたことは前述の通りである。そして、その年七月一日に第一回の衆議院議員選挙が施行されるや和歌山から立候補して当選したものの、次の年の九月十三日にはその職を辞していた。

私が陸奥邸に招かれたのは、彼が議員の職を辞して二週間後のことだったのである。

待つほどに廊下に足音が聞え、この家の主《あるじ》がくつろいだ和服姿で入ってきた。宗光は瘦身長軀《そうしんちょうく》、面長《おもなが》の英国紳士的風貌《ふうぼう》をしている。鼻下から顎《あご》にかけて髯《ひげ》を伸ばし、わけてもその眼光は炯々《けいけい》として紙背に徹する鋭さを秘めている。

しかし、いつもは私に接するときその眼は温和に楽しげな光を宿すのであるが、その夜の彼の表情は沈鬱《ちんうつ》なものに彩られていた。

「御前、急なお呼び出しでございますね。拝見すればお元気そうでいらっしゃいますが……」

「身体のほうは小康を保っている。まあ、この分なら大丈夫だろう。まあ、くつろいでくれたまえ、間もなくもう一組、来客がある。話はそれからだ」

私はこのときも何事かと胸を騒がせたが、もう一組の来客があるまでは話したくないのであろうと察して、あたりさわりのない話題を持出してみたが、宗光はその返事も上の空で、下婢に運ばせたワインにもほとんど口をつけなかった。

かくしているうちに表にあたって轣轆《れきろく》と馬車の音が聞え、宗光の待っていた客が到着した様子であった。

「きみは英語がかなりうまかったはずだね」

と、椅子から身を起しながら宗光がいった。

「御前ほどではございません。横浜居留地で貿易を営むジョンソン氏について三年ほど習いましたが……」

ジョンソン氏は商人に似ずおおらかな人柄の人物で、私は医学校に通うかたわら週に一度この人のもとで英会話を習得したのである。

ドアがノックされ、開かれると下婢に案内された人物が入ってきた。最初に入ってきたのは小肥りの西洋人で亜麻《あま》色の髪に同色の顎髭を生やし、チョッキに金鎖をつけている年のころ四十半ばと思われる人物であった。彼は満面に笑みをうかべ、立上った宗光に大股《おおまた》で近づくと手を伸べて力強い握手をした。

続いてもうひとりの外国人が入ってきた。その男はほぼ私とおなじ年頃《としごろ》に見えたが、背は五尺六寸の私よりさらに二、三寸は高く、鶴《つる》のように痩《や》せていた。まず、私の注意を惹いたのはその灰色の瞳《ひとみ》であった。射るような鋭い光を放ち、こけた頰《ほお》と薄い引結んだ唇と鷲《わし》のように高い鼻とあいまって、ある種の気魄《きはく》といったものを放っている。意志的な角張った顎をぐっと引いて、この男はまず宗光を見、ついで私に視線を向けた。

「榎君、ご紹介しよう。こちらは英国公使ヒュー・フレーザー君……」

宗光は私の名を小肥りの男に告げた。彼は幾分尊大な態度で私と握手を交した。

「閣下、サミュエル・ホック氏です……」

公使は背後の男を宗光と私に紹介した。ホック氏と呼ばれた男は、慇懃《いんぎん》に宗光に礼をし宗光の手を握り、次に私に向って手を差し伸べた。

「はじめまして……」

と、私もいった。

「あなたは医師ですね。急に呼ばれて大変でしたでしょう」

ホック氏は挨拶《あいさつ》がすむといきなりいった。

「ええ、そうです。陸奥さんからお聞きになったのですね」

「いいや、わしは何もいっておらんよ。きみのことは話していない」

横から宗光がいった。

「ではどこで聞かれたのでしょう」

宗光は私の名前しか、フレーザー公使とホック氏に伝えなかったはずだと思った。かすかな笑いに似たものがホック氏の目にうかんだが、彼がしゃべる前にフレーザー公使が驚いたようにホック氏にいった。

「この方は医師なのかね？　なぜ、わかる？」

「説明をすると笑うにきまっているね。あまりにも簡単なことだから」

「しかし、私は説明を要求するよ。本国の外務省の高官からの手紙では、あなたに非常な信頼を寄せている様子で、何事によらず犯罪の匂《にお》う難事件について相談したほうがよいということだったが、これもいわゆる推理というやつなのかね？」

「そういうことだね。ぼくは習慣で思考の結論だけを口にしてしまうから、そこにいたる分析と総合の過程をいってしまえば、なんだそんなことかということになってしまう。ここにこの国の紳士がひとりいる。ぼくはこの国に着いてまだ日も浅く、詳しいことはわからないが一般の日本人の多くはキモノを着ており、われわれの服を着ている人々は少数で支配階級に多いことに気づいた。知的な容貌《ようぼう》の洋服の紳士が、政界の実力者の居間にいて、しかも身体から石炭酸の匂いをさせており、握手した指が薬品で変色しているのを見れば、医師と見るのが妥当だろう」

「そういえばこの匂いは病院で嗅《か》ぐことがある」

と、公使は鼻をうごめかして、いま気づいたというふうにいった。私は腹の中で苦笑した。私の身体には自分で気づかぬうちに消毒液の臭気が染みついてしまっていたのであろう。

「急に呼ばれたというのはどうしてです？」

と、私はホック氏にたずねた。

「失礼ですがあなたのチョッキのボタンが掛違っているからですよ。ふつうはよほど急いでいないと間違えないものでね」

私は赤くなってあわててボタンを掛直した。

「聞いてみれば簡単なものだ」

と、フレーザー公使が興味を失ったようにいった。ホック氏は公使をみつめた。

「そう、簡単だよ。だが、それに気づく才能を持っている人間は極めて少ないのだ」

公使は明らさまな皮肉にふんと鼻を鳴らした。これまでのやりとりを微笑を浮べながら見ていた宗光は、まず坐《すわ》りたまえと、一同を椅子に招じた。

「今夜、諸君にお出で願ったのは、隠密裡《おんみつり》に解決したい事件が起ったからだ。単刀直入に申し上げよう。フレーザー公使、例の文書が昨日、紛失したのです」

フレーザー公使は椅子の上で飛上った。

「まさか……。腕利《き》きの探偵がいれば同道するようにとの閣下の手紙を見て、たまたま来日中のホック氏が本国ではそのような職業であると知って同道してきたのですが。なにかほかのことと思っていた……。それは本当ですか？」

「間違いない……」

宗光は沈痛にうなずいた。

ふたりの会話を聞いていて、私はいくつかの疑念を抱いた。疑念の一つはなぜ私が呼ばれたのか、ということである。二つは、宗光の身分と英国公使のあいだの事柄から考えて、なにやら紛失した文書とやらは政治に関係するものと思えるが、それが私に関係あるとは思えない、ということである。次に公使はホック氏のことを探偵といったが、するとホック氏は警察の人間なのだろうか。眼光の鋭さはそれらしくも思えるが、なんとなく釈然としない。

それにしても、ホック氏の第一印象は私にはあまり良くなかった。自己の才能を過信してうぬぼれているようなところがある。

宗光は面《おもて》をあげて、私とホック氏を交互にみつめた。

「ホック氏は英国外務省の信頼している人物であり、榎君は私が信頼している人物で、双方ともに秘密を厳守してもらえるものと信じている。両君とも今後、この件について他言を慎んでもらえるかね」

宗光はそれを私には日本語で、ホック氏には流暢《りゅうちょう》な格調高いクイーンズ・イングリッシュで話した。

「国際上の極めて深刻なる問題が、この盗まれた文書が明るみに出ることによって生ずる恐れがある。深刻なる問題とは戦争をも含むものと諒解してもらいたい。そこにいたらなくても、国内に重大な政変を惹起《じゃっき》せしめることは確実なのだ……」

宗光の重々しい口調は詳細はわからぬながらも私を圧迫した。私は引きこまれるようにうなずいた。ホック氏が質問した。

「その文書はイギリスと日本にとって、公開されると不利益になるものですか？」

「現在は多分に。数年後には必ずや公開されるだろうが、そのときまでは絶対に秘密にしておきたい」

「文書の紛失には日英両国以外の国がからんでいると思いますか?」

「それが最大の関心事なのだ。もし、日英両国以外の某国の手に渡れば、それこそ最後だ」

「その国とはロシアですか、それとも清《しん》ですか?」

「さらにはドイツ、フランスなど東洋に進出している各国も……。ホック氏のいわれるように当面はロシアと清だが……」

「国家の危機を左右するものなのですね?」

と、私はいった。

「そうだ。詳しい内容を言えんのだが、私が日本の将来を考え、イギリス側と極秘裡に交渉してきた問題をまとめた文書なのだ。この文書の探索を榎君、君とホック氏にお願いしたいのだよ」

「でも、御前。私は一介の開業医にすぎません。国家の外交上の機密に触れるような立場でもなく、探索の才も知識もあるとは思えませんが……」

「いや、私の見るところ君にはその才がある。だから呼んだのだ。陸奥宗光の私設の密偵として働いてもらいたいのだよ。君は医師でその事実はかくれもないから、探偵であることを悟られずに自由に行動できるだろう。私を援《たす》けてもらえないだろうか」

「し、しかし、御前。私には患者もおります。それを放り出しておくことはできません」

「その点は大丈夫だ。優秀な医師を代診としてきみの留守に診療を代行するように手配する。宗光のたっての願いだ。聞き届けてもらいたい」

宗光に手をつかんばかりに懇願されると、私は拒否の言葉を失ってしまった。だが、それとともに我、任に非《あら》ずという不安感が胸をいっぱいにした。

「閣下。サミュエル・ホック氏ならばこの件はお委せになって御安心です。外務省の高官であるマイクロフト氏の添書によれば、大変優秀な方だそうですし、本国でも外交上の文書盗難事件にもかかわりあったそうですからな。もちろん、みごとに解決です」

フレーザー公使は一転して、ホック氏の売りこみにかかった。最後の一言をいうときは指を宙でパチンと鳴らして、すでに解決したかのような仕種《しぐさ》を見せた。

「ただ……ホック氏は十月末には日本を発《た》たなければならないのです。それまでには必ず解決すると存じますが……」

公使は急に声を落した。

「ほう、帰国されるのですか?」

と宗光はたずねた。

「いや、チベットに渡ろうと思っているのです。いまだ全容を知られざるラサの都へ行って、ダライ・ラマと会ってみたい。神秘の国への冒険記でも書こうかと思っているのですよ。日本に来たのは、たまたま船便の都合でそうなったのですが、これはかえってぼくにとって幸いでした。ぼくはこの国の格闘技を多少、習ったことがあるのですが、その本物を見られると思いましてね。十月の末に上海《シャンハイ》に行き、清国内を通過してチベットに向うつもりです」

「チベットは外国人の入国を固く拒んでいると聞きましたが……」

「そこはなんとかなるでしょう。ぼくは困難に出会うとそれを克服することに全力を傾けます」

「その不屈の意志こそ大切です」

と、宗光はいったが、私はふたたびホック氏の自己過信を見たような気がした。

「ところで……」と、宗光は声をあらためた。「ふたりとも承知してもらえるかな?」

「ぼくとしては事柄の性格上、祖国のために引受けざるを得ませんな」

と、ホック氏がいった。私もうなずいた。

「及ばずながら……。御前のために非才を投げ打つつもりですが、からきし自信はございません。しかし、私も日本人です。ホック氏が祖国のためにとおっしゃるからには、私もあとへは引けない気持になってまいりました」

「よろしい」

と、宗光はいった。

「ところで、具体的なことをお聞きします」

と、ホック氏がいった。

「聞いて下さい」

「まず、第一に文書はどのようなかたちで、どこに置かれてあったのですか?」

彼は黒いクレーのパイプを取り出して刻みたばこを詰め、火をつけた。鳥のくちばしのように突出たパイプから、私などはいささか辟易《へきえき》するような強い匂いが漂い、そのせいか宗光はしかけた話をやめて咳こんだ。それと察したホック氏はテーブルの上の灰皿にたばこを捨て、水差しの水をこぼして消した。

「失礼しました。精神を集中させるために常用しているものですからね」

と、彼は詫《わ》びた。宗光は咳がおさまると、ふたたび顔をわれわれに向けた。

「わしは天が自分にもう少々、健康をあたえてくれれば、と絶えず思ってきた。しかし、それも天の配剤で致し方ないことかも知れぬ。ホック君にはすまぬがしばらく喫煙は遠慮してくれたまえ。さて、昨夜のことだ。わしは華族会館で行われた井上《いのうえ》さん主催の晩餐《ばんさん》会に午後六時から出席した。会のあとで井上さんに例の文書を見せ、相談することもあって、文書を茶の革鞄《かわかばん》に入れて持参したのだ……」

宗光は時折り、ワインで咽喉《のど》を湿らせながら話しはじめた。日比谷原頭に建つ鹿鳴館《ろくめいかん》が華族会館と名を変えて、すでに三年近くの日が経《た》っている。この三年間に鹿鳴館はすっかり変ってしまった。明治二十年四月、井上伯の主催した大舞踏会は、欧化政策の頂点を行くものとして世の顰蹙《ひんしゅく》を買い、これを機に国粋主義への反動が起き、一朝にして欧化熱が冷えてしまった。国粋主義の壮士が欧化主義の巨頭と目した文相森有礼《もりありのり》を暗殺したのも、鹿鳴館を中心とする欧化政策への憎悪が遠因であった。

華族会館と名を変えた鹿鳴館は、往時の華麗さはなくなったものの、いまでも華族の親睦《しんぼく》交流の場として、晩餐会舞踏会が催されている。宗光のいう井上とは一時期、その極端なまでの欧化主義のために失脚した元の外務大臣井上馨《かおる》であった。陸奥宗光と伊藤博文、井上馨とは宗光が憲法調査を終えて帰国したころから、前にもましていっそう交情を厚くしていたことは、私もすでに知っていることであった。

「――晩餐会の最中は鞄を持っているわけにも行かず、またむやみに人に預けるのもはばかられたので二階の一室を借り、そこに置いてドアには鍵《かぎ》をかけ、その鍵を持って会に臨《のぞ》んだのだ。鞄は、そう、一尺に七寸、厚さは三寸ぐらいだろうか、長方形の四角いものでなかには文書しか入っていない。その文書は半紙を二つ折にして和《わ》綴《とじ》にしたもので、半紙十枚ぐらいのものだから極めてうすいものだ。賊は鞄をこじあけ、文書のみを持ち去った……」

「扉を破ってですか？」

と、私はたずねた。

「それが奇妙なのだ。われわれが食事中のことだが突然、停電した。停電は四十分ほどつづいたがその間に、ひとりの礼服の女が受付に現われ、わしが部屋の鍵を紛失したが、至急、置いてあるものが必要になったので合鍵を貸してもらいたいと申し出て、鍵を受け取って立去ったという。その女が文書を盗み去ったと思われるが、その夜、会館内の者を点検してみたところ該当する女がいないのだ」

「受付の者は、鍵を渡す際に女の身許《みもと》を確認するなり、一緒に部屋へ行くなりの措置はとらなかったのですか？」

宗光はかすかに笑った。

「権威の前には弱いものだ。女が礼服を着ておるので華族のだれかの令嬢と思ったのであろうか、意のままに鍵を渡し、それでも一応は自分がとってくると受付の者がいったのだが、大事なものゆえ結構ですといわれれば強《し》いて行くとはいえなかったのだな」

「その女は、むろん鍵を返しには現われなかったのでしょうね?」

と、ホック氏がいった。この会話は宗光の言葉を一節区切りがつくごとに英語に訳してフレーザー公使とホック氏に伝え、足りないところはさらに宗光が補うので、時間がかかった。以下もそのような調子で会話は続けられたのである。

「そこも奇妙なのだ。鍵を返しには現われなかった。女は文書を盗むと、すぐに逃走したと思えるのだが、裏門の鍵は内部から閉っており、表口には受付の目が光っておるのに、どこからも出て行った様子はない。しかも、会が終ったあと、文書の紛失を知ったわしがすぐに当時会館内にいた者全員を点検させたのだが、欠員はひとりもなく、受付に現われた女はそのなかにはいなかった……」

「だれも、閣下が到着されてから点検のときまで出入りした者はいなかったのですか?」

「電気工事人がひとり出入りしておる。館内の電灯が突然消えて、すぐに電灯会社の者を呼んだとのことだ。その男が修理をして、ヒューズを取り変え、われわれの会の最中に出て行ったそうだ」

「むろん、女が鍵を借りていったあとでしょうね」

「時間的には女が立去ったあと十分か十五分後だったそうだ」

「極めて明白な事実だ」

と、ホック氏は宗光の言葉を聞くとやや大きい声でいった。

「ぼくはこういうとき、常に次のような言葉を思いだすのです。ひとりひとりの人間は謎《なぞ》だが、全体としてみれば数学的な特性がある、とね。電灯が故障し、工事人がやってくる。娘が現われてしばらくしてから工事人が帰って行く。うまいときに電灯が故障したではありませんか。その確率は一万分の一以上でしょう」

「では、故障はわざと仕組まれたものだというのかね? さらに工事人と令嬢とはおなじ人物だと?」

と、私はおどろいて叫んだ。恥かしながら一八九一年当時の私に電気に対する知識はほとんど皆無であった。私ばかりでなく国民の九割九分以上が知らなかったろう。明治十六年(一八八三年)に我国で初めて白熱灯が銀座《ぎんざ》大倉組の前にともってからも、電灯のある家は概して官公庁、大会社の一部、上流階級の一部に限られ、一般庶民の家にまでは及ばなかった。お上におかせられても、数年にわたって御遠慮遊ばされ、つい最近まで洋燈《ランプ》を御使用になっていたと聞く。しかも、国会議事堂が漏電で焼失してからは、電気は危険だとして、ふたたび洋燈にもどされたという。電気は怖《こわ》いものだというのが一般の定説であった。ところが、鹿鳴館は当初の内から電線が引きこまれ、大広間の大華飾《シャンデリア》の皓々《こうこう》たる光は、すべて電灯によるものであった。

「そうとしか考えられないね」

と、ホック氏は断言した。

「では、工事人は女に変装していたのか?」

「いや、反対でしょう。男に変装していた女性でしょう。工事人を詳しく観察する人間より、華《はな》やかな女性を観察する人間のほうが多いから……。女性は羨望《せんぼう》と嫉妬《しっと》で。男性は容色を観察する」

「確かにそうだ。受付の者は女の顔や着物は比較的よくおぼえているが、工事人は黒い制服を着て帽子をかぶり、道具箱を肩からかけた色の黒い若者としかおぼえておらん」

と、宗光がいった。

「女性はどんなふうだったのです?」

と、私はたずねた。

「年のころは二十か二十一。髪は通人結び。面長、豊頬《ほうきょう》にして眼許に力《りき》みあり、なかなかの美人だったという。衣服はちりめんの裾模様《すそもよう》三枚重ね、藤ねずみの地に都鳥《みやこどり》と霞《かすみ》であったという」

「紋は?」

「それは記憶しておらぬ」

「すると……その女は御前が昨日、井上伯との晩餐会に御出席の際、文書を持参されることを知っていて、細工をしたのでございますな」

と、私はいった。さらに続けて、

「御前が文書を持参されることを知っていた人物はだれとだれでしょうか?」

「それが肝要なことだ。――まず、井上さんと私。伊藤さん、山県さん、樺山《かばやま》さんといったところだな」

私はやや意外な感にうたれた。これまでの話から私は歴代の内閣が懸案としている不平等条約改正問題に関する秘密文書かと想像していたのである。一八八五年(明治十八年)日本に最初の内閣が誕生したとき、伊藤博文首相の下で井上馨は外相となり、安政《あんせい》五年に結ばれた神奈川条約の改正を第一として、〝そのためには欧米人の心証を良くし、日本も文明国となった〟ことを見せるために欧化思想に傾いたくらいである。それが鹿鳴館時代を現出させたのだが、海軍大臣の樺山資紀《すけのり》が出てくると、これはいささか違うようである。樺山は薩摩《さつま》出身の豪気一本の男で、外交に関しては全くの素人《しろうと》であり微妙な駆引には縁のない人間である。のちの話になるが、一八九二年（明治二十五年）の第二議会において民党から海軍の腐敗を攻撃され、それに悪口を浴びせかけて議会解散の糸口を作ったほどである。

「ほかには？」

と、私はたずねた。

「いない。その四人だけだ」

「ではその四人の方々のなかに、文書を非常手段をもってしても欲する方がおられますか？　あるいはまた、その四人の方のいずれかが、他にお洩《も》らしになった形跡がございますか」

正直にいって、このときの私は敵愾心《てきがいしん》に燃えてきていた。ホック氏の自信過剰な物のいい方にも反撥《はんぱつ》があったし、毛唐《けとう》何するものぞという気持もあった。ホック氏が祖国のために事件を引受けるというなら、私も陸奥宗光に眼をつけられた日本人である。

私はしばらく眼を閉じて沈思黙考した宗光の表情に、ふと苦悶《くもん》に似たものが動くのを見た。彼はやがて半眼をあけると、低い声でいった。

「可能性のある者は、おる。——伊藤さんだ」

私は思わず声をあげた。伊藤博文は宗光の才を買ってオーストリアに派遣し、これまでことあるごとに宗光を庇護《ひご》してきた人物である。自他ともに認める盟友のはずではないか。

「政治というものは複雑なものでな……。表に友誼《ゆうぎ》を深め、また個人的に信頼を築いておっても、天下国家の経綸を論ずるところ、おのずから展望するものが違う。

伊藤さんとわしとは九十九まで意見が合うが一つが違う……」

そういった宗光の声は、張りを失っていかにも苦しそうだった。私たちはそのあとを期待したが、異なる〝一つ〟については黙して語ろうとしなかった。

「——ぼくは華族会館に行く。ぼくが見ればまったく新しいものが発見できるかもしれません。科学的な習練を積んだ者にとっては、最高の機会だったのです。もう少し、早ければね。——なぜ、一日以上たってからわれわれを呼ぶことにしたのですか？　この一日、どういう処置を講じられていたのですか？」

と、ホック氏がいった。

「うむ。わしはまず警察に極秘の捜査を依頼することを考えた。警視庁から中条《ちゅうじょう》という小警部に来てもらった。これまでの話は彼の捜査に負うところが多いのだが、わしは事件の性質にかんがみて私的に捜査をするほうがよいと判断した。中条はなかなか頭も切れると聞いたが、昔ふうの人間でこういう事件には向かぬ。しかし、信頼できる男なので、諸君の手足になってもらおうかと思っている。中条はちょっとしたことでわしに恩義を感じているので、結構やってくれるのではないかな」
「それではその警部にも会いたいものです。明朝ではいかがですか?」
「九時に会館に来てもらうようにしよう。きみたちが自由に出入りできるようにも取計らっておく。現場は当時のままにしてある」
陸奥宗光は疲れたように椅子に背を埋め、眼を閉じた。痩せた顔がいっそう細くなったようであった。

第二章　酒に酔った工事人

陸奥家の馬車に送られて帰宅した私は、その夜の会合のことをあれこれ考えながら書斎で一刻をすごした。いまになって想うと、まことに過大なことを引受けたものである。まったく外交上、政治上の問題については門外漢である私が、突如として機密文書の盗難に捲《ま》きこまれる仕儀に立到ったのであるから、一時の昂奮《こうふん》が冷めるにつれて、まず呆然《ぼうぜん》とし次に重大な責務を意識して、あらためて愕然《がくぜん》としたのも当然であった。もう一度、陸奥邸にとって返して、この件を辞退しようかと真剣に考えたものである。

しかし、ひるがえって思うと、宗光が私に白羽の矢を立てたからにはそれなりの理由があるはずである。私は宗光を尊敬しているし、彼のために成し得ることがあれば、積極的に奉仕することもやぶさかではない。だが、今回の件は——。

私はひとまず遅疑逡巡《しゅんじゅん》することを措《お》いて、私に出来得るならば、なにを成し得るかを考えることにした。電気工事人に化けた女が、文書を奪った犯人であるのは間違いない。第一にその女が何者であるかを突き止めるのが先決である。

私はその女が背後にいる何者かの手先で、文書はすでに女から別の者に渡っているであろうと想像した。二十一、二歳の女性が政治上の機密文書を必要とするとは考えられなかったからである。宗光はその背後に枢密《すうみつ》院《いん》議長伊藤博文の存在を示唆した。

伊藤という人は憲法を起草し、我国最初の総理大臣職に就いた偉大な人物であるが、巷間《こうかん》その人物についてささやかれる噂《うわさ》は、必ずしも万全ではない。その一つに彼は観兵式の大将というのがある。何事もなければ大言壮語し、難事に際してはあれこれと責任を回避するというのである。伊藤の女色を好むことも天下に周知の事実である。今回の件も、文書を盗んだ女と伊藤とをつなぐ糸が発見されれば、大いなる前進であろう。

私は、また、英国公使の連れてきたサミュエル・ホック氏のことを思った。宗光は私にホック氏と協力して任に当ってほしいと要請されたが、とにかくホック氏の尊大にして何事も知れるかのごとき態度は芳《かんば》しい印象ではないので、私の気はこの点でも重かった。

当初、私はホック氏がかの国の警察官かと思ったが、そうでもないようである。公使の言によれば過去にも外交上の文書の紛失事件にかかわりあって、それを解決したとのことであるし、英国外務省の高官の添書を持って来日したそうであるから、あるいは外務省に関係する人間……密偵の類《たぐ》いでであろうか。

時が経つにつれて、私の気持は固まってきた。宗光の期待にこたえて、ともかくも私にできるところまではやってみよう。その裏には来日したばかりの一西洋人に負けてはおられぬという慷慨《こうがい》の念もあったのである。

翌日になると陸奥宗光の自筆の手紙を携えた東京医学校出身の岡田《おかだ》君という医師が、代診として午前八時にやってきたので、私はその男に後事を托し、人力車を雇って鹿鳴館へと走らせた。

もと薩摩藩上屋敷であったところが、一時博物館になり、そのあとに建設された鹿鳴館は白く塗られた鉄柵《てっさく》にかこまれ、総煉瓦《れんが》二階建の華麗なイタリア・ルネッサンスふうの建物を、たけなわの秋の陽に輝かせていた。華族会館と名は変っても、一般はもとの名で呼んでいるので、私もその言い方を踏襲することにしよう。

正門に刺を通じると、門衛は内意を受けていたとみえて腰を低くして私を迎え、用事があれば何事によらず仰せつけられたい、というので、私はその意を謝し館内に足を踏み入れた。前庭には本屋《ほんおく》に向って右に緋鯉《ひごい》の群れる池があり、左はよく手入れされた植込みと芝生のあいだを逍遥《しょうよう》する小径《こみち》が囲繞《いにょう》する西洋式庭園になっている。

いまは朝の陽を浴びて静まりかえってはいるが、私はこれより四年前、伊藤総理が主催した大舞踏会を想い起した。その夜が鹿鳴館の欧化時代の頂点であり、鹿鳴館の最後でもあった。四月二十日、大仮装舞踏会の夜、楽士の奏でる円舞曲《ワルツ》とシャンパン酒の栓《せん》を抜くひびきのなかに、酔余のはて伊藤博文が戸栗伯爵《とぐりはくしゃく》夫人を暴行におよび、半狂乱の夫人がドレスの裾《すそ》をひるがえし、裸足のまま街路に走り出したという狂態は、一夜にして国粋主義者の擡頭《たいとう》をうながして、鹿鳴館に終止符を打ったのである。戸栗伯は特命全権公使として海外に出された。

私は貴顕淑女が池畔を逍遥し、庭園の小道を青白い外灯の光を浴びて散策する姿を想像しながら正面玄関を入った。

そこは広間《ホール》になっていて、正面は夜会用の大広間、右側に二階への階段がある。広間には毛織の敷物が敷きつめられ、調度といい仕上げといい、目をみはるばかりの豪華さである。

階段の手摺《てすり》の下には男がひとり立っていた。黒い詰襟《つめえり》の制服を着て、鼻下に八の字髭《ひげ》をたくわえたがっしりした赧《あか》ら顔の四十半ばとみえる中背の男である。彼は私を見ると、つかつかと寄ってきた。

「失礼ですが榎元信殿でありますか?」

「そうです」

「わたくし、警視庁小警部中条健之助《けんのすけ》であります。先程《さきほど》よりお待ちしておりました。おひとりでありますか?」

「ええ。もうひとり、英国公使のところから来る外国人がいるはずです」

「その方と御一緒かと思っておりました。その外国人は政府お雇いの者ですか?」

「いや、違うようです。日本滞在は約一月ほどで、十月には清国を経由してチベットに行くといっていました」

「チベット? それはどこですか?」

と、中条小警部は丸い眼を大きくした。

「清国の奥地で、インドに近い秘境ですよ。私もよく知らないが、大変な高地にある場所のようで、これまで外国人が入ったことがあるかどうか知りませんが、いまでは入国が厳しく禁止されている国です」

「そんなところになんの用があるのでしょうか」

と、小警部は(以後は単に警部と呼ぶ)不思議そうな顔をした。四角張った口の利き方をしているが、この男には警察官に多い薩摩訛《なま》りがなく、江戸者であるらしい。もしかしたら維新後登用された八丁堀《はっちょうぼり》組屋敷の者かも知れないと思って、私がそのほうに話題を変えると、彼のいかめしい顔はとたんに相好を崩した。笑うと人のよい笑顔であった。

「手前はお察しの通り、貧乏同心の子でしてな。行く行くはあとを継ぐ者としてやっていたのですが、御一新後はしばらく武士の商法で古着屋などを手掛けましたが、たちまち失敗。当時、瓦解《がかい》した武士のなりわいで四千五百軒もの古着屋、四千七百の古道具屋が東京市中にあったのですから太刀打できるわけもありません。のちに旧幕臣もその才に応じて登用すると聞いて、警視庁に入ったのですが、小警部の辞令をもらうまでに十四年もかかりました。御存知のように警察は薩長の勢力が強いものですからな」

私は合槌《あいづち》を打ちながら、チョッキから懐中時計を出してながめた。時計は正九時をしめしていた。窓の外に人影が映ったと思うと、荘重な扉が開いて、ホック氏が姿を現わした。彼は鹿打ち帽をかぶり、インバネスを羽織って口には昨夜、宗光の前で遠慮したパイプをくわえ、左手に茶色の小さな鞄《かばん》を提げていた。彼は私たちの前にやってくると、親し気な笑顔でグッド・モーニングといった。私は中条を紹介した。

「ホックさん、こちらは東京警視庁の中条小警部です」

「よろしく、チュージョー君」

と、彼は警部の手を握った。

「では、早速、現場を御案内しましょう」

警部は先に立って階段をのぼりかけた。

「その後、新事実がわかりましたか?」

と、私はうしろから訊《たず》ねた。警部は振返って、

「わたくしとしては電灯会社を調べ、女を目撃した者はいないか聞込みに全力を挙げた次第でありますが、目撃者に関してはこの付近を見られる通り、人家もなく難航しております。電灯会社はこちらからの使いの趣旨を聞いて、ただちに工事人を派遣せんとしたのであります が、工事人の姿が見当らず、ようやく探《さが》し当てたときには工事人は酒を飲んで酩酊《めいてい》していたというのです。そのために二時間以上もたって、ここに来たときには、すでに修理は完了していたというのです」

「つまり、女が化けた工事人は電気をみずから故障させ、それを直していったのだね?」

「そういうことでしょうな。電灯というものは引込まれた元に、過大な電流が流れると電気を遮断する箱がありまして、その箱のふたをあければ館内の電気は消えるそうであります。犯人はそのような細工をしたにちがいありません。その箱は裏口の外壁についていますから、何者かが柵を越えて潜入すれば簡単に触れることができますし、内部にいた者ならいっそう容易であります」

私は警部の言葉を遂一、ホック氏に通訳して伝えた。私が手柄をひとり占めする気があれば、大事な要点を通訳せずに我が胸にだけおさめてしまえばよいのであるが、私の良心がそれを許さなかった。ホック氏も宗光から依頼されたのである以上、すべては公明正大に行わなければならない。公平等分におなじ情報を分ち、そこから出発しなければならない。私も日本人として卑怯《ひきょう》な真似はできないのである。

「女はあらかじめ工事人の恰好《かっこう》をして、裏口にまわり、館内の電気を遮断し、頃合をみはからって正面から入ったのだ。そして、目的を達するや、持参していたという箱から出した着物を着こみ、工事人の服をなかにかくして部屋の鍵を受け取り文書を奪ってから電気を点じ、ふたたび工事人の姿で、堂々と正面から出て行ったにちがいない」

「その箱はどうしたのだね?」

と、ホック氏がいった。

「多分、裏口から外に出しておいたのだよ。いったん外に出してしまえば、闇《やみ》のなかに置いてある箱を持ち去るぐらい訳はないし、女には別に仲間がいたということも考えられるじゃないか」

「きみの推測は当らずとも遠からずだろう。しかし、酒に酔った工事人を調べてみる必要があるね。勤務中に飲酒して酔っぱらうなどとは、ぼくの国ではちゃんとした人間には許されることではないからね。それともこの国にはそうしたことを許す制度でもあるのかね」

「もちろん、許されるべきことではない」

と、私はいささか憤然として声を高くした。

「だが、なぜ、酔った工事人を調べる必要があるんだね」

「これも人間の数学的特性のあらわれの一つさ。注目すべき事件の起きた時刻に、符節を合わせたように酩酊した工事人がいて、そのために二時間以上もの時間が空費されたことは偶然とは思えないじゃないか」

「それでは工事人は買収でもされたというんだね」

「それにきまっている」

と、ホック氏は冷静な声でいった。私たちは階段をのぼり廊下を歩いて、一つの部屋の扉の前まで来ていた。警部は立止って鍵束を出し、その一つでドアを開いた。

そこはやわらかい弾力のある敷物の敷かれた心地よい八畳ほどの小部屋だった。東側にある窓際《まどぎわ》には細長いテーブルが置かれ、その上にだれかが投げ出したというふうに無造作に置かれた茶の革鞄があった。部屋を見渡すと白壁には放牧された白馬を描いた品のいい日本画の額がかかり、頭上には花型の傘《かさ》のついた電灯が下っていた。

「わたくしが駈けつけてきたときのままで、その後はだれも入っていないはずです。鞄は開けられた当時の状況を再現してあります。もちろん、わたくしが仔細《しさい》に吟味いたしましたが……」

と、中条警部はいった。

「そこからなにかわかりましたか?」

私が聞くと警部は急にもじもじしはじめた。

「こじあけたということはわかりました。女が力まかせに錠のかかった鞄をあけたのですな」

「四十八時間たっている」

と、突然、ホック氏が腹立たしそうにいった。

「こういうことはなによりも時間が大切なのだ。時がたつにつれて、無数にあった手掛りも大半が消えてしまう。無神経で無知な手がなにもかも消してしまうのだ。イギリスでもそうだが職業的な警官が目の前にある重要なものをみすみす見逃してしまうのは、まことに慨嘆にたえん」

「あの毛唐はなにをいってるんです?」

と警部が聞いたので、私はやむを得ず通訳して聞かせると警部の顔は真赤になった。

「おれは調べるだけは調べた。女は鞄から文書を盗むと、さっさと出て行った。それだけですよ、この部屋でわかるのは」

「それが真実かどうかは、すぐにわかるだろう」

私の訳を聞いたホック氏は、それまでくわえていた火のついていないパイプを胸のポケットにさしこむと、かすかに微笑した。それは、私がはじめて見た人なつこい魅力的な微笑であった。

「しかし、ミスター・ホック。警部のいう通りこの部屋から新しい発見があるとは思えないがね」

「サム、と呼んでくれたまえ。われわれは今後ともよきパートナーとして、仲良くやっていきたいからね。ぼくも、きみをモトと呼ぼう」

ホック氏はそういいながら持参の、医師の往診鞄に似た鞄をあけ、なかから大きな天眼鏡と巻尺を取り出した。それから十分あまり、警部と私は目をまるくして、ホック氏が天眼鏡で破られた鞄や、壁やテーブルやはてはその下にもぐって四つんばいになり、敷物の上をのぞくのを見ていた。ホック氏はときどき感嘆に似た声をあげたり、失望の舌打をしたりして調べていたが、やがて立上ると彼をみつめていた私たちに微笑を浮べながら向き直った。

「ここは毎日、掃除をするのかね？」

「します。でも、一昨夜からはそのままです。陸奥閣下から知らせを受けて、わたくしが到着して以後は、一切手を触れるなと厳命しておりますから」

と、警部は答えた。

「犯人の女は身長五フィート二インチぐらい。ぼくの見るかぎり、日本人の女性としては平均よりやや高いというところかな。左手の指を怪我《けが》していて、陶器を作る場所に住んでいるか、彼女自身が製作に関与している。しかし、なかなか洒落《しゃれ》気があって化粧も濃い。おそらく年齢は二十一、二より二、三歳は上だろうね。そして、この種の犯行は彼女にとって最初だった」

私は驚き、次に呆《あき》れた。私の通訳を聞いた中条警部は軽蔑《けいべつ》したように肩をゆすり、鼻の先で笑った。

「ミスター・ホック。いや、サム君。いい加減な作り話は願い下げにしたいね。われわれは真剣にこの事件に取組むことが急務なのだからね」

「いい加減な創作なんかしていない。正当な観察と論理的な推理があればぼくでなくても簡単に到達できる帰結なんだ」

と、ホック氏はいった。

「では、どうして約五尺二寸という身長がわかるのだ」

「工事人に化けた女は、部屋に入ってくるとめざす鞄に近づいたろう。持っていたドライバーのようなもので鞄をこじあけた。彼女は顔になべ墨のようなものを塗って黒く見せていたが、その顔に触れた手が壁にさわっている。多分、テーブル越しに、思わず壁に手をついたんだね。身長は女性がはいていた靴のあとがカーペットにあってその歩幅から推定できる。この部屋に入ってきたときは令嬢姿で、まさかあの日本女性のはく木でできた履物は、はいていなかったろうからね」

「下駄のことだね。令嬢姿では女は下駄をはかないのだ。ゾーリという低い履物をはく。それにもいくつか種類があるがね」

「なるほど。それについてはぼくの無知を許してもらいたい。――次に彼女は焦《あせ》っていたのでドライバーをすべらして、左の指を切ってしまった。鞄についている少量の血はそのためだ」

「陶器を作るというのは?」

「敷物の、彼女がちょうど立って作業をしていた位置と、テーブルの上、それに鞄に白い陶土がついていた。これだけの陶土が落ちていたのは、彼女の爪《つめ》と身体に相当量が付着していたからだ。陶器製作にかかわる場所に関係があるといっても不自然ではない」

「化粧が濃いというのは?」

「陶土の白い粉と白粉《おしろい》とは明らかにちがう。鞄には白粉の粉がわずかについている。彼女は仕事中にふき出てきた汗を手でぬぐったにちがいない。顔に墨をぬったのに、白粉があるというのは、墨を塗った部分が、守衛をごま化すだけの顔の一部的なもので、そのほかには白粉が塗られていたことを示している。日本の女性は首から肩にかけてまで、まっ白に白粉を塗る風習があるじゃないか。と、同時に床《ゆか》に落ちていた女の髪には、強い植物性の油がしみついていた。相当、ふだんから濃厚な化粧をしていると思わなくてはならない。すると、二十一、二歳より実際はもう少々、年齢がいっていても不思議はない。――彼女がこうした種類の仕事をはじめてというのは、あわてていて指を怪我したのをみてもわかるというわけだよ」

「なるほど。いわれてみると一々、肯綮《こうけい》にあたるが……。サム君のいわれる点が、実地に適中したら驚嘆すべきものだ」

と、私はいった。はじめて陸奥邸で会った際、私の職業をいいあてたのを思いだした。奇術ではないが種明しされてみれば、なんだとなるが、ホック氏の知覚と推理の才能は認めなければならない。それにしても、この人物はいかなる人物なのであろうか。

私は中条警部がだまりこんで、なにやら考えているのに気づいた。

「もうこの鞄は処分し、部屋は平常通りにして結構。――警部、どうしたんです？」

中条警部は私の声に、はっと気づいた。

「あ、すみません。いまのホックさんの言葉をうかがって、ちょっと心当りがあるのですよ。よければ電気工事人のところへ行きましょう」

もとよりホック氏も私もそれは望むところであったので、私たちは警部の案内で工事人のところに向うことにした。京橋《きょうばし》寄りの電灯会社まではそれほどの距離ではないので、私たちは徒歩で行くことにした。数寄屋橋《すきやばし》へ出ると濠《ほり》の水が青空を映してキラキラと光り車馬の往来もにぎやかである。先年、煉瓦造りの銀座街が完成し、英京ロンドンにも匹敵すべき美観を備えた一街衢《がいく》が出現したが、日本の風土を知らぬ外国人の設計で、湿度に対する配慮を欠き、さらに雨樋《あまどい》を室内にみちびくなどの奇妙な工事のため、長らく多くが空家《あきや》であった。しかし、そこもおいおいと改良され、商店が櫛比《しっぴ》し、鉄道馬車が行き交い、風景は一変した。

ホック氏は好奇心が旺盛《おうせい》で、目にとまるあらゆるものについて質問する。あたかも、限られた滞在日数に日本のすべてを理解しようとするかのようである。

「サム君、あなたは本国でなにをしておいででしたか？」

と、私は質問の合間をとらえてこちらから質問した。

「探偵だよ。国家とか警察に関係のない独自の探偵だよ。諮問《しもん》探偵といってね。警察がもてあまし、個人が悩み抜いた果に曙光《しょこう》を見出そうとして、ぼくのところに事件の解決を持ちこんでくる。それに対して、ぼくは犯罪学の知識を駆使して正しい方向を教えてやるんだ。いくつかの解決した事件を、ぼくの友人であり協力者であるきみとおなじ職業の医師が記録して公表しているから、いつかきみもそれを読む機会があるだろうよ」

当時、私は探偵という言葉は二種類しか知らなかった。すなわち、警察の刑事いわゆる俗に角袖《かくそで》と称するものと、軍事探偵である。日本に私立探偵ができたのは、このときから三か月後の十二月に、採明社という民間探索業が開業したのが最初であった。

「不思議な縁ですな。あなたの協力者が本国でも医師とは……」

「そして、友人だ。ミスター・モト。日本でもきみと協力者以上の友人になれればうれしいね」

「私もそう思う」

彼は織るがごとき車馬の往来をながめて、話題を変えた。

「雑然とし、混沌《こんとん》としているが異常なほど活気があるね。ぼくは日本に来る船のなかで、日本に関する知識をかなり勉強したのだが、それでも想像していたものとはだいぶ違う。封建制度が崩壊して近々二十余年を経ただけなのに、ショーグンの世界はもう感じられない。おどろくほど異文化を吸収し順応させることのできる民族らしいね」

「そう。日本が近代国家の道を歩みはじめて四分の一世紀にみたないが、国をあげて先進諸国の文明をとりいれ、これまでの遅れを取り戻そうとしている。もちろん、愚かな行きすぎもあるがね」

「フレーザー公使から二、三年前の鹿鳴館を中心とする欧化思想のことは聞いた。きょう、その建物へ行ってみて、たしかにヨーロッパのイミテーションを感じたが、日本人は模倣のなかにも必ずや伝統を生かして同化してしまうと思うよ。世界でもユニークな民族だという実感を持ったね」

「そういってもらうとありがたい。われわれとしては恥かしいことも多いがね」

「時が解決する問題さ。ときに、この事件が解決したら、ひとつ案内してもらいたいところがあるのだが……」

「どこだい？　まさか吉原《よしわら》じゃあるまいね」

と、私は笑いながらいったがホック氏には通じないようだった。

「コードーカンだ。ぼくはロンドンで日本人の教師に、一時、バリツを習ったことがある。その人物が帰国してコードーカンというところにいると聞いたので会いたいと思っているんだ」

「講道館というと柔術だね。バリツではなくブジュツだろう」

「そう、ブリツだ」

と、ホック氏はいい難そうに発音した。

「ブジュツだよ。武術には剣、弓、槍《やり》、馬など俗に十八種類のものがあってね。きみが柔道を知っているとは思いもかけなかった。よろこんで案内させてもらうよ」

話しているうちに、私たちは京橋際にある電灯会社の出張所に到着した。木造平屋建の社屋の入口に東京電灯会社京橋出張所の看板がかかっている。

中条警部がなかに入っていったが間もなく黒の詰襟の服に、同色の巻脚絆《ゲートル》をつけた二十五、六歳の若い男を連れて出てきた。男は私とホック氏を見て、おびえた眼をした。

「中沢幸造《なかざわこうぞう》です。華族会館の電気を修理しに行くはずの男で……。おい、幸造。有態《ありてい》に申し上げろ。あの日、酒を食《くら》っていやがったのは手前の金で飲んだんじゃあるめえ」

私はがらりと変った中条警部の言葉使いにびっくりした。

「そのことじゃ上役からもこっぴどく叱《しか》られました。事情は聞かされましたが、まさかにせ者が修理に行くとはねえ。しかし、あんな別嬪《べっぴん》に誘われて断わるなんて無理でさあ。ほんとにいい女でしたぜ。色気たっぷりで、電灯を引きたいけど、その前に相談したいからちょっとつき合ってほしいといわれりゃどうしようもねえでしょう。近くの小料理屋へ連れて行かれて、女がつまみと銚子《ちょうし》を注文してお酌《しゃく》してくれたんですがね。おかしなことに一本あけないうちに眠っちまったんで。肝心《かんじん》の電灯の話なんか、これっぽっちもしやしません。目がさめたときは七時すぎで、なんだか妙にふらふらして、自分でもなにいってるんだかわからねえほどろれつがまわらなくてね」

「手前の鼻の下が長えからだ。一服、盛られやがったな」

と、中条警部が苦々しげにいった。

「たしかになにか薬を盛られたようだな。その女はどういう顔立ちだったね。なにか特に気づいたことはないかな」

と、私はたずねた。幸造はしばらく考えていたが、

「年のころは二十四、五でしたねえ。大店《おおだな》の若いおかみさんといった恰好でしたが、それにしちゃ物の言い方がすれていたね。芸者上りかも知れねえね。面長のふっくらした眼許《めもと》に艶《つや》のある美人でしたよ。背はわりに大柄でね。――とそうだ。芸者上りかも知れねえと思ったのは、お酌をしてくれたときにちょっと二の腕がめくれて、左手の奥に刺青《ほりもの》らしい青いものがちらりと見えたことです。そのときは酔っていなかったし、この女何者だろうと値踏みしていたところだから気がついたんですがね。ありゃあ、たしかに刺青だ。それもちの字じゃなかったかねえ。女がすぐあわててかくしちゃったので、それ以上は見えなかったが……」

「やはり、そうか。まちがいなさそうだ。女は都鳥《みやこどり》のお絹《きぬ》にちがいねえ……」

中条警部がうなずいてひとりごとのようにいった。彼は私たちに向き直ると、

「先程、瀬戸物の土のことを聞いて、もしやと思っていたのですが、いま、二の腕に刺青があると聞き、人相を考え合わせると、幸造を誘い出した女も、華族会館で工事人と令嬢に化けた女も同一人で、都鳥のお絹という女にまちがいないようですな」

と、いった。

「それは、どういう女です?」

「十三、四のときから仕立屋銀次《したてやぎんじ》というスリの親分の

ところでスリを働き、のちには美人局《つつもたせ》から枕探《まくらさが》し、詐欺と世間の裏街道を歩いて都鳥のお絹という異名をとり、悪党仲間に知られている女です。本官も名前だけは承知しておりました。お絹は神田神保裏《かんだじんぼうら》の小路《こうじ》で瀬戸物の製造販売をやっている三田《みた》栄吉《えいきち》という男と同棲《どうせい》しております。その栄吉の名を彫った栄吉いのちという刺青をしておるのですよ。しかも、この栄吉という男は壮士くずれの過激思想の持主でしてな。四年前に保安条令の処分によりまして、東京市外に追放になっておりましたが、一年前に処分が解けて戻ってまいりますと神保小路で店を開いたわけでして」

　私はホック氏に警部の言葉を通訳しながら一種驚嘆の想いで氏をながめた。氏の推理は実地に証明されたのである。ホック氏はべつに得意の表情もうかべずにうなずいた。

「その女を召捕え、糾明すれば文書の行方は判明するというわけですな。早速、これよりお絹を逮捕します」

　警部はいまにも駈け出しそうにはやっている。

「われわれも行動をともにしよう」

　と、私はいった。

「増援を頼んだほうがいいと思います。本署から三、四人腕こきの者を呼びましょう。相手は壮士くずれ、刀でも振りまわさないとはかぎりません。榎さんやホックさんは近寄らないほうがいいと思いますよ」

「しかし、大勢で向ったら、必然的に事件が知られてしまう。われわれだけで行ったほうがいい。その代り武器を携帯して行こう。ぼくは家に行ってピストルを持ってくる。サム君はどうするね？」

「きみがピストルを持つのなら、ぼくはステッキ一本でたくさんだ。ステッキを持っているならば貸してもらいたい。なるべく固く強いのがいいね」

「では、一時間後に会おう。ぼくは家に行ってくる」

「では、中条君とぼくはこのへんで紅茶を飲ませる店をみつけて休んでいるよ。一時間たったらこの角で会おう」

　と、ホック氏はいった。中条警部はまだそこにいた工事人の中沢幸造を叱り飛ばして釈放した。私は人力車を呼びとめ、我家へと急がせた。

　我家にあるピストルは護身用として横浜市本町《ほんちょう》の金丸《かなまる》謙次郎《けんじろう》商店より購入した米国はハルベルト・ブロース社製の六連発リボルバーであるが、これを使用する機会が到来するとは思いもよらなかった。

　私は興奮していた。宗光より委嘱された件は、意外に順調な展開をみせ、解決に近づきつつある。早期に解決の暁は宗光の負託に応《こた》え、面目も立つというものである。

　私は家に着くと車を待たせ、奥の居間の箪笥《たんす》から袱紗《ふくさ》に包んだピストルを取り出し、実包が装塡《そうてん》されているのを確かめ、さらに数本のステッキ中から錫《すず》の握りのついた樫《かし》製の頑丈なのを選んで、外に駈け出そうとした。

妻の多喜は私のそんな様子を見て、大いにおどろいたらしく、

「あなた、一体、何事です。あぶないことはおよしくださいまし」

と、顔色を変えて私の腕をとった。

「いや、用心のためだ。何も人を射とうというのじゃないから心配するな。大丈夫だ」

私は言うのももどかしく、ふたたび外に飛び出し、待たせてあった車に乗って京橋へと引返した。

そして、待っていたホック氏と中条警部とともに京橋より鉄道馬車に乗りこむと神田へと出発した。しかし、これにはホック氏も私も辟易《へきえき》した。満員の状態で動揺が烈しく沿線は風に乗った埃《ほこり》と馬糞《ばふん》の臭気に責められ通しである。せめて雨の日でなくてよかったと思ったものの外国人に対して、我国の恥部を露呈した感がある。

須田町《すだちょう》で鉄道馬車を降りると客待ちの人力を雇い、神保町に走らせた。ところどころに武家屋敷跡の荒れた庭と建物が、まだ残っており、裏道は長屋のような低い建物が立並び、表通りは小さい商店がかたまっている。冷たい秋風がうらぶれた路地を吹き抜けていた。

こまめな中条警部は二、三の家でお絹の家の所在を聞き合わせ、私たちを九段《くだん》寄りの裏道へ案内した。麴町《こうじまち》にも神保小路と呼ばれる土地があるが、ここは神保町の裏道である。

「ここらしいですな」

古びた仕舞屋《しもたや》の、間口一間の店は戸が閉められていたが、横に『三田瀬戸物店』という看板がかかっている。

警部は戸に手をかけて引いてみたが、

「閉っている。留守かな」

と、いいながら勢いつけて引くと戸ははずれてしまった。

「おい、だれかいないか。警察の者だ」

なかは薄暗く人の気配はない。店先には三段に板を並べ、その上に湯呑《ゆのみ》、茶碗《ちゃわん》、皿《さら》、猪口《ちょこ》、土瓶《どびん》、線香立、香炉などのいかにも安物が並んでいる。土間の奥は上り框《かまち》となり、三畳の部屋が見えるが、そこの長火鉢に火はなく、炭が白く燃えつきているだけである。だいぶ長いあいだ――少なくとも一日二日以上は留守のようであった。

「見てきます」

中条警部は上りこんではじめに勝手口の戸をあけ、二階に上っていった。私も靴を脱いであがると裏口をのぞいてみた。猫の額のようなせまい庭の一隅に窯《かま》があり、その周辺は陶土で白く、桶《おけ》にこねた陶土がこびりついて

いる。焼き損った陶器の破片が散乱していた。

勝手には釉薬《うわぐすり》の瓶や皿が一段の棚を占領し、出来上った製品らしい色だけは青磁まがいの香炉と線香立がいくつか置かれてあった。

三田栄吉という壮士くずれの男は、焼物にもともと趣味でもあったのであろうか。生活《たつき》の業《なりわい》として、こんなところで窯を築き細々と瀬戸物を作って商売をはじめたらしい。私は稚拙《ちせつ》な、どうみてもいいとはいえぬ製品をながめてそう思った。いくら片々たる商売でもそう売れるとも思われない。

このころは市中いたるところに、元武士であった者が素人《しろうと》商法で開業した店があったから、この店もそうしたものの一つであろうと思った。私は香炉の一つを手にとってながめた。香合せにでも使う聞香《ぶんこう》香炉でふたに紋様の穴があいている。そのふたが本体としっかり合わないのだから、栄吉は器用な性質《たち》ではないようだ。

「それはどんな用途に使うのかね?」

いつの間にかうしろへやってきたホック氏がたずねた。

私が説明すると、

「大英博物館で見た宋、金の時代の香炉は玉石や金で作られ、複雑で優雅だったが、これもおなじ用途なのかね。あまり上等とはいえないね」

と、苦笑した。

そのとき、どたどたとせまい階段を下りてきた中条警部は、片手につかんだ仕込刀を高くかかげた。

「上は六畳一間だが藻《も》抜《ぬ》けの殻です。盗まれた文書がかくしてあるかも知れないので、徹底的に家探ししましょう」

「よし、ぼくは階下を探す」

「家にまだ置いてあるとは思えないね」

と、ホック氏はいった。

「そうかも知れないが一応は探してみないと……」

「こういう物騒なものは……」と、警部は仕込刀をにぎりしめて、「押収しますよ」

それから四十分ばかり、警部と私は床下から天井裏まで隈なく捜索した。二階にも行ってみたがなまめかしい緋《ひ》の襦袢《じゅばん》や袷《あわせ》、男もののガス結城《ゆうき》などが行李《こうり》一つに入っているだけで、押入れには布団《ふとん》少々、ほかに座机、数冊の本などがあるだけで、見るべきものはほとんどない。

「ないなあ……」

多少は予期していたことだが、私はいくらか落胆して声に出した。秘密文書はすでにお絹栄吉の背後の人物に渡ってしまったものとみえる。こうなると、ふたりもしくはその一方だけでも早急に居所を発見して捕え、文書の行方を白状させなければならない。

「応援は不要とのことでしたが、わたしの腹心の部下に命じまして、昼夜片時も目を放さずこの家を見張らせ、栄吉であれお絹であれどちらかが戻ってきたら、すぐさましょっ引くようにさせましょう。もちろん、警視庁には連れて行かず、榎さんに連絡いたします」

私はこの際、警部の言に従ったらいいだろうと思って、この家のことは彼に委せることをホック氏に提案した。

「あまり期待はしないが、やりたければぼくは一向にかまわない」

と、ホック氏は気が乗らない様子で答えた。

私たちは一応、引揚げることにした。

「ときにサム君。今後のことを相談するためにも、一夕、拙宅へお出で願えないかね。食事などしながら親交を深めたいと思うのだが……」

警部と別れて帰る途中で私が切り出すと、ホック氏は快く招待を受けてくれた。

「ぼくのほうから晩餐《ばんさん》にお招きしようかと思っていたところだった。でも、あまり気にかけないでくれたまえ。ぼくは食事には極めて淡泊なものだからね」

第三章　緑色の香炉

私の家で外国人を客として迎えるのははじめてであった。妻の多喜はイギリス人が何を食べるかを知らず、風聞によれば牛肉を生《なま》のまま食べるそうですが、気味が悪くて料理などできないと言いだした。私はそんなことはない、日本人にとって美味なものは外国人にとっても美味であるはずである。人種は異ってもおなじ人間なのだからと言い聞かせ、向付《むこうづけ》に鯛《たい》のお作りと赤貝、汁に白味《しろみ》噌《そ》仕立ての銀杏豆腐《いちょうどうふ》、焼物に鯛、うどの酢づけ、天ぷら、それに私が時折りたしなむために買入れてある仏国ボルドー産の赤ワインを供することにした。

座敷に通ったホック氏は長い膝《ひざ》をぎごちなく折り曲げて座布団にあぐらをかいたが、その姿勢がいかにも苦しそうだったので、私は足を投げ出すようにとすすめた。

「肉体的に想像以上の鍛錬を強《し》いられるようだね。日本の礼儀作法に無知なぼくを許してくれたまえ」

彼は苦笑して、私が注いだワインのグラスを取上げた。

「ここでぼくの好きなクラレットを味わえるとは思いもかけなかったよ」

と、彼は瓶のラベルに目をやりながらいった。ボルドー産の赤ワインをイギリスではクラレットと呼ぶのだという。

多喜が挨拶《あいさつ》に出てきた。彼女は三ツ指をついてお辞儀をし、ホック氏はあわてて姿勢を正して二、三回つづけざまに頭を下げた。

「モトの奥さんは少女のようだ。しかも、プリティだ。東洋人の年齢をわれわれは一度で推定できたことがないのだが、これは西洋と東洋のどちらにとっても、一つの悲劇かもしれないね」

「相互理解のために乾杯しよう……」

私は笑いながらグラスを目の高さに上げた。宙でグラスが涼し気な音を立てて鳴った。ホック氏は料理が運ばれてくると、その盛付の妙に讃嘆の言葉を放ったものの、生の魚をそのまま食べるには抵抗があるといった。しかし、海老《えび》の天ぷらはお気に召したようだった。

「考えてみれば……」と、ホック氏はいった。「ぼくは思索的活動にとって消化は邪魔になると考えていた。事実、食事にわずらわされる時間の消耗は不経済かつ不必要なものとしか思えなかった。だが、人間には美味なものを楽しむゆとりも必要だと、いまになって考えを訂正する気になったよ」

彼は車海老を奇妙な手つきで握った箸《はし》の先にはさみ、天つゆにひたして口に入れた。

食事が終ると、私たちは書斎に移動し、椅子《いす》に腰を落着けてホック氏は例のパイプを、私は巻煙草をくゆらした。

「中条警部はうまくお絹なり栄吉なりを捕えることができるだろうかね」

私は今日一日の行動を思い起しながらいった。一日の仕事としては、文書を盗み出した犯人の名と家が突き止められただけでも成果は大きい。その成果の蔭《かげ》にはホック氏のいう科学的推理も預って力あった。ホック氏はパイプをくわえ、冷徹な横顔を部屋の暗い隅に向け沈思黙考している。

「いまの段階では」と、彼はちらりと私に視線を向けていった。「待つだけだね。多分、ふたりはあの家に戻ってくるつもりはないと思うが、ぼくには日本人の心理がまだよく理解できないのでね。ロンドンにも暗黒街があって、そこには幾多の悪党がひしめいているが、彼等の心理ならぼくにもわかる。そして、裏をかいて行動できるのだが、ここではぼくは無知な一介の旅行者にすぎない」

彼が謙遜《けんそん》めいたことをいったのはこれが最初だった。こうやって交際が深まるにつれて彼には理性的な一面のほかに、やはり人間的な感情もあるのだとわかってきた。

そのとき、玄関で人の声が聞え、下婢《かひ》が書斎のドアをあけて、中条警部が訪れてきたことを告げた。ここへ通すようにというと、間もなく警部のがっしりした体軀《たいく》が現われた。

「ホックさんもお出でしたか。これは都合がよかった」

「まあ、坐《すわ》りたまえ。きみの様子ではなにか変化があったようだね」

と、私は椅子をすすめた。警部が顔を紅潮させ、興奮しているのがはっきり見てとれたからである。私は立って洋燈《ランプ》の芯《しん》を明るくした。

「しかし、お絹か栄吉が戻ってきたのではないようだね」

「ええ、そうなんです。あのふたりは依然として消息不明ですが、おふたりがお帰りになってからわたしは部下を呼び寄せ、あの家を見張るようにいいつけ、もし、だれかが現われたら即刻逮捕するようにと命令しておいてひとまず本庁に帰りました。そして、二時間ほどして……すっかり日が暮れておりましたから午後六時すぎでしたが、ふたたび神保小路にとって返したのです。すると、部下の姿は見えず、閉めたはずの戸があいているではありませんか。不審に思ってなかへ踏みこみますと、土間になにやら黒いものが倒れ、店中の瀬戸物が散乱しております。と、いっても品物の数自体、それほど多くはないのでたかが知れてはいますが、地震にでもあったような状況です。倒れている黒いものはわたしの部下でした。後頭部から血が流れておりますので驚愕《きょうがく》して抱え起すと、一時的に失神していたらしくすぐに気がつきました。近くの家へかつぎこんで応急の手当をほどこし、気が落着いたところで問いただしますと、彼はこの家を見張っていまして、ふと、内部で影が動いたのを見たのです。監視しているのは表口だけですから、裏の路地から勝手へ入ってくる者の姿は見えませんが、店の戸のガラスに灯影が動いたのです。さては、と思って内部に入ったとたん、陰にかくれていた大男にいきなり襲いかかられ、烈しく頭を殴打されて意識を失ってしまったというのです」

「どうして襲ったのが大男とわかったのだね」

と、当然の疑問をホック氏が投げかけた。

「はっきりと見たわけではないのです。気配を感じて振り向こうとしたとき、視野の隅に自分より顔の分だけ大きな人間をチラリととらえたのです。しかし、覆面をしていたらしく全身が黒ずくめのようだったとしか記憶しておりません」

「きみの部下の身長はどのくらいだね?」

と、私は聞いた。

「五尺五寸ほどです。相手は六尺豊かの大男ということになりますな。殴打した腕力からいっても女じゃありません」

「三田栄吉という男はどのくらいなんだね」

「わたしが本庁へ戻りましたのは、彼のくわしい調書をもう一度調べるためでもありましたが、それによれば栄吉は五尺六寸、体重十五貫二百でした。ただし、四年前の調書ですが――。だが、部下の梶原《かじはら》を襲ったのは栄吉ではないようです。西洋人ではないかと思われる節があるのです」

中条警部はホック氏を横目でちょっとみつめ、言い難そうにいった。

「なに、外国人だと?」

「近所の子供が栄吉の店の路地から足早に立去る外国人を目撃しているのですよ。なにしろ珍しいものですから、一団の子供たちがあとをついて行ったのです。するとその外国人は険しい表情で大声で怒鳴りつけたので、子供たちは逃げて、あとはわかりませんが、時刻が符合するのです。神保町裏のような場所へ外国人が現われるなど前代未聞ですが、きょうはそれがふたりも現われたのですからな」

そういえば道を歩いていても、鉄道馬車に乗っても、私たちはきょう一日、衆人の好奇の眼にさらされていたのである。そばへ寄ってきたり、あとをついてこなかったのはいま思えば偏《ひとえ》に制服姿の警部が付き添っていたからにほかならない。

「部下の梶原君を襲ったのがその外国人だとすれば、彼もまた文書を捜索しにやってきたのだろうね」

ホック氏に警部の言葉を伝えてから私はいった。

「目的はおなじでしょう。だが、犯人はおかしなことに店中の香炉のふたを持ち去ったのですよ」

「香炉のふたを?」

私は唖然《あぜん》として問い返した。栄吉の店にあったのは象《ぞう》牙《げ》でも金銀でも玉石でも青磁でもない。二束三文の稚拙な香炉というのもおこがましい代物《しろもの》である。そのふたは本体にきっちりと納まらず、素人の不器用な手作りといった感じのものである。

「詳細に検証したのですから間違いありません。八個の香炉のふただけが、散乱した破片を復原しても足りないのです……」

これは果して何を意味するのであろうか。私は困惑してホック氏をながめた。

「ぼくにもわからない。ぼくの見たかぎりでは香炉のふたに何等かの意味があるとは思えなかったね」

ホック氏は紙と鉛筆を取り出すと、手早く図を描いた。それは栄吉の店にあった香炉のふたに浮出した唐草《からくさ》の単純化された紋様がおどろくほど正確な筆致で描かれていた。

「しかし、一つ二つならともかく八個の香炉のふたが全部紛失しているとすれば、意味があることは明らかだ。男の目的は香炉のふたにあった。そこへ刑事が入ってきたので彼を昏倒《こんとう》させ、ふたを全部とって逃げた。これは一つ一つをあらためる余裕が失われていたからで、彼が欲していたのはそのなかの一枚のふただけだったのだろうね」

「それにちがいない」と、私は手を打って叫んだ。「では、もう一歩進めて栄吉の店の香炉のふたが何であったかを考えてみよう。第一に大変な値打のあるものであったのか……」

「推理と推測とは違うよ」と、ホック氏は冷静な口調でいった。「この際、犯人が外国人だということを考えるべきだ。ふただけが値打があるとは思えないからね。あのなかには唐代の銘品などというものはなかった、とぼくは断言するよ」

「さっぱりわからない。こうなると五里霧中だ」

と、私はいったがそれが正直そのときの偽らない気持であった。私は奥から自分の所有物である青磁の香炉を持ってきた。むろん、それは栄吉の店の瀬戸のまがいものではなく、青磁である。なかなか奥行きのある美しさを持った三脚の火鉢形で、ふたは獅子《しし》を形どっている。この種の香炉は宋代以後に流行したもので、私は名ある武士だったらしい人の古道具屋で、おそらく伝来の品と思われるそれを数年前に比較的手頃な値段で手に入れ、秘蔵していたのだ。栄吉の香炉は小判形で、ふたは楕円《だえん》形である。紋様の三か所に小穴があり、そこから香煙が立ちのぼるようになっているが、床の間などに置けるものではなく便所の臭気止めぐらいにしか使えないものだ。そう、あれは雪隠《せっちん》の片隅に置くべきものだ。

「これは立派なものだ」

ホック氏は香炉を手にして鑑賞した。

「栄吉は窯《かま》を持っていて、自分で焼いていた。なにかをなかへ焼きこむ、というのはどうだろう」

と、私は思いついた。

「割るとなかからなにか出てくるというのかね。それも一つのアイデアだが、高温で焼かれる陶土のなかに入るものは、金属製のものだろうね。あまり現実性はないと思うよ。外国人が出現したというのは、やはり盗まれた文書に関係しているのだと思う。だが、紙でできた書類は焼きこめない」

「文書に関係しているとすれば……」私は眼を輝かせた。「ロシアだかドイツだかフランスだか知らないが、お絹の盗んだ文書は外国の手には渡っていないのだ。——だが、文書と香炉のふたと、どう関係がある？」

思いそこにいたると、私の高揚した感情はたちまちしぼんでしまう。そんな私の気持を救うように、

「なあに、ともかく東京市中の外国人を全部、洗ってみたって高が知れてます。栄吉の店から立去った外国人は、顔を見られないために馬車か車に乗ったにちがいあ

りません。歩いてなどいてごらんなさい。しばらく行くうちにうしろに一町ぐらい見物人がつきますよ。わたしは早速、そっちを洗いましょう」

と、中条健之助警部は励ますようにいった。

「警部。きみひとりで市中の馬車屋とリキシャを当るのかね」

警部の言葉を私から聞いたホック氏がたずねた。

「そのつもりです」

「ひとりでは時間もかかるし能率も上らないよ」

「でも、この件に関しては他の角袖や巡査を応援に狩出すわけにはいかないだろう」

「ぼくにいい考えがあるのだ。ミスター・モト。そして、警部。何人かの機転の利《き》く敏捷《びんしょう》な少年たちを集めて、馬車屋とリキシャ屋を当らせたまえ。ひとり頭二銭もやるといえば、よろこんでやってくれると思うよ」

「それはいい考えだ」

「早速、やってみましょう。わたしはそろそろ戻らなければなりませんから、これで失礼します」

警部は挙手の礼をすると廻れ右をして出て行った。ホック氏はパイプに強い匂いのするたばこを詰め直して火を点じた。そして、紫煙の行末を追うようにしながら、ひとりごとのようにつぶやいた。

「お絹と栄吉の身になにか起らねばよいが……」

私はそれを聞咎《ききとが》めた。

「彼等は黒幕の人物に文書を届けて、どこかに潜伏しているのだろう？　逃げおおせるものじゃないよ」

「黒幕の人物に届けたとすれば、その人物からさらに外国の手に渡っていても不思議はないのに、なぜ、正体不明の外国人が栄吉の店になんか現われるのだね。ぼくの見たところでは栄吉もお絹も身のまわりの品一切を、家に残している。計画して逃走したとは思えないのだ」

さすがのホック氏もその意味するところは予見できないようで、額にしわを刻んで立て続けにパイプを吸った。書斎のなかはたちまち濃い煙でむせかえるようになった。私は何気なく立って、窓を少しあけ新鮮な空気を入れながら、ホック氏にいった。

「明日の朝、陸奥さんを訪ねてこれまでの経過を報告しようと思う」

「ぼくはこの都をもう少し見物するよ。フレーザー公使に聞いたのだが、浅草《あさくさ》というところにある寺《テンプル》は、なかなか見事なものだそうだ」

「なにかあったら公使館に使いを出そう」

あけた窓から虫のすだく音が湧《わ》くように入ってくる。ホック氏は目を閉じ、その音に聞き入っていた。だが、急に思いついたように私を向いてたずねた。

「モト。きみは日本人が路傍で吸っている長いパイプと、それに詰める煙草を持っているかね？」

「刻み煙草のことかね。私は巻煙草しか吸わないので煙管《きせる》も刻みも持っていない」

「あれはなかなか特殊な煙草で、ぼくはかつて百四十種のさまざまな煙草の灰の鑑別法について小論をまとめたのだが、そのなかに入っていない。ぜひ、研究したいので何種類か買っておいてくれないか」

それから、また彼は瞑想《めいそう》にふけるように眼を閉じて、妙なる虫の音に没入していった。


翌朝、多喜に中条警部から連絡があれば陸奥邸にまわるように言い置いて、私は出かけた。宗光は庭にいるので、そちらにまわるようにいわれ、玄関傍から奥に行くと、手に鋏《はさみ》を持ち自ら植木の枝を剪定《せんてい》している彼の姿が見えた。私の足音に振返ると、彼は私の近づくのを待って、

「いい天気がつづくな……」

と、空をまぶしそうに見上げた。そろそろ秋霖《しゅうりん》の季節なのにここ数日、晴れた日がつづいている。宗光の立っている背後に大輪の菊が咲きかけている鉢が並んでいた。

「なにかわかったかね？」

と、彼は私をみつめた。私はきのう一日のことを詳細に報告した。宗光は私が話すあいだところどころでうなずきながら、じっと耳を傾けていたが、聞き終ると手にした鋏で傍らの盆栽の突き出た小枝を切った。

「一日にして犯人を的中させるなど鮮やかなものだ。わしのほうも注意しているが、伊藤さんに変った動きはない。なにも知らぬ様子だ。もし、例の文書が入手されていれば、必ず動きがあるはずなのだが……」

「ホック氏も同様のことを述べておられました。異様な外国人の出現も、栄吉お絹より文書を入手していないがためではないかと……」

「そうかも知れぬ。榎君。わしはいま農商務大臣としてその任に当っておるが、常にこの新しい国家の前途を考えている。維新以来、富国強兵の策を樹て、先進欧米諸国の文物に範をとり、猪突猛進、まず国内の基盤を固めることに邁進《まいしん》してきたわが国だが、多少の安定を見たのは近々ここ十年にすぎない。いや、五、六年といってもいい。しかも、まだ内に矛盾を持ち不安定な要素は多々ある。この国を先進諸国と同等の地位にまでするには、まず安政の不平等条約を改正し、独立国家としてかの国々と比肩せしめなければならぬ。次にいつかはわが国を取り捲く強大な国と一戦を交える事態を想定し、その準備を貯えねばならぬ。そして、一朝、事あるときは勝たねばならぬ。あらゆる権謀術策を弄《ろう》しても勝たなければならぬ。それは武力の充実とはべつの外交上の策の

巧拙によるものだが、わしはやがて来るべき日を想い、その方途を盗まれた文書に記したのだ……」

宗光の声は淡々としている。だが、私は目をみはる思いでその声を聞いた。

「文書は日本と英国に関係があり、フレーザー公使より英本国の首相兼外相であるソールズベリ卿《きょう》に伝達され、ヴィクトリア女王の内意を受けた返書が添付されている。これは先日、華族会館で会食した四人が揃《そろ》って見ることではじめて意味を持つもので、もし、だれかが握りつぶしたとしたら、わしの努力が泡《あわ》となるのは覚悟の上としても、日本の将来が危殆《きたい》に瀕《ひん》するかもしれぬのだ。いまのところ、この程度までしか話すことができぬのだが、わしの苦衷を察してほしい……」

はじめて宗光の目に悲しみにも似たものが光るのを私は見た。前年の第一回帝国議会のとき、時の首相山県有朋は民党の反対で、軍艦建造費など八百万円の予算を削減され、解散の危機に追いこまれたが、近代国家の体裁を整えようとしている日本の議会が各国より注視の的となっていることを意識した政府は、宗光と後藤象二郎《ごとうしょうじろう》を使って、民党土佐派《とさは》の竹内綱《たけのうちつな》などの切り崩し工作を行い、彼等の寝返りでなんとか解散を食いとめた経緯《いきさつ》がある。そのときに見せた宗光の手腕に、知る人は畏怖《いふ》した。単純粗野な人士が政府を占めるなかで、宗光の大局を把握し、速断決行するマキャベリ的手腕が光芒《こうぼう》を放ったことは否めない。

宗光の眼が常に世界に向いていたのを、私は彼の言葉から強く感じた。

「そのような重大事を信託されて、今更のように足がすくみました。いったん、お引受けした以上、男子の義務としてなんとしてもお絹を発見し、文書を取戻す覚悟です」

「頼むよ。わしとしてはホック氏と協力してくれるかぎり、必ず吉報をもたらしてくれるものと信じている」

「お言葉ですが、ホック氏は地理不案内の上、日本の風俗習慣にもうといと思います。協力するのはむろんやぶさかではありませんが、御前が絶大な御信頼をお寄せになるほど確実でしょうか?」

私は思わず危惧《きぐ》の念を表明した。ホック氏の才能は認めるが、私にはずっとその点の危惧がつきまとっていたのである。

「わしは信じる。きみを信じたように」

と、宗光はいった。

「わかりました。もう、とやかくいいますまい。御前のお言葉は身に余る光栄です」

私は深く頭を下げた。私は感激でいっぱいだったのである。これだけ信頼され、男子がこれに酬ゆることができなくてどうするだろう。

母屋《おもや》からやってきた十七、八の小間使いが役所よりの馬車の到着を知らせた。

「そろそろ出勤の時間だ。また、様子を知らせてくれ」

宗光は鋏を置き、軽い咳《せき》をして歩きだした。その痩《や》せたうしろ姿は重くのしかかったもののために、いっそう痩せてみえた。


私はいったん我家へ戻った。留守中、だれもこず、ホック氏からの連絡もない。私は宗光の言葉を聞いてから内心焦慮の念で、居ても立ってもいられない心境になってきていた。

一体、どのような内容の文書なのであろうか。まず、考えられるのは去る一八五四年（安政元年）に締結された俗に神奈川条約、正式には日米和親条約であり、一八五八年に結ばれた日米修好通商条約である。

前者は十二か条からなり、同様の内容の条約が英国、オランダ、ロシアとも結ばれ、後者は九か条からなっている。どちらも日本における外国人優位を謳《うた》い、治外法権、輸出入税率、領事裁判権など、日本があたかも植民地であるかのごとき地位を押しつけている。

この二つの条約が維新後も新政府の足枷《あしかせ》になり、負担と障害になっている。

私は、もしかしたら陸奥宗光がひそかに英国とは諒解に達し、他の諸国に対しては条約を一挙破棄する手段をとるのではないか、そのための文書ではないかと思ったのである。

その挙に出れば米国、オランダ、ロシアは抗議し憤激するであろう。

――だが、と私は思った。条約破棄が失敗したとしても、ただちに「日本の将来が危殆に瀕する」とは思われない。それに宗光は話のなかであっさりと、「安政の不平等条約を改正し、独立国家としてかの国々と比肩せしめなくてはならぬ……」と述べているだけだ。宗光が外交上の策を駆使して、条約改正を実現しようと奔走しているのは、私も知るところなので、この破棄という考えもおかしい。

紛失した文書とは、どのようなものであるのだろう。宗光の言によればかの文書は国家の枢要にかかわる重大文書のようではないか。――それなのに、ホック氏は市内見物に悠長《ゆうちょう》に時間を浪費し、いまごろは浅草寺《せんそうじ》か仲見《なかみ》世《せ》で異国情緒を楽しんでいる最中ではないのか。

しかし、いくら焦《あせ》ってみても、私としてはどこから手をつけていいのか皆目判断がつかないのであった。失踪《しっそう》しているお絹と栄吉の潜伏場所についても見当がつかない。いや――そうでもない、と私はふと眼を輝かせた。

手掛りはなくはない。たとえばお絹はもと女スリとして、仕立屋銀次という親分のところにいた。銀次は親分とはいってもまだ二十五歳で、大親分の清水熊《しみずくま》という男のもとから独立して一家を立てたばかりだと都新聞かなにかに書かれていたのを読んだことがあるから、お絹がいた当時は同輩のスリ仲間ということになろう。銀次は本名を高田銀蔵《たかだぎんぞう》といい父親の金太郎《きんたろう》は警視庁の刑事だったところが、新聞の書きたてたゆえんで、本職は腕のいい仕立屋だったのでその名が異名となった。

だから、銀次なり悪党仲間なりにかくまわれているのではないかという推定が成り立つ。こうした社会の暗黒面に生きる階級は口が固く結束もまた固いそうであるから、その方面に知識も知己もない私には容易に発見できないかもしれない。栄吉も一緒にこの東京の暗黒街にひそんでいるのであろうか。

栄吉を主体として考えれば、彼は壮士くずれであるという。これももとの仲間を頼ってかくまわれているかもしれない。この場合は私にも若干の知己がある。もしかしたらこの線を探《さぐ》ることなら、私にも可能である。

第三に、栄吉とお絹はすでに東京にいないという説であるが、これは私には疑わしかった。文書をまだ持っているならいるで、ことさら地方へは行けない。ふたりとも必ず市中に潜伏していると私は確信した。

いたずらに茫然《ぼうぜん》と時をすごしても無駄なので、私は家を出た。医学校当時、机を並べた仲であるが学業半ばにして自由民権運動に身を投じて退学し、いまは塾を開いてみずからの思想を若者に鼓吹《こすい》し、啓蒙《けいもう》運動を展開している茂木啓輔《もてぎけいすけ》のところへ行くためである。

啓輔の家は麻布日ケ窪《あざぶひくぼ》にある。ここを訪ねるのははじめてであったが、ようやく探し当てた家は陋屋《ろうおく》というにふさわしく、軒端は朽《く》ち羽目は割れ戸も傾いていた。まして、このあたりは台地にはさまれた谷間のようなところでろくに陽も差さない。晴天がつづいているにもかかわらず地面は水気を多くふくんでやわらかだった。

案内を乞うと野太い返事がして当人が姿を現わした。私を見てだれかと訝《いぶか》しげな視線を向けたが、その顔に意外そうな表情がひろがった。

「榎——君ではないのかね?」

「そうだ。別れて十年の余になる」

彼は急に表情を消してのぞきみるように私をみつめた。長髪が額にかかり、鼻下に髭《ひげ》を生やしているが、手入れは悪く顔色もよくはない。声だけは往年と変らないが、よれよれの袷《あわせ》を着た彼からは窮乏の匂いが立ちのぼっていた。

「なにしに来た? まさか、久闊《きゅうかつ》を叙しに来たわけでもあるまいな。きみは開業免許をとって盛大にやっていると風の便りに聞いたが、その服装《なり》をみると本当らしい」

そういう間にも彼の濁った眼は絶えずこまかく動き、酒の匂いがした。

「きみは塾を開いて、きみの理論を青年たちに啓蒙していると聞いたが……」

「見ての通りの零落ぶりだ。おれの自由民権にもかびが生えたよ」

「おひとりか？」

「来る女などいやしない。金があれば飲む。なくても飲む。――君、知らずや、人は魚の如し、暗きに棲《す》み暗きに迷うて、寒く、食少なく世を送る者なり。北村透谷《きたむらとうこく》は正に我が境涯を言い当てたり、だ。ところで、なんだ？」

「うむ。きみは民権運動の闘士として、壮士の動静にも詳しいのではないかと思って来たのだが、三田栄吉という男を知っているかね」

啓輔は眼を上げた。

「三田がどうかしたのか？」

「知っているんだね？」

「四年前、井上馨の条約改正案に憤激した壮士二千余名が帝都に集合した。政府は狼狽《ろうばい》して保安条例を発動し、六百名以上の同志が東京から追放された。おれは網の目から逃れたが三田栄吉は追放されたはずだ。それが、きみにどう関係があるんだ？」

「いま、どこにいるかわからないだろうか」

「知らん。四年間、会っていない」

「栄吉は東京に戻って、神田神保小路で瀬戸物屋を営んでいた……」

「ほう。瀬戸物屋を。さも、ありなん。三田は常陸《ひたち》の笠間《かさま》の出でな。生家が窯業《ようぎょう》なのだ」

「なるほど。その瀬戸物屋からいなくなってしまったのだ。ぜひ、居所を突き止めたいのだが……」

「なぜ？　なぜ、三田に会いたいのだ。きみの様子では相当急いでいるようだが、きみと三田がおれには結びつかん」

「その理由はいまはいえない。しかし、どうしても会いたい。いや、居所だけでも知りたい。探してみてはもらえないだろうか。礼はする」

啓輔の眼が動いた。一瞬、思い迷っているふうだった。

「きみは官憲と関係があるんじゃあるまいな。おれは政府の犬は大嫌いだ」

「ない。純粋に個人的なことだ」

と、私はいった。啓輔はしばらく私をみつめていたが、やがてぼそっといった。

「いくらくれる」

「えっ」

「礼はいくらかと聞いたのだ」

「十円、では如何《どう》だろう」

「三十円」

反射するように答が返ってきた。三十円は少なくないが、私としては栄吉の居場所がそれで判明すれば決して無駄な失費ではない。

「いいだろう……」と、私は声を落した。「いま、半金。三田の居場所がわかったときに残り、でいいかね?」

「よかろう」

彼は私が二つ折りの財布を取り出すのを、物欲しそうにみつめた。私は十五円を渡し、くれぐれも頼んで茂木啓輔の家をあとにした。午後の陽が傾いているとはいえまだ高いのに、ここはすっかり暗くなっていた。家並の間からひんやりする風が吹いてきたが、私の心はそれ以上に寒々したものに充たされていた。

茂木啓輔は変った。予想以上の変り方であった。かつての啓輔は気鋭の人であった。その論鋒《ろんぽう》は人を刺し、情熱は人の魂を灼《や》く気魄《きはく》にあふれていた。それが、いまはどうだ。彼の内部で自由民権の思想は形骸《けいがい》と化し、理想と現実の落差のなかで、酒にみたされぬ想いを托しているにすぎない。

私はいくらか重い気持になって青山の自宅へ帰ってきたが、門を一歩入ると思わず立ちすくんでしまった。
七、八人の貧しいみなりの少年が玄関の前にむらがっていたからである。すすけた顔に青洟《あおばな》の棒を二本垂らして、てかてかに光った袖口《そでぐち》で拭《ふ》いているのもいる。しらくも頭の少年もいる。一様に汚れた着物を着て、素足にすり切れた草履《ぞうり》や下駄をはいている。年は十二、三から八、九歳までである。私が入って行くと彼等は好奇の眼で私を見た。ここで何をしているのかと私が問いかけようとしたとき、彼等の背後にある玄関から中条健之助警部の至極機嫌のいい顔がのぞき、私を見てはじけるような笑顔をした。
「やあ、お帰りなさい。先程から待っていたところです」

「これは何事だね?」

「昨日、ホックさんから提言があったでしょう。少年たちを使って外国人の行方を探れ、と。それを実行いたしましたところ、多大の成果があがったという次第です」

警部は少年たちのあいだをかきわけて出てきた。

「すると、この子供たちは……」

「神保小路のあのあたりの子供たちです。二銭の駄賃に釣られてよく働いてくれましたよ。さあ、仙吉《せんきち》、おまえのしたことを話してみろ」

警部は小柄だがいちばん年嵩《としかさ》らしい少年に首を向けた。仙吉と呼ばれた少年は、ほかの者同様、汚れていて貧しげであるが眼だけは利発そうに光っている。

「うん、おれたち、この旦那《だんな》からいわれた通り界隈《かいわい》の馬車屋と人力車の会所《かいしょ》で、外国人の客を乗せた者はいないか聞きまわったんだ。十五軒ぐらい当ったかな。そうしたら駿河台《するがだい》の人力車の会所で、たしかにそれらしい外国人を乗せたという車夫がいたんだよ。きのうの午後四時前に、せかせか歩いてきた西洋人が麻布までという約束で乗ったというんだ。乗せたのは辰《たつ》という男でね、赤い髪で青い眼のでっけえ毛唐《けとう》で、なんだかおっかなかったっていってた。ロシア公使館の前で下りたそうだよ」

「ロシア公使館か……」

すると栄吉の店に忍びこみ、中条警部の部下の梶原を殴り倒し、香炉のふたを持ち去ったのはロシア人なのか。文書を欲している外国とはロシアと思ってよいようだ。

「まだあるんだよ。その毛唐は辰に手真似《てまね》で待っているようにいって、公使館に入っていったがしばらくすると出てきて、おなじ麻布でも狸穴《まみあな》からはちょっとはなれた笄町《こうがいちょう》まで乗って、そこの屋敷まで行ったんだ……」

「その家は辰という車夫に聞けば知っているね」

「おれ、旦那が毛唐の行先を知りたいんだって思ったから、辰に聞いて図を書いてきたよ」

「なかなか機転の利く少年でしょう」

と、中条警部が横からほめた。仙吉はくしゃくしゃになった半紙をふところから出して広げた。墨で下手《へた》な地図が書いてある。

笄町とは麻布の西で六本木《ろっぽんぎ》から霞町《かすみちょう》に下る坂を右に入った町である。もとは甲賀伊賀組《こうがいがぐみ》の屋敷があったところで、甲賀伊賀が訛《なま》って粋な笄という町名になったという。

「よくやった。偉いぞ」

私は頭をなでてやりたかったが、思わず出しかけた手を止めてしまった。仙吉の頭にしらくもが相当はびこっていたからである。

「で、ですな……」と、中条警部が咳払いをして言い難そうにいった。「この少年たちに二銭を払ってやってもらえんでしょうか。わたし、生憎《あいにく》、持合せがありませんので……」

「ああ、気がつかなかった。私が払おう」

私も小銭がなかったので、五十銭の銀貨を仙吉にあたえ、これをくずしてみんなに分けるようにいい、残った分は仙吉がとるようにといった。仙吉は喜色満面となり、何度も礼をいい、また、なにかあったらなんでもするといって、少年たちを引き連れて帰っていった。

「すみません。本来ならわたしが立替えるべきですが……」

と、警部は恥かしそうにいった。警部になるには十数年かかる。それでいて俸給は月十五円なにがしかである。それで体面を維持し妻子を扶養しなければならないのだから、家計は相当に苦しいにちがいない。少年たちにあたえる五十銭も、ないときはないのも無理はない。

私は気にすることはない、金の必要があれば遠慮なくいうようにと警部にいい、ふたりして屋内に入ろうとしたとき、門前に馬車がとまりサミュエル・ホック氏がいつもの見馴《みな》れた鹿打ち帽に茶のインバネス姿、口にパイプをくわえ小鞄《こかばん》を手にして下り立った。

「やあ。この季節のロンドンは灰色にくもって霧ばかりだが、日本の気候は快適だね。きみたちふたりがそこに立っているところを見ると、なにか新しい進展があったようだね」

「いま、説明するよ。とりあえずなかに入って一休みし、今後の対応を検討しよう」

私たちは書斎に入り、ホック氏と警部に赤ワインを進め、わたしは苦い茶を飲みながら、まず私が日ケ窪の茂木啓輔を訪ねて、三田栄吉の所在を探してくれるよう依頼したことを話し、次いで中条警部が仙吉少年たちの探索によるロシア人らしい外国人の発見を伝えた。

ホック氏は茂木啓輔が信用できる人柄かどうかを訊《たず》ねたが、いまの私には確答ができなかった。啓輔の人物に失望し、あのようなことを頼まねばよかったという後悔の念が、彼のところから帰る途中、ちらちらと萌《きざ》していたからである。ホック氏は多くを訊ねず、少年たちが発見したロシア人に話を移した。

「ぼくは少年たちが必ず興味ある事実をもたらしてくれるものと思っていたよ。どこの国の少年たちも機転に富んでいることは大人の想像以上だからね。ここはひとつ踏みこんでみなければならない。今夜、早速、そのロシア人らしき人物が最後に入った家というのに行ってみよう」

「押し入るつもりかね」

と、私は驚いてさけんだ。

「正面から訪問するのさ。うしろ暗い行動をする人物に斟酌《しんしゃく》は無用だ」

「だが、相手は官吏だとしても民間の人間であったとしても、外国人では治外法権で手を下せない。面倒な問題が起るだろう」

「ぼくは政治上の知識は皆無にひとしいが、フレーザー公使はいまの日本の状況を概括的ではあるが説明してくれた。ショーグンが結んだ条約に苦しんでいるとね。日本人であるきみが治外法権の前にためらうのはわかるが、問題になればぼくが責任を負うよ。だが、そんなことにはならないから大丈夫だ」

「きみがそういってくれるなら心強い。だが、あくまでも慎重に、警部が来るなら制服は脱いで私服になったほうがいい」

「私服ですか……」

と、中条警部は不満そうな顔をした。彼にとって制服とは権力の象徴であり、誇りでもあるのだ。だが再度の要請に彼は不承不承うなずいて、すぐに着換えてきますと答えた。

彼とは七時に再会することにした。ホック氏はくつろいだ態度で、きょう行ってきた浅草の話をはじめた。煉瓦造りになった仲見世のにぎわいが珍しいらしく、また、菊の早咲きを展覧させているところがあって、その種類の豊富さが見事であり、イギリスのハマースミス、ストーク・ニューウィントンあたりの花造りたちに見せてやりたいものだと感想をのべた。

やがて日が暮れた。妻の多喜は馴れたのか今夜は私に相談することもなしに、牛鍋《ぎゅうなべ》を仕度した。書生のころ、私もしばしば牛鍋屋に通い、その肉と葱《ねぎ》の煮える匂《にお》いに新時代の香りを嗅《か》いだものだが、このところとんとご無沙汰《ぶさた》している。ひさしぶりのその匂いは、ふと、私に青年客気の時代を追憶させた。ホック氏は牛肉を日本的に調理した、この料理ともいえぬ料理の味を賞《ほ》めてくれた。

「ヨーロッパ人の味覚にも適合した味だよ。将来、この料理はヨーロッパにも進出するときがくるだろうね。ぼくのような舌にもよくわかる」

食事を終り、書斎で煙草を一服やっていると、中条警部がやってきた。紺地にねずみのまじった結城紬《ゆうきつむぎ》の袴《はかま》という、このごろ関東で流行の着物を着ている。制服を脱いだ彼は鼻下の髭さえなければ押しの強い商人とみえるだろう。

「これだけは持ってきました」

と、彼はふところから捕縄を出した。

私も用心のため、連発銃を持って行くことにし、ホック氏には例のステッキを貸した。

第四章　廃屋の冒険

私たちは家を出た。空には月はなく、星が満天にきらめいている。

「すばらしい星空だ……」

ホック氏はちらりと虚空《こくう》を仰いだが、ふんと鼻を鳴らした。

「星が現実の事件となんの関係がある？　ぼくは現実

に関係のないものはおぼえないことにしているんだ。それでなくてさえ、ぼくの頭にはおぼえておかなければならないものが次々に流入してくるんでね」

「東洋にはむろん日本にも古来から、天地の自然を受容する感覚があって、月や星の運行も雪や花もすべて日常の生活に取入れている。イギリス人にだって、そういう感覚はあるんだろう?」

「それはあるさ。日本人ほどではないがね。だが、ぼくには無縁だ。いつだったかぼくの友人が、ぼくが太陽系について知識がゼロなのに驚いていたが、知る必要のないものは知る必要がないのだ。月が地球をまわっていようとどうしようとぼくには関係がない」

「すると、きみは満天の星に興趣を湧かしたことはないのかね。悠久の銀河の流れ、すばる……いや、プレアデス星団の神秘さにも」

「なんだね、それは?」

私はびっくりしてしまった。

「では、きみが知りたい知識はなんだね?」

「化学。それに犯罪のすべて……」

と、ホック氏は答えた。

「それだけ?」

「つけ加えれば犯罪捜査上に必要な知識かな。地質、毒物、凶器、痕跡《こんせき》などを見分けることのできる知識だよ」

私たちは話しながら暗い道を歩いた。目的地が近づくにつれて次第に話は途絶え勝になった。

警部は笄町に着くと仙吉の描いた地図を出してながめた。

「ひでえ地図だ。西も東もわかりやしねえ」

ぶつぶついっていたが、それでも見当がついたとみえて歩き出した。私たちはやがて一軒のかなりの庭のある暗い家の前に出た。

「ここですな……」

私たちは丈高い生垣《いけがき》の間からなかをのぞいた。ここも以前は武家屋敷であったものが、維新以後買手もなく放置されているものの一つであるらしい。庭はぼうぼうと草が茂り、薄《すすき》が星明りを受けてゆれていた。

「空家《あきや》みたいですね。仙吉の地図にまちがいなければここなんだが……」

門は古びてはいるものの厚い樫《かし》の戸は頑丈だった。ホック氏は鞄のなかから小型の手提げ角灯を取り出した。私たちは灯の用意を忘れたのを恥じた。ホック氏は万事に周到であった。さっき、生垣越しにのぞいたかぎりでは母屋に灯の色は見えなかったが、それだけでは無人かどうかはわからない。ホック氏は角灯に灯をともし、門の周辺と地面を調べた。

「門の蝶番《ちょうつがい》に油が差してある。地面は乾いていて足跡はわからないが人の出入りした形跡がある。油は最近差した新しいものだ。入ってみよう」

警部が門を押した。門《かんぬき》がかかっているらしく門はわずかに撓《たわ》んだだけだった。

「内側からあけてきます」

中条警部は張り切った声でいうと、生垣の竹に足をかけ庭に飛び下りて姿を消した。すぐに門をはずす音がして門は音もなく開いた。ホック氏が角灯のすべり板を大きくあけて灯を明るくし先頭に立った。私は内側にいた警部とそのあとにしたがった。門内の母屋に通ずる小径《こみち》は踏みかためられ、ホック氏のいう通り最近人の出入りもあり、長いあいだ放置されていたとは思えなかった。左右の庭の雑草や薄の穂がそよいでゆれるたびに私は何者かがひそんでいるような気がして、あたりに警戒の眼を配った。ここも虫の音がかまびすしく、虫が鳴いているかぎり大丈夫だとは思うのだが、やはり気になるものである。その虫の音は私たちの足音を知って、そのときだけ周辺で止むのだが、通りすぎるとたちまちもとのように復活した。

玄関の戸にも敷居にも油が差してあって、その黒いしみが垂れているのがわかった。私は警部が戸に手をかけて引き開けようとするとき、手にピストルを握り、安全鍵《けん》をはずし異変があったらすぐに射てるようにした。

戸は意外に大きい音を立てて開いた。私は戸から二歩下って身構えたが何事もなかったのでほっとした。ホック氏が角灯をさしかけた。鈍い黄色の光のなかに土間と式台と破《や》れ畳が見えた。

「ふむ。足跡がある。ごく最近のだ……」

破れ畳にはあまりはっきりとはしないがたしかに足跡と思われる跡があった。角灯を近づけてそれを調べていたホック氏がいった。「ここに来たのは二人だね。ひとりは身長六フィート二インチの大男で外国人であることは断言できる。しかも、ロシア人だね。少年たちが突き止めてくれた人物と同一人だろう。もうひとりは日本人の女性で、男が無理にここに連れこんだのだ。そして、出ていった」

「どうしてそんなことがわかるんだ?」

思わず私は声を高くした。

「初歩的なことだよ、ミスター・モト」と、ホック氏はいった。「この破れたタタミは湿気を吸ってぶよぶよになっている。そこについている大きい足跡の歩幅から身長は推定できる。この足跡は十二インチの靴をはいている。それを見てもかなり大きい男だということはわかるだろう。それに、これを見たまえ」

彼は指先についたものを差出した。

「灰らしいね。煙草の灰だ」

「この灰はロシアのパピローサという——つまり巻煙草だがね。長い吸口のついた独得の煙草の灰だよ。これで大男のロシア人だとわかるだろう。日本にこの種類の煙草は輸入されていないはずだ」

「なるほど。では、もうひとりの人物が日本人の女性であるというのは?」

「ゾーリの跡さ。八インチ四分の一そこそこしかない。こんな可愛いゾーリを履くのは女性で、しかも男の足跡が一歩一歩ついているのに、女性のほうの足跡は無理に引き摺《ず》られた跡がある。男が女を女の意志に反して連行したのだ」

ホック氏は角灯を掲げて廊下を進みはじめた。中条警部と私は油断なく気配に注意しながらホック氏の両脇《わき》を固めるようにした。私たちの足許《あしもと》で廊下はぎしぎしと音を立てた。

破れ放題の襖《ふすま》、唐紙《からかみ》、畳。はげ落ちた壁。ここが打ち捨てられて久しい家であることは確かだ。そして、最近は何者かに利用されていることも——。赤土のついた足跡は右側につらなる三つの小部屋の前を通って、廊下のいちばん奥まった部屋で止っていた。そこも桟のむきだしになった襖が、ともかくも形だけ入っているといった部屋だった。

角灯のあかりが化物屋敷のような荒涼とした襖を照らした。中条警部がそれを引きあけた。

部屋は十畳ほどもあった。もとは客間として使われていたのか床の間もあり、柱の銘木が、まだがっしりとした感じで光を浴びて光った。中条警部がくぐもった声をあげた。

内部は無人だったが人がいた形跡が歴然としていた。私たちの眼をなによりも驚かしたのは床の間の前に投げ捨てられた緋色《ひいろ》の帯上げと、散乱している緑色の香炉のふただった。

「これは栄吉の店から紛失したやつですよ。……八つある。盗まれたもの全部ですよ」

と、警部は数えていった。

ホック氏は角灯を近づけ、女物の帯上げをみつめた。

「これはなにに使用するものだね?」

「女性の帯——キモノの上に巻く幅広のベルトの付属品だよ」

彼はなにかをつまみあげ、灯にかざして綿密に検査した。それから立って部屋の隅々まで見まわり、あるところではかび臭い畳をなめんばかりに鼻を近づけ、指でこすったりまた匂いを嗅いだりした。そのあいだに私と警部は散乱していた香炉のふたを拾い集めた。ホック氏が叫んだ。

「血だ」

角灯の光が照らすその場所に茶褐色のしみが点々とついていた。量は多くなかったが一箇所ではまだ固まりきっていない絵具のようにどろりと溜《たま》っているところもあった。

「こりゃ、どうしたんでしょう」

と、中条警部が声をあげた。この部屋で血なまぐさい事件が生じたことは明らかなように思われた。私はどこかに死体がころがっているような恐怖感に襲われ、思わず光の届かない隅を見やった。ゆれる光によって怪奇な影ができ、そこに魑魅魍魎《ちみもうりょう》がうごめいているかのような心理を持ったのも、この荒れはてた家のなかでは無理からぬことであった。

余談ではあるが維新によって武士が禄《ろく》をはなれると、東京市中では広大な武家地がほとんど空家になるか捨値で売りに出された。しかし、当座は買う者もなく繁栄を誇った屋敷が無残に捨てられていた。それから二十数年が経《た》っても、市中にはこうした荒廃した家がかなりあったのである。

ホック氏が立上った。角灯の光を下から受けた顔はこれまで見たことのない緊張を示していた。

彼は部屋を出て廊下を勝手のほうに歩いた。それから戻ってくると私たちに来るようにと合図した。勝手の土間は広く、くずれたかまどのそばに欠けた湯呑《ゆの》みや茶碗《ちゃわん》の破片がころがって、戸はなくなっており、外から風が吹きこんでいた。

「連れてこられた女はここで拷問かそれに近い行為を受けたが、その女を助けに来た男がいる。男はロシア人を傷つけ、女を救って逃げた。逃げてから約一日というところだね」

と、ホック氏がいった。

「拷問だって?」

「女性はあの帯の付属品の紐《ひも》によって縛られていたんだよ。ロシア人は女の髪をつかんでかなり手ひどいことをした。毛根の付着している女の髪が十数本かたまって抜けているのが証拠だ。その髪の油から女はお絹だね。救いに来た男は栄吉だろう。傷はたいしたことはない。だが、ひるんだ隙《すき》にロシア人に切りつけた。傷はたいしたことはない。ロシア人は相手が刃物を持っているので追うことを断念し、とりあえず止血してその場を立去った。血がいったんは飛沫《しぶ》いたがそれ以上落ちていないから、止血したと考えていい。栄吉は勝手口から入ってきたんだ。土間に下駄のあとが二種類ある。二本の歯の一方が深い跡を残しているのが、男の方向をしめしている。一つは歩幅が小さく奥に向ったほうの歯が深い。これは足音を忍ばせて歩いたのだ。もう一つは歩幅が大きく、しかも二本の歯のあとがずっと深い。大きなものをかついで――それはお絹の身体だと思う。そのために深い跡が残って、それは表へ向っている。お絹という女性が痛めつけられて、自力で歩けないほどの状態であったことがわかるね。事件が起ったのは、ロシア人が人力車でここに来たあと、つまり、きのうの午後おそくだ。お絹という女はそのとき、ここに縛られていたのだ」

「すると、お絹はロシア人に誘拐《ゆうかい》されていたんだね」

「そうだ。そこで問題になるのは香炉のふただ。ロシア人が栄吉の店にわざわざ自分で出向いたのは、誘拐したお絹を責めて香炉のふたがなにか重要なものであることを聞き出したからだ。ロシア人は店にあった香炉のふたを持って、ふたたびここに戻ってきた。途中、公使館に寄ったのはだれか――おそらく公使に報告するためだったろう。ロシア人は香炉のふたをお絹に見せて、ふたたび責めたがその最中に栄吉が飛びこんできたのだよ」

「こんな香炉のふたに、一体、どんな重要な秘密がかくされているんだろうね?」

私は拾い集めたどれもこれも似たような安物のふたをながめた。

「ふたは何個あるね?」

「八個です。紛失した個数と一致します」

と、中条警部がいった。

「では、その八個は重要なものではないよ」

と、ホック氏がいった。

「どうして?」

「本当に重要なものなら、危急の際にも持ち去るよ。全部を残して逃げたのは、この八個のふたが重要なものでないことを、お絹も栄吉も知っていたからさ。重要な香炉のふたはべつにあるのだ」

「それは栄吉の店にかい?」

「お絹はロシア人にそういったにちがいない。お絹自身は問題のそれがまだ店にあると思っていたのだろう。だが、本当にあるかどうかはわからない」

「もう一度、徹底的に家探しします」

と、警部がいった。

「でも、それらしいものはなかったはずだよ。――ほかに探さなかったところがあればべつだがね」

「もし、ここにこれ以上とどまっている理由がないとすれば、これからでも行ってみようじゃないか」

私は、ホック氏にいいながら、栄吉の店にはかなり見残した箇所があるような気がしてきた。言ってみれば外出する際、かまどの火が消えたのを確かめたくせに、時間がたってみると消したかどうか気になりだすあの心理である。

「あそこには梶原をずっと張りこませてありますので、昨日のまま保存は完璧《かんぺき》と存じます」

と、中条警部はいった。

「ロシア人に殴られた傷はどんな具合だね?」

警部の部下の気の毒な状況を私は同情をこめてたずねた。すると警部は笑い飛ばした。

「なあに、いっそう勇気凛々《りんりん》でさあ。梶原の頭の骨は分厚くできてるんです。その分だけ中味が少ないですがね」

私たち三人はなおも家のなかをくまなく捜索したが、前記以上の発見はなかったので引揚げることにした。この家が利用されたのは単にお絹を拉致《らち》して監禁するためだけであったらしい。帰りがけに中条警部は隣り近所を訪れてこの家のことを聞き出したが、近所はみな離れていて空家としか思っていなかったとのことだった。そうだとすれば強いて女が監禁されていたなどと殊更いうこともないので、外国人をみかけた事実がなかったかどうかを聞くにとどめたが、ふだんでも森閑として通行する人もいないこのあたりでは、その返事もはかばかしくなかった。

私たちは大通りへ出て霞町の角に馬車屋があるのをみつけ、三人打ち揃《そろ》って神田へ行くことにした。馬車はひどいガタ馬車だった。幌《ほろ》がこわれていて上らず、走り出すと間もなく私たちは寒くなって襟を掻合《かきあ》わせなければならなかった。

「今度のことをどう思うね?」

と、ホック氏が車輪の音に負けまいと声を高くした。

「まだ不明の点も多いが、お絹と栄吉の身になにか起きていることは想像できる。彼等は文書をどうも背後の何者かに渡していないのではないかね。しかし、どうして依頼者の命にしたがって男装までして文書を盗みだしたのにそれを渡していないのだろう……」

「ぼくは近年ヨーロッパに起きた犯罪事件をことごとく暗記しているが、これを分析すると興味ある事実に気づく。犯罪というものはいくつかのパターンに分類されて、表面は変っていても真実はパターンの一つに類別されてしまうのだ。この方法は東洋でも変りはあるまいね。言語、風俗習慣は異ってもおなじ人間であるからにはね。だとすると、推定できるケースは限られてくる。たとえば栄吉とお絹が背後にいるX氏から文書を盗み出すように依頼され、それに成功したとたん、約束された報酬に不満が生じた、ということも考えられる。文書を種に逆に相手を恐喝することもあり得る。その根本は金銭だろうね。お絹と栄吉にとっては文書を持っていても意味をなさないのだから——。しかし、X氏には文書が入手できないのは重大事だ。そこで、お絹を誘拐した。だが……」

「ふたりは文書をどこかにかくした。そのかくし場所を解く鍵《かぎ》が香炉のふただ！」

と、私は叫んだ。馭者《ぎょしゃ》が振り向いてなにかいいましたかとたずねた。私は急げと言い返した。馭者は鞭《むち》を一振りくれ、ゆれはいっそうひどくなった。

「うまいぞ。その通りにちがいない。ミスター・モト。きみにはぼくのロンドンにおける友人の医師より論理的な才能があるようだ」

と、ホック氏は私をおだてた。

「つまり、お絹と栄吉は文書を相手に引渡さないかぎり、非常な危険にさらされているというわけだね。これは、早急に彼等を保護する必要がある。なにしろ、われわれはまだ一度も当人たちに会ったこともないのだからね」

「今回は栄吉がお絹を救出したようだが、X氏は今後も追及の手をゆるめないだろうね。彼等が文書を手にするか、われわれが先か、いまからでも遅くはない。このレースに加わるのはね……」

ホック氏は風に声が飛ばされるために大声でそういった。ゆれる馬車は乾いた道路に砂埃《すなぼこり》を巻上げ濠端《ほりばた》の道を半蔵門《はんぞうもん》から九段へ抜け、やがて神田神保小路も近くなった。懐中時計の針は九時をさしている。表通りで馬車を止めるとホック氏が料金のほかに酒代をはずんで支払ったので、馭者は何度も礼をいった。私たちは馬車を下り裏通りの栄吉の店に歩きだした。

ほとんどの家が大戸《おおど》を降ろして、時折り隙間だらけの雨戸から洋燈《ランプ》のにじむような黄色い光がもれているだけで、通りは犬一匹いない。

だが、栄吉の家の前までくると、ふいに積上げてある桶《おけ》のうしろから黒い人影が立上った。

「何者か！」

鋭い誰何《すいか》の声がした。

「おれだ。中条だ」

警部がいうと人影は桶をまわって出てきた。頭に繃帯《ほうたい》を鉢巻のように巻いた屈強の青年である。飛白《かすり》らしい着物の裾《すそ》をはしょってそこから肉色の股引《ももひき》の足が出ている。

「警部殿でありましたか。これまでのところ異常ありません」

と、青年は直立不動の姿勢で報告した。警部は彼を一等巡査梶原刑事だと紹介した。私は頭部に負傷した上に、おそらくは一日中、この店を張っていた刑事をねぎらい、傷の模様を聞いた。

「外科医で五針縫いましたけど、もう平気です」

と、彼は直立不動で答えた。

「もう一度、なかへ入るぞ」

「なんぞ探しものですか?」

「ああ、おめえも手伝ってくれ。探すのは香炉のふただ。ほら、ここから消えていたみどり色の埒《らち》もねえふたよ。あいつが、もっと残っているかも知れねえ。あれが案外重大なものだってことがわかったのよ」

「へえ……。あんな変哲もないものが重大なのですか」

「そうだ。おめえを殴ったロシア人も、そいつを狙《ねら》ってるんだ」

「ははあ。思い出しても無念です。梶原伊太郎《いたろう》一代の不覚でした。津田三蔵《つださんぞう》の気持がわかります」

滋賀県守山《もりやま》署の巡査津田三蔵が訪日中の露国皇太子ニコライ・アレキサンドロヴィッチを、大津において突如、抜剣して襲ったのはこの年の五月十一日であった。皇太子は耳の上部から頬《ほお》へかけ、約十八センチの傷を負った。三蔵が皇太子を襲った理由は、ロシアが日本を侵略するため皇太子を視察に派遣したと信じたためである。この事件で朝野はあげて震撼《しんかん》し、天皇みずからが謝罪のため、京都までおもむくにいたった。さらに、皇太子に申訳なしと自殺する婦人もあって、外相青木周蔵《あおきしゅうぞう》はただちに責任をとって辞任、次いで内相西郷従道も引責辞職したのである。

梶原刑事は自分を殴ったのがロシア人と聞いて恨み骨髄に徹しているらしい。


四人は暗い屋内に入った。ホック氏の角灯がここでも役に立った。屋内はきのう見たときのままだった。

「栄吉が問題の香炉のふたを持っている可能性も否定できないね」

「それはどうかな。お絹はここにあると思って白状したのだが、誘拐されるまでは栄吉と行動を共にしていたのだろうから、栄吉が持っていれば知っているはずだ。栄吉も鹿鳴館から文書をお絹が盗んだあとは、いったんここへ戻って文書をかくし、そのかくし場所を解く鍵を作ったにちがいないが、それを持っているのは危険だと思って、さらに鍵もかくしたかもしれない……」

散乱した茶碗や小皿や丼《どんぶり》、土瓶、花瓶といったものをながめ、ホック氏は台所に進んだ。

「フランス人のデュパンという探偵を創作したアラン・ポーというアメリカ人を知っているかい?」

と、突然、ホック氏はいった。私が知らないと答えると、

「デュパンは名探偵の代名詞のようにいわれているんだがね、十五分以上も無言でいていきなり人を驚かすようなことをいう。ぼくにいわせればデュパンはこけおどかしの好きな人間だ。しかしね、彼にも多少の論理的才能があることは認めなければならぬ。彼は盗まれた手紙を探す際に、それが重要なものならだれでもが探すだろ

う金庫とか手文庫とかではなしに、かえって人の目につきやすい場所に無造作に置いてあるにちがいないと思った。常識を裏返すのが、もっとも上手《じょうず》なかくし方だとね。手紙は状差しのなかに、ほかの手紙と一緒にさしこまれていた。ぼくもその故知に習って――たとえば」

　と、ホック氏は台所の一隅に鍋釜《なべかま》といっしょに置かれた土瓶のふたを手にとった。

「これが、われわれの探しているものではないかね。みどり色の土瓶にみどり色のふたはあまりにも自然だから、日本人であるきみたちはかえって気がつかなかったし、侵入したロシア人は店の香炉のふたに気をとられて、台所などは見もしなかったにちがいない。きのうはぼくも文書に気をとられて、香炉のふたに気がつかなかったが、それはぼくの知識にない異国の品物だったからだ。しかし、見たまえ、これにはつまみがないよ」

　土瓶のふたに当然ついているべきはずの丸いつまみがそれにはなく、おまけにほかの香炉のふたは穴が三つしかあいていないのに、これは不規則に十個の大小の穴があいているのである。その穴の違いをのぞけば、材質も色も他の八個と寸分ちがわない。まるで幼児が悪戯《いたずら》半分にぶすぶすと穴をあけたといった印象であった。その穴はゆがんだ四角を形成するものがあり、触角のようにその二辺から連なるように一つは二個、他の一つは四個の穴があいているが、穴の間隔は等間隔ではなく、これまた不規則であった。

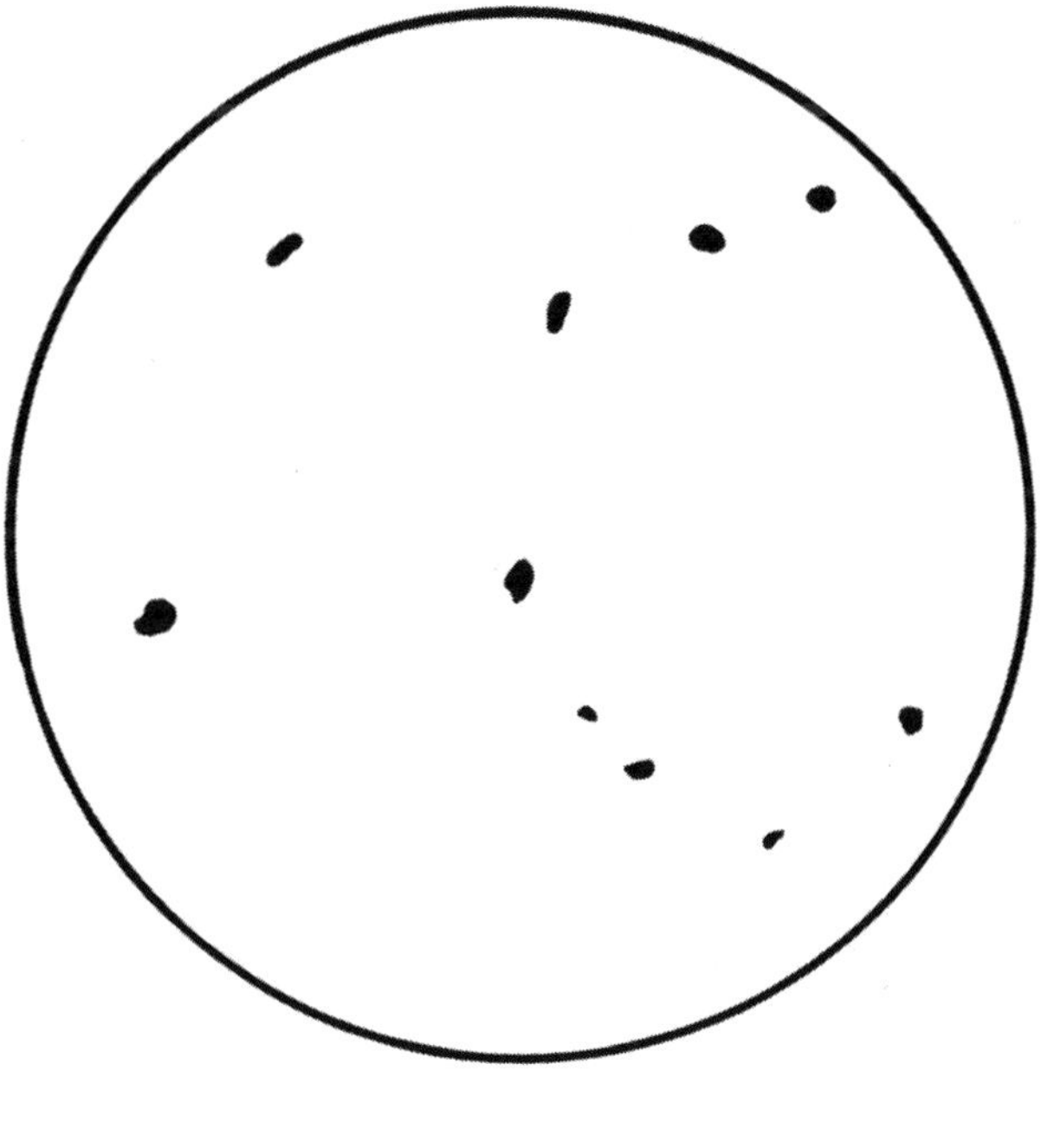

「きっと、これにちがいない」

　と、私はいったが、いくらながめてもこの穴の意味するところは知る由もなかった。

「いつ、これを焼いたのだろう?」

「文書を盗んだあと、それをどこかにかくし、いったん自宅に帰ったときだろうね。この種のものは一時間もあれば焼けるだろう。そのくらいの時間は充分にあったよ」

たしかに楽焼《らくやき》に近いこの種のものは、火さえあれば短時間で焼ける。

「ゆっくり検討することにしよう。どうやらレースにいくらか先んじることができたようだね」ホック氏は興奮の色もみせずにいうと、「ぼくは帰って熱い湯を浴びて寝ることにしたいよ。その前に公使夫人のヴァイオリンを借りてなにか弾《ひ》いてみたいと思うんだ。ひどくゆれる馬車と浅草の混雑でくたびれてしまったが、疲労回復に音楽はとても有効なんだよ」

とインバネスの襟をかき合わせた。十個の穴のあるふたは私が持帰って検討をまず加えてみることにしたのは、もし、これが文字であったとしたらいくら明敏なホック氏でも読解は無理であったからである。中条警部は梶原刑事にこの店を監視する任務を解き、帰宅するようにといった。刑事は不服気だった。彼は栄吉かお絹がいつか戻ってくるかも知れぬので、三日三晩でも不休で張りこむ意気込らしかったが、今夜でやめてもらうことにしたのである。なぜならば、彼等にとって重要なものが、もうわれわれの手に入ったと考えてよかったからである。

外に出るとはたと困った。この時刻では辻《つじ》馬車はつかまらない。しかし、中条警部が人力車の帳場を探して三台の車を都合してきてくれたので、われわれはそれに分乗して帰宅することにした。

私は今夜も軽いときめきを感じていた。自分の懐中にある香炉のふたをめぐって、なにやら暗闘があり、そこに国の政治をかけた秘密があるのだと思うと、一刻も早く帰宅して明るい灯の下で香炉のふたの謎《なぞ》を検討してみたくてたまらなかったのである。

お絹と栄吉はどうしているのであろう。決してこのふたりには同情すべき点はないが、しきりと気にはなるのである。これまでの推測によれば彼等はみずからの行動の招いた結果として、追われている様子である。それは身から出た錆《さび》というべきであるが、彼等がどのような運命をたどろうとしているかには深甚《しんじん》の注意を払わざるを得ない。

帰宅してみると、留守中に陸奥家の馭者の又七が宗光からの届物を持ってきていた。封筒に十円札が十五枚入っていて添書があり、なにかと必要かと思うゆえ、当座の費用として収めておいてもらいたい、ホック氏にも公使館を通じて同額を届けてある旨がしるされていた。

私は書斎に入ると安楽椅子に腰を落着け、テーブルに置いた洋燈《ランプ》を引寄せ、あらためてまじまじと持参した香炉のふたをながめた。ふたそのものは店から紛失し、銲町の廃屋で発見されたものと全く同質である。栄吉が自家の窯《かま》で製造したものにちがいない。私はまず表裏を詳細に観察したが得るところがなかったので十個の穴をみつめた。なんとしてもこの十個の小さな穴が、なにかを語っているに相違ないのである。

一体、どういう角度から見るものなのだろうか――それが、まず第一に決定されなければならない。しかし、回転させてみてもそこから意味あるものは浮んでこなかった。

ふと、私は中国の故事にある香印に想到した。香印とは香を焚《た》くと薫煙《くんえん》がいくつかの穴から立昇る際、一つの文字なり図形なりを描くことをいう。香炉に刻まれた吹出口が、あるいはそのようにでもなっているのではないか、と私は思ったのである。

私は我家の香炉を持ってきて、その上に栄吉のふたが乗るようにし、香をくべてみた。十個の小穴からは細い紫煙がゆらゆらと立昇りはじめた。私は煙の様子を凝視《ぎょうし》した。

風を立てないように香炉のまわりを移動し、さまざまな角度から薫煙の状況を観察したが、やがて、私は失望の吐息とともに腰を下ろした。ついに――どのような角度からも、何等、意味ある形を発見できなかったのである。

室内は白檀《びゃくだん》の香りに充満した。実験に熱中したあまり、かなりの量をくべていたのである。

香印ではないとするとなにか。私は紙に穴の位置を写し、各点を線で結んでみた。それはまずゆがんだ四角を作り、二本の触角のように線を伸ばしたものになった。次に触角と触角を結んだもの、四角を対角線で結んだものなど、考えられるかぎりの線を結んでみたが、それも――なにかの意味ある文字、図形にはならなかったのである。

私は腕をこまねき、長いあいだ沈思黙考した。さまざまな方法を考えては消去し、あげくの果にはこの穴は特に意味あるものではなく、真に重要な香炉のふたは、まだべつにあるのではないかとすら思うようになった。

いつか、私は疲れてまどろんでしまったらしい。肩に手がかかるのを感じて眼をあけると、妻の多喜が茶を淹《い》れてきて、私を起したのだった。

「お風邪《かぜ》を召しますわ。うたた寝をなすっちゃ。――まあ、ひどいお香……」

多喜は窓をあけた。冷えた風が入ってきて室内にこもった香煙を吹きはらった。

「晴信は寝たのかね?」

「とっくに。あの子は八時には寝てしまいますもの。そういえばここ二日、顔も見ていませんね。あの子がさびしがっていますよ」

「そういえばそうであった……」

私は子煩悩《こぼんのう》なほうで、それまでは暇さえあれば子供にかまけることが多かったのに、この二、三日はすっかり遠ざかっている。

多喜は窓を閉め、私の向いに腰を下ろした。

「陸奥様からのお仕事はうまくはかどりまして？」

と、彼女はいった。

「はかどっているようないないような……。まだどのくらい時日を要するか見当がつかない。御期待に添えるとよいのだがね」

「診療のほうは代診の岡田先生が、そりゃ熱心に診《み》てくださっているので、安心していらして結構です」

「その点は私もうれしく思っているよ」

多喜は思い惑ったように睫毛《まつげ》を伏せ、また開いた。

「あの、ホックさんはこれからも宅でお食事を召し上りますか？」

「なぜだい。時にはあるかもしれないがね」

「なにを差上げたらよいか迷ってしまいまして。いまから西洋料理を習うわけにもいきませんし……」

「そんなことか。気にかけるには及ばない。あの人は生魚が苦手らしいが、そのほかのものは喜んでおいでのようだ。赤ワイン――あの人がクラレットと呼ぶボルドー産の葡萄《ぶどう》酒を欠かさなければいいよ」

「それならいいんですけど……。ものの本を見ますと外国の方はコーフィとかいうものをよくお飲みになり、パンと塩漬《しおづ》けの豚肉などを召し上ると書いてございました。パンは知っておりますが、ほかのものは見たこともございませんもの……」

「そうだったな。今度、本郷《ほんごう》の野田安か四谷《よつや》竹町の三河屋にでも連れて行ってあげよう。シチューとかオムレツとかならおまえの口にも合うだろう」

「それはなんでございます？」

「シチューは肉と野菜を煮こみ牛乳などを加えて調理した汁だ。オムレツは西洋の玉子焼だな。挽《ひ》いた肉に味をつけ、うすく焼いた玉子に包んだものだ」

「どんな味なんでございましょう」

「食べてみればわかるさ。おいおい、日本にも西洋の料理が繁盛するようになる。後学のために食べておくのもいい。そうだ。今度ホック氏が来られたら甘いものをすすめてみよう。塩瀬の饅頭《まんじゅう》か壺屋の錦織《にしきおり》でも買っておくといい」

私は茶をすすった。その眼が卓上の香炉のふたに行くと、私は現実に引き戻された。

第五章　美しい玉乗り

暦があらたまって十月の声を聞くまでの三日間、私の内心の焦《あせ》りをよそに事件はなんの進展もみせなかった。香炉のふたについては私の頭脳の鈍さに腹立たしくなるだけで、端緒すらつかめなかったし、サミュエル・ホック氏にいたっては顔も見せない。病気でもしているのかと、私は英国公使館に使いまで立てて問い合わせたのだが、氏は外出中とのことでその行先はわからぬという返事であった。

私は陸奥邸に伺候《しこう》して、経過を報告し膠着《こうちゃく》を詫《わ》びたが、宗光はその点はあまり気にしなかった。文書がホック氏のいわゆるX氏に渡っていないことがはっきりしているからであろう。

どこから手をつければいいのかと思いあぐねていると十時ごろ中条健之助警部が訪れてきた。彼もこの二日間は音沙汰《おとさた》なしだったのである。

「都鳥のお絹と三田栄吉がどこに雲隠れしているか、梶原と手分けしてずいぶん探し歩きました。ここでわたしらの内情をぶちまけるのはまずいのですが、わたしらは市中のスリ、無頼漢、博打《ばくち》打ち、香具師《やし》、盗人にいたるまで知り合いがいましてな、彼等のなかにこちらへの通報者を持っております。また、貴人の懐中物が盗まれた場合でも、親分に話をつけて返還させることもできます。それでですな、お絹などは世間の裏街道を渡り歩いた者ゆえ、通報者を動員して探させたのですが、どうも芳《かんば》しい知らせがないのです。お絹が往年のスリ仲間の縁を頼ってかくまわれていないとなると、次は三田栄吉の線ですが、これが壮士くずれときていて、壮士のほうはわれわれを目の敵にして寄せつけません。今回の任務は公けのものではないので、強権を発動して引っ張るわけにもいかず、ほとほと困りましたよ」

警部もすっかり元気を失っていた。私は茂木啓輔のことを思いだした。彼からもなんの音沙汰もない。おそらくはなにもせず私から受け取った十五円を授りものとでも思って、酒に浸っているのかもしれないが、彼は栄吉を知っているようだし、督促すれば残りの半額に釣られて御輿《みこし》をあげるかもしれない。

私は啓輔のことを話し、もう一度日ケ窪へ行ってみようといった。

警部と私がそんな相談をしているところへ、これまた音沙汰のなかったホック氏が突然現われたのである。

「心配していたのだよ。まさか、この三日間市中を見物していたんじゃあるまいね」

私は強い味方を得たような安堵《あんど》を一方でおぼえるとともに、つい口調は皮肉をまじえたものになった。

「公使館にきみからの問合せがあったことは知っていたけど、ぼくの行動はだれにも知られたくなかったのでね。きみの言葉通り、この三日間東京市中をいろいろ走りまわっていたよ」

と、ホック氏は愛用の茶のインバネスを脱ごうともせず、なにやら気が急《せ》くようにいった。

「走りまわっていたって?」

「ロシア公使館付駐在武官であるザブルーニン大佐のあとをつけてね。ぼくはいささか変装に自信があるのだが、日本人に変装したのははじめてだった。しかし、客待ちの辻馬車の馭者は、よく日本式のタオルで頬かむりしているのでなんとかごま化せたよ。そうしたスタイルでロシア公使館に出入りする者を見張っていたのだ。次にぼくはイギリスの商人に化けて、公使館の書記官に接触し口の固い相手の胸襟《きょうきん》をときほぐすことに成功した。腕に傷を負った人物の名を聞くのはわけなかった。それで梶原刑事を襲い、お絹を誘拐した人物がザブルーニン大佐であることを確認した。大佐は数人の日本人を使って、なにやらいそがしく走りまわらせていたが、これは逃走したお絹と栄吉の行方を探させていたらしい。今日になって——ほんの二時間前だが、急に動きがあわただしくなって、ザブルーニン大佐みずからが飛び出したので、ぼくはそのあとを尾行し、彼が芝《しば》のある寺に行くのを突きとめた。大佐の輩下の日本人がその寺になにかがあることを報告したのだ。その、なにかは、お絹と栄吉の消息かもしれない。これからわれわれもそこへ行かなくてはならない……」

「それは大変だ!」

と、私は驚いていった。英語のわからない中条警部はホック氏のしゃべるのを口をあいて聞いていたが、私が簡単に説明すると衝撃を受けた自動人形のように立上った。

「すぐ行かなきゃなりません」

仕度を整えるのもそこそこに、私たちは家を出た。

「ぼくはひとりで残っていてもよかったのだが、仮にお絹と栄吉が寺にいるとしても、すぐに生命の危険があるとは思えないので、きみに連絡するために戻ってきたのだ。中条君もたまたま居合わせたのは、心強いかぎりだよ」

辻待ちの車をつかまえて、それぞれに分乗する間際に私はホック氏に質問した。

「相手は大佐だけかね?」

「いや、少なくとも二人の日本人の輩下がいる」

「武器を忘れた!　きっと闘う仕儀に立ちいたるにち

がいない」

と、私は叫んだ。

「ステッキがあれば充分さ。さあ、行こう」

ホック氏は先日から私が貸しているステッキを片手であげてみせ、車に乗りこんだ。ホック氏を先頭に、車夫は威勢のいい掛声をかけ車を引きだした。

本資《もとで》なし能なし故に車ひく
人をも身をもうらみざらまし

などと中納言朝忠《ともただ》の戯歌《ざれうた》にもうたわれた東京府下の人力車夫はこのころ四万一千四百余人を数え、その半数以上は一日十銭で親方より車を借り、一里八銭の料金で客を乗せていた。だが、道が悪いからといい、蠟燭《ろうそく》代といい、もう一銭くだされといい、ずいぶん雲助まがいの者も多かった。私たち三人の乗った車も、ホック氏が酒代をはずむといわなければ、決して威勢よく走り出さないような人相の悪い車夫であった。きょうは中条警部は私服なのである。

飯倉《いいくら》から赤羽橋《あかばねばし》へと出て薩摩《さつま》屋敷先を左に折れたあたりでホック氏は車をとめた。

「ここからは歩いて行こう」

曲りくねったせまい道の両側は鬱蒼《うっそう》と茂った大樹が並び、昼なお暗い林となっている。そこを行くと間もなく古びた山門の前に出た。門には〈金生院竜徳寺《こんしょういんりゅうとくじ》〉の額が、半ば傾いて掲げられていた。山門の奥は竹林になっており、その間の小道があまり大きくない本堂に通じている。本堂に接した庫裡《くり》らしい低い建物が竹のあいだからわずかに軒端だけ見える。

警部と私は山内《さんない》をのぞいてみたが、人の気配はなかった。またもやおくれをとったかと私は内心落胆して、それまで張りつめていた緊張が急速にしぼむのを感じた。

ザブルーニン大佐とその手下は、私たちより一足先に栄吉お絹のかくれ家を急襲し、ふたたび彼等を何処《いずこ》へかと連行したのではあるまいか。

だが、たとえ栄吉お絹の双方、または一方を誘拐して責めたとしても、大佐とその一味が欲している香炉のふたは、われわれの手中にあるのだという点が、私の心の支えともなった。

私たちは山門を入った。竹間の小径を本堂に行くにつれ、ますます無住の荒れ寺のような気がした。庭がまったく手入れされておらず、建物の荒廃ぶりは麻布笄町《こうがいちょう》の廃屋のそれと、はなはだしく似通っている。本堂は吹きこんだ病葉《わくらば》が一面に散り敷き、須弥壇《しゅみだん》にあるべきはずの本尊も仏具もなく、天井からは空がのぞいていた。だれかが入った痕跡《こんせき》もなかったので、私たちは棟続《むねつづ》きの庫裡に向った。

庫裡の戸をあけると、ここは私の眼にも数人の人間が土足で踏みこんだ跡が歴然とわかった。足跡は奥へ行き、ふたたび出ている。そのなかにひときわ大きい靴跡があるのはザブルーニン大佐のものにちがいない。

ホック氏は厚く埃《ほこり》が積った、その上についている乱れた足跡をみつめていたが、無言で上り框《かまち》をあがった。私たちはそのうしろにしたがった。ホック氏は山水の絵が描かれた黄ばんだ襖《ふすま》を引きあけた。中条警部と私は彼の横からなかをのぞきこんだ。そのとたん、私は咽喉《のど》のおくで声にならない声をあげた。中条警部もうめき声に似た声をもらした。

八畳ほどの室内は笄町の廃屋同様、畳は湿気を吸ってかびが生えている。その一隅にうつ伏せになった男が倒れていた。男の身体の下からしみだしひろがった赤黒い血が、古畳の上を流れていた。

「これは!」

警部はすり抜けるように部屋へ入り、男の首を持ち上げようとした。

「待って。注意して」

と、ホック氏がいった。彼も室内に入って倒れている男を見下ろした。長髪で、すりきれた袷《あわせ》を着ている男は、明らかにこと切れていた。私は警部に手伝って男の身体を仰向かせた。土気色の顔がぐらりと傾いた。鼻下に髭《ひげ》を生やしているが、眉《まゆ》の濃い鼻筋の通った、なかなかきりっとした若い男である。しかし、その眼はかっと見開いて宙のどこかに無限の恨みと苦悶《くもん》を放射しているようだった。

「刺されている……」

私は彼の眼を閉じた。触れた皮膚にかすかなあたたかみが伝わった。死体は硬直もはじまっておらず、その状態からまだ死後二、三時間しか経《た》っていないと、私は判断した。

男の左胸に刺傷があった。傷はこれだけである。鋭利な刃物で刺し貫いたもので、みごとに心臓を一突きしている。

「見てください。これは三田栄吉です」

と、中条警部がまくれた袖《そで》を見て叫んだ。

「栄吉だと?」

私は警部が指し示している左腕上膊部《じょうはくぶ》にありありと浮き出ている青い刺青《ほりもの》をみつめた。

きぬいのち

その五文字が私の眼を射た。

「髭を生やしているのでちょっとわからなかったが、この刺青が何よりの証拠です。お絹のほうは栄吉いのちと彫っているのです」

「サム君……」と、私は立上った。「きみがぼくたちを呼びに来ているあいだに、あのロシアの武官が刺し殺したにちがいない。ロシア人はお絹を責めたが栄吉に助け出され、今度は栄吉を捕えて殺したのだ。笄町の空家でザブルーニン大佐は手傷を負わされたが、それを恨んでのことだ」

「冷静さはこういう場合、もっとも必要なものだ。モト」

と、ホック氏は青い瞳《め》で私を見据《みす》えながらいった。彼はつづけた。

「きみは興奮して自分の言葉の矛盾に気がつかないようだ。死体の足を見たまえ」

「えっ?」

「彼は草で編んだ履物《はきもの》——わらじというのかね——それを履いたままでいるということは彼もこの寺へ何等かの理由でやってきたのだ。ここには生活の匂いがなにもないからね。彼がここにかくれていたのでないことは明白だ。第二に、死体に抵抗の様子がない。相手がザブルーニン大佐たちなら、彼は必ずや幾許《いくばく》かの抵抗を試みたにちがいない。なにしろ、栄吉はお絹を救出する際、大佐に手傷を負わせているのだからね。第三にたった一突きの正確さで刺されているのは、栄吉が不意をつかれたからだよ。しかも、犯人に対して刺される瞬間まで気を許していたのだ。だから、彼を殺したのは大佐ではない。第四に、大佐ならむしろピストルを使うのに躊躇《ちゅうちょ》しないだろうね」

「それじゃ、だれが……」

と、私は呆然《ぼうぜん》とした。

「大佐たちの足跡は死体の周囲で立止り、引返している。そのために犯人の足跡があったとしても重なり合って判然としないのが残念だ」

中条警部は死体の懐中をあらためた。懐中から出てきたのは財布だけだった。財布の中身は五枚の一円札と、三枚の五十銭銀貨、七十銭ほどの小銭。何枚かの紙片——。その紙片はいずれも先々月の家賃の領収証や、米屋酒屋の受取証だった。もし、彼がほかになにか持っていたとしたら、大佐とその輩下が持ち去ったのであろう。

「栄吉はここでだれかと会うつもりだったのだ。彼を殺したのはその会見相手だよ」

ホック氏がいった。

私は目を丸くした。三田栄吉を狙《ねら》っていたのはザブルーニン大佐だけではなかったのか。新しい第三者の出現に、私は戸惑いを感じた。そばから中条警部がなんですかというので、私はホック氏の言葉を伝えた。彼もまたひどく驚いたふうで、あらためて死体をみつめ、

「そういやあ、この傷はよほど腕の立つやつかも知れません……」

と、つぶやいた。

ホック氏は財布から出てきた数枚の受取証について、それは何かと訊ねた。私は一枚一枚を指さして、これは八月の家賃、これは八月の米屋、これは八月の酒屋というふうに教えてやったが、次の一枚ではたと指を止めてしまった。

「どうした。ミスター・モト」

「こいつは九月二十六日の米屋だ。馬道《うまみち》の越後《えちご》屋《や》米店となっている。しかも一斗の代金の受取りだ」

「九月二十六日といえば、華族会館からお絹が文書を盗み出した翌日ですな」

中条警部がいった。

「これはなにかの手掛りになるかも知れないぞ」

ホック氏も同意を示した。例によって氏は天眼鏡を取り出し、死体とその周囲を詳細に調査した。それから立上ってほこりをはたき、

「中条君。あとはきみの管轄だ。死体を頼むよ。三田栄吉を知っている人間に、彼を確認させてくれたまえ」

と、いった。私はホック氏がこれまでに見せた冴《さ》えた推理によって、私の気づかない新事実を発見するのを期待して、そのあとにつづく言葉を待ったが彼は特になにもいわなかった。

「ねえサム君。なにかきみはみつけたのではないのかね?」

と、私はせがむように聞いた。彼は唇の端にかすかに笑いを浮べた。

「証拠がそろわないうちに結論を出すことはできない。早まった結論は誤りしか引き出さないからね。ぼくたちとしては、ここにこれ以上いても無駄のようだ。その米屋の受取りをもとに、納入先を調べてみるのが先決だと思うがね」

「そうだ。これからすぐに浅草に行こう」

中条警部が最寄りの交番へ連絡してくるのを待って、あとは彼に委せ、ホック氏と私は浅草へ出発した。もはや昼を過ぎていて空腹でもあろうかと思い、途中銀座に寄ってそば屋に入った。ホック氏にも食べられるものをと思い、氏には天ぷらうどんを、私はざるをとったものの運ばれてきたそばを見ても、私には血だらけの死体が思い出されて食欲がわいてこなかった。職業柄、人の臨終には多数立会っている。血を見ることにも馴《な》れている。しかし、病気による死と殺人とは別物なのである。ホック氏はうどんを物めずらしそうにながめ、箸を不器用にあやつってくるくるとまきつけてからめとり、一口二口は口にはこんだものの、そのまま箸《はし》を置いてしまった。彼はイタリアのスパゲッティとかマカロニというものがこれに似ており、そのむかしマルコ・ポーロなる人物によって、元《げん》からもたらされたのだが、おなじものが東西

でこう形を変えるのを追求すると比較文明論に面白い一ページを加えることができるかもしれないと、私の気を引き立てるようにいった。

そば屋では居合わせた客の注視の的であった。西洋人が日本のものを食べるのがよほど珍しいらしく、客は眼引き袖引き私語し、遠くの客はわざわざ立ってホック氏を見にくるほどなのである。ホック氏はもとより私もこの不作法で不遠慮な視線に辟易《へきえき》し、早々にそば屋を出ることにした。

「野蛮な礼儀知らずと思わないでくれたまえ。日本人は見たことのないものに非常な好奇心を持つ民族なんだ」

と、私は弁解じみた言訳をせずにはいられなかった。

「たしかに異常なほど好奇心のある民族だね。いまは未開と新しい文化との融合の混乱期にあるようだが、ぼくは奇妙なほど強烈なエネルギーを感じるよ。これは世界のどこにもないものだ」

ホック氏は微笑しながらいった。

死体から出てきた受取りには米屋の住所が書かれているので、馬道の越後屋はすぐにわかった。私は領収証を示し、一斗の米をどこに納入したかをたずねた。

「これでしたらおぼえていますよ。浅草寺境内の見世物小屋です。水芸や玉乗りを興行している山吹綾太夫《やまぶきあやだゆう》という一座です」

「そこからの注文に来られたのが見世物小屋の若い衆じゃなくて、一見、壮士ふうの男だったんでおぼえているんですよ。金を払って米は小屋へ届けてくれといわれて、この受取りを差上げたんです」

頭の禿《は》げた越後屋の主人から聞き出すと、すぐに私たちは浅草寺に向った。壮士ふうの男の人相は芝の荒れ寺で殺されていた三田栄吉とそっくりであった。栄吉がなぜ見世物小屋への米の注文に寄ったのか。多分、それは栄吉とお絹が小屋にかくれていて、栄吉が外出する際、たまたま行きがけに米屋に寄ってくれと頼まれたからであろう。これまで探索した場所がいずれも的はずれであったことがこれでわかった。浅草の見世物小屋にふたりがいようとは思いもかけなかったのである。

二十年前には奥山と呼ばれていた浅草寺本堂に向って左側の地区は、いまは四区と改名され嘉永《かえい》のころにできた花屋敷のそばに昨年十月に落成した十二階建の凌雲閣《りょううんかく》がそびえ、その周辺は掛小屋や屋台店や大道芸人が六区と呼ばれる池のある空地にまで進出していた。

通称十二階と称する凌雲閣は八角形の煉瓦《れんが》造りの、あたかも喇嘛《ラマ》塔のごとき建物で内部には本邦初という電動式昇降機が、日々数千を数える客を乗せて上下しているという。最上階は展望室になっていて、市中の大半が見渡せ、望遠鏡を管理している案内人に銅銭を払えば、富士も手許《てもと》にあるように見えるという。内部は各階とも土産《みやげ》物などの売店、茶店などだそうである。この塔は浅草、いや東京の名物であったが私はまだのぼったことがないし、この方面に来る機会もなかったので、間近に見るのもはじめてであった。こうして間近に見ると、私はいささか失望した。美的なものが感じられないのである。

「サム君、浅草見物の折にあの塔にのぼったかね?」

と、私は歩きながらたずねた。

「いや。ぼくは人間に興味はあるがあの種のものに関心はない。あの塔の近くの模型のフジヤマにもね」

彼は眉をしかめた。彼のいうフジヤマとは、空地に木組を作り、板と漆喰《しっくい》で固めた高さ百尺余の富士山の模型である。これも浅草の名物で、一日六千人もの人が、頂上まで上り即興的な富士登山を楽しんでいるのである。さらに六区側の蓮池《はすいけ》には、竹と縄で編んだ、甲州の猿橋《さるはし》にちなんだ吊橋《つりばし》があり、これも渡るのに一銭を投じ、人造の富士をながめる興趣を盛り上げている。動物園には虎《とら》と鶴《つる》、蠟人形《ろうにんぎょう》の小屋には武家大名とアイヌの人形が、それぞれ客を呼んでいる。

雑然とした民衆の喧騒《けんそう》と鳴物の音とが、このあたり一帯を取り巻いていた。

私たちは山吹綾太夫の小屋を探しながら、松居源水《まついげんすい》の居合抜き、山雀《やまがら》のみくじ、猿まわし、易者などの店のあいだを歩いていった。

「あれだ」

私は掛小屋の並ぶなかに、数条の幟《のぼり》はためく綾太夫の名を発見した。それは火焰を吐く巨大な海蛇《うみへび》に立向う半裸の漁民三名をえがいた毒々しい泥絵具の看板のかかった小屋の隣りであった。

ここにも泥絵具の看板が掲げられ、裃《かみしも》姿の女芸人の水芸と玉乗りの絵が人目をひいた。電気応用というマグネットに電流を流し、それを見せる新時代の見世物もあるなかで、これはむかしながらの見世物である。

私たちの目的は興行を見ることではないので、一銭五厘の入場料と引替えに札を渡している木戸番の男に、楽屋はどこかとたずねた。男は洋服の紳士と外国人のふたりづれを、びっくりしたような眼でみつめ、

「裏へまわってくだせえ。楽屋の入口がすぐにありまさあ」

と、卑屈な調子で答えた。

むしろを戸代りに降ろした楽屋口を入ると、もうそこは楽屋そのもので、畳を敷いたせまいところに鏡台が五つ六つ並び、舞台衣裳《いしょう》がかかり、何人かの男女が、ある者は肌脱ぎになって鏡台の前で白粉《おしろい》を塗り、ある者はい

ま舞台から戻ってきたところらしく汗をぬぐい、ある者は道具方らしく背景に飾る小道具らしきものを持ち運んでいた。

私たちが声をかけて入って行くと、入口に近いところでかつらを脱いでいた年増の女が、ぎょっとしたように眼を向けた。濃い化粧はしているが……二十八、九か多くとも三十そこそこの眼に艶《つや》のある豊満な女である。

「おまちがいじゃござんせん？　御見物でしたら表へまわってくださいな」

「いや、客じゃないんだ。綾太夫さんという太夫元に会いたくてね」

「あたしが綾太夫ですが、旦那方《だんな》がどんな御用で？」

と、女はかたちばかり居ずまいを正して、私たちのほうに身体を向けた。着換えるところでもあったのか彼女は赤い長襦袢《じゅばん》をしどけなく着ているだけである。盛り上った胸の稜線を私は避けて視線を下に落した。

「忙しいだろうから手間はとらせない。知っていることを答えてくれればいい。――三田栄吉とお絹はここにいたんだね？」

綾太夫は途端にきっと私たちをにらんだ。しかし、一瞬、動揺が走るのを私は見逃さなかった。彼女はすぐに平静に戻って、

「そりゃあだれです？　そんな人はここにはいませんよ」

「いっておくが、われわれは警察の者じゃない。栄吉がここにいたことはわかっているんだ。これが証拠だ」

私は越後屋の受取りを綾太夫の前に差し出した。何事かと法被《はっぴ》姿の若者が二、三人私たちをとりかこんだが、綾太夫は手で若者たちを去らせた。

「これが……？」

「栄吉が越後屋にここに届けるように注文した米の受取りだ。栄吉は殺されたのだ……」

「えっ！」

と、綾太夫の顔から血の気が引いた。

「いつ、いつです？」

「今朝――九時か十時ごろだろう。受取りは彼の財布に入っていたのだよ」

「だれに……」

と、彼女は息をのんだ。いわず語らずのうちに彼女が栄吉を知っているのは、その態度ににじみでていた。

「その犯人を探しているのだ。お絹という女も知っているのだったら会わしてほしい。彼女も殺されるかも知れない。われわれは彼女を救いたいのだよ」

「警察の旦那じゃないとおっしゃいましたね」

彼女はいぶかしげな眼をあげた。

「うむ。私は医者だ。故あってこちらのイギリスの方

と栄吉とお絹を探している……」

「……ここじゃあ話もなんですから。と、いって落着いて話すとこもありませんが、奈落《ならく》ならいくらか静かです。こちらへおいでくださいませ」

綾太夫は立上ると襦袢の上から羽織をひっかけ私たちを舞台の袖から下へ案内した。

上からお囃子《はやし》が聞えてくる。大道具小道具が雑然と置かれている奈落は、暗いがたしかに彼女のいう通り、楽屋よりは落着ける。その代り、ホック氏は長持の上に、私も道具箱の上に腰を下ろし、綾太夫は四尺も直径のある曲乗り用の玉に身体をもたせかけた。

「――たしかに受取りは栄吉さんに頼んだ米代金のものです。あの人もあたしも忙しさにとりまぎれて渡すのももらうのも忘れていたんですねえ。なにかあぶない橋を渡っていると心配はしていたんですよ……」

「ここへどうやって来たのか、そのへんのところから話してくれまいか」

「そう……あれは先月の二十五日だったかしら。夕方、突然、栄吉さんとお絹さんがふたりしてやってきたんですよ。――あたしはお絹さんとは四、五年前からの知り合いでしてね。お絹さんの前身も承知です。悪いことはしていたけど根はいい子でね。あの人もあたしに姉さん姉さんってなつくし、あたしも可愛がっていたんです。早く足を洗って堅気《かたぎ》におなりよって、度々意見もしました。そのうちに栄吉さんと知り合って、お絹さんはぞっこん惚《ほ》れこんで……ふたりしておたがいの名を二の腕に彫るくらいにね。きっかけは、栄吉さんが追放から戻ってきて、食べるものもなくてうずくまっていたのを介抱してやったことからだそうですよ。そのうち情が移ったのか、栄吉さんの弁舌に惚れたのか、深い仲になってそれがきっかけで足を洗う決心をしたんです。そうなりゃ女は尽しますよ。稼ぎためた金も出してやり、神保小路の裏店《うらだな》で瀬戸物屋の小店を出しました。栄吉さんは生家が笠間焼の窯元《かまもと》で、習いおぼえた焼物の技術をこれから生かしていこうってことになったんです。ふたりは世帯を持ってからも、よく遊びに来ましたよ。でも、店のほうはうまくいきません。お絹さんは時々、あたしにこぼしていました。――二十五日の夕方、やってきたふたりは、そわそわしていて二、三日でもいい、ちょっとかくまってくれないかというんです……」

「その理由を打明けたかね?」

「あたしが、一体どうしたんだいとたずねると、悪いことをしたわけじゃない。しかし、こいつには千円という大金がかかっている。その目鼻がつくまでかくれていたいんだ。神保町の店は放ってきた、というんです。その様子じゃ悪いことをしたみたいだよ、というと、横からお絹さんが、しばらくだまって見ていておくれでないか、一生、恩に着るからと頼むので、あたしも、じゃあいるがいいっていったんです」

「ずっとここにいたんだね？」

「いいえ、ふたりはここに泊ってはいたけど一歩も出なかったわけじゃありません。なにやらふたりで長いことひそひそ話をして、栄吉さんも出たり入ったり、お絹さんも出たり入ったり……。ああ、二十七日の夜はお絹さんが出かけて帰ってこないので、栄吉さんは心配して飛び出していきましたが、次の日の昼もおそくなって帰ってきましたよ。お絹さんは髪もほつれ、眼のふちに青黒い痣《あざ》を作り、着物も乱れてそりゃあひどい姿でした。でも、気だけはしっかりしていて、宝を狙っている者につかまってひどい目に会ったけど、栄さんが助けに来てくれたんだ、といっていました。宝ってなんだいと聞くと、それはいえないとしゃべりませんでしたが……」

「宝、といったんだね？」

「ええ。それが千円になるって代物《しろもの》なんでしょうけど、あたしは生命《いのち》にかかわるような真似はおよしよっていったんですけどねえ。……お絹さんは思いつめた調子で、これがあたしたちのどん底からはい上る一生に一度の機会だ、だれが逃すもんかって……」

「そういったのかい？」

「ええ。運の悪い子なんですよ。父親は早く死んで、母親と下谷《したや》の黒門町《くろもんちょう》に住んでいたんですけど、母親も病気でなくなって、あとは女ひとり生きて行くために裏道を歩くことになったけど、当人はいつも足を洗いたがっていました。栄吉さんと一緒になってよかったと思ったんですけど、商売はうまくいかない、そこでなにやら大仕事をたくらんだのかも知れませんねえ……」

「さっきから聞こうと思っていたのだが、お絹はここにいるのかね？」

「いまはいませんよ。栄吉さんが帰ってこないので探しに行くとかいって、昼から出たきりですよ」

ここでも一足違いだったようである。お絹はいまごろどこを歩いて栄吉を探しているのであろう。

「――栄吉は今朝、出て行ったんだね？」

「ええ。どこかでだれかに会うって。そのだれかと会う約束がある、としか聞いていません。でも、べつに変った様子もなく、お絹さんもいつもと変らぬふうでしたよ」

「それにしてはお絹は心配しすぎるじゃないか。朝、出て行った者が昼まで帰ってこないからといってすぐ探しに行くとは？」

「表を歩くとどこかに目が光っていて、先日の自分のようにつかまるおそれがあるから、といっていましたが、だれが見張っているのかだれにつかまるのか、まして、宝とはなんなのか、そんなことは一言も打明けてくれなかったんですよ。——ただ」

「ただ、なんだい？」

「お絹さんが、ふと、こんなことをいってましたっけ。今度の仕事じゃ女の心配もしなきゃならないって……。それきり黙りこんじゃいましたがね……」

綾太夫の話によって、新たに判明した点と留意すべき点がいくつか出てきた。ホック氏が推理したように、この事件の根底には金の問題がある。その金額が千円と具体的になってきたこと、お絹が洩《も》らした〝女の心配〟云々《うんぬん》ということ、これらは特に留意すべき点であった。

また、栄吉お絹のふたりが綾太夫の見世物小屋にここ数日ひそんでいたこと、栄吉は彼等を追うザブルーニン大佐一味ではないだれか第三者との約束で、今朝出たこと、お絹の境遇がいくらかなりともわかったこと、などが判明した点であった。

ホック氏は綾太夫と私のやりとりの間、無言で坐っていた。私は会話の内容をあらためて彼に伝えた。

「ふたりの荷物、身のまわりの品があったら見せてほしい」と、その女性にいってくれないか」

と、ホック氏がいった。

「いいですよ。もっとも、ここへ来たときから何も持ってはきません。風呂敷《ふろしき》包みに着換えが二、三枚ぐらいですよ」

私たちは楽屋に隣り合わせた位置にある粗末な場所へ案内された。片隅に数組のせんべい布団がきちんと重ねて置いてあり、行李《こうり》などが横に積まれていた。綾太夫は行李の前の風呂敷包みを指した。

「これだけですよ」

「もし、お絹が帰ってきたら、すぐに私の宅へ来るようにいってほしいのだ。やがて、栄吉のことで警察がここへ来るかも知れないが、その前にどうしても会いたい。決して悪いようにはしないからと伝えてほしい」

私の誠実な語調に疑いを解いたのか、綾太夫はきっとそういいますと約束してくれた。

ホック氏はかがみこんで唐草《からくさ》模様の風呂敷包みの内容検査をはじめた。これから涼しさが日増しに加わるというのに、お絹の単衣《ひとえ》と袷《あわせ》が各一枚、襦袢が一枚、栄吉の袷が一枚。その袂《たもと》からホック氏は奇術師のような手つきで一個の玉を取り出した。

「すばらしい珊瑚《さんご》の玉だ。小穴があいているところを見ると、日本婦人が装飾的な髪にさすアクセサリイの一つではないかね。これに似たものをさしている婦人を見たし、仲見世には専門店もあったと思う」

「簪《かんざし》の珊瑚だね。しかも上等なものだ。このくらいのものになると七、八十円から百円はする。なんだってこんなものを持っていたんだろう。――お絹が悪い手癖《てくせ》を出したのだろうか」

「とんでもない。お絹さんは栄吉さんと一緒になってから、どんな境遇になろうともスリはやりませんと誓ったんですよ。それに、ふたりはほとんど無一文でした。金にするつもりならとっくに売っていますよ」

横から綾太夫がいった。それはたしかにそうかもしれない。だが、お絹はその誓いを破って文書を盗み出したこともたしかである。

「ぼくにはこの珊瑚が最近作られたものではないことしか、いまはわからない。やや古びているがほとんど無傷なのは大切に扱われていたのだね。栄吉がなぜこれを持っていたかは、また、一つの謎《なぞ》だね。しかし、こういうものは職人を探し出すことができるのではないかね」

「蛇《じゃ》の道は蛇《へび》で、中条君ならできるだろう。この珊瑚は太夫の諒解を得て預らしてもらおうじゃないか」

私がその旨をいうと、綾太夫はためらいをみせたが結局は承知してくれたので、私は重ねてお絹が戻ってきたらば、必ず来るように伝えてほしいと念を押し、綾太夫に礼をいって小屋を出た。

早くも傾いた秋の西陽が凌雲閣を赤く染めている。掛小屋や芝居小屋からの鳴物がけたたましく流れ、にぎわいはいまが盛りであった。

「ひとまず我家へ戻ろう。中条警部がくるだろうし、お絹からもしかしたら連絡もあるかもしれない」

私は辻待ちの車のなかにふたり乗りの腕車《わんしゃ》をみつけ、ホック氏と同乗して青山へと走らせた。

栄吉の死体発見から栄吉お絹の潜伏箇所を突きとめるにはいたったが、栄吉を殺した犯人は何者とも知れず、お絹も行方不明、文書の行方もわからず、事態は混沌《こんとん》として私は依然として五里霧中にあった。

お絹が小屋に戻って綾太夫から私たちの伝言を聞き、その気になって訪れてきてくれれば、少なくともさまざまな謎を大半は解くことができるであろう。すべてはいまだに姿を現わさないお絹にかかっているのである。

帰宅してみると予想していた通り、中条警部が私たちを待ちかまえていた。

第六章　女の拇指

警部は開口一番、いやあ大変でしたと大仰に両手をひろげた。

「あれからただちに管轄区域の警察署の警部と刑事たちがやってきまして、わたしがなぜこの死体を発見するにいたったか顛末《てんまつ》を説明せいと、まるでわたしが罪人であるかのようなことをいいましてな。だから、わたしは本庁の警部で、政府のさる御方からの密命で特別行動をとっている者だといってやりました。私服でしたから身《み》許《もと》を問い合わせたりして、ようやく嫌疑が晴れると、協力的になってくれまして、芝界隈《かいわい》に住む栄吉を知っている壮士を探し出して首実検をした結果、まちがいなく被害者が栄吉であることがわかりました……」

「傷はサムライの刀によるものだね?」

と、ホック氏が私の通訳に答えていった。

「よくおわかりですな。おそらく短刀によるものでしょう。心臓を一突きで即死の状態でした。わたしは今後なにかが判明したら知らせてもらうことにして、事後の処置を警察に委せてこちらへまいったのです。榎さんとホックさんのほうはなにかわかりましたか?」

「あの米屋の受取りから、栄吉とお絹が玉乗りの見世物小屋にひそんでいたとわかったよ。栄吉は今朝、だれかに会うといって小屋を出たが、そのだれかに殺されたらしい。お絹は栄吉が戻らないので探しに出たままだ。われわれはお絹が戻り次第、ここへ来るように伝えてきた……」

「おとなしく来ますかねえ……」

と、警部は疑わしげな顔をした。

「賭《か》けてみたのさ。あのふたりは追いつめられ、いまは栄吉も殺された。お絹が弱気になってわれわれに助けを求めてくることを期待している。決して悪いようにはしないといったわれわれの言葉を信じてくれることを祈るのみだ」

「あぶないものだ。過去の経歴からみて相当のしたたか者らしいですからねえ……」

「だがね、見世物小屋の綾太夫という女の言を聞くと、お絹に対する印象を訂正する気になったよ。彼女が悪の道に走ったのは、不幸な境遇のしからしめるところで、栄吉と一緒になってからは一途に男に尽す心意気に生きていたようだ。悪事から足を洗うと誓っていたらしい」

「では、なぜ誓いを破って、こともあろうに秘密文書を盗み出したりなんかするんです?」

「私の想像では貧しさから抜け出すための乾坤一擲《けんこんいってき》の勝負だったのではないかな。ふたりは金を握って新しい人生に出発したかったのだ」

「それにしても悪事は悪事です。栄吉が死ぬと自棄《やけ》を起すかもしれません」

「かも知れない。それはともあれ、見世物小屋にあった栄吉の着物の袂《たもと》からこれが出てきた」

私は珊瑚珠を出して警部の前に置いた。警部は手にとってためつすがめつしていたが、

「見事なものだ……」

と、感嘆したようにつぶやいた。

「この出所を探って欲しいのだ」

「お絹が盗んだものではありませんか?」

と、警部は小屋で私が思ったのと同じことを聞いた。

「どうもちがうらしい。金はほとんど持っていなかったのに、売ろうともせず持っていたのはほかの理由があるようだ」

「まあ、探ってみましょう。これほどのものなら出所ははっきりするでしょう。梶原と手分けしてやってみます」

「紛失しないように気をつけてくれたまえ」

と、私は珊瑚珠を警部に渡した。警部は大切そうに懐紙につつんでしまいこんだが、ふと、いいにくそうにたずねた。

「あの……香炉のふたでありますが、なにかわかりましたか?」

「いや。ずっと頭をひねっているのだが、皆目わからない。忸怩《じくじ》たる思いだ」

「そりゃあ残念ですねえ。学問のある先生にもわからないとなると、こちとらの出る幕はありません。いまとなってはあの謎を知っているのはお絹だけですね」

「ああ。——なんとしても解いてみたいものだが」


なんとしても解かねばならぬ。警部にはさあらぬ態《てい》でいったものの、私の心は日々、焦慮で張り裂けんばかりになっている。じっと私の報告を聞くだけで、催促がましいこともいわぬ宗光にしても、その内心は私同様、いや、私以上に張り裂けんばかりであろう。その寄託に応《こた》えられず、いたずらに日を過している私自身が恨めしかった。国家の将来に関する重要な文書が、この間にも何者かに発見され、どこかに渡ってしまうのではないか。

ホック氏は例によってパイプを口にし、紫煙をゆるやかにくゆらして、安楽椅子に深々と身を埋め、瞑想《めいそう》に耽《ふけ》っているのか眼を閉じていた。きょう、くわえている彼のパイプは陶製のもので、それは彼の厳しい横顔から鳥のくちばしのように突き出ていた。そのホック氏がふと眼をあけ、なにを話しているのかねとたずねた。

「いや、きみを放っておいて失礼した。例の香炉のふたのことを話していたのだ。暗号だとは思うがなにを意味しているのかどうしても不明なのだ」

「暗号についてはいくつかの事件で扱ったこともあり、百六十種の暗号を分析して小論文にまとめたこともあるのだが、暗号の様式は無限でね」と、ホック氏はいった。「東洋の文字を基礎としていると、さすがのぼくにもとんとわからない。字を連想させるものはなかったのかね?」

「ない。ふたの穴を直線でつなぐつなぎ方によっては、漢字の只という字に見えなくもないが、字を示しているとは思えない……」

私は紙に《只》という文字を書いて意味を説明した。この場合はフリー（free）であろう。

「数字ではないかね？」

「漢字にもアラビア数字にも連想させるものはないね」

「ぼくはふたの小穴が暗号なら、場所を示しているという気がする。方角や時刻のようなものではないはずだ」

「ぼくもそう思う。しかも、あまり時間的に余裕がない緊急の場合だから、それほど複雑なものではないと思う」

「もうしばらく待ってみよう」と、なぐさめるようにホック氏はいった。「幸運の女神がわれわれに手を貸してくれて、お絹という女性が訪ねてくるかもしれないからね」

話の区切りがついたところで、中条警部は、早速、珊瑚珠を洗ってみますといって帰っていった。

私はホック氏に昨日来考えていたことを切り出した。

「ときにサム君。今度の事件ではおたがいになにかと連絡を取り合う必要もあり、きみが公使館にいては緊急の場合に不便だから、いっそ私の家に来ないかね。日本式の生活はなにかと不便だろうが、きみに提供できる一室もあるしね」

「それはありがたい」と、ホック氏はこの人にしてはめずらしく破顔一笑して、「ぼくのことなら気を使ってくれなくて結構。決してきみたちの生活を乱しはしない。ただ……」

「なんだい？」

「パイプの煙はいやではないだろうね」

「妻は馴染《なじ》めないだろうが、部屋に立入るわけではなし、べつに構わないよ」

「部屋代もとってくれたまえ」

「そんな心配は御無用だ。何年もいるわけではないだろう」

「もちろんだ。今月の末には上海《シャンハイ》へ行くオーロラ号かルリタニア号に乗らなければならない。ぼくの性癖は知っておいてもらったほうがいいが、時に何時間も魂を天外に飛ばした人のように黙りこむときがある。これは、なにかに思索を集中させているときだ。そういうときはぼくをそっとしておいてくれたまえ。ほかにも化学の実験という悪癖があるのだが、一介の旅行者であるいまのぼくには無縁だから、勘定に入れなくていい。――ほかに、なにかあったかな、そうだ、ヴァイオリンがあるが、これも公使夫人に借りて弾《ひ》きたくなったら先方で弾くからいい、と。そんなところだね」

「よし、話は決った。今夜から引越してきたまえ。荷物はどうするね?」

「これから公使館に行って運んでくる」

と、ホック氏は時計を出して見ながらいった。私としては氏に申し出た理由が最大のものだったけれど、そのほかに氏と日夜接することによって自分の英語力を増進させること――事実、氏は私の文法上の誤りやひどい発音について度々、適切な助言をしてくれていた――さらに、万里の波濤《はとう》を隔てた英京ロンドンの空気と知識をいくらかなりと吸収したいという個人的な欲求もあったのである。

私はこれから先、市井《しせい》の一開業医として終るであろう。少年客気の頃に夢見た留学も果せそうもない。奇蹟《きせき》でも起きないかぎり、人生というものは平凡のまま過ぎて行くものだ。妻と子供、毎日訪れる患者、往診、薬の調合、臨終の立会い、そうした世事にかまけていつか年老いて行くにちがいない。人生の軌跡が眼に見えてくる年齢でもある。こうしたときにホック氏という一種独得な物の見方をし、教養もある西洋人と知己になれたのは、私にとって幸いであった。私は新知識を彼からできるだけ吸収したい、と思っていたのである。

ホック氏が出て行くと多喜を呼んで、客間に仕度するようにいった。多喜はおどろいて叫んだ。

「どういたしましょう。朝晩、召し上るものを考えるだけで頭痛がいたしますわ」

「郷に入れば郷にしたがってもらうさ。いつもと変らずともいい」

と、私はいった。この問題はあとになって公使館からパンや紅茶やバター、肉などが届けられることによって解決し、私たちもイギリスから輸入された珍奇な食物の恩恵にあずかったのである。

お絹は夜になっても来ない。ホック氏が公使館の馬車にいくつかのトランクを積んで戻ってきたのは七時すぎであった。私はホック氏とともに大小のトランクを客間に運び入れた。トランクは茶の頑丈なもので、いずれにもサミュエル・ホック氏の頭文字であるS・Hという文字が刻されていた。

ひとまず整理がついたところで、私たちはまた書斎で向い合った。ホック氏はブライヤーのパイプを取り出し煙草を詰めて火をつけると、ゆっくりと一服して壁にかかった水墨の花鳥の絵をながめた。

「この国に来て、まだ十日にしかならないが、この絵のような優美な伝統を否定して、ヨーロッパの異質な文化を取り入れることに熱中しすぎているような印象を受けたね。だれもかれもが改革に狂奔しているかのようだ」

「日本は将軍の世界から脱皮して、広く世界に眼を向けてから近々二十数年。東洋の涯《はて》の一小国が欧米の先進諸国といつかは肩を並べたいという悲願があるのだよ。試行錯誤を繰返しているところだ。正直にいって、サム君の祖国である大英帝国とのあいだにも不平等条約をめぐる確執がある。北にはロシア、西に清国《しんこく》、東にアメリカ、さらにフランス、ドイツの列強が東洋の土地と利権を求めて侵略の基礎を固めている。イギリスもインド、アフガニスタンから清国へと手を伸ばしている。アジアの民は列強帝国主義の圧制下に喘《あえ》いでいるのだ。日本はそうした野望の犠牲にはなりたくないのだよ。――私の生れたころにやってきたアメリカの船が、日本人の眠っていた心を呼びさましたのだ……」

「ぼく個人としては政治的な問題は政治家に委せておきたいので、ぼくの国の東洋政策を云々《うんぬん》することはできないが、この国は将来、世界でも独自な恐るべき国になるだろうね。尽きぬ興味のある国だと思うよ。しかし……」と、彼はニヤリと笑った。「あの、物凄《ものすご》い振動と臭気の馬車鉄道だけはなんとかならないものかね。あれ以来、首筋が痛いのがなおらないのだ」

私も声をあげて笑った。ホック氏は立上って窓辺に行き外をながめた。

「だれかがきみに会いたがっているようだよ」と、彼はいった。私は弾《はじ》かれたように立上ってホック氏の横に並び、暗い外をみつめた。

「どこだい？　お絹じゃないのか？」

柴目垣の外の小路に人影はない。

「いや、男だ。患者ではないね。患者ならまっすぐに入ってくるはずだが、男はためらっている。ほら、来た」

暗くて人相風態《ふうてい》がわからないが、男の影が小路を動いて家のなかをのぞきこむようにし、それから思い直したように門に向った。

間もなく戸をあける音がしたので、私は家人よりも早く玄関に行き、顔をのぞかせた人物とばったり向い合わせた。

「茂木君じゃないか」

それは先日、私が栄吉の所在を探す窮余の一策として壮士仲間の線をたぐろうとし、探索を依頼しに行った日ケ窪の茂木啓輔であった。

「いい家に住んでいるな。商売、ますます御繁盛とみえる」

彼はじろじろと家内を見まわし、唇の端に歪《ゆが》んだ笑いを刻んだ。きょうはこざっぱりした飛白《かすり》に袴《はかま》をはいて朴歯《ほおば》の下駄をつっかけている。しかし、顔色は会ったとき同様、黄ばんでいたし、両眼は濁って不精髭《ぶしょうひげ》が生えたまま、長髪も乱れていた。彼は笑いをとめて懐中に手を入れ、なにかをつかんで差し出した。

「先日の金だ。返しに来た」

手には真新しい十円と五円の紙幣が握られていた。彼は語を継いだ。

「頼まれて心当りに問い合わせたが、栄吉は殺されたそうじゃないか。おれの出る幕じゃなさそうだ。もらっておくのも心苦しいから返しに来た」

私は彼の律義《りちぎ》さに内心、おどろいた。あの前途の目標を失い、酒に日々をまぎらわしているかの感があった啓輔に、栄吉の探索を依頼したことを後悔していた私である。その上、栄吉が殺害されたいまとなっては、啓輔に頼ることも不要になり、彼に渡した金のことは忘れていたのだった。

「しかし……」と、私はいった。「手数をかけたことは事実だ。その費用にとっておいてくれたまえ」

「いや、要らん。おれのひがみかも知れんが、貴公の心には零落したおれへの同情だか憐愍《れんびん》があるようでな。金を恵まれるほど落ちぶれてはおらぬ。取っておいてくれ」

「だが、私のために動いてくれたのだろう。その謝礼として納めてもらえればありがたいのだが……」

「そうはいかん。金は置いて行く。――それから、聞くところによれば貴公、妙な毛唐と連れ立って歩いとるようだな。日本人であることを忘れるような真似をするなよ」

彼は私を険しい眼でにらんだ。その視線が土間の片隅にある靴に行くと眉《まゆ》が上った。

「毛唐はここにいるのか?」

「ああ。あの人は旅行者だ。政治にも貿易にも関係はない……」

「そうかな。毛唐どもはみな神国日本をうかがっているのだぞ。うかうかしていて爆裂弾でも投げつけられんようにしろ。壮士たちは日本古来の伝統を破壊する者には容赦しないからな」

「しかし、それは偏狭な考えだ……」

「しかしもくそもあるものか。とにかく、金は置いて行く」

彼は十円と五円の紙幣を上り框《かまち》に投げると荒々しく戸を開閉して出ていった。私は落ちた二枚の札を拾いあげた。彼がいっていた爆裂弾云々は二年前の秋、当時の黒田《くろだ》内閣の外相だった大隈重信《おおくましげのぶ》が、外務省の門前で条約改正案に憤激した玄洋社の社員来島恒喜《くるしまつねき》なる壮士に爆弾を投げられ右足を失った事件のことである。一方に先進諸国に学んで新知識を得なければならぬわが国は、必然的にそれと対極にある国粋主義の擡頭《たいとう》を招かざるを得なかったのだ。

私は戸閉まりをした。多喜が不安そうな顔を出した。

「どなたです? 大きな声で」

「いや、なんでもない。あ、これをしまっておいてくれないか」

私は手にした紙幣を多喜に渡そうとして、はっと見直した。これは銀行から出たばかりのような折目のない真新しい札である。私が啓輔に手渡したのは、こんな新しい札ではない。人の手を転々とした使い古された札であった。おなじ紙幣ではないのだ。

これは、この際、私の注意を喚起した。茂木啓輔はいまの境遇で、このような新しい札をどこで手に入れたのであろうか。人力車夫が一日汗水垂らして車を引いて月に七、八円がようやく、長屋の女房達の内職ではいくら働いても月一円二、三十銭というのに、無為徒食ともみえる啓輔が真新しい紙幣を持っているというのは、どう考えても不可解であった。

「なにか争いでもあったのかね?」

書斎に入るとホック氏がいった。私は茂木啓輔が来て金を返していったことを告げて、札を見せた。ホック氏は札を受け取ってながめた。

「女だよ。女から受け取ったのだ」

「えっ?」

「この紙幣を嗅《か》いでみたまえ。香水の匂いがしみついている。この女性は経済的に豊かな若い女性で、性格的にルーズなところがあり、左利《き》きということぐらいしかわからないがね」

「香水の匂いだけでそんなことがわかるものか」

と、私は疑わしげにいった。ホック氏は軽い吐息をついた。

「きみはまだわかっていないようだね。結論にいたる過程を説明していたら、いくら時間があってもきりがない。観察だよ。きみもたしかに眼にしているのに注意をおろそかにするからわからないのだ」

「そりゃあ、十五円の真新しい札を銀行から下ろしてくるくらいだから裕福だろうよ。だが、香水をつけているからって若いとはかぎらないだろう。上流の婦人にはいくらでも香水を愛用している人がいるよ」

「順序を追って話せば実に簡単なことなんだよ」と、ホック氏はいった。「まず、フランス産のラ・ロシュという香水は若い女性用のもので、香りが中年以上の女性には向いていないのだ。経済的に豊かというのはこの高価な香水を常用しているらしいことと、銀行からは少なくとも十枚以上の十円札を引き出しているからだ。と、いうのは十円札の隅に女性の指紋がうっすらとついている。二枚や三枚の札ならこうやって数えはしまい。この指紋の位置はある程度まとまった紙幣を数えたためについたのだ。そして、この指紋は左手の拇指《おやゆび》のもので、指先をなめながら数えたためについたのだ。その拇指に墨がついていたのにね。墨がついたまま、拭《ふ》こうともせずその手で札を数えるのは、性格的に投げやりな面があるといえるじゃないか……」

「そういわれれば納得がゆくが……性格の点ではどうかな。女性がひどく急いでいて、手を拭く暇もなかったのかもしれない」

「紙幣を数えるときはどんな場合だと思う？　銀行の窓口で受け取って確認するときか、相手に支払う場合だろう。つつしみある女性は指についている墨に気がつけば、多少急いでいても拭くと思うよ。数秒もかかりはしない。きみは指紋について知っているかい？」

「なにかの本で読んだことがある程度だ。人間の指紋にはひとりとして同一の指紋がないので、これを分類すれば犯罪捜査に役立つということだったと思う」

「そうだ。わが国のウイリアム・ハーシェルやヘンリー・フォールズがこの点に着眼して有益な論文をまとめ、実現化しようと努力している。フォールズはこの日本に来ていて、日本人が証文に拇印を捺《お》すのを見て、これをヒントにして研究したのだよ。ぼくも興味を持ってかなり詳しい知識を得たが、おかげで性別やどの指かは一目でわかるのだ。まして、日本人の女性の場合は少女のように可愛いからね」

「わかったよ」と、私は降参した。「茂木啓輔はきっと金廻りのいい未亡人かなにかに貢《みつ》がせているのだろう。それとも芸者かな」

「芸者はフランスの香水はつけないだろう」

と、ホック氏はいった。そういえば芸者がつけている匂袋は伽羅《きゃら》か白檀《びゃくだん》のような東洋的なものである。

不意の来客に妨げられたとはいえ、私の心の片隅にはお絹が訪れてくれることを期待し、焦りに似た想いがあった。時刻はもう九時である。お絹は私たちを怖《おそ》れているのかもしれない。私たちの正体がわからず、疑心暗鬼でいるのかもしれない。栄吉を探しに見世物小屋を出たお絹は、すでにいまごろは栄吉の死を知っているであろう。彼がだれに殺されたかも察しているにちがいない。その何者かの影が自分にも襲いかかるのを避けるために、窮鳥のように私たちのふところに飛びこんでくるというのは、甘い期待だったろうか。

「さて、ぼくは考えたのだが……」と、ホック氏がいった。「ザブルーニン大佐はこの事件でどんな役割を果しているのか、それを知りたいものだ。彼と輩下の日本人が一度はお絹を発見して筓町の廃屋に連行したのは間違いない。彼は香炉のふたを狙《ねら》っているが、それはどのような動機からか――。また、三田栄吉を殺した別の人物は、個人なのか組織なのか、その点も解明しなければならない。いずれにしても、ぼくの直感が当ってほしくないが、今度狙われるのはぼくたちだよ」

「われわれが?」

「彼等の欲しがっているものを持っているのは、いまやわれわれじゃないか」

ホック氏は冷静な口調で、まるで日常のことを話すようにいったが、私はそれを聞いて慄然《りつぜん》とするのをおぼえた。私はホック氏のいう可能性をすっかり見落していたのである。それは私が香炉のふたを持っていても、だれも知るはずがないと思っていたことと、自分たちは圏外にいるような気がしていたからだった。

「もし……」と、いくらか語調を強めてホック氏がいった。「ぼくたちが栄吉の店や芝の寺や浅草の見世物小屋を訪問するのを、ザブルーニン大佐の一味や、もうひとつべつの人間が見ていたら……容易にぼくたちの行動を知ることができる。なにしろ日本人のなかでは目立つ西洋人のぼくがいるのだから、印象も強いだろう」

私は茂木啓輔の言葉を思い浮べた。彼は私がホック氏と連れ立って歩いていることを知っていた。彼の仲間である壮士から聞いたのだとすれば、私たちはすでに壮士の間で知れているのである。同様に群衆のなかにまじっているザブルーニン大佐の輩下がいれば、私たちは大佐にも知れている。中条警部や梶原刑事が栄吉の家の監視をしていれば、それをまた監視する眼があってもおかしくない。

私は急に不安になった。第一に浮んだのは妻と子のことであった。妻子を巻添えにしてはならない。

「ぼくが、きみのすすめを遠慮もせずに快諾してここへ来たのは、それもあるのだよ。きみを守らなければならないからね」

ホック氏は新しい煙草を詰めながらいった。

「ぼくを守る……」

「うん。常に一緒に行動しよう。あの香炉のふたは取扱いを慎重にしなければいけない」

「これからは片時もはなさず身につけておいたほうがいいかしら……」

「狙われるとすれば身につけていようといまいとおなじだ」

と、ホック氏はいった。

間もなく私は寝についたが妙に神経が冴《さ》えてしまってなかなか寝つかれなかった。明日の朝は浅草に行ってみようと私は思った。お絹がいればなんとか説得して、生命の危険があることだから、私たちが保護する旨を納得させなければならない。

それにしてもあの香炉のふたの暗号のヒントさえ思いつかない私自身に腹が立った。だが、お絹に会えばそれも解決することである。はたしてお絹は見世物小屋に戻っているであろうか。

「眠れないのですか?」

暗闇《くらやみ》のなかでふいに多喜がささやいた。室内には元晴の軽い寝息がしていた。

「神経がたかぶってね」

「あぶないことは避けてくださいましね」

私は無言で手を伸ばし、隣りの床の多喜の手を探って握りしめた。多喜はその手を握り返してきた。弾力があって温かく柔らかい手だった。彼女はつつましくそっとと私の床にすべりこんできた。急にいとおしさがこみあげてきて私は多喜の身体を強く抱きしめた。多喜は私の胸に顔を埋めた。その夜、私はひさしぶりに多喜と肌を重ねた。


朝、玄関の戸をたたく音に眼がさめた。雨戸の隙間《すきま》から外の明るみが室内をかすかな灰色に染めていた。多喜も眼をさまし、起き上ろうとするのを抑えて私は寝衣の上に丹前《たんぜん》をひっかけた。柱時計は七時をしめしていた。

「急患かもしれない。私が出る」

その間にも戸はたたかれ、女の声で名を呼ぶのが聞えた。私はひえびえとした廊下をふんで玄関に出た。

「どなたです?」

「浅草の……綾太夫です」

私は急に意識が緊張するのをおぼえた。いそいで錠《じょう》をはずして戸をあけると、くもり空の下にまぎれもない山吹綾太夫が息をはずませて立っていた。くしけずる暇もなかったのか髪はほつれ、おくれ毛が化粧を落した素顔の額にかかっているのを掻《か》きあげながら、彼女は血走った眼で私を見た。

「こちらにお絹は来ましたか?」

と、綾太夫は疲れをにじませた顔でいった。素顔でも彼女は充分綺麗《きれい》だったが、眼のまわりには隈《くま》ができていた。

「どうかしたのかね? ゆうべはずっと待っていた。来ないので今朝は浅草へ行ってみようと思っていたのだが」

「ああ、また、どこへ行っちまったんだろう……」

「ま、とにかくなかへ入って」

私はとりあえず診療室に招き入れて、そこの椅子に坐らせた。彼女はいくらか落着いたのか髪の乱れを直し襟元を掻き合わせた。

「わけを話してくれ。お絹は戻ってきたのかね」

「ええ、夕方、暗くなってしょんぼり帰ってきたんですよ。栄吉さんが芝のお寺に行くことは知っていたので、そこまで行ってみたそうです。そこで栄吉さんが殺されたことを野次馬から聞いたんですね。行ったときは警察の旦那方《だんな》がお取調べ中で死骸《しがい》は運ばれてそこにはなく、会うこともできなかったと泣いていました。暗くなるまで放心してさまよっていたようです。そこで、あたしはあなた方のいらしたことを話して、こみ入った事情は知らないが、あぶない橋を渡っているあんたを救けたいとおっしゃっているのだから、相談したらどうかといいました。理を分けて話しているうちに、お絹さんもわかってくれたとみえて、あたしは精も根もつきはてた、どうなってもいいから行ってみようと、こちらへ出かけていったのです……」

「それは何時ごろだね?」

「夕方の五時すぎでしたよ。興行が終ったところでしたから」

「それでは一時間もあれば着くはずだ」

「出て行ったあとで心配になりましてねえ。だれかつけてやりゃあよかったと思いましたが、みんな忙しくて人手がありません。小屋が閉《は》ねてから気にかかりだして、まんじりともせず夜を明かし、一番でたしかめに飛んできたんですよ。そうしたら、こちらには来ていないというし、何かあったんじゃないかと気もそぞろなんです」

「ほかに行くあては?」

「さあ……」

「なんでもいいから思いだしてくれないか。だれかの名をいっていたとか、そんなことはなかったかね?」

「そうですねえ……」と、綾太夫は眼を宙に走らせていたが、「あたしが聞いたのは栄吉さんの友だちだか仲間の人ぐらいで……」

「それはだれだ?」

と、私は勢いこんで聞いた。

「坂……坂巻《さかまき》なんとかいう名でしたねえ。壮士仲間らしいけど」

「坂巻だね。住所は?」

「小石川《こいしかわ》のほうらしいけど、くわしくは知りません」

「栄吉の親しい同志なら、お絹が気を変えてそこを訪ねることも考えられる。よし、私たちが調べてみよう。ほかには思いださないかね」

「……ええ。ふたりともあんまり話はしなかったから」

「あとになって思いだすことがあったら知らせてほしい」

と、私は綾太夫に頼んだ。この綾太夫という女は玉乗りなどを興行している芸人ではあるけれど根は誠実で友人思いらしく、お絹の身を案ずる心地が真摯《しんし》に面《おもて》にあふれている。綾太夫は私が渡そうとした車代を固辞して受けず小屋を開けるからと早々に帰っていった。

私があとを見送って戻ろうとすると、いつ起きたのかすでに身仕舞をととのえたホック氏が顔をのぞかせた。

「お早よう。よく、眠れたかね？」

「熟睡したよ。いつも思うのだが八時間も眠るのは人間にとって不幸だね。三時間ぐっすり眠ればあとの時間を悔いなく使えると思うんだが。いまの声はあの見世物小屋のマダムではなかったのかね？」

と、ホック氏はいった。私は、お絹がわが家に来るといったまま一晩、戻らないことを話し、

「頼りない手がかりだが、綾太夫の聞いた栄吉の同志の坂巻なにがしを訪ねてみたいと思う」

と、提案した。

「お絹の身になにか起きなければいいが……。行ってみよう」

ホック氏が賛成してくれたので、朝食をしたため次第、それを今日の行動の最初にすることにした。

ふたりが話しているうちに、また玄関に客があった。今度はイギリス公使館の馬丁で、ホック氏用の食料を届けに来たのだった。パンは焼き立てで、これは毎朝届けるといい、ほかにさまざまなものを山ほど置いていった。

「今度はこちらから食事に誘おう。もし、よければ自由に使ってくれたまえ。ぼくには充分すぎる量だ」

台所からは多喜が朝食の仕度をはじめたらしい包丁の音がしている。私たちは食料の山を台所にはこびこんだ。味噌汁《みそしる》の葱《ねぎ》を切っていた多喜が眼をまるくした。

「ハントレー・アンド・パーマーのファンシイ・ランチ・ビスケットとエンパイア・ビスケットはきみたちの愛すべき息子にあげてくれたまえ」

いわれてみると食料の大半が、息子への土産なのであった。ホック氏の分としては紅茶とビスケットと塩豚《ハム》にバター、チーズなどが少々である。それに燻製《くんせい》の鶏。

その朝の食卓は和洋混交であった。食事がすむと、私たちは車を呼んで小石川に出発した。洋傘を忘れなかったからよいものの、途中からポツリと雨が降りだしてきた。車夫は幌《ほろ》をかけて、降りはじめてきた雨のなかを駈けだした。

綾太夫の話では坂巻なにがしという壮士の住居は小石川のほうというだけである。これだけでは心許《こころもと》ない。小石川といっても広いのである。私たちは江戸川橋《えどがわばし》の袂で車を下りた。この辺を管轄する交番をみつけると、胡散《うさん》くさそうな顔で美髯《びぜん》をひねりながら、近づく私たちをみつめている立番の巡査に聞くことにした。

「イギリス公使館の者だが、外交上のことで訊ねる。小石川周辺に坂巻なにがしという壮士はいないかね？」

私は嘘《うそ》も方便と高飛車に出た。巡査という者は上に弱く下に強い。このころは特にその風潮が強くて、警察制度を創始し確立した大警視川路《かわじ》利良《としよし》は〝頑悪ノ民ハ政府ノ仁愛ヲ知ラズ、サリトテ如何《いかん》セン、政府ハ父母ナリ人民ハ子ナリ、タトエ父母ノ教《おしえ》ヲ嫌ウモ子ニ教ウルハ父母ノ義務ナリ、誰カ幼者ニ自由ヲ許サン、其《そ》ノ成丁《せいてい》ニ至ルノ間ハ、政府宜《よろ》シク警察ノ予防ヲ以《もっ》テ此《この》幼者ヲ看護セザルヲ得ズ〟と、警察の目的を建議し、それが基調となっていたくらいである。

公使館の名が効いたのか、巡査はたちまち直立不動の姿勢になり、その面上には不安がひろがった。

「坂巻ちゅう壮士がなにかしでかしたとですか？　このところ不穏の動きはなかとでしたが……」

この巡査も薩摩者らしい。

「いや、そういうわけではないが、至急……」

と、私は背後に悠然《ゆうぜん》と立っているホック氏を振返った。

「書記官のホック氏が坂巻某と会いたいといわれているのだ」

「壮士にですか？」

外国人と壮士の取合せがよほど奇妙に見えたらしい。巡査は団栗《どんぐり》のような眼をみはった。

「調べてもらいたいのだが……」

「いや、調べんでもわかり申す。不断から危険分子は厳重監視しちょりますたい。坂巻は坂巻諒という名でして、小日向《こびなた》台町に住居しちょります。ここからもよく見えとりますが、あの丘の中腹ですたい。坂巻は保安条例で追放になりもうしたが、一年前に戻ってきよりました」

巡査は腕をあげて台町《だいまち》の低い岡を指さした。私は番地を聞いて、教えられた道筋を歩きだした。

「あの巡査はきみにひどく敬意を表していたようだね」

と、ホック氏がいった。

「イギリス公使館の者だといってやったのだ。そうでもなければこちらも不穏分子と思われるからね」

ホック氏は愉快そうに笑った。

雨は本降りになってきた。私たちの靴はぬかるみにはまりこんで無残に汚れ、水がしみこんできた。

「ロンドンは街中がみんな敷石で舗装されているそうだね……」

「大部分はね。だが、小さな路地やテームズ川にかかるロンドン橋の下流の北岸などはひどいものだ。日本で困るのは道路と下水の整備がおどろくほどおくれていることだよ」

「残念なことだ……」

私は前年流行したコレラのことを反射的に思い浮べた。文政《ぶんせい》以来、度々流行を繰返すコレラも、下水が完備していれば必ず防げたと私は常から信じていたのである。だが、人口百三十七万余を数える東京にそれらしきものは皆無といっても過言ではない。仏国パリ、英京ロンドンに比すべくもないが、わが東京の衛生設備がそれに迫るのはいつであろうか。

職業意識が頭をもたげ、目前のことが忘れられていたが、それでも私は目的の家を迷わずに探し当てた。そこは二階建の仕舞屋《しもたや》で、表札には墨黒々と『坂巻　寓《ぐう》』と書かれている。私は格子戸をあけて、案内を乞うた。

第七章　かくれた顔

奥から出てきた人物を一目見て、私はこれが坂巻諒であると直感した。壮士という人種はどうして類型化しているのであろう。彼も三田栄吉や茂木啓輔と共通する雰囲気を持っていた。年齢は四十代半ばと思われた。鬢《びん》にちらほらと白いものが見えはじめているが髪を長くし、色黒の、眼の大きい唇の分厚い、背はあまり高くないがその分だけ肩幅の広いずんぐりした感じの男である。

「突然、おうかがいして申し訳ありません。坂巻さんですね？」

「うん……」

彼は私と背後のホック氏を見て、戸惑った眼をし、不得要領にうなずいた。何者かと怪しんでいる態度がありありであった。

「こちらはイギリスの方でホック氏。私は医者で榎元信といいます……」

と、まず私は名を告げた。坂巻は私たちに眼を据えた。

「わかった。われらの同志三田のあとを追いかけまわしているという二人組だな。三田は無残にも殺された。それは知っているだろう。用はないはずだ」

「私たちは三田栄吉を殺した犯人を探っているのです。栄吉にはお絹という女がいますが、彼女を早く保護しないと彼女も殺されるかも知れないのです。それで、やってきました」

「おれには大体、おまえたちがなんで三田のあとを追いまわしているかわからないぞ」

「詳しいことはいま言えませんが、信じてください。あなたは栄吉やお絹と親しかった。お絹はこちらへ来ていませんか？」

「いきなり押しかけてきて、詳しいことはいえぬ、お絹はいないかといったって、それは無理というものだ。お絹なんかここへは来なかった。それが返事だ」

「そうですか……。三田を殺した人物に心当りはありませんか？」

相手は最初から喧嘩《けんか》腰である。私がそう訊ねると、眼が光った。

「知らんな。帰ってくれ。毛唐が我家の敷居をまたぐことさえ不浄だ。帰らぬと刀で追い散らすぞ」

うしろにいたホック氏がいった。

「彼はなんといっているんだい？」

「お絹は来なかったといっているんだ」

「それなら隅にある女性用の下駄はだれのか聞いてくれたまえ。ぼくはおなじものを浅草の小屋で見たよ」

乱雑に下駄が脱ぎ棄《す》てられている土間の片隅にそれはあった。丸に綾の焼印の入っている駒下駄《こまげた》である。私の視線がそこに行くと坂巻の顔色が変った。足音が高くして三人の屈強な男が手に手に仕込杖《しこみづえ》を持って彼の背後に現われた。

「お絹はいるのだね？」

と、私はいった。

「たたき出せ！」

坂巻の言葉に壮士のひとりが仕込の柄にゆっくりと手をかけて刀を抜くと、抜身を私たちに突きつけた。

「ミスター・モト。この場は帰るとしよう……」

ホック氏が私の肩を押えた。私は坂巻をにらみ、無言できびすを返した。外に出ると壮士たちの哄笑《こうしょう》が聞え、坂巻が塩を撒《ま》けと怒鳴るのが聞こえた。

私は怒りで唇を嚙《か》みしめた。ホック氏が洋傘をさしかけてくれた。冷たい雨が頬《ほお》をぬらした。

「居場所が判明しただけでもいい……」

と、ホック氏がいった。

「なんという無法な連中だろう。彼等を全員ひっくくってやる方法はないだろうか……」

「彼等はどういう種類の人間なんだね？」

と、ホック氏が聞いた。私たちは坂を下りて谷間の町へと歩いていた。私は手短にもとはといえば自由民権思想をもって、維新以来の薩長政府の専制政治を打破しようとした巷間《こうかん》の志士たちが壮士のはじまりだということを話した。いまは条約改正をして、各国と対等の立場に立つことが主目標の思潮となっている。

「——日本は関税面でも不利、外国人に対する裁判権もなく、横浜の居留地には日本人は手をつけられず、その治外法権下の土地にはきみの国のランカシャー狙撃隊《そげきたい》をはじめ各国の軍隊が駐留しているという状態だ。これもあれもすべて不平等な条約のせいだ。真の独立国家として存立しなければならぬ日本を考えると、壮士の感情も理解できるのだが、壮士のなかにはいたずらに口に思想を唱えながら実態は町のごろつきと変らぬ者も多い。ゆうべ家へ来た茂木という男のように……。坂巻という男の現在は知らないがね」

「早く条約が改正されるといいね」

ホック氏はなぐさめるようにいった。坂道を下りきり江戸川橋まで歩いて、そこから人力車に乗った。行先は浅草であった。綾太夫にともかくもお絹が無事でいるらしいことを知らせてやろうと思ったのである。私の心は降る雨のように晴れなかった。すごすごと帰るのは屈辱であった。

そぼ降る雨のなかでも浅草は活況を呈していた。この雨のなかを濡《ぬ》れるのもいとわず、自転車に乗る者が多いのも一驚であった。近年の自転車の流行はいちじるしく、女子学生までが紫の袴をひるがえして乗っている。綾太夫の見世物小屋の楽屋から入ると、顔を見知っていた若い女芸人が、太夫はいま出ですという。よしずの間をくぐって舞台の袖《そで》からのぞくと、客席はさすがに七分の入りで平日の金曜日のせいか女子供が多かった。舞台ではあでやかな裃《かみしも》姿の綾太夫が三尺余の玉に乗って、音曲の陽気なリズムに合わせ、頭上に傘をかざしながら上手《かみて》から下手《しもて》へ、下手から上手へと往復しているところだった。長年の修練で鍛えた芸は水際立っていて寸分の狂いもなく円形の球上で微動だにしない。

音曲が一段と高まると、袖に待機していた若い娘たちがいっせいに、やや小型の玉に乗って進み出て、天井からは七彩の紙吹雪が舞い、錯綜《さくそう》して群舞となる。ひとしきりそれがつづいたところで幕が閉められ、綾太夫は玉に乗ってころがしながら袖に入ってきた。

「先生方のお顔が見えましたので、そりゃあ気が気じゃなくて。なにか、わかりましてござんすか?」

額に吹き出た汗を拭《ぬぐ》うのももどかしそうに彼女はいった。

「坂巻の家にいるらしい。だが、会わしてくれん。しまいには壮士らしい者が二、三出てきて白刃《はくじん》でおどかす始末だ。ともかくそれだけは知らせておこうと思ってね。心配だろうから」

「ありがとうございます。いくらかほっとしました……。が、どうして先生のところへ行くと出て行ったお絹さんが坂巻とやらの家にいるのでしょうねえ」

「私のところへ行く気だったのが、途中で気が変ったのかも知れないよ。栄吉の親友のほうが頼れると思ったのだろう」

「それならそれでちょっと知らせてくれりゃいいじゃござんせんか。眠らないで心配していたのに……」

「それもそうだ。もしかすると……」

私は口をつぐんだ。

「なんです?」

「お絹は坂巻にさらわれたのかも知れない。何もおまえさんに知らせてこないというのは確かにおかしい。坂巻は栄吉とずっと連絡を保っていたのだろうか……」

「さあ……」

「ホック君」と、私は思わず名前で呼びかけた。「もしかしたら栄吉が会いに出かけた相手は坂巻じゃないのかね。栄吉を殺したのも……。お絹は生きてはいるだろうが、今度は坂巻に誘拐されたのではないかね。つまり、あの盗まれた文書をめぐって、ザブルーニン大佐の一派と坂巻諒たちの一派が暗躍しているのではないかね」

「その可能性はあるね」

「中条警部にいって、すぐにでも警官隊を坂巻のところに派遣してもらおうじゃないか。そうすればお絹も救出できる」

私はせきこむようにいった。

「具体的な証拠がないよ」

「あの駒下駄だ」

「いまごろはとっくにかくしてしまったさ。彼等とて馬鹿じゃない。ふみこんでお絹がいなかったらどうするね。彼等を逮捕する別の容疑がなければ無理だ。その点でぼくたちが坂巻を訪ねたのは少々早まったかもしれないな。もう少し考えてから行動すべきだったよ」

ホック氏は残念そうにいった。

「ではどうすればいい？」

「彼等の動きを見よう。お絹があの家にいるという絶対的な証拠をつかむのだ」

綾太夫には今後も連絡するといって、間もなく私たちは小屋を出て帰路についた。

雨足は烈しくなり、傘を携行しているにもかかわらず、私の上衣の肩からチョッキの胸にかけて水がしみこんできた。

一時間かけてわが家に着いた私は、玄関にかけられた『本日休診』の札を見て、首をかしげた。もしかしたらこのところ代診に来てくれている岡田君がなにかの都合でこられず、止むを得ず家人が休診の札を出したのかと思い、玄関を一歩入った私は直感的に異変を感じとった。元晴がけたたましく泣いている。

「多喜！　多喜はいないのか？　おくに！　おくにもいないのか？」

私は妻と下婢《かひ》の名を呼びたてた。返事はなかった。ホック氏が私より先になかに飛び込んでいった。

「おお、ミセス・エノキ！」

ホック氏が叫んだ。書斎をのぞいた私は棒立ちになった。書斎は足のふみ場もないほど物が散乱していた。中央の椅子の背に両手をまわして縛られ、口には猿轡《さるぐつわ》をかまされた多喜と下婢の姿が眼に入った。

「どうしたのだ！」

私は急いで口が利《き》けるようにしてやり、いましめを解きにかかった。

「あなた！」

多喜は蒼白《そうはく》な顔で喘《あえ》ぎ、私の服の襟にしがみついた。

下婢の十七歳のくにに至っては口を利くこともできず失神寸前の状態である。ホック氏は手早くグラスにブランデーを注いで多喜と下婢に渡した。むせたが一口飲むといくらか血の色が甦《よみがえ》ってきて、人心地がついたらしい。ふたりとも怪我《けが》はない。

「なにがあったのだね。岡田君はどうした？」

「あなた方が出て行かれたあと、しばらくしてから岡田さんが身体の具合を悪くしたので代りに来たといって男の人がまいりました。なんの不審も抱かなかったのですが、その男はいきなりあとから入ってきたふたりの男と一緒に、私たちを脅迫し香炉のふたはどこにあるのか言えというのです。存じませんと申しましたら、あの通り椅子に縛りつけ眼の前で家中をひっくりかえして探したのです。そのうち、書斎を探していた男のひとりがついに香炉のふたをみつけ出し、あったぞと叫ぶと男たちは口々に、これをつきつけてお絹に白状させることができるぞとか言いながら引揚げていったのです……」

やはり香炉のふたが目的であったのか。私は狼藉《ろうぜき》を極めた室内を見まわした。

「ミセス。どんな男たちでしたね？」


と、ホック氏は一語一語をゆっくりわかりやすい発音でいった。

「ひとりは存じております。ゆうべ、あなたに大きな声を出した人ですわ。わたくし、昨夜、声がおそろしいのでそっとのぞき見をしたのでございます。たしかにあの人でございました。先方はわたくしに見られていたことにはまったく気づかないようでしたが、わたくし、男たちがいるあいだじゅう、もしやわたくしを見ていたのではないかと気が気ではございませんでした……」

「茂木啓輔か……」

私は呆然《ぼうぜん》とした。白昼、公然とこのような暴行をはたらくとはなんたることであろう。これではまるで本年刊行された丸亭素人《まるていそじん》訳の『黒闇鬼《こくあんき》』か英人ブラック口述の『探偵小説　車中の毒針』のごとき読物より奇である。

「茂木はきみに三田栄吉の所在を探してくれるよう依頼されたのちに、金で寝返ったにちがいない。あの新しい十円札がそれを物語っている。栄吉が死んだ以上、きみに金を返しておくことで区切りをつけるかたわら、昨夜はこの家にだれがいるのかを見に来たのだ」

と、ホック氏がいった。

啓輔は私の依頼で興味を抱き、壮士仲間に訊ねたのであろう。そして、反対に金で買収され、向うについたのであろう。その仲間とは小石川小日向台町の坂巻諒の一派かもしれない。壮士たちも文書を追い、かくし場所を知っているお絹と香炉のふたが必要だったのだ。

「栄吉を殺したのは壮士だ……」

三田栄吉は壮士仲間のだれかと会うために芝の竜徳寺へ出向いた。そこで、自分の味方と思って気を許していた相手に刺されたのかも知れない。その仲間とは坂巻諒であるかもしれない。栄吉が死に真犯人が立去ったあとに、ザブルーニン大佐たちが駈けつけ、さらに彼等の帰ったあとに私たちが駈けつけたのだ——。

壮士という者は横の連携が緊密で、だれもが知り合っているものだから、坂巻と茂木啓輔が旧知の仲であったとしても不思議はない。

しかし、私には坂巻が文書を追っている一味の首魁《しゅかい》であるとは思えなかった。私の会った坂巻諒は文書を入手して、それをとやかく利用するような大物には見えないのである。彼は知的な策謀を操る策士というよりは、単純な暴力派のようである。彼は行動隊の組頭ぐらいにはなれようが、それ以上のものではなさそうである。もしかしたら、壮士たちをあやつるもっと上の人間がいるのではなかろうか。その人物は茂木啓輔に金を渡した元につながる人物であるかもしれない。

だとすると、一方にロシアのザブルーニン大佐、一方に壮士たち、そのはざまに巻きこまれているのが三田栄吉であったし、お絹であるという図式がはっきりしてくる。

「証拠だよ。証拠もないのに断定してはいけない」

と、ホック氏がいった。

私とホック氏は乱雑になっている部屋の後片づけをする一方、近所の懇意にしている植木屋の主人をわずらわして、代診の岡田君のところへ安否を聞きにいってもらった。岡田君が来なくなったのは、決して偶然の符合ではないと思ったからである。

書斎や居間の片づけが一段落しかけたころ、植木屋の主人が帰ってきた。

「岡田先生はお宅ですこぶるお元気でございましたよ。今朝ほど榎先生からの使いが来て、先生が今日は診療するので、今日一日休んでくれとのことだったので、勿怪《もっけ》の幸いとばかり好きな娘義太夫を聴きに行って、いましがた帰ってきたところだとおっしゃいました」

「そんなことだろうと思ったよ。使いに来た男というのはどんな男か聞いたかい？」

「へえ。二十七、八のいかつい男だったそうで。書生ふうだったといってましたよ」

おそらく壮士のひとりだろう、と私は判断した。書生と壮士とは典型的な服装が似通っていて、また髪の形、口の利き方、歩き方までどこか共通するものがあるからである。

労を謝して主人に帰ってもらうと、私は奥で休んでいる多喜と、女中部屋のくにを見舞った。多喜は元気を取戻して息子に話しかけていたが、すっかり怯《おび》えてしまったのはくにのほうである。なにしろ縛られて恐怖の数時間を過したのであるから、十七歳の身にとっては死ぬほどおそろしかったのも無理はない。

私はようやく片づいた書斎で、なにやらがっくりした気持でホック氏と向い合った。

「ついに妻子にまで危険が及んできたね。当分のあいだ実家へ避難させようかと考えたところだ。香炉のふたは奪われてしまうし、ぼくは前途に悲観的にならざるを得ないよ……」

窓の外には霖雨が蕭《しょう》々《しょう》と降りしきっている。灰色の雲は重くたれこめ、陰鬱《いんうつ》な午後であった。これからは一雨ごとに涼しさが加わる。

「彼等はふたの小穴の位置を写しとった紙まで持っていったかい？」

と、ホック氏がいった。

「いや、それは日記の間にはさんであったので無事だったよ」

「ふたはなくなっても、それがあれば大丈夫だよ」

「といったって、まだ見当もつきはしない。ぼくには暗号解読の才能なんてあるとは思えないからね」

「やけに悲観的だね。人間というものは自分に自信を失うと、十の力のうち五つも力を発揮できないものだ。すべからく自信を持つことだよ。あの暗号についてはぼくもぼくなりに考えてみた。暗号の構成要素が漢字とか東洋の特殊な慣習によるものだとわからないハンディキャップはあるが、人間の本質は西洋も東洋も変らないという観点からすれば、ぼくも一、二のアドヴァイスをしてあげることもできる。人間というものは、日常の言動に左右されるものだから、暗号を作った作者の身になって考えればヒントがつかめるかもしれない。もっと想像力のある人間なら、観察力を働かせて暗号を帰納的に分析することもできるだろう。ぼくたちはしばしば明白に呈示されているものに気がつかないという失策をやるからね」

「すると、きみは三田栄吉という人物をもっとよく知れというのかね？」

「まあ、そうだ。この前もいったように決して複雑な暗号ではないはずだ。緊急の場合に考えるのだからね。栄吉とお絹のことをよく知ることが肝心だ」

「……わかった。しかし、こうしているあいだにも坂巻に責められてお絹が文書のありかを白状するかもしれない。そうしたら、みすみす文書は彼等の手中に落ちてしまう」

「お絹は白状していない。香炉のふたを奪いに来たのは、彼等が暗号の所在だけを知っているということだ。彼女はザブルーニン大佐にも白状しなかった。壮士たちにも白状しないにちがいない」

「どうしてそういえる?」

「お絹の身になって考えてみよう。文書は——本当は自分がかくしたのだが——栄吉がかくして、香炉のふたに暗号を作ったがどこにかくしたかは自分は知らないと言い通すこと。あるいは、文書を盗み出したあとでそれを栄吉に渡し、栄吉がかくして実際にお絹自身も場所を知らず、いまとなっては手がかりは香炉のふただけであること。——どちらの場合も、大佐や壮士たちが香炉のふたを手に入れるために血眼《ちまなこ》になる理由の説明がつく。彼等はふたをお絹につきつけて、彼女からヒントを得ようとするだろう。ザブルーニン大佐のほうは単なるふただけ手に入れて失敗したがね」

「お絹はかくし場所を知っているとばかり思ったが、これを知らない、と仮定してみよう。その場合、坂巻たちは彼女をどうするだろうか」

「それが問題だ。今日、ぼくたちが坂巻のところへ直接、行ったのは失敗だったが、まだ間に合う。実はぼくひとりでもう一度、行ってみようと思っているのだ」

「きみひとりで? それは危険だ。この際、警察の力をやはり借りるべきだよ」

「これはあくまで公けにしてはならない仕事だということを忘れないでくれたまえ」

「しかしだね、相手は刀を持っているんだ。きみに万一のことでもあったらどうする?」

「向うが剣を使えばぼくも剣を使う。こうみえても剣の使い方は心得があるんだ」

私は必死になって止めたが、ホック氏はなにか期するところでもあるのか、頑としていうことを聞かない。ついにはそれなら私も行動を共にしようといったが、今度はホック氏がきみは妻のそばにいてやらなければいけないというのだった。

押問答していると、玄関に聞き馴れた声がした。中条警部である。彼は梶原刑事と一緒で、桐油《とうゆ》をしみこませた紙の合羽からしずくを垂らしていた。

「いいところへ来た。いろいろなことがあってね」

私は書斎にふたりを誘い、一日の出来事を話した。ふたりは話を聞くうちに上気してきた。

「坂巻のところへ行くのならわたしも行きます。壮士の二人や三人何ほどのことあらんやです」

と、中条警部は意気ごんだ。

「わたしもお供させてください」

と、梶原刑事も叫んだ。

「茂木啓輔とやらは今夜にでもひっくくってやります。明白なる不法侵入、強盗でありますからな。これはお委せください」

「どうするね、サム君」

と、私はホック氏の意見を求めた。

「ぼくの考えは、お絹を救出することではない」

と、ホック氏がいった。私は唖然《あぜん》とした。それならなぜふたたび坂巻の家へ行くといったのか。

「ぼくたちの訪問で、彼等はお絹をほかへ移したろう。ぼくは壮士のひとりをつかまえてくる気だったのだよ」

「なんだって?」

「つかまえてその男に行先を聞き出すつもりなのだ。先方がお絹を監禁したのなら、こっちも監禁したっていいだろう」

「なるほど……」

「もっとも監禁する場所がないから必要なことだけ聞き出したら、警部にあずけて二、三日、留置場に泊められるようにしてほしい。罪状はなんだっていい。彼から聞き出したということを知られなければいいのだ」

「わかりました。なあに、壮士の輩《やから》なら壮士であるということだけで理由は充分です。彼等はみな過激思想の持主なんです」

結局、ホック氏と同行するのは中条警部と梶原刑事の二人となった。私は念のためにホック氏にステッキを、警部に拳銃《けんじゅう》を貸し与えた。

「ああ、これまでのお話ですっかりこっちの話がおそくなりました。わたしがうかがったのは例の珊瑚珠の中間報告ですよ」

と、警部は磨《みが》かれた拳銃をしまいながらいった。

「なにかわかったかね?」

「梶原と手分けして名のある簪屋《かんざしや》を聞きこんでいるのですがね、まだ行き当らないのです。今日一日で三十軒あたりました。まだ、あと四十軒はあるんです」

「それは大変だね。早くわかるといいが……」

「そのつもりですよ。――では、行ってきます」

私はブランデーを警部と刑事に振舞った。梶原刑事は眼を輝かせた。

「昨年、コレラが流行した折に、われわれまで狩り出されましてね。火葬場へ死体を運ぶためですよ。警官もいやがりましたが、本庁では予防のためにブランデーを一杯ずつ振舞いました。これを飲むとコレラにかからないというのです。巡査のなかにはブランデー一杯が欲しさに死体運びをやる者もおりました」

刑事は惜しそうにグラスのしずくをなめ、では行ってきますといった。私は三人が雨のなかへ出て行くのを見送った。共に行けないのが残念であったが、白昼、襲われた家をすぐに留守にするわけにはいかない。多喜のそばにいてやらなければ、多喜が心細い想いをする。

私は不安と焦慮に落着かず、雨の庭をながめた。急に静かになった家のなかは、その静かさがかえって重くのしかかってくるようだった。

――結果からいえば、ホック氏たち三人の行動は成功したと同時に失敗したのである。

夕方、すっかり早い黄昏《たそがれ》に包まれたころホック氏と中条警部が帰ってきた。私は玄関に飛び出して迎え、まず無事であることを祝い、首尾を聞いた。ホック氏は落胆した素振りで元気がなく、中条警部も浮かない顔をしていたので、私は成果が芳《かんば》しくなかったことを予感したが、それでももどかしい想いで聞かずにはいられなかったのである。

「ぼくたちは坂巻の家から、ややはなれた場所で家を出入りする者を見張っていた……」

と、ホック氏はパイプをくわえながらいった。「三十分ぐらいすると、ぼくたちに抜身をつきつけた見おぼえのある男が出てきた。彼は普通の足取りで坂を下って行くので、われわれはそっとあとをつけた。坂の下の神社のあるところで警部が男を呼びとめた。男は振り向いてぼくを見ると、あわてて逃げ出そうとしたよ。武器を持っていないと弱気になるものだ。警部と刑事が飛びかかったが、頑強な抵抗を試みて、一時はふたりがかりでも押えきれないくらいだった。そこでぼくも加勢してようやく男に縄をかけ、神社の森のなかで訊問《じんもん》したよ。男は最初は無言でわれわれをにらみつけていたが、ついに坂巻がお絹をあの家から連れ出したことを認めた。朝、モトとぼくがあの家を訪れてから間もなく、坂巻が馬車を呼んできて、お絹を乗せていったそうだ。だが、行先は知らないというのだ。嘘《うそ》ではないらしい……。本当に知らない様子なのだ」

「責めたのですがね。嘘をいっていればわたしにはわかりますが、本当に知らないらしい。坂巻はなにも教えてくれなかったそうです」

と、中条警部がいった。

「でも、大成功じゃないか。また、馬車屋を手繰ればいいんだ」

と、私はいった。警部が横に首を振った。

「辻馬車ならそれもいいのですがね、お絹を乗せていった馬車は立派な二頭立てで、紋を紙でかくしてあったというのです。どこか偉い人の馬車ですね」

「坂巻はそれきりまだ戻ってこないという。つかまえた壮士は梶原刑事が近くの警察署に連行していった。なにかの理由をつけて二日ばかり泊ってもらうことにした」

お絹の行先は依然としてつかめないのであるが、坂巻がお絹を乗せていった馬車とはどこの家のものであろうか。

「坂巻が馬車を呼んでくるまでに、約一時間かかったということだ。これが手がかりだがね」

と、ホック氏がいった。

「ああ、つまり比較的近距離にあるのだね。その馬車の出発した地点は……」

雨のなかを坂巻がその家に行くまでに、たとえ三十分かかったとしても、馬車が引き出されるのに十分しかかからなかったとしたら、実質走行時間は約二十分。あるいは十五分ぐらいである。これは馬車の出発点が坂巻の家を中心にして半径一里半ぐらいのなかにあることを意味している。馬車の速度は市内なら時速八マイル程度だ。定紋入りの二頭立て馬車を気がちがったように疾駆させることもないであろうから、この推測はおおむね的を射ている。

「ぼくの見るところ、立派な馬車を保有しているのはかなり上流の家らしいから、探すのにそんなに手間はかからないと思うがどうだろう」

「もちろんです。珊瑚珠は梶原に委せ、わたしが馬車を調べましょう。これは多忙になってきたぞ。その前に茂木啓輔を逮捕しなければなりません。梶原がもうじき来るはずですから、奴が来たら出かけます」

はや一日は暮れ、暗々たる空からは雨の音だけが聞える。軒端《のきば》うつ雨の音に気づいてみると、室内は火が欲しいくらいに温度が下っていた。

間もなく梶原刑事がやってきた。彼はホック氏たちとつかまえた壮士を警察まで護送してからこちらへ駆けつけたのである。

「御苦労だった。手古摺《てこず》るようなことはなかったか?」

と、中条警部は部下にねぎらいの言葉をかけた。梶原刑事は手拭《てぬぐ》いで髪から顔の雨のしずくを拭いながら白い歯を見せた。

「あの男は植木新次郎《うえきしんじろう》といって、かねてから手配中の者であることが判明しました。金に困って押しこみを働いたのです。所轄署では大喜びで二日どころか二年は娑婆《しゃば》に出られないだろうといっておりました。先方の手柄にしてやったものですから、尚更《なおさら》、感謝されましたよ。ところで、植木もそうですがあの家にいた壮士はいずれも無頼の徒で、坂巻に金で狩り集められていたということがわかりました。その目的は三田栄吉とお絹の所在を探すことにありましたが、彼等は浅草の小屋にひそんでいるふたりをみつけることに成功して、それを坂巻に報告したそうです。ただ、ふたりを発見しても手は出してはならぬと厳命されていたということで、竜徳寺の件は一切知らぬ、あの日は坂巻をはじめ一同、どこにも行かずに家にいたといっておりました。植木のいうには坂巻もだれかの命によって動いているようだとのことでした。あっ、それから茂木啓輔も自分たちの仲間に加えられたと白状しました。茂木は数日前ふらりとやってきて坂巻となにやら話し合っておりましたが、そのあと坂巻がみんなに紹介したそうです。植木たちも茂木とは以前から顔見知りだったそうですよ」

刑事の言葉でこれまでの推測が裏づけられた。やはり茂木啓輔は私の依頼を受けて、三田栄吉のことを心当りに訊ねにはいったのであろう。そして、ミイラ取りがミイラになってしまったのだ。

「これで茂木が一味と結託しているとわかりましたからには、猶予なりません。糾明して金の出所を吐かしてやります。――おい、梶原、御苦労ついでにもう一働き頼むぜ」

「承知しました」

話がきまれば早いほうがいいと、私たちは揃《そろ》って出かけることにした。今度は茂木の家への案内役で私も同行することにした。

多喜は元気を回復してはいるものの、くにのほうはまだ静養を要する状態なので、女たちの不安を解消する上からも、私はまた植木屋の若主人をわずらわして、しばしの留守を頼むことにした。若主人は屈強の若い職人を連れて快くやってきてくれたので、私たちは日ケ窪の茂木啓輔の許《もと》へ急いだ。

一日、降りつづいている雨は夜になって烈しさを増し、冷たい風も加わって荒模様となってきた。傘などは役に立たないので、二枚ある私の合羽の一枚をホック氏に貸し、氏は頭巾《フード》をかぶった。私も洋服の上に合羽と笠《かさ》という、白昼ならいささかそぐわない姿で出かけることにした。今度は用意怠りなくピストルに弾丸がこめられているのを確かめ、木刀も持ち角灯も点検した。

歩くほどに樹々が風に鳴る音と、篠《しの》つく雨の音が暗い町筋にこだまし、犬の子一匹見えぬ様子はあたかも嵐《あらし》の深山《みやま》の感じがあった。雨は私の肌にしみ通ってきたが、その冷たさも意識せぬほど私は興奮しきっていた。やがて、私たちは日ケ窪の啓輔の家の前についた。

「裏口はありますかな。梶原とわたしは表口から入りましょう。先生とホックさんは裏口を固めてもらいましょう。もし、裏から逃げ出す素振りでもあったら頼みます。おっと、その前に窓の様子も見ておきましょう。この風と雨じゃあ、少しぐらい足音を立てたって聞えやしませんせん」

家は玄関が北東を向いていて、南西側に縁がある。縁側の雨戸は閉まっており、まだガラス戸など入れていないので、あと、窓といえば厠《かわや》の小窓ぐらいしかない。羽目もところどころで破れ、この雨では雨漏りも多いのではないかと思われる茅屋《あばらや》である。

私とホック氏は勝手口の前に立った。

間もなく戸をがんがん叩《たた》く音にまじって、

「警察の者だ。開けろ、開けろ!」

と、怒鳴る梶原刑事の声が聞えてきた。私は手にした木刀を握りしめた。もし、こちらから飛び出してきたら打ち据えてやろうと思ったのである。

「御用の筋だ。開けないとたたき破るぞ!」

中条警部の声もした。しかし、内部はしんとして人の動く気配はなかった。やがて、ついにしびれを切らしたのか、戸が大きな音を立てて倒れる音がした。

数秒——なにも音がしなくなった。格闘の音でもするかと私は全身の神経を耳にしたが、なにも起らず、そのうち足音がして勝手口の閂《かんぬき》をはずす音がして、がらりと戸があいた。

角灯を手にした妙に白茶けたような中条警部の顔がのぞいた。

「先生、来てください」

ホック氏と私はそのただならぬ声に思わず顔を見合わせた。警部のうしろから勝手口をくぐると、そこは土間でわずかな鍋釜《なべかま》が目についたが、それらは絶えて煮焚《にた》きされたことがないように赤錆《あかさ》びて放りだされていた。

中条警部は居間に私たちをみちびいた。八畳の居間には梶原刑事が角灯を手にして立っていた。部屋には文机《ふづくえ》が一隅にあり、その上に刑事がともした洋燈《ランプ》がジ、ジ、ジとかすかな音を立てながら弱い炎を上げていた。ほやを掃除もしたことがないような洋燈である。内部は家と同様荒涼としていた。ほとんど家具らしい家具はなかった。湯呑みと一升徳利、それから綿のはみ出た座布団。その横の畳の上に仰向けになって倒れている男——。

虚空をにらんでいる茂木啓輔の表情にはびっくりしたような気配が残っていた。なにかに驚いて、その驚きが突然、凝固凍結《ぎょうこ》してしまったようである。これに似た表情を私は見た記憶がある。芝の竜徳寺の荒れはてた庫裡《くり》で死んでいた三田栄吉にも、こんな表情が浮んでいた。

そして——彼の胸、心臓の真上の袷《あわせ》が血に染っていた。私は袷をひろげた。出血はそれほど多量ではなかったが、胸は赤黒く血でぬれていた。鋭利な刃物によると思われる刺創《さしきず》が血の中心にあった。だが、凶器はどこにもない。

「灯を近づけてくれ」

私は綿密に刺創を調べた。死体は硬直がはじまりかけていた。

「死後三、四時間だね。致命傷はこの傷だ。ほかには傷はないようだ。この角度からすると下から上へ突き上げたのだね。抵抗のあとはまったくない……」

ホック氏は片足でひざまずき、例の天眼鏡を取り出して死体を調べはじめた。

「モトのいう通りだ。犯人は背後から抱きつくようにして、逆手《さかて》に持った短刀で突いたのだ。それ以外にこの角度での傷は考えられない。おや、この襟元を見たまえ、興味ある事実に気づくよ。白粉《おしろい》がついている。それからかすかだがあの十円札と五円札についていた匂《にお》いとおなじ匂いがする。ほら、あの左利《き》きの女だ」

「犯人は女かね?」

私はおどろいていった。

「そうだね。うしろから抱きついて心臓を刺すのも左利きだと容易だ。抵抗していないのも女だから気を許していたといえば説明がつく。返り血を浴びないためにも背後から抱きつくのはいい方法だ」

「先生……」と、中条警部が不審そうな声でいった。

「茂木が殺されたとすると犯人はどこから逃げたのですかね? 表の戸は内側から鍵《かぎ》がかかっていて、押し倒さなければ入れませんでした。勝手口は閂をはずさないと先生たちをお入れすることもできませんでした。雨戸の桟はみんなしまっています。ほかに出入りできるようなところはありませんぜ」

梶原刑事が厠から押入れまで捜索を終えて戻ってきて、怪しいところはないと報告した。

「天井裏はどうだ。あるいは床下だ。そこから外へ抜け出せるかもしれない」

「そうですな」

それから警部と刑事は家中の畳をはがしたり、天井裏にのぼって埃《ほこり》と蜘蛛《くも》の巣だらけになったりしはじめた。私とホック氏は死体の検案が終ると、室内に変ったところはないかと調べはじめた。

啓輔の家の間取りは八畳と次が六畳、そして玄関を上ったところに二畳があるだけである。啓輔の貧窮ぶりはまざまざとしていた。めぼしいものはすでに売ってしまったか、でなければ質屋であろう。二、三冊の本、仕込杖、煎餅《せんべい》布団《ぶとん》、そういったものが主なものであとはがらくただけ。塗りのはげた手文庫があったが、そこにも見るべきものはなにもなかった。赤貧洗うがごとしの言葉通りの生活であったらしい。

「死体の懐中にはなにもない。つまり、彼が持っていたはずの金も、モトの家から奪った香炉のふたも消えているということだ。ふたのほうは押し入った壮士のだれかに渡したとも思えるが、金は……犯人が残しておいてはまずいと持ち去ったのだろう」

「使ってしまったのかもしれない」

と、私はいった。

「小銭もないんだよ。洗い浚《ざら》い持っていったとしか思われない。彼がかくしている可能性はないね」

天井裏も床下も無駄だった。床の揚蓋《あげぶた》の下の土はぐじゅぐじゅと湿って、人が下りたら足跡は必ずつくが、そこにはなんのあともなかったのである。

「面白い。ぼくははじめて事件に魅力を見出したよ。これまでのところでは、ぼくはせいぜい助言者にすぎなかった。だが、出入口の閉されているなかでの殺人事件とは……」

サミュエル・ホック氏はひとりごとのようにつぶやいた。これまで冷静さを決して失わなかった彼が興奮するのを私ははじめて見た。

第八章　とぐろを巻いた紐

梶原刑事と中条警部は失われた凶器についても詳細かつ綿密な調査をした。仕込杖もむろん調べられたが、人の血の付着したあとなどはなかった。このほかに刃物といえば勝手にある出刃であるが、これは赤錆びているし、死体の傷跡とは明らかに一致しない。犯人が凶器を持ち去ったのは明白である。ただ、問題はその犯人がどこから出て行ったかである。

この場合は、入室は自然に行われたであろう。犯人の女は——これまでのホック氏の推理や状況から女と断定してもよいと思うのであるが——茂木啓輔が開けた戸口から入ってきたのであろう。ふたりの間が少なくとも敵意を持ち合ったり、警戒を要する間柄でなかったことは、茂木啓輔がほとんど無防備無抵抗で殺されている状態から、そう断定してもまちがいあるまい。女は客だったのかもしれない。それにしては接待のための茶器もないのは、啓輔の家に大体、そのようなものがなかったことで説明できよう。だが、その女はどこから出て行ったのか。なぜ、雨戸には桟が下り、勝手も玄関も内側から閂《かんぬき》なり錠なりが下りていたのか。

ホック氏の捜査はこの場合も周到を極めていた。天眼鏡を取り出して錠も閂も桟もくわしくながあ、なにやら声をあげたり落胆したように吐息をついたりして、ほとんどはいまわるように調べつくした。

「なかなか冷静で緻密《ちみつ》な犯人だね。こういう度胸のいい女性がいるのなら、ぼくも受けて立ってもいい心境だ。一突きで見事に急所を刺した手際といい、当分、茂木啓輔が留守をするように……あるいは失踪《しっそう》を印象づけるように……見せた方法といい、自分でも知らぬ間につけた白粉と香りをのぞけば、証拠らしい証拠も残さぬ沈着さといい、これはたいしたものだよ」

ホック氏は立上りながらいった。

「茂木が留守とか失踪とかってどういうことだい？」

「密室さ。密室を構成する要素は、なかで死んでいる茂木啓輔の存在を、世間に当分知られたくないことしかないじゃないか。それにはだれかが訪問しても、雨戸が閉まり出入口に錠が下りていれば留守だと思うようにするのがいちばんさ。破ってまで入ろうとする人間は、普通ではいないからね。まして、このような貧しい家には」

「そこをぼくたちが押し入った……」

「犯人にとっては唯一《ゆいいつ》の誤算さ。こんなに早く死体が発見されることは勘定に入っていなかったにちがいないからね。茂木啓輔が善いことをしたとすれば、きみの奥さんに顔を見られていたことだ。それだから、われわれはここへ来たのだからね」

「サム君。彼は、しかし、なんで殺されたのだろう？」

私は疑問を投げかけた。

「まあ、口封じだろうね。この男は坂巻にとっても、ふいに飛びこんできた厄介者だ。用がすんだら御役ご免ということになったのかもしれない。もっとも真相はいまのところ、ぼくにもわからないがね」

「どうやって外から錠を下ろしたのだろう？」

「この家の造りは、日本家屋が隙間《すきま》の多い木と紙でできた建築だという事実を考慮しても、老朽化してひどい有様だ。ほら、風はどこからともなくヒューヒュー入ってくるし、雨戸には節穴がいくつもある。ぼくは桟のところでこまかい木屑《きくず》をみつけたが、これは桟が一部腐って脆くなっていて、そこがこぼれ落ちたものだ。これがすべてを物語っていると思うよ」

そういうとホック氏は二尺ほどの麻紐《あさひも》をとると、中央の雨戸を一枚はずした。その雨戸の桟の受口に紐の先をぐるぐるととぐろを巻いたように丸めたものを詰め、一端を外側に垂らした。その作業がすむと、氏は庭側に下り立ち、雨戸をそっとはめこんだ。すると桟は受口に詰められた紐のかたまりのために下りることができず浮いたままであったが、雨戸の向うで紐の先をホック氏が引張るにつれて隙間から紐のかたまりはほどけて行き、それにつれて桟が受口に次第にはまりこみ、ついに全部が納まってしまった。

おどろくほど簡単な仕掛であった。なるほど隙間だらけのこの家なら、がたが来ている雨戸を利用して外側から桟を下ろすことも楽にできるのだった。しかし、それでも外からあけることはできない。

私は桟を上げて雨戸をあけ、ホック氏を迎え入れた。

「なんと子供だましの仕掛じゃないか」

と、私は叫んだ。

「だがわからなかった。魔術師のように犯人は空中に消えたときみたちが信じかけていたのが顔に出ていたよ。不可解なものも種明かしをしてみれば、たいていが簡単なことで、その簡単さがわからないのは、きみたちが眼で見るだけで観察しないからだよ。――犯人にとっては外部からの訪問者が、茂木啓輔がどこかへ行っていて留守だと思ってくれればそれでよかったのだ。単に発見の時間をおくらせたかったからにすぎない。成功していれば、茂木は何日も留守をしていることになり、やがては失踪ということになったかもしれない。疑問を抱いて押し入るほどの人間が出現するまではね」

中条警部と梶原刑事は、私たちのやりとりの意味はわからないながらも、ホック氏の〝実演〟を見守っていたので、その眼には賛美と感嘆の光があった。

「たいしたもんですねえ……」

「もう調べるだけは調べたかね？」

と、私はいった。警部はうなずいた。

「これから一走り所轄署まで行って届けてこなけりゃなりません。よろしいでしょうか」

「構わないと思うよ。説明はうまくしておいてくれないか」

「先生方に訊問などさせません。わたしのほうでうまくやっておきます」

私はうなずいて警部がまとめた三冊の本を手にした。芝山居士《しざんこじ》纂集《さんしゅう》の『近古慷慨家《こうがいか》列伝』、ジェレミイ・ベンサム著　野田種七郎訳『新聞演説自由論』、島本仲道著『青天霹靂《へきれき》』（大塩平八郎伝）。

茂木啓輔が自由民権の志に燃えていたころの名残ででもあるのだろうか、その本は破れ汚れ、なかのページは何枚も破り去られていた。ジ、ジ、ジと音がして洋燈《ランプ》の油が燃えつきたのか、灯はふっと消えた。

――もし、私が茂木に依頼しなかったならば、彼は無残な最期を遂げなくてもよかったかもしれない。そう思うと、私の胸は痛んだ。私はかつての友の亡骸《なきがら》にせめてもの祈りを捧《ささ》げ合掌すると、ホック氏を顧みた。

「行こう……」

私たちは吹き降りの雨のなかへ出た。この雨では犯人の足跡を期待するのは絶望的であり、ホック氏もその点の調査はあきらめてしまっていた。


「女か……」

と、陸奥宗光はいった。前夜の雨は嘘《うそ》のように晴れ上り、朝陽が明るくさしこんでいる宗光邸の居間で、私は登庁前の宗光と向き合っていた。前夜までの経過を報告しに私は早朝、陸奥邸の門をたたいたのである。

「ホック氏の慧眼《けいがん》なる推理によれば、茂木啓輔の所持していた紙幣の主と、彼を殺害した人物は同一人であり、さらにその殺害方法から三田栄吉を殺したのも、また同一人であると思われます。啓輔は私に栄吉の調査を依頼され、坂巻諒を訪ねて逆に坂巻側についたものと思われますが、かえってそのために邪魔な存在となり口封じのために殺されたのでしょう。啓輔は私の昔の友人でしたが、その性行はこの数年間にすっかり堕落してしまい、信頼の置けぬ人物となっておりましたから……」

「保安条例が人間を変えたのだ……。強権は多くの人間を圧殺する。その男も時代の犠牲者のひとりなのだ……」

と、宗光は遠くを見るような眼差《まなざし》でいった。

「わかるような気がいたします。境遇の激変と貧窮が彼の志を打ち砕いてしまったのでございましょう。――ところで」

と、私は声をあらためた。

「目下の探索の焦点は坂巻の家からお絹をいずれへか移送した馬車の行方と、栄吉の衣類から出てきた珊瑚珠《さんごじゅ》でございます。また、香炉のふたに記されていた暗号とおぼしき小穴の解読に全力をあげる所存でございます」

「小穴の暗号が解読できれば文書の行方も即、判明するのだな？」

「はい……」

「お絹とやらを救出してその口から聞くほうが早いか、解読が早いか。きみの見込みはどうかね？」

「馬車と珊瑚珠は捜査の道の専門家である中条、梶原の両君にしばらく委せるより仕方ありません。私は暗号の解読に微力をつくしたいと存じます。そのことではホック氏から有益な助言がございました」

「ほう、なんと？」

「暗号を作った者の人物をよく知れ、ということでございます。時間的に余裕のない状態で作った暗号だから、複雑なものではないはずだ。栄吉かもしくはお絹をよく知ることでヒントがつかめるだろうというのでございます。私、栄吉の人物を知るために、彼の郷里まで行ってこようかと思います。生い立ちから彼の人となりを調べてみたいのです」

「どこだね？　郷里とは？」

「常陸の笠間です」

「茨城か……。大変な仕事だが、きみがよいと思う方法で存分にやってもらいたい。中条は知恵のほうはともかく馬車馬のように働く男だから、走りまわるのは彼に委しておいていい。――軍資金は足りるかね？」

「先日、お届けくださいましたもので、いまは充分でございます」

「もし、足りないようだったら妻《さい》にいってくれ」

「ありがとうございます」

私は一礼した。宗光は思いだしたように、

「その後、ロシア側は鳴りをひそめているのか?」

と、訊ねた。

「芝の竜徳寺以来、目立った動きはありません。お絹も香炉のふたも壮士側にあるので、手が出せせぬのかもしれませんが……」

「あるいは手を出す機会をうかがっているのかも、な」

宗光はいいながら安楽椅子から立上った。

笠間まで行く決心をしたのは昨夜だった。このままでは暗号についての打開策がいつまでたっても得られないし、珊瑚珠と馬車の調査にもある程度は時間がかかり、それを待つだけというのも、能のない話である。その間、なにか動いていないと私の気がおさまらない。そこでホック氏の与えてくれたヒントを実行しようと決意したわけである。

ホック氏も賛成してくれ、自分は自分ですることがあるからといったので、実は私は旅立ちの仕度をして陸奥邸を訪問したのだった。

私は上野停車場《ステンショ》より九月一日に東京・青森間が開業したばかりの日本鉄道の汽車に乗って、小山《おやま》まで行き、そこからは十数里の道を車を乗り継いで、上野を出てから八時間余で笠間に到着した。その日の午後遅く、
ここは周辺を取り巻く八溝山地《やみぞさんち》内の盆地であって、その盆地のかたちに集落が作られたのがあたかも菅笠《すげがさ》のようであったので笠間という名になったのだそうであるが、笠間稲荷《かさまいなり》が町の中心にあり、ここは全国に信者が多い。

稲荷の門前町には商店も多く、その店にはいずれも笠間焼の陶器が置かれていた。笠間焼は近江の信楽焼《しがらき》を取り入れてはじめられたもので、処々に窯《かま》がある。

私は稲荷前の旅籠《はたご》に旅装を解くと、まだ宵のうちであるのを幸い、入浴して埃を落すのもあとまわしにして、早速、外へ出た。全国からの参詣者《さんけい》はこの時期にも多く、私は信心深い善男善女の群れと度々、すれちがった。とりあえず社前に合掌し、事件の早期解決を祈願し、私は門前の笠間焼を売る店の一軒に立寄った。花器、茶碗《ちゃわん》のよいものがございますが……」

「これはいらっしゃいませ。

と、もみ手をして寄ってきた主人に、

「つかぬことを聞くが、窯元で三田という人を知らないかね?」

と、訊ねると、人の好さそうな主人はちょっと考えてから、

「洗心洞《せんしんどう》さんでしょうな。旦那様はそこへおいでで」

「うむ。三田さんという人がいいものを焼くと聞いたのでね。行ってみようかと思う」

「さようですか。しかし、それは残念でございました。洗心洞さんはこのところ窯の火を落しておいでのようで」

純朴な主人は同情をこめて私を見上げた。

「三田さんはそこだけですね?」

「はい。一軒だけでございます。実は息子さんが先日、急に東京で亡くなったとかでもともと身体が弱いところに、その知らせを聞いて寝こまれたそうで、それで窯の火も落されたのだとのもっぱらの噂《うわさ》です」

「ほう……それはお気の毒だ。ほかにお子さんはいないのかね?」

「子供はひとりきりなんでございますよ。その息子が自由民権の風に浮かれて壮士の群れに身を投じたとかで、そのころから嘆いておいでででした。おかみさんも先年なくなり、たったひとりで窯を守ってきたんでございますがね」

「それはますますお気の毒だ。お見舞がてら行ってみよう」

私は変哲もない湯呑みを一つ買い、主人に教えてもらった場所をめざして歩き出した。途中、見舞の菓子を包ませ、三丁ほど歩くともう人家の間に畑がひろがり、そのなかに洗心洞三田栄太郎の家をみつけた。

茅葺《かやぶ》き屋根の農家ふうの造りであるが、庭に二基の窯が並び、そのあたりが作業場であるとみえてさまざまな台やろくろが乱雑に置かれたままになっていた。しかし、窯は冷たく人影はなく、夜の迫る濃い紫色の蔭《かげ》のなかに障子に映る蠟燭《ろうそく》のゆらぐ炎だけが、人の気配を感じさせるだけであった。

私が案内を乞うと縁先の障子があいて、白髪の老爺《ろうや》が顔を出した。その印象から相当の年齢かと思ったのであるが、よく見ると顔はそれほど年をとっていない。蓬髪《ほうはつ》が彼を実際の年齢よりはるかに老《ふ》けてみせているのである。

「どなたですか?」

彼は不審な表情で私を見た。渋紙色の皮膚に張りはなく、眼にも光がなかった。私は東京から来た医師の榎元信というものであると名乗った。三田栄太郎の不審な表情が濃くなった。

「窯のほうはしばらく休むことにしております。身体の加減が悪いものでして……」

「いや、突然、うかがったのは御子息のことです」

「栄吉の?」

老人は咳《せき》をした。咳がやんで私を見た彼の眼ははっとするほど悲しげなものにつつまれていた。

「倅《せがれ》は死にました。馬鹿な奴です。お上《かみ》の手をわずらわすようなことをして……。自業自得と思っております。あなたは栄吉となにか……？」

「訳あって御子息を殺《あや》めた犯人を探索している者です」

「一体、倅はなにをしたのですか？　なぜ、人手にかかるような仕儀になったのですか？　御存知なら……御存知なら教えてくださいさい」

栄太郎の声は肺腑《はいふ》をえぐるように悲痛なものであった。私は彼に興奮しないようにいい、漠然とした言い方ではあったが、政府の機密に関する文書に関係して殺されたのは間違いあるまいといった。

「そんな……栄吉がそんな大それたことを」

と、彼は絶句し次の瞬間には涙を流しはじめた。私はめっきり気弱くなっている老人をなぐさめ、携えてきた菓子の包みを出し、栄太郎にたずねた。

「御子息はどんな人だったのです？」

「ここにおったときはいい子でした。わしはいい後継ぎができたとよろこんでおったものです。そのころは女房も元気でした。ひとり生んだあとで流産しましてな。それがもとであとが生れなくなりましたので、それは可愛がったものです。これからは学問もなくてはいけないというので水戸《みと》の学校にもやりました。そこで自由民権とやらの思想に染りましてな。――二十三のときにわしらの止めるのを振り切って東京へ行ってしまいました。壮士の仲間に身を投じたと聞いて心配しておりましたが、その後、何年も音沙汰《おとさた》なく……便りがあったときは奴の死んだ知らせでした。親不孝者ですよ……あいつは」

とぎれとぎれに、涙まじりにそれだけのことを聞き出すにも時間がかかった。

「栄吉は母親の死んだのも知らないのです。連絡しようにも所もわからなかったのです……」

父親は栄吉が保安条例によって市外追放に処せられたことはもちろん、お絹と同棲していたことなどはなにも知らないのだった。

私は彼の書信などを期待していたのだが、それもないとなるとここでの収穫は栄吉が壮士となる以前のことしかない。それではなんのために笠間まで来たのかわからない。

「栄吉の部屋はあの子が家を出た当時のままにしてあります。いつ、帰ってきてもいいように……。それも無駄でございました」

「ちょっと拝見できますか？」

と、私はいった。父親がうなずいたので私は室内に上り奥の六畳を見せてもらった。

文机《ふづくえ》の上には筆硯《ひっけん》も文鎮もそのままになっている。壁に吊《つる》された絣《かすり》の着物、書棚には数十冊の本。大半が自由民権に関する本であるが、『令義解《りょうのぎげ》』『制度通』『尊卑分脈』『祭典略』『雅亮装束抄《まさすけしょうぞくしょう》』などいにしえの法典などもあり、『希臘《ギリシャ》神話』『羅馬《ローマ》神話』『西域紀行』『天空星辰図』『新體詩集』『以良都女《いらつめ》』など趣味の本や雑誌などもあった。

「なんぞお目にとまるものがありますですか?」

と、父親がにじり寄ってきた。私は内心に失望と落胆をおぼえながら首を振り、好意を謝した。私の診《み》るところ父親は心労のはてに気力が落ちこみ衰弱したものであるので、医師としての良心から、私はできるだけ栄養あるものを食べ一日も早く気力を回復するよう説得し、間もなく洗心洞を辞したのであった。

暗い夜道を旅籠に帰り、熱い湯に浸って旅塵《りょじん》を落し、夕食をしたためると私は張りつめていた気のすっかりゆるむのを感じた。

百里の道を来たのも無駄であった——。私は秋風吹く暗い窓辺に凭《よ》って、今夜の訪問を苦々しく思い返した。笠間まで来て判明したのは、三田栄吉が故郷を出奔するまでの話である。彼が壮士の群れに入ってからは、手紙も途絶え勝ちになり、保安条例による処分以後は音信不通となっていた。彼もまた高い志が現実の塵《ちり》にまみれ、崩れ去った壮士のひとりなのであろう。

翌朝、六時には私は旅籠を出た。こちらが無駄であったとわかった途端に、矢も楯《たて》もたまらず一刻も早く帰京したい想いに駈られたのである。山間の道を菅笠をかぶり法被脚絆《はっぴきゃはん》の車夫の引く車にゆられて行く私の胸中には、かつて志を抱いて上京した栄吉の想いが重なっていた。

風蕭々《しょうしょう》として易水《えきすい》寒し　壮士一度《ひとたび》去って亦《また》還らず

——

荊軻《けいか》が燕《えん》の太子丹の命を受け秦《しん》におもむき始皇帝を刺そうとして、易水のほとりにいたって述べた感慨は、好んで壮士たちの口にするところとなり、彼等はその意気をもって東京に参集したのだった。だが——三田栄吉はついに帰らなかった。この言葉通りに。茂木啓輔も同様に——。

汽車の便が悪くて東京に戻ったのは、もうすっかり日が暮れていた。一日、車と汽車にゆられて、私の背と腰は痛んでいた。それでも家の前で車を下りたときには、その家のたたずまいが昨朝ここを出たときと変りないのに、なぜかほっとした気分をおぼえた。

玄関をあけていま帰ったと告げると、その声を聞きつけて、元晴が奥から走り出してきた。そのうれしそうな笑顔を見ると私もひとしお可愛さが増し抱き上げて頰擦《ほおず》りをしてやった。そのうしろから多喜が出てきた。

「お帰りなさいませ」

「なにか変ったことはなかったかね?」

「ええ。もっとおそいお帰りかと思っておりましたわ」

「向うの用事が早くすんだのでね。ホックさんはいるのかい？」

と、私は上りながら訊ねた。多喜は私のインバネスをうしろにまわって脱がせながら、

「あの方、きのうも今日も日中はお出掛けでした。きょうは先程お帰りになって奥にいらっしゃいます」

「そうか。中条君はこなかったかね？」

「はい、お顔をお見せになりません。——お食事は？」

「まだだ。腹がへったよ」

「すぐ仕度いたしますわ。お湯もわいておりますから先にお入りになったら」

「その前にホックさんに会ってこよう」

と、私はいって奥の部屋をのぞいた。

ホック氏は机に向って手紙を書いていたが、私を見ると歓迎の身振りをみせた。

「きみのその顔を見ると旅行の結果はおもわしくなかったようだね」

と、彼はいった。私はうなずいて彼の横にあぐらをかいた。

「行っただけ損だったよ。栄吉の父親に会ったが事件の参考になるようなことは、笠間にはなにもなかった……」

「どんなふうにきみが行動したのか、見たり聞いたりしたことをくわしく話してくれないか」

と、ホック氏は椅子から身体を乗り出すように私を見た。そして、気がついたように机上の書きかけの便箋《びんせん》を取り上げると、その文面に眼をやっていたが、思いきったようにくしゃくしゃに丸めてしまった。

「ロンドンの友人に出そうと思って書きかけたのだが、やめることにしたよ。時々、なつかしくなるのだが、死んだ人間から手紙が来てショックをあたえるのも考えものだからね」

「死んだ人間だって？」

「ロンドンではぼくは死んだものと思われているのさ。いずれ、その事情を話すこともあるかもしれないがね」

彼は意味深長な微笑を浮べた。

「なにか……犯罪に関係があるのかね？」

と、私は声を低めてたずねた。

「まあね。だが、ぼくが犯罪を犯したわけじゃない。この件についてはいまのところは聞かないでいてくれたまえ。——さっきの話に戻ろう」

私は栄太郎の家を訪問した次第をできるだけ克明に語った。彼は私の収穫のあまりな貧弱さに失望したのであろう、いきさか落胆した様子で、

「ぼくも同行していたらなにかみつけられたかも知れ

ない。しかし、日本ではぼくの行動が目立ちすぎるし、また制約が多すぎる。たとえば漢字。なんという複雑な線の組合せで、しかも数が多いのだろう。そして、奇妙な曲線で書かれた日本の文字。あれはどこで区切られるのか、一介の旅行者であるぼくには謎《なぞ》としかいいようがない。きみの見聞したなかで暗号に結びつくもの——知的な活動を示唆するものといえば栄吉の本ぐらいしかないが、その本からはヒントはつかめないかね？」

「まずないね。あの家にあった本のうち、自由民権を論じた本の大部分はぼくの家にないが、『令義解』とか『希臘神話』の類いなら家にもある。しかし、暗号に結びつくとは思えないね」

「咄嗟《とっさ》の場合に暗号を作れといわれたらきみならどうする？」

と、ホック氏はいった。

「そうだな。急にそういわれると困るが、多分、自分の思いつく範囲で作るだろうね」

「それだよ」と、ホック氏は指をパチンと鳴らした。

「経験と思考の範囲だよ。彼の仕事、彼の趣味、彼の経歴、それらのなかに必ずヒントがあるはずだ」

「それではあの家にあった蔵書を読んでみろというのかい？」

「大筋はつかめるだろう。全部、読まなくてもね。彼の思考の仕方がわかればいいのだ」

「そりゃ大変だな……」

と、私は吐息をついた。ホック氏はしきりに三田栄吉の人間を知れという。栄吉の身になって考えてみろという。口でいうのは容易《たやす》いが別の人間になれということとおなじで、私にはひどい重荷に思えた。

「ぼくも暗号を研究したが、その結論は作る者の身になることだ。ひとりの人間が組織の手も借りずに作った暗号ならそれで解読のヒントをつかむことができる。人間が作ったものを人間が解けないはずはない」

「よし、やってみよう」

と、私は新たな勇気を奮い起していった。

「その調子だよ」

と、ホック氏がいった。

「ところできみはきのう今日、なにをしていたんだい？」

「中条警部も梶原刑事もこないので、また東京見物さ。公使館でロシア公使館員の記録を調べたり、日本の伝統芸術であるカブキを見た。そこで演奏される音楽は、ぼくにはいささか退屈だった。モトは西洋の音楽の素養もあるようだからサラサーテやメンデルスゾーンなどを聞かせてあげたいよ。あ、それからザブルーニン大佐と会見の約束をとりつけた」

「えっ、あのロシア人と?」

「明日の昼食を日本橋の吾妻亭《あづまてい》で一緒にするつもりだ。きみも出席してくれたまえ。その席上ではっきりと手を引かせるつもりだ。イギリス公使館から大佐を招待してもらったんだがね」

「ぜひ出席するよ」

と、私は答えた。大佐の一味も暗号を狙《ねら》って暗躍しているが、栄吉が殺されてからはおとなしくしているものの、いまもって香炉のふたを手に入れる方法を画策中なのであろう。そのふたは茂木啓輔から壮士のだれかの手に渡り——坂巻諒だと思われるが——いまは私たちの手《て》許《もと》にはない。そして、坂巻とお絹はあの日以来、行方がわからないのだ。

多喜が呼びに来たので、私はホック氏のもとを辞した。

その夜、ホック氏の言葉が思い起されてわが家にある『令義解』『尊卑分脈』『制度通』などを取り出して読みはじめたが、このなかに暗号の解読を示唆するようなものがどうしてもあるとは思えず、しかも旅の疲労も出てきていつか私は眠ってしまった。

吾妻亭は唯一の西洋料理店である。もちろん市中の一流牛鍋店へ行けばビフテキ、オムレツ、シチューなどの一品料理を注文することはできるが、本格的な西洋料理店はまだここ一軒だけであった。清国人《しんこく》のコックが調理するのである。

ホック氏と私は定刻よりやや早目に店におもむき二階の席に着いた。テーブルには白布がかけられ、銀のナイフとフォークが皿を間に置かれ、洋風の制服の給仕人が銀盆を手にして客の間を行き交う。私たちは食前酒を注文し、ここで会見するはずの客が現われるのを待った。

「大佐は現われるだろうか?」

と、私は多少の危惧《きぐ》をこめて訊ねた。

「来るだろうよ。名目は日本の軍事力について私見を交換したいということになっているから、武官である彼が来ないはずはない」

「現われたらどうやって手を引かせるつもりなのだね?」

「それはだね。——あ、当人が来たよ」

ホック氏が入口のほうに眼をやったので、それにつられてそのほうを見ると、いましも入口に立って店内を見まわしている巨漢が眼についた。私は会ったことはないが、梶原刑事などから聞いた人相そっくりの燃えるような赤髪と碧眼《へきがん》の巨漢である。頬から顎《あご》にかけて被っている髭《ひげ》も髪と同じように赤かった。

ザブルーニン大佐は給仕人を呼びつけてなにかいったが、それはわれわれの所在を聞き出していたらしく、やがて給仕人に案内されて巨漢はわれわれの席にやってきた。彼は立ちはだかったままぎょろりとした眼で、ホック氏と私をにらみつけ、ひどい巻舌のロシア訛《なま》りの英語で、しかもざらついた声で、

「イギリス公使館のホック氏とはあなたですかな?」

と、いった。ホック氏と私は立上った。ホック氏は笑って手を差し伸べた。

「私がサミュエル・ホックです。ザブルーニン大佐、お目にかかれて光栄です。それにしても近く御帰国とはよろこばしい……」

「使命半ばで帰国命令なんて、ひとつもうれしくない。帰れば査問が……なぜ、あなたはわしの帰国を知っておる。公使にいわれたのはつい一時間ほど前なのに……」

大佐の眼は大きくなった。ホック氏は私を公使館の書記と紹介し、席に坐るようにとゼスチュアをした。

「あなたの右のポケットから横浜発の便船案内がのぞいていて、ウラジオストック行きのセルゲイ号に赤いラインが引いてあります。セルゲイ号は明日午前八時に横浜を出航するということは、私もおなじ案内を見たので知っています。そして、便船案内の横からロシア公使館の公式辞令がのぞいているではありませんか。あなたは興奮もしておられた。急な帰国命令を受けて動転しているのだと拝察したわけです」

ホック氏がいうと大佐はいま気がついたというふうに、ポケットから書類を鷲《わし》づかみにして取り出した。

「いまいましい。御指摘の通りわしは明朝の船で帰国します。し残した仕事がいろいろとあるのですがな。そういうわけで日本の軍事力についての私見を交換しようというお申出じゃったが、ゆっくり話してもおられませんわい。一言、申し上げればこの国の軍事力などあってなきが如しで、われわれが問題にするほどのこともないといっておきましょう。わがロシアにとってはむろん、お国にとってもこの国が将来、脅威になるということは考えられません。わがニコライ皇太子殿下が暴漢に襲われたあとの、この国の動揺ぶりを見てもわかる通り、天皇も政府もロシアを怒らせないための気の使いようといったら……。それはわがロシアが恐ろしいからですよ」

私はその放言を聞いて頭に血がのぼるのを感じたが、じっとこらえて運ばれてきたスープに口をつけた。

「大佐の後任はどなたです?」

と、ホック氏は静かにたずねた。

「おそらくワシリーエフ大尉が代行することになるでしょう。俊敏とはいえないが実直な男です」

「大尉はむやみに他人の家に押し入って香炉のふたを奪ったり、女を誘拐《ゆうかい》して監禁するようなことはしないでしょうね」

その言葉を聞くとザブルーニン大佐は一瞬、ナイフとフォークを持つ手を休めて唖然《あぜん》としたが、たちまち満面を真赤にさせて、ナイフとフォークをテーブルにたたきつけた。

「ははあ、そうだったのか。わしが日本の高官の身辺に入りこませたスパイから、日本のムツとイギリスの間で、なにやら秘密協定の工作が進捗《しんちょく》していると聞いたので、その文書を盗んだ女をつかまえ、文書をいただこうと思ったのだが、白状せぬうちに女を救いに来た男のために女を奪い返されてしまった。わしの使っている密偵は、ようやく男をみつけたものの、ちょっと目を放した隙《すき》に男は殺されてしまった。すべてはイギリス側の策謀だったのだな」

「残念ながらわれわれもだれが男を殺したか知りませんよ。そして、われわれもロシアに文書を渡したいとは思っていませんよ。大佐はその失敗の責任を追及されて帰国するのですな?」

「なんとでもいえ。絶対に文書は手に入れるぞ。まだ、そっちの手に渡っていないことはわかっているのだからな」

「でも、帰国するのではなにもできないでしょう」

「延期を願い出るさ。いまに見ているがいい」

大佐は憤然と席を立った。

「まあ、待ってください。一八八六年のオデッサにおける、やはり外交文書にまつわる事件を御記憶でしょう」

ホック氏の言葉を聞くと大佐は愕然《がくぜん》とした様子でホック氏をみつめた。満面、朱を注いだようだった顔から、今度は血の気が引いて行き、唇がかすかにふるえはじめた。

「では……きみは……あのときの……」

「それ以上は言わないことにしましょう。両国の友好関係を持続するためにもね。そこで取引しませんか? あなたは今回の件を忘れること。ぼくのほうもオデッサの件の秘密は守ることにしましょう。どちらが重要ですかね……」

大佐はしばらく赤髭をふるわせて立ちつくしていたが、やがてうなだれて力ない声でいった。

「わしは明朝の便で帰国するだろう。ペテルブルグできみの話をすれば、わしの責任は追及されなくてすむだろう……」

「もちろんですとも」

大佐は打ちのめされた人のように、さっきまでの猛々《たけだけ》しさはどこへやら、背を丸めてしまった。それでも軍人らしく、気を取り直して背筋を伸ばし踵《かかと》をカチンと鳴らすと、そのまま店を出て行った。

「いったいどうしたというんだい？　一八八六年のオデッサの事件とはなんだい？」

と、私はホック氏にたずねた。彼は微笑して肉と洋茸（マッシュルーム）の料理にナイフを入れた。

「なにね、トレポフという外交官が殺されて、ザブルーニン大佐がその容疑者のひとりだったのだ。ぼくはイギリス公使館に記録されている各国外交官の経歴を見て、それを知ったのだ。オデッサでは大佐に会っていないので顔を知らなかったのだが、日本に来ているとは意外だった。ぼくは大佐に会うまでもなく彼の容疑を晴らし、紛失した外交文書を取り戻してやったのだが、その際、ザブルーニン大佐に関係する重大な失敗をとりなしてやったのだよ。その失敗がもし明るみに出れば、彼はいまごろシベリアに流刑されていたろう。彼は何もいわずともぼくに恩義を感じているはずだ。そう思って、きょう呼び出したのだがその試みは成功したようだ。これで、うまい具合に彼は帰国し、ロシア側は手を引くね」

「彼は今度の件の失敗を追及されるのかい？」

「なにしろロシア政府は厳しいからね。ところで大佐がどこで文書のことを知ったかがわかった。高官の周囲に密偵がいるらしい。その密偵によって、ぼくたちが捜査した過程が報告されていたのだ。だからお絹と栄吉に目をつけ、一足先にお絹を発見して誘拐したのだ。——栄吉のほうは道を歩いているときに大佐の手の者がみつけたのだな。そして、芝の寺まで尾行したのだ。ふむ。その人間が大佐たちを呼んでくる。その一行をぼくが尾行した。そして、ぼくもきみを呼ぶために青山まで行っているうちに、寺に入った大佐たちはそこで栄吉の死体をみつけて引き揚げたというわけだ。まさに犯人はこうした人々の出入りの一瞬の間隙《かんげき》を縫ったのだ……」

「なるほど、密偵の件は陸奥さんに報告しておかなくてはなるまいね」

「それがいい。これからは事件のことをたとえ相手がだれであろうと話さないほうがいい、といってくれたまえ。そして——これまでにだれとだれに話したかを聞いておいてくれないか」

私たちの捜査が筒抜けになってしまうという事実は、なんとしても防がねばならない。私は口に出していわなかったが、だれの口からロシア側に洩《も》れたかはおぼろげながら想像できた。おそらく高官とは、親ロシア派の伊藤博文であろう。しかし、彼も国家の機密を自分から軽々しく口にする男ではないから、直接、話をしたわけではあるまい。だが、彼のそばにロシアの息のかかった密偵がいるのは確かであった。

「まあ、いまは食事をすませてしまおうじゃないか。大佐がせっかくの食事を途中でやめて帰ってしまったから、あとはぼくたちふたりで食べることにしよう……」

そういってホック氏は料理に専念しはじめたが、それも長くはつづかなかった。階段を駈け上ってきた男が、静かに食事をしている客たちのあいだを足音も高く息せききって私たちの席へやってきたのである。

「血相変えてどうしたのだね。中条君」

と、私はいった。中条警部は額に汗を玉にして浮べながら、水差しの水をコップに注ぎ一息に飲みほした。そこでようやくいくらか落着いたらしく、

「先生方がこちらだというので、すっ飛んで来たのです。――お絹の死体がみつかりました」

終りは声をひそめて私の耳許にささやいた。

「なんだって⁉」

愕然とした私がホック氏に告げると、彼はナイフとフォークを置いて、きわめて俊敏な動作で立上った。

「殺されたのかね？　それとも自殺かね？」

と、ホック氏が聞いた。

「どうやら覚悟の自殺のようです。舌を噛《か》み切っております……」

「どこで発見されたのだ？」

「牛《うし》ケ淵《ふち》です」

「死体は？」

「すでに警察署にはこばれましたが、検案されるならばいらしてください」

「ぜひ、見たいものだ」

と、ホック氏はいった。

第九章　男爵夫人の醜聞

私は職業上、多くの死体を見ている。ほとんどは病気による死、老衰による死など避けられない運命によって閉じられた生命であるが、これらの死はむしろ平和的な死であるといってよい。だが、ごくたまには突発的な事故による無残な死に直面することもある。あるいは過失によるもの、みずからの意思でまだ前途ある身を捨ててしまった死を見ることもある。そのなかにはいくつもの悲惨な眼をそむけるようなものもなくはなかったが、警察署の冷たい板敷の部屋にむしろをかぶせられて放置されているお絹の亡骸《なきがら》は、まさにその一つだった。手首は皮膚が破れて肉が露出している。その損傷の具合からみて、彼女が後手に縛られていたのは確実であった。

生前は下町の娘らしいきりりっとした容貌《ようぼう》であったにちがいない顔はゆがみ、苦悶《くもん》の色を浮べて凍りついている。すでに血は拭《ふ》かれていたが、口のなかには血が泡《あわ》をうかべてたまっている。彼女は舌の半ばを噛み切っていた。

髷《まげ》はくずれ、襟元は乱れ腰紐《こしひも》しかしていない。

「だいぶ、責められたようで……」

中条警部は死体を横にし襟を引いて背中の一部を見せた。私は眉《まゆ》をひそめた。背には無数のみみず腫《ば》れが走り、皮膚が裂けているところもあった。

「ひどいことを……。鞭《むち》だね」

「文書のありかを白状させようとしたにちがいありません。坂巻の仕業とにらんでいますがね」

「死体が発見されたのはいつだね？」

「十時ごろです。牛ケ淵のあたりは人家からはなれているし、木が繁っていて人通りも少ないところですが、たまたま通った騎馬の巡査が繁みのなかに赤いものをみつけて、崖《がけ》を一間ほど降りてみて発見したのです。死体のあった場所が歩いている人間の眼からは見えないが、高いところからだと見えるといったところで、馬に乗っていたので気づいたのでしょう。お絹はどこかから運ばれてきて、濠《ほり》に投げこまれたようですが、途中で出っ張った松の木の根にひっかかったと見ています」

「どうして？」

「履物《はきもの》もないし、その上、現場には人間を引き摺《ず》ったあとと、ころがったために折れた小枝や草のあとがついていました」

ホック氏は死体をちらりと見たあとは数歩下ったところに黙然と立っていたので、私は中条警部の言葉を通訳した。氏はうなずいた。

「死んでから少なくとも二日以上経《た》っているね？」

と、ホック氏は私の同意を求めるようにいった。

「そう。小石川の坂巻の家から馬車で連れ去られた直後……その夜か翌日だね、彼女が生命を絶ったのは」

私は袖口《そでぐち》がまくれて、わずかに見える栄吉いのちの刺青《ほりもの》の文字を、しばらくみつめた。

茂木啓輔たちが私の家に押し入って香炉のふたを盗んでいったあと、彼はそれを坂巻に渡した。坂巻はお絹にふたをつきつけて、文書のありかを白状させようとした。そのための拷問のあとが、彼女の背の傷かもしれない。だが、彼女は舌を嚙み切って死んだ。彼等は死体の始末に困って、牛ケ淵へ棄《す》てたのであろう。

お絹は栄吉も死んで、もはやこの世に生きている希望を失っていたであろう。栄吉のあとを追う覚悟はずっとあったのかも知れない。

こうまで責められている形跡を見ると、彼女自身は文書の場所を最後まで口にしなかったのではないかと思われる。文書自体はお絹がかくしたのだし、お絹が白状すれば香炉のふたなど必要ないのだから、お絹はあくまでかくし場所は栄吉が香炉のふたに託したことにし、自分は知らぬといいつづけたにちがいないのである。それほどまでに沈黙を守らせた理由はなにか——。

意地、としか私には思えない。最愛の恋人を殺した者への意地か、せめてもの抵抗か。それにしても、われわれが坂巻諒の家を訪れたとき、彼女を救出していれば、と万々悔まれたがそれもあとの祭りであった。

「変なことに巻きこまれたのが災難でしたが、こんなになってはねえ……」

中条警部は片手拝みに拝んで、むしろを彼女の頭からかけた。

「二の腕の刺青で身許《みもと》が知れて、本庁に報告がありまして、わたしに連絡があったのですが、間違いないと知ったときは思わず畜生となりましたね……」

「亡骸はどうするのだね?」

「このままじゃあ無縁仏です。わたしは綾太夫に知らせてやろうと思いますがね」

「それがいい。あの女なら手厚く回向《えこう》してくれるだろう」

私たちは明るい戸外に出ると、なにがなしほっとした気分になった。

「まだ、馬車と珊瑚珠は突きとめられないかね?」

と、私はたずねた。

「なにしろ梶原とわたしと二人だけですからね。わたしは馬車、梶原は珊瑚珠と手分けして当っているのですが、まだ目星がつきません。思ったより馬車も多いのですよ。だが、弱音を吐いているわけじゃありません。今日もこれからまわろうと思っているところです。牛込《うしごめ》界隈を当ろうと考えています」

もしなにかわかったら、ただちに連絡するといって、警部は別れた。私たちはひとまず帰宅することにしたが、その日は帰宅したとたん、ふたたび外へ出なければならなくなったのである。

帰宅の途中、ホック氏はずっと押し黙っていた。私はお絹の死をどう思うかと聞かずにはいられなかった。その質問に対する返事はただ一言であった。

「残酷だ……」

氏はそれきり沈痛な表情になってなにもいわなかった。これは私の推測であるが、氏は壮士たちと戦ってもお絹を救出しようとしなかったことに、私と同様の悔恨を抱いていたのかも知れない。しかし、弁解するようであるが、あの場合、救出を強行しようとすれば壮士たちは必ず大刀で迫ってきたであろう。それと戦えば事態は流血を招き、事件を暗々裡《り》に伏せておくことは、もはや不可能となろう。戦わなかったのはわれわれが臆病《おくびょう》であったり卑怯《ひきょう》であったりしたわけではない、と特に強調しておきたいのである。

帰宅するとホック氏は疲れたように書斎の椅子に身を

埋めた。私も向い側の椅子に腰を埋め、しばらくは無言のままそれぞれの想いに耽《ふけ》っていた。すると、物憂い声でホック氏がいった。

「モト。すまないがコカインを少しわけてほしい。ぼくには銷沈《しょうちん》した意気をふるい起させる活力と、精神の集中力が必要だ」

「注射、するのかね？」

ホック氏はうなずいた。その土気色をした顔を見ると、私はだまって立上り薬局に行ってコカインの溶液を作り、注射器を添えてホック氏の前に置いた。

「七パーセントにしておいたよ」

「ありがとう、ぼくに適合した量だ」

氏は注射器に溶液を吸わせ、左腕をまくりあげて針を刺した。ポンプを押しているあいだ氏は眼を閉じて、薬液が体内に循環して行くのを感じとっているふうであったが、氏の表情はゆっくりと緊張から弛緩《しかん》へ、苦悶から放心へと変っていった。

注射を打ち終えると氏は長い吐息をもらし、足を投げ出し、両腕を椅子の肘《ひじ》にかけてじっと動かなかった。

そのとき、下婢《かひ》のくにが入ってきて梶原刑事が来たと告げた。すぐに通すようにいうと刑事は眼を輝かせて書斎に入ってきた。

「先生。珊瑚珠に当りがつきました」

「ほんとかい？」

「確かに自分が作って売ったという職人のいる店にぶつかりましてね。四十三軒目です」

ホック氏にこの朗報を伝えると、氏は居ずまいを正した。土気色だった顔はバラ色になり眼は精気をはらんで別人のようであった。

「買った人間もわかったのかね？」

「ええ。五年前に柳橋《やなぎばし》の小せんという芸者が買ったものにまちがいねえ、と太鼓判を押しました。自分でも細工がよくできた品物で、色もいいのでおぼえているというんです。それを聞いて、すぐ柳橋へ飛んで行こうかと思ったんですが、警部にいわれておりまして、まず先生方に御報告せよということでしたから、とりあえず駈けつけてきたのです」

「それは御苦労でした。私たちもさっき中条警部と別れたばかりだ。警部は馬車探《さが》しに出かけたよ」

梶原刑事はなにがおかしいのかクスリと笑って、

「警部殿はロシア人を乗せた人力車を突き止める際に、神保小路の仙吉とかいう少年を頭に何人かの子供を使って成功したのに味をしめて、あの少年たちをまた使って手伝わせているようですよ」

「そんな話は聞かなかったよ」

「恥かしいのでしょうな。もっとも、ほかに本庁の仕事もあるし、手が足りないので無理もありませんが……」

私も笑った。私たちは早速、柳橋に行くことにした。

ほこりっぽい道を車にゆられて、私たち三人が柳橋に到着したのは午後四時をいくらかすぎていた。大川《おおかわ》の流れに乗ってのんびりと伝馬船《てんません》が行き交っていた。ところどころに突き出した小さな桟橋の先で釣り人が糸を垂れている。対岸の本所横網《よこあみ》あたりの倉や低い家並が、樹々のあいだにひろがっていた。

私たちは検番に立寄った。広い土間の正面に芸者たちの名を書いた木札が並び、右側が帳場、左には大きな神棚があって灯明《とうみょう》がともされ、その横にこれまた大きな酉《とり》の市《いち》の縁起物である熊手《くまで》と置屋の名入りの提灯《ちょうちん》が下っていた。

帳場にいた半纏《はんてん》姿の角刈りの老人は、私たちをながめ、外国人がまじっているのを見ると芸者遊びにやってきたのかと思ったらしく、もみ手をしながら飛び出してきた。梶原刑事が警察署員であることを証明する木札を出してその前につきつけたものだから、老爺《ろうや》の態度は一変して、

「これは失礼いたしました。御取調べの筋とは存じませんで……」

と、こわいものを見るように私たちをみつめた。

「小せんという芸者を探しているんだ。柳橋と聞いてきたんだが、どこにいるね？」

「小せん……ですかい？」と、老爺は首を傾けたが、

「そんな名の妓《こ》はいませんね」

「たしかにここ、と聞いたぜ。それとも爺《じい》さん、ここは新しいのかい？」

「とんでもねえ。御一新の前からですから、かれこれ三十年の余になりまさあ。あっしが知らねえ妓なんていねえんだがね。とにかく、いまの柳橋にゃあいませんぜ。前ならともかくも……」

「前って、いつだ？」

「四年……五年になりますね。評判の売れっ子で小せんて女がたしかにいました。とっくに落籍《ひか》されて玉の輿《こし》に乗りましたぜ」

「その女をよく知ってるかい？」

「いまじゃあ、あっしなんざ足許にもよれねえが、あのころは気易く話をしましたよ。瓜実顔《うりざね》の眼がなんともいえねえ、いかにも男好きのする女でね。ええ、江戸前の小股《こまた》の切れ上った女ってのはああいうんでしょう。浮名も相当流したが、結局は好きな男を袖にして金のあるほうになびいたんです」

「小せんはどんな簪《かんざし》をしていたか知らないか？」

「簪でござんすか？　そうだねえ……鼈甲《べっこう》が好きだったねえ。平打のいいものをいくつも持っておりましたよ。

それから、旦那に買ってもらったという珊瑚の五分玉の銀簪をみせびらかしていたこともありましたっけ……」

「それだ。それにちがいない」

と、梶原刑事は大声を出した。彼は懐中から紙にくるんだ珊瑚珠を取り出した。

「見ればわかるか?」

「なんともいえませんがね。わっしのような者でもずいぶんと高価《こうじき》なもんだと思ったのをおぼえております。——これかも知れねえけど、なんともいえません。五年も前のことでござんすからね」

老爺は珊瑚珠をしげしげとみつめながらいった。

「小せんは玉の輿に乗ったといったが、どこのだれに落籍《ひか》されたんだ」

「へえ。戸栗男爵様ですよ。牛込の……。身請金が千五百円。なんやかやでその倍はかかったという話でした……」

「戸栗男爵というと、戸栗幸忠? あの公使の?」

梶原刑事はびっくりしていった。

私も同様に驚きを感じていた。戸栗男爵夫人君子《きみこ》の名はつとに有名であった。その君子が芸者の小せんであったとは意外だった。彼女が有名なのは、ある芳《かんば》しからざる醜聞のためである。それは四年前、一八八七年(明治二十年)の四月二十日の夜、かの鹿鳴館《ろくめいかん》で開催された大仮装舞踏会の夜にさかのぼる。

集う者四百余名。内外朝野の貴顕紳士淑女は趣向を凝《こ》らして参集した。ベニスの貴族に扮《ふん》した伊藤博文、大山陸相の珍妙な武士姿、井上外相の素袍烏帽子《すおうえぼし》、三島警視総監の鎧《よろい》の上に蓑《みの》までつけた児島高徳《こじまたかのり》、安宅関《あたかのせき》の弁慶《べんけい》に扮した渋沢栄一《しぶさわえいいち》——。田舎《いなか》娘の赤い蹴出《けだ》しを見れば内大臣三条実美の令室であったり、虚無僧《こむそう》姿が山尾法制局長官、その令嬢が静御前《しずかごぜん》であったりした。筒袖韮山笠《にらやまがさ》の奇兵隊長姿は内相山県有朋。そして、戸栗君子は村雨の装いをしていたという。

皎々《こうこう》たる大華飾灯《シャンデリア》の下、楽隊の奏でる流麗な円舞曲の調べに乗って、人々は宮廷舞踏《ダンス》に打ち興じた。三鞭酒《シャンペン》を抜く音が絶えず、やがて座は酔いと笑いのさんざめきのうちに更けていった。

その鹿鳴館の一室で、戸栗男爵夫人君子は伊藤博文に暴行されたとの噂《うわさ》である。蒼白《そうはく》な顔面の君子が裸足のまま、乱れた髪も装いもそのままに庭に走り出し、深夜の日比谷の原を濠端《ほりばた》へ走り去った姿が多くの人によって目撃された。

間もなく戸栗男爵は急遽《きゅうきょ》、スペイン公使として日本をあとにして単身赴任したが、これは伊藤首相の男爵に対する謝意として受け取られた。井上外相の推進してきた欧化主義は、この日をもって終止符を打つ。国粋誌『日本』をはじめとする新聞雑誌が、井上外相に非難の論陣を張り、全国の壮士たちが決起し、条約改正の政府の弱腰を攻撃して、その結果井上馨外相は辞任。欧化主義は国粋主義へと変っていったのである。鹿鳴館の終焉《しゅうえん》であった。

——珊瑚珠はその戸栗君子のものだという。それを、なぜ一介の壮士であった三田栄吉が持っていたのであろうか。

「当時の君子、いや、小せんをよく知っている者はいないかね?」

と、私は老爺に訊ねた。

「仲の良かった妓はいまでも何人か出ていますが、辰《たつ》弥《や》ならそのなかでも特別仲良しでしたから、よく知っているでしょう」

私たちはその妓に会うことにした。辰弥は〝新中川《しんなかがわ》〟という置屋の抱えであった。まだ座敷のかかる時刻には早く、私たちは置屋で辰弥に会うことができた。

彼女は湯上りだったらしく、挨拶《あいさつ》をした身体から湯の香がし、髪は結い上げる前でぬれていた。二十五、六であろう。愛想はいいが色黒の鼻の低い丸顔の女だった。

「あたしゃ小せんさんとちがっていい旦那《だんな》もつかず逼塞《ひっそく》しているんですよ。持って生れた器量で、小せんさんは男爵夫人。つくづくいやになるじゃありませんか。そりゃあ、むかしは仲良くしていましたけど、身分がちがったら梨《なし》の礫《つぶて》。とんと洟《はな》もひっかけてくれやしません」

女は最初から愚痴っぽかった。こんな女なら知っていることはしゃべるだろうと私は思ったが、その期待通り彼女はまず珊瑚珠を見て、小せんのものにまちがいないと肯定した。

「戸栗の殿様が、そりゃあ小せんさんにのぼせて好きなものはなんでも買ってやるって有様でござんしたからねえ。このほかにもあたし等が見たこともない西洋の金指輪などもくれたようですよ。キラキラした宝石《いし》の入ったやつ……。小せんさんは本当は好きな人がいて、殿様の目を盗んでちょくちょく会っていたんですけど、その人、どうしましたかねえ。なんでも壮士になってその後、お上の手で東京市中から追放になったと聞きましたけど。小せんさんのほうが熱くなって貢いでいたんですよ」

私と梶原刑事は思わず顔を見合わせた。刑事は勢いこんで訊ねた。

「その男の名は? 聞いたことがあるだろう?」

「ええ。栄ちゃん栄ちゃんといってました。三田栄吉という名でしたよ。まちがいありません」

三田栄吉が芸者小せん——現在の戸栗男爵夫人君子の愛人であったとは。

もどかしい想いでホック氏にその話を伝えると、彼も意外な成行きに眼をみはったが、さらに私が戸栗君子と伊藤博文の事件を説明すると、彼はおどろいたようにうなった。

「まさにそれだよ。ここで、三田栄吉と伊藤博文を結ぶ線がつながったのだ。文書に対する伊藤の意志は男爵夫人に伝えられ、さらに栄吉に実行が依頼されたのだと思えるね」

「珊瑚珠は?」

「夫人が栄吉に変らぬ愛情の証拠としてあたえたのだと思うね。恋愛は女の生甲斐《いきがい》みたいなものだ。しかし、栄吉のほうは別の意味で受け取ったにきまっている」

「どういうわけでだね?」

「栄吉にはお絹という女性がいた。ふたりはおたがいの名を身体に彫ってまで愛情を確かめあっている仲だ。きみの説明によると刺青のいのちの意味は、おたがいがあらゆる他のことに超越してすべてであるという意味だそうじゃないか。栄吉にとって、男爵夫人は過去の女でしかない。栄吉が文書にかかわる決意をしたのは、それが千円という金になるからだ……」

「なるほど」

私は山吹綾太夫がいった金のことを思いだした。

「するとだね。小せん、いや君子は男爵夫人になってからも栄吉を忘れられなかったが、栄吉のほうはいまではお絹を愛し、金のために君子の頼みを引受け、お絹に実行させたというのだね」

「ぼくの推理にまちがいはないと思う。なお、いくつかの点で疑問はあるがね」

と、ホック氏はいった。

ようやく珊瑚珠の主が突きとめられ、はじめて伊藤公との接点が明らかになったのは、大収穫といわなければならない。

私たちは辰弥に礼をいって帰りかけようとしたが、ホック氏がそれを抑えていった。

「男爵夫人は左利《き》きかどうか聞いてくれたまえ」

「まさか……。きみは戸栗君子が栄吉と茂木啓輔を殺した犯人だというんじゃあるまいね?」

と、私はおどろいていった。

「そういうとしたらどうする? 何も不思議はないと思うがね」

ホック氏は平然といった。私は辰弥にその質問をした。

辰弥はしばらく考えていたが、

「べつに……左利きじゃありません。右利きですよ。あたしたちとおなじでした」

と、答えた。

「ちがう? そんなはずはないんだが……。ぼくたちはまだすべてをつかんでいないのだ。これまでの証拠なら、犯人が男爵夫人であることはまちがいないのだ」

ホック氏は冷静さを失って、信じられないといった顔になった。彼はいつもの冷静さを失って手を落着きなく上下させた。

「でも、考えてみりゃ小せんさんも可哀想な人ですよ。折角の玉の輿《こし》に乗ったのに、伊藤様とのことが新聞に出たりして、殿様は外国へ行ってしまい、夫婦仲はとても悪いんだと風の噂に聞きました。殿様のほうもほかの女に手をつけるし、小せんさんも人が変ったように男狂いとか……。お金にゃ困らないのでしょうけどねえ……」

辰弥がふいにしんみりとした口調でいった。

「すると、いまは御乱行なのかね？」

「ほんとか嘘《うそ》か知りませんよ。でも、そんな噂が聞えてくるんです。無理もありませんよ。旦那のいる前で手籠《てご》めになったようなものですもの……」

——間もなく私たちは〝新中川〟をあとにした。帰りの道筋で、ホック氏は深刻な表情で考えこんでしまい、一方、梶原刑事のほうは意気揚々としていた。なにしろ、彼がこつこつと数十軒の簪《かんざし》職人のあいだを聞きまわって、ついに大物に到達したのだから、昂然《こうぜん》とするのも無理はない。

「さて、こうなると次は戸栗男爵夫人に会うことになるのだろうね？」

と、私はホック氏にいった。

「ああ。男爵夫人が事件に重大なかかわりを持っていることは疑いない。彼女が左利きならもう犯人は決ったようなものだ。しかし、それが違うとすると未知の女性がもうひとりいることになる」

「直接の犯人はその女だというのかね？」

「そうだ。その女はまだ表面に現われてこない」

私はふたたび迷路にふみこんだ想いにとらわれた。ここで一度、最初から事件を整理してみる必要があった。するといくつかの不可解な部分が出てくる。男爵夫人が愛人であった三田栄吉に文書奪取を依頼し、栄吉はお絹を使ってそれを実行し成功させたとしたら、なぜ、夫人に文書をすぐに渡さなかったのだろうか。栄吉とお絹は文書をかくしたばかりに、ふたりとも非業の最期を遂げるにいたったのである。坂巻諒をはじめとする壮士たちは、男爵夫人の命によって動いているのであろうか。

また、ロシアのザブルーニン大佐に文書の存在を通報した密偵とは何者なのであろうか。

栄吉と茂木啓輔を殺した犯人が左利きの女性で同一人物ならば、その女はどこにいるのか。私はホック氏が誤った推断を下したのではないかと思った。——最初、私はホック氏の自信ありげな口調や、断定的な言葉に反撥《はんぱつ》を感じたこともあったが、そのうち氏の卓抜な論理や洞察に次第に惹《ひ》かれ、尊敬の念も生じ、偉大な人物を仰ぎ見る一種まぶしい想いにも駈られていたのであるが、氏も人間である以上、なにがしかの誤謬《ごびゅう》も過失も止むを得ないのではないかと思わざるを得ない。

「……馬車だ。馬車が問題だ……」

ふと、つぶやいているホック氏の声が途中から耳に入ってきた。

「なにかいったかい？」

と、私は聞いた。

「馬車だよ。なぜ、馬車が発見できないのだろう」

「それが重要な問題かね？　多分、中条警部の調べが手間取っているのだろう。仙吉少年たちを使っているといったって、定紋入りの馬車は大抵が高官か豪商の家のものだ。屋敷の奥深くしまわれていては探し出すのも容易ではないさ」

「でも、一々、車庫まで行って調べるわけではあるまい。近所で聞いたってわかることだ。しかも、馬車は壮士の家からそれほど遠くない場所から来ているのだからね」

「もし、馬車が戸栗男爵家のものだったら、いうことなしだね。糸は男爵夫人につながっているのだ」

「それなら簡単だがねえ……」

梶原刑事がうまい具合に人力車を呼んできてくれたので、私たちは帰宅することにした。秋の陽はだいぶ傾き、東の空は濃い紫色がひろがり、西陽が赤く大川の川波に砕けて反射して、墨堤《ぼくてい》の眺望はひとしおであった。ひるがえって西の空を見ると、雲の層の間隙から太陽の光が幾条かの征矢《そや》のように黄金色に放射し、その余映を受けて雲が七彩にきらめいている。上野本郷のあたりの高台の森が黒っぽく連なり、鳥の一群が夕餉《ゆうげ》の煙たなびく民家の上空を列をなして飛んでいる。

三台の車は車夫の掛声とともに一列になって走りだした。走るうちに夕暮は刻々と濃くなり、市ケ谷《いちがや》監獄のあたりまで来たときには、はやとっぷりと暮れなずみ、民家の灯りが色を増していた。

四谷見付《よつやみつけ》を過ぎるころ、私のうしろをついていたホック氏の車が前に出てきて、私の乗った車と並行した。そして、氏が一言、いうのが聞えた。

「あとをつけられている」

えっ、と聞き返す暇もなく、氏の車はうしろへ下っていった。私はそっと背後を振り向いた。しかし、私たち同様に走る車の提灯の灯がいくつかゆれているのしか見えなかった。このあたりは結構、人力車や乗合馬車の往き来が多いのである。

道はやがて宏大な青山練兵場へ出る。私の家はあと二町ほどである。練兵場は暗い闇《やみ》に沈んでいた。このへんになると車馬の往来は跡絶えて人通りも夜はほとんどない。練兵場をへだてた道の片側は寺が多い。

そのとき、私は数人の走る足音を聞きつけた。男が車の傍を駈け抜けていったかと思うと、いきなり大手を広げて三台の車のいちばん前を走っていた梶原刑事の車の前に立ちふさがったのである。

車夫があわてて急停止したので、後続の私たちの車は危うく追突しそうになり、なんとか舵先《かじさき》を交して止ったものの、私は車から転落しそうになった。

「降りろ」

野太い声がして仕込杖《しこみづえ》の刀身が鈍く光って眼の前に突きつけられた。梶原刑事は咽喉《のど》元に刀を当てられ、車から下りようとしていた。車屋は色を失っていた。私たちを転落させずに地上に下ろしたとたん、あとずさりして声にならない悲鳴をあげ、うわっとばかりに駈けだしたのである。

「何者だ！　警視庁の者と知ってのことか。貴様等、追《お》い剝《は》ぎか！」

梶原刑事が叫んだが、本人は刀を突きつけられ硬直したように動けない。無法者は三人であった。そして、三人が三人とも抜身を持った壮士ふうの男であった。

「ホックとかいう毛唐はこいつだな？」

と、ひとりがいった。

と、私の前の男が叫んだ。

「斬《き》れ！」

その瞬間、ホック氏のステッキが眼にもとまらぬ速度で、彼の前の男の刀の柄を巻き上げた。電光石火の早業でホック氏は男の胸に突きを入れた。

「やっつけろ！」と、ホック氏は叫んだ。私は我を忘れた。ふだん私は暴力とは縁のないところに暮しており、これまでに武芸を習ったのは十四、五歳までであった。人間は一度、習熟したものは頭脳が忘れていても肉体が記憶しているもののようである。反射神経がホック氏の言葉とともにはたらいて、無我夢中で身体を沈めると、眼前の男に体当りをした。

私にとって幸運だったのは、私の相手がホック氏のほうに気をとられて、私から一瞬注意をそらしたせいである。その間隙がなければ彼の刀身は必ず私を傷つけていたにちがいないのである。

不意をつかれた男は脆《もろ》くも転倒した。私は片足で刀をふみ、手首からもぎとろうとした。梶原刑事が叫ぶのが聞えたが、そっちを見るどころではなかった。刀身をなんとか男の手からもぎ放すと、私と男とは組んずほぐれつの格闘となった。相手は二十七、八歳であったが小柄で腕力も特に秀《すぐ》れているとはいえない。しかし、それ以上に私の体力は強いとはいえず、初めはいくらか優勢であった私も、やがて男にはね返され、形勢は逆転してきた。彼のごつごつした手が私の咽喉へかかって締めつけてきたとき、私の全身は火のように熱くなり、眼前を赤い渦が飛び交った。もう駄目かと力が抜けかかってきたとき、ふいに身体が軽くなった。のしかかっていた男が襟髪をホック氏によって引摺《ひきず》られ、ホック氏は見事な大外刈りで男を投げ飛ばしたのである。きれいな円弧を描いて地上にたたきつけられた男は、しばらくうめいた。

「逃げろ！　逃げろ！」

男たちのひとりが声を上げた。その声に誘われるように投げられた男は、私が押えようとした手を振りきって、ほかの男たちと暗い練兵場に走り去った。

私たちはあとを追うどころではなかった。梶原刑事が倒れて動かないのを見て、ホック氏と私は駈け寄って抱え起した。

「おい、しっかりしろ！」

どこにも傷を受けた様子はなく、ただ一時的に失神しているようなので、私が耳許で呼ぶと彼は目をあけ、はっとしてもがきながら立上ろうとした。

「おのれっ！」

梶原刑事はまだ悪漢共を追いかける気でいるらしい。

「もう逃げてしまった。大丈夫か？」

と、私はいった。刑事は私とホック氏をみつめ、ようやく事態を諒解したらしく、立上って身体を硬くした。

「不覚です。きゃつめ、わたしの頭を殴りましてそれきり意識がなくなりました。申し訳ありません。先生方を護衛すべき身がなんたる不始末。――先生方にお怪我《けが》は？」

「ホックさんが手練の技で追い払ってくれたよ。どこにも怪我はない」

「左様でありますか。ただちに署に連絡してあの不届者を逮捕し、思うさま責めつけてやります」

「ぼくたちが邪魔になりだしたらしいね。事件から手を引かせようという警告だろう」

と、ホック氏は愛用のパイプをくわえていった。彼は何事もなかったように沈着な態度であったが、私のほうは服が泥だらけになり、袖口は破れシャツも泥だらけ、ネクタイはひん曲っている。刑事のほうも大同小異であった。

「警告だと思うのかね？」

と、私はいった。

「そうさ。ぼくたちが次第に中心の人物に近づくのであわてだしたのだよ。彼等がぼくたちの動静をひそかに見守っているのは、前から予想できたことだ。今日も、柳橋を訪ねたのを見張っていたにちがいない」

「戸栗男爵夫人の息がかかっていると思うかい？」

「おそらくね。しかし、これでぼくにはわれわれの敵の狼狽《ろうばい》ぶりがわかった。今後はいっそう攻撃が激化するかもしれない……」

「先生。かくなる上は応援の人数を増やして警護を厳にしないといけません」

と、梶原刑事は泥をはたきながらいった。車の提灯の灯でよく見ると彼の顔は引掻《ひっか》き傷だらけである。

「いや、それは何度もいうように、この仕事の性質からいってもまずいよ。ここまで来たからには覚悟を決めて対決する決心だ」

私は自分ながら悲壮な気持であった。いきなり抜身の刀をつきつけられた者としては、興奮の余波がまだ納まらず、そのような高言が口にのぼったのだが、我家の灯が見えるところまでくると、多喜や元晴の身が急に案じられてきた。ひとりならともかく、妻子のある身で、職務以外のことに命を賭《か》けるのが突然、理不尽に思えたり、いや、これは国家の大事にかかわることなのだと思い返してみたり、私の思念は千々に想い乱れた。これも襲撃を受けて動揺していたせいであろう。

「まあ、あなた、どうなさいました？」

驚愕《きょうがく》してとりすがる多喜に、車の事故だと軽く説明したときには、私の動揺もすっかりおさまっていた。


とりあえず梶原刑事の傷に阿片チンキを塗り、手当をすますと私も衣服をあらため、書斎のホック氏と刑事に合流した。

「――日本にも貴族年鑑のようなものはあるのかね？」

と、ホック氏は新しい刻み煙草を詰めながらたずねた。書斎にはホック氏が持参したシャグとかいう匂いの強い煙草の煙がすでにたちこめていた。梶原刑事のほうは隅の椅子に固くなって坐っていた。

「日本にもあるよ。ぼくも必要上、一冊持っている。きみのうしろの書棚にある」

私は書棚から華族年鑑を抜きだした。

「あいにくぼくには日本の文字は読めない。それに戸栗男爵のことが出ていたら読んでくれないか」

ホック氏の要請にしたがって、私は戸栗幸忠の項をひもとき、英訳して読み上げた。

「戸栗幸忠。男爵。一八五二年（嘉永五年）六月二十二日、但馬《たじま》村岡藩主戸栗和泉守幸盛の嫡子。一八七三年（明治六年）仏蘭西《フランス》に留学。七六年帰朝、外務省に奉職。妻　君子。子供無。趣味、謡曲、観劇、乗馬……。こんなところだね。公使に任命される以前の本だからここまでしか出ていない」

「いいだろう。われわれの目標は男爵ではなくてその夫人だからね。現在、公使としてスペインに行っていて男爵は不在なのだね?」

「そうらしい。例のスキャンダルが禍《わざわ》いして、異例の単身赴任となったらしいね。そのことからもこの夫婦の仲の険悪な状態が読めるようだ。まあ、完全な別居生活だね」

「離婚すればいいのに……。おたがいに不幸じゃないか」

と、ホック氏がパイプの煙を吹きながらいった。

「日本では簡単にいかない。華族のような上流社会の場合はことさら体面を重んじるからね。男爵は夫人の過失を許せないのだろうが、多分、離婚はしないだろう」

「そのくせ、日本の男はほかに女をかこうのは一向に平気のようだね」

と、ホック氏は皮肉っぽい口調でいった。政府の高官、豪商をはじめとして、ちょっと小金のある人間が妾《めかけ》を持つ例を、私はあまりにも多く見聞していた。高官の場合はその妾の名までが番付として印刷され、堂々と市販もされているのである。さらに街を歩けば口入屋《くちいれや》の表に妾紹介所などと看板の出ている店まであって、だれも悪徳とは考えていない。いや、悪徳という観念さえない。

「イギリスには妾はないのかね?」

と、私は聞いた。

「あるよ。なくはない。だが不道徳なこととされて妾のいることを誇るような男はいないね」

「きみの国とは道徳律がちがうし、日本では女性の権利が確立されるのはまだこれからだと思う……」

と、私は苦しい答をした。

「ぼくは日本人の道徳を論ずるつもりではないんだ。戸栗男爵夫人のような立場に置かれた人間が、なにを考えるかを考えているんだよ……」

ホック氏はそういうと静かにパイプをくゆらした。

私は無言のまま坐っている梶原刑事に気づいて、一杯のブランデーを注いでやり、居間へ行って三十円の金を封筒に入れて持ってくると、それを刑事に差出した。

「これまでの奮闘料だ。とりあえず納めておいてくれたまえ」

「わたしは金などいりません。命令で動いているだけでして……」

と、彼は遠慮深く固辞して受け取ろうとしない。

「ぼくからの金じゃない。陸奥さんからの金だ。もっと早く渡そうと思っていたのだ」

なんとか押しつけると、彼は封筒のなかをのぞき、喜色を満面に浮べて押し戴いた。彼の給料の優に三か月分はあるのだ。

「ブランデーが美味《おい》しくいただけます。今度の仕事ではこれもうれしいことですよ」

と、彼はグラスをなめるようにしながらいった。警察というところは飲酒に厳しくて、五節句と祝日以外の飲酒は厳禁されていて、それを破ると即日免官、軽くて苦役五日という規程になっている。例外はコレラ大流行の折の死体運びのときだけであった。

ホック氏が振り向いていった。

「明日になったら、梶原サンは戸栗男爵夫人の身辺に探りを入れてもらおうかね。――それから、モト。きみの持っている例の香炉のふたの見取図を見せてくれないか」

第十章　歌舞伎役者の失踪

その夜、食事も終り梶原刑事が帰っていったあと、私は昨夜からはじめた暗号の解読にとりかかった。といっても、正確には解読の手掛りをつかむための作業である。ホック氏の示唆にしたがって、私は三田栄吉の思考の形成過程を、彼の実家にあった書籍からたどるといういかにも迂遠《うえん》な作業をしているのである。

こんなことをしていて、解答が得られるのであろうか。私はすでに盗まれた文書の内容について、自己流の想像や臆測《おくそく》をするのを止めてしまっていた。ただ、私の胸にうずいているのは、彼《か》の文書が〝国家の将来〟を左右するものだということである。私の貧弱な頭脳では、それがいかなるものか的確に言い当てることはできそうもない。私の、今やるべきことは、ひたすら暗号を解読して、一刻も早く文書を宗光に届けることである。

だが――ひとりの人間の思考様式に近づけとは、なんという遠まわりの仕事であろう。

少なくとも『令義解』や『制度通』などに暗号解読の鍵《かぎ》があるとは思われなかった。栄吉の家にあった書物のうち、我家にもあるものは『羅馬神話』『希臘神話』『西域紀行』などである。私は読書が好きで日新しいものが刊行されると早速、買ってくる。多少でも新知識に触れようとする者は、大体、おなじ傾向の本を買うことになるので、私の家にも三田栄吉と共通する本があるのは不思議ではない。こうした本は月に五点、もしくは七点ぐらいしか発行されないからである。

私は飛影隠士《ひえいいんし》編の『西域紀行』のページをめくりはじめた。西域とは中央アジア、西アジアを中心とする地域の総称で、古くから東洋と西洋の交易路となっていた秘境である。本は三世紀から八世紀にかけて、天竺《てんじく》に仏教の教典を求めるためにこの地を旅した僧たちの事跡を紹介している。法顕《ほっけん》の『仏国記』、玄奘《げんじょう》の『大唐西域記』、慧超《えちょう》の『往五天竺国伝』をはじめ隋書『西域伝』。日本の本田利明が一七九八年（寛政十年《かんせい》）に著わした『西域物語』などをふまえ、いまは埋もれた西域の往古を述べている。峨々《がが》たる天山山脈の北を通る天山北路は天馬之路と称せられ、アルマ・アタ、ウルムチ、ハミを経て玉門関に達する。のちに開けた南路はタクラマカン砂漠の北と南に二道あって、盛衰興亡ただならぬ幾多の小国を経て玉門関にいたる。

壮大な紀行集ではあったが、私には退屈であった。三田栄吉は上京前、この書を如何なる理由で読んだのであろうか。多分——私や書生と呼ばれるアンビシャスに燃えた青年たちと同様、この世界の広さを知るためであったろう。しかし、経典や仏教の真髄を求めて旅する僧の苦行は感じこそすれ、あまりにも求道的な姿勢につらぬかれた僧たちの記録は、想像の翼の羽ばたきをとめてしまうのである。

私はページを繰っているうちに眠気を催してきた。こんなことではいけないと思うのだが、瞼《まぶた》が自然に重く垂れてくるのである。

なにしろ、今日一日、さまざまなことがあった。ザブルーニン大佐との会見と、意想外の結末。ついでお絹の死。栄吉の遺した珊瑚珠《さんごじゅ》から彼のかつての愛人小せん——戸栗男爵夫人の出現。さらに暴漢に襲撃されて危地を脱したこと。ふだんの私の生活なら、おそらく一生体験しなかったであろう出来事が次々と起きる。

私は薄眼で椅子に凭《よ》っているホック氏をながめた。ホック氏は私の書いた香炉のふたの図を手許《てもと》に置いて、愛用のパイプをくわえながらじっと見入っている様子である。鷲《わし》のように鋭い鼻、鋭い眼、固く引き結んだ唇の横顔が厳しかった。

「——疲れているからやすんだらどうだね？」

ふいにホック氏がそのままの姿勢でいった。

「えっ？　ああ、そうさせてもらおうかと思ったが、この本を読み上げなくてはね。でも、どうして？」

「さっきからページを繰る音がまったく止ってしまっているじゃないか。興味をそそる文章がなくて退屈し、それが眠気を誘うのは当然だ。第一、きみは疲れているはずだもの」

「まったくつまらない本だよ。しかし、この数日、実に貴重な体験をした。つくづくとぼくには探偵がつとまらないと思うよ。きみなんかはお国ではいつもこういう調子なのかね？」

私は話のきっかけができて、いくらか眠気から救われたのでこれ幸いと氏にたずねた。

「まあね。事件の真相というものは、常に断片となってばらまかれているものだ。探偵の才能は断片を拾い上げて、完成した像を組立てることにあるのだが、素人《しろうと》はおなじものを見ていながら断片を見逃してしまって、像に組みこむことができない。今度の事件だってぼくはある程度、像を組みあげたが、断片のいくつかが足りないので、それが問題だ。いまは断片を探す段階なのだ。たとえば馬車だがね」

「馬車がそんなに重要なのかね？」

と、私は前にも発した質問を繰返した。

「証拠というものは、どんなに小さなものでも集められて是非を判断するまでは重要だよ」

と、ホック氏はいった。

「戸栗君子がぼくには最大の容疑者に思えるのだがね。きみがただちに男爵夫人に会いに行かないのが腑《ふ》に落ちないよ。彼女が黒幕であることは明白だと思うんだがねえ……」

「殺人犯人だという証拠はどこにもないんだよ」と、ホック氏はいった。「われわれは第一に盗まれた文書を取返すのが目的だということを忘れないでくれたまえ。この文書を盗んだ人間はすでに判明しており、死んでしまった。ひとりは他殺、ひとりは自殺。犯人の追及は二次的なものだ。――男爵夫人という地位にある女性が、左利きではないという理由で容疑者からはずれたのは、むしろぼくの早急な推理への戒めだったと思っているよ」


ホック氏の口調には苦い反省がこめられていた。〝新中川〟の辰弥から小せん――戸栗君子のことを聞くまでは、彼も夫人を疑っていたからだ。

「ときに、日本人は結婚するときに、いつも金を払うのかね？　その制度は歴史的な習慣なのかね？」

と、ホック氏は不思議そうにたずねた。それが芸妓の身請金のことであると思いあたった私は、彼に理解できるようにその制度について説明しなければならなかった。

「人身売買だ」と、ホック氏は聞き終ると叫んだ。「野蛮かつ未開の風習だよ。ゲイシャとは哀れな階級だ。日本の紳士はそうやって妻を娶《めと》るのかね？」

「一部だよ。芸者から高官の正妻になった者も結構いる。彼女たちは愛されて芸者の世界から解放されたのだ。彼女たちの多くは抱主《かかえぬし》によって座敷へ出るまでにかなりの資本投下がなされているからね。その借金を清算するのが身請金だ」

「借金プラス高い利子だね」

「まあ、それは認めなくてはなるまい」

「ぼくには理解できないことの多い国だ。たとえば香炉のふたの暗号だが、さすがのぼくもさじを投げたよ。東洋的な発想にもとづいているにちがいない。しかし、それはぼくの研究にもないのだ。時日があれば必ず解いてみせるが、今回は余裕がないからね」

「そういわれると、ぼくもどうしていいかわからない……」

「そんなことはない。おなじ日本人が作った暗号ならきみに解ける。ぼくのいったような方法で必ず解読できる。その方針はまちがいない……」

励まされても私にはまだ手掛りすらつかめていないのだ。私を信頼して待っていてくれる陸奥宗光の期待に添うためにも、なんとかしなければならないと、気持だけはたかぶるのだが、糸のほぐれるきっかけも発見できないでいる。焦《あせ》るなといわれても、焦慮の念が常に頭を掠《かす》めているのである。

その夜、私は本当に疲れていたのであろう。床につくとすぐに熟睡してしまった。そして目覚めたとき、ふたたび体内に活力がみなぎっているのを感じたのであった。すでに陽は高く、その明るい陽を見ると前夜の絶望的な心理が嘘のように思われた。

せまい庭の樹々のなかには落葉がはじまっているものもあり、私は庭の落葉を掃き寄せて燃やした。その青い煙が忘れていた静謐《せいひつ》を呼び起した。私の日常はこういうものであった。事件にかかわる前までは、こういう静かさのうちに日が過ぎていたのだ。それがなにかひどく遠い日のように思われた。

私はしばしの静寂にひたっていたが、たちまちそれを破られる羽目になった。

生垣《いけがき》の上から中条警部の頭がのぞいた。すぐに木戸があいて警部が入ってきたが、そのうしろから神保小路の裏店の少年仙吉がついて入ってきた。

「おはようございます……」

と、警部は陽気な声で挨拶した。声は地声そのものが陽気なのだが、警部の表情はこの日本晴れにもかかわらず冴《さ》えなかった。仙吉少年のほうは白雲頭《しらくもあたま》で固い表情をしていたが、これは緊張のせいだろう。垢《あか》じみたつんつるてんの袷《あわせ》にちびた下駄をはいている。

警部と少年は落葉を焚《た》く火のそばにやってきたが、なかなか話をしようとせずもじもじとしていた。私はまだ成果が得られず、その言訳に苦慮しているのではないかと察し、

「毎日、御苦労ですね。馬車も近頃《ちかごろ》はたくさんあって大変でしょう」

と、ねぎらいの言葉をかけた。

「いや、それがなんとも奇妙奇天烈《きみょうきてれつ》なことになりまして……。実はわたしひとりでは手がまわらないので、この仙吉のことを思い出しましてね。仙吉をはじめとする神保小路のガキ大将どもに手伝ってもらって、小石川小日向を中心として半径三里内を徹底的に調べたのです。その結果……」

警部は懐中から半紙に書いたおぼえ書を出して、それをながめながら語を継いだ。

「乗合馬車はむろん除いて、自家用の箱馬車がこの範囲だけで十六台ありました。坂巻諒の家からお絹を移送した馬車によく似た馬車が、あの日、牛込矢来町の戸栗男爵邸に出入りしたという聞込みが、仙吉によってもたらされましたので、わたし、勇躍して男爵邸にまいりました……」

それを聞いた私の胸は高鳴った。中条警部にはまだ戸栗君子のことを話していない。それなのに警部のたぐる線もそこに集中したのである。

「直接訪問も考えものでしたので、召使いか門番を通じて聞き出そうと、見張っているうちにそれらしい男が出てきましたので、早速、近くに誘って馬車のことを訊ねました。男は男爵家の庭師でした。——ところが男爵家の馬車はこの一年、まったく使われていないというのです。使われていないからといって、使えないわけではなかろうというと、こわれていて使えないのだというのです。それに、たとえ馬車が使用できてもそれを曳《ひ》く馬がいまはいないのだというではありませんか。では、男爵は外出のときどうするのだと聞くと、男爵は公使として西洋に行っておいでになり、いまは奥様だけだが、奥様は人力車を使うというのです。わたしは念のためにその男を案内役にして車庫を見せてもらいました。車庫は門を入ると、すぐ右手の廏舎《きゅうしゃ》に並んでいるのですが、庭師のいう通り廏《うまや》に馬のいる形跡はなく車庫の馬車も車輪がはずされてほこりをかぶっており、長い間、使用された形跡はありません。屋敷にはこの馬車しかないというので、わたしはあの雨の日に定紋を紙でかくした箱馬車が出入りしたはずだと、なおも追及しましたが、庭師はあくまで知らぬ存ぜぬです。では、執事か小間使いが知っているだろうと聞くと、なんとあの日は全員が特別に休みをもらって留守だったというのです。——仙吉は近所の人から聞き出したのですが、その話によると馬車は一回出入りしただけだということでした。つまり、どこからか——この場合は小石川でしょうが——やってきてまた出ていったということになるのです。馬車はほかから来たようなのです」

お絹を乗せた馬車が戸栗男爵邸にやってきて、そこで坂巻とお絹が下りる。だが、馬車はほかから来た、ということはさらに別の人物の存在を物語っている。

「で、三里四方の十六台の馬車に該当する馬車はなかったのかね?」

と、私は聞いた。

「これが馬車のある家です」

警部は紙をひろげた。矢立《やたて》の筆で書いたらしく、どう見ても達筆とはいえない文字で、十六軒の馬車の持主が紙には書かれていた。

　そのなかには戸栗男爵《とぐりだんしゃく》家とおなじ矢来町《やらいちょう》の酒井侯爵《さかいこうしゃく》家もある。千駄《せんだ》ケ谷《や》の徳川公爵《とくがわこうしゃく》邸、戸塚《とづか》の相馬子爵《そうましししゃく》邸、高田馬場《たかたのばば》の小菅男爵《こすげだんしゃく》邸、大久保《おおくぼ》の内田子爵《うちだししゃく》邸、下落合《しもおちあい》の徳川別邸《とくがわべってい》、実業家の古河儀一郎《ふるかわぎいちろう》、同じく斎藤嘉右衛門《さいとうかえもん》、役者の中村玉蔵《なかむらたまぞう》、法制局の渥美徳光《あつみのりみつ》……。ほかに商家で自家用の馬車を持っている者が五軒。

「商家の馬車は宣伝用として使っているものです。これははずしていいと思います。横ッ腹に定紋どころか店の名が麗々しく大書してありますから……。残るところは全部が自家の定紋が入っているのです……」

　と、警部は補足した。周知の事実であるが、これら自家用の箱馬車はいずれも黒の漆《うるし》塗りで定紋は金で描かれている。

「ほとんどが名士だね。だが、この中村玉蔵という役者は歌舞伎《かぶき》の者かね?」

　と、私は聞いた。

「おっしゃる通り浅草の小屋などで人気のある歌舞伎の若手女形《おやま》で、女子供にはえらい評判があるんです。河原乞食とかなんとかいっても、金廻りは格別いいようで……」

「それが定紋入りの馬車を乗りまわしているのか?」

「そうなんです」

「で、この十六軒……いや、戸栗家を除く十五軒の馬車の使用状況を探ってみたのですか?」

「華族のところは不審な点はありません。はっきりしないのは役者の玉蔵です。馬丁兼馭者《ぎょしゃ》として雇われていた鉄五郎《てつごろう》という男が、病気で故郷へ帰ってしまったそうで確かめられなかったのです。で、いまは馬の世話は近くの馬車屋に委託してやってもらっています。玉蔵は旅興行で不在で、ここだけが裏がとれていないのです」

「いつから?」

「五日ほど前から、静岡に行っているそうで」

「その鉄五郎という男はいつから故郷へ帰っているんだろう……」

「玉蔵が興行に出た日だそうですから、やはり五日ほど前ですね」

　坂巻諒が家からお絹を移送したのは三日前であるから、玉蔵がそれよりさらに二日前に旅興行に出発しているとすれば事件に関係はない。にもかかわらず妙に釈然としないものを私は感じた。主人が旅立つと同時に馭者も故郷へ帰っているという点が、なんとなく割り切れない感を抱かせたのである。

「グッド・モーニング……」

　振返るとホック氏がガウン姿で縁側に出てきたところ

だった。中条警部は仙吉の頭をこづいて最敬礼をさせた。

私はホック氏に警部の調査の結果を物語り、警部にはきのうの出来事を簡潔に、しかも、洩《も》れるところのないように説明した。警部は感嘆詞をまじえて聞いていたが、

「では、戸栗男爵夫人がいちばん怪しいではありませんか」

と、大声でいった。

「夫人が三田栄吉に文書を盗む件を依頼し、栄吉はお絹に実行させたのだろう。だが、坂巻という壮士たちの一群と、夫人の関係はわからない。梶原刑事が夫人の身辺を探っているから、その報告を待って行動したほうがいいと思うのだ」

「なるほど。――ですが、坂巻諒という壮士は、男爵家にひそんでいる徴候はありませんね。あいつら、あちこちにかくれ家を持っていたり、壮士同士、おたがいに連繫《れんけい》してかくまいあったりしていますから、根城を突きとめるのは難儀だと思いますよ」

「いずれ、男爵夫人――もと柳橋の芸者小せんに会うつもりでいるがね。なんとかして、裏の事情を知りたいものだ」

と、私はいった。

「そのカブキの俳優《アクター》に会いに行こう」

ホック氏がいった。

「静岡にいるんだよ。きみは彼の馬車が使われたと思うのかい?」

私は唐突な発言におどろいた。私には戸栗男爵夫人こそ第一に追及すべき人物だと思えたし、それをおろそかにして遠い静岡などへ行くのは時間の浪費にしかすぎないという気がした。

「馬車だよ。雇人が当日、暇を出されていて不在だったのは偶然とは思えないね。他の馬車の所有者にいずれも完全なアリバイがあって、アリバイの曖昧《あいまい》なのはそのアクターだけとなれば調べてみるのは損ではない。次の汽車は何時に出る?」

彼はすぐにでも出発しようというらしく、ガウンの紐《ひも》に手をかけてほどきかけていた。

「でも、彼はあの雨の日の二日前から旅に出ているんだ。坂巻の家からお絹が移送された当日は東京にいなかったんだ」

「それを誰《だれ》が証明している? いまのところ証明はないじゃないか。われわれはその証明を得に出かけるのだ。その結果、彼のアリバイが成立すれば、少なくとも容疑の圏外に置くことができる。中条警部は残って梶原刑事と同様、男爵夫人について聞込みをしてもらいたい。夫人の日常、趣味、性癖、交友関係、すべてだ……」

ホック氏の意志は固く、ひるがえせそうもないので私

はその旨を警部に伝えた。ホック氏は仕度のために足早に立去った。

私は警部に陸奥宗光からの軍資金のうちから五十円を白紙に包んで渡した。彼は梶原刑事とおなじように固辞したが結局は受け取り、心から幸福そうな笑顔で何度も礼をいった。また、仙吉少年には五十銭銀貨を四枚渡し、他の少年たちと菓子でも買うようにというと、彼もまたこんな大金は見たこともないという顔で、相好を崩した。一銭あれば大福の三つや四つ買えるのであるから、少年にとっては途方もない大金であったのであろう。

私は簡単な仕度を整え、間もなくホック氏と連れ立って人力車を新橋停車場《しんばしステンショ》に走らせた。

上野《うえの》を起点とする東北方面への汽車は一日一往復しかないが、新橋を起点とする東海道本線のほうは二年前に全通して以来、便数が増加している。この文明の利器のおかげで、いまから行けば日帰りも可能である。四十数里の道程《みちのり》を七時間たらずで行けるのである。

私たちは八時発の汽車に間に合い、上等車の座席に腰を下ろすか下ろさないかのうちにベルが鳴りひびき、汽笛一声、汽車はひとゆれして走り出した。

「ぼくの国で造られた客車だね……」

と、ホック氏は相変らずパイプをくわえながらいった。客車も機関車もイギリス製である。

「日本でも独自に汽車を作る機運が盛り上っていて、そのうち日本製の汽車が煙を吐いて走るだろう。しかし、この文明の利器のおかげで二十年前には東京から大阪まで片道十五日を要したのに、いまではわずか十八時間五十二分で到達するのだからすばらしい。科学の進歩は止まるところを知らないね。……電灯、電信、電話、いまに人間は空も自由に飛べるようになるだろうね。昨年、横浜や上野公園でもスペンサー氏やボールドウィン氏の軽気球乗りが公開されて大評判だった。そのうち気球に乗って世界を一周することもできるようになるだろう」

「文明の進歩は人間の堕落をも招き、犯罪を複雑化させるだけだ。ぼくはそんな世界を期待しないね。人は自然を征服しようとすると、打ち負かされるものだ。未来はぼくにとって悲観的だよ。多分、それまで生きてはいないだろうがね。きみを見ていると、この国の青年の代表を見ているようだ。——飽くなき文明への考究心、新しいものへの好奇心、貪欲《どんよく》なおそるべき吸収力……頭上を押えつけていた固い地殻を突き破って噴火する火山のごとき情熱——興味ある民族だという認識を新たにしたね」

ホック氏はあたたかい微笑を浮べながら、私の言葉への感想を述べた。

「イギリスは大帝国として世界に君臨し、その文化も頂点に達し、いまや爛熟期《らんじゅくき》にある。それに対して日本は開国以来四分の一世紀。大人と幼児だからね。なんとか長い鎖国による世界の進歩からのおくれを取戻したいと願っているだけだよ……」

「勤勉な日本人は必ずそれをやり遂げるさ」

と、ホック氏はいった。

車窓には左に海、右に畑が広がっている。平塚《ひらつか》を過ぎたあたりだった。

「ところで……」と、ホック氏はパイプをくわえ直した。「われわれがこれから訪ねようとしているカブキ・アクターは日本でどういう地位にあるのだね？　偉大な芸術家として国家が彼に称号を与えたとか、万人に尊敬されているとか……」

「そのいずれでもない」と、私は苦笑しながらいった。「大体、芝居なんて女子供が見るものだという観念があってね。遺憾ながらぼくも見たことがない。ただ、彼が人気のある俳優であることは知っている。最近、出色の女形《おやま》だそうだ」

「オヤマ？」

「歌舞伎における女性の役は、男が代行するんだ。きみも、たしかカブキを見たはずじゃなかったかね？」

「ぼくはたまたま通りかかった芝居小屋へ入ったのだが、そこではテンポのひどくゆっくりした踊りと、カンジンチョウというドラマを上演していた。ぼくは全部は見なかった。途中で時間がなくて出てきてしまったんだ」

「勧進帳では女形が出ないな。しかし、その踊りは女性ではなかったかい？」

「女性だったよ」

「それが男なんだ」

と、私はいった。

「男？　そうだとしたらみごとな扮装《ふんそう》だ。きっと暗い光線のせいだな。それにぼくのいた場所が観客席の後方だったのでわからなかったのだ。すると、カブキにおける女性はことごとく男性なのかね？」

「そうだ。彼等は日常の立居振舞から言葉まで女性であるように訓練されて、女そのもの——女以上に女である者も多い。また、日本語では歌舞伎俳優を俳優とはいわず役者というのだ……」

ホック氏は黙ってしまった。彼は立て続けにパイプを吸い、何事かを一心に考えつづけていたが、突然、目を向けると、

「ぼくともあろうものが、もしかしたら重大な錯誤を犯していたかもしれない。この国について、もっと知っておかなくてはならなかったのだ。——夜、雪が降っていなかったが朝になってみると雪が積っていた。それに

よって雪が降った、とぼくは推理した。しかし、そうではなかったのかもしれない。雪をどこからか持ってきたということだってあるんだ。わかるかい？」

そういわれても私にはいきなり言い出したホック氏の言葉がわかるわけがなかった。彼はもどかしそうに身体をゆすった。

「比喩《ひゆ》だよ。雪がどうしたとかこうしたとかいうのは単なる比喩にすぎない。ぼくは自分の馬鹿さ加減に腹を立てているんだ」

「――ぼくにはなんだかよくわからないが、中村玉蔵について個人的にもう一つ疑問がある。歌舞伎役者は人気があれば金廻りもいいだろうし、事実、名題《なだい》の役者が自家用の人力車を抱えているのは知っている。だが、自家用の馬車を持っているのは聞いたことがないんだ。これは彼の趣味か……」

「でなければなんだい？」

私の表情を読んだホック氏がせきたてるようにいった。

「相当な収入がなくてはならないね。馭者はともかく二頭の馬を飼っておく費用が、若手の役者に負担できるのか……。やはり、彼の趣味だろうね。役者が馬車を抱えてはいけないという法があるわけじゃないから……」

「俳優が馬車を持つのがそんなに変なのかね？」

ホック氏は理解できないという顔をした。かの国では俳優は芸術家として諸人の尊崇の的となり、女王陛下も親しくお声をかけられるほどの社会的地位と名声を得ていると聞く。日本のそれは人気と社会的地位は別で、俳優の社会的地位は高くないのである。馬車を持つか持たないかといった微妙な点での私の玉蔵に対する違和感を正確にホック氏に伝えるのはむずかしかった。

私たちは時間がたつにつれて、それぞれの想いに浸るようになり、口数も少なくなってきて窓外に過ぎる景色を漠然とながめていた。

そろそろ腰が痛くなってきたころ、午後の陽に彩られた静岡の町へ汽車は到着した。徳川家の瓦解《がかい》とともに譜代《ふだい》の臣の多くがこの駿府《すんぷ》――静岡の町へと帰っていったのも、すでに二十余年の昔である。いまの静岡は人口二万たらずの静かな町であった。

汽車から下りた私たちは、旅興行の歌舞伎一座を探し当てるのにほとんど時間を要しなかった。駅前の商店の羽目に〝東都名題中村新十郎一座〟の広告が貼《は》られ、そのなかに玉蔵の名が大きく書かれていたし、芝居小屋の名も出ていたからである。

その小屋は駅から一丁ほどのにぎやかな通りにけばけばしい色彩の絵看板と、十数本の幟《のぼり》を立てて興行していた。私たちは楽屋口にまわって、中村玉蔵に会いたいとそこにいた裏方の者らしい初老の男にいった。

「旦那方は玉蔵の御贔屓筋《ごひいきすじ》ですかい?」

紺の半纏《はんてん》を着て股引《ももひき》をはいたその男はうかがうように私たちに訊ねた。ホック氏のような西洋人が楽屋を訪れるのが珍しかったのであろう。周囲の人々がいずれも好奇の目で私たち、特にホック氏をみつめていた。

「至急の用事があって、わざわざ東京から来たのだ」

「どんな御用か知りませんが、玉蔵はいませんぜ。一足違いで東京へ帰りましたよ」

男の返事は意外だった。私はおどろいてその男を傍《わき》へ連れ出し、五十銭の金を握らせてもっとくわしく話してくれと頼んだ。

「大きな声じゃあいえねえが、人気を鼻にかけて手前勝手なことのし放題でさあ。——一座は富士《ふじ》に一日、掛川《かけがわ》に一日、そして静岡と東海道筋を興行してきたのですが、看板の玉蔵はやれ小屋が汚ねえの、食物がまずいのとごたくの並べ通し、今朝は今朝で気分が悪くて芝居はできねえ、ここで帰らしてもらいますと昼頃の汽車でさっさと東京へ帰ってしまったってわけで……。玉蔵目当ての客も多いのに、肝心の玉蔵が出ていねえんじゃどうしようもありません。この大穴を埋めるために松蔵《まつぞう》という女形を代役に立てて幕だけはあけました。玉蔵急病ということにしやしてね」

「そんなにふだんから我儘《わがまま》なのか?」

「役者仲間、裏のあっし等、だれひとりとして良くは思っちゃいません。鼻つまみですよ」

「破門でもして肝《きも》に銘じさせたらいいだろうに」

「そこが歯痒《はがゆ》いんでさあ。親方が玉蔵の人気を気にしてかもう一歩煮えきらねえんで。なんかこう遠慮してるんですねえ。玉蔵が帰っちまっても仕方がねえと溜息《ためいき》をつくばかりで……」

「玉蔵はそれほどまで人気があるのかね。芸はどうなんだい?」

「あっしから見りゃあ、それほど巧者とも思えねえが、色気だけは抜群ですね。小柄で身体も華奢《きゃしゃ》なせいか、女に化けるとそこいらの女よりずっと女っぽくてねえ。昼間見たって男とは見えねえ。そこが人気のあるところですが、人柄はいまもいったようにからきし取柄がねえね」

彼の言葉は散々であった。金を握らせたせいではなく、ふだんから腹にあったことを言わずにはいられないというふうである。

「ところで玉蔵は馬車を抱えているね。役者が人力を抱えているのは普通だが、馬車とは珍しいね」

と、私はいった。

「ありゃあ贔屓筋が呉《く》れたもんだということですよ。親方も役者に馬車は似合わねえといってましたが、本人は例の通り得意になって乗り廻しています。よほどいい金蔓《かねづる》とみえて玉蔵はこのところ急に金廻りがよくなったが、どんな御贔屓筋かはあっし等の耳にも入ってこないし、玉蔵もしゃべりません。多分、金持の後家さんにでも貢がせているか、絞り取っているかってとこでしょう」

そのとき、横にいたホック氏が口をはさんだ。

「三日前、玉蔵はどうしていたね？」

私がそれを裏方の男に通訳すると、彼は指を折って数えながら、

「三日前ってえと、先おとといですね。――掛川を打上げてこっちへ来た日で、その日は一日興行がなくてごろごろしてました。玉蔵は当地の旦那衆に招かれて座敷をつとめていましたね」

ホック氏はわかったというふうに私の訳を聞いてうなずいたが、すぐ別の質問をした。

「彼は左利きかね？」

「そうです。よくご存じで」と、男はいった。「散々、直されたのに直らねえで、ふだんは左に箸《はし》、湯を呑《の》むにも茶碗《ちゃわん》を左でつかむ。舞台じゃあさすがにそんなこともねえが、ときどき右に持つ扇子《せんす》を左手で取り上げたり、手拭《てぬぐ》いを左に持ったり、そのたびに気づいて手を代えたりしていますね」

私はホック氏の顔を見ながら、いまの言葉を通訳した。私にもおぼろげながらホック氏の考えていることがわかりかけてきた。彼が列車内でいった比喩――雪がどこかから持ってこられたという言葉の意味するところが、私にも理解できたのだ。

「サム君、犯人は女ではなかったのだ、といいたいのだね？」

「そうだ、この国の風習を知っていればこんな間違いは犯さなかったろう。二週間足らずの滞在ですべてを知ることは不可能だが、ぼく自身の不勉強と怠慢は責められるべきだ。華族会館に侵入した人物が、男に化けた女だとは訳もなく推理できたのに、今度は女に化けた男だという点を見破れなかったとは不明の至りだ。ストレートな推理が過ちを招く典型的な例だよ。――三田栄吉と茂木啓輔は中村玉蔵に殺されたんだ。女に化けた男にね」

「でも、歌舞伎の役者がどうして？」

「きみにはもうわかっていると思ったんだが、玉蔵はある人物の手先であることは明白じゃないか」

と、ホック氏は興奮して叫んだ。私の脳裡《のうり》に戸栗君子の名が浮んだ。君子―中村玉蔵。君子―坂巻諒。そして君子―三田栄吉。さまざまな人物の線が、戸栗君子に結びついた。

「玉蔵は東京からまた戻ってくるのかね？」

と、私は聞いた。裏方の男は唾《つば》でも吐きそうな顔で首を振った。

「今回の興行は静岡を打上げると清水《しみず》にまわっていったん東京へ帰ります。清水は一日だけだが小屋の手配もできてるしすっぽかすわけにはいきません。玉蔵は戻ってこないでしょうね。代役の松蔵で幕を開けるより仕方ありません」

「われわれもすぐに引返すべきだね？」

私はホック氏にいった。三田栄吉と茂木啓輔を殺した犯人がわかった以上、ここにいる理由はないと思ったからである。

「その前に、座長に会っておこう」

と、ホック氏はいった。中村新十郎は楽屋にいるというので、私たちは裏方の男を通して面会を求めた。すぐに私たちは楽屋に通された。そこは窓のない細長い四畳半で畳は赤茶け、洋燈《ランプ》が三つばかり壁の前に吊《つる》され、剝《は》げた朱塗りの鏡台が並んでいた。中村新十郎は六十二、三のいわゆる目鼻立ちのはっきりした役者顔をしていて、目に不審そうな光をたたえながら正座して私たちを迎えた。

「聞けばお医者の先生と異人さんが、どんな御用の筋で？」

私はホック氏が探偵であり、私もそれに協力して中村玉蔵に関する不審の点を糾《ただ》しに東京からやってきた者であると説明した。新十郎はなにやら心のうちに衝撃を受けたらしく、急に態度を変え、そわそわとしはじめた。

「親方は玉蔵の増上慢をだまって見逃していると聞いたが、どうしてです？　役者が気に入らないからといって興行を投げて帰ってしまうなんて、いくらなんでもひどいじゃありませんか。私は門外漢だからわからないが、人気のある役者をそれほどちやほやしなくてはいけないのですかね？」

新十郎の膝《ひざ》の上に置かれた拳《こぶし》がふるえるように動いた。彼はやや無言でいたが、やがて私たちを交互にながめて聞いた。

「玉蔵の不審な点とはなんでございます？」

「――他言は無用だが、玉蔵は人を殺したと思われるのだ」

新十郎の眼が大きく見開かれ、彼の顔から血の気が引き、息を呑んだ。彼は何かをいいだそうとするように口の端を痙攣《けいれん》させたが言葉にはならなかった。握りしめられた拳は烈しくふるえはじめた。ようやく彼はいった。

「人を……人をですかい？」

「それも、ふたり」

「ふたり……」

彼はうちのめされたようにつぶやいた。膝の手がすべって畳についた。がっくりとうなだれた新十郎の目から涙が畳についた手の脇《わき》に落ちた。

「わっしが悪いんだ。玉蔵のとめどもない我儘を押えきれなかったのは、わっしに弱味があったからでございます……。わっしは玉蔵に金を借りた。わっしの悪い癖《くせ》は手なぐさみで、負けがこんだとき金廻りのいい玉蔵から金を借りたのでございます。それがいつか積り積って三千円の大金になってしまったのでございます……。わっしも名題の役者のひとり、月の給金は百七、八十円、御贔屓からの御祝儀を合わせれば二百五十円がとこはございます。しかし、役者という者は出費も多く、世間からけちと思われて人気を落したくございません。身銭を切って新橋、柳橋でわっと騒ぐこともしょっちゅうですし、吉原へ繰りこむことも月に三度や四度はございます。なかなか返せないのをいいことに、玉蔵の増長ぶりが広がる一方なのを、わっしは強いこともいえずに見ているだけでございました。なにかいえば、三千円の金を利息をつけて今すぐ返せ、博打《ばくち》は御法度《ごはっと》だから出るところへ出れば手がうしろにまわると、嵩《かさ》にかかっておどかす始末……。それもこれもわっしが意見の一つもいえないばかりに、飛んだところへはね上って大それた人殺しなどを仕出かしたにちがいございません……」

新十郎は涙をこぼしながら切れ切れに話した。

「すると、玉蔵の金はどこから出ているのだろう。それについて不審は持たなかったのか?」

「玉蔵の言葉を借りれば、おれには打出《うちで》の小槌《こづち》がついている。その名は口が裂けてもいえねえ……。ただ……」

「ただ、なんだい?」

「ひとりごとのようにいうのを聞いたことがございます。とんだ江島生島《えじまいくしま》だな、と……」

「とんだ江島生島だな、か……」

「御存知かと思いますが明治十六年に三世河竹新七《かわたけしんしち》が作りました『浪乗船江島新語《なみのりぶねえじましんご》』でございます」

「筋は知っている……」

一七一四年（正徳《しょうとく》四年）、七代将軍家継《いえつぐ》の生母月光院に仕える大奥の女中江島《えじま》と、山村座の歌舞伎役者生島新五郎《いくしましんごろう》の恋愛事件を扱ったこの劇は、封建時代は一切触れることができなかったのを、明治になってからようやく陽の目を見たものである。江島は月光院の代参として芝増上寺《ぞうじょうじ》に参詣《さんけい》の帰り、山村座で生島新五郎と知り合い、大奥の男子禁制の法を犯して逢瀬《おうせ》を重ねたが、これが発覚して江島は信州高遠《たかとお》に流され、生島新五郎も三宅島《みやけじま》に配流《はいる》の身となった。関連して断罪された者、死罪二名、遠島《えんとう》四十余人、取調べを受けた者千五百余人にのぼった江戸時代における一大事件である。

「それから考えますするに、玉蔵の打出の小槌とやらは名家の夫人か令嬢、ではなかろうかと察しました……」

「そうだと私も思う。話してくれてありがとう。たとえ、玉蔵が逮捕されたとしても親方にまで累《るい》が及ぶことはないように努力するよ。だが、これを機に博打はやめることだね。親方もいい年だ。身を滅ぼすもとだよ」

「わっしも何度やめようと思ったか知れません。これをしおに金輪際、骰子《さいころ》に手を出すようなことはいたしません……」

この間、通訳をする暇もなかったので、ホック氏はいささか憮然《ぶぜん》とした表情で横に控えていた。中村新十郎は涙を拭いながら、ずるずると深みにはまってどうすることもできなかった自己の罪を悔いつづけた。

私はホック氏に大要を説明した。

「玉蔵のパトロネスは戸栗男爵夫人だね」

「まず、間違いはあるまい。ぼくたちは東京に戻ろう。カブキ・アクターの行方を探さなくてはならない」

私たちは間もなく小屋を出た。外は早いたそがれが町の家並を紫色に塗りこめようとしている頃だった。

私たちは東京行の最終列車にかろうじて間に合うことができ、発車間際の汽車に飛び乗るようにして乗った。

第十一章　箱馬車の追跡

十三時間におよぶ汽車の旅は、さすがに私たちを疲れさせた。しかし、そんな不平をいってはいられない状況にあった。歌舞伎役者中村玉蔵を逮捕するためには中条警部や梶原刑事の手を借りるのが順当と考えた私は、夜の十時半ごろいったん帰宅した。

「お帰りなさいませ。中条さんと梶原さんが夕方からおいでになってお帰りをお待ちしておりますよ。あと三十分お帰りがなかったら引揚げるとおっしゃっていらしたとこです」

と、多喜が玄関に出迎えるや私たちに告げた。願ってもない僥倖《ぎょうこう》であったので、そのまま奥へ行くと、ふたりはブランデーを飲んでいて赤い顔をしていたが、さっと居ずまいを正した。

「やあ、長く待たせたね」

「今朝ほどのお話では日帰りということでしたのでお待ちしておりました。何かつかめましたか?」

と、警部がいった。

「まず、きみたちの話を聞こうじゃないか。われわれの帰りを待っていたからには、何か探索したのだろう?」

ホック氏は鹿打ち帽とインバネスをとって、長い足を窮屈そうに折り曲げ、立膝《たてひざ》をして柱を背に坐りこんだ。

「わたしたちは戸栗君子について聞込みを行いました。梶原刑事はきのうからですがね。いやあ、ひどいものですよ……。上《うえ》つ方《かた》の御乱行には呆《あき》れました」

「頽廃《たいはい》の極ですなあ。——君子が鹿鳴館の舞踏会の夜、伊藤公に手籠《てご》めにされ、男爵は外国に行き夫婦仲が冷えているのは御存知でしょうが、亭主のいない留守をいいことに夫人はひそかに男漁《おとこあさ》り……。なかでも近頃は」

「歌舞伎役者の中村玉蔵に夢中というのかな」

「よくおわかりで」

と、梶原刑事がびっくりした。

「そのために静岡まで行ってきたんだ。それで?」

「はあ、屋敷へ引張りこんで玉蔵のいうがままに欲しいものは買ってやる——貢いでいるようなんですよ。男爵家は相当の財産家だからそれでどうこうというわけじゃないが、わたしらの家なら家財まで洗い浚《ざら》い注ぎこんで無一文になるくらいで」

「梶原。おまえの家の話なんかどうでもいい」

と、警部が一喝《いっかつ》した。刑事は頭をかいた。

「すみません。とにかく夫人の男狂いも相当なもんで。まあ、出が出だから仕方がないのかもしれませんが」

「しかし、伊藤公の夫人も馬関《ばかん》の名妓《めいぎ》とうたわれたし、政府高官に芸者上りの夫人は多いが、みなそれなりにしっかりしている。小せん、いや君子夫人だって男爵との仲が冷えなければ上流の夫人として通っていただろうよ」

「なんだか知りませんが、とにかくひどいようです。男爵家の家令は佐伯《さえき》というんですが、この男も夫人の行動は見て見ぬふり。わたしは出入りの商人や、小間使の外出するところをつかまえて訊《き》いたんですがね。みんな、口が固くていいたがらないのをおどしたりすかしたりして、玉蔵のことを聞き出したんです」

「その玉蔵が三田栄吉と茂木啓輔を殺《や》ったのだ」

「本、本当ですか?」

今度はふたりとも仰天した。私はかいつまんで静岡での経緯《いきさつ》を物語った。

「へえ、あの女よりも女っぽいやつがねえ……。こうと知ったら、即刻しょっ引かなくてはなりませんな」

「今からでも行きましょう」

と、刑事は腰を浮かした。

「ぼくも行く」

ホック氏がいった。

「それではぼくも行く。玉蔵は家に戻っているはずだが、もし、いなかったら男爵夫人のところだろう」

と、私はいった。戸栗君子と中村玉蔵の不義が実証されてみると、たしかに玉蔵のいうように江島生島を地で行ったような話であった。男爵夫人の相手として男爵家に忍んで行く美しい女形を私は頭に描いた。夫人と玉蔵の間にいかなることがあって、玉蔵はふたりの男を殺害したのであろう。

私にはまだ、夫人と夫人の過去の情人である三田栄吉の関係もわからず、坂巻諒たち壮士の一派の介入の経過も、ザブルーニン大佐を行動させた〝密偵〟の存在もわからない。これらが一つの糸につながっているのか、それとも異なる糸につながっているのかもわからない。

だが、ふたりの男を殺したのが中村玉蔵と知れたいまは、当面、この男の逮捕が先決であった。――しかし、まだ、私には盗まれた文書の行方を解く暗号が糸口さえつかめていないのである。

疲れを癒《い》やす間もなく、私たち四人はそろって家を出た。月は出ていたものの雲が多く、十一時をすぎた街は大戸《おおど》を下ろして眠りに入っている。

提灯をともして営業中の人力車の帳場で二人乗りの車を二台都合してもらい、私たちは夜の街を一口坂《ひとくちざか》の中村玉蔵の居宅へ走らせた。そして、彼の家から半丁ほどはなれた道で車を降りると警部の案内で玉蔵の家へ近づいていった。

折から雲間から出た月が青白くあたりを照らした。すぐに月は雲にかくれてしまったが、その間にあたりの様子を私ははっきりと眼にすることができた。

玉蔵の家は思ったより広い庭を持ち、まわりをかこっている黒板塀《くろいたべい》がこの家の主人の職業を暗示している粋好《いき》みのほかは、変っているところといえば、その塀の一か所が大きく開くようになっているところだった。これは馬車の出入りのためであろう。門は冠木《かぶき》門で松の枝が突出しており、奥に暗い母屋が見えた。

「あそこが廏《うまや》です。馬車は廏の隣りの小屋に入っているのですが、いまは馬は馬車屋に預けてあるはずです……。おや、帰ってきている」

馬の低いいなきが聞えたのである。玉蔵は帰京するや預けておいた馬を受け取って廏舎《きゅうしゃ》に入れておいたのであろうか。梶原刑事は庭の、ほぼ四分の一を占める廏舎を見透かした。

「梶原、おめえは裏へまわれ。呼吸《いき》を見計らって同時に飛びこむんだぜ」

中条警部は私たちに対するのとはうって変った語調でいった。刑事は闇《やみ》のなかに素早く消えた。

警部は門に手をかけた。門は軽く開いた。

「戸閉まりをしてない。――入りましょう」

私たちは門を入り飛石伝いに玄関へ歩いていった。母《おも》屋《や》の一室からは黄色い灯影《ほかげ》が洩《も》れていた。玄関の格子の前で私たちはうなずきあった。そして、警部が格子戸に手をかけたとき、ふいになかから人の叫び声と、あわただしい足音が起きた。警部は格子戸を引き開けようとしたが、戸は錠が下りていた。

「梶原の奴、ひとりで飛びこみやがった！」

中条警部は呪《のろ》いの言葉を吐いた。同時に飛びこめといったのに、一瞬、刑事のほうが早かったのである。警部は身体をこごめて体当りをした。

すさまじい音がして格子戸が破れ敷居からはずれて内部に倒れこんだ。警部はころげるように飛びこみ、ホック氏と私がそのあとにつづいた。

奥ではバタバタと走りまわる音がした。

「逃げたぞ！」

声は梶原刑事だ。その声のほうに走った私たちは、窓障子が破られ、そこから出ようとしている梶原刑事の姿を見た。

「庭です！」

ホック氏は素早い動きを見せた。刑事がふさいでいる窓から出るのが困難とみてとったホック氏は玄関へ走って、そこから外へ飛び出した。私があとにつづいた。

足音が廏の方角でひびいた。暗い闇のなかをホック氏と私は植木の枝にぶつかりながら廏へ走った。馬の足音が乱れ、鼻息といななきと人間の声が聞えた。廏に到達したとたん、私たちの前を馬に乗った人物が走り出てきた。私は衝突しそうになり、あわてて避けたものの馬の尻尾《しっぽ》が私の顔をこすったほどの近さだった。

馬は塀に突進した。馬の身体が塀にぶつかったように見えた。すると塀の一部に設けてあった木戸が大きく外側に開いた。馬はそこから夜の町に走りだした。

私の耳に背後から蹄《ひづめ》の音がしたので、あわてて振り向くとホック氏がもう一頭の馬の背にまたがって廏舎から走り出してくるところだった。

「ホック君！」

「危いぞ！」

彼は一声叫ぶと、先の馬のあとを追って駈けていった。

「畜生。ざまはねえぞ。おれたちも追うんだ。畜生、なにかねえか。梶原、ぐずぐずしてねえでなんとかしろい。てめえがドジをふむからこんなことになるんでえ！」

中条警部は地団駄ふんだ。元八丁堀の口調がこういう場合は自然に出てくるとみえる。

「申し訳ありません。し、しかし、相手は馬です。こ、このへんに馬はいません」

と、刑事は悲痛な声を出した。

「ハンチクめ。玉蔵が馬を預けた馬車屋があらあ。そこへ行って御用の筋だと馬車を一台召し上げてきやがれ」

「わ、わかりました」

刑事は駈けていった。荒い息を吐いていた中条警部は私の顔を見ると、

「まったくなんてことでしょうねえ。ホックさんは大丈夫でしょうか……」

と、心配気にいった。私も気がかりであったが、相手は駿足《しゅんそく》を誇る馬、こちらは二本の足だけが頼りとあってはどうする術《すべ》もなかった。

「どこへ行ったかわからないよ。いまから馬のあとを追ったって追いつけるものではない」

「そうはいってもこのままというわけにはいきません。なんとしてでも追いつかなければ」

中条警部は歯ぎしりをして口惜しがったが、もはや中村玉蔵の馬もホック氏の馬も闇に溶け、蹄の音さえ聞えなかった。

二十分もしたころ、轍《わだち》の音をひびかせて一台の馬車が近づいてきた。馭者《ぎょしゃ》はと見れば梶原刑事である。

「さあ、乗って下さい。渋るのを一喝してなんとか借上げてきました」

警部と私は馬車に乗りこんだ。鞭《むち》を振って梶原刑事は二頭の馬の消えた市ケ谷見付《みつけ》の方角に向きを変えて走り出したが、この追跡はなんとも間の抜けたものであった。ホック氏の馬とは二十分余の開きがあり、先方は全力で疾走しているのに、この馬ときたら老齢なのかなんとなく頼りない上に、三人の男と馬車を引いているのである。こうしているうちにも彼我の差はいよいよ開くばかりであろう。

それでも梶原刑事は鞭をふるって馬車を全力疾走させるのに懸命であった。すでに寝静まった町を、馬車は蹄と車輪の音をひびかせながら砂埃《すなぼこり》を巻き上げて外濠《そとぼり》沿いに見付へとさしかかった。

警部は座席から乗り出して前方を注視していた。そして、時折り怒鳴るのである。

「もっと早くならねえのか！　二頭立てでも四頭立てでも召し上げる算段はつかなかったのか！　唐変木！」

「馬車につけられていた馬はこれだけだったんです。警部！」

「つべこべいわずに走らせろい！」

濠沿いに四谷見付へのゆるい坂道を上って行くと、何を見たのか警部が身体を乗り出した。

「おい、ありゃあなんだ。馬じゃねえのか。馬がこっちへ向ってくるぜ」

私は心臓の鼓動が高くなった。ホック氏の身に何かあったのではないか――。私も身を乗り出し前方の闇を透

かすと、確かに黒い馬の姿が月光に浮き出していた。馬はこちらに向って駈けてくる。その姿がたちまち接近した。

「止めろ、止めろ！」

警部は速度の鈍った馬車から飛び降りると走ってくる馬の前にいきなり両手を広げて立ちふさがった。不意の邪魔に驚いた馬は首を伸ばして棒立ちになり、荒い息とともに低くいななないた。警部にこうした手腕があるとは知らなかった。彼は馬の取扱いには馴《な》れているらしく、手綱をつかんで馬の背をたたき声をかけると馬はおとなしくなった。

乗っていた人物は中村玉蔵なのかホック氏なのか見当がつかない。その人物はどうしたのであろうか。

「わたしはこいつに乗ります。先へ進んでください」

いうなり警部は手綱を取っていた馬にひらりと飛び乗った。そして、馬がやってきた方角に走りだし、梶原刑事は鞭を鳴らしてそのあとを追いはじめた。

暗い濠端に沿って走ることしばし、やがて私たちは行手で手を振っている人影をみつけた。

「ホック君だ！」

私は思わず声をあげた。路上で手を振っているのはまぎれもなくホック氏の長身であった。私は馬車から飛び降りると彼のそばに駈け寄った。


「無事かね。怪我はなかったのか？」

「ぼくの馬はそこにいるよ」

と、彼は後方の木の蔭《かげ》を指さした。そこに馬といっしょの警部の姿があった。

「では、玉蔵は？」

ホック氏は無言で濠を示した。路辺から急角度で落込んでいる土堤の高さは水面まで三丈余りある。水面は黒く静かにひろがっていた。

「と、いうと？」

「ここまで追ってきたとき、ぼくの乗った馬は相手と一馬身の差しかなくなっていた。逃れられないと思ったのか、彼は馬上から身を躍らせて飛びこんでしまったのだ。ぼくはあとを追おうとしたが、水面が暗くて見えないのできみたちの現われるのを待っていたのだ」

「では自殺……」

私は物音一つしない水面を見下ろした。中条警部と梶原刑事もやってきて私と並んで眼下をみつめた。

「すぐに捜索の手配をさせましょう……。泳いだ形跡はありませんか？」

「ない。きみたちの来るまで、ぼくは耳を澄ませていた。よほど潜水のうまい人間なら別だが……」

「残念ですね。これでなにもかもわかると思ったのに……」

警部はつぶやき、梶原刑事に手配を命じた。

一時間後、濠には二艘《そう》の小舟、土堤の斜面には手に手に提灯を持った巡査が総勢二十人ほど右往左往していた。そのうちに一艘の小舟から声が上った。鉤《かぎ》つきの竹竿《たけざお》で水中を探っていた巡査が沈んでいる人間を引っかけたのである。散っていた提灯の灯が参集し、小舟は岸へ漕《こ》ぎ寄せてきた。ホック氏と私は斜面を下りてその輪に近づいた。

引き上げられた男は藍微塵《あいみじん》の市楽《いちらく》の袷をまとってはいたものの、帯は水中で解けてしまったのであろう、下帯と襦袢《じゅばん》がはだけて見えていた。ほっそりとした色の白い撫肩《なでがた》の、いかにも化粧をほどこせば美しい女に見まごう優男《やさおとこ》であったが、意外と腕などは太く小柄ながら引き緊った身体をしていた。

彼は水中でもがいたのか苦しそうな表情のままこと切れていた。玉蔵はホック氏に追いつかれそうになって、前後の見境もなく濠に飛びこんだものの、秋の夜の水の冷たさと——不得手な泳ぎに疲れてついに溺《おぼ》れたものにちがいない。あるいは泳ぎを知らなかったのかもしれない。

「玉蔵にまちがいありません……」

と、中条警部が死骸《しがい》をあらためていった。

私は提灯の光に照らされてもはや動かぬ中村玉蔵をみつめた。彼を生きたまま捕えれば必ずや三田栄吉と茂木啓輔殺害の真相をその口から聞けたにちがいないのだが、幽明境を異にしたいまとなっては、如何《どう》することもできない。

「モト……」

と、ホック氏が呼びかけた。彼は死体の傍にしゃがんで彼一流の綿密さで死骸を検案していたのであるが、玉蔵の固く握った拳《こぶし》から指を一本一本伸ばしながら私を見た。

「なんだい？」

「この女装を専門にするアクターは、サムライだったね」

「えっ？」

玉蔵の年齢はどう見ても二十三、四である。明治と世があらたまってから生を享《う》けたと思えるのでサムライであるはずはないのだが、ホック氏の口調は自信にみちていた。

「ブジュツの習練でできたタコだろう？　これは？」

と、彼はひろげたてのひらを明るい灯に向けた。彼のいう通り左右のてのひらの指のつけ根に固いタコができていた。ちょっと考えたが歌舞伎役者にこのようなタコができる可能性は少なかった。三味線の撥《ばち》ダコでないことは素人眼《しろうとめ》にもわかる。だが女形《おやま》と武芸とはいかにも妙な取合せであった。

「馬の乗り方といい、ふたりの屈強な男を一刺しで殺した腕前といい、単なるアクターではないね。それとも日本のアクターは馬の稽古《けいこ》もするのかね?」

「そういわれてもぼくにはわからないが……乗馬の稽古はしないのじゃないかな」

私は自信なく答えた。だが、左右の五本の指のいずれにもあるタコは私の知っているかぎり竹刀《しない》ダコでもなかった。

「こりゃあ槍《やり》か棒ですよ」

と、私たちの会話の内容を察したのか中条警部がいった。

「槍か棒……?」

「そうでしょうね。女形ってのはふだんでも女っぽいものだが、こいつはだいぶ違うようだ。腕なんてたくましいし……」

この謎《なぞ》は間もなく呼ばれて深夜の道を日本橋から駈けつけてきた玉蔵の兄弟子にあたる中村紋十郎の証言で解けた。紋十郎は死骸が玉蔵であることを確かめて証言し、次のようにいったのである。

「玉蔵は生粋の歌舞伎《かぶき》育ちじゃございません。なんでも父親は旧幕臣の、小禄ながら旗本の身分だったとか聞いております。棒術をよくする方だそうで、玉蔵も子供のころから教えこまれたそうですが、御一新《ごいっしん》後十五、六からぐれだし、それを先代の玉十郎さんが見込んで養子にしたんでございます。天性、役者の素質がありましたのでしょうか、ああいう身体つきと優しい顔を持っておりますから女形としてめきめき売出しました。しかし、人気はともかく人柄はあまり良くないようで、近頃は特に我儘《わがまま》の勝手放題で、わたしらも困ったもんだ、行末は破門かなどと蔭でいっていたんでございます。――女形は芸を磨《みが》くために心底から女になりきらなきゃいけない、と思うんでございますが、玉蔵は荒っぽいことが好きで乗馬も棒もかくれてやっていたようでございます。しかし、そんなことを続けりゃ身体の線が崩れるのが普通ですのに、玉蔵はそういうことがございませんでした。外見はともかく、中身は役者には似ない男っぽさでございましたよ……」

玉蔵の生い立ちを知って、私たちは再度、玉蔵の亡骸《なきがら》に眼をやった。女のような優男でありながら普通の男より男っぽかったと聞いて、私には三田栄吉と茂木啓輔が、ただ一刺しで殺された理由が納得できるような気がした。女として玉蔵は接近したにちがいない。栄吉も茂木も彼が男であると気がつかなかったのではないだろうか。相手を女と信じていたから心に隙《すき》も生じ、気を許したのであろう。ところが相手は外見とはうらはらの、腕力も武術の心得もある男だったのだ。みごとに心臓を一制ししているのも、その心得があったればこそ、であろう。

「不思議な人間だ!」

と、ホック氏は立上っていった。

「ぼくの扱った多くの事件でも、ぼくの推理をこれほど狂わせたものはなかった。途中で気がついたからいくらか救われたようなものだがね。足跡……それにかかる体重。白粉《おしろい》……みんな女性としか思えなかった。日本という未知と神秘の国の、そこにしかない不思議な人間だよ」

ホック氏は述懐するようにいった。

「――こうなると戸栗男爵夫人に会うほかないね」

「そういうことになる。だが、相手が男爵夫人ともなると正面から行っても会えないだろう」

「陸奥さんをわずらわすよりないね」

と、私は答えた。ホック氏のいうように正面から訪問しても会ってくれるという保証はない。まして、私たちは官憲ではないのである。

「榎先生。玉蔵の家を調べてみたいと思うんですがね」

と、中条警部がいった。

「それはいい考えだ。なにか証拠になるものがあるかもしれない」

「ここは支署の連中に委せて、私たちはとりあえず玉蔵の家へ行きましょう。この場の仕儀は私から本庁に報告しときます。今度の件は警視総監からじきじきにわたしに下命があったので、これまでのことも権大警部《ごんのだいけいぶ》、大警視を通じて総監に逐一報告はしてあるのですが……」

「そうだったのか。きみたちが自由に行動しているので本来の職務に支障があるのではと内々、心配はしていたのだが……」

「その点は大丈夫です……」

時の警視総監は園田安賢《そのだやすかた》である。薩摩出身の勇猛な男で大警視時代の明治六年、本所の商家に入った強盗を邏卒《らそつ》がひるんで取り逃したのを怒り、その場で切腹させたことがある。西南の役には警視庁抜刀隊を組織して自ら敵陣に切りこんだ。切腹事件では自殺教唆による少額の罰金を食らったが、その勇猛さでとんとん拍子に出世したという人物である。この園田を通して陸奥宗光が今回の事件に中条警部を指名したのであろう。

私たちは現場をはなれ、馬車で玉蔵の家へ戻った。二時間ほど前、私たちが大騒ぎをして玉蔵とホック氏を追いかけたときのまま、玄関は開き、庭の木戸も開いたままである。

庭の広さに比して母屋はこぢんまりとした造りで、六畳、四畳半、三畳が二間、それに勝手と湯殿である。居間の六畳と四畳半はさすがに女形らしくなまめかしい着物、長襦袢、鏡台、化粧品、舞扇、贔屓《ひいき》から贈られたらしいのれん、三味線などなどがあり、長火鉢のうしろには酉《とり》の市《いち》の熊手《くまで》と灯明と提灯《ちょうちん》を飾った大きな神棚が祭られていた。玉蔵は病気で郷里に帰ったという馭者と住んでいたはずで、その男は玄関傍の三畳一間を使っていたようである。私たちの常識からいえば、女形なら女形らしく下婢《かひ》か男衆が身のまわりの世話をするのが普通と思われるのだが、武術といい乗馬といいことごとくが歌舞伎役者の概念を逸脱している。

世が世なら旗本の子息として女姿に身をやつして芸を競うこともなかったであろうにと思うと、世の移り変りの烈しさを受けた犠牲者のひとりとして、私は玉蔵の身の上を考えずにはいられなかった。玉蔵は肉体が女性的であるだけで、内実はいまの職業を嫌っていたのかもしれない。少年時代に受けた父親の感化でいまは消えてしまった武士への郷愁を保ち続けていたのかもしれない。素質が役者に向いているのにそれに徹しきれなかったのではないだろうか。

私たちは押入れや箪笥《たんす》、納戸《なんど》のなかなどを手分けして探しはじめたが、間もなく中条警部が私たちを呼んだ。警部は鬱金《うこん》の布に包んだ一振りの短刀を持っていた。それは以前、奥女中が使用したような黒漆《くろうるし》の鞘《さや》の懐剣であった。警部は刀身を抜いて洋燈の灯に近づけた。

私たちの口からいっせいにうめくような声があがった。刀身には脂《あぶら》でくもったあとが歴然としており鯉口《こいぐち》のあたりには血液としか思えない赤褐色のものが凝固《ぎょうこ》しているのが明らかに見えたからである。

「この短刀は血を吸っていますぜ。玉蔵の仕業はこれではっきりした。動かせない証拠です……」

私は刀身に浮いたくもりをみつめた。おそらくこの脂は茂木啓輔のものであろう。玉蔵は血糊《ちのり》だけは拭《ぬぐ》ったものの、そのまま箪笥の奥にしまっておいたらしい。人間の血はただ拭《ふ》いただけではきれいに落ちるものではないのである。完全に落すには研《と》がなければならない。

「この白粉の匂《にお》いは現場のものとおなじだ」

鏡台の前でホック氏がいった。溶いた白粉の残りが刷毛《はけ》と一緒にそこにあった。

「三田栄吉と茂木啓輔を殺害した犯人は、犯人の自殺でケリがついたが、わからないのは動機と――肝心要《かなめ》の暗号だ……」

「ぼくにはおおよその動機はわかっている。問題は例の文書だよ」

ホック氏は白粉の皿を中条警部に渡しながらいった。私は一瞬、啞然《あぜん》としてホック氏の冷静な顔をみつめた。

「わかっているって?」

「人間の行動にヨーロッパと日本でそれほど大きな違いがあるとは思えないからね。たしかにこの国ではぼくの思考が必ずしも十全でなく、ぼくの推理にいくつかの欠陥が生じた。ヨーロッパ的な思考法が通用するとはかぎらなかった。だが、人間の基本的な欲望や行動は変らないはずではないかね。風俗、習慣、歴史、地理上のさまざまな制約が基本形質を装飾化しているために、そこにあるべきものが見えなくなっているだけだ、とぼくは思う。装飾をはぎとれば、すべて人間さ。人間の基本は世界中、どこへ行ってもそれほど変らないのではないかね」

「すると、きみは今度の事件の背後にあるものを理解できた、というのだね。動機もふくめて……」

「今度こそ間違いあるまい。その点をより補足し強固にする上でも、ぜひ男爵夫人に会うことが大切になってきたようだ」

「明日、早朝、陸奥さんにその旨を伝えよう」

と、私はいった。

間もなく私は警部にあとを委せて、帰ることにした。時間は午前二時近くになっていた。

「あの馬車を使って下さい。明朝、お宅のほうへ取りに行かせますから……」

と、警部がいってくれたので、私たちは馬車屋から借り出してきた箱馬車に乗り、ホック氏が馭者台に乗って手綱をとった。

「こう見えてもぼくはロンドンで馭者に変装したことがある。馬の扱いには馴れているんだ」

ホック氏の手綱さばきはなかなかみごとである。馬車はゆれながら走りだした。

深夜の町は往来も絶えて、月もかくれ黒暗々《こくあんあん》としている。馭者台の横につけた角灯の灯がゆらめき、蹄と車輪の音が寝静まった町にひびく。荷車も大八車も自転車も人力車も走っていない通りは急に広くなったように見えた。このときになって忘れていた寒さが襟元に忍び寄ってきた。

つつがなく青山の家の前に馬車が止った。ホック氏は門前に馬をつないだ。馬車の止る気配を聞きつけたのか、まだ衣服も昼のままの多喜が玄関の戸をあけて顔をのぞかせた。

「まだ起きていたのか?」

「気になりまして眠くなるどころじゃありません。また、先夜のようなことがあってはと……」

「この通り元気だよ。しかし、疲れた……」

いまになって長旅の疲れも重なって出てきたようである。多喜とくにが気を使って沸かしておいてくれた湯に、まずホック氏に入ってもらった。これは余談だがホック氏が我家に来て、最初に風呂《ふろ》に入った日のことを私は忘れない。入り方はあらかじめ教えてあったので、そのほうは無事であったが、頃合《ころあい》を見計らって下婢のくにが背中を流しましょうかと機転を利《き》かして入ったために、私は湯殿からホック氏の絶叫を聞く羽目になった。私と多喜が飛んで行くと、くには脱衣場でおろおろと立ちつくし、ホック氏は湯舟で真赤になって首までつかっていた。突然、くにが入ってきたのでびっくりして熱い湯のなかに飛びこんだのである。

――その夜、私は身体が綿のごとく疲れているはずなのに、眼が冴《さ》えてなかなか寝つかれなかった。眼を閉じれば静岡までの旅のこと、中村玉蔵の追跡と彼の死などの光景が切れ切れに浮んできて、興奮を感じるばかりである。

とうとう起き出して隣室に入り、洋燈をともして香炉のふたの図面を出してながめ、ついでに『羅馬神話』と『希臘神話』の二冊を持ってきてページを繰りはじめた。

〝暗号を解読するためには、それを作った者の思考過程をたどれ〟というホック氏の言葉は、言換えるならば〝作った者の身になって考えろ〟ということである。

だが――三田栄吉の実家にあった書物だけで、彼の思想が形成されたとは思えないし、書物だってほかに種々《いろいろ》読んでいるはずだ。それを想うと絶望的にならざるを得ないが、私は気を取り直して本を取り上げた。政論的なものは我家にないので、これは別に集めなくてはならないと思いながら、私は『希臘神話』をながめた。この本を読んだ十年前が思いだされた。私がはじめて接する西洋のはるかに遠い神々のころの壮大な物語に、当時、私は夢幻的な想いに駈られたものだ。神話というものはそれが日本のものであれ、西洋のものであれ、太古の人々の浪漫を感じさせる。私はペルセウスが頭髪が蛇《へび》の魔女ゴーゴン、メデューサの首を切ったとき、その切口から生れたクリュサオルとペガソスの話を読み下した。ペガソスは翼ある馬である。ペガソスはペイレネの泉で水を飲んでいるとき、ベレロフォンに捕えられ彼の乗馬となって怪物キマイラを退治する。

そういえば『西域紀行』にも、大宛国《だいえん》の馬について「始めてこの馬を得るや、角あり、奇となす。漢武天馬の歌を賦《ふ》す」と〝西河《さいが》旧事〟の項を引いているし、匈奴《きょうど》に触れて匈奴の王がしばしば天馬を祭ったことが記載されていた。ヨーロッパ、アジアを問わず天馬として祭られる馬はいずれも白馬であるのが面白く、私はその共通性に思いをめぐらせた。

その夜――私が寝についたのは暁も近い午前四時をすぎていた。

自然に眼がさめたとき、時計は七時半をさしていた。あとから考えてみれば疲労も相当あったに違いないのだが、三時間そこそこの就眠であったが私は眠くなかった。そのときは疲労も睡魔も感じなかったのである。

私はホック氏にも会わず、そこそこに家を出て陸奥邸に向った。

昨夜、月が折り折り厚い雲に被《おお》われたのは知っていたが、その雲がいまは天をすっかり被いつくして、灰色の空からはいまにも雨が落ちてきそうだった。

登庁前の宗光は洋服に着換えていたが、私の訪問を聞くと、すぐに居間に現われた。

私は先日、訪問して以来の出来事を宗光にかいつまんで報告した。

「戸栗公の夫人が……」

と、宗光は眉《まゆ》をひそめた。

「すべての糸が夫人につながっていると思われます。ホック氏も夫人との会見を熱望しておりますので、会見を御配慮願えれば幸いです」

私は懇願した。

「昼食でも華族会館でとるように願えればありがたいのですが……」

「なにか理由あってのことかね?」

「はあ、あそこが事件の根源になった場所でございますし、夫人に心理的な圧迫を加えるに最適な場所と思料いたします」

私は苦しい理由づけを行なった。本当は別の理由があったのだが、宗光は格別、その点を追及することもなく、暫時《ざんじ》、思案してからうなずいた。

「早いほうがいいな。しかし、昼食には間に合いそうもないから夕食にしてくれ。先方に連絡しておこう」

「結構でございます」

「しかし、二人の壮士を殺害した犯人は死んだ。夫人がその蔭の話を告白したとしても、問題は盗まれた文書だ。あれが戻らなくては意味がないように思えるが……」

「そのときまでに盗まれた文書を取戻す算段ができておりますが、まだ、断言するにいたりません。でき得れば御前の意に添うよう努力する所存です」

と、私はいった。宗光は思わず椅子から身を起して、鋭い眼で私をみつめた。

「存在する場所がわかったのか?」

「推理でございます。あの暗号解読のめどがついた、と思えるのでございますが、まだ、完全な自信はございませんので、このことは御前にお話しすべきではなかったかも知れません。あまり、御期待を寄せられて万が一、間違っていたら申し訳が立ちません」

「うむ。――夕刻、六時に会館に来てもらおう。私も行っていいのだろうね」

「男爵夫人が御前の前でどう反応するかが気がかりでございますが……」

「それなら私は別室にいよう。よかったら呼んでくれ」

と、宗光はいった。

私は昨夜、香炉のふたの暗号について、ある的確なヒントをつかんだ、と思ったのであった。ホック氏は咄嗟《とっさ》の場合、複雑な暗号を栄吉が作れるはずはない、といっていた。そのようなとき、人間は自分のよく知っている範囲のこと――すぐに思いつけることで暗号を作るにちがいない、ともいった。だから、三田栄吉の思考をたどれということであった。少なくとも政論や法律書には暗号に組替えるようなものは発見できなかった。彼の書物のうち、趣味であったのかどうかはわからないが『天空星辰図』があったのを私は思いだした。三田栄吉が少年のころ――笠間の実家を出るまで――彼は星をながめ、宇宙の涯《はて》に夢を求めていたのかも知れない。彼は純真な生一本《きいっぽん》の情熱家であったのかもしれない。星をながめるのを趣味としていた無垢《むく》な少年が、世に眼を向けたとき、澎湃《ほうはい》として起きた自由民権の思想に、自己の現世での夢を賭《か》け、彼は上京して壮士となった。そして――現実の苛酷《かこく》な運命が、彼の野心も夢も挫折《ざせつ》させ、茂木啓輔同様、理想を捨てて汚濁にまみれる人生をたどらせたのかもしれない。

栄吉がかなり浪漫的な性格であったことはその蔵書の『西域紀行』で、はるかなる神秘の僻地《へきち》へあこがれ、羅馬《ローマ》、希臘《ギリシャ》の神話で幻想に遊んでいたことにもうかがえる。

私は神話と『西域紀行』と『天空星辰図』の三点に共通するものを、昨夜、みつけだしたのだった。それを思いつき、私は早速、蔵書のなかから星辰図の載っているものを探し出してはみたのだが、私の所持している図では役に立たず、陸奥宗光を訪問しての帰り、欲するものを書店で探そうと思っていたのである。

陸奥宗光とは夕刻、会う手筈《てはず》をととのえて、私は邸《やしき》を辞すると車を日本橋まで走らせ丸善《まるぜん》で三田栄吉の家にあったとおなじ星辰図を買い求めてから帰宅した。

「暗号の解読の結果はいいようだね」

書斎にいたホック氏は私の顔を見るなり微笑を浮べていった。

「どうしてぼくが暗号を解読したとわかったんだ?」

と、私はおどろいていった。昨夜以来、彼と会ったのはこれが最初であり、私が暗号についてヒントを得たのは就寝後のことなのだから、彼が知っていようとは思えなかった。

「きわめて簡単なことさ」と、ホック氏はいった。「今朝、きみが陸奥さんを訪問したことは知っている。だが、それだけの用件ならきみは二時間も前に帰ってきたはずだ。もう、かれこれ昼だからね。帰ってきたきみは非常に興奮して、心ここにあらずといった感じで、手にブック・ストアの包みを持っている。その内容物はこの家にないが、ぜひとも早急に必要なものだ。目下、きみが早急に必要なものは盗まれた文書の解読に入用なもので、そのきみの態度からみて、暗号をついに解いたにちがいないと推理しただけだ」

「あい変らずきみの明察には感服の至りだが、これを見てなにかわかるかね？」

私は包みの封を切って、『天空星辰図』を広げた。ホック氏は急に興味索然《さくぜん》たる表情をした。

「星図じゃないか。星図であることはぼくだって明白だが、ぼくはどの星がどこにあるかなんて知らないよ。犯罪の捜査とはおよそ無縁だからね」

私は笑った。さすがのホック氏もこと天文に関しては無知であることは知っていたが、そのために氏にはこの暗号が解けなかったのだ。

「ところが、今度の犯罪には天文が必要だったのだよ。あの香炉のふたにしるされた小穴はこれだ……」

私は図帳を繰ってその一か所を指さした。そこには天馬座ペガソスとあり、四個の星が不規則な方形を作り、それを主体として周辺にいくつかの星が散らばっている。この主な星を線で結ぶと、かつて私が作った漢字の〝只〟という字に似る。希臘神話のペガソスの名をつけられたこの星座は、地上から見ると倒立した馬として描かれる。十月のいまは夕刻東寄りの空に現われる星であり、晩秋の十一月中旬の午後八時ごろに南中する。

「ペガソス……」

と、ホック氏はつぶやいた。

「これが三田栄吉が咄嗟の場合に作った暗号さ。彼は天文を見る趣味があったらしいのだ。そして、彼の本だ。その本に共通項を求めて出てきた答がこれだ」

「なるほど。しかし、これがさらに何を意味しているのかね？」

「文書のかくされた場所にきまっているじゃないか」

と、私はいった。そして、私はどこにかくしてあるかについては、夕方まで待つようにとしかいわなかった。これは、私の多少の稚気のせいもあるが、その場所に実際にあることを確かめるまでは、慎重に行動しようと考えていたせいもある。

「星か……。ぼくの盲点をつかれた感じだな」

と、ホック氏は苦笑しながらパイプに火をつけた。

「しかし、きみの適切な示唆がなければ、ぼくには暗号など解けなかったのだから、これはきみの助力のおかげだと思って心から感謝しているよ」

と、私はしみじみといった。ホック氏は紫煙をくゆらせながら再度、つぶやいた。

「星か……。それではぼくにわかるはずがない」

第十二章　日英秘密文書

午後は時間があいた。行動的なホック氏は私に向って、もし疲れていないならばこの時間を利用して案内してもらいたいところがあるのだがといった。

「いいとも。どこだね？」

「ぼくにジュウジュツを教えてくれた日本人に会いたいのだ。きみはジゴロー・カノウという名を知っているかね？」

「知っているとも！」と、私はびっくりして叫んだ。「きみは講道館柔道の創始者である嘉納治五郎に柔術を習ったのか？」

「二、三の初歩的な技術だけだが、それだけでもこのすばらしい武術は、ぼくの危機をいくたび救ってくれたか知れやしない。訪日を機に表敬訪問をしたいとかねがね思っていたのだ」


嘉納治五郎は天神真楊流《てんじんしんようりゅう》の福田八之助や起倒流の飯久《いいく》保《ぼ》恒年《つねとし》に師事し、東京帝国大学文科大学を卒業すると学習院の教鞭《きょうべん》をとるかたわら、従来の柔《やわら》の術に独自の科学的合理的な方法を加え、講道館柔道を創始した近代柔道の先覚者であった。その天賦《てんぷ》の才と相俟《あいま》って明治柔道の自他ともに許す第一人者として、このときは第五高等中学校長を務めていた。渡欧したのは二年前、まだ三十一歳の俊英であった。

私は富士見町《ふじみちょう》の講道館へホック氏をともなった。道場の近くまでくると、もう盛んな気合が櫺子《れんじ》窓から聞えてくる。治五郎の名声を慕って全国各地からの入門者が絶えず、道場はたちまち手狭《てぜま》になり、幾度か移転を余儀なくされたということだが、それを裏書するように二十間四方の道場内では熱気にあふれた青年の真摯《しんし》な稽古《けいこ》がつづけられていた。嘉納治五郎先生は間もなく見えるはずだという道場の者の言葉で、私たちはしばらく片隅から乱取《らんど》りを見物していた。ホック氏は時折り、つられて掛声をかけたり、声援を送ったりしたが、その声を聞くとなかなか的を射ていて、氏が柔術の、少なくとも勘を心得ていることがうなずけた。そのうち、

「先生がいらしたぞ」

と、門下生が数人、ばらばらと玄関に走った。ホック氏は私に坐っているようにといって、自分も席を立って

式台の門下生のなかに並んで坐った。大股《おおまた》で治五郎は入ってきた。背こそ高くはないが全身にみなぎっている精悍《せいかん》の気は、はなれている私にも感じられる。彼は平伏した門下生に会釈したが、ふと、歩みを止めて、なかにただひとり稽古着ではなく縞《しま》の服を着たホック氏をみつめた。ホック氏は笑って顔を上げ立上った。治五郎の面上に一瞬、驚きの色が浮び、次になつかしさがあふれる顔になった。ふたりは固く握手を交した。ホック氏はしきりに何かをいう。治五郎がそれに答える。こちらを見てなにかいっているのは、私のことであろうか。

やがて、ふたりは私のほうへやってきた。

「ドクター・エノキです」

と、ホック氏が紹介した。私は治五郎に初対面の挨拶《あいさつ》をした。

「よくいらした。この……」と、治五郎はホック氏を見てにやりと笑った。「ホックさんからうかがったが、御一緒に活躍されておられるそうですな。時間があれば大いに久闊《きゅうかつ》を叙したいのだが、ホックさんは急ぐとおっしゃる。残念です」

「先生がホック氏に柔術の手ほどきをされたとは意外でした……」

「なに、先年、欧州に行ったとき、たまたまこの方と知己になったのです。西洋人の欠点は腰が弱いが、この方はどうしてどうして。本格的に修練なされば前途恐るべし、ですよ。天才的な習得力を持っておられる」

「とにかく、ミスター・カノウに会えてよかった。ぼくが東洋への旅をするきっかけになった事件では、ミスター・カノウに教えられたジュウジュツが反射的に役立ったのですからね」

と、ホック氏が英語でいった。

「それはよかった。どんな事件だったのですか?」

と、治五郎が聞いた。

「ヨーロッパの犯罪の帝王といわれる人物と、スイスの滝のある断崖《だんがい》で格闘となったのです。ふたりはもみあってころがったのですが、そのときジュウジュツが役に立ったのです。ぼくは彼の腕をすり抜けました。相手はバランスが崩れ、断崖を滝壺《たきつぼ》へ落ちて行きました。彼の身体が露出している岩石に当ってバウンドし、水に呑まれるのをぼくは崖の際《きわ》からのぞいてはっきり見ました。——そのとき、ぼくは考えたのです。ここで、いったんぼくは死んだことにしよう。ぼくの生命を執拗《しつよう》に狙《ねら》っている者が少なくとも三人はいる。そいつらにぼくは死んだと思わせてやろう、とね。そして、しばらくして彼等が安心して悪事をはじめたころ、突然、現われて彼等を取りおさえてやろう……。だから、本国ではぼくがその滝で悪漢と相討ちになって死んだと思っているはずです。

ぼくはちゃんと自分が死んだと思わせるような証拠をこしらえておいて、夜の山中を十マイルも歩いて行方をくらましてしまったんです。一週間後にはイタリアのフローレンスに出て、なにしろ無一文なものだからそこから兄にだけ真相を打明け、旅費を送ってもらって東洋への旅に出てきたというわけです」

私もはじめて聞くホック氏の話であった。私は氏が英本国で、そのような危険な仕事に従事していたこともよくは知らなかった。

「では、きみの兄さんという人は外務省の高官なんだね?」

と、私はいった。

「どうしてわかる?」

「だって、きみのことを知っている人が兄さんだけなら、フレーザー公使がいっていた外務省の高官から添書をもらっている云々《うんぬん》は、兄さんのことになる」

「きみも推理の方法を身につけてきたようだね」

と、ホック氏はいたずらっぽく笑った。そして、嘉納治五郎に向いて手を差出した。

「お会いできてうれしかった。ぼくはこれで失礼します」

「そうですか。お名残り惜しいが今後も御元気で御活躍下さい。本当によく来てくれました……」

治五郎はホック氏の手をしっかりと握りしめた。

私たちは定刻より早く午後五時に鹿鳴館——華族会館に着いた。新時代の洋館である会館に不釣合なものが一つある。それは正門である。周囲をかこむ塀までが洋風であるのに、門だけは大名家のような格式張った門である。

その門前に中条警部が人待ち顔に立っていた。彼は私たちを見ると顔をほころばせた。

「昼すぎに馬車を引取りにまいりましたら、奥様が夕刻からこちらだとおっしゃいましたのでね」

「ああ、御苦労でした。その後、なにかあったのですか?」

「いえ、特別なことはございません。玉蔵の死骸は検視がすみましたし——。死因は水死でした。玉蔵の家のほうも署のほうに委せました。その御報告までと思いましてな。——これから男爵夫人に会われるのですか?」

「そのつもりでね。警部にも同席してもらいたいと思っていたのだが、ここで会えたのが幸いです。一緒に来ませんか」

「願ってもない話です。よろこんで同席させてもらいます」

どうやら警部は私たちが戸栗男爵夫人に会うと聞いて、

そこに同席する算段で待構えていたものとみえる。私たちにとっても、警部の同席は歓迎すべきであったが、ここに困ったのは警部が制服姿であることだ。この格好で夕食の席に出席するのはあまり好ましくない。戸栗君子にしても重圧を感じて話すことも話せなくなるかもしれない。それよりも格式を重んずる華族会館では玄関で拒絶されるかもしれない。

「だが、その格好ではまずいなあ……」

と、私は彼の姿をながめていった。警部はとたんに悄然《しょうぜん》とした。

「いけませんかなあ……」

「今は事件の調査に立会うのではないからね。表面は夕食会だ。このへんで私服を借りられるところはないかね」

警部はちょっと考えていたが、面を上げると明るい表情になって、

「あります、あります。そこの警察署に昵懇《じっこん》にしている大警部がおります。そこで都合をつけてもらってきます」

「それがいい。ぼくたちは先に行っている。受付にきみのことを告げておくから、早く行ってきたまえ」

「ではそうさせていただきます。あ、これを預っておいてください」

警部は上衣の裾《すそ》をめくって、腰に差している鬱金《うこん》の布に包まれた懐剣を取り出した。中村玉蔵の所持していた血糊の付着した証拠物件である。それを私に渡すと彼は駈け出していった。

会館の前には数台の馬車が止っていた。今宵も広間では夜会が催されるらしく、はなやいだ雰囲気がかすかに聞える楽の音とともにあたりに漂っている。

私たちは二階の小室に通された。すると、すぐに陸奥宗光が入ってきた。

「御前はもう来られておいでででしたか？」

「気になるのでな。わしは隣室にいる。用事があったら呼んでくれ。それから榎君、文書の件はどうなった？」

「しばらくお待ち下さい」

「あまり気をもたすな。まあ、いままで待ったのだ。あと一時間ぐらいは待てるだろう」

宗光は微笑すると部屋を出ていった。時間を見ると五時三十分である。私は中条警部がまごついているかもしれないから見てくるといって部屋を出た。十五分ほどして警部はあまり板につかない羽織袴《はおりはかま》姿で玄関を入ってきたので、彼を伴って二階の小室に戻った。その途中、警部は一室の前で、

「発端はここでしたな」

と、感慨をこめていった。宗光が置いた鞄《かばん》から重要な文書が盗まれた部屋だ。それに端を発して私は私の人生に二度とは起り得ない経験をした。二人の殺人と二人の自殺。それが近々十日たらずのあいだに起き、私はホック氏という端倪《たんげい》すべからざる畏友《いゆう》とともに、医師としては体験できない危険にも遭遇した。

そして、いま、終末を迎えるのもこの鹿鳴館であった。

「お待たせしてすまなかった」

ホック氏に詫《わ》びると、彼は愛用のパイプをくわえながら、ちらりと眼の端に微笑を浮べてうなずいた。すでに室内の小卓には銀色に光るナイフ、フォーク、スプーンが並べられ、中央にはいまが盛りの菊花が絢爛《けんらん》と咲き誇っている。白色の制服の給仕人が茶を持ってきた。中条警部はすすめられた椅子に腰を下ろしたものの、妙に坐り心地が悪そうな様子でもじもじしていたが、情なさそうな声でいった。

「わたしは本式の西洋料理ってやつは生れてはじめてなんですよ。この包丁や匙《さじ》をどうやって使えばいいのですか……」

「ぼくたちのやることを真似すりゃいい」

「まるで落語の〝本膳《ほんぜん》〟ですな。先生がくしゃみをしたらそれに倣《なら》いますか……」

そのとき、ドアがノックされて給仕人に案内された白のバッスル・スタイルの貴婦人が入ってきた。胴をコルセットで強く締め、スカートはフープでふくらんでいる。窈窕《ようちょう》たる美女である。彼女はいぶかしげに私たちをみつめ、

「陸奥様のお席でございましょうか？」

と、たずねた。私たちは椅子を立った。

「戸栗男爵夫人でいらっしゃいますか？」

「はい」

「私、医師の榎元信と申す者です。こちらがサミュエル・ホック氏と中条健之助君です」

「陸奥様がお呼びしたという方ですわね。失礼いたしました。――陸奥様は？」

「やがておいでになられるでしょう」

「なにか急なお話があるからということでしたが……」

「その前に私たちがお話し申し上げることがございます」

戸栗君子は給仕人の引いた椅子に腰を下ろし、私たちを不安そうな眼でながめた。彼女に芸者小せんであった当時の挙措《きょそ》はうかがわれず、一分の隙もない華族の夫人としての威厳と態度を身につけているように見えたものの、内心は緊張している様子であった。給仕人がグラスに赤葡萄酒《ぶどうしゅ》を注いでまわるあいだ、彼女は手巾《ハンカチ》を固く握りしめていた。

給仕人が退くと彼女は押し殺したような声でいった。

「一体、なんでございましょう。わたくしはあなた方を存じませんし、お話しすることもございません……」

「では、申し上げましょう。これを御覧下さい」

私は取り出した鬱金の布を解いて黒漆の懐剣をテーブルに置いた。男爵夫人の顔面が蒼白《そうはく》になり、眼が見開かれ唇の端がかすかにふるえたが彼女は何もいわなかった。

「あなたの愛人である中村玉蔵は死にました……」

ホック氏が静かに英語でいった。

「なんとおっしゃっておられるのです?」

私は通訳した。すると、夫人は烈しく頭を振った。

「なんのことか一向にわかりません。わたくしには良人がおります」

中条警部が我慢しきれなくなったように立上った。

「白を切るのはいい加減にしたらどうです。自分は警視庁に所属する小警部です。この懐剣は玉蔵がふたりの人間の血を吸わせたやつですぜ。玉蔵は昨夜、四谷の濠《ほり》に飛びこんで自殺しました。この懐剣の銘を調べたところ、戸栗家に代々伝わる貞光《さだみつ》のものとわかりましたよ……」

「それが……それがどうしたというのです。無礼ではありませんか。わたくし、帰らせていただきます」

夫人はドレスの裾をひるがえして立上りかけた。


「待って!」

と、ホック氏が鋭い声で呼びとめた。夫人は気を抜かれたように腰を下ろした。

「男爵夫人。あなたの口からは言い難いでしょう。ぼくがあなたに代って話してあげよう。言葉の障壁があるので、ミスター・エノキに通訳を頼まねばならないが……」

私はその言葉を夫人に伝えた。ホック氏は話しだした。

「ぼくはあなたに深い同情の念を抱いていますよ。あなたはこんな結果を予想していなかった。なにか途中でひどい手違いがあったのですね。裏切りですか? それとも恐喝ですか?」

君子はホック氏の深い湖のような灰色の瞳をじっとみつめた。ホック氏の眼は慈愛ともいうべき光を宿していた。

「あなたは昔の愛人である三田栄吉に文書を盗む手段を相談した。あなたは栄吉を信じていたが、その栄吉はあなたが愛していた当時の栄吉ではなくなっていたのです。追放以来、理想も野心も失ってお絹という女をいまでは愛してはいるものの、生活は乱れていました。栄吉はあなたから相談を受けると、お絹を使って一儲《ひともう》けすることを企みました。――当日、栄吉はあなたから指示を受けたもうひとりの人間の連絡で、かねてから打合わせておいた通り、電気の故障を起して工事人に化けたお絹を潜入させたのですね……」

私は通訳の途中でびっくりしてたずねた。

「もうひとりの人間がいるのかい？」

「もちろんだよ。あの日、この鹿鳴館にいて鞄が持ちこまれたことを栄吉に連絡する人間がいなくては、タイミングよく外部から入れないじゃないか。そのとき男爵夫人は鹿鳴館にいなかったことがはっきりしている。すると、だれか別の人物がいることになる。ぼくはフレーザー公使に依頼して、当夜、鹿鳴館に来た客のリストを作ってもらったが、男爵家の家令の佐伯という男が、伊藤博文公に用があるといって訪れていたね。きみたちは事件直後にいた人間は調べたが、事件前に出ていった人物を調べなかったのだ。この人物は陸奥さんが別室に鞄を置いたのを見届けて、栄吉に連絡し、栄吉はお絹を忍びこませたとしか思えないじゃないか」

「佐伯が……」

「夫人の意を体していたのだよ。多分、伊藤公が当夜、問題の文書が持ってこられると夫人に連絡したのだ」

私が通訳すると、君子は蒼白になった。と、思うとその眼に涙がみるみるうちにたまってきて、わっとばかりにテーブルに泣き伏した。

「申し上げます。――すべてはわたくしのせいでございます。身から出た錆《さび》とはいいながらふたりの生命までが失われ、みずから手を下したのではなくとも、苦しい日々でございました……。恥を忍んで申し上げます。みなさまも御存知かと思いますが、いまから四年前の四月、ここ鹿鳴館で催された大舞踏会の夜、わたくしは酔った涯とはいいながら伊藤さまに手籠《てご》め同様の仕打を受けたのでございます……」

君子は意を決したように面を上げ、涙をたたえた光る眼でホック氏や私たちをみつめた。私は核心が迫っているのを感じた。彼女が話しはじめたとき、私は紙片に走り書きをして、中条警部に机の下で手渡した。警部は何気ないふうでそっと席をはずしたが、君子はそれも目に入らないようだった。

「わたくしはもとは芸者だった身でございます。しかし、望まれて男爵家に嫁したからには良人を立て、良人を愛する妻として恥かしくない女になろうと努力いたしました。あの事件があってから急速に良人はわたくしをうとましく思うようになりました。伊藤公は謝罪の意味を含めて、良人を外国公使に任命いたしましたが、本来はわたくしも一緒に外国へ行き傷手《いたで》を忘れる期間をとらせる心づもりだったのでございます。ところが……良人は単身で赴任してしまいました。わたくしの顔を見るのも汚らわしいといって――。そのくせ、伊藤公の命令には唯々諾々としたがうのでございます。結局、地位のほうがわたくしより大切だったのだ、とわかりました。どうされたわたくしは次第に心が荒れてまいりました。残ともなれといった気持で、やけを起した挙句、浅草の小芝居の人気女形《おやま》だった中村玉蔵を引き入れるようになったのでございます。玉蔵は着物を着れば女よりも女らしく見えますが、性質は邪《よこし》までした。着物を脱ぐと男らしく、そのなんとも不思議な倒錯の魅力にわたくしは溺《おぼ》れてしまったのでございます。それを見て見ぬふりをしてくれたのが家令の佐伯でした。――良人が遠い外国に行ってわたくしが残っているのを知ると、伊藤公はまたわたくしを幾度か呼び出しました。あの方は維新の元勲でございましょうが、女を女とも思わぬ方でございます。こんなことをしていたらと空恐ろしくなって、御交際をお断わりいたしましたとき、公はそれなら一つやってもらいたいことがある。近く陸奥宗光様からある文書を見せてもらうことになっているが、その文書を自分たちが見る前に盗んでもらいたい。場所は鹿鳴館で、陸奥様にはそこへ持ってきてもらうことにし、そのとき文書のそばにだれもいない状況を作るからというのでございます。わたくし、盗みなどという大それた真似はできませんとお断わりいたしますと、それでは戸栗君の名に傷がつくことになる。彼の生殺与奪の権は自分が握っており、生かすも殺すもわたくし次第だとおっしゃいます。良人を裏切ったわたくしですが、それ以上裏切りを重ねることはできません。男爵家の家名に傷がついては、と佐伯に相談しましたがいい知恵が浮ばず、そのうちむかし馴染《なじみ》の栄吉さんを思い浮べたのでございます……」

いつの間にか警部が戻って席についていたのも知らず、私は彼女の言葉を聞き、その一区切りごとにホック氏に通訳していた。いま、気づいてみると、いつの間にか扉を背に、男爵夫人のうしろに隣室の陸奥宗光が立っていた。彼は私と眼が合うと、そのままというふうに眼で合図をした。

「みなさま方はわたくしを多淫《たいん》な女と思われるでしょうが、わたくしが心から愛した人は栄吉さんだけでございました。でも、壮士として御府内追放された栄吉さんとは会う機会もなく、その後、むかしの同輩から聞いて神保小路に戻っているのは知っていたので、思いきって会いに行ったのでございます。そこで見た栄吉さんはむかしの栄吉さんではございませんでした。お絹さんという女の人に好かれて一緒に暮していても、すっかり変ってしまった栄吉さんでした。わたくしは後悔しましたが、栄吉さんはすぐに引受けてくれました。佐伯がその際の手引をしたのは、そちらのホック様がいわれた通りでございます。ところが、盗み出したら文書はすぐにわたく

「お絹は栄吉に救出されてしまった。そして、ふたりは浅草の山吹綾太夫の小屋に一時かくれたんだ……」

と、私はいった。

「栄吉はわたくしをおどかすとき、文書はだれにもわからないところにかくし、それを自分の店で焼いた香炉のふたに暗号として記したといっておりましたので、結局、それを奪うために、ザブルーニン大佐はお絹をつかまえたのでございます」

「だが、大佐はふたを見逃し、お絹の口からも何も聞き出せなかった。今度は雇われた壮士くずれの坂巻諒たちがお絹を誘拐した。――しかし、それよりも前、栄吉が殺されたときはどうだったのだろう？」

「栄吉さんはわたくしの返答を聞く必要があるので、わたくしに連絡してまいりました。綾太夫の小屋にかくれていることも知っておりました。栄吉さんはロシア人に狙われるのは別の理由からで、わたくしには関係ないと思っていたようでございます。わたくしの連絡係を買って出たのが玉蔵でございます。玉蔵は白昼女の格好をして道を歩いていても、だれも男と気づかないほどでしたから、栄吉さんも女と思って気を許していたのでしょう。ところが……」

「ところが？」

「わたくしが千円という大金はおいそれとできないとしに渡す手筈《てはず》でございましたのに、栄吉さんもお絹さんも手ぶらで、もし、欲しければ千円で買え、とわたくしをゆするのでございます」

それで文書が依頼主に渡っていない点が理解できた。おそらくこのようなことであろうとはホック氏が推察したとおりである。

「千円というお金は大金でございます。わたくしは佐伯に相談いたしました。同じころ取り乱したわたくしの態度を怪しんだ玉蔵にも話してしまったのでございます」

「坂巻という壮士を雇ったのは佐伯ですか？」

と、ホック氏がいった。

「はい。金で雇える壮士を使って取戻そうと考えついたのは佐伯でございます」

「と、同時に佐伯はロシア公使館の駐在武官であるザブルーニン大佐にも内通したのだ。文書がロシア側にとって重要なことを知って、そのことを知らせたので、ザブルーニン大佐は、栄吉の店を襲い香炉のふたを探したり、お絹をみつけ出して古寺に監禁したりしたのだね」

「わたくしはくわしくはそのことを存じません。佐伯が以前からその大佐とやらと親しく、大佐に懐柔されていたことを知ったのは、ずっとあとでございました……」

いう返事を玉蔵に託し、玉蔵は芝のお寺で栄吉さんと会う約束をしました……」

「なるほど。そのあとをザブルーニン大佐の息のかかった人間とホック氏がつけた。そして、それぞれ大佐やぼくたちを呼ぶために、目を放した隙《すき》に玉蔵が寺を訪れて、栄吉を殺した……」

「玉蔵は単にゆすりの相手と信じて、片づけてきたというのでございます。殺さなくてもいいのに、玉蔵はわたくしへの忠義立てで殺してしまったのでございます」

「いや、玉蔵は男爵夫人の弱味を握っておいて、そのことを種にこれから先、ずっと金をしぼりとる気だったかも知れないよ」

と、ホック氏がいった。

「そして、坂巻たちの登場だ。同時に茂木啓輔はぼくの話を聞いて壮士仲間をたずね、一口乗せろといったにちがいない。坂巻も茂木も栄吉もむかしはみんな自由民権を旗印《はたじるし》に馳《は》せ参じた同志だったのに、そのだれもが志を曲げて金のために狂奔するごろつきに変っていたのだ……」

「茂木という人は坂巻に会い、背後のわたくしの存在を嗅《か》ぎつけて、わたくしのところへやってきてゆすったのでございます。五十円出せというので銀行から下ろしたばかりの札をあたえましたところ、隣室で聞いていた玉蔵がまた邪魔な奴が出てきたと……」

「口封じのために殺したのか?」

「はい。渡したお金は三十円余りしかみつかりませんでしたが、玉蔵はそれを持って帰ってきました。虫ケラのような奴には勿体《もったい》ないから持ってきてやったと……」

「玉蔵という男は残忍冷酷な一面を持っている異常な男に違いない」

と、私はいった。静岡の興行先での中村新十郎の言葉でもわかるが、尋常普通な人物ではなかったようである。私は女よりも女らしいくせに、武術にすぐれ、馬や棒をよくする奇妙な男に不気味な感じを抱いた。医学的にいうならばかなり倒錯的なところのある性質で、抑圧されたものが意識下にいつでも爆発する残忍性となってひそんでいたのであろう。

今更ながらに私は茂木啓輔の死に思いを馳せた。私が三田栄吉捜索を依頼しなければ彼は死なずにすんだはずなのである。彼が君子から金をゆすったあと、私に十五円を返しに来たのは、貸借関係なしの状態で歩のいいほうへつこうとしたからであろうか。

「坂巻はお絹がモトの家へ来る途中で誘拐し、彼女に香炉のふたの行方か、文書のかくし場所を白状させようとしたのだね?」

と、ホック氏がいった。

「はい。お絹さんという人は栄吉さんの死を知って、自分もあとを追う気でいたものですから決して口を割ろうとはせず、持て余しているところへ警察が嗅ぎつけたらしいということで、わたくしは玉蔵に馬車でわたくしのもとへ来るように連絡しました。そして事情を話し馬車でお絹さんをとりあえず玉蔵の家へ運ばせたのでございますが、その夜、お絹さんは舌を嚙《か》みきって死に、玉蔵は死骸を牛ケ淵へ棄《す》てたのでございます。このころになりますと、わたくしは物事がわたくしの知らないところで発展して行くのと、玉蔵に対しておそれおののくようになっておりました。わたくしのしてまいりましたことを思うにつけ、その業の深さがこわいくらいでございました。それまではこれもあれも戸栗の家を守るためと思ってやってきましたが、今夜、陸奥さまからお呼びがかかったときは、もしかしたらと思って、覚悟はしてまいったのでございます……」

「わかりました。考えてみればこの事件の登場者はみななにかの犠牲者なのですね。栄吉も茂木も坂巻たちも、志を中途で挫折《ざせつ》させられた人々だし、男爵も夫人もそうです。生前、一度も会ってはいないが、不幸な人生を送ってきたお絹だけが、男のために愛情をつらぬいて殉じていったのだ……」

「そうかも知れぬ。だが……」

これまで背後に立ったまま、黙然と男爵夫人の言葉を聞いていた陸奥宗光がいった。君子ははっと振り向き、宗光を見ると立上りかけてめまいに襲われたように椅子に頽《くずお》れた。

「中条君！」

警部はさっとテーブルをまわって、椅子から落ちようとする夫人を助け起した。宗光はホック氏の横へまわってきた。

「だが……」と、宗光はいった。「新しい時代を築くためには、多少の犠牲者が出るのも止むを得ぬ。日本は他のアジアの国々の轍《てつ》を踏むことはできぬ。国力を充実し涵養《かんよう》することが焦眉《しょうび》の急なのだ。――榎君、文書はあったのかね？」

「ここに……」

私は懐中から和紙十枚ほどを綴《と》じた文書を取り出した。宗光の目が大きくなった。

「どこにあった？」

「この文書が盗まれましたこの鹿鳴館の部屋に――。その部屋の壁にかけられた白馬の絵の裏に。香炉のふたの暗号は栄吉がそのむかし親しんだ天空のペガソスの座を示しておりました。天馬は洋の東西を問わず白馬。白馬のあるところは現場の壁の額しかございません。栄吉とお絹は男爵夫人の仕事を引受けたとき、すでにこれまでの泥沼のような生活からはい上ることを計画し、文書を手許《てもと》に置くのは危険だと考え、盗みはしたものの持ち出さなかったのです。そして、お絹はかくし場所を教え、栄吉は制作中の香炉のふたに咄嗟《とっさ》にペガソスの図を小穴で示したのでしょう……」

「――よくやってくれた。最後の一点が解明せぬかぎり断言できないといっていたのは、ここで現物を発見できるかどうかを心配していたのだな。内容を……見たか?」

と、宗光は私をみつめた。私は彼の眼を見返してゆっくりと首を振った。宗光の眼にふっとやわらいだ影がよぎった。彼はうなずいた。私は無言で頭を下げた。

宗光は私の心を読んだにちがいない。私は額の裏から文書を取り出したとき、確認のために眼を通していた。

「男爵夫人……」と、宗光はハンカチを眼に当てている君子に呼びかけた。「あなたが夫君の跡を追って異国で数年を過されたら、夫君はきっとよろこんであなたを迎えてくれると思う。公使という激烈な職務には傍にいてあげる人が必要だ。もし、そのつもりならわしが手紙を書いてあげよう……」

彼は文書を受け取って内容を確かめると、御苦労だったとホック氏と私にいって、大股《おおまた》に部屋を出て行った。夫人がこらえきれずに声をあげて泣き伏した。

「中条君、夫人をお送りしてくれないか。そして、佐伯と金で雇われた坂巻たちを逮捕してくれたまえ」

「かしこまりました。包丁と匙を使い損ねて残念ですな。――さあ、行きましょう」

警部は夫人に手を貸して部屋を出ていった。

私は急に人の少なくなった室内を見まわし椅子に腰を下ろした。室内のただならぬ様子に入室を控えていた給仕人が入ってきた。

「お客様はお帰りですか?」

「ぼくたちは食べるよ。メニューによればこのフィレ・ド・ブッフ・ア・ラ・ペリゴールというのが美味《おい》しそうじゃないか。それと、このワインもすばらしい味だよ。――しかし、どこの国でも女は些細《ささい》なことからとんでもない方向に事件を発展させるねえ……」

と、ホック氏は眼前のグラスをあげ、私に乾杯をさそった。私もグラスを取り上げ宙でグラスを合わしたものの、事件がすっかり解決したという爽快《そうかい》感はなかった。むしろ、私の心を満たしていたのは、この事件で無用の犠牲者となった人々であり、宗光のいった〝多少の犠牲者が出ても止むを得ぬ〟という言葉であった。

私が垣間《かいま》見た問題の文書は、陸奥宗光が近い将来、必ずや清国と戦うことを前提として、そのときイギリスから戦争資金の借款を得たいという秘密の覚書であったのである。

宗光の盟友伊藤博文は親露派である。強大なロシア帝国をいま怒らせたら日本はひとたまりもないと考えている。宗光のほうはロシアの極東進出と、それを阻止しようとするイギリスの東洋政策をひそかに断ち切ろうとして、イギリスとの対等の同盟を考えている。朝鮮《ちょうせん》に宗主権を持つ清国と征韓論《せいかんろん》以来の日本とは必ず衝突することを見越して、有事に備えてイギリスを日本の味方につけておきたいと考えている。ロシアをにらみつつ、イギリスが清や朝鮮に干渉するのを避け、日本だけが朝鮮と清を屈服させる、それが陸奥の狙いであった。

この文書を伊藤、井上などの面前に提出して親露派の伊藤を翻意させることが当面の宗光の目的であったのだろう。事実――三年後の日清戦争では伊藤博文は首相となり、宗光は外務大臣として戦争を遂行し、ロシアとイギリスの東洋進出を阻止することに成功した。

だが、明治二十四年当時の伊藤はイギリスに接近することでロシアを怒らせることを気にかけていた。宗光の文書の内容をうすうす感じた彼は第三者の証人の前で、内容が公けにされて閣内の意見が英国に傾く前に文書の消滅を意図したのではないだろうか。

しかし、伊藤公に迫る証拠はない。伊藤博文は現在も未来も宗光と盟友でありつづけるだろう。それが政治だ。新しい日本、富国強兵の道を邁進《まいしん》するこの国の政治の蔭で、時代から疎外された人々は倒れても顧みられないのかもしれない。

「モト。ぼくたちは目的を果した。いまはそれで満足すべきじゃないかね」

私の顔色を読んだようにホック氏がいった。

「そうだな。そのうち、お絹や茂木啓輔の墓に詣《もう》でてやろう。そうしよう……」

ホック氏はうなずき、ワインで咽喉《のど》を湿らせて声をあらためた。

「短い日本での滞在はぼくにとって貴重な経験だった。きみに心から礼をいうよ」

「そういえばきみとのお別れも近くなった。ぼくにもきみという友人ができたのが、本当にうれしかった。さびしくなるね」

「きみに一つ告白しておかなければならないことがある。このまま黙って別れたのではきみを騙《だま》すみたいで心苦しいのだ」

と、ホック氏はいった。

「いったいなんだい？」

「ぼくが悪漢に生命を狙われているということはすでに話した。ぼくは死んだことになっているが、完璧《かんぺき》を期するためにヨーロッパを旅立ったときからずっとサミュエル・ホックという偽名を使ってきた。日本に来たときの外務省の兄の添書にもその名が書かれてあるのでフレーザー公使すらホックという名だと思っている。上海《シャンハイ》からチベットに潜入する際は、さらにノルウェー人ジーゲルソンと名乗ろうと思っている。――いつか、ぼくの本当の名を知ることがあると思うのだが、いまいった事情で伏せておきたい。そのことだけ知っておいてほしいのだ」

「……わかった」と、私はいった。「きみの本名を聞きたい気持は山々だが、敢えて聞かずにおこう。ぼくにとって、きみはいつまでもサミュエル・ホック君だよ。それていいだろう?」

「ありがとう。サミュエル・ホックのイニシアルのS・Hが本名のイニシアルでもあることだけはいっておこう……」

彼は手を伸ばして握手を求めた。私は両手を出して彼のあたたかい繊細にして強健な手を長いあいだ包みこむようにして握りしめていた。

エピローグ

曾《そう》祖《そ》父《ふ》榎元信の手記は、あと少々あった。その部分はこれまでの文章がどのようなものであったかを知るよすがにもと、原文のまま掲げることにする。

送別の刻は来《きた》れり。翳《かげ》りなき青天に白日燦《さん》として輝き、海濤《かいとう》穏かにしてはるか安房上総《あわかずさ》の山の模糊《もこ》として紫に霞《かす》むを見ゆ。ここ横浜港沖合に碇泊《ていはく》せる米国郵船ルリタニア号目指して、ホック君等船客を満載せる端艇《たんてい》は漕《こ》ぎ行きぬ。手を振る余の傍には多喜と元晴も共に名残りを惜しみて手を打ち振りぬ。それに応《こた》えしホック君の姿も、もはや視程を出でておぼろなり。彼我の間、およそ六百米突《メートル》。余には雲烟《うんえん》万里の彼方とも覚ゆ。嗚呼《ああ》、ホック君。相交われるはわずかなれどいかなる人にもまして君との交遊の深からんことを想い、涙、滂沱《ぼうだ》としていつか余が双頰《そうきょう》を伝われり。

さるうちにも煙突より黒煙を上げ、ひびく汽笛の音とともにルリタニア号は出航の時となれり。ゆるやかに進むとも見えぬその姿は次第に速力を増加し、船尾に白き水脈《みお》を引きつつ蒼《あお》きわだつみの涯《はて》に消え行きぬ。余等はなおも暫《しばら》くたたずみたるも、いつか吹き渡る冷涼の潮風に我に還りぬ。周辺を埋めつくしたる歓送の客もいつしか立去りて、気づけば岸壁に残れるは余等のみなりき。余は懐中より君が記念として余に賜わりたるクレーのパイプを取り出し、一入《ひとしお》の感慨を以て眺め入れり。

これよりは余も平常の生活に戻りて医師としての職分を尽すべし。老いて隠棲《いんせい》のとき至らば、英吉利《イギリス》はサセックスの海辺にて養蜂《ようほう》と晴耕雨読の内に余生を送りたしと語りたる君が言を想起し、幸いにして機あらばその地を訪ねて再会の喜びに浸れることを望むや切なれど、その機会の来るや来らざるや如何《いかん》とも計り難し。ただ、いまは君の海路の平安、探検の無事を祈るのみ――。

なお、誌《しる》すべきことあり。中条小警部、梶原刑事の活躍にて戸栗男爵家の家令佐伯某は捕縛《ほばく》され、その自白に拠りて壮士坂巻諒等一味はことごとく縛に就きたり。露西亜《ロシア》側はかねてより佐伯を買収し、政治向きのことにて露西亜に関連ある事柄を聞きたれば、ただちに通報すべしとの意を授けいたる由にて、佐伯は密偵たりしこと明らかになりぬ。同様の密偵を各所に潜入せしめ、邦家の動静を探索せる形跡もあり、まことに容易ならぬことなりせば油断せざるが肝要なり。戸栗男爵夫人は一時、剃髪《ていはつ》の志固けれど、近々、異国の夫君を逐《お》って日本を離れる由、仄聞《そくぶん》せり。

佐伯、坂巻等の捕縛に功ありし中条小警部はこのほど大警部に、梶原一等巡査また小警部に昇進せり。その喜びいかばかりとぞ。

かのときから歳月は流れ、時勢は大転換をなしたり。陸奥宗光公の予見せるごとく、日本は清国と干戈《かんか》を交えて大捷《たいしょう》せり。国民の間には次なる敵は露西亜なりと早くも声を大にして叫ぶ者あり、余ははたして尊き血を流して国権の伸張を画すべきや否や疑いを抱けり。その蔭に犠牲となりて消ゆる衆庶のあるに想いを至して余は暗澹《あんたん》とするのみ――。

一八九六年秋記之《これをしるす》

あとがき

推理小説の歴史のなかで、名探偵は星の数ほどあるが、そのなかでもっともポピュラーな外国の名探偵はシャーロック・ホームズであろう。

コナン・ドイルの原典ではホームズは一八九一年五月四日にスイスのライヘンバッハの滝で、悪の帝王ジェームズ・モリアーティ教授と争い、彼を倒したものの自分も死んだとみせかけて失踪してしまう。実はそこでホームズが死んだことにして、ドイルは筆を折りたかったのだが、読者の要望に押されて、しぶしぶ〝空家の冒険〟でホームズを復活させる。

このとき、ワトスン博士に三年間どこにいたかを語るのであるが、それによれば東洋に行き、チベットへ旅をし、ノルウェー人ジーゲルソンの名で探険記を書いたという。

この三年間の空白を埋める試みはいくつものパスティッシュで行われたが、ニコラス・メイヤーはホームズのコカイン中毒治療のために秘密裡にウィーンにいたという設定をした。〝シャーロック・ホームズの素敵な冒険〟がそれである。

この三年の空白はホームズの物語を愛する人に自由な想像の余地をあたえてくれる。そこで私は〝原典〟に忠実にホームズが東洋を旅したとして、敬愛するシャーロック・ホームズ氏を日本に招待したのである。ホームズのその時期は日本では明治の中期にあたる。近代国家をめざしながら、まだ将軍の時代の雰囲気が色濃く残っていた時代である。日本も鹿鳴館の舞踏会と馬車とガス灯の時代だった。なかなかロマンティックではないか。イギリスの名探偵が当時の日本を見ると、どんなリアクションをおこすか、ひとつやってみよう——。

ホームズについては実にたくさんの研究書が出ていて、ことこまかく分析が行われている。そのなかにはもっともなものもあり、首をひねるものもあるが、この作品はすべてドイルの〝原典〟に準拠した。たとえば〝緋色の研究〟でワトスンが、ホームズの知識分野に言及し、天文学の知識はゼロといっているが、ほかの作品では必ずしもそうでないようなところもある。しかし、あえてワトスンの言葉を前提としたというふうにである。

初出のときにいくつか注をつけることも考えたが、あえてそれは省略した。固有名詞や会話のなかに本来の〝原典〟から借用したものがあるので、ホームズ物語の好きな人はそれを探していただきたい。

ホームズ物語は英語の教科書にも使われるほど明快で

一種格調のある文体で書かれている。ドイルに似た文体で書こうと気負ってみたが、やはり自分の文体になってしまったようである。この小説でいちばん時間がかかったのが、当時の英国公使の名前と当時のイギリスの花の生産地を調べることであった。前者は外務省の倉庫を調べてもらって掘り出し、後者のほうは三日間、古い本をひっくりかえしてみつけた。

この作品は思いがけなく第三七回の日本推理作家協会賞の長編部門の賞を受けた。その後〝ホームズ百年〟の行事が世界のシャーロキアンのあいだで行われ、たまたまホック氏の続編を書かないかと依頼があって、日本を去って中国に向ったホック氏を書いた〝ホック氏・紫禁城の対決〟〝ホック氏・香港島の挑戦〟の二作があるが、私の内部ではこの日本編がやはりなにかと思い出のある作品となっている。明治ものを書くようになったのも、この作品がきっかけであった。

（天山文庫、一九八九年三月）

ダンシング・ロブスターの謎

　一八九一年（明治二十四年）の秋は、私にとって生涯忘れ得ぬ季節であった。それというのも、そのころ農商務大臣陸奥宗光の主治医であった私は、宗光が紛失した外交文書にかかわる事件を、折から日本に滞在していた英国人サミュエル・ホック氏とともに解決すべく日夜奔走していたからである。

　この事件はホック氏の明敏鋭利な洞察と推理なくしては解決の曙光だに見出せないものであったが、そうしたさなか、本来の任務とはまったくかかわりなく起きた不可解な『踊る海老《ダンシング・ロブスター》』の事件のことも、私としては記録にとどめておかなくてはいけないと思うのである。

　さいわいにして事件は、ホック氏の手腕によって一日にして全貌をあらわにするを得たが、それによって私がますますホック氏に畏敬の念を新たにしたことは特記する必要がある。

　事件を私が知らされたのは、前夜来の風雨が去って朝から雲一つない晴天となった十月一日のことであった。外交文書に関する捜査の便宜上、青山の拙宅に寄宿してもらっているホック氏は、私が縁側に立って庭の嵐で折られた木々の無残な姿をながめているところへ出てきて、おどろいたようにいった。

「予想外にひどい暴風雨だったね。美しい庭もこれでは見る影もない」

「それよりもきみこそ一晩中、風雨の音で安眠できなかったのではないかね」

　私は丹精こめて咲かした菊の花弁が散り、盆栽の鉢がいくつもころがった庭をながめていた目を、ホック氏に向けた。

「ときどき音で目をさましたが、元来、ぼくは短時間の睡眠で充分なように訓練しているのでね。風雨がおさまったころからはぐっすり眠れたよ」

　私がいくらか睡眠不足であるのにひきかえ、ホック氏の顔色は、いつものように精気に充ちていた。そのとき、妻の多喜が私たちの背後から声をかけてきた。

「神田の小田様がおいでですけど……。ひどくあわてている御様子で……」

「神田の小田というと、小田病院かね？」

「はい」

私はホック氏に失礼と断わって、玄関に行った。そこに立っていたのは、かねてから親交のある小田慎三医学士であった。彼は神田須田町に内科の病院を経営している。なかなかの経営的手腕を持っていて、ここ数年のうちに改築を重ね、二十名近くの入院患者を収容する病院に発展させていた。鼻下に口髭を生やし、小肥りの身体を黒の三つ揃いの背広に包んだ小田医師は、多喜がいったようにいつもの悠然とした態度はどこへやら、蒼白な顔で落着きなく身体を動かしていた。

「おお、榎君、非常の事態が発生した。なにはともあれ、親友のきみに相談したいと駈けつけてきたのだ。このままではわしの信用は地に落ちてしまう。わしは絶対にまちがえなかった。そんなはずはないのだ……」

挨拶も抜きで早口にいわれて私はいささか面喰《くら》った。よほど、動転している様子である。

「落着いて事情を話してくれないか。ともあれ、上ってくれ」

「失敬した。しかし、このままだとわしは破滅だ。混乱していて、なにをいっているか自分でもわからん……」

居間に招じて、とりあえず小田君の動揺を静めるために、私はブランデーをグラスに注いで渡した。彼はかすかにふるえる手で、一口に飲みほし、深い息を吐いた。顔色に赤味がさしてきて、多少、冷静さを取り戻したようである。

そこへ、ホック氏が入ってきた。彼は来客と見ると会釈をして戻ろうとしたが、私は彼を呼びとめ、小田医師を紹介した。ホック氏は立上った小田君の手を握った。小田医師は意外な西洋人の出現に、一瞬、びっくりしたようだったが、それでも英語で挨拶した。

「この部屋にパイプを置いたと思ったのでね。――ああ、あった。それではぼくは失礼しよう」

「榎君。この方は探偵といわれたな」

小田医師が私にいった。私はホック氏を英国で探偵に従事している人であると紹介したからである。

「そうだ」

「では、わしの話を聞いてもらえないかな。かの地でもわしの身に起ったような事例があるかもしれん。あるいは新しい観点から忠告していただけるかもしれん……」

私は小田医師の話がいかなるものか想像がつかないながらも、切迫した様子に押されてホック氏を呼び止めた。

「順序立てて話そう。事件は昨夜、起きた。あの嵐の最中だ。榎君もご存知のとおり、わしの病院は入院患者を十八名収容できるが、きのうの時点では個室に一名、大部屋に三名、都合四名の入院患者しかいなかった……」

小田医師はようやく話しはじめた。

個室の畳敷六畳の部屋は一階の診療室の奥、大部屋に隣り合わせた廊下のはずれにあって、そこに入院している患者は、鍛冶町《かじちょう》の呉服屋の女主人で大須賀まつという者であった。

まつは当年とって四十二歳であるが、かつては町内の小町娘とうたわれた容色をいまだに残して、二年前に主人を卒中で亡くしてから、後家を立てているもののいくつかの浮いた噂をささやかれている評判の美人である。死んだ主人とのあいだに子がなく、しかも身代は界隈でも指折りであったから、まつを狙って食指を動かした者も二人や三人にとどまらない。

ところが、まつには生来、心臓の持病があって、それがこのところ悪化した気配で先頃より小田病院に入院し、療養につとめているという次第であった。まつの病状は心臓の弁膜に故障があり、小田医師の所見では一生不治であろうということである。

昨夜は夕刻より風雨が烈しさを加えたが、午後の十時をすぎて突然、まつは呼吸の困難を訴え、その症状が常よりも重かったところから、小田医師は強心剤を注射し、症状のおさまったのを見て自室に戻った。

まつの部屋から甲高い悲鳴が聞こえたのはその直後、おそらく十分とはたっていないときであった。小田医師が駈けつけてみると、まつは苦悶に顔面をゆがめ、布団から半身を乗り出し苦しんでいた。医師はただちに応急の手当てをほどこしたものの、その甲斐なく二十分後にまつは絶命したのである。

その直前、まつは必死になにかを訴えようとしたが、医師に聞きとれたのはわずかに次の数語であった。

「……海老が踊ってあたしを……」

医師は聞き返したが、それきりでまつは息絶えたという。そのときには騒ぎを聞きつけて、大部屋の患者のうちふたりまでが個室に入ってきた。患者はふたりとも男で、どちらも数日中には退院を予定されていたほどなので、ただ事ではないと飛出してきたのであろう。

「わしは死に際してあらぬことを口走ったと思っているが、それはさておいて次の日になると、というのは今朝のことだが——八時ごろまつの店の番頭がやってきて、女主人はわしの注射が原因で死んだというのだ。その証拠に、注射した左腕が上膊部全体に青黒く腫れ上っているが、通常ならばそんな状態にはならないはずだ。そして、わしがまつを殺したといきり立つ始末。こんな医者にかかったのが女主人の身の不運。出るところに出て結着もつけるが、町内中、いや東京市中に触れまわってやると大声で声を荒らげるのだ。営々と築いてきたわしの病院の評判も、そんなことをされたらたちまち地に落ちてしまう。ここでわしが自身の診療を正しかったと主張しても、客観的に立証できんので、榎君、ぜひともきみにお願いして、まつの死の原因を判断してもらいたいのだ」

「なるほど。きみ自身はどう思っているのだね?」

小田医師が誤診を叫ばれたからといって、このように狼狽するからには、本人も身にいくらかおぼえがあることではないか、というのが小田君の話を聞きながらの私の感想であった。

「わしはまちがいなく適量を注射したと信じているし、薬も常用しているもので、ほかの薬品と取り違えたということは断じて有り得ない」

「それならば堂々と所信を述べるべきではないかね。医学に無知な人間の中傷に、いちいち医師があわてふためいていたら、身が持たないのではないかね」

「もちろんそうだ。ところがあまりにも異様な症例なので、わしはおどろいて自分でも信じられなかった。とにかく、見てきみの所見を聞かせてくれないか」

私としては小田君の願いをむざむざ断わるのも気がひけた。なにしろ、もっと重要な事件のほうが気にかかった。だが、おなじ医師として、死んだ女主人の症例に職業的興味をそそられたことも否めない。小田君は自分では自信があるようなことをいっているが、その実、内心では誤った治療をしたのではないかと恐れている様子だ。私はそこで、もし、小田君の治療が誤りとわかればどうするかとたずねてみた。

「いさぎよく非を認め、適当な慰謝料を考慮しよう。だが、あまりにもおかしいので……」

私はホック氏に簡単に経緯を説明した。すると、ホック氏の灰色の目が輝きだした。ホック氏は話の途中から、いつものように吸い出していたクレーのパイプの灰を、灰皿に落としながら、

「通常、薬品によって引起される死は、人間によってその薬品に拒否反応を起す場合だが、ぼくはその未亡人がいった『踊る海老《ダンシング・ロブスター》』という言葉に興味があるね」

と、いった。小田医師は私の通訳を待たずに叫んだ。

「それは死に際しての意味のないたわ言です。混濁した意識下の妄想でしょう。なんの意味もないと思いますよ」

「ぼくも多少は医学の知識があるのです。よろしければミスター・エノキと同道して、未亡人の死体を一見したいものですね」

「どうぞ、どうぞ。証人は多いほど結構です」

ホック氏は私を見返っていった。

「何時間かをこの件にさく余裕はないね。ちょっとのぞいてみようじゃないか」

私たちは須田町へ馬車を走らせた。小田病院で私たちを待受けていたのは、険悪な表情をしたまつの店の番頭と、ふたりの屈強な男であった。

「おやおや、尻に帆かけて逃げ出したのかと思っていましたよ。外人さんをお連れになって、一体、なにをなさろうというんです。お内儀さんの亡骸《なきがら》を引取りたいんですがね。まったくひどいもんだ。治る病いも、やぶにかかっちゃ重くなるばかりか、盛殺《もりころ》されてしまうんだからね」

番頭は四十代半ばの色の浅黒い四角張った顔の男であった。左右の屈強な男は知合いの者だといったが、彼等は物もいわず私たちをにらみつけていた。

私たちはともかくも奥の死体がまだそのままにされている個室に通った。

「これはひどい……」

大須賀まつの死体を見たとたん、私は思わずつぶやいた。浴衣からのぞいている左腕は青黒く腫れて変色しているが、その腫れは肩の付根まで及んでいる。まつの表情には苦悶というより恐怖に似た表情が凍結したように刻みこまれていた。

「彼女はきみが駈けつけたとき、半身を乗り出していたんだね?」

「うむ。ひどくあばれたような気配だった。あられもない格好も気にしなかったようだ」

「これは薬品の反応じゃないね」

腕をみつめていたホック氏がいった。

「ぼくもそう思える」

「わしだって疑っている。だが、薬でないとするとなんだ」

小田君は沈んだ声でいった。

ホック氏はたずさえてきた小型の、往診鞄に似た鞄から大きな天眼鏡を出して、詳細に腕を調べた。

「注射は何本射ったのですか?」

ホック氏は小田君に聞いた。

「もちろん一本です。ジギタリスを主成分にした強心剤です。患者は常にこれで発作は軽くなりました」

「見たまえ。皮膚が腫れて変色しているのでわかりにくいが肩に近い腕の内側に、針をさしたようなあとがあるが、注射は通常こんな場所には射たないものだ。――おや、これはなんだ」

ホック氏は天眼鏡をのぞきこみ、さらに鞄からピンセットを取り出して、注意深くなにかをつまみ白紙に置いた。

「なんだね？」

「極めて興味あるものだよ。人間の邪悪と想像力に限界はないようだ。――この女性は殺害されたのだよ」

私と小田君とは同時におどろきの声をあげた。

「殺されたとおっしゃるのか。し、しかし、外部から何者も侵入した形跡はない。昨夜はあの風雨だから、いつも以上に戸締りは厳重にし、寝る前に妻と住みこみの看護婦とわしの三人が、各部屋を見まわったのだ。この部屋だって、窓には固く錠をかけてあった」

小田君は抗議の声を高くした。

「ぼくは外部から何者かが侵入したと断定したわけではない。もう少し、調べなければ結論は出せないよ。だが、これが殺人であることだけは断言できる」

ホック氏はそれから実に一時間のあいだ、まったく無言で個室はもちろん、縁側も、さては隣室の三人の入院患者のいる大部屋まで、四つんばいになって天眼鏡で調べはじめたのである。

私はホック氏の方法を全然知らないわけではなかったからまだしも、小田君は毒気を抜かれたようにホック氏の所業をながめ、はては小声で私にたずねるのであった。

「あの人は正気なのかね。どういう人物なのだね？」

「英国では女王陛下の信任も厚いといわれる有能な探偵だよ。奇妙な方法だが、事物に対する洞察力は抜群だ。信頼して委せておけばよい。必ず的確な判断を下してくれるだろう」

ホック氏は突然、ほおっと声を出し、ピンセットでなにかをつまんだ。いつも決して血色のいいとはいえない顔色が、紅潮し、目が鋭く光を帯びていた。

「かなりの収穫があったといわざるを得ない。むろん、速断は危険だが、犯人は昨夜この家の内部にいた者にちがいない。たとえば被害者と何等かの関係のある人間はいないかね。患者と主治医のミスター・オダのほかに……」

小田君は犯人が内部の者だと聞いて、さらに衝撃を受けた様子であった。

「まさかと思うが、内部の者となると病院関係者を除いて三名の入院患者しかいない。三人が三人とも呉服屋の女主人のことはある程度、知っている。なにしろ、おなじ町内の者ばかりだからね」

「三人はどういう人物だね？」

と、ホック氏が聞いた。

「まず松《まつ》ヶ枝町《えちょう》の金物屋の主人で、磯部弥太郎。肝臓で三月も入院している。六十七歳の老人です。次に鍛冶《や》町に住んでいる香具師《し》の遠藤佐吉、二十六歳。これは急性の食中毒で三日前に入院させたが、もう軽快したので退院させようと思っている。三番めはやはり鍛冶町の鳶《とび》の頭《かしら》で、腎臓を冒されていたが回復したので、近々、院してもらおうと考えています。名前は桜井源三、五十八歳。といったところですな」

ホック氏に香具師と鳶の職業を説明するのに手間どったが、なんとか理解してくれたようであった。

「昨夜から今朝にかけて訪問客はあったかね？」

と、ホック氏がたずねた。

「いや。客といえるかどうか知らないが、やってきたのは呉服屋の番頭で、これはわしが女主人の死を知らせた昨夜十一時前に駈けつけてきた。それから、あの連れの得体の知れない男たちが今朝早くやってきた。遺体を運ぶためだというのだが、わしが他の医師にも立会ってもらって死因を確認してからでないと渡せないというので、ああして居坐っているんだ」

その番頭とふたりの男が、そのときしびれをきらしたのか、私たちのいるところへ無遠慮に入ってきた。

「いつまでぐずぐずなすっているんです？　話はあとからゆっくりつけさせてもらうことにして、早く御主人の亡骸を引取りたいもんで。こんなところにいつまでも置いておいちゃ仏が浮ばれませんからねえ……」

その憎々し気な口調に、小田君はもとより私までもかっと頭に血がのぼった。

「待ちたまえ。死因に不審な点がある。どうも注射による死亡ではないようだ。警察署に届出て、精細な検死を受ける必要があるかもしれない」

「冗談じゃありません。話を聞けば注射のすぐあと、お内儀さんは急に苦しみだしたというじゃありませんか。ほかにどんな不審があるというんです。お医者さん同士、グルになって言いくるめようたってそうはいきません。今ごろはお宅のほうに皆さん、お集まりになって仏が帰るのを待っているんです。運ばしていただきますぜ」

「この人は殺されたのだ、といっても強引に運び出すつもりかね」

私の言葉に番頭は目をむいた。しかし、すぐに顔をゆがめて笑いだした。

「殺したのはそこのお医者でしょう。一体、だれがお内儀さんを殺したというんです」

「な、なにをいうか。わしの処置は適切だと信じておる！」

たまりかねたように小田医師は番頭につかみかかろうとした。私はそれをようやくのことで引止め、ともかくいまは動かしてはならないと厳しく言渡した。

彼等が別室に行ったところで、ホック氏は小田君に向っていった。

「昨夜、いまの男が駈けつけてきたのは午後十一時ごろといったが、帰ったのはいつごろでしたか？」

「十二時ごろいったんあたふたと風雨のなかを帰って行き、一時すぎに戻ってきて朝までお内儀のそばについておりました」

「ほかにはだれも？」

「ええ。親戚に知らせるのは夜が明けてから店の者を走らせたようで……」

「十二時ごろ帰ったとき、彼が荷物を持っていたかどうかおぼえていませんか？」

「荷物、ですか？　さあ、わしは気がつかなかった。住みこみの看護婦が玄関へ送り出したので、もしかしたら知っているかもしれません。聞いてみましょう」

小田医師は狐につままれたような表情で、看護婦にたずねてきた。

「そういえば弁当箱ぐらいの風呂敷包みを持っていたそうですよ。来たときは傘だけだったので、どうしたんだろうと思ったそうです」

それを聞くと、ホック氏は満足したようにうなずいた。

「看護婦は鋭い観察力と記憶力を持っている。そのおかげでぼくの論理がいっそう強固になったことは否めないね。あと、いくつかの断片を確かめてみることで、事件は解決するだろう」

「ほんとにきみはそう思うのかね？　ぼくにはなにも見当がつかない。さっき、きみはなにかをピンセットでつまんでいたが、あれはなんだったのだね？」

ホック氏はかすかに笑みを浮べ、半紙にくるんだ採集物を出して、私の眼前にひろげた。

「なんだね？　昆虫の足ではないのかね？」

私はびっくりしていった。ホック氏の集めたものは、明らかに繊毛の生えている赤みがかった昆虫の足の先の部分ともみえるものと、これは確かに昆虫の羽根の一部と細い足の残骸であった。後者のものは黒い色で、前者とは種類も大きさもちがうようである。

ホック氏はなにもいわず、元のようにそれをポケットにおさめた。

「さて、ここにいても仕方ない。ぼくたちは一、二時間外出しなくてはならない。その間、入院患者をはじめ、あの番頭たちもここにいてもらいたい。もし、勝手に帰るようなことがあったら、警察に勾留してもらうといえば無断で外へ出ないだろう。この国の警察を一般の民衆はだいぶ畏怖しているようだからね」

小田医師は自分の治療の責任ではないようだと知って以来、かなりの元気を取り戻していたので、彼等を一歩も外出させないと請負ってくれた。

「どこへ行くんだね？」

「まず、死んだ女性の家だ」

まつの店は若松屋といい、なかなかの店構えであるが、突然の女主人の急死で大戸《おおど》を降し、十数人の男女が集まって葬儀の支度に追われていた。ホック氏にいわれて、私は小僧のひとりを呼び出し、前夜、番頭が小田医院から戻ったとき、かかえていた弁当箱ぐらいの風呂敷包みをおぼえていないかとたずねた。

「嵐で戸をしっかりと閉めていたので、番頭さんがたたく音で戸をあけたのですが、なんにも持っていませんでしたよ。傘だけです。それもずぶぬれで、傘はおちょこになってバラバラで駄目になってしまいましたよ」

「それはたしかかね?」

「ええ、なにか持っていたら気がつくはずです。両手で差出した傘を受取ったんですから」

「何時ごろだったかおぼえているかね?」

「十二時半でしたよ。時計を見たからおぼえています。お内儀さんが亡くなったというので眠るどころじゃなくて、番頭さんの帰りを待っていたんですから」

外で待っていたホック氏にこの会話を伝えると、彼はすぐに指摘した。

「病院からここまで十分もかかっていないのに、彼は約三十分かかっている……」

「小田君の記憶ちがいかな……」

「いや。ぼくは三十分かかっても不思議ではないと思うよ」

次に行ったところは香具師の遠藤佐吉の家であった。ここは裏長屋で大家を呼び、彼の立会いの下で、佐吉の家に入ることにした。大家は表通りの西村という荒物屋であったが、見たこともない西洋人がいるのにおどろき、それも公使館から来たと私がいったので、さらに仰天してわけのわからぬまま、一緒にやってきた。

佐吉の家は六畳一間のあばら家で、戸口に鍵などなかった。男やもめに蛆《うじ》がわくというが、まさにその典型のような家で、赤茶けた畳はすり切れ、家具らしい家具もなく、しかし、商売柄か神農を祭った神棚だけは格好なものが据えられて、その左右に香具師のしるしでもあるのか赤い提灯が下っていた。

「佐吉はどんな商売をしているのです?」

と、私は聞いた。

「あちこちの祭礼《タカマチ》で見世物をやって歩いているんですよ。なんとか親分の一家とかいっていますが、ろくでもない野郎で。きっとズンブリコでもやってるんでしょう」

「なんです、そのズンブリコというのは?」

「少々、濁った水を張った水槽に、わけのわからないものが浮いたり沈んだりしている見世物ですよ。動物の膀胱をふくらませて、下に糸をつけて引っ張るんです。

田舎の人はだまされますがね。世界にもめずらしい生きものだなんて口上を述べやがってね」

私は思わず笑った。明治五年に香具師禁止令が出たが、それは名称を禁じただけで『その商売勝手たるべき事』とあるから、なんの実効も伴わない有名無実の禁止令である。

そのとき、ホック氏は小さな茶箪笥の戸をあけた。

「見たまえ！」

弁当箱ぐらいの大きさの風呂敷包みがそこにあるではないか。番頭の持っていったのはこれにちがいない。

「あけてみよう」

私は包みを取出し、風呂敷をほどいた。なかはまさしく竹で編まれた弁当箱であった。私は何気なくふたをとろうとした。

「触るな！」

ホック氏の鋭い声が飛んだが、一瞬早く私の手はふたをあけていた。そのとたん、私は恐怖の叫びをあげて、うしろにのけぞった。

箱のなかからは見たこともない異形のものが私の指めがけて飛びかかってきたのである。それは巨大なはさみを持った赤褐色の、ほぼ三寸あまりの生きものだった。

ホック氏はそばにあった火吹竹をつかむなり、逃げようとする生きものめがけて二度三度と打ち下した。さいわい、動作が俊敏でなかった怪物はホック氏の火吹竹の下でつぶされ動かなくなった。

「さそりだ。清国産のブーサス・マーテンシーと呼ばれるさそりだよ。後腹部の毒針で刺されると、人によっては致命的ともなりかねない」

「すると……」

「うすくらがりのなかで、呉服屋の女主人はこのさそりに襲われたんだよ。さそりは尾部を反らせて襲いかかる。さそりを見たこともない女主人は、それを海老と見た。形態は明らかにちがうが、海老を連想させるものがあるじゃないか。彼女には海老が踊っているように思えたにちがいない。そして、次の瞬間、追い払おうとした女主人の腕を刺した。彼女は心臓が弱っていたところへ、さそりの恐怖と刺された痛みで、急速な死へと誘われたのだね」

「きみには最初からさそりとわかっていたのかね？」

「何等かの動物の仕業であることは彼女の刺し傷を見てわかった。さらに傷口に残されていた生物の一部を見て、さそりだと推定した。女主人は海老のようなものを見たにちがいないということが、ぼくの推定に裏付けを与えてくれ、さらに食いちらかされた油虫の残骸を発見するに及んで、これが餌の残滓であると確信した。だが、それらしいものがいる気配はなかったので、これはすでに持出されたにちがいないと思った。小田医師が留守のあいだ、充分だれかが持出す時間はあったからね。その間、出入りしたのが番頭だが、店に戻ったときはなにも持っていず、しかも、病院から直行したにしてはおそすぎる。きっと、さそりを始末したにちがいないが、そのさそりは入院患者のだれかが持ちこんでいたもので、戻すとすればおそらく見世物を業としている佐吉のところだろうと考えた。さそりを入手するのは興行用だろうし、それにはきみから聞いたヤシという職業が最適だからね。日本にはいないさそりは充分見世物になるにちがいない。だから殺さないで返したと思った」

「では、佐吉が……」

「番頭と共謀して、わざと軽い食中毒を起して入院し、心臓の弱い女主人をおどしてあわよくば殺そうとしたのさ。もっとも主犯は番頭にちがいない。動機は店と財産の横領かな……」

「すぐに警察に知らせなくては」

「帰りに寄ろう。番頭は自分にアリバイがあるから、犯罪が露顕したとは思っていまい。早く女主人の死体を葬りたくてうずうずしているはずだ」

――すべてはホック氏の明察のとおりであった。番頭は相当に店の金を使いこんでおり、発覚を防ぐと同時に、より多く店の財産をわがものにするため、香具師の佐吉を抱きこんでこの事件を計画したのであった。彼等は捕縛され、小田医師の名誉が回復したのはむろんである。

佐吉の長屋の大家とは、その後一、二回会う機会があったが、そのとき彼がこんなことをいったのを私はおぼえている。

「家で仕立物を頼んでる娘に、あの話をしてやったら面白がっていましてね。そいつをなにか近頃流行《はやり》の小説に仕立てられないかしらっていうから、あんたは小説を仕立てるよりも袷《あわせ》を仕立ててくれっていったんですが、ほんとに小説を書きはじめたんですよ。このごろの女のやることはわからねえねえ……。なっちゃん……その娘ですがね、仕立物のほうが金になるのにねえ……」

このときより数年後、私は大家の話していた娘が閨秀作家として文名をあげるに至ったのを知り、大いにおどろいたのであった。余談ではあるが後年、発表された彼女の日記には次のように書かれていた。

明治二十四年十月五日　晴天
日ねもす机に寄《より》て例のよしなしこと書つゞくる。西村君参らる。近日出店の都合成りといふ。小田病院の怪事をかたる。（後略）

樋　口　一　葉

さて、一日を経ずして事件が解決したので、ホック氏と私とは、ふたたび本来の事件の探究にと戻ったのであった。

宙に光る顔
――ホック氏の異郷の冒険・番外編

一

一八九一年（明治二四年）十月の半ば過ぎの夜であった。私は青山の自宅から程遠からぬ赤坂丹後町の警視庁小警部中条健之助君の家に招かれた。彼は直属の部下の梶原伊太郎刑事と共に、ある外交上の機密文書の探索に協力するため、高官陸奥宗光の依頼された英国人の諮問探偵サミュエル・ホック氏の手足となるよう特別に警視庁から派遣されていた。

そして私、医師の榎元信も宗光の主治医でもあり、いささか拙ない英語を解するところから、ホック氏に協力して微力を尽していたのである。

前日小警部と刑事に宗光自身の手から、今回の任務への特別手当として、小警部に五十円、刑事には三十円が支給された。ふたりにとってはこの金額は望外のよろこびであった。

五十円なり三十円がどのくらいの価値があったかはこのころの物価を勘案してみればわかるが、小警部の月給は十二円で妻と三人の子供の生活をそれで賄っているし、梶原刑事は二十七歳で独身だが月給は七円である。

ちなみに当時の物価の一例をあげれば一円で米二斗九升（約四三・五キロ）が買え、木炭三十貫（約一一六キロ）が買えた。小警部の家は借家であるが、二畳に六畳二間、二階が六畳という間取りで家賃は月二円五十銭である。しかし、家族五人の衣料、副食、交際等々の費用や小警部としての体面を計算すればひたすら倹約するしかなかったであろう。小警部は四十代半ばで、今の地位に昇進するまで十四年かかった。十二の時に江戸南町奉行所の同心見習として父親の跡を継ぐかたちで採用されたものの、ようやく同心の地位についた二十一歳のとき、幕府は瓦解し、八丁堀の組屋敷も奉行所も消えてしまった。その後、古着屋をやってみたりしたが、当時東京市中に四千五百軒もの古着屋があって商売にならず、そのうち薩長で固められた警察組織が羅卒《らそつ》三千人で治安に当ったものの、江戸時代そのものだった東京の下情に通じた者がいず、ついに元奉行所の与力同心から筋の良い岡っ引まで採用することになり、中条君も新しい警察組織に入ったのである。

その夜、私が招かれたのは思わぬ手当が入ったので、一夕、私を夕食に招き歓談しようという次第であった。本来ならホック氏も同席して欲しいと思ったようだが、外国人に馴染みがなく、また茅屋《ぼうおく》に招いて歓待する方法も見当がつかなかったのであろう。

子供たちを二階に追いやり、私たちの前の食膳には小鉢や刺身や鰻の蒲焼などが近所の仕出し屋から取り寄せられ、中条君の妻女の手になる吸物などが並べられ、私の前には酒杯が置かれ、まずは一杯と中条君が酌をしてくれた。

「なぜ、君たちは飲まないのかね?」

小警部と刑事の前には盃がない。このふたりが下戸ではないのを私は知っていた。私の疑問に小警部は頭に手をやり、刑事と一緒に苦笑を浮べた。

「飲むとこれですからね」

と、小警部は首を斬る真似をした。

「なるほど……」

私も苦笑した。警察官は五節句以外飲酒は絶対禁止なのである。昇進祝いに一席設けた大警部が酒を振舞い、即時部下と共に免官になった実例がある。ただ去年——明治二十三年のコレラ蔓延のときだけは、死亡した患者の輸送に当る警察官にブランデー一杯かビール一杯が許され、それが飲みたさに志願した者もあった。しかし、それで伝染が防げるわけもなく罹患して死亡した警察官は東京だけで九十五名に達している。

小警部も刑事もこちらの事件にかかわっていて出庁しなくてもいいことになっているのだが、かといっていつ何時呼び出されるかわからず、そのときアルコールの気配がすれば即免官だから、うっかり酒を飲んでもいられなかったのだ。あとから思えば私が無理にでも酒をすすめず、小警部も刑事も素面《しらふ》であったことは幸いであった。

「自棄酒《やけざけ》に非《あら》ず、自棄喰いといきますか」

と、小警部は刺身を口に放りこんだ。

「あまり盛り上りませんなあ」

刑事がぼやいた。

「あとから煎餅と渋茶、それに大福が待っているぞ」

「大福で歌など歌っていられますか」

「ちょっと冷えてきたな。まだ、降ってるのか」

この日は午後から弱い雨が降りつづいていた。空気も湿って冷たく、室内には火鉢に炭が赤々と熾《おこ》っているが、部屋を温めるにはほど遠い。しかし、食事が進むにつれ、体内で心地良い酔が生れるにつれ、寒さも気にならなくなっていた。

柱時計が八時を打った。それからものの二、三分、いや長くても五分とはかからなかったろう。突然、外で女の悲鳴が聞えた。

私たちは食事を終え、雑談をしていたところであった。

二

「なんだ！　ありゃあそこの妾の声だ」

小警部は素早く立上って障子をあけて外をのぞいた。障子の外は縁側でせまい庭がある。

「なにも見えねえ」

「大方ねずみでも出たんでしょうよ」

そのとき、前よりもちょっとはなれたあたりから叫び声と短かくなにかを声高に言う声がした。女がふたりいるらしい。

「ねずみじゃねえらしいぞ。ちょっと見てくる」

小警部は足早に部屋を出ていった。

あとになって詳しい話を聞いたのだが、便宜上、その話をここで述べておきたい。

小警部の住居のある丹後町は元小身の武家屋敷の多かったところで、それが維新によって大部分が空家になってしまった。その後ぼつぼつと家が新しくなり、表通りの青山大通りには商家もできてきたが、一歩裏へ入ると崩れた家や荒れ果てた庭がそのままに打ち捨てられているのである。これらの空屋敷や空地が次第に変貌していくのは、数年後の日清戦争のころからである。

小警部の家は表から二十間ほど入った裏にあり、すぐ近くは空屋敷と庭が並んでいて、夜は灯火もなく、小警部の家の隣りに数軒の民家があるだけなのである。

小警部の一軒置いた並びの家には神田の金貸で、元は小禄の武士だったという石坂弥之助という男の妾で、お葉という女が住んでいる。隣近所だから小警部も顔馴染であり、噂も聞いているが、お葉は二十五、六のそれほどの美人とも思えないが、ふとした仕科《しぐさ》に妙に色気がある女だ。彼女は横浜で生れ育ち、十二、三のころから働いたらしい。それもあまり自慢にはならない仕事らしくいくつか仕事を転々として、銘酒屋かなにかにいたところで石坂弥之助に会って囲われることになったという。

お葉はおみねという十七の女中と住んでいて、石坂弥之助は五日に一度、七日に一度ぐらい顔を見せるということだった。

「先生、先生、来てください」

玄関に戻ってきた小警部が大声で私と梶原刑事を呼び立てた。

「あ、それから龕灯《がんどう》だ。提灯もだ」

小警部が妻女をせきたてた。

「どうしたんだ？」

「殺しらしいんですよ」

それを聞くと梶原刑事はぱっと玄関に飛び下り下駄をつっかけて飛び出し、私もつづいて外へ出た。

冷たい雨が頭から襟元に伝わり、妻女があわてて差出してくれた番傘をさして、小警部たちの跡を追った。外はまったくの闇であった。玄関を出ていったん表通りへ行き、角の家の横を入ると、お葉の家の庭の木戸に出る。その木戸から先は幅四尺ほどの路地で、左右はいずれも無人の屋敷跡である。わけても左側の家は塀も崩れて草ぼうぼうとした庭、そして廃屋に近い家がある。庭の草もほとんどが力無く倒れている。

その路地に傘もささぬ女がふたりいて、駈けつけた小警部の手の龕灯がその女たちを浮き上らせていた。女も提灯を下げている。

その女の年配のほうがお葉で、少女のようなもうひとりが女中のおみねと、私はしばらくしてから知った。

「先生、こっちです」

小警部のあかりの先に、荒れた庭の草の上に横たわった男が照らしだされた。男が着ている唐桟《とうざん》の着物の、ちょうど上を向いた左の脇腹のあたりが裂けて、そこから血が吹き出し、着物を染めているのが見えた。流れ出した血はかなり雨でうすまったのだろう。

私はかがみこんで男の脈を見、二か所の傷口を見た。死んで間もなくで、まだいくらか体温も感じられたが生命の徴候はない。私は立っている人々に向って首を横に振った。

お葉が両手で顔を被った。

「梶原、所轄へ行って報告してこい」

「はあ。——飲んでなくてよかったです」

いかにもほっとしたように言い、刑事はバタバタと駈出していった。

「さて、どういうことか聞こうじゃないか。雨に打たれてここに立っていちゃあ風邪を引いちまう。お葉さんたちは家に戻ってくれ。おれは梶原が戻ってきたらそっちへ行く」

小警部はそう言って私へ向き直った。

「所轄の連中が来たらあとはそっちへ委せましょう。われわれの出る幕じゃありません。石坂弥之助というのが死んでいる金貸ですが、金貸のくせにケチでね。油が勿体ないとお葉の家には洋燈《ランプ》も置かせず蠟燭だけだといつかお葉が文句を言っていましたっけ。ケチのくせに妾を囲って女中も置いているってのは、この道ばかりは別ってことでしょうかねえ。そうそう弥之助は元は御家人だったそうで、侍がみな商法にうとくてピーピー言ってるのに、弥之助は御一新後うまく立廻って小金を溜め、そいつを元手に金貸になったと聞いています。年は五十六ぐらいのはずです」

小警部の説明に私はうなずきながら、龕灯の灯の下で垣間見た弥之助の容貌を思い浮べた。その顔は一口に言えば悪相としか言いようがない。角張った顎、分厚い唇、細い垂れ下ったまぶたと濁った眼。見るからに貪欲そうな表情。それは死に直面した驚愕と苦痛の入り交った表情であったかもしれないが、生前もたいして違いはないだろうと思わせるものがあった。

梶原刑事が濡れながら駈け戻ってきた。

「所轄の連中はすぐくるそうです」

「それじゃあ連中がくるまでここにいてくれ。ほら、傘だ」

小警部は袖で顔の滴を拭《ぬぐ》っている刑事に傘を渡すと、私をうながしてお葉の家に行った。

お葉とおみねは薄暗い行燈《あんどん》のある部屋で寄り添うようにかたまっていた。

「おい、話を聞かせてくれ」

と、小警部は部屋へ上りこむなり言った。

「光る……光るお化けが出たんです」

ふるえ声でお葉が言った。

「なんだって？　もう一度言ってくれ。光るお化けてえのはどういうことだ」

「あたしも見ました。木戸の上にゆらゆらと光る顔が浮いて……」

おみねが今にも泣き出しそうな声を出した。

ふたりが交々《こもごも》語るのを要約すれば次のようになる。

お葉は酒を飲んでいる弥之助にべったりと寄り添っていたが、膳の上に弥之助が置いた懐中時計が八時をさしているのを見て、

「まだ雨はやまないのかしら……」

と、立って庭に面した障子をあけ、外をのぞいた。すると木戸の横に椿の木があるのだがそのあたりにぼうっと青白く光る人の顔が浮んでゆれていた。お葉は思わず悲鳴をあげた。その声に、

「なんだ、どうした」

と、弥之助が立ってきて、その光る顔を見るや庭へ飛出してつかまえようとしたのである。

「なんだ、ありゃあ。ひっつかまえてやる」

弥之助が庭に出たとたん、光る顔はゆらゆらと路地へ遠去かっていったので、弥之助は酔いに委せてその物体を追っていったと思ったら、突然、妙なうめき声と人の倒れる音がした。

「どうしたのさ。――おまえさん」

お葉とおみねは返事がないので、ふたりは庭木戸からこわごわ路地をのぞいた。そこにはもう光る顔などはなかった。

お葉とおみねは提灯を出してきて路地の左右を見なが

ら数歩進んだところで、空屋敷の庭に入った位置に倒れている弥之助を発見して悲鳴をあげたのである。

「旦那さんはヤットウもやったんでしょうが、御一新以来刀なんか持ったことはないのに、やっぱり昔の気性が残っていたんでしょうねえ。いきなりつかまえてやると追っていったんですよ」

と、お葉は言った。

「その光る顔ってのはなんだか知らねえが、文明開化の世の中に化物でもあるめえ。それとも化物が出る心当りでもあるのかい」

いつか小警部の言葉使いが私たちに対するときとちがって、昔の同心時代に戻ったような話し方になっていた。

「とんでもない。化物なんかと付合いはありませんよ」

大体の話を聞いたところで梶原刑事が所轄の刑事やら巡査やらとやってきた。小警部は発見時の話をするため、医師の私を先方の刑事に紹介したりして、私には悪いけれど今夜はこれまでにしてお帰りになってくださいと恐縮しながら言った。小警部たちの邪魔をしてはいけないので、私は弥之助の死因が左脇腹を二度刺されたためであり、詳しいことが必要ならいつでも連絡してくれと言い残して帰宅することにした。

三

サミュエル・ホック氏は本来の事件の探索の必要上、私の家に宿泊している。その夜、私が自宅に戻ったのは午後の九時半ごろであったが、ホック氏は自室として提供した六畳の和室に、椅子と机を置き洋燈の下でなにやら書き認《したた》めていた。

「中条たちからよろしくとのことでした」

と、私は挨拶した。ホック氏は微笑を浮べてうなずくと、私に視線を当てながら、

「なにか事件があったね。それも変死体にかかわることだと思う。殺人かな」

と、言った。

「これは驚きました。突発的な殺人事件に出会ったのですが、どうしておわかりに？」

ホック氏はペンを置いて椅子を私に向けた。

「かなり興奮している様子で、しかも君の服のズボンの裾が血と雨に濡れているし、上衣の袖口にも血らしいものがついている。なにか事件があって、君が被害者を検案したのだと考えても不思議はないだろう」

「なるほど。いつもながら恐れ入りました」

私は戻ってきたままの姿で着替えもしていなかったのである。

「なにがあったのか聞かせてくれたまえ」

ホック氏に言われた私はとりあえず着替えをしてくると、あらためてホック氏に今夜の顚末を話した。

「奇怪なのは宙に浮く人の顔で、目撃者はふたりです。それがゆれながら遠去かるのを追って石坂弥之助は飛出し、時をおかずに刺されたようですね」

「刃物で刺されたからにはあきらかに人間の仕業だね。――疲れているところをご苦労だが、現場まではそう遠くない。ぼくを案内してくれないか」

「え、ホックさんが?」と、私は驚いて言った。市井の事件にホック氏が介入するなどとは毛頭思っていなかったからである。「わざわざ出向くこともないのではありませんか。現に中条は所轄の警察署に事件を委ねて、この件には関わらないことにしております。検死に立会った以上、その結果をまとめる責任はあると思いますが、それは明日か明後日のことになるでしょう」

「ぼくは興味をおぼえると血が騒ぐんだよ。その光る顔というのが感情を刺戟したのでね。たしかに日本の市井の事件についてはぼくは埒外だし、国情に通じていないので思わぬ間違いを犯すおそれ無しとは言えないが、これも一つの経験の積重ねで知識も増える」

そう言われると否とも言えなかった。それにホック氏がこの事件にどのような見解を示すかという点にも、私は好奇心を押さえきれなくなってきた。

「ではご案内しましょう」

「雨の中を大変だがね」

私の家から中条小警部の家までは歩いて十五分ほどの距離である。時刻も時刻だし雨も降っているので、空いた人力車も通らない。私たちは雨支度をし、家の龕灯を持って歩いて行くことにした。

中条家に行くと彼と梶原刑事はまだ所轄の刑事たちとお葉の家にいるということだった。きっと所轄の刑事はお葉に質問を浴びせ、中条も行きがかり上、種々説明でもしているのであろう。

私はとりあえず、まず弥之助の倒れていた現場を案内した。ホック氏は龕灯を掲げて周囲を見廻し、弥之助が倒れていた雑草のあたりを丹念に調べはじめた。それがすむと荒れた庭の奥へあかりで足許を照らしながら歩いて行き、二間ほどの先で草の間から一本の棒を拾い上げた。その棒は長さ一間半ほど直径が一寸ほどの丸いもので、傍に寄った私は棒の先端に錐であけたような丸い穴があいているのが見えた。ホック氏もそれをみつめていた。

私たちはお葉の家の庭木戸のところへ引返した。

「このあたりに首が浮いていたそうです」

私が言うとホック氏はあかりを掲げて慎重に眺めていたが、いつも外出の時に着ているインバネスのポケットから拡大鏡を取り出し、木戸の枠や傍らの椿の木をみつめはじめた。次に椿の葉を指で触れ、その指を私に示しながら龕灯の灯をうしろへ向けた。

「これを見たまえ」

「光っている！」

ホック氏の指の先が青白く光っていた。椿の葉裏にでも発光する物質が付着していたのであろう。

お葉の家の縁側から数人の男たちが出てきた。先頭の男は角袖姿の刑事らしかったが、立っているホック氏と私を見てびっくりしたように立止った。つづいて中条小警部が顔を出し、これも驚いたようにあっと言った。

「これはこれは、ホックさんも榎さんも……。いつ来られたのです？」

「ちょっと前。ホックさんに話をしたらどうしても現場を見たいとおっしゃるんでね。また、引返してきたんだよ」

小警部はあとから出てきた所轄署の警部にホック氏のことを耳打ちした。最初は胡散そうな表情をしていた警部は、依然として西洋人がどうしてここにいるのかと疑っている様子だったが、それでも会釈すると路地へ出ていった。

「さて、どういうことになりそうだね？」

と、私は小警部に訊ねた。

「まあ、お葉たちから事情聴取を一応したのですが、石坂弥之助という男は小才の利く男で、金貸という商売柄あちこちから恨まれていたようです。警察はとりあえず弥之助の身辺を洗って、弥之助を殺そうと思い詰めた者を叩き出そうということになりました。動機は金銭の恨みでしょうねえ。貸した金の取立にはかなり無慈悲な面があって、わずかな金を返せない長屋住いの人間の布団まで剝いで行くこともあったようです。――弥之助は神田の松枝町に本宅があって女房と子供がふたり。警察は明朝そっちへ行って帳面などを調べることになりました」

「あの光る顔とやらはどう思っているのかねえ？」

「提灯の絵柄か文字を見間違えたんじゃないかと、あまり重要視していません。女ふたり突磋《とっさ》のことでびっくり仰天したんだろうと……」

私たちの会話の内容はホック氏には理解できない。氏は背後で無言で周囲を眺めていた。

四

その夜、現場から間もなく私とホック氏は帰宅した。

「まだいろいろな点がわからないので、もう少し事実が判明してこないと全体像が見えないね。まあ、この事件に関しては日本の警察のほうが事情に通じているのだから、ぼくは傍観者の立場でいいわけだがね」

ホック氏はそう言って、私から所轄の捜査方針やお葉という女の身の上などを聞いてから自室に引取った。

翌日も空はどんよりと曇って、いかにも霖雨《りんう》の季節といった感じの日であったが、ホック氏と私は本来の外交文書紛失事件の捜査のために、氏と私とは別行動をとって出かけなければならなかった。中条小警部と梶原刑事も同様に他の方面の探索に出動しているはずである。

したがって一日の行動の結果を綜合するために四人が顔を合わせたのは夕方になってからであった。その報告がすんだあと、

「弥之助殺しの件ですが、怪しい奴を二人引致しましたよ。赤坂署の連中もなかなか素早いですな」

と、小警部が言った。

「ほう二人も容疑者がいたのかね」

「まず夜が明けてからあらためて現場を調べたり、弥之助の死体を検査し、一方で自宅の帳簿などを調べて、その結果二人の男が浮びあがったのですな。弥之助の傷は榎先生も鑑定された通り左脇腹を二か所、犯人は塀の破れ目から庭に踏みこんだ弥之助を匕首《あいくち》らしい凶器で不意に刺し、凶器はそのまま持って逃げたようです。あの場所は雑草が密生しているので足跡などは発見されません」

「光る顔についてはあまり重要視していないようだね」

「ああ、それですが確かにそんなものを見たというのがお葉たちのほかに三人出てきましたよ」

「ほう……」

「事件が起きたのは八時数分だったそうですが、それより十五分ほど前に、あの路地を出た道を酔った三人連れの職人がそれらしいものを見ているんです。確かに空屋敷の庭と路地のあたりに人の顔が光ってゆれていて、ありゃあ人魂じゃねえかとびっくりしてその場をはなれたそうです」

「ではお葉たちも確かに見たのだな」

「一体なんだったのでしょうね」

と、梶原刑事が言った。

「それで引っ張った二人というのは？」

と、私は訊ねた。ホック氏も同席しているので小警部

たちの話は要点を通訳しなくてはならない。

「まだ白黒はついていませんが……」と、小警部は大型の手帳を取り出してページを繰った。

「ええと……この二人の中に犯人《ほし》がいるのは確かだろうと言っています。それが的を射ていれば簡単に一件落着です。弥之助の死骸はゆうべの内に自宅へ引取られましたが、お内儀《かみ》さんがお葉のことを悪しざまにわめいていたと所轄の刑事が言ってました」

「昨夜は暗いのでよくわからず、検死がすむまでは死体を動かすわけにもいかないのでわからなかったが、殺された男の身長はどのくらいだったのだね？」

と、ホック氏が訊ねた。

「石坂弥之助は五尺五寸ぐらいです」

約一六五センチである。私は五フィート五インチぐらいと説明した。

「被害者の傷は左の脇腹だったね？」

「そうです。二か所えぐられていました。その傷は斜め下から突き上げたようだと聞きました」

「連行された二人の男というのはどんな男だね？」

今度は梶原刑事がふところから小さな手帳を取り出した。小警部は制服だが刑事は一般の刑事同様角袖の着物である。その角袖の角のカ、袖のデをひっくり返して刑事をデカと呼ぶのは周知の事実である。


「――まず近江源次郎三十八歳。職業は大工。素行不良で小博打なども打つ。博打に負けて切羽詰って弥之助に金を借りた三十円の利子が雪だるま式にふくれて今は七十円。返す当もなく弥之助からの矢の催促を恨んでいた。次が小さな呉服屋の滝川幸八、四十三歳。資金繰りに窮して金を借りたものの入るはずの金が入らず借金を重ねて金額が三百三十六円と大きい。子供が四人いて首でもくくらなきゃならないほど追い詰められていた……。ふたりとも弥之助の強引さを恨んでいて、前夜の犯行の時刻の行動がはっきりしません。近江は深川の屋台で自棄酒を飲んでふらふら歩いていたというし、滝川は知り合いに借金を申しこみに行ったが先方が留守で思案しながら歩いていたもののどこをどう歩いたかよくおぼえていないと言っている始末だそうです。私はそのふたりを見ましたが……」

私の通訳でそれを聞いたホック氏が、

「梶原さんはふたりに対してどんな印象を持ったかね？」

と、訊ねた。

「そうですねえ……。近江源次郎はなかなかの面魂《つらだましい》で一筋縄ではいかない大男です。背中に一面に夜叉の刺青をして、飲む打つ買うと三拍子そろった上に喧嘩っ早い。傷害で検挙されたことも二回あったそうで、女房も子供もなく近所でも鼻つまみだった……」

「あんまり知恵の働くほうじゃねえな」

と、小警部が言った。

「もうひとりの滝川幸八ですが気の小さい痩せた男で、これも近江同様五尺六寸のノッポですが、それだけに頭に血がのぼると見境いがつかなくなるそうです。追いつめられるとなにをやらかすかわからない」

「署ではどっちを本命とにらんでいるんだ?」

「滝川のほうですね。近江は借金が重なったくらいで気にするような奴じゃない。取立のうるさいのに腹を立てていることは確かで逆恨みして暴力に訴えることも考えられるが、幸八は金額も大きく妻子も抱えてギリギリの瀬戸際に立たされていますから弥之助が死ねば恩の字でしょう」

「――あの光る顔についてはその後なにか進展はあったかね?」

と、ホック氏が聞いた。

「あい変らず今の世に妖怪変化でもあるまい、なにかの見間違いだろうと……」

「おれも化物とは思わねえが、河童がいたって話をこないだも聞いた。理外の理ということもあるからなんとも言えなくなってきた」

小警部は首を振った。古くからの迷信や伝聞はまだ色濃く残っている。いつの世になっても人々の心には理外の理の闇の部分が存在するのであろう。

「赤坂の警察の方が中条さんを訪ねてこられましたよ」

妻の多喜が顔を出した。小警部と刑事が立上って玄関に行ったかと思うと小警部の大きな声がした。

「逃げたあっ!」

彼は足音を立てて戻ってくると、

「留置中の滝川が便所の窓から逃走したそうです」

と、上気した顔で告げた。

五

滝川幸八は便所へ行かせてくれというので腰縄をつけたまま巡査がついていって戸の外で待っていたが、いつまでたっても出てこない。そこで戸を開けると窓があいて腰縄が解いてあり藻抜けのから。ただちに非常手配をして行方を追っているという知らせであった。

「こりゃあやっぱり滝川が怪しいですね」

梶原刑事が言った。

「間の抜けた話じゃねえか。なにやってやがるんだ」

小警部が口をとがらせた。

「すぐつかまりますよ」

「滝川は気が小さいと言ったじゃねえか。家へ帰るはずはねえ。もしかしたら死ぬ気になったのかも知れねえぞ」

重い借財、警察の追求に小心者の彼が耐え兼ねる可能性はあるであろう。

「まあ、こっちとしては成行きを見守るよりねえな……」

小警部は吐息をついて立上った。

「ちょっとたばこを切らしたので買ってきます」

大通りのたばこ屋まで行ったのなら五六分で戻ってくると思ったのに、小警部が帰ってきたのは二十分もたってからだった。彼はいくらか上気した顔をしていた。彼は千葉で製造されている〝大江戸〟印の巻煙草の封を切りながら、

「こいつが五厘とは安いや……。いま表でお葉のところの女中のおみねに会いましてね。魚屋で刺身を造ってもらった大皿を抱えているので、だれか客かって聞いたんです。そうしたら……」

たばこに火をつけて紫色の煙りを吐き出すと彼は私たちを見まわした。

「あたしお暇が出て、明日はいったん家に帰ると言うんです。そのせいかなにかしゃべりたがりそうなんで、あとはお葉さんひとりでどうするのかって聞きました。おみねのやつニヤニヤ笑って、お葉は金のために弥之助のおもちゃになっていたが、心では弥之助を嫌っていて、あんなことになったので本心は清々してるんだろうと言うんです。自分も給金は少ないし人使いは荒いし、お葉のところにいるのはいやだったと言って、今日は横浜から人がくるのですけど、なんだか浮き浮きしている、ふだん旦那にもそんな顔見せたことがないのにと言うんです」

「横浜の人ってだれだろう」

お葉は横浜で生れ育っていることは聞いていたので身寄りの者かとも私は思った。

「それが幼な馴染という男だそうで、これまでにも旦那が来ないときに二、三度ちらりと見たことがあるけど、その時は使いに出されたのではっきりとは知らない、とおみねは意味ありげに笑いました。その男の年格好と商売を聞いたんですが、年はお葉と同じくらいかちがっても一つ二つ上、小柄で五尺一、二寸、横浜のマッチ工場の職工だということはお葉の言葉の端々から聞いて知っていました。その男、お葉の情人にちがいありませんな。幼な馴染というから弥之助の世話になる前から関係があったのかもしれません。弥之助が死んだ直後であるが、死体があるわけでもなく、彼に対して悲しむどころか、むしろよろこんでおおっぴらに男を引きこむことに

したんでしょう。女中もお払い箱にすりゃあ好き勝手な真似ができますからね」

小警部が一息ついたとき、玄関に人が来たようで妻が出て行き、戻ってくると署の人だと告げた。小警部と刑事がまた出て行ったかと思うと、間もなく戻ってくるや、

「滝川が半蔵門の濠で発見されました」

と、緊張した声で言った。

「通行人が飛びこむのを目撃して通報し、引揚げたときにはもう駄目だったということで、署では逃げられぬと観念しての投身とみております」

「滝川という男は女房と四人の子を残して切羽詰って死を選んだのだろうねえ。まだ自白もしていないし、確たる証拠もあがっていないのに早まったことをしたものだ」

「身に覚えがあったのでしょう。刑が決れば死刑にもなるのですからね」

私はホック氏に小警部との会話を通訳した。ホック氏はそのとき愛用のクレーのパイプから紫煙をくゆらせていたが、ふっと顔を引き締め、早口でしゃべりはじめた。私はそれを聞くといくつか質問をはさんでから小警部と刑事に向き直った。

六

「ホックさんはこれまで本来の任務を放って他の事件、それも市中の事件に介入するには日本の下情《かじょう》を知らないので控えていた。日本の警察に巷間の事件は委せ、傍観者の立場であるべきだ、と思っていたが、いろいろ話を聞いている内に単なる傍観者ではいられなくなったので差出口を許してくれとのことだ」

「結構ですとも。差出口だろうと横槍だろうとおっしゃってください」

と、ホック氏に敬服している小警部は膝を乗り出した。ホック氏は微笑した。それから話しだしたが、私は氏の言葉が一区切つくたびに小警部たちに訳して聞かせた。

「ぼくは容疑者として拘束された男たちは遠からず釈放されると思っていた。なぜならば今回の事件の犯人は拘束された男たちのように身長の高い者ではないと当初から思っていたからだ。おそらく犯人の身長は五フィートそこそこだね。容疑者のふたりは日本人の平均身長としては大きいほうだ。被害者も平均身長よりは大きい。彼の傷はいずれも小柄な人間が上へ突き上げるようにして刺した傷だ。角度がそれを物語っている。だが、

摺附木商之部　*Match Manufacturers*

○横濱區

三吉町二丁目十五番地　菊林林藏

足曳町二丁目十七番地　草間久三

戸部三百廿壹番地　日本防雞摺附木製造所

明治八年開業大日本極上品汽車マッチ

直段附

一箱三百ダース入	金拾圓
十箱同	金九圓七十五錢
廿箱同	金九圓五十錢
百箱同	金九圓

製造賣捌横濱戸部三百廿一番　石岡雅次郎

賣捌　同野毛町二丁目廿三番　須田小三郎

THE

JAPAN SAFETY MATCH COMPANY.

TRADE  MARK.

The Best and Cheapest Match made in Japan.

Special Quotations for Large Quantities.

Consumers are requested to patronize a Native-made Article which has been proved quite equal to, while it is twenty-five per cent. cheaper than any imported.

FACTORY: No. 321, TOBE.

Address,

T. L. BROWER,

Manager, Yokohama.

さまざまなデータが不足していたし、ぼく自身が直接関与すべき事件ではないので、成行きを注視していたのだが、いま中条君の話を聞いてデータの一つが埋ったと思う。――ちょっと待ってくれたまえ。ミスター・エノキ、ぼくの部屋へ来てくれないか」

ホック氏はそこで話を中断し、私をうながした。私たちは一緒に話しながら部屋を出ると、私にここ数日間の新聞があればそれが欲しいと言い、私は奥から「東京横浜毎日新聞」を一抱え持ってきた。この新聞は以前横浜毎日新聞として発刊されていたものだが、のちに報知新聞社の経営するところとなったものである。我家ではこの新聞をずっと講読していた。

ホック氏のほうは公使館から毎日届けられている「ジャパン・ガゼット」という日刊の夕刊紙を持ってきた。これは横浜で発行されている英字紙である。

なにをするのかと小警部たちがみつめている前で、私は「東京横浜毎日新聞」を繰ってホック氏に言われた広告を探し出した。ホック氏のほうも英字紙を繰って一つの広告をみつけ出した。

「これでしょう」

私は五日ほど前の新聞の下欄の広告を広げた。小警部と刑事は新聞の広告がなぜ突然持ち出されたのか見当がつかないといった表情で私たちの手許を注視している。

「これを見てみたまえ」と、ホック氏は言った。「ミスター・エノキに聞いたところによれば東京でマッチを製造している会社は九社か十社あるそうだが、横浜にはこの新聞に広告が載っている一社しかないそうだ……」

小警部と刑事は顔を見合わせた。新聞の広告がどうして必要なのかわからないようだ。

英字紙の広告には汽車の絵とともに「ジャパン・セーフティ・マッチ・カンパニー」と大きく印刷されており、下段には製造所の住所として「トベ・ナンバー・三二一」とある。邦字紙のほうには「摺附木《すりつけぎ》商之部、日本防難摺附木製造所」とあり住所は「戸部三百廿壱番地」と、なっている。両者は同一の広告である。

「これが……」

と、小警部は不審気にホック氏と私をみつめた。

「お葉サンの恋人は横浜のマッチ工場の職人だね。ミスター・チュージョー、マッチの原料の一つがなにか知識があるかね……」

と、ホック氏が小警部に聞いた。

「いやあ、残念ながらなにもありません」

頭を掻きながら小警部が言った。

「フォスフォラス……」

「燐《りん》だよ」と、私がそばから言った。「イエロー・フォスフォラス。黄燐だが六年前にマッチは黄燐を使うのは危険という理由で、内務省の通達によって禁止されたことは私も知っている。黄燐を元に赤燐として現在のマッチは製造されているのだ。私は燐中毒の患者を扱ったことがあるのでその辺の事情を知っているのだが、黄燐は湿気のある空気中では蒼白い光を放つのだ。余談だが墓場に燃えるという人魂などは遺骨に含まれる燐が地上に浸み出て光るのだね。ホックさんはお葉や職人たちが見た光る顔というのは燐で描かれたものだと言っておられる」

ホック氏がつづいて話しはじめた。

「数年前のことだが、ぼくは本国で奇怪な事件の解決を依頼された。それはイングランドの西部にある荒涼とした沼沢地《しょうたくち》だが、そこに住む貴族が火を吐く呪われた犬の出現で神経がズタズタになっているというのだ。その貴族の父親も奇怪な死を遂げている。闇夜に青白い炎に包まれながら襲ってくる巨大な地獄から現われたような犬を想像してみたまえ。屋敷の近くは歩けば底無しのように身体が沈む異様な匂いの充満している沼地だ。詳細はいずれゆっくり話す機会もあると思うので、いまは結論だけにするが、この光る悪魔の犬の光る正体が、犬の身体に塗りつけられた燐だったのだよ。ぼくが今回の事件の現場に行ったとき、庭の木のドアの横の椿を触れたことを記憶しているかね？　あのとき葉の裏に光るものが付着していたのだ。一見してぼくは燐だとわかった。警察の諸君はそのあたりを調べようともしなかったのだろう。さらに現場の庭に一本の棒が落ちていた。先端に錐であけたような穴があいていて、そのところにも光る物質——燐が少々ついていた。その木の棒はジャパニーズ・アスペンだとわかった……」

通訳している私はつけ加えた。

「日本名箱柳だよ。この木は役に立たないと思われてずっと見捨てられていたのだが、マッチの軸木に最適とわかって急に需要が増大したのだよ」

ホック氏はクレーのパイプに葉を詰めて火をつけゆったりと紫煙を吐いた。

「光る顔の正体が燐で描かれたものだとはぼくにはすぐわかった。余計な口出しは遠慮して局外者のぼくは日本の警察の捜査の行方を見守っていたが、どうやら警察は光る物体にそれほど注意を払わなかったようだ。それというのも短時間でふたりの容疑者を検束したせいもあっただろうがね。今回、燐とジャパニーズ・アスペン、そしてマッチ工場の職人の登場とあればこれらが結びつくのは自明だろう。さらにその職人と例のミストレスが共謀して男の殺害に加わったことをも示唆している。——女が時刻を確かめて外を見る。八時だ。あらかじめ計画していたのだね。被害者を表へ誘い出すための時間だ。すると、そこに光る顔が庭のドアの上あたりでゆれている。男は元はサムライだ。酔ってもいたし臆病でもない。もし、彼が光る顔を追わなかったら、女が様子を見てくれと要求しただろう。——犯人の男は棒の先に吊り下げた固い紙……おそらく板紙（ボール紙）に燐で描いた奇怪な顔を木戸の外からゆらゆらと動かした。被害者がそれを追うと、犯人は荒れた庭に走りこみ、つづいて追ってきた被害者を日本のナイフで刺す。現場はまっ暗だし光る顔に気をとられていた被害者は不意の襲撃を避ける暇《いとま》もなかった。犯人のほうはこれまでナイフなど扱ったことのないと思われる男だから、果して被害者が絶命したかどうか確かめることもなく、倒れたとみるや慌ててナイフと顔を描いた板紙だけを持って表から逃走した。狙った男は死んだので目的は達せられたがね。警察は金銭にまつわる恨みの犯行という先入観から関係する男たちを検挙したが、実際はミストレスとその愛人による犯行と断定できる。ぼくは逮捕された男たちの容疑が晴れて間もなく釈放されると思っていたが、なにしろ短時日のあいだのことで、同情すべきは容疑者扱いされたあげく、警察署から逃走し、思い余って自殺した男だよ。——内心、憎み嫌っていた男を亡き者にして愛人の許へ走りたい女。女の境遇を救って一緒になりたい男……ぼくの国でも、東洋のこの国でも人間の心理には共通するものがある。人はみな同じだ。——いまミストレスの家へマッチ工場の職工が来ているということだが、横浜に一軒しかないという新聞広告の職工であることは確実だね。燐を自由に扱える立場でもあるし、今夜来たのはその後の様子をうかがいに来たのだろう。自分のほうに疑いがかかっていないと安心しているのだろうよ。また、おそらく前もってミストレスの家に持ってきておいて犯行に使った棒を回収し、それを切断でもして証拠を消そうとするつもりだろう。——だが、いくら探してもその棒は発見できないね。棒が消えていると知ったら、不安に取りつかれるだろうが、棒探しは近所が寝静まってからだろうから、いまは動かないと思うね」

「え？　容疑者が早く検挙されたというので現場は当夜のままですが、棒が消えたというと……」

小警部がおどろいたように言った。ホック氏は微笑した。

「証拠になる棒はきみの家の裏にあるよ。雨に濡れないように軒下に立てかけてある」

「ほんとですか！　燈台下暗し、近くて見えぬは睫毛《まつげ》ですな。全然、気がつきませんでした。一体、いつそんなことをされたのです？」

「われわれがミストレスの家へ行き、だれもがそちらに気をとられていたとき、ぼくは現場に戻って棒をチュージョー君の家の軒下に置いてきたのさ。時間にして二分もかからなかったから、だれも気がつかなかっただろう」

「これは恐れ入りました」

小警部は額をポンと叩いた。私もホック氏が姿を消したことには気がつかなかった。氏は私の背後にいるものと思っていたし、その時は何も注意を払っていなかったからである。

「これからどうするね？」

と、私は小警部に聞いた。

「すぐ踏みこんでひっとらえてやります」

小警部と刑事は意気ごんで立上ろうとした。

「待ちたまえ」と、ホック氏が言った。「相手は容疑者がまだ留置されていると思って油断しているし、ミストレスと食事をして今夜は共に過す気でいるだろう。むしろ担当の警察署に行って事情を説明し、そっちの警察の手柄にしてやったほうが賢明だと思うよ。ぼくたちは本来局外者だし、やらねばならぬメインの仕事があるのだからね」

それを聞いた小警部は、ちょっと考える様子を見せたが、座りなおして、

「なるほど。それもそうですねえ。わたしも顔馴染の女に縄をかけるのは、あまり気持のいいものじゃありません。――わたしは知識がなかったのですが、燐で描いた顔とはねえ。大体、マッチについては仏壇の蠟燭をともすのに、絶対マッチは使わないという婆さんの話を聞いたことを思い出しました。人の骨の燐から作るんだと信じていて、そんなもんで燈明などあげられるもんかっていうんですね。――それはともかく一っ走り署へ行ってきます。梶原、棒を持って一緒に来い」

小警部は梶原刑事と立上った。

「はあ、こっちの手で捕縛できないのはちょっと残念ですなあ」

「いいから来い。向うの連中に恩を売っときゃなにかの役に立つんだ」

ふたりは急ぎ足で部屋を出ていった。あとを見送ったホック氏は消えてしまったパイプの火をつけた。

「あれで給料がいくらかでも上がるといいね。――さて、ぼくたちは秋の長い夜をどう過そう。公使館から届けられたクラレットをあけようか。銘柄はメドック産のポンテ・カネだよ。あのふたりの前では飲めないが、事件が解決したときにはふさわしいじゃないか」

ホック氏は紫煙の行方を笑いを湛えた眼で追いながら愉快そうに言った。

註・赤坂丹後町は現在の赤坂四丁目。東宮御所と青山通りを隔てた前面に当り、赤坂警察署の所在地でもあり、附近は高層ビルが林立している。

ホック氏・紫禁城の対決

第一部　ロン・イエン・チー《シークレット・オブ・ロン・イエン・チー》の秘密

1

一八九一年の秋――正確にいえば十一月七日土曜日の午後四時ごろ、私は汽船ルリタニア号の乗客のひとりを出迎えに、外灘《ワイタン》（バンド）の岸に立っていた。船はここ上海のイギリス資本会徳豊・太古洋行所属で、日本の横浜から乗客と生糸などの貨物を満載し、神戸、長崎を経由して、ついさきほど黄褐色に濁った黄浦江《ホアン・プー・チャン》の水に錨を下したのである。

碼頭《マトウ》にはルリタニア号ばかりではなく、同時刻にインドから到着したマドラスと船名の読めるよごれた貨物船や、フランスの汽船などが停泊し、その間を小さな舢舨《サンパン》や戎克《ジャンク》が水すましのように動きまわっていた。陸上では大勢の苦力《クーリー》たちが、河面を渡ってくる風の冷たさにもめげず、ほとんど半裸といっていい恰好で荷物の揚げ下ろしをしている。私はコートを着てこなかったことを悔みはじめた。

とこうするうちに、ルリタニア号の乗客がはしけに分乗して接岸し、一団となっていた出迎えの人々の走り寄るざわめきのなかを上陸してきた。

私の目的である人物は、初対面であるにもかかわらず一目でそれと知れた。出迎えを命じたパーキンス領事の、はなはだ曖昧な説明によれば、目標の人物は身長が約六フィート一インチで痩身。瞳がグレイで、名前がサミュエル・ホックということだけである。それに適合する人物は右手に茶のトランクを提げ、鹿打帽《ディア・ストーカー》をかぶってこまかい茶のチェックのインバネスをまとい、あたりを見まわすために立止まった人物だけであった。

その人は近寄る私に視線を向けた。その鋭い双眸《そうぼう》はまるで、私の心中を刺しつらぬくような感じであった。こけた頰、高い鼻、うすく引き結ばれた唇といえば、残忍酷薄な容貌と受取られかねないが、全体を豊かな知性が被《おお》っていて、不断の勇気と強固な意志力を備えた顔であった。その目がふっと和み、その人はわずかに親しげな微笑をうかべた。私は歩み寄った。

「サミュエル・ホック氏ですね？　私はイギリスの領事館付武官のアーサー・ホイットニーです。ご滞在中のお世話をさせていただきますのでよろしく」

「こちらこそよろしく……」

ホック氏はトランクをおろした手で、私の差出した手を強くにぎった。

「航海はいかがでしたか？」

「東シナ海が多少荒れたが、それを除けば快適だった。見聞きするものすべてがぼくには新鮮でね。船酔いするひまもなかったくらいです。ときにホイットニー君。きみはインドからやってきて間もないせいか、ここの気候に馴れていないようだね？」

私はホック氏のトランクを持ちあげたものの、おどろいて歩きだすのも忘れた。

「どこでお聞きになったのですか？」

きょう、ここへホック氏を迎えに出ることがきまったのは今朝のことである。

私はカルカッタのイギリス総領事館付の武官として、二十三歳からの五年間を現地で過ごした。年間を通じて暑熱が支配する不衛生な土地での勤務にはどうにか耐えられたものの、私はある事情から転属を願いいで、この八月、急に上海への転属が認められて着任したのである。私事として公けにすべき事柄ではないが、そのある事情とは現地のイギリス人上流社会の会合で知り合った茶商をいとなんでいる富豪の令嬢との愛情の問題が破局を迎えたからであった。

私はさまざまな想い出の刻まれた街を忘却して、新たな勤務に挺身し、過去を捨てるために転属を願いでたのである。

「その日焼けの色を見れば太陽の光線量の強い地方にいたことがわかるし、来て間もないのは、まだ寒いという気温ではないのに非常に寒そうにしているからだ。熱帯地方で暮らしている人間は、身体がその気温に馴れてしまっているから、多少温度が低いと他人より寒く感じるものだ。きみは立っていたときから、いかにも寒くてたまらないといった恰好で身体を動かしていたじゃないか。インドにいたというのは君の左手の指の指輪だ。二匹の蛇がからみあっている彫刻の図柄は、インドのカーリ神を崇拝するシャクティ派特有のものだ。きみはイギリス人でヒンドゥー教徒ではないから、その指輪は現地で物珍しく思われたので入手したのだろう」

「そうです。この黄金の指輪のデザインがたいへん興味をひきましたので、値引きの交渉をさんざんしたあげくに、私としては不相応な金額を払って買ってしまったのです。しかし、よくわかりますね？」

私がいうとホック氏は、またかすかに微笑した。

「ぼくは人間を印象だけでは判断しない。細部を注意深く集中的に観察することにしているのだよ」

待たせてあった馬車に乗りこみながら、私はこの人物はいかなる人物であろうかと思った。パーキンス領事もホック氏についてはくわしいことを知らないのは確かだった。本国のある武官から添書がきて、ホック氏滞在中の面倒を見てやってほしいということと、充分な費用のほかにホック氏自身に渡すかなり多額の金が送られてきて、私はそれを預かってきていた。

走りだした馬車のなかで、私はその金をホック氏に渡した。

「失礼ですが、当地でなにかご商売でもされるのですか?」

と私はたずねた。

「いや、ぼくは当地に滞在中に準備を整えて、チベットを調査するつもりでいる」

「チベットですって? 神秘と暗黒の土地です。そんなところへなにしに行かれるのですか?」

「一つは未知への挑戦。具体的にはダライ・ラマに会ってみたい……」

つづいて目的の第二が出てくるかと思ったら、ホック氏はそこで言葉を途切らせると街路に目をやってしまった。私は話題を変えた。

「長旅でお疲れでしょうが、パーキンス領事もお会いしたがっております。今夜、当地の実業家のウイギンス氏の屋敷で夜会が催されるのですが、ご出席願えれば光栄です……」

「うかがいましょう」と、意外に簡単にホック氏が答えた。「元来、ぼくは仰々しい集まりは嫌いなのだが、はじめての土地の様子も知っておきたいのでね」

「宿舎は共同租界のヴィクトリア・ホテルにとってあります。午後八時にお迎えにあがります」

「ありがとう。もし、君に時間があればホテルで、この地の現在の情勢を教えてほしいのだがね」

と、ホック氏はいった。

2

イギリスとアメリカの共同租界にあるヴィクトリア・ホテルは石造り三階建の落着いた建物である。その一室にホック氏を案内すると、氏は窓からくすんだ屋根がつづく市街をじっとながめ、それから化粧鏡の前にあった二脚の椅子の一つに腰を下ろし、もう一つの椅子を私にすすめた。氏はクレーのパイプに葉をつめ火をつけると、以前からこの部屋の主であるようなゆったりとした態度で紫煙をたなびかせた。

「一口にいって、当地の状況は全面的に安心できるものではありません。表面上は沈静化しておりますが、阿片戦争、太平天国の乱の影響があとをひいていて、一部には〝扶清滅洋〟の旗印を掲げた過激の徒がイギリス、フランスの宣教師や重要人物を狙っているという噂もあります。国内には各所に反匪《はんぴ》が起り、清国政府は巨額の出費をして、鎮圧に追われていますが、それをよそに専制的な権力をにぎる西太后はみずからの栄華に酔って、豪奢な生活に浸っているそうです。租界の外へ出るときは充分に身辺にご注意なさらなければいけません。西太后の濫費はこの国の基盤を危なくするものだといわれております。私もこうした話を短期間で多く耳にいたしましたが、それが真実とすれば、ヨーロッパの過去の君主のいずれよりもはなはだしいものでありましょう……」

私はその一例として次のようなことを語った。

西太后は北京の万寿山《まんじゅさん》の離宮「頤和園《いわえん》」に住むことが多かったが、この「頤和園」は一七五〇年に高宗帝が玉泉の水を、甕山湖《おうざんこ》にみちびいて昆明湖《こんめいこ》と改称し、湖畔の丘を万寿山と命名して山上に八角四層の仏香閣を築き、湖畔に清漪《せいい》園を設けて皇室の避暑地としたものである。しかし、一八六〇年にイギリス、フランスの連合軍が北京を侵攻し、離宮は、灰燼《かいじん》に帰してしまった。その後、一八八八年になって西太后は海軍増強に当てるべき国費を流用して、この離宮を再建したのである。

西太后の贅沢はそればかりではない。皇室はそれぞれに肉類、魚類を扱う葷局《くんきょく》。野菜、植物性油を使用する精進料理の素《そ》局。軽食を扱う点心《てんしん》局。米飯、粥の飯《はん》局。焼きもの、焙りものを扱う烤炉《こうろ》局の五局の料理室を持ち、毎日、晩餐の食卓にならぶ料理は百品前後、六卓は必要であるという。西太后はあひるが大好物で、このあひるは宮廷用の特級米が南方からはこばれてくるのをあたえられて十キロほどに肥らされたものを使い、弱い火で三日間煮こんだ爛蒸鴨子《ランチンガオズ》として、いつでも要求に応じて食卓に出さなければならないので、常時五十から六十の釜で煮ているのである。

百品の贄をつくした料理も一箸つけられるだけで残りはすべて処分されてしまう。しかし、このために上級五十人、下級五十人の料理人が日夜奉仕しているのである。

私は話をしているうちに次第に舌の回転がなめらかになり、ホック氏の意向もかまわずに最近聞いた話を披露した。

「上が上なら下も下。清朝の官僚機構は腐敗の一語につきます。高官の多くは私利私欲に走り、下級の者は金銭で簡単に変節する。一部の心ある者がいくら奔走しようと、この国の衰退をもはや、食い止めることはできません。我国としては、この機に乗じて大英帝国の勢力をこの国に扶植したいという方針ではありますが……。それはさておき、清朝の二百数十年間にわたって蓄積されてきた数々の宝物が熱河《ねっか》故宮におさめられております。古代エジプトのファラオの財宝をもはるかに凌ぐ、無数の宝石、金銀、玉石だそうでありますが、この中のひときわすぐれた品物の一つが、最近、ある高官の手によって、盗み出されたそうです。もちろん高官はただちに拘留されて、厳重な訊問を受け、身辺を捜索されましたが、その宝物はすでに処分されたのか、隠されてしまったのか所在が不明だということです。腐敗の一例として申し上げるのですが……」

パイプをくゆらしながら私の話を無言で聞いていたホック氏が、そのときになって口をはさんだ。

「盗まれた宝物とはどういうものです？」

私は思わず頭に手をやった。

「それが、諸説紛々としてよくわからないのです。ある者は宝石の目を持つ白玉の像といい、ある者は黄金の舎利塔だといい、ある者は古代ペルシャの七宝の壺だというのですが、北京の刑部（司法）当局は、この件に関して一切、沈黙しておりまして、それがいっそう臆測を生むもとになっております……」

ホック氏はパイプに新しい葉をつめながらふっと息を吐いた。

「もし、ぼくが未知の国への旅に挑戦するという野心を持っていなかったら……」と、ホック氏はふたたび紫煙をあげながらいった。

「異国での興味ある事件が、人生の単調さを救ってくれるだろうがね……」

私はいつの間にか自分のおしゃべりで、相手の時間をつぶしてしまったことに気づき、あわてて立上った。

「お疲れのところをつまらない話でお邪魔してしまいました。のちほどお迎えにまいりますので、これで失礼いたします」

「なかなかきみは有益な話を聞かせてくれましたよ。はじめての土地の知識はいろいろとぼくの役に立つでしょう」

ホック氏は立上って私をドアまで送ってくれ、そこでポケットから先程、私が氏に渡した金の入った封筒を取り出した。

「すまないがこの金はフロントにしっかり金庫に入れて保管するようにいってくれませんか。後日、この金はチベットへ発つ準備につかうので、手もとに置くことはないのでね」

私は封筒を受取り、フロントの支配人に保管を頼んでホテルをあとにした。

3

日本からの生糸、中国の茶や織物などの輸出入をなりわいとするウイギンス氏の夜会は、それほど数多くない上海の英国人やフランス人社会では定評があった。月に一度の夜会には領事や領事館員、ウイギンス氏の同業者、清国政府地方官である〝知県〟や清国とアメリカ、イギリスの合弁資本で経営されている織物工場の支配人などが夫人や令嬢同伴で出席する。

娯楽の少ない任地では、こうした夜会が私のような独身の男性にはささやかな楽しみでもある。

その夜、定刻に私はホック氏を伴って会場に到着した。慇懃な執事の出迎えを受けて入った広間には、すでに三十名ほどの着飾った紳士淑女が参集し、大きなシャンデリアの光に女性たちの身につけている宝石が反射していた。客は私たちのあとから、まだ次々に到着していた。私は主賓であるウイギンス氏と会話を交している パーキンス領事の両人に、サミュエル・ホック氏を紹介した。

「やあ、あなたがホックさんですか。楽しいご滞在を祈りますよ。ときに本国からの書面では、くわしいことがわからぬのだが、マイクロフト氏とはどういうご関係ですかな?」

と、領事は自慢の赤髭をなでながらたずねた。これに対するホック氏の返事はそっけないほど簡単であった。

「なに、ちょっとした知り合いです」

「ご滞在中は、ホイットニー大尉がお世話しますから、どうか遠慮なくご用があれば申しつけてください。本国からの指令は、万遺漏なく世話するようにということでしたからな。でも、政府の方ではないのでしょう?」

「純然たる民間人ですが、いささかの力を国のために貸したこともあるのです」

「なるほど。なにかは知らねどその功績にむくゆるため、というわけですな。どうぞ、おくつろぎ下さい」

ホック氏は短く礼をのべた。私はホック氏を知り合いの人たちに紹介した。そのうち、領事が私を呼ぶのでホック氏のそばをはなれた。領事の用事というのは、私が求められていた清国陸軍の動向についての報告書に関することであったが、これはそれほど急ぐことではなく、たまたま領事が私を見て思い出したといった程度のものであったので、ふたたびホック氏のところへ戻ろうとした。

いつか広間にあふれるほどになってきた客に埋没して、ホック氏の姿が見えなくなっていた。私は氏をうろうろとさがすうちに、飲みものを手にした若い令嬢とぶつかり、グラスを下に落して平謝りに謝ったりした。

そうこうするうちに、私は片隅でホック氏が同年輩の男性と親しげに話をしているのをみつけて近寄った。ホック氏は私を見ると、かたわらの男性の肩に手をおきながら、これまでに見たことのないよろこびにみちた表情でいった。

「ホイットニー大尉。紹介させてもらうよ。東洋の果てのこの地で、むかしの親しい友に出会う偶然を奇蹟というほかはない。インドのテライ茶園の経営者のヴィクター・トレヴァー君だ。トレヴァー君は奇しくもぼくとおなじく、きょうマドラス号という船で上海に着いたそうだ」

「よろしく」

トレヴァー氏と私は握手を交した。トレヴァー氏は身長が五フィート六インチほどで陽に灼けてはいるが全体に小肥りで、多血質で精力的な感じがした。

「彼とは大学時代の友人でしてね。私は大学を中途でやめてインドに行ってしまって、長いあいだ、この……」と、一瞬、トレヴァー氏はホック氏を見ていいよどんだ。「ホックさんとは音信不通でした。まったく偶然の奇蹟です」

「しかも、人生には偶然がいくつも作用することがある。トレヴァー君はヴィクトリア・ホテルに宿泊するそうだ。これでぼくも孤独をなぐさめられる。このような土地では、孤独は罪悪だからね」

「茶の取引上の書類を船内で処理していましてね。船員に荷物だけホテルへ届けさせて、私はこちらへうかがったんですよ。夜会を楽しむ間もなく、ここで商売の話をしなければならない」

と、トレヴァー氏は笑った。ホック氏が友人と会ったのは、私にとってもいいことだった。私は世話役兼接待役として、明日はホック氏をどこへ案内しようかと思ったりして、頭を悩ませていたからである。私にはまだホック氏のひととなりや好みがわからないので、いくぶん気が重いのも事実だった。

「きみはとっくに結婚しているんだろうね?」

と、ホック氏がトレヴァー氏に聞いた。

「ボンベイで知り合った女性と結婚したが、彼女は一年もしないうちに熱病にかかって死んでしまった。その後は数人の召使いとぼくだけのさびしい生活だよ」

わずかに顔をくもらせてトレヴァー氏はいった。

「それはそれは……。悪いことを聞いてしまった」

「いいんだよ。人生には偶然もあれば、幸運も不幸もある。インドで茶園の開拓に熱中しているあいだに、ぼくの神経も強靭になった。清国との取引を手掛けはじめてから、すっかり中国語もうまくなって、商売も順調だしね」

トレヴァー氏は笑ったが、その笑いは決して愉快そうではなかった。なにか心に思い悩んでいるものがあって、ふっとその重さが浮き上ってきたという感じであった。ホック氏は鋭い目でトレヴァー氏をみつめたが、特になにもいおうとはしなかった。

こう話しているあいだにも夜会は盛り上り、楽士が旋舞《ロンド》の音曲を奏でるにつれて、広間中央のフロアに踊る人々の輪がふえた。私はホック氏とトレヴァー氏のそばをはなれ、飲みものを取りに壁際にしつらえられた料理の並ぶ台に行った。手を伸ばしてグラスを中国人のボーイから受取ろうとしたとき、そばから伸びた手にぶつかり、相手が持っていたパンチのグラスから液体がこぼれた。

「失礼しました……」

私はあわてて詫びをいった。

「わたくしにお恨みでもありますの?」

相手はホック氏をさがしていたときにぶつかった若い令嬢だった。亜麻色の髪に澄んだ湖のように青い瞳の、あらためて見れば二十二、三歳の美しい娘である。その瞳がいたずらっぽい微笑をうかべていた。

「とんでもない。どこか濡れませんでしたか?」

「ええ」

「アーサー・ホイットニー大尉です」

と、私は名乗った。

「領事館でおみかけしたことがございますわ。紹介もなしに名乗るとぶしつけと思われるでしょうが、かまわないわ。わたくし、マーガレット・エヴァンズです」

私はかかとを会わせて会釈した。

「すると、エヴァンズ&モースタン商会の……」

「ヘンリー・エヴァンズは父でございます」

エヴァンズ&モースタン商会は機械工具類の輸入販売を手掛けていて、エヴァンズ氏はウイギンス氏の親しい友人であることは私も知っていた。

端的にいえば、このとき私は、明朗で魅力的なマーガレット嬢に魅せられてしまって、ホック氏のことを短い時間ではあったが忘れてしまったことを告白しなければならない。その短い時間に、私たちはワルツを踊り、おこがましくも私は彼女の耳もとに、また会ってほしいとささやくまでに至ったのである。マーガレット嬢は私の願いを聞き入れてくれて、近いうちに再会を約束してくれたのである。

やがて私は一隅の椅子に座って話をしている友人同士をみつけて近づいた。ところがホック氏とトレヴァー氏はさっきまでの愉快な様子はどこへやら、妙に深刻そうな顔付をしていた。それもどちらかといえばトレヴァー氏のほうが重苦しい表情であった。

私に気づくと、ホック氏は声をあらためてトレヴァー氏に話しかけた。

「きみの考えはたかぶった神経の生み出した想像の産物かもしれないね。単に何者かの目を絶えず意識しているとはいっても、実体が雲をつかむようではぼくとしても如何《いかん》ともなし難い。きみがなにか大きなことをかくしているのはわかるが、いえないというなら、いまは無理に聞くことはすまい。とりあえずは今夜ぐっすり眠って疲れをとることだ」

それに対してトレヴァー氏はうなずき、訴えるような目を上げた。

「すまない。長いあいだ会わなかった君に会えたというのに、また、こんなことをいったりして……。そのうちに必ず話せると思う」

ホック氏はやさしくトレヴァー氏の肩をたたいて立上った。

「さて、ぼくも少々疲れた。ホテルに帰って熱い湯に入ることにしよう」

「ぼくは明日の商談の打合わせをしに行く。そうだ、後から君の部屋にめずらしいものを届けよう」

トレヴァー氏は思いついたようにいった。

4

私たちがホテルに戻ったのは、ちょうど十時であった。ホック氏の部屋は二階の東側にある。私がロビイで別れを告げようとすると、ホック氏が十分ほど話をしたいといったので、私は氏の部屋まで同行した。氏の話というのは、自分がやがて旅立つチベットについて参考資料を集めてほしいということで、氏が読みたい資料のリストが私に渡された。私は早急にその資料を集めて持参することを約束した。

そこへドアがノックされた。私がドアをあけるとトレヴァー氏が手に三個の缶詰をかかえて立っていた。

「これを一つ味わってみてくれ」

入ってきたトレヴァー氏は、缶詰を差出した。

「なんだね?」

ラベルには漢字しか書かれていないのでホック氏は缶の一つを手にしてたずねた。

「龍眼《ロンイエン》という果物だよ。広東のような南方でできるもので、七月頃が成熟期なのだが最近は缶詰にできるので、季節を問わず食べられるようになった。まさに東洋の味だよ」

「わたしも一度食べたことがあります」と、私はいった。「わたしの清国に関する知識は領事館の陳顧問から仕入れたものにすぎないのですが、例の西太后がライチー（茘枝）とともに大好物だといわれるこの国独自の果物ですよ。滋養強壮剤としても有名で、実を乾燥したものを桂丹といいます」

私は部屋の隅の天井から下っている紐を引いて中国人のボーイを呼び、缶切りとフォークと皿を持ってくるようにいった。

「それじゃ、ぼくはこれで。仕残した用事を片づけなけりゃならない」

トレヴァー氏はおやすみというと部屋を出ていった。ボーイが頼んだ品物を持ってきたので、私は缶をあけ、皮をむいて白い丸い果肉となっている龍眼の実を皿にとってホック氏にすすめた。

「淡泊なのに甘味がさわやかだ……」

ホック氏は果肉の中の核をとりだしながら、めずらしそうに数個の実をながめた。

「この国のある地方では七月七日の夕に、若い娘たちが龍眼のたべくらべをする風習があるそうです。二十も三十も食べて、多く食べるほど美しくなるといいます。その七月七日というのは、天上を流れる銀河を渡って、愛しあっている星と星が、一年に一回会うことができる日なのです」

「ファンタスティックだ」と、ホック氏はいった。「人生は平凡で陳腐だが、それを彩るのは芸術と恋愛の原動力となる想像力だからね。ところで今夜の君も想像力のとりことなっているようだ。彼女はなかなか美しいじゃないか」

「ど、どうして……」

私は赤くなって口ごもった。

「夜会へ行く前の君といまの君とは、消えていた炎と燃えはじめた炎のちがいがある。あの女性と踊ってからは、絶えず彼女のほうばかりに目がいっていた。多分、近いうちに再会の約束ができたのだろうね」

私はからかわれていると思ったが、それにもましてホック氏の観察の鋭さにおどろかされた。

「正直にいうとそうです。彼女はエヴァンズ&モースタン商会のエヴァンズ氏の令嬢です」

私は龍眼を一個、まるごと口にほうりこんだ。自分でも相当、狼狽していたにちがいない。なめらかな実が咽喉にすべってつかえ、私は目を白黒させた。

そのとき、ホック氏はふと顔を横に向けて聞き耳を立てた。

どこかで叫び声がした。

「なんでしょう？」

それよりも早くホック氏は立上っていた。ドアがあくと前にも増した男の叫びがひびいた。私はホック氏のあとを追って廊下に飛出した。ホック氏の部屋から六室へだてた、位置としては西側の一室の前で、中国人のボーイが室内を指さし、怯えた表情で大声に何事かを叫んだ。

声を聞きつけて並んでいるドアのいくつかが開き宿泊客が顔をのぞかせた。階段を駈け上ってボーイと支配人のハリスン氏がやってきた。いちばん先に駈けつけたホック氏と私は室内に入りかけたところで、蒼白になった叫び声の主のボーイに引止められた。

「シェズ、シェズ！」

「わからん。どうしたのだ？」

ボーイはしきりとおなじ単語を繰返し、私たちに室内に入るなという身振りをした。ハリスン支配人が進み出てボーイを鋭い声で叱りつけた。それに対してボーイが何事かを答えると、今度は支配人が蒼白になった。

「入っては危険です。蠍子《シェズ》――さそりがいるそうです。トレヴァーさんが倒れているといっています」

「さそり？」

一瞬、私はインドでの経験を連想した。彼の地には不気味なかたちをした猛毒を持ったさそりがいる。わがベンガル連隊の制服のさそり（赤い制服なのでスコーピオンと呼ばれた）ではなく、石の下や屋内にひそむさそりである。

「ステッキを」

ホック氏が振返りざまにいい、廊下にあふれた宿泊客のひとりの老人が杖を手にしているのを見ると、身をひるがえしてそのステッキを借り、勇敢にも室内に飛びこんだ。私もおくれてはならじとあとにつづいた。

そのときの室内の光景は、のちになって思い起すたびに、悪夢の世界となって私をおびやかした。

まず、最初に目に入ったのは、壁の燭台のガス灯のあかりが照らしているベッドの白いカバーだった。そのカバーの上に世にも不快な赤褐色の生きものが三匹、奇怪なはさみを広げて、ゆっくりと四対の歩脚を動かして這っていた。次にベッドの下に倒れている人物だったが、それがヴィクター・トレヴァー本人であることは恐怖と苦痛で別人のようにゆがんだ顔であっても、すぐにわかった。彼の首筋と足のあたりにもおぞましい生きものがいて、そいつはかすかな息を吐くような音を立てて、尾部を大きく持上げていた。いずれも体長が六インチもある大きさで、こんな巨大なものにはこれまでお目にかかったこともなかった。

ホック氏は敏捷な動作でステッキを振上げ、さそりを打ちつけた。ベッドの下に素早く逃げこもうとする別の生きものも、たちまち動かなくなった。ベッドの上のさそりは三方に散ったが、ホック氏はうなりをあげたステッキでそれを追いかけて打ち据えた。

「まだ息がある。医者だ!」

「はい、ただいますぐ」

ドアのところにいたハリスン支配人が駈け出していった。私はさそりがまだいないかと室内を調べたが、五匹以外にはいないことを確かめた。ホック氏はその間にトレヴァー氏を抱え、足の傷口を固く裂いたシーツで縛っていたが、トレヴァー氏は痙攣を起すようにふるえ、苦しげな唸りをもらしつづけていた。

化粧台の上には私たちがもらった龍眼の缶詰があけられ、皿の上に二、三個の龍眼の実が残っていた。トレヴァー氏はここで龍眼を食べているときに、さそりに嚙まれたのであろう。氏の口もとからは断末魔の人特有の血のまじった泡が出ていた。

「トレヴァー君、しっかりしたまえ!」

ホック氏の声が聞えたのか、トレヴァー氏の口がなにかいいたそうに動いた。

「……ロン……イェン……チー……」

「なに?」

トレヴァー氏は必死の力をふりしぼって、その言葉を三回繰返した。そこで全身の力が尽きたのか、がっくりと首を落した。ホック氏は瞳孔を見、私に顔を向けて首を横にふった。

5

紫色に腫れあがったトレヴァー氏の足の傷口に目をそむけながら、私は思わず十字を切った。

「ホイットニー君、彼はまず足を刺され激痛でひっくりかえったところを、もう一匹に首筋を刺されたのだ。このさそりは西アフリカ産のパンディナス・インペレーターだよ。清国にいるはずのないものだ」

ホック氏のいう通り、氏の腕から下されたトレヴァー氏の首筋にも無残な傷口があった。

「しかし、一体、なぜ……」

私は半ば呆然とした。ホテルの一室に突然、猛毒を持った巨大なさそりが五匹も出現したというのはどういうことであろうか。

「ホックさん、ドクターです」

支配人につづいてフロック・コート姿で黒い医師用の鞄を手にしたイギリス人の初老の医師が入ってきたが、一目見ると絶望の身振りをし、たたきつぶされている地獄の使者のような生きものの死骸を見て声にならない驚愕の叫びをあげた。

「こ、これはなんです？　何があったのです？」

「ご覧の通りさそりにやられたのですよ。一刺しで百獣の王さえ倒すという猛毒です。ひとたまりもありますまい」

「さそりですって？　まるでロブスターだ。見たこともありません」

「支配人。犠牲者をベッドに寝かしましょう」

ハリスン氏は気味悪そうに近づくと、ホック氏と私の三人でトレヴァー氏の遺骸をベッドに横たえた。

「きみ、来てくれたまえ」

ドアの入口には野次馬がむらがってなかをのぞきこんでいたが、その前のほうに最初に悲鳴をあげたボーイがいるのをみて、ホック氏は手招きをした。ボーイはまだ顔が青く恐怖が去らない態であったが、うながされておずおずと部屋に入ってきた。

「英語が話せるかね？」

と、ホック氏は聞いた。

「少し、だけです」と、ボーイは答えた。

「よろしい。最初にたずねるが、これは中国語だろうと思う。ロン・イェン・チーとはどういう意味だね？」

「ロン・イェン・チー……」

「発音の点で自信があるとはいえないが、彼は息を引きとる前にその言葉を三度繰返した。だから聞きちがえということはないだろう」

ボーイの目は化粧台の前と遺体のあいだを往復した。

「それ、龍眼《ロンイエン》を食べる、いうことです」

ホック氏には無意味かもしれなかったが、ボーイは指で空中に漢字を書いた。龍眼吃《ロンイエンチー》。

ホック氏はびっくりしたように片方の眉をしかめた。

「この果物を食べる？　それだけかね？」

「はい……」

氏は黙りこんで、いきなり室内を歩きはじめた。

「そんなはずはない……」

彼の低いつぶやきが聞えた。ホック氏は天井を見まわし、次に部屋の壁の下方にあけられている鉄柵のはまった通気孔に手をふれ、寝室につづく浴室をのぞいた。そして、ふたたびトレヴァーが倒れていた化粧台の前までやってくると、食べ残された龍眼の皿や缶を慎重な手つきで調べた。さらに氏はベッドに横たわったトレヴァーの死体を綿密に検査しはじめた。首や足の刺傷はもちろん、耳からうなじにかけて、それこそ舐めるような調べ方であった。

「ホイットニー君、野次馬にはお引取りを願ってくれないか。それからハリスンさん、事件を警察に通報してください」

ホック氏は顔を上げていったが、その目が別人のように生き生きとかがやいていた。私は突然、氏が巨人となってあたりを威圧しているかのような錯覚にとらわれた。

「租界での外国人の事件は、領事館警察が処理することになっております」

私は医師に礼を述べて一応、帰ってもらうこととし、むらがっている野次馬の前でドアを閉めた。そのあいだに支配人はあたふたと領事館に報告に行ってしまった。

室内にはホック氏と私と――トレヴァーの遺体だけになった。氏は後悔と興奮のまじったいかにも口惜しげな態度で遺体を指さした。

「事実が明白に見えたので、ぼくともあろうものが恐るべき欺瞞に騙されるところだったよ。わずかな調査の労力を怠ったばかりに一代の失策をやらかすところだった。ここを見たまえ」

氏はトレヴァーの首をぐっと横に向け、襟足の部分を指さした。目を近づけるまでなんのことかわからなかったが、よく見ると、その部分の毛にトレヴァーのブラウンの髪とそれよりやや色の濃いものが付着し、毛根の間に小さな点ともみえる傷があった。

「トレヴァーは背後からいきなりうなじに毒液を注射されたのだよ。犯人はそのあとで持参していたさそりを放ち、部屋を出て行ったのだ。もし、最初からさそりに刺されたのだったら、ぼくたちはボーイの悲鳴の前に、トレヴァーの叫びを聞いていたにちがいない。ところがわれわれはボーイの声しか聞かなかった。彼は即効性の毒薬を注射されて、それこそあっという間もなく倒れたのだ。おそらく血管を極度に収縮させるような毒物だろうね。いくらかの器具と試薬があればぼくが分析するのだが、いまはそのひまがない」

「なぜでしょう。トレヴァー氏を殺害するだけならその注射で充分なのに、なぜ、さそりなどを……」

私は思わず口走った。

「それは愚問というべきだね、ホイットニー君。不可解であっても必ず論理的な理由があるはずだよ。事件の異常さはそれだけで一つの大きな手がかりになる。現に、ここに現われた犯人は西アフリカ産のさそりを手に入れ、トレヴァーに自分が何者であるかを示すマークを残していったと考えられる。このさそりがそのマークだね。こういう場合、もっとも妥当と思われるのは怨恨による犯行だろうが、それを先入観としてはいけないことは勿論だ。犯人は周到な人物とみえて、ほかに証拠らしい証拠を残していない。床のカーペットは見るとおりすれていて足跡も残らないし、マッチ一本残されていない。いまのぼくにわかるのはトレヴァーが安心しきっていて、しかも、非常に親しい間柄の人物が犯人ということだけだね。彼は龍眼を食べながら立上りもせずに応待したようだし、まったく警戒もせずに化粧台に向って相手に背を見せていた。鏡にその人物が自分のうしろに立っているのを見ても警戒しようとはしなかったくらいだからね」

「ホックさん、あなたはだれなんです?」

と、私はおどろいて思わず声を大きくした。

「ロンドンから派遣された諜報員ですか? それとも政府の秘密の調査員ですか?」

「上海に来てまで自分の職業が問題になるとは思わなかったが、ぼくは民間の諮問探偵です。意見を求められれば証拠と論理によって推理された答えを提供する……」

「そうだったのですか」

「ある理由からこのことを吹聴することは控えてほしい。それを約束してくれますか?」

と、ホック氏はいった。

「そうおっしゃるのなら約束します。私も名誉ある大英帝国の軍人ですから、その点は信用してくださって結構です」

「よろしい。——さて、第二段階だが、ぼくにはトレヴァーが最後の力をふりしぼって、龍眼を食べることをいい残したとはどうしても思えないのだ。たとえ、そのとき龍眼を食べていたとしても……」

その点は私も同感だった。いくら美味であっても自分が殺されるときに、その食べものの名を少なくとも三回も繰返すだろうか。私はウイギンス氏の夜会で、トレヴァーがホック氏に話していたらしい〝何者かの目〟のことを思いだした。くわしい内容は知らないが、トレヴァーは神経を迫害されるような出来事を経験していたらしい。私がそのことをいうと、ホック氏はうなずいた。

「だが、彼が何者かに監視されていたにしても、非常に漠然としていて、彼の興奮した神経の生み出した妄想か、それとも緊張した神経が察知していたのかくわしいことは聞けなかったのだ。——どうやら領事館警察の人たちが来たようだ」

ドアが開いて、数人の警官が入ってきた。

6

領事館警察の主任は長身で貴族的な顔立ちをした、片眼鏡《モノクル》でもかけたほうが似合いそうなシンプソンという警部だった。彼は三年前にロンドンから当地に派遣されてきた手固い実務家である。警部は私と並んでいるホック氏を見ると、おやという顔をした。

「もしやあなたは……」

ホック氏は大股に近づいて警部の手を握った。

「きみはスコットランド・ヤードでアセルニ・ジョーンズ君の同僚でしたね。ちょっと話がある」

片隅に警部をつれていって、ホック氏は何事かを話すと警部は大きくうなずいて、ふたりはまた戻ってきた。警部は自分と一緒に来た清国人をホック氏に紹介した。

「張志源《チャン・シー・イエン》警補を紹介します。張君は清国按察使《あんさつし》直属の警察官で、われわれと清国側との警察面での協力者です。——張君、この方のことは私が保証するよ。心から信頼していい。ホ……ホックさんの業績は以前から感嘆しておりました」

シンプソン警部の率直な讃嘆の衝撃が私にも伝わってきた。どうやら警部はホック氏を見知っていて、しかも心から信頼している様子なのである。

ところで張警補なのだが、彼は巨漢である。身長は五フィート八インチぐらいだが、横幅も誇張していえばおなじぐらいあるといっていい。突き出した太鼓腹を黒の繻子《しゅす》の長衣に包み、イギリスのチョッキに相当する砍肩児《カンジエンル》を上に着用している。満月のように丸い顔のなかに細い目も低い鼻もうずまってしまいそうで、前額部を広く剃り、後髪を編んで長く垂らした、西欧人がピッグ・テール（豚尾）と呼んで揶揄する弁髪姿で、彼はホック氏に叮重なお辞儀をした。余談ではあるが最近、清国の若者が西欧に留学して弁髪の奇を知り、故国で廃止の運動をはじめているが、まったくその効果がないのである。

シンプソン警部はボーイを呼んで発見時前後の状況を聴取したが、そこに私たちの知らなかった二三の事実が明らかになった。

「トレヴァーさんは、ここにおられるホックさんから十分ほどおそく、お連れの方とお帰りになったのです。トレヴァーさんは龍眼の缶詰の入った袋をお持ちになり、連れの男の方は右手に小さなバスケットを提げておいででした。その方は年のころは三十そこそこの西洋人で、背が低く小太りの方でした。灰色のシルクハットをかぶって、赭い頰ひげを生やしておいででした。おふたりは笑い合いながら二階に上って行かれたのです。しばらくしてトレヴァーさんの部屋の呼鈴が鳴りましたので部屋に行くと、ドアがわずかに開いていてノックしてもご返事がありません。あけてみるとトレヴァーさんが倒れていて、あのさそりが這いまわっていて、一緒におられた男の方は影もかたちもなくなっていたのです……」

「その男が犯人であることはまちがいないな」

と、シンプソン警部が勢いこんでいった。

「男が帰る姿はだれも見ていなかったのかね？」と、ホック氏がいった。

「いや、それは私が見ておりました。フロントの前を通りすぎて悠々と外へ出て行ったのですが、不審な様子はまったくなくて、疑いもしませんでした」

ハリスン支配人がいって、ちょっと不安そうにつづけた。

「トレヴァーさんは私どもに大金をお預けになっておられます。その額は五千ポンドほどです」

「ほう、それは大金だ。なにに使う気だったのだろう。商売用の資金かな……」

警部は手帳にそのことをメモした。次に私たちに状況をたずねたので、私とホック氏は悲鳴を聞いて駈けつけ、奇妙な言葉を聞いたことまでを説明した。

「ロン・イェン・チー?」

それまでだまって聞いていた張警補の円満な表情がそれを聞くと、とたんに厳しいものにかわり、眠ったような目が大きく開かれた。

「たしかにトレヴァー氏はそういわれたのですな?」

「三回もね。食べていた龍眼がそんなに気にかかったとでもいうのだろうか」

と、私がいうと、張警補は否定の身振りをした。彼は意外に流暢な英語で話した。

「これまでのお話を聞いているうちに、この事件が私の捜査している事件と関係があるという確信を抱きました。と、するとあなた方が聞かれたトレヴァー氏の最後の言葉は、龍眼を食べる、ではなくて、龍眼の池でなくてはなりません。どちらも発音が同じロン・イェン・チーですからな」

「食べるにしても池にしても意味が通らんじゃないか」

と、私は反駁した。

「いや、大いに意味があるのです。龍眼池は盗難にあったわが国の朝廷の秘宝ですからね」

「それは……」

私は言葉をのみこんだ。宝物盗難の話は私がホック氏に、きょう話をしたばかりである。ただし、宝物がなんであるかは知らないままにだが――。

無言で聞いていたホック氏がいった。

「それはどんなものなのです?」

「シンプソンさんが信頼できるお方だと保証してくださったのでお話をいたしますが、これは外部には内々にしておりますのでおふくみおきください。――龍眼池は唐代から伝わる黄金の硯《インク・ストーン》です」

「あの字を書くための墨《チャイナ・インク》をためる道具か?」

と、私はがっかりしていった。

「ただの道具ではありません。中央部がたぐいまれな玉石でできていて周囲を精巧な彫刻をほどこした黄金の枠台がとりまいています。玉石のさらに中央部に龍が首をもたげていまして、龍の眼には高価なルビーがはめこまれております。一眼が三十カラットはありましょう。この玉石の池に水をいれ、手をたたくと水は小波《さざなみ》を立てて次第に大きくなり、その波は中央の龍に打ち寄せ、ついには龍の口から噴水となってほとばしるのです。徳宗皇帝陛下の母君、西太后がことのほか珍重されていた名品です」

「そのインク・ストーンの大きさと重さはどのくらいです？」

ホック氏の質問に、張は両手を広げて一フィート半ほどの幅を作ってみせた。

「かなり大きいものだね」

「重さはおよそ一二五ポンドほどです」

黄金の枠の高さは五インチはあると張はいった。聞くにつれて私にもその宝物の逸品であることは理解されてきた。唐代の名工が精根こめて作ったこの硯は他に比較するものがなく、価格も――つけられないという。

しかし、それがトレヴァーの最後の言葉とどうつながるのであろうか。私の疑問に答えるかのように張警補は巨体をゆらせながらいった。

「巷間、さまざまな噂が飛びかっておりますが、これまでに判明したところによれば、硯を盗み出した熱河故宮の管理者の地位にある役人は、正体不明の英国の買手二名に対して、どちらか値段を高くつけたほうへ売るつもりであったらしく、その買手の到着を待っていたのですな。ところがこの役人は峻烈な取調べに耐えかねたのか、硯のかくし場所をいわずに牢獄で縊死をとげてしまったのであります……」

「では、硯の所在は謎のままなのかね？」

と、私はいった。

「さよう。買手の正体も不明ですな。そこでわれわれとしては開港場に新しく到着するお国の方にも監視の目を光らさなければならない。トレヴァー氏が龍眼池についての関心を持たれていたとなると、氏は商用ではなく、硯を買う目的で上海にこられたのかもしれない……」

「でも、売手の役人はすでに自殺してしまったんだろう。仮にトレヴァー氏が宝物を買うために来たとしても売手はいないじゃないか」

張は私をあわれむような目でちらりと見た。

「役人の息のかかった人間がいることは確かですよ。その人物が硯のかくし場所を知っていて、買手と接触しているのですよ。トレヴァー氏の所持していた五千ポンドも、硯のためでしょうな。――われわれはトレヴァー氏については疑いを持っていなかったのです。実はもうひとり、お国の方で不審な男がいて、そのほうに関心があったのです。どうも、その男がトレヴァー氏の部屋にいた男らしい」

「小柄で小肥りの男だね?」

と、ホック氏がいった。張はうなずいた。するとあごが首の肉のなかにうずまった。

7

私は翌朝十時にヴィクトリア・ホテルに行った。

到着早々、事件に遭遇して長い夜となってしまったので、さぞかしホック氏は疲労していることと思い、早朝の訪問を控えたのだが、部屋に行ってみると私の予想を裏切り、氏は前夜よりいっそう精気がみなぎっている感じで、例のパイプをくゆらせながら安楽椅子に背をもたせて足を組んで座っていた。この椅子は昨夜はなかったから、支配人にいって取り寄せたものであろう。

「ホックさん、ゆうべは大変でしたね」

と、私はいった。

「ぼくという人間は不可解な事件が起きるとかえって頭脳が活発になる性質でね。それとともに肉体的な疲労も感じなくなるんだ。きみのほうは眠れずに、早くから散歩していたようだね」

「なぜ、それがわかるのです?」

私はおどろいてたずねた。事実、私は事件のことを思って興奮し、明方うとうとしたかと思うと目がさめてしまい、街を歩きまわったからである。

「初歩的な観察だよ。きみの目は充血して寝なかったことを物語っているし、靴には黄色っぽい砂がふきとれずに残っている。眠れなかったので散歩に出たと思うのが妥当だろう。そんなことよりも、ぼくは歳月が変える人間性についてさっきから考えていたんだよ。トレヴァーが大学時代のままの姿であってほしいと思うのは過剰な期待だったようだ。彼が盗まれた秘密に関係していたことは、もう疑うまでもない……。彼のむかしの家はノーフォークのドニソープにあってね。父親は治安判事で地主だったが、その父には暗い秘密があった。その秘密がもとで父親は卒中で亡くなったが、トレヴァーは悲嘆にくれて屋敷を売り払い、インドへ行ってしまったのだ。おそらくそれが遠因で性格が変っていったのだろうね。でも、この手でつきとめてやるよ」

「張という警補は、ジョン・モリスという英国人をマークしているといっていましたね。モリスは五日前に香港から入港したスコット号の乗客として上海にやってきたとか……」

「この街の利点は、西欧の人間が街のなかに溶けこめないことだ。日本でもそうだが、毛色のちがうヨーロッパ人は、どこにいてもたちまち目立つし、数がとても少ないからね。現にモリスはこの共同租界のべつのホテルに投宿していて、あの巨大漢の警察官は早速、領事館を介して訊問をするといっていたがね」

「では、きょう中にも犯人は検挙されますね。ホックさんがつきとめるまでもなく……」

「モリスという男は自分の姿を支配人に見られても悠々としていたんだよ。簡単に逮捕されるとは思えないね。それに、ジョン・モリスという名がどうも偽名のような気がする。ぼくはきみのくる前にロンドンとカルカッタに電報を打って、モリスとトレヴァーについて問い合わせているのだ」

ホック氏は立上った。

「さて、きょうの予定だが……」

「本来は市内見物と考えていましたが……」

「では、その予定にしたがおうじゃないか。ホテルの部屋にくすぶっていてもなにも得るところはない」

ホック氏は事件のことは忘れたようにさっさと外出の支度をした。

私たちが玄関に出ると、たむろしていた人力車のむれがわっと寄ってきた。人が引く車は日本から輸入されて清国各地に非常な勢いで普及していた。北京では洋車《ヤンチョ》と呼ぶが、ここ上海では幌が黄褐色のためか黄包車《ホアパオチョ》と呼ぶ。私は馬車《マーチョ》を手招きした。


上海は河口に面した一寒村にしかすぎなかったが、わがイギリスが清国との交渉で開港場として認めさせて以来、急激に発展してきた。ここはいまではヨーロッパとアメリカ、それに日本の権益がしのぎを削る拠点である。治外法権のある租界は三階建の白亜の商館がならび、殷賑をきわめているが、一歩そこを出ると、黒い瓦屋根と赤煉瓦でできた低い家が層々とつらなる。繁華街の大馬路《だいまろ》、静安寺路にかけては銭荘や商店が立並び、それぞれに職業を示す赤や金色の招牌を掲げている。戯院には京劇の毒々しい原色の絵看板が掲げられ、胡弓や銅鑼の音がひびきわたっている。豚の首や足を吊した肉屋。泡菜《パオツァイ》、酸菜《サンツァイ》、にんにく、にら、白菜、蕪《かぶ》などを山積みにした八百屋。上海の名物とされる蟹を濁った水のなかにぎっしりとつめこんだ魚屋。油の匂い、にんにくの匂い、雑踏する人間の体臭が入りまじった喧騒は、ホック氏にはおどろきの的であったようで、興味津々と次から次に氏は質問を発し、好奇心をあらわにしていた。

「われわれの欠点は、物事を自分の観点からしか見ないことだね。日本でもそうだったが、東洋のエネルギーはたいしたものだね」

私は匂いと汚れた恰好の人間に辟易して、顔をしかめていて、ホック氏の言葉には上の空だった。

ジェスフィールド公園の入口には『犬と中国人入るべ

からず』という掲示がかかっている。一八四二年の阿片戦争後、結ばれた南京条約によって上海は開港場となったのだが、その後権益が拡張されるにしたがって整備された公園には、この掲示がかかげられるようになった。漢字と英語で書かれている掲示を見て、ホック氏は眉をひそめた。

「これを立てた役人は、犬が字を読めると思っているのかね。百年の計を考えれば愚行というしかない」

氏は不興気に、あとはずっと押しだまったままだった。

馬車は城隍廟《じょうこうびょう》、湖心亭、白雲観といった旧跡をまわり、南市、豫園《よえん》の雑踏を過ぎた。氏は中国の五千年の歴史に驚異の念を持ったらしく、讃嘆の辞を惜しまなかった。

「そろそろ戻りましょう」

いつか時間がたっていた。ホテルを出て三時間がたち、空腹にもなっていた。

私は馭者に命じて馬車を租界に向けさせた。租界に入るとふっと私は安らぎを感じた。このなかには英国の伝統と習慣が息づいているので、私には祖国へ帰った感じがするのである。

「あれがサヴォイ・ホテルです」

私は二階建の白亜の建物を指さした。張警補はジョン・モリスなる人物がこのホテルに投宿しているといってきたのである。ホテルに近づくにつれて、玄関の前に立っている巨大な肥満漢と貴族的な痩身のふたりが目に入ってきた。

「シンプソン警部と張ですよ」

玄関の前で馬車を止めさせると、ふたりはこちらを向いた。警部が小走りに近寄ってきた。

「どうでしたか？ 結果は？ そのお顔の様子ではよろこばしい結果ではなかったようですね？」

と、ホック氏がいった。

「みごとに逃げられました。モリスは宿泊代の支払いもせずに、昨夜のうちに姿を消してしまったそうです。十一時近く、いったん帰ってきたそうですが、彼がいつ出ていったかはだれも目撃していないのです」

シンプソン警部は口惜しそうにいい、さらにつづけた。

「私どもは迅速が第一と思い、昨夜、あれからモリスに会おうとやってきたのですが、一足ちがいで裳抜《もぬ》けの殻でした……」

張警補が重い身体を大儀そうにしてやってきた。もともと表情のとぼしい彼は、いまもほとんど表情らしい表情をうかべていなかった。

「われわれは彼の部屋を捜索したり、ボーイたちを訊問していたのですが……。ホックさん、あなたならきっと何かわれわれに暗示をあたえてくれることができるでしょう。モリスの部屋のメモ用紙に前のページに書かれた文字のあとが残っていたので、それを持ってきましたが、なんのことかわからないのです」

シンプソン警部は大事なものを扱う手つきで内かくしから一枚のメモ用紙を取り出した。ホック氏と私は馬車から下り、氏はその用紙を受取った。

紙には明らかに字のあとがあった。一枚上の紙に書かれた文字が強い筆圧で下に残ったのである。

「ひどく急いでいたのだね。書いたメモを破りとって下には注意をはらわなかったのだ。これを書いたのがモリスだとすると、彼は左利きだね」

押しつけられたように残る字のあとは、T ai L K Han han T. 9p 5と読めた。ところどころが抜けているのはなにかが書かれていることは確かだが、判読不明なのである。

「どうして左利きとわかるのですか?」

シンプソン警部が不思議そうに聞いた。

「メモの左下にうすく汚れたあとがあるが、手首を押しつけたあとだよ。字の書き出しの線が特に強く右へ行くほど流してあるのは、メモを手首で押えながら走り書きしたからだ」

「なるほど。そうおっしゃられると納得いたします」

「ボーイたちから有益な証言は得られなかったのですか?」

ホック氏が聞いた。張警補が代っていった。

「ボーイたちの言によればモリスがかなりあわてた様子で戻ってきたのは見たが、彼が出て行ったのは見ていないというのです。あの時刻ですと裏口は閉っていますし、あいているのは正面出入口だけで、そこには夜勤のボーイがふたりいたというのです。深夜までに出ていった者は、宿泊客のだれかを訪問していたらしい中国人がひとり、包みを肩にして出て行っただけだというのですが……」

「それがモリスだ」

「わたしもそう思いますな」

ホック氏と張警補が異口同音にいった。

「入ってきた者と出て行った者との姿かたちがちがっていても、蒸発するわけがない以上、変装していたことは確かだよ。モリスは小柄だというから中国の服を着て帽子でもかぶれば、それほど明るくないホールを通り抜けることはできたはずだ」

「すると、彼は深夜、どこへ行ったか、ですな」

シンプソン警部がいった。ホック氏はメモをつまんでひらひらさせた。

「もちろん、これが行先ですよ。何者かから連絡を受け、心おぼえにメモに走り書きをして急いで出て行った

「この宏大な国の、ある一点といわれてもわかるわけはありません」

と、私は絶望的にいった。

「そうだろうか……」ホック氏は立ったまま窓外にひろがる街並に目をやりながら、火のついていないパイプをくわえた。「張さん、この国では外国人の行動できる範囲が、たしか限られているはずじゃなかったかね？」

張警補は椅子に座っていたが、彼が身動きすると椅子はギシギシと鳴った。

「さよう。現在のところは開港場から三十五哩《マイル》となっておりますな。以前は五哩でしたが、お国がいささか強引に談じこみまして拡大したのです。もちろん、その範囲より遠方に行かれるのは自由ですが、政府は責任を負わないことになっております。外国人に反感を持つ輩がひそんでおりますからな。遠方で、まあ安全なのは蘇州杭州といった景勝地でしょう……」

「モリスは土地に不案内だ。たとえ中国人に変装したからといって、それは一時的な目くらましであって、この国で生活できるわけはない。だから、それほど遠方ということはないだろう……」

ホック氏は例のメモを取り出してながめた。その顔が急に明るくなった。

「張さん、いまのあなたの言葉でモリスの行先が見当

のです。それに、自分があやしまれることを承知していたでしょうから、ホテルにぐずぐずしているわけにはいかなかった。このメモをしばらく貸してください」

「のちほどお返し下さるなら結構です」

「それから張さん。あなたの知恵が必要です。一緒にモリスの行先について考えてほしいのです」

「お役に立てれば……」

巨体を傾けて張は会釈をした。

8

シンプソン警部はモリスの行方を捜査する指揮をとりに行き、張警補は私たちとヴィクトリア・ホテルに戻った。

「なぜ、モリスはメモを書いたか……」と、ホック氏は部屋に入るなり切り出した。「ここに書かれたものが中国語だからだ。英語なら記憶してしまうだろうが、言葉を知らない外国人では忘れないようにメモしておくのが自然だ。メモをしてそのメモを持っていったのは、それが彼の行くべき目的地だからだね。そこで、このメモがある地名であるとわかったからには、この場所に行けばモリスと会えるというわけだ」

つきましたよ。単純なことだ。蘇州については、ぼくも数冊の案内書を読んで知っているのだが、ここは湖のほとりでしょう?」

「そうです。古来、上有天堂、下有蘇杭――上に天国、下に蘇州杭州といわれる名勝ですな。太湖に舟をうかべて虎丘《こきゅう》、楓橋《ふうきょう》、玄妙観《げんみょうかん》の景を満喫すれば、まさに地上の極楽浄土ですわい」

「Tai Lake だ」

と、ホック氏はいった。

「太湖だとすると、次は簡単ですな。寒山《ハンシャン》でしょう。Tはなにかな」

「Temple のTですよ。湖と寺は英語です」

「寒山寺は蘇州の由緒ある古刹《こさつ》です」

「きょうは十一月八日だね。すると次の数字の9は九日ということかな。Pの次が消えていてふたたび5という数字だが――これはPM5だよ。九日午後五時、太湖寒山寺だ」

「お見事ですな」と、張警補は椅子をきしませながらいった。「わが国にも古来、幾多の探偵譚があるが宋時代の『棠陰比事《とういんひじ》』に記載されている名判官を見る想いがいたしますな」

それは警補にとって最大級の賛辞であったらしいが、残念ながら、私にはその内容についての知識がなかった。


「そうとわかれば、寒山寺《ハンシャンスー》を中心に厳重な網を張りましょう」

「待ってください。気づかれたら彼等は近づきませんよ。モリスはきっとそこでだれかと会うのでしょう。そのだれかが龍眼池をモリスに売り渡すのだ、とぼくは思う。モリスは宝を入手するために、トレヴァーを殺害したのだ。モリスとトレヴァーが秘宝をせりあっていたライバルだったのにちがいないよ」

かつての学友であり親しい友だった者が、このような悪事に加担していたことへの想いのためか、ホック氏の言葉は沈痛なひびきを持っていた。

「それではどうするのですか?」

「ぼくとホイットニー君、それに張さん、あなたの三人で充分でしょう。ぼくには多少の拳闘と格闘技の心得がある。剣のほうもいくらかはできる。ホイットニー君はどうだい?」

「わたしは銃についてはいささかの腕があると自負しております」

と、私はいった。カルカッタでは射撃大会で三位に入賞したこともある。

「みなさん、わたくしを疑い深い目でごらんになるようですな……」

張警補は椅子の肘かけのあいだにはまりこんだ巨体を、

なんとか脱出させようともがきながらいった。

「いや、それは誤解だ。ぼくはあなたが格闘技にかけては相当の力量であると思っていますよ。手の指の固さ、手掌部《しゅしょうぶ》のタコ、それに長橈側手根伸筋《ちょうとうそくしゅこんしんきん》の異常な発達は握手のときにわかっていたからね」

はじめて無表情なまるい仮面だった張警補の顔に笑みがひろがった。笑うとただでさえ細い目が肉のあいだに消えてしまった。

「わたくしは長江（揚子江）から南に伝えられた南派拳法を修行いたしましてな。これは中国拳法のみなもとである小林寺拳の流れを汲むものでありますが、北派が跳術を主とするに反して南派は立位を主といたします。わたくしのような大飯桶《ターファントン》（大食漢）は蹴ったり跳ねたりは不得意ですが、虎掌爬風《こしょうはふう》、黒虎坐洞《こっこざどう》、白虎推山《びゃっこすいざん》などの術を使う虎拳には向いておりましてな……」

そういって警補は謝意を表する動作か、左の拳を握り、右手でその拳を包む礼をした。これは握った拳が〝日〟、包むほうが〝月〟を意味し〝明〟をあらわす抱拳《ほうけん》という礼で、小林寺に伝わるものなのだ、と警補はいい、余談ですが、とつづけた。

「そのむかし、明《みん》が清にほろぼされたとき、明の武将の多くが小林寺に入山し、清国への報復を誓って武術を鍛錬したのですな。この礼はその当時からの挨拶です」

「なるほど。しかし、拳は銃にはかなうまいね」

と、私はいった。

「拳は身を守る術ですから、接近する敵を倒すには向いております。銃のような飛道具にはなかなか……」

「そうだろうね」

「拳にはわれわれの遠くおよばない不思議な法があると聞いたことがある。ぼくの習った日本のジュウジュツ——うまく発音できないので、長いあいだバリツといっていて、今度の旅でようやくいえるようになったのだが——も知れば知るほど奥行が広いものだからね」

と、ホック氏は好奇心にみちた表情でいった。

「武術の発達は民族固有の必然性によりますからな。中国は春秋の世より戦乱を多く経験してきました。その結果、人間の極限の意志力を肉体に作用させられるまでにいたりました。たとえばわたしは、さっき申し上げたように肥っていて、蹴りに弱点がある。蹴りは重要な攻撃法ですから、それを避ける方法を身につけておかなければならない。紳士方を前において妙な話ですが、股間の急所を守るために、意志の力をもって睾丸を体内に随意に引上げることができます。相手は必ず急所を狙ってきますからな。なんなら論より証拠で、触れてみてください」

「いや、それは……」

と、私は口ごもった。ホック氏は苦笑をうかべて、話だけで充分だといった。張警補は椅子をきしらせながら立上った。

「後刻、またなにかあったらご報告にまいりましょう。では、これで……」

「知合いになれてよかったよ、張警補」

と、ホック氏はいった。

「わたしもです。イギリスの方でわたしに理解を示してくださったのはあなたをもって嚆矢《こうし》としますな……」

張警補はお辞儀をして巨体をはこんでいった。

「さて、ホイットニー君、武器としてぼくのために頑丈なステッキを用意してくれたまえ」

ホック氏は私に向き直った。

「わかりました。私は短銃を持参いたします」

「なるべくモリスを生きたまま捕えたいものだ。あの張警補はとらえどころがないように見えるが、頭のいい大した男だよ。郷に入れば郷にしたがえというとおり、彼を信頼したほうがいいね」

ほんとうにそうだろうか、と私の心は半信半疑であったが、それは無意識に植えつけられた偏見と優越感のせいであったと、のちになって反省したのである。

9

張警補が巨体をゆるがすようにして帰っていったあと、ホック氏は外出の支度をはじめた。

「図書館はあるかね？　貴重な午後を無駄にすごしたくないので、この国に対する理解を深めるためにも、いくつかの文献に当ってみたいのだ」

「完備されているとはいえませんが、領事館の近くに図書館が開設されております」

「では出掛けよう。夕方までの数時間、ぼくをひとりにしておいてくれたまえ」

そこで私はその間、領事館にもどって自分の仕事をすることにし、氏と連立ってホテルを出た。

「なぜ、モリスは取引の場所として寒山寺などという場所をえらんだのでしょう？」

私は疑問を口に出した。蘇州までは上海からおよそ五三哩ほどある。鉄道が通じているものの汽車でも二時間余かかる。このような〝遠隔〟の土地でなく上海を取引の場所にすれば、宝物を持出すのは容易であるはずだ。

ホック氏はおだやかな微笑をうかべた。

「宝物の重さを考えてみたまえ。ほぼ、人間の大人の体重に匹敵する重さだよ。ポケットに入る代物じゃない。故宮から盗み出された龍眼池をかくすのは、なかなかむずかしかったろう。売手は買手に現物を見せて、品物と金を交換し、取引を成立させるのが普通だ。と、すれば品物は寒山寺にあると思うのが自然だね」

「私は以前に一度、寒山寺に行ったことがありますが、たとえば本殿とか、地中にでも埋めてあるのでしょうか……」

私はそのあたりの光景を思いうかべた。

「水中にあるほうが取り出しやすいね」

「では、湖中に?」

「そうだ。かくし場所としては絶好だと思うがね。きっと寺の近くの水中にあるのだろう。売手はモリスと寺で会って、彼をそのかくし場所に案内し、取引を成立させるつもりだと思うね」

「そういえば湖岸は丈の高い芦が密生していて、品物をかくすには都合のいいところです」

「引き揚げた品物は野菜でも積んだ荷馬車に乗せて、上海へはこんでくればいい。そのあとはこの国から持出すのは簡単だ。イギリス人の特権の前には清国の税関は力が無いようだからね。——陸上をいくら捜索しても宝物は発見されなかったはずだ」

ちょうど図書館の前だった。ホック氏はそこで私と別れて館内に入って行き、私は領事館の方角に歩き出した。折から背後で馬車の音がしたので振返ると、通りすぎようとした馬車の窓からマーガレット・エヴァンズ嬢の白い顔がこちらをのぞいているのが目に入った。

私が挨拶をする間もなく行きすぎた馬車は、前方で止り、窓からエヴァンズ嬢が顔を出して微笑んだ。私は足早に近づき、帽子をとって挨拶した。

「きょうはどちらへ?」と、私は聞いた。

「父のところへ寄りましたの。先夜は大変失礼をいたしましたわ。でも、とても楽しうございました」

「私もです」と、私はいささか気負いこんでいった。「もし、よろしかったら先日のお約束通り、近いうちにお会いしてゆっくりとお話をしたいものです。二、三日すれば時間に余裕ができると思います」

「結構ですわ。わたくし、明日はお友だちと約束があるので駄目ですけど、そのあとでしたらいつでもわたくしの宅へお越しくださいませ」

「必ずおうかがいいたします」

エヴァンズ嬢はにっこり笑うと、馭者に声をかけ会釈をして走り去った。私はなんとなく気分が高揚して、秋の重たい灰色の空も気にならなくなり、足までが軽くなった感じで領事館に向って歩きだした。

その日の日没まで、私は清国陸軍の上海およびその近郊における現勢を報告書にまとめることに没頭した。いや、没頭しようとしたというべきであるかもしれない。と、いうのは没頭しようとすると、ふいになんの脈絡もなく明日の寒山寺のことや、さっき会ったばかりのエヴァンズ嬢の容貌が脳裡にうかんでくるのである。

「ホイットニー大尉。シンプソン警部から聞いたのだが、あのホック氏という男は、本国ではかなり名の知れた探偵だそうだね」

うしろから声をかけられて、私はペンを置いて振返った。パーキンス領事が両手の親指をチョッキのポケットにかけて立っていた。

「はい。そう聞きました」

「しかし、聞いたことのない名だな。ロンドンから送られてくる新聞にはベーカー街に住んどる探偵が、かなり活躍しているらしいが、あの男も政府の高官の庇護を受けているようだからそれなりの探偵なのだろうな。八年も極東で暮しておると、本国の情勢にうとくなる。最近、とみに故国がなつかしくなった。ピカデリー・サーカス、トラファルガー広場、ケンジントン……変ったろうな」

領事はふと空中に故国の街を見るように、もの思う目になった。口には出したことはないが、私も幾度ホームシックにかかったことか。

領事はそれだけいうと行ってしまった。もっとも、去りがけに次のように一言つぶやいたが……。

「チベットへ行くなどとは酔狂だな。チベット、か……」

私は午後六時になって、仕事をひとまず終え、またヴィクトリア・ホテルに行った。この時間ならホック氏が帰っているだろうと思ったのだが、思った通り氏は部屋にもどっていた。

しかし、氏の様子はすっかり緊張していて、図書館へ行くまでの態度とは打って変った厳しい表情だった。氏は窓際に向けた安楽椅子に腰を埋め、パイプを吹かしていたが、長いあいだその状態をつづけていたらしく、部屋のなかは、もうすっかりうす暗いのにもかかわらずあかりもなく、強いたばこのけむりが充満していた。

ホック氏は私に目を向けると、くちびるからパイプをはなした。

「つい、十分ほど前、シンプソン警部が来てくれたところだ。彼はモリスの消息をつかむために、きょう一日、市内を懸命に捜索したといっていたよ」

氏は前置きもなく話し出した。私はガス灯をつけ、窓をあけてこもったけむりを追い出した。

「それで、なにか手がかりがつかめたのですか?」

「依然としてモリスの行方は不明だが、三日前にそれらしい西洋人が上海駅に来て、鉄道のことを聞いていたそうだ。応待に当った英語のできる駅の主任の話では、その男は専門的な鉄道用語を交えていて、なかなかくわしかったということだが……」

「で？」

ホック氏の話が途中でとぎれたので、私は先をうながすように氏を見た。氏の手には二枚の電報用紙が握られていた。

「ホイットニー君。きみはぼくのことを第三者にむやみに話したりしないだろうね？」

「もちろんです。お約束したではありませんか？」

「そうだった。じつはぼくの生命を狙っている者が少くとも三人はいる。いずれも凶悪で極悪非道な悪人たちだ。なかでもヨーロッパの犯罪組織の蔭にいて、ほとんどの悪事をあやつっている犯罪界のナポレオンと呼ばれる男は、執拗にぼくを狙った。ぼくは今年の春、ついにその男と対決する羽目になってね」

「そんなことがあったのですか？」

「スイスの険しい滝の上で争った挙句、その男は体をくずし、はるかな滝壺へ岩にバウンドしながら落ち、ぼくは九死に一生を得た。そのとき、ぼくも死んだことにして、鳴りをひそめている暗黒街のやつらが動き出したら、ふいに現われて彼等を一網打尽にしたら、と思った。それにはしばらく姿をかくす必要がある。期間は三年もあれば充分だろう。ぼくはそこで相討ちになったようにみせかけ、ヨーロッパを留守にすることにしたのだよ。ヨーロッパにいては、張りめぐらされた悪人たちの目にいつとまるかわからないのでね……」

「それで東洋にいらしたのですか」

「この機会に見聞をひろめ、学術的な探検をするのはぼくの性質にぴったりだしね。——だが、この上海でヴィクター・トレヴァーに再会した偶然を、ぼくは奇蹟的な確率としておどろいたのだが、運命は偶然をさらに重ねたようだ。ぼくが図書館から帰ってきたら、ホテルに返電が届いていた。一通はロンドンにモリスの身許を照会したもので、一通はカルカッタにトレヴァーについて問い合わせたものだが、その二通の電報は極めて興味深い事実をもたらしてくれた。まず、カルカッタのイギリス領事館からは、ヴィクター・トレヴァーがかの地で妻を亡くしてから、かなり荒《すさ》んだ生活をするようになり、築きあげた茶園も手放す仕儀になったことを伝えてきている。彼は一攫千金を狙って、清国の盗み出された秘宝を買いとり、高く売るために上海へ来たことが裏付けられた。——ロンドンの外務省はジョン・モリスについて、この男が西アフリカのダカール経由で東洋に向うスコット号に乗船していたことを確かめてくれた。もっとも、旅券の名前がちがっていたがね」

「なんという名なのです?」

と、私は聞いた。

「ウィリアム・モリアーティ。ぼくが滝で戦った男の弟だ」

と、ホック氏はいった。

「なんと!」

「ぼくの闘争の相手には、その家系にきわめて不良な遺伝的性向がある。もし、彼の遺伝的特質が正義と善に向いていたら、彼は世界の進歩に貢献できたろう。だが、その特質は悪だった。二十一歳で数学界をおどろかす二項定理の論文を書き、小惑星の力学について鋭い洞察を示した数学の天才は、同時に犯罪の天才でもあった。この男は三人兄弟のまんなかでね。兄も相当の悪人だ。しかし、いちばん下の弟については、これまでイングランド西部で鉄道の駅長をしているとしか知らなかったが、犯罪者の血はその弟をも悪の道に走らさずにはいなかったのだね。体型は兄は長身で痩せていて、いつも身体を左右にゆらす癖がある。だから、小柄で小肥りのジョン・モリスとは結びつかなかったのだ。彼があのおぞましいさそりを手に入れたのもダカールの港でだろう。彼は競争相手を最初から殺すつもりだったので、その方法として毒物注射の痕跡をかくすためにさそりを用意し、奇怪さを増幅する演出を試みたのだね」

「すると、トレヴァーさんは龍眼池を入手する名乗りをあげたときから殺される運命にあったのですね」

「トレヴァーは何者かの目を意識していたことをぼくに言ったが、彼はそのときからモリス——いや、モリアーティに狙われていたのだ。ところが彼自身、盗まれた秘宝を手に入れるという負目があったから、くわしい話をぼくに告げることができなかった。ぼくとしてはあの場合、無理に聞き出すことはできなかったからね」

「鉄道の知識があったということも、モリスがそのモリアーティであることにまちがいありません。なんというやつだ」

「はじめて相まみえる相手だが、一筋縄ではいかないと思う」

ホック氏はくちびるをかみしめた。その厳しい表情を見ると、氏がモリスに対して想像以上の危機感、あるいは神経をとがらせているのがわかる。私もその雰囲気に包まれて緊張感が高まってくるのを感じた。

「さあ、そろそろ食事の時間だね。ぼくはクラレットと、ごく軽いものを食べればいい」

ホック氏は気を変えて明るい口調になると立上った。

10

翌日、私たち四人——ホック氏と張警補とシンプソン警部と私——は、上海站《ツァン》（駅）午後一時四十五分発の列車で蘇州に向った。

窓外にはよく晴れた空の下に水田とクリークの楊柳の光景がひろがっていた。そのあいだを馬が荷を引いてゆっくりと歩んでいる。

「きのう図書館で一夜漬けの知識を詰めこんできたのだが、これから行く寒山寺は中国の詩人たちにとって深い関心があったところらしいね」

と、ホック氏はいった。張警補は我が意を得たりとばかりに丸い顔をほころばせた。

「西洋の暦でいえば八一〇年代、いまから千年以上前に、寒山という僧が庵《いおり》を結びましてな。その後、張継という詩人が、月落ち烏啼《からすな》いて霜天に満つ、と謳って、天下にその名を知られるようになりました。ところが二百七十年前に寺は焼け落ちまして、いまでは往年の面影はまったくありませんな。淋しいかぎりですが、いずれまた百年もたてば復興するでしょう」

張警補の言葉を聞いていると、千年の歳月も一昔前であり、百年は一日のようである。悠久の歴史に培われたこの国では時間も、われわれの世界とはべつの流れ方をしているのである。

のろのろと進む列車の旅は、内心はやる気持があるだけに退屈であった。車窓の風景も変化がなく単調だった。シンプソン警部も落着きを失って、たえず指で膝をたたいていた。冷静、毅然としているのはホック氏と張警補だけである。

四時に蘇州へ着くと私たちはあたりに警戒の目をはしらせながら、埃っぽい小道を徒歩で楓橋に向った。寒山寺はこのほとりにあるのである。ところどころに貧しげな農家が陽を浴びていた。庭にはあひるが群をなして餌を追っていた。農夫が私たちをめずらしそうにながめていた。早い秋の落日は、もうかなり西に傾いていて、あたりは黄金色に染まろうとしていた。この時刻では見物に来る人間はほとんどいない。

小道のカーヴを曲ると、それまで樹木にさえぎられていた視界が突然ひらけて、満々たる水をたたえた太湖の水面が展開した。水際には人の身長より高い芦が密生している。

湖に散在する数十の島、北側につらなる丘陵が一望の下に目に入った。

「あの大きな島が馬蹟山と西洞庭山ですな」

張警補が手を上げて教えてくれた。湖岸に近い水面に漁をする小舟が数隻浮いていた。

このときの私たちを、モリスかその取引相手が目にしたとしても、外国人の観光客としか見ないであろうと私は思った。しかし、周囲の目のとどく範囲内にはあやしい人物の影もなかった。

私たちは寒山寺に着いた。ここも人の気配はなく、みすぼらしい堂の前に張警補によれば唐と明の時代の詩人の作った詩碑が建っているばかりであった。

「ぼくたちは姿をかくしていなければならない」

と、ホック氏はいった。寺の近くの二フィートほどの斜面を下りたところに芦が生えていて、多少足もとがやわらかく、靴がめりこむもののそこにひそんでいれば先方からは見えない場所があったので、私たちはそこにかくれて待ち伏せすることにした。

中腰かしゃがんでいなければならないので、この姿勢は張警補には苦痛だとみえ、彼はときおり低い声で呪いの言葉を吐きながら、身体をもぞもぞ動かした。ほかの者より体重の重い彼はくるぶしの上まで湿地にうまっていた。こんな季節なのにしぶとい蚊が襲ってきて、私たちの露出している部分を刺した。

私たちの位置からは目標の場所はよく見える。そこには人の姿はなかった。そうこうしているうちに陽はますます西に傾き、太湖の湖面が茜に染まり、島は紫にかすんだ。もし、私たちが単なる遊覧の客であったなら、湖上に小舟をうかべ、この絶景を飽くなく鑑賞したにちがいない。

すでに暮れなずんだ東の空には星がかがやきだした。シンプソン警部が懐中時計のふたをあけて、五時五分前だとささやいた。

「シッ……」

突然、張警補が指を口に当てた。私は陸上ばかりに注意を向けていたが、私たちの背後のほうで水面を分ける櫓の音がした。芦の隙間からうかがうと、一艘の小舟が竿を使う船頭とふたりの乗客を乗せて岸に近づこうとしていた。たそがれの淡い残光で見るかぎり、乗客はふたりとも中国人のようであった。

舟は接岸すると、乗客たちは身軽に岸に飛び移り、寒山寺のそばを流れる運河にかかっている江村橋を渡って、寺へのぼっていったが、話声のようなものは一切聞えなかった。

「彼等が宝物の売手ですね……」

シンプソン警部がささやいた。私は同意のしるしにうなずいた。彼等は逮捕された高官の仲間か手下で、秘宝を外国人に売り渡す役目をになっているにちがいないのである。

その外国人であるジョン・モリス——ホック氏によればモリアーティは、そろそろ姿を現わさなければいけないところだ、と思いながら首を伸ばしたとたん、これまで静寂そのものだったあたりに、いきなり女の明るい笑い声がひびいた。意外だったのは私ばかりではなく、ホック氏も思わず目をみはって声のほうに頭をめぐらせた。

先程の小舟の乗客の男たちは寺の石段のところにいたが、これもまったく予期していないことだったらしく、ぎくっとしたように周囲を見まわしていた。笑い声の主は寺の反対側から上ってきた。かすかな光りにふたりの女性がうきあがったとたん、私はわれを忘れて、思わずあっと叫んで腰をうかした。

女性のうちのひとりはマーガレット・エヴァンズ嬢であったからである。もうひとりの女性もエヴァンズ嬢と同年輩で、いくらかマーガレットとくらべると背が低い。

「お嬢さま方。もう日が暮れます。早く駅に行かなければ列車に乗りおくれます」

どこかでしわがれた男の声がした。

「五分、待ってちょうだい。すばらしい景色ですもの……」

そうした会話は芦のあいだにひそんでいる私たちにはっきりと聞えてきた。

「なんということだ……」

シンプソン警部が舌打をした。

女性たちは寺の前面で湖面が夜の幕におおわれて行くのをながめている。そして——そのとき、もうひとりの人影が黒いシルエットとなって石段の下にうきあがった。

11

私はホック氏の耳もとでささやいた。

「あれがモリス、いや、モリアーティにちがいありません」

その男は中国服を着て丸い帽子をかぶっていたが、体型が話に聞いたモリスとそっくりだった。観光客を装っていたふたりの男は、あとから現われた男に近寄った。先に来ていた男がなにかいった。

「お嬢さま、どうなさいました……」

しわがれた声の主が姿を見せた。この男はきちんとした服の、エヴァンズ家の執事と思われるイギリス人である。

「いま、行くわ。でも、湖上のいさり火がきれいで……」

エヴァンズ嬢の声がした。湖上の小舟はランタンをともして、それが湖面にばらまかれた星のように光っていた。

「あ、やつらは舟に乗る気だ」

張がいった。三人の男たちはエヴァンズ嬢たちの一行を避けるように、さっき、ふたりの男が乗ってきて、まだ船頭とともに岸辺にもやっている舟に歩き出したのである。

「乗られたら追う術がありません」

シンプソン警部がいった。付近には小舟はない。湖上に出られたら、私たちはなすところがない。シンプソン警部はそういったとたん、もう我慢できないというふうに、ひそんでいた芦の繁みから飛び出した。ホック氏が引止めようとしたが、もうおそかった。警部は拳銃をかざし、大声をあげて三人の男たちに迫っていったのである。こうなると彼ひとりを見棄てるわけにもいかず、私は前後のことも考えずに警部のあとを追った。

男たちはぎょっとしたように立ちすくんだが、次の瞬間、駈け出した。先頭の男は小舟に飛び移ったが舟は大きくゆれて男は体勢をくずした。そのためにつづいていた男は舟に飛び乗ることができないで一瞬、足をゆるめたところへ警部が追いついた。モリスと思われる男は反対の方向に逃げ出したので私は彼を追った。

石段の上では突然の事件におどろいたエヴァンズ嬢たちの一行三人が声を出すことも忘れて目をまるくしていたが、私はモリスが逃げる方向に彼女たちがいることに気づいて大声で叫んだ。

「エヴァンズさん、あぶない、逃げてください！」

モリスはいまや彼女たちに向って突進していた。その前面でエヴァンズ嬢は恐怖のあまり足をすくませていた。人間は極度の恐怖のときには声も出ず神経も麻痺して、反射的な行動をとれなくなるものである。エヴァンズ嬢はモリスの腕がさっと伸びて、彼女の腕をつかみ身体をかかえこんだときに、はじめて悲鳴をあげた。男は彼女の首に右手を巻きつけて楯にし、あとずさった。

私は愕然として立ち止まった。私の眼前三フィートのところに血走ったけものの目をした獰猛な顔があった。悪を凝縮させ、そこに凶悪と狡智をかぶせたらこのような顔になるのであろう。いつ、取り出したのか左手に研ぎ澄まされた六インチほどのナイフを持ち、エヴァンズ嬢の白い咽喉に当てていた。

「来てみろ。女の首を掻き切ってやる」

男は歯をむき出してうなるようにいった。

エヴァンズ嬢の友人と執事はなす術もなく抱き合うように片隅に立ちすくんでいる。私は救援を期待するように視線を横にはしらせた。もつれ合う人影がちらりと目に入った。それは男たちふたりと争っているシンプソン警部と張警補にちがいなかった。腹の底まで沁みる裂帛《れっぱく》の気合とともに張警補の巨体が、想像もできないほどかろやかに敏捷に躍って、攻勢に転じたふたりの男に打ちかかっていた。

モリスはエヴァンズ嬢の咽喉にナイフを突きつけながらじりじりと下った。私は彼とにらみあいながら隙あらば飛びかかろうと差をちぢめていったが、それ以上のことはなにもできなかった。腰の拳銃は人質をとられていては役に立たない。しかも、その人質は私の心のなかでいつか大きく位置を占めているマーガレットなのである。私は怒りとあせりに胸を灼《や》いていた。気温は急激に下りつつあったが、私の身体は汗にぬれていたのである。

もう、あたりはすっかり暗くなっていた。おたがいの顔もはっきりとは見えない。ほの白いエヴァンズ嬢の怯えた顔がそのなかにうきあがっていた。

これらのことは時間にすればわずか一分ほどのあいだに起きたことである。長くても二分とかからなかったにちがいないが、私にはひどく長い時間であった。

「罪もない女性をはなしたらどうだ。おまえは逃げられないぞ。モリアーティ」

いつ来たのか私の横でホック氏の凛とした声がした。

「おれの名を知っているやつはだれだ？」

モリスはぎくっとして、暗いなかを見透かすように目をむいた。

「きみとは初対面だが名乗る必要もあるまい。おたがいに周知の間柄だからね。宿命というものがあるとすれば、きみとぼくも見えない糸でつながれているのだ。地球の反対側で出会うとは、さすがのぼくにも予想がつかなかったがね」

「何者だ？」

と、彼は再度くりかえしたが、ふいに息を吸いこむ音がした。

「もしや……もしや……」

「さあ、女性をはなしたまえ。彼女に傷を負わせでもしたら、ぼくも容赦はしないからね」

モリスは狂ったように首を振ってあたりを見まわした。

「ホックさん、逮捕しましたよ！」

暗やみの彼方からシンプソン警部の勝ち誇った声がした。その声で一瞬の隙ができた。モリスの目が警部の声のほうにいったのである。ホック氏の握っていた樫のステッキがうなりをあげて、側面からモリスの左手を打った。男はうめいてポロリとナイフを取り落した。

「畜生！」

彼はエヴァンズ嬢を私たちの前に突き飛ばした。そして、いきなり逃げだした。倒れかかるエヴァンズ嬢をホック氏は抱きかかえた。私は腰の拳銃を抜き出すと、闇に溶けこもうとするモリスを追った。

モリス、いやモリアーティは小男だが足が早い。あたりはまったくの闇で相手の足音だけが頼りである。私は走りながら拳銃の引金を引いた。一発、二発。

轟然たる音と火花と煙硝の匂いがした。そこは浅瀬で芦が密生し、それを掻き分けなければ追跡ができなかった。まだ、はなれたところを逃げる足音がしている。水を蹴って走るので目標が見えなくても見当はつく。私は軟泥に足をとられながらも走った。私はなにも考えなかった。男を追跡することだけが念頭にあった。

前方の闇のなかで、あっという叫びがし水音が高く上った。モリアーティがころんだのだ。それに向けて私は引金を絞った。ふたたび轟音と火花が飛び、前方で悲鳴と水音がした。

「手応えがあったぞ！」

と、私は叫んだ。

12

シンプソン警部が呼ぶ声がした。

「どこだ、ホイットニー大尉！」

私は大声で位置を知らせた。間もなくバチャバチャと水音がして、芦のあいだから警部がやってきた。

「怪我はないかね？」

「私は大丈夫だ。それよりエヴァンズさんは？」

「一時的に気を失ったが無事だよ。あの男はどうした？」

「確かに手応えがあった」

「こう暗くては、城内に行って人手とあかりを借りてこなくてはなるまい」

警部と私は念のために芦を分けて、モリアーティの倒れたとおぼしきあたりに行ってみたが、暗いうえにところどころに深みがあって、ほとんどなにも見えなかった。

「弾丸が当って沈んでしまったにちがいない」

私たちは石段に引返した。張警補がぐったりしたふたりの男に縄をかけ、その近くにエヴァンズ嬢の一行三人とホック氏が立っていた。エヴァンズ嬢は私を見ると走り寄ってきて、胸にすがりついた。

「おそろしかったわ、アーサー。死ぬかと思いましたわ」

「もう大丈夫です」

私は彼女の身体をしっかりと抱きしめた。上気したつややかな頬が、ふくよかな香水の香りとともに私の頬にぴったりと押しつけられた。

ホック氏はシンプソン警部からモリアーティの結末についての報告を聞いて、空を見上げた。漆黒の空には無数の星がきらめいている。湖面が青みを帯びてひろがり、島にある民家のかすかな黄色い灯と、湖上の小舟のランタンのあたりは地上にまかれたいくつかの星のようである。

「ただちに城内に行って人と灯を頼んできましょう」

警部はそういうなり駈出そうとした。

「待ちたまえ。エヴァンズさんたちを無事に駅まで送り届けるための馬車も用意してきてくれないかね」

「わかりました」

警部は駈けていった。

張警補がマッチをすって、そのへんに落ちていた枯枝に火をつけた。その火のなかに無念そうな表情で、しかも顔や手に青黒い痣を作り、衣服も何か所か破れているふたりの男の、しばられている姿がうかび上った。

ふたりのうち、ひとりは二十代半ばで狐のような尖った顔をし、もうひとりは十歳ほど年長で角張った顔に、垂れ下ったひげを生やしている。ふたりとも弁髪で黒い長衫《チャンサン》を着ていた。

「見てください」

張はひとりの男の右腕の袖をまくりあげた。その上膊部に青黒い奇怪なさそりの刺青があった。つづいて隣りの男の腕もまくりあげたが、彼にもおなじ刺青があった。

「青帮《チンパン》の一味ですな……」

ホック氏が物問いたげに私を見た。

「青帮と紅帮《ホアンパン》はいずれも凶悪な悪の組織です。掠奪、密輸、殺人を日常のこととしている暗黒街の組織です」

と、私は説明した。その二大組織のことは話には聞いていたが、実物を目にするのははじめてであった。

「もともとは腐敗した官に反抗した義士の集まりだったのです。しるしとなる青と紅の旗を掲げて乱を起し、良民の味方をしたのですが、壊滅的打撃を受けるうちにいつか変質してわが国の社会の裏を支配する組織となりつつあるのですな。――秘宝を盗み出した裏にこいつらの手が動き、さらに外国の悪徳商人どもと結託しておったのでしょう……」

張警補はじろりと縛られている男たちを見ながらいった。ふたりとも一言も口をきかなかった。

「モリアーティは東洋の悪の組織と結びついていたのだね。兄はヨーロッパの暗黒街の帝王として君臨し、弟は遠い極東の地にも喰いこむ。兄弟で全世界の悪を支配下におこうというのだ。ぼくはスイスでその野望の一つを打ち砕いたが、弟のウィリアムの死骸が発見されるまでは、まだ安心はできない……」

「あっ!」

ホック氏は暗い芦の繁みと湖面に瞳を向けていった。

突然、苦悶のうめきがした。縛られている男ふたりが、ほとんど同時に苦しげに身体をねじると、その口の端からくろぐろとした血が流れだしたのを私たちは見たのである。

「しまった。舌を嚙みきった！」

張警補は駈寄った。ふたりの男は一声うなり声を発したかと思うと、目を白くしてぐったりと首を垂れ、ことされてしまったのであった。

「油断をした。捕えられたら口を割らされる前に自決という掟でもあったのかもしれぬ……」

張警補は息絶えたふたりを見下しながら口惜しそうに歯がみをした。冷静に事態を見守っていたホック氏が吐息をついた。

間もなく暗い彼方に多くの燈火が見え、シンプソン警部が蘇州城の警吏十名を伴って引返してきた。

それから、ほとんど夜を徹しての捜索が展開され、夜が白むのを待ってさらに増援を依頼し、湖底の泥をさらう丹念な捜索がつづけられた。しかし――あのモリアーティの死体はついに湖から発見できなかったのである。わずかに彼の悲鳴のあがったとおぼしい地点の芦に、血痕が付着していたのが認められたばかりであった。私はモリアーティが沈泥に埋ったか、流れに乗って深みへはこばれたかのどちらかにちがいないと信じたかったが、それは長期にわたる今後の捜索に待たなければならない。

しかし、この大捜索の結果はべつの大きな収穫をもたらした。

朝になって東の空が美しく七彩にきらめき、その光が湖面をおなじように華麗に染めたとき、芦のあいだに分け入っていた人々からどよめきが上った。赤い浮標のようなものをみつけ、なんの気なしにそれを引いたところ水中に重いものが沈んでいるとわかり、数人がかりで引上げたのが、かの秘宝龍眼池を入れた函だったのである。ホック氏の推理はここでも的中したのであった。

第二部　禁じられた城の殺人《フォービドン・パレス・マーダー》

13

私たちは上海にもどった。それからの数日は、のちになって思い出してもことこまかくは想いだせないほど、多忙のうちにすぎた。そんななかで、いくつかの印象に残った出来事があったが、そのうちの二つについては、はっきりと記憶している。

その一つは目のあたりに、宮廷の秘宝龍眼池を見たことである。水中につかっていたにもかかわらず、この稀代の名品は黄金の輝きもまぶしく、精緻な玉石の龍の眼となっている三十カラットのルビーは、燦然と光を放っていた。ホック氏も張警補もシンプソン警部もしばらくはわれわれを忘れて見入ったものである。

厚い黄金の枠には名工が長い歳月をかけて高度の技術をもってしなくては不可能な、繊細で芸術的な彫刻がほどこされている。それは中国の暦法でいう十二宮の動物だということで、伝説上の動物である麒麟《きりん》や、鳳凰《ほうおう》、虎、龍などであった。

張警補が中央部の硯に水差しから水を注ぎ、両手を合せてたたくと、まことに不思議なことに水面に小波が立ちはじめ、波は互いに干渉しあって次第に高くなったかとみるまに、中央部に首をもたげている龍の根本に吸いこまれた。そして、天に向いている龍の口から高さにして三インチほどの水流がほとばしったのである。

「どんな仕掛になっているのだろう?」

と、私は思わず叫んだ。

「科学的な解明に思いをいたすのは、われわれヨーロッパの人間の長所でもあり短所でもあると思うね。ぼく自身としては、これはこのままミステリアスな宝物としてそっとしておいたほうがいいね」

ホック氏は、むしろ夢見るようにいった。張警補が我が意を得たりとばかりに大きくうなずいた。

「私もそう思いますな。わが国にはまだまだ人知で解明できないようなことがたくさんあります。東洋には東洋のやり方がありますので、すべてを合理主義で割りきることに賛成しかねますな……」

張警補は意外に頑固な人物だ、とそのとき私は気がついた。私もこの地へ赴任してまだ三か月で、中国人のものの考え方を知っているわけではないが、折にふれて私たちの思考とは正反対の思考にぶつかってとまどうことがある。

第二の印象的な記憶は、たびたび私事にわたって恐縮ではあるが、マーガレット・エヴァンズ嬢があらためて私を訪問し、愛情と感謝にみちた言葉で、先夜の礼を述べたことである。さらに、彼女の父のエヴァンズ氏から招待を受け、丁重な礼を受けたことである。そのとき父親のかたわらに立っていたエヴァンズ嬢の、私への愛情と信頼にみちた視線についてはさらに語ることはあるまい。その折り、玄関でエヴァンズ嬢は私にそっとささやいた。

「来週、馬車で遠乗りをいたしませんこと?」

「結構です。楽しみにしております」

と、私は答えた。だが、この約束は反古《ほご》にされる羽目になった。翌日、私はパーキンス領事に呼び出された。

「今回の事件に関して、きみはなかなかよくやったぞ」

「ありがとうございます」

「そこでだ。締めくくりをつけるために北京へ行ってもらいたい」

「北京、ですか?」

「あの宝物を警護して、ホック氏と張警補と紫禁城へ行くんだ。皇帝が秘宝を取り戻してくれた人々に会って、みずから功を賞したいという招請があった。西太后が外国人に会うなんて前代未聞だが、よほどうれしかったんだろう。出発は明日だ」

急な話であるが命令とあれば止むを得ない。このことはホック氏にも伝えられたが、氏はあまり気が進まない様子であった。氏はなによりも秘境に向って冒険の旅に出発したい想いが強いようで、充分な警備があればそれで秘宝返還は充分ではないかという意向であったらしいが、パーキンス領事は持前の強引さでついに承諾させたということであった。

その夜、私が早急に旅の支度をととのえていると領事館の陳顧問が訪れてきた。彼はおだやかな性質の、理知的な三十半ばの男で、われわれは彼から清国の内情についてさまざまな事柄を学んでいた。

「大変な役柄を仰せつかりましたね……」

と、彼はなにか悪いことでもして、それを告白するような調子でいった。

「こんなことになろうとは思わなかったよ」

私は旅行鞄に着換えを入れていた手を休め、彼に椅子をすすめた。

「あの西洋人嫌いの西太后がわざわざ謁見《えっけん》しようというのですから、今回のことが格別だったのでしょう」

顧問はパーキンス領事がいったのと、まったくおなじことをいった。

「皇帝はどういう人物なんだね?」

「名目上はこの国の帝王ですが、即位したのが四歳のときで、現在二十一歳。彼は西太后の妹の子、つまり彼女の甥ですが、すべては西太后の手に握られております。いまから千二百年前の唐の時代に、この国で唯一の女帝となった則天武后に比肩し得る権力です。これ以上の女性は今後も出ないでしょう」

「話には聞いていたが、たいした女性らしいね」

「彼女は先帝の文宗の側室であったわけですが男子を生み、その子が六歳で即位した穆宗《ぼくそう》です。これを機に一挙に政権をほしいままにしようとして、反対派の文宗の弟の恭親王などを理由を設けて極刑に処しました。文宗の正室の東太后も、彼女の差入れた食物を口にすると数日で亡くなり、わが子の穆宗も聡明で、母よりも東太后に愛情を抱いていて、母を遠去けようとしたために怒りを買いました」

「実子を殺しでもしたのかね?」

と、私はおどろいてたずねた。

「穆宗の死は、奸臣が悶々としている帝を誘って遊里に足をはこばせた挙句の梅毒によるものです。しかし、西太后が故意にかまるで見当ちがいの疱瘡《ほうそう》の治療をさせたために、悪化するばかりだったのです。穆宗の妃の毅《き》皇后は食を絶って夫帝のあとを追いましたが、そのとき皇后は妊娠しておりました。さらに西太后は東太后を毒殺し、邪魔者をことごとく除いて、現在の徳宗を樹てたのですが、愛情を一片だに抱いているわけではなく、徳宗は常に冷遇されております」

「ひどい話だ……」

「彼女の実子の穆宗についても、一説には先帝の子ではなく、金華飯館という料理屋の番頭の子だともいわれております。なにしろ、権勢欲、情欲、物欲ともに並はずれた持主ですからね。周囲を取り捲くのは彼女の意を迎えるのに汲々とした宦官《かんがん》たちだけときては、この先この国がどうなることやら、心ある者は心痛しております……」

陳顧問は悲しげな表情で、声もしめりがちであった。

中世のころ、わが英国でも国王エドワード四世が弟クラレンス公を殺害したり、その子エドワード五世が、摂政グロースター公に幽閉されて王位を奪われたり、権力をめぐる骨肉間の争いの例は数多い。地球上のどの国でも歴史をひもとけば、華麗な王朝の裏面に血なまぐさい暗闇があるのであろう。

私はこうした人物を目のあたりにすると思うと、急に興味が湧いてきたことも事実である。元来、私は好奇心が強いほうで、赴任先の異国での見聞に人一倍、首をつっこむほうだから、歴史上の一女性に会えるとなれば、旅も苦にはならない、と思われた。

14

十一月十五日の朝、私たちはいよいよ北京へ出発することになったが、七時半にヴィクトリア・ホテルへホック氏を迎えに行くと、そこにはもう張警補も来ていた。

「おはようございます。すばらしい天気ですね」

それに対してホック氏はお早ようと答えたが、張警補のほうは屈託ありげな表情でかすかにうなずいただけであった。ふたりとも妙に浮かない顔をし、一通の手紙をなかにしてこれまで話し合っていたようであり、室内にはなんとなく重苦しい空気が漂っているのに、私は気づいて笑顔をひっこめた。

「どうなさったのです?」

張警補は手紙を私のほうに差し出したが、文面は漢字で私には読めないことに気づき、手にしたままいった。

「犯罪の予告状ですよ」

「予告状ですって?」

「昨夜、私のところに届いたのです。少年が街で何者かに頼まれたといってね。文面によれば、われわれは北京に無事到着はできないだろうということですな」

「宝物をわれわれが取り戻し、仲間ふたりが死んだので秘密組織は復讐を宣言したのだよ」

クレーのパイプをくわえながらホック氏が苦々しげにいった。

「どのような手段に訴えるか予断を許しませんが、やるといったらやるでしょうな。のんびりとした旅にはなりそうもありませんな」

と、張警補がいった。

「もちろん、背後にはモリアーティの魔手があるにちがいないね。ぼくには到底、彼が死んだとは考えられないのだ」

ホック氏がいった。

「たしかに手応えがあったのですがね……」

「芦に付着していた血痕からいっても、彼が怪我をしたのは事実だろう。どの程度の怪我かわからないがね。しかし、死体はついに発見できなかった。彼を死んだと断定するのは控え目にいえば時期尚早だよ。むしろ、生存していて青帮の組織を背景に、われわれに挑戦してきたというべきだね」

私は武者ぶるいを禁じ得なかった。挑戦してくるなら受けて立とうではないか。相手が悪の権化ならそれを粉砕してやろうではないか。意気ごんだ私がそういうと、張警補はまあまあと手で制した。

「ことはそう単純ではありませんぞ。青帮や紅帮がどのような力を持っているかご存知ないから、そのようなことを言われるけれど、噂によれば政府の要人にも青帮はおるのですぞ。今後、われわれは何者をも信頼できません。四囲、すべて疑ってかからねばなりませんな」

「それは容易ならない成行きですが、列車を爆破でもする気かな……」

「あらゆることが考えられますな。中国の列車はときどき土匪に襲撃されて掠奪の対象となることがありますが、爆破、襲撃、すべてに警戒が必要です」

「それなのに秘宝を守って行くのは三人きりか?」

と、私は不満をあらわにした。

「いや、十五名の兵隊が一緒に行くことになりました。客車二輌をわれわれだけで独占いたします。宝物からは片時も目を離しません」

「それならいいだろう」

「いってみればわれわれも新大陸を旅するようなものだよ。広大な西部を旅して、インディアンの襲撃に備えるようなものだ」

と、ホック氏がいった。

「そろそろ時間ですな。いまごろは徹底的に列車に爆発物がないかどうか調べているところでしょう」

張警補が時計を見てうながしたので、私たちは駅へ向うことにした。馬車が走り出すとホック氏が想い出したようにいった。

「以前にアメリカの炭鉱町で猛威をふるっていたスコウラーズと称する殺人結社についての事件を扱ったことがある。洋の東西を問わず、秘密結社の組織力は強大かつ執念深いものだ。十名の兵士がいても百名の兵士がいても安心はできないよ」

ホック氏は警護に信をおいていないようであった。

駅では領事館警察と清国側との協同の下に、早朝から列車や駅構内の点検が実施され、一般乗客は厳重な検査をほどこされて列車に乗る措置が行われていた。銃剣を持った警察官や兵士が各所に立ち、ものものしい光景を呈していた。

私たちは私たちのために、特別に準備された車輛で、厳重に封印された龍眼池の入った箱をシンプソン警部や、中国布政使（民政）関係者から引渡された。

「ここであらためられて、本式に封印することになっております」

警部の手で仮封印が破られ、ふたがあけられた。秘宝龍眼池はまちがいなく納められていた。箱は関係者の見守るなかで、ふたたび封印され、受領の式は終った。

「では、たしかに……」

張警補がうやうやしく箱を車内の一隅にしつらえられた朱と緑の刺繡の入った絹布の上に安置した。

宝物を置く車輛は、ホック氏と張警補と私の三人が常に在席し、さらに交代で二名ずつの兵士が警備にあたることになっている。隣りの車輛が兵士十五名のもので、外部の者は一切入室できない。

ところで上海から北京までは、約九百哩である。時間にして四十時間もかかるのである。しかし、それも正確に予定することはできない。なぜならばイギリス資本で鉄道を敷設した民間の会社の運行面での方法がルーズで、その上、故障や途中での襲撃がそれこそ頻繁に発生するからである。大体、この国では新規な事業を手掛けても、富豪が勝手にやるものだから、横の連携といったものがないのである。政府はどういうわけか新しいものを取入れるのに、ひどく臆病である。いや、私たちから見ると臆病だが、先方に言わせれば世界の中心たる中華の思想に、夷狄《いてき》の文物は相容れないものなのであるらしい。私がそうした感想を述べると、ホック氏は微笑しながらいった。

「不思議だね。日本も鎖国から外国に目を向けたわけだが、あの国は古いものをじつにあっさりと捨て去って、上も下もヨーロッパに学ぼうとしている。日本は中国の思想や文物の影響を多く蒙って、長いあいだ体制を支えてきたはずなのにね。中国人はすぐれた民族で大文明を築き上げたが、それに信をおきすぎると、伝統はみずからを縛って、他の文明を拒絶するようになる。清国の実状はまさにそれだね。近い将来、必ず伝統を打破しようとする者が現われると思うよ」

「そろそろ出発です……」

と、張警補がはいってきた。

「これまでのところ、列車にも乗客にも異常はありません」

列車は一ゆれして動きだした。

15

上海は古名を〝滬《こ》〟と称した。私たちの列車の路線名は京滬《けいこ》線である。清国政府は総理《そうり》衙門《がもん》という中央官庁が鉄路総公司を統轄しているが、鉄道は国有ではなく、大部分を民間資本に仰いでいる。最近になって、急に各地の鉄道の建設が論議されるようになったが、尨大な資本のかかる鉄道は国内資本で賄いきれるものではなく、アメリカなどから外債を導入する方向で動いていた。現在は京滬線のほかに北京から天津を通って山海関へ行く線が建設中であり、広東、上海を結ぶ線が計画段階である。

ところで、私たちと宝物を警護している兵士を指揮しているのは孫という男であった。孫は三十そこそこの長身で精悍な印象の男で、弁髪の上に名は知らないが妙な半球型の竹で編まれた笠をかぶり、青色の長衫《チャンサン》の腰に巻きつけた朱の帯の左に反りかえった青龍刀をたばさんでいる。ほかの兵士も服装は似たようなもので、ちがっているのは刀のかわりにマスケット銃を備えているくらいのものである。私は彼等の装備を見たとき、いささか失望したことはたしかである。もし、多数の土匪が襲撃してきたらこの貧弱な装備ではひとたまりもあるまい。もっとも、私は自分の職務上、清国陸軍の装備については多少の知識があるが、彼等はつい先ごろまで、英仏連合軍の大砲や小銃の前に刀と槍で突撃してきたのである。さすがにそれでは近代装備の戦いに向いていないので、ようやく西欧の武器の導入を開始し、海軍の増強をはじめるとともに、陸軍の再編を行っている。

孫は列車が動きはじめて間もなく、私たちのところへ報告にやってきた。彼は英語がしゃべれないので、もっぱら張警補が介在して通訳をつとめることになる。

「いまも調べましたが、乗客にも不審な者はおりません」

「ご苦労。なおも油断なく警戒に当ってください」

「のちほどお茶を持ってこさせましょう」

孫はそういって隣りの車輛に引返していった。その言葉どおり間もなく兵士のひとりが盆に茶碗を乗せてやってきた。濃い紅茶のような色をした中国茶を私たちは飲んだ。長い旅なので隣りの車輛にはコンロを持ちこみ、常に湯をわかしているのである。気候が乾燥しているせいか、この土地では咽喉が乾き、ふだんでもお茶をよく飲むが、中国人の茶好きはことのほかで、大道でも茶店でも常に茶を飲む光景にぶつかる。

事実、それからというものは一時間もたたないうちに、兵士がニヤニヤしながら茶をはこんできて、ついでに西瓜の種子やら饅頭《マントウ》やらを届けてくる。私とホック氏はちょっとつまんだだけだが、みずから大飯桶《ターファントン》と称する巨体の張警補は遠慮なくすべてを平らげ、動ずる気配もない。私がそのおどろくべき食欲を唖然とみつめていると、視線に気づいた張は照れくさそうにニヤリと笑った。

「旅のあいだはすることがありませんのでな……」

私は常に百品の料理を食卓に並べるという宮廷の食事を想い出し、彼等の食欲にあらためて一驚したが、宮廷の食事と街で見る貧しい人々のあいだの落差についても考えさせられるものがあった。

窓外は単調な農村の風景がつづく。楊柳や楡の木、水田、運河、ただそれだけである。いつか、私はゆっくりした振動に身をゆだね目を閉じた。ホック氏も黙然と目を閉じ、座席によりかかっている。列車は乗降客もいない小駅に止まっては動き、動いては止まる。たまに大きな荷物を背負った纏足《てんそく》の老婆や、籠を手にした男が乗ってくると、兵士がいちいち内容を調べる。

「どうして、あの老婆の足は奇妙に小さいのだね？」

眠っていたとばかり思っていたホック氏に私は突然、たずねられた。いつか目をあけて乗りこんだ老婆を見ていたらしい。

「この国の奇怪な風習のひとつです。子供のころに足首から先を固く縛り成長を止めてしまうのです。もとは女が主人や夫から逃亡しないためだったといわれますが、時代とともに変化して、いまでは小さい足ほど上流の家庭の子女といわれております。女でふつうの足をしているのは異民族か下層の者というわけです。わざわざ奇形を作るので、あひるのような歩き方になるのです。纏足といい弁髪といい、これから行く宮廷にはたくさんいる宦官といい、いずれもわれわれからみると奇妙ですね」

「ほう……」

ホック氏は感心したようにうなずいた。これらの風習は清朝がもともと東北の満州から起った朝廷で、自分たちの風習を漢民族に持ちこんだのである。いわばもともとの漢民族の世界が、異民族の清に征せられているのである。

そのうちに私はふたたび眠ってしまった。眠りのなかで私は夢を見た。マーガレット・エヴァンズ嬢の白い顔と青い目がほほえみかけていた。私は美しい庭園を彼女と逍遥していた。片腕にかけられた彼女の腕の重さを意識しながら、私たちは楽しい語らいに時をすごしていた。今回の北京行でしばらくのあいだ、彼女とはなれていなければならないが、上海に戻れば彼女に結婚を申しこもうと私は決心していた。生涯の伴侶として彼女のように快活で明朗で、しかも美しい女性を得られたらなんと幸福であろう。

腕の重みが加わって、私はまどろみを破られた。腕を押えて私をゆり動かしているのは兵士のひとりだった。

「夕食ですよ」

張警補が向うから笑いながらいった。即席のテーブルに料理の皿が並んでいた。私たちはこの料理も隣りの車輛に持ちこんだコンロによって、料理自慢の兵士が作ったのだと知った。兵士たち十五名分の食料を考えると、かなりの材料を持ちこんだにちがいない。

列車は城壁のある小さい町を、速度を落して通過していた。すっかり日が暮れて城門が日暮れの色にとけこむように紫色にそびえていた。

「南京です」

早くも箸を取上げ、小皿に料理をとりながら、張警補がいって、ついでに一口、口のなかにほうりこみ、「好吃《ハオチー》」といった。朝から食べつづけ飲みつづけのようだが、底なしの胃袋は、この盛沢山の料理をも平らげる気らしい。

私たちは運動もしていないので、ほんの少し料理を食べただけだった。料理がすむと、またお茶である。旅の目的が目的だから酒は持ちこんでいないが、その代りにお茶攻めであった。この分では西太后のあひるではないが、目的地に到着するまでに、私たちは肥ってしまうであろう。

満腹すれば眠くなるのが自然である。私はたまらなく眠くなってきた。ちらりと目のはしにとらえた光景は張警補が肥った腹をつき出して、口を半ばあけていびきをかいている姿であった。

16

飲んだお茶のせいで、小用を催し目がさめたのは夜中であった。一つだけともしてあるランプで、固定した中央の台の宝物の箱に異常がないことをみとめ、私は立上った。その気配を察してホック氏が閉じていた目を開いた。

列車は相も変らぬ単調な音を立てて暗黒のなかを走っていた。窓の外にいくら目を凝らしてもあかりひとつ見えない。ふと、私はレールの継目を車輪が通過する音がしているのに、列車が虚無の空間を走っているような錯覚にとらわれた。下に大地はなく、上に空もない〝無〟の空間である。

私はホック氏に小用に行く旨を告げて後部の洗面所に行き、手を洗ったついでに冷たい水で顔を洗った。眠気が去って頭がはっきりしてきた。同時に咽喉がひどく乾いているのに気づいた。夕食に辛いものを食べたせいであろう。

私は孫隊長が用意してくれていたお茶を薬罐から湯呑みに注いで飲もうとした。

「待ちたまえ」

ホック氏の声で私は飲みかけた茶碗を手にしたまま振返った。

「その茶を飲むのはやめたまえ。どうも腑に落ちない点がある……」

「いったい、なんです?」

「張警補を見たまえ。彼は一時間ほど前に目をさまして、その茶を飲んだ。飲んで五分もしないうちにふたたび眠りこんだが、その眠り方は普通ではないよ」

私は大いびきをかいている張警補を見た。

「起してみたまえ」

私は張警補に声をかけながらゆり起したが、彼はまったく反応を示さない。

「ぼくはさっきから彼を起そうとしているのだがその有様だ」

私は茶碗をみつめた。

「くすり、でも……」

「その可能性は充分にあるね。孫隊長みずから用意してくれたとき、彼の身体からかすかだが独特の匂いがしたのだが、きみはあれに気がついただろうか?」

「眠っていましたので……。どんな匂いですか?」

「張君も眠っていたようだ。満腹は注意力を散漫にさせるからね。三、四年ほど前だがテムズ川の北岸の汚ならしい街にある阿片《あへん》窟で嗅いだ匂いとおなじものだったよ」

「孫が阿片を吸っているとおっしゃるんですか？ 今回の警護兵にはそういう点を厳重に注意したはずですが……。でも、阿片と薬とはどう結びつくのです？」

「一つだが重要な点を示している。すなわち、信用できないということだよ」

「彼が敵方の者だとでも？」

「外部から襲ってくるだけが敵ではない。敵は内部にもいる。そのことがはっきりするのは間もなくだろう。われわれが眠りこんでいるとみるには、適当な時間だからね。そろそろ午前二時だ。ぼくは阿片の匂いを意識したとたんに警戒心が強く生じて、咽喉が乾いていたができるだけ我慢していたのだ。辛いものをすすめ、たえずお茶を出して、お茶に対する警戒心を麻痺させ、最後に薬入りを用意する。なかなか考えられた計画じゃないか……」

「どうしたらいいでしょう？ 兵隊たちはどうなのでしょう？」

敵が孫隊長ひとりならまだ処置の方法もあろう。しかし、そんなことは考えられなかった。全員が敵ではないにしても、われわれを制圧するだけの人数は孫の命のままに動くと思わなければならない。

「眠ったふりをしていよう」

ホック氏は冷静であった。私は落着かぬ心持でピストルをあらため、弾丸が装塡されていることをたしかめ、いつでも取り出せるようにした。

いまや眠気は完全に吹っ飛んでしまった。座席にもたれて眠っているふりをしていたが、一秒一秒とたつにつれて次第にふくれあがってくる緊張で私の血管は大きく波打っていた。

長い時間がたった。その間、列車の車輪の立てる単調な音と、張警補のいびきのほかにはなにも聞えなかった。三十分もたったろうか、私は隣りの最後尾の車輛からの通路のドアがかすかにあけられる音に気づいた。うす目をあけると、ほの暗いランプの灯で人影がこちらに向ってくるのが見えた。私はピストルを握りしめた。

これだけ注意をしていたのに、つくづくと人間の注意力には限界があるということを私は悟るにいたったのである。と、いうのは近づく人影にばかり注意が集中していて、私の背中のほう――反対側のドアから入ってきた人物に気づかなかったのである。

後尾の車輛からの人影はひとりではなかった。ふたり、三人と影を増し、全部で五名のあきらかに兵士とわかる人物が、足音を殺して私たちに接近してきたのである。

ホック氏と私が立上ると同時に彼等は喚声をあげて殺到してきた。折角、取り出した拳銃を発射する間もあればこそ、私たちは折り重ってきた前後からの人間と格闘になった。

前部の車輛からの侵入者は農民とも思われるふたりだった。彼等も一緒になって襲いかかってきた。こうなればホック氏の力も私の力も衆寡敵せずである。戦いも知らずに大いびきをかいている張警補も私たちもたちまち高手小手に縛られてしまった。両手はうしろで縛され、足も縛られて座席のあいだの通路に不様にころがされてしまったのである。おまけに猿ぐつわまではめられ、声を出すこともできずにただうめくのみである。

このような場合、事前にいかに対処できたであろうか。彼等は私たちを殺すにちがいないと思うと、私は冷たい恐怖が全身をひたしてくるのを感じた。ホック氏はとみれば、彼も身動きができずに通路に横たえさせられている。その先には、さすがにいびきはやんだが、張警補の巨体が、通路をふさいで小山のように横たわっている。

ひとりの男が私たちを見下して立ちはだかった。隊長の孫であった。彼の精悍な表情には残忍な笑いが刻まれていた。

「眠っていたのは意地汚ない豚のようなこの男だけというのは誤算だったが、もう手も足も出まい……。けがらわしい大鼻子《ターピーズ》め！」

と、彼はペッと唾を吐きかけた。洋人は鼻が高いことから、彼等は西欧人に対する蔑称としてこの言葉を用いるのである。

「秘宝はまたおれたちのものだ。仲間を殺してくれた礼に、たっぷり痛めつけてあの世へ送ってやる……」

私は怒りと口惜しさで声をあげたが、それは言葉にならずうなり声にしかならなかった。

孫は手下に大声で何か命令した。私に聞きとれたのは「快《クワイ》」（早く）という一語だけである。手下の数人が龍眼池のおさめられている箱に手をかけた。それを抱えあげると後尾の車輛にはこびだした。農民姿の男がふたり、兵士が五人ということは、残り十人の兵士たちはどうしたのであろうか。彼等も孫の手下なのだろうか。

孫はニヤリと物凄い笑みをうかべて、秘宝の箱について私たちのそばをはなれていった。張がもぞもぞと身体を動かして目をあけた。

「なにが起きたのですかな?」

と、彼はいった。彼も猿ぐつわをかまされていたはずなのに、それがあごのところまで下っている。

17

聞かれても私たちには返事のしようがない。

「やれやれ、いささか不覚でしたな……」

彼は巨体をくねらせた。私は首を痛いほど向けて彼の動くのをながめた。もがいても固く食いこんだ縄は、いよいよ喰い入るばかりなのにと思った。やがて、私はおどろきのあまり目を大きく見開いた。うしろ手に縛ってある縄から張警補の手が自由になったのである。彼はもそもそと上半身を起き上らせると、大きく息を吸いこんだ。そして、しばらく呼吸をとめていたが、一気に息を吐き出すと同時に低い気合を発した。がんじがらめになっていた縄がちぎれて飛び散ったのはその瞬間である。

彼は両足首の縄をほどくと、縛られていた部分をさすりながら座席につかまって立上った。彼は座席の身のまわりの品が入っている袋から小刀を出すと、ホック氏と私の縄を手早く切った。

「とんだ目に会いましたな……」

「なにしろ相手が多すぎたからね。この失敗はこれからの反省の第一の材料としよう。しかし、張警補の武術はたいしたものだ。きみは自由に関節をはずせるらしいね」

「お目にとまりましたか。吹聴するわけではありませんが、肩にしろ手首にしろ自在にはずせることは確かです。この自分でも持て余し気味の身体がそれでいくぶんなりとも折り畳めるというわけで、縛られたときの縄抜けには役に立ちますな」

張警補はいつもと変らぬ平然とした調子でいった。

「どうします？　彼等はすぐに戻ってきますよ」

と、私は気が気ではなくあたりを見まわしながらせかした。

「やつらがこの車輛に入ってこようとしたら、きみたちは入口で食いとめてくれたまえ」

ホック氏はそういうと、かたわらの窓を一気に押し上げた。秋も深まった深夜の冷たい風がどっと車内になだれこんできて、一つだけともっていたランプの灯を大きくゆらめかしたかと思うと、灯は消えてしまった。車内はまったくの暗黒に閉ざされた。ホック氏は窓の外側上部に手をかけると、半身を車外に乗り出し、位置を見定めるふうであったが、次には敏捷に全身を出して、屋根にのぼり姿をかくしてしまった。いったいなにをする気だろうと思ったが、そのとき彼等がもどってくる気配がしたので、張警補と私は入口に向った。車輛から車輛への出入口はせまいので、ひとりずつしか入ってこられない。このことは今度は私たちに有利である。

ドアががらりとあいて、室内がまっ暗なことに気づいた男が、うしろに向って「あかり」と怒鳴った。角灯がともされて、先頭の男に手渡され、その男が一歩、入口から足を踏み入れると、張警補の拳が男のみぞおちに無言でたたきこまれ、男は声を出す暇もなく、私のほうへ崩れ落ちた。張は素早く男のあかりをとって火を吹き消した。うしろにつづく男が「どうした」と聞いている。

「何をしてる。灯をつけろ！」

その男が入ってきたが、その男も張警補の水平に伸ばした掌を頸にたたきこまれて、あえなく崩れ落ちた。入ってこようとしたのはこのふたりで、ほかの者がつづいていなかったところをみると、ふたりは縛り上げた私たちを警戒するためにやってきたのであろう。

ところでホック氏はどうしたのであろう。私は連結器の上に出て屋根を見上げた。

「ホイットニー君……」

声がしたのは上ではなく、私の足の下であった。おどろいて下に目を向けると手が現われ、つづいて手摺につかまってホック氏が連結器の下から姿を現わした。彼は身軽に私の前へ立上った。

「なにをしていたのです？」

「あの役に立たない兵士たちと別れようと思ったのさ」

彼は身体をかがめて片手を伸ばした。音がして、私は最後部の車輛が私たちの車輛と間隔を広げて行くのを見た。

「上からまわって連結器のピンをはずしたのだよ」

折から最後部の出入口のドアが開いて、孫隊長が姿を現わした。彼は私たちふたりがデッキに立っているのを見て、驚愕の叫びをあげ、更に自分たちの車輛がはなされているのを発見して大声で怒鳴った。兵士が銃をかまえて飛び出してきた。今回は私も万端の心構えをしていたので、ピストルを取り出すが早いか引金を引いた。暗中に火花が飛んだ。ホック氏と私は車内に逃げこんでドアを閉めた。

「伏せろ！」

いきなりドアのガラスが吹っ飛んだ。バリバリと木の裂ける音がしてドアが破壊された。私たちはドアの両側にうずくまった。

銃声はしばらく雨のようにつづいた。それが間遠になったので、そっとのぞいてみると、彼我の車輛の間隔はもはや三十フィートもはなれ、距離はどんどん開くばかりである。先方のデッキで口惜しそうに大声でわめいている孫隊長の姿が夜の光りのなかにおぼろげに見てとれた。

「やりましたな！」

と、張警補がいった。

「でも……でも、龍眼池が！　宝物は向うの車輛です。またもや奪われてしまったではありませんか！」

私は声をふるわせた。敵は私たちを捕えておくことには失敗したものの、秘宝を取り返すことには成功したのである。私たちは秘宝護送の任務には失敗したのである。目を上げると細い目をいっそう細くして笑っている張警補の顔があった。

「なにがおかしい？　こんなときに笑うなんて不謹慎な。なんと弁解したらいいのです？　宝物をどうする気です？」

張警補はついにこらえきれなくなったように声をあげて笑いだした。ホック氏もいたずらっぽい表情で笑いをうかべているではないか。

「安心したまえ、ホイットニー君。彼等がはこんでいったのは、シンプソン警部や張警補と相談して大急ぎで作ったにせものだ」

「なんですって？」

「宝物をはこぶに当って、万全を期したのだよ。味方でも本物だと思いこんでもらっていたほうが真実性が増すと思って、わざときみに伏せておいたのだ。銅と作りものの龍にそれらしく色をつけ、なかに重さを増すために鉄のかたまりを入れたものだ。勿体をつけて封印の儀式をすれば敵がいても信ずるだろうと思ってね」

「あれは芝居だったのですか？　本物はどこにあるのです？」

「乗客の大きな荷物となって三輛先にあります。絶対に信用できる私の腹心の部下が守っております」

張警補がいった。私は安堵のあまり、大きく息を吐くとかたわらの座席に腰が抜けたように座りこんだ。

「われわれの戦果は気を失っている孫の手下二名ですな。こいつらを締めあげて泥を吐かせましょう」

張警補は気を失っているふたりの兵士の腕をまくりあげた。

「刺青はありません。孫に金で買われて味方になったのでしょう。青帮の一味ではないようです。それなら舌を嚙みきらないでしょうな……」

汽車は灯一つ見えぬ小駅に停車し、またすぐに動きだした。闇のなかに置去りにされ、さらににせの秘宝をつかまされたと知ったときの孫や一味のことを考えて、私は痛快でたまらなかった。いまごろは怒りと口惜しさで地団太ふんでいることであろう。

「しかし、人を信用できないというのは悲しくもありますが真理でもありますな……」

張警補はふたりの男を縛りあげながらつぶやいた。

18

上海を発って二日、十一月十七日の昼近く列車は北京に到着した。四時間のおくれはあるにしても、なんとか無事に着くことができたのである。固い座席に座っていたので、私は腰が痛かった。張警補もホック氏もさすがに緊張がやわらいだ様子であった。張はとりあえず逮捕した兵士ふたりを現地の警吏に引渡し、先に連絡を受けていた清国側の係官に私たちは案内されて市内の宿舎に向った。

北京の街の第一印象は紫のヴェールに包まれた街、というのが私の感想であった。代赭《たいしゃ》色の煉瓦と濃い緑の屋根瓦がはてしなく広がる巨大な街は、その赤い色の印象が強いはずなのに、なぜか紫の印象が強いのは、街全体がうす青いかすみに包まれていたからであろうか。

私たちの宿舎は広渠門《こうきょもん》近くの旅荘があてられていた。三階建で前面がバルコニーになっていて、朱塗りの円柱が配され、壁面も朱で塗られていた。玄関の上には黒地に金で、この旅荘の名前である、〝万寿飯店〟という字が大書された額が掲げられていた。

私たちは各自が一室を提供され、私はホック氏の隣室で、さらに左隣りが張警補の部屋であった。部屋は一辺が二十フィートと十五フィートの長方形で片隅に中国式の低いベッドがあり、バルコニーに面した窓からは通《つう》恵河《けいが》の流れが見下せた。川幅は三十フィートばかりだが、荷や人を乗せた小さな舟がゆっくりと上下して行くのが、ときおりながめられた。また、胡同《フートン》の奥にある院子《ユアンズ》（庭）の槐《えんじゅ》の木が枝を伸ばし、その院子をかこむ母屋――四合院に出入りする子供たちの姿も見ることができた。

北京は上海より気温が低く、澄みきった秋空の下に、各家で焚くけむりが張りつめたような大気にうすくとけこんでいた。北京の秋はなにもかもが清冽でのどかで、表面で見るかぎり平和そのものであった。だが、この国の面している情勢が決して平和ではないことを、私は知っている。雲南、四川、浙江、熱河と各地に土匪が起り、政府はその討伐に追われ、さらにロシア、フランス、ドイツ、アメリカ、そしてわが英国の強硬な外交の対応に苦慮しているのである。

しかし、眼前に見るこの首府の、なんと悠々として見えることか。目を北西に転ずれば崇文門《すいぶんもん》、前門の巨大な城門がはるかにそびえている。前門の北の紫禁城は建物にさえぎられて見えなかった。謁見は明日と私たちは知らされていた。ともかくも秘宝を無事、返還するまでは私たちは肩の力を抜くことはできない。

その秘宝だが、今度は政府側の刑部高官である左侍郎《さじろう》直属の兵士が警護についているので、まあ大丈夫であろう。張警補は宿舎につくと間もなく出て行ったが、午後おそくになってホック氏と私が疲れを休めるために一眠りし、ちょうど起きて一緒にお茶を飲んでいるところへもどってきた。

「ふたりの兵士の訊問を行なってきました」と、彼はいった。「思ったとおり、孫に金をつかまされて寝返ったのです。買収されたのが五名。残りの十名は例の眠り薬入りのお茶を飲んで眠りこけていたそうです。一応、切りはなした列車がどうなっているか調べるようにいってきましたが、孫はとっくに風を喰っているでしょう」

「それだけであきらめるとは思えないね。彼等の目標は、次にはこのぼくだろうね……」

パイプのはしを強くかみながら、ホック氏がいった。ホック氏は太湖に消えたかのウィリアム・モリアーティという男が、暗黒組織の青帮と組んで、自己の生命を狙っていると信じているようである。

「しかし、彼等は秘宝に未練があるのではありませんか？」

と、私はいった。ホック氏や私たちを抹殺する気なら、列車で私たちが縛りあげられたときに殺せたはずである。

「あれはわれわれを生かしたまま、モリアーティのもとへ連れて行きたかったからだよ。モリアーティは自身の手で、第一にこのぼくを殺したかったのだ。彼にしてみればぼくは兄の仇敵にちがいないからね。宝物と一緒にぼくたちを生捕りにすれば復讐は成就するはずだったが、残念ながら双方ともに失敗に終った。と、なればいよいよぼくに対して憎悪の念を深くするだろう。どんな手段でやってくるかわからないだけに用心するに如《し》くはない」

ホック氏はバルコニーに手を振った。

「周囲に高い建物がないのが幸いだ。窓から銃を射ちこまれる危険だけは考えなくていい」

「方法の見当がつかないというのでは対応の仕方が困りますね。ボーイも飲食物もすべて信用できなくなります。それに、私にとって――いや、ヨーロッパの人間にとって厄介なのは、中国人の顔がどれも同じに見えることですよ。中国人のほうもおなじことをいっているようですが」

「注意するに越したことはないね」

「それはそれで、明日のことですが……」

と、張警補がいった。彼はなんとなく困ったような顔をしていた。

「なんだね？」

「宮廷に参内したときの、拝謁の礼なのですがな。役人のいうには、外国人といえども皇帝に拝謁するときは古法を守らねばいかんといいましてな。それが……」

「どういう礼なのだね？」

「正面に陛下の座る〝宝座〟があります……」

張警補はテーブルの上の包み紙をとって、備えつけの硯で墨をすり、筆で絵を描いた。

「実際は陛下は右、西太后が正面、醇親王《じゅんしんのう》が左に座っています。われわれはまず部屋の入口で地面に座り、頭を地につけます。それから立って一段上へ上り、そこで同様のことを繰返します。それが終るとさらに一段上って、また地に頭をつけます。三拝するのですな。これは稽首《けいしゅ》といって皇帝にしか用いない礼です。それがすむと西太后がねぎらいの言葉をかけます。また、同様に礼をして退座、というわけです」

「たったそれだけ？　ばかばかしい！」

思わず私は大きな声でいった。私はてっきり皇帝たちと握手を交し、宝物を取返すまでの出来事をくわしく話すものだとばかり思っていたのだ。ヴィクトリア女王ならきっとそうされるだろう。

「かつて、お国の外交官が同様のことをいわれまして、我を押し通し一礼だけですませたことがあります。西洋人の礼儀作法はちがうのだと妥協点を見出そうとしましたが、外交官でもない一般人に適用はできぬといいましてな」

「私は外交官だぞ！」

張警補はますます困ったような顔をした。

「たしかに外交官ですが、公務による謁見とはちがいますので……」


「ホックさん、地にひざまずいてまで宝物を返すことはありません。はねつけてしまいなさい。形式だけではありませんか」

憤然として私はいった。

「それは考えものだな、ホイットニー君。一国の王の前で、その国の礼をつくすのにぼくは抵抗はないよ。むしろ、東洋最大の帝国の中枢を垣間見る機会をあたえられてよろこんでいるくらいだよ。常人にはなかなか見られないからね」

「それにしても……」

「ここで問題を起すことはあるまい。すぐ終ることだ」

「ホックさんにそうおっしゃっていただくと、ほっとしますな。私は心中、心配していたのです。正直にいって、宮廷の洋人に対する感情はよろしいとは申せません。いたずらに問題をこじらせると反感がいよいよ募るばかりでしょう。ここはひとつ我慢して、と申し上げたいですな」

私は不承不承うなずいたものの、内心はおだやかではなかった。地を這うごとき礼は、ひどく屈辱的に思われたのである。

19

のちになって私はしばしばこのときのことを想い出した。それは落日の帝国ともいうべき清朝の絢爛豪華たる宮廷の情景とともに、サミュエル・ホック氏の卓抜せる推理的才能への驚嘆の追憶であった。

私はこの時点までホック氏の才能をすべて知悉していたとはいいがたい。もちろん、ヴィクター・トレヴァー殺害事件と、秘宝龍眼池について示されたいくつかの推理は、それはそれで感嘆すべきものではあったが、北京における不可解な密室殺人事件にふるった氏の慧眼と、それにつづく冒険は、それまでの事件が色褪せて見えるほどのものであったといって過言ではない。それはまた、私をしてホック氏と協力して事に当ることができた栄誉をもたらしてくれたものである。

十一月十八日の北京は快晴で、空には一片の雲もなく、近づいている冬の予兆のような冷気が大気中に張りつめていた。謁見は午後二時ということで、一時少しすぎに旅荘に宮廷からの迎えが到着した。その大袈裟なのにはホック氏も私も一驚した。張警補も大いにおどろいている様子であった。

総勢二十五名の宦官と従者が、金銀の刺繡をほどこした華麗な服——鷺衣《しょうい》というのだそうであるが——をまとい、揃いの麦藁で編んだ直径二フィートの笠をかぶり、輿《こし》をかついで現われたのである。四台の輿のうち三台は私たちが乗り、一台には龍眼池を納めた櫃《ひつ》が、これまた金襴の絹布に被われて乗せられるのである。

朱と青と金でふちどられた輿に乗ると、あぐらを組まないと具合が悪い。私がもぞもぞしながら座ると、輿は前後を四人の従者にかつがれて動き出した。行列はしずしずと紫禁城に向った。物売りや胡同から出てきた老若男女がむらがりつつ、美々しい行列をながめている。私は自分が見世物になったような気がした。

通恵河から引きこんだ運河を見ながら右に曲ると低い屋根のつらなりの彼方に、ベンガラ色の巨大な城壁と城門が見えた。城壁は視界の届くかぎりつづいていた。この壮大な城が紫禁城である。城は明の時代、一四二〇年に成り、すでに今日まで四百七十余年を経ている。その面積一八七エーカー余。（約七六万平方メートル）

高さ三十フィートの壁はほぼ二哩にわたってつづき、四面に門を開いて門はそれぞれが城楼であり、城の隅に角楼があって五風楼《ウーフォンロン》という。張警補が説明してくれたところによれば、紫禁城は南北の中軸線上に位置していて、清京城正陽門内の皇城正南門——明時代には承天門といい、また天安門ともいう――の北側をいうのだそうである。

皇城は前とうしろに分けられていて、正南門に近い外朝という部分に太和、中和、保和の三殿がある。後部の内廷は乾清《かんせい》、坤寧《こんねい》両宮を主として、両宮のあいだに交泰殿があり、この三殿を後三宮と称し、三殿の両側に西六宮がある。乾清宮は皇帝、坤寧宮は皇后の寝所で、西六宮は太子たち子供の住居である。後三宮の北は花園となって亭が設けられ、山石樹木を配し、四季花を絶やさない。

外朝の太和殿が大きな典礼などを挙行し、重臣が政令を地方に発する、いわば政治の中枢部だが、私たちがどこへ案内されるのかはまったくわからなかった。西太后はほとんどを頤和園《いわえん》ですごし、紫禁城にやってくるのはなにかことあるときだけだそうだが、張警補が多少の呆れ顔で話してくれたところによると、どこへ行くにも彼女は八人の太監《たいかん》――宦官のかつぐ轎《かご》に乗り、四人の五品太監が先に立ち、うしろに十二人の六品太監が衣服、鞋《くつ》、手拭い、櫛、ブラシ、香水、白粉、鏡、香炉、筆、墨、黄紙、たばこ、椅子などをうやうやしく掲げて持ち、他に阿媽《アマ》(小間使い)二人、侍女四人が付き添うのだそうである。

「美しさは目をみはるばかりではありますが、無駄のような気がしますな……」

張警補ならずとも話に聞いただけで、その形式張った光景は、西太后という女性が虚飾にみちた人物だと思われた。しかし、これは私の認識の浅さで、一国の伝統をもっとも濃く受継ぐ王家のしきたりとしては当然のことなのであるかもしれなかった。

私はその噂ばかり聞かされている女性を、もうすぐ目のあたりに見ることができると思うと、いくばくかの興奮を禁じ得なかった。うしろを振返ると輿に乗っているホック氏と目が合った。氏もこうした乗物に乗せられていささか居心地が悪いとみえて、面白そうに片眼をつぶってみせた。張警補の輿はさらにそのうしろなので、彼を見ることはできなかったが、張警補の巨体をかつぐ宦官はさぞかし重いことであろうと同情を禁じ得なかった。

行列はやがて右に曲り、正面に前門《チエンメン》が現われた。百フィートを越えると思われる城門を見上げ、その門をくぐると正面に正南門とそれにつらなる城壁がつらなっている。

繰返していうが、私はこの秋の空の下の行列をのちになっていくたび思い起したことであろう。それほど印象は鮮烈であった。

正南門をくぐったところで、輿は止まり、私たちは秘宝を四人がかりでささげて先に立つ宦官のあとについて徒歩で内部に入ることになった。英語では紫禁城を〝禁断の城《フォービドン・パレス》〟といい、西太后を〝皇太后の陛下《エンペラー・オブ・ドゥエジャー》〟といっている。前者は意訳であるが後者は彼女の権力を物語っている。西太后の本来の名は慈禧《じき》皇太后で、かつて東太后が生存していたころ慈禧は西の平安宮にいたので西太后と呼ばれるようになったのである。東太后のほうは正式には慈安《じあん》皇太后で彼女は東の綏履《すいり》殿に居住していた。

私たちは門内に入ったとたん、またまた新しいおどろきに見舞われた。正面に偉容を誇るのは高さ百フィート余、大理石に彫刻をほどこした回廊にとりまかれる建築面積八千平方フィートの黄金色の瓦屋根と朱の映える太和殿であり、その前庭の一万人を収容できるという広場である。その広場の左右にきらびやかな楽隊が黄と青の服で居並び、鉦と太鼓を鳴らして私たちを出迎えたのである。

「ホイットニー君、まるでわれわれはマルコ・ポーロだね」

ホック氏もこの歓迎には度胆を抜かれたように私の耳もとでささやいた。氏のいうように一二七五年、イタリア人マルコがシルク・ロードを通って元《げん》の国へ着き、元の夏《か》の都上都《じょうと》（開平）でフビライに謁見したときも、このような気持であったにちがいない。私たちは私たちの育った世界とはすべて異質の文化のなかにいたのである。

太和殿の回廊の下にきらびやかな衣裳に身を包んだ数人の男が、私たちの進んでくるのを待ち受けていた。その中央の男が進み出た。彼は奇妙に甲高い声で歌うようになにかいった。

「よく来てくれたと歓迎しているのです」

張警補が通訳してくれた。男は言葉が終ると袖に入れた両手を上げ腰を曲げて深々と礼をした。張警補がそれにならったので、私たちも頭を下げた。

男はくるりと身をひるがえすと先に立って階段をのぼりはじめた。大理石の階段の中央部の精緻な彫刻をほどこした部分は、皇帝が轎に乗ってその上を通る部分で、皇族以外は左右の階段を歩くことになっている。

ところで私は私たちを出迎えた〝男〟といったが、彼は宦官なので正確には〝男〟といえないかもしれない。と、いって〝女〟でもなく〝中性〟が本当なのであろう。この記録を読まれる方はとくとご承知のことと思われるので、いたずらに解説することを避けるが、宦官はトルコの後宮の奴隷と同様、若くして去勢された男たちである。その結果として声が女性化し体毛が減り、一種異様な相貌を呈してくる。年齢が加わるとそれがいっそう顕著になってくる。からだつきがなよなよしている女性化した男の老人といったらいいだろうか。彼等はそのむかしから中国の宮廷に存在して、皇帝や皇后の側近として隠然たる勢力を有している。現在、紫禁城内には二千人を越える宦官がいるというが、遠く明の時代には十万人以上がいたそうである。

私たちは外の明るさからいきなりうす暗い太和殿に歩み入った。

20

殿内に目が馴れてくると私たちの正面に金箔で紋様を浮き出した四本の太い柱にかこまれた、一段と高い位置にこれも黄金色の大きな衝立と、その前の〝宝座〟に座っている人物が見えた。その女性が西太后であろう。彼女の向って右に聡明そうではあるが貧弱な体格の顔色の悪い青年が、やはり豪華な金箔を押した椅子に座していた。宝座の左には八人の高貴な位置にあると思われる男が立ち、私たちと宝座までの三十フィートほどの間隔の両側に、侍女と宦官が一列になって並んでいた。

龍眼池を納めた櫃を捧げた四人の太監が、まず櫃を階段の上にはこび、宝座の女性の足もとに置いた。

女性は立上った。彼女は小柄で面長な顔だが頬はふっくらとしている。話に聞いてこの巨大な国を牛耳る女性をさまざまに想像していたが、眼前の女性はその全身を飾る衣裳と装飾品を除けば、それほど美人でもなく中国のどこにでもいる初老の婦人でしかなかった。この女性がその才智と美貌で文帝を籠絡し、権謀術策を弄して今日の地位についたのは、私には意外な気がした。彼女は五十七歳であり、さすがにその容色もおとろえたのかもしれない。

彼女は開かれた櫃をのぞきこみ、うれしそうに低く笑った。それから並んで立っている私たち三人に目を向け、かたわらの宦官に短く声をかけた。

「前へ進むように……」

と、宦官がいった。そこで私たちは張警補にならって階段から十フィート手前まで進み、ひざまずいた。

「お立ちなさい。皇后陛下の前までお進みなさい」

張警補は意外そうに小声でそれを私たちに伝えた。私は何度もひざまずいて礼を繰返すのにそもそもの最初から反感を持っていたので、内心ほっとした。ホック氏は堂々たる態度で先に立って十段の階段をのぼりはじめた。ホック氏の毅然たる様子は、あたりの威圧するような雰囲気に負けるところは微塵もなかった。

西太后は立ったまま、私たちをみつめていた。そばに寄ると彼女が眉を濃く引き、くちびるにも紅をさし、さらに白粉を厚く塗っているのがわかった。彼女の着ている褂《かい》(打ち掛け)はみどりの襟と黄色の地に、伝説の鳥である鳳凰を青い円のなかに黄金の糸で刺繡されたものであった。さらに玉《ぎょく》のちりばめられた黄金のかんざしをさしていたが、そのかんざしも鳳凰であった。彼女の年齢にそぐわない白いなめらかな手の指は、一インチも伸びた爪を持ち、その爪に被いをかけ、どの指にも巨大な瑪瑙《めのう》や瑠璃《るり》の入った指輪をつけていた。

彼女は私たちの前に立つと、一段高い宝座にもどった。そうすると彼女のほうが私たちを見下す位置になった。彼女は側に控えた宦官に低い声でなにかいった。

「皇后は諸君に感謝の意を伝えたいと申されております。特にサミュエル・ホック氏の功績に対してよろこびを表明しておられます」

ホック氏がそれに対して一礼した。西太后はまたなにかいった。彼女の声は低くて、ほとんど聞きとれなかった。

「諸君には銀百両《テール》を賜わります。また、乾清宮《けんせいきゅう》で食事を賜わります。ゆっくりと労をやすめてください」

宦官の英語はなかなか流暢であった。西太后はにっこり笑って立上った。周囲に居並ぶ宦官と侍女たちがいっせいに向きを変えた。西太后は高底鞋（注・靴の底に木の台がついているもの）を鳴らして左に垂れているカーテンに姿を消し、そのうしろからついに一言も口を利かなかった若い皇帝が従っていった。

「こちらへ……」

先程の宦官が私たちにいった。私たちは太和殿を出て、城の奥へとみちびかれた。奥へ進むにつれ、次々と豪壮な建築物が現われた。あるところには銅製の、私たちの目から見れば奇怪に誇張された獅子の像があり、あるところには龍や鳳凰を彩色した壁面いっぱいにひろがる陶板があった。どこでも私たちは物見高い人々の注視の的になった。多分、西欧の人間を見るのは、はじめてなのであろう。

英仏連合軍が北京を攻撃したときは、宮廷の者はみな熱河故宮へ蒙塵《もうじん》していたからでもあるし、ふだんでも宦官や侍女は宮廷から外に出ることは少ないから、外部の人間が珍しいのであろう。

「みなさんのことはすでに宮廷の者のあいだでは大評判です」

と、私たちを案内する太監はくだけた口調でいった。

「まして、西洋の方が城内に入られるのははじめてです……」

そういえば過去の外国との交渉は、皇族の恭親王奕訢《きょうしんのうえききん》を長とする大臣たちに委せて、皇帝も西太后も表に立つことはなかったのである。

「銀百両とはたいしたものですな……」

張警補は感激的な口調でいった。彼にしてみればその金はこれまで想像もしたことがない金額なのであろう。どこの国でも警察官の給料は安いものである。

その夕方、乾清宮における晩餐会は豪華の一言につきた。かねてから聞いていた西太后の食事が、このようなものを毎日並べるのかと思うと、私はうんざりした。張警補がいかに健啖でも、連日これではたまらないにちがいない。いわく、口磨肥鶏、桜桃肉山薬炉、いわく、花椒油炒白菜、いわく、董肘花小肚、全部で四十七品、これに食後のデザートである点心が五種類。これだけでは西太后の食卓に並ぶ百品の料理の約半分である。

私たちの相手は通訳をつとめた太監の李連英《リー・レン・イン》と、おなじ太監の数人が同席してつとめた。李連英は西太后がもっともお気に入りの者で、片時もそばをはなさず、そのためか大臣以上の勢力を持っているという。

彼等は私たちが龍眼池を発見したいきさつをくわしく聞きたがり、張警補が多少の誇張をまじえてそれを面白おかしく話した。ホック氏と私はときおり短く相槌を打つくらいでほとんど話をするひまもなかった。

食事が終り、ホック氏が愛用のパイプをくゆらしたころ、突然、部屋に西太后が入ってきた。

21

彼女は先程までの美しい褂を脱ぎ、日常の服である旗袍《チーパオ》に着換えていたが、日常の服とはいっても、それが工芸品として一級のものであることは一目で見てとれた。あわてて立上ろうとする私たちを手で制して、彼女は李連英にいった。

「沈はどこにいる?」

「ずっと姿を見せません」

と、李は答えた。裏声に似た奇妙な声であった。

「どこへ行ったのであろう。龍眼池を宝庫に納めるので探しておるのだ」

「太和殿の御謁見の際にも姿を見せませんでした」

西太后は舌打をした。苛々した表情が横切った。しかし、その表情は一瞬のことで、すぐに私たちに目を転じた。

「そのほうたちにわたしの庫を見せてやろう。ついてきなさい」

「これは身に余る光栄でございます」

と、張警補がうやうやしくいった。西太后のあとについて、私たちはぞろぞろとカーテンを抜けて、やがて宮の回廊に出た。

私たちの行ったところは、さらにおくまった西太后が現在起居している養心殿《ようしんでん》のなかの東暖閣《とうだんかく》という建物である。あまり広いので、私にはもう方角もわからなくなっていた。

「清朝の最奥部ですね。余人はここまで入れません。みずから宝庫を見せるというのは、よほど龍眼池が戻ったのがうれしいのでしょうな」

と、張警補がいった。どこからか香のただよう東暖閣は静寂がみちていた。どの建物もそうであるが柱などはいずれも朱塗りで、必ず扁額がかけられている。東暖閣の正面の柱にも黒地に金で書がしたためられていた。

途中から龍眼池を入れた櫃をかついだ四人の宦官がしたがったが、西太后は四人を先に通した。いくつかの小部屋を通り廊下を歩いて、その突き当りの扉を、彼女は鍵束の鍵を探って開いた。

「ここだ……」

長い柄のついたランプを手にした侍女が五人、扉のなかに入って足もとを照らし、西太后は室内に足を踏み入れた。

五個のランプの灯でも、この部屋全体を明るくするには足りなかった。床から天井まではおそらく二十三フィートはあるであろう。部屋の広さは三百人の人間が入れるほどといったら理解してもらえることと思う。

窓はなかった。室内にはかびくさいような、独特の湿った匂いが冷たくよどんでいた。

五人の侍女と私たち三人、李連英以下の太監が六人、それに西太后の十五人が燭を掲げた黄色い灯の照らす円のなかにたたずんだが、あかりは周辺を浮上らせるだけで、奥はまったく光が届かなかった。

目が馴れるにつれて壁の一方に沿って奇妙なものが奥に向って並んでいるのが見えてきた。はじめは動物がうずくまっているのかと思い、ランプのゆらめく灯の加減で闇のなかからそれがうごめきだしたかと見えた。すぐに錯覚とわかったものの気持のいいものではなかった。

それは高さが四フィート六インチほどで、丸い胴を持った陶製の馬か羊をかたどったものであった。それが少なくとも三十体は並んでいるのである。

西太后は侍女に命じて、燭を反対側の壁に向けさせた。そこには置台が並んでいてその上にあるものが、とぼしい光のなかでも黄金や虹のような七彩にかがやいていた。

「すばらしい！」

思わずホック氏が嘆声をあげた。私も張警補も目をみはった。息をのむような数々の宝物が、この暗い大きな部屋に無造作に並んでいるのである。天宮に仙人と仙女が舞い、迦陵頻伽《かりようびんが》が唄う象牙の彫刻があった。数人の仙人と仙女はあたかも生きているように精緻巧細を極めたポーズで、奇岩を取り巻く雲のなかで遊んでいた。

真珠と青磁と瑪瑙と黄金で作られた冠があった。真珠と瑪瑙はそれぞれが小さい花のかたちをして咲き誇り、大きな花束の集合のように見えた。七彩の瑠璃色をした孔雀の置物があった。西太后が手を触れると、孔雀はゆっくりと華麗な羽根をひろげた。螺鈿《らでん》をちりばめた屏風、無数の黄金の細工物、象牙、玉石、白磁、翡翠、青磁の壺。そのひとつひとつを描写するのは冗長になるが、いずれもが高度の芸術品であり、稀代の逸品であるのは言をまたない。遠く漢代、唐代から伝えられてきたこの国の秘宝の、おそらくは一部であろうが、たとえ一部ではあっても私たちを圧倒するには充分であった。

なかでもペルシャあたりから渡来した古ガラスの花瓶や、巨大なサファイアをちりばめた冠は絶品だった。北京にあるものだけでもこの素晴しさだから、熱河故宮にはどのくらい莫大な宝があるのであろう、と私は思った。

ホック氏はひとつひとつに讃嘆の眼差を投げ、ときには立止まって陶酔したように声をあげた。

「あれはなんです?」

と、ホック氏がたずねた。一行は部屋を奥へ移動しつつあった。ホック氏の質問は反対側の壁に沿って並べられている動物の置物に向けられたものである。

「兵馬俑《へいばよう》と申しまして、唐代の皇帝の墓から出土したものです。古くは皇帝が死ぬと臣下や侍女が大勢殉死する風習がありましたが、やがて殉死に代って、陶器で人形を作ったり、馬のかたちを焼いて葬るようになりました。最近になって古代の墓の調査発掘がはじまり、いくつかの墓から副葬品としての陶俑や兵馬俑が発掘されました。墓は盗掘に会って荒されているものが多かったのですが、盗賊どもは陶器の人形には興味がなかったので残っていたのです。お国の考古学者の言によれば、非常に貴重な考古学的資料だということで、調査がすむまでここに保管しております」

太監の李連英が答えた。

「古代中国にもクレオパトラの時代と共通する殉死の習慣があったのだね。古代文明の共通点について洞察を試みると面白いだろう」

ホック氏は俑の並んでいる壁に足を向け、一行もそれにしたがって移動した。間近に見る兵馬俑は稚拙な味わいのなかに古代の匂いを伝えていた。一千年も墓の下にあったとは思えない感じで、青や赤の彩色も部分的にではあるが、あざやかに残っていた。

突然、燭を掲げていた侍女のひとりが悲鳴をあげた。灯が大きくゆれた。西太后がきつい目で侍女をにらんだ。

太監のひとりが彼女をたしなめた。しかし、侍女は蒼白な顔をしてふるえる手で、兵馬俑のあいだの三フィートほどの空間を指さした。

そこにひとりの太監が倒れていた。彼はうつ伏せになっていたが、右の耳の下の首に銀色の針のようなものが突き立っているのが見えた。

人々はどよめき、くぐもった叫び声をあげた。西太后は眉ひとつ動かさず冷然と死体をみつめた。

「沈太監だ！」

李連英がおののく声でいった。

西太后の隣りに立っているホック氏は、西太后の横顔をみつめ、それからゆっくりと周囲の人々に目を向け、次に死体に鋭い目を注いだ。

22

宝物庫に横たわった死体を前に、パニックが人々を襲いはじめた。太監たちは恐れあわて、めいめいに甲高い声でしゃべりはじめた。そのなかで感情をあらわにしなかったのは西太后とホック氏だけであった。張警補さえ驚愕を丸い顔いっぱいにうかべていたし、私にしても突然の死体の出現に、一瞬、顔が青ざめ心臓が収縮したことは否めない。

「無言罷《ウーエンバ》！」（おだまり！）

一声、西太后がいった。人々はたちまち静かになった。

「これはどういうこと？」

西太后は怒りのこもった声でいった。李連英は意味もなく二、三度、頭を垂れた。彼が周章狼狽しているのは明らかであった。

「わたくしどもの存じ知らぬことでございます。なぜ、沈太監がこのような始末に……。見当もつきませぬ」

「見るもけがらわしい、この部屋を血で汚すとは。早々に片づけなさい」

そのとき、張警補が一歩前へ進み出た。

「お言葉ではございますが、それはなりません。しばらくはこのままにしておかなければいけません」

「なぜだい？」

「明らかに何者かの手にかかって殺害された疑いがございます。だとすれば、沈太監を殺害した人物が、このあたりに証拠を残しておるやも知れませぬ。詳密に調査がすむまでは、周辺に手を触れぬほうがよろしいかと存じます……」

西太后は張警補をながめ、ホック氏に視線を移した。

「内廷の奥深くでこのような事態が起きたこと自体、由々しきことだよ。関係している者を厳しく糾明すれば白状するであろう。全員を拷問にかけよう」

「それは得策とは思えませぬ。いささか乱暴でございます」

「そういえばそなたたちは、龍眼池を探しだした。その伝で沈を死に到らしめた者を捕えることができるかも知れないね。西洋ではこのような場合、どうするかは知らぬが、わたしが命ずる。この件を手掛けてみよ。この部屋を血で汚した者を捕縛できれば、極刑に処してやるわ」

西太后のくちびるの端がきゅっとめくれあがって酷薄な笑いが刻まれた。張警補の通訳で内容を聞いたホック氏は片方の眉を上げた。

「仰せとあらば、状況に興味のあるこの件について、いささか調べてみるのもやぶさかではございません。しかし……」

ホック氏は言葉を切り、まっすぐに西太后をみつめた。五フィート三インチほどの小柄な皇后は、高底鞋をはいているので、さらに三インチほど高いものの、対等に立つとホック氏のほうが皇后を見下す位置になる。

「しかし……なんだい?」

「そのためにはどのような方にも必要とあらば質問をする自由と、行動の自由を保証していただけなければ十全を期し得ません。保証をいただけるでしょうか?」

西太后はかすかに笑った。死体をそばに置いていても彼女の感情の変化は表情にも声にも現われなかった。それを見て私は西太后が話に聞いていた以上に冷酷な女性だという印象を受けた。巨大な権力を手中にしている者は、みな彼女のように無感動になるものであろうか。

「西夷《せいい》が皇宮を気儘に歩きたいというのか? さて、どうしたものであろう……」

西夷とは西欧人に対する差別的な言葉である。彼女の西欧人嫌いはいまにはじまったことではないが、それがやがては百八十度転換して西欧びいきになって行くのだから不思議なものである。

西太后は、べつに重臣たちの意見を聞こうとしたわけではなかった。すぐに彼女は答えた。

「やむを得まい。必要とあればなんでも聞くがいい。そなたに質問されたらかくすことなく答えるように命じておこう。だが、皇宮内のあらゆる場所への立入りはできない。その都度、許可をうかがうように……。ほかになにか?」

「この宝物庫から紛失しているものがないかを早急に御調査願います。ここはしばらく私たちだけにしていただいて、調べてみたいと存じます」

「よかろう」

「それから李太監たちには、いくつかの質問がございますので残っていただきます」

西太后はうなずくと、裙《くん》（スカート）をひるがえし、鞋の音も高く部屋を出ていった。三人の侍女があわててあとを追った。

残った侍女にあかりを兵馬俑に近づけさせたホック氏は、横たわっている死体とその周辺をみつめた。私と張警補ものぞきこんだ。

沈太監は細面で頰がこけ、鼻が高くてくちびるが厚い。おどろいたことに彼は顔一面に白粉をぬり、くちびるには血とみまごうばかりの濃い紅をさしていた。年齢は四十代にはちがいなさそうだが、私には年齢を特定しかねた。ぬりたくられた白粉は首筋にまで達していたが、その白粉の刷《は》いた終りの部分と化粧をほどこされていない皮膚の接点のあたりに、銀色の針が突き刺さっていた。針は細いが長さは三インチほどある。上端が釘の頭のように扁平になっている。

「吹矢のようだね……。先端に毒がぬられていたのだろう」

ホック氏はハンカチを出して注意深く針を抜いた。針の先端は血にぬれていた。ホック氏は死体を綿密に調べはじめた。髪の毛のなかまで見て、死体を仰向けにした。沈の顔は驚愕と苦痛の瞬間を焼きつかせたまま、凝固していた。

「ほかに傷はなさそうだ。瞳孔の収縮の状態を見ても強力な毒物の作用であることは明白だね」

ホック氏は内ポケットから大きな虫めがねを取り出すと、倒れている沈太監の周辺の床を四つん這いになって調べはじめた。

張警補と私、李太監たち、それに手燭を掲げた侍女たちは、ホック氏の姿を半ば呆然とながめた。

死体の横の馬俑の背に皿に油を入れ、燈心をそれにひたした手燭が置かれていた。これは沈太監が手にしていたものと思われる。

ホック氏は床を綿密に調べ終ると、意味不明の声をあげて、そっと爪の先でなにかを拾いあげ、手帳のページとページのあいだに丁寧にはさんだ。氏は手燭の置かれていた馬俑、さらに壁、ついであかりを掲げさせて高い天井をみつめた。その間、一言ものをいわなかったが、やがて、私たちに振り向いた。

「この部屋に、出入口は一か所か、侍女に聞いてくれたまえ」

張警補が侍女たちから得た答は一致して、部屋の出入口はわれわれが通ってきた扉だけであるということだった。

「壁や床を調べてくれ……」

そういって、氏は沈の死体の腰から鍵束をはずした。

「これは宝物庫の鍵かね?」

「そうです。沈太監はこの部屋の警護の長ですので、鍵を預っております。鍵は皇后がお持ちのものと二つきりです」

と李太監が確認した。

23

私たちはホック氏の命にしたがって、この広い部屋の壁をたたき、音のちがいがあるかどうかを調べはじめた。壁は漆喰で厚く塗りこめられ、一抱えもある朱の柱にもかくれた扉などの細工があるとは思えなかった。

「もし抜け道でもあるとお考えでしたら無駄ですよ。出入口は一か所だけです」

と、太監のひとりがいった。それが本当なら、沈太監を殺した犯人はどこから逃亡したのであろう、と私は思った。鍵が二つしかなく、一つを西太后が持ち、一つが沈太監の腰にあって、われわれが宝物庫へ入るときは西太后がみずからの鍵で扉をあけたのである。犯人は逃亡する際に、鍵をどうやってかけていったのであろう。

私たちは広い部屋を調べ終って、床にも壁にも柱にも不審な点のないことを確認した。もともと窓のない部屋なので、もし、外部から入る秘密の出入口があるとすれば高い天井しかないが、それはあまりに非現実的であった。むしろ、二つしかないといわれる鍵が、じつはもう一個、複製があってそれを犯人が持っていたと考えるのが妥当である。

「沈太監について聞きたいが、彼を最後に見たのはいつです?」

ホック氏は指先についた黒いものが気になるのか、それを見ながら太監たちにたずねた。

「太和殿での謁見の前にはおりました。一言、二言話を交しましたから確かです」

と、答えたのは李連英だった。

「大体、午後の二時ごろまで生存していたが、それ以降、だれも姿を見ていないようだね」

と、ホック氏はいった。

「廊下をへだてて、宝庫室の前の部屋には常時三名の太監が、宝庫室警護の役で詰めているそうですが、だれも沈太監やそのほかの人間が宝庫室に出入りするのを見ていないそうです」

と、張警補がいった。彼は彼自身でさっきから太監たちに質問をして情報を収集していたのである。

「沈太監はどういう性格の人間です?」

ホック氏がたずねた。

「一口に申しまして清廉潔白な人物です。こう申してはなんですが、融通がきかないという評判もありまして……」

李連英は目をパチパチさせて言いにくそうに口ごもった。横から張警補がいった。

「ホックさん、この宮廷では宦官の権力が絶大でありましてな。皇后が外部の者に連絡をとるのも、すべて宦官が使者に立ちます。皇族の方に皇后が品物を届けさせるのも、大臣になにかを届けさせるのも、すべて宦官の手によります。品物を受取るほうはその都度、使者の宦官に心づけを渡さなければなりません。その心づけはかなり大きなものでして、贈物をもらうのは嬉しいが、心づけが馬鹿にならないと悲鳴をあげている者が多いのも実状です。太監たちとすればその収入が目当てでして、そこに弊害が生じておりますことを勘定に入れてくださ い」

その言葉の意味するところは、清廉潔白で融通がきかない人物は恨みを買うことも多いということにほかならない。その代りに宝物庫の警護役としてはうってつけの人物であろう。

「沈太監を恨んでいる者もあったのかね？　彼を殺す人間の心当りは？」

ホック氏は太監たちをみまわした。太監たちはおたがいに視線を交し合い、おどおどとした態度で肩をすくめあった。しかし、だれもなにもいわなかった。

「最近、沈太監の様子に変ったところはなかったかね？」

と、ホック氏は重ねて聞いた。太監たちはまた顔と顔を見交した。

「なんでも結構です。なにか知っていたら話してください」

意を決したようにひとりの太監がホック氏に顔を向けた。蒼白い、太陽に当ったことのない皮膚がぶよぶよしているような、小肥りの〝男〟であった。

「参考になるかどうかわかりませんが、沈太監は先日外出先から帰ってきたとき、ひどく沈痛な様子でした。身体の具合でも悪いのか、それともなにかあったのかとたずねましたが、一言も答えなかったのです」

「いつごろです？」

「三日、いや四日前でした」

「どこへ外出したのです？」

「沈太監の家族が豊坊店南口の馬連道胡同におりますので、そこへ行ったのだと思います」

「そういえば、そのころから物想いに沈んでいる様子だった……」

と、他のひとりがいい、ほかの連中もそれに同感の意をあらわした。

張警補は以上のことを自分の手帳に記録していた。ホック氏はほかになにも出てきそうもないので、馬俑の上の灯皿をとり、太監たちに沈の死体をはこばせるようにいい、私と張警補を手招きして宝物庫を出た。

「さすがのホックさんでもこの事件は手強いですね。犯人は奇妙な吹矢で沈太監を殺し、どうやって逃げたのでしょう?」

私はこれまで押えつけていた疑問を口に出さずにはいられなかった。

「逃走した経路については、警護の役人にいくつか質問してみなければわからないが、いくつかの興味のある発見はあったよ」

「どんな発見です?」

「ぼくが思うに、沈太監はわれわれを迎えるセレモニーで、宮廷内の太監たちのほとんどが太和殿に集った午後二時すぎ、犯人と一緒に合鍵で宝物殿に入った……」

「それは想像がつきます」

「沈太監は宝物庫のなかでなにかを書いた。あるいは犯人のほうがなにかを書いた。書かれたものは犯人が持っている。その犯人は非常に小柄な男か、あるいは女だが、女性とは思えない。身長は四フィート六インチ前後で、かなり腕の力が強い。吹矢の針を調べればもっとわかるだろう」

「どうしてなにかを書いたとか、犯人の特徴がわかるのです?」

と、私はおどろいていった。

「兵馬俑の並んでいるあたりは掃除が行き届かなくて、うっすらとではあるが埃が積っていたよ。そこに、ふたりが相対して立っていたあとが残っていたが、歩いたあともあった。身長は歩幅から推定できるものでね」

「力が強いというのは?」

「沈太監は相手に手首を強くつかまれて、そのあとがついていた。女性では痣になるほど強くつかむのはむずかしい。沈は犯人とふたりになって、なにかをおどかされ、手首をつかまれたと考えたほうがいいだろう。その結果、沈はなにかをしゃべり、犯人がそれを書きとめた。筆記用具は死体に見当らないから犯人が持っていたものだろう。——必要なことを聞き出した犯人は、沈がそれを報告したりしゃべったりするのを予防するために口を封じたのだ」

「どうして書きものをしたとわかるのですか?」

ホック氏は指先についた黒いものをさし出した。

「墨だよ。馬俑の背にこぼれていたのだ。それから……」

ホック氏は手帳を出して、さっきなにかを拾ってはさんだページをあけた。

24

「張警補、これはライティング・ブラシ（筆）の毛だろう?」

細い茶色の毛が二本あった。その毛の先は黒かった。

「そのようですな」

「次に針を見てくれたまえ。こういう針に心当りは?」

死体の首から抜いた銀色の針の先に赤黒くついた色を見て私は顔をしかめた。犯人はこれを吹いたのだろうか。

「次にこの灯皿を見たまえ。かすかにある粉と匂いを嗅いでみるといい」

ホック氏が持ってきた灯皿を出したので、張警補は鼻を近づけてクンクン嗅いだ。

「火薬ですな……火薬となると、もしかして……」

張警補はなにかを連想したらしく、目を宙に据えた。

「どうしたんだね?」

「吹矢とおっしゃいましたな……」

「相当、強力に吹かれたものだね。首に半インチの深さで垂直に突き刺さっていたのは、きみたちも見たとおりだ。近距離で吹いたにしても、これだけの深さに刺すのは容易ではないので、不審に思っているのだが……」

「ホックさん、失礼ですが、あなたはこの国の文学に造詣が深いですかな?」

張警補がいきなり場違いの質問をしたので、私はおどろいて彼をみつめた。ホック氏も意外そうだったが、苦笑して首を振った。

「残念ながらわずかな知識しかないよ」

「そうでしょうな。ヨーロッパと中国は物理的時間的距離もさることながら、心理的距離は空にかがやく星ほどにはなれております。西欧人が東洋を見る目は異国的な興味が先行しておりますからな。では、科学についてはいかがですか?」

「これもお恥かしいかぎりだね。すぐれた暦法や青銅器の発明、印刷術と製紙、石綿や火薬の発明などに若干の知識があるだけだが……」

「結構です。中国は数千年のむかしから矢を火薬の爆発力で推進させる方法を持っております。それを利用した殺人の方法を書いた小説もあるのですな。沈太監はその方法で殺害されたと思ってまちがいありますまい」

張警補は自信たっぷりにいった。

「どういうことだね?」

と、私は身を乗り出した。

「筆ですよ。筆に吹矢と火薬が仕こまれていたのです。

犯人は灯皿に筆をかざすと、筆軸の上方から火薬の爆発推進によって矢が飛出すというわけです。沈はその瞬間まで死を予期していなかったにちがいありません。犯人は書くふりをして筆を灯にかざし、軸の上方を沈の首に狙いを定める、そして、バシッ、シューッですな」

「やはりそうか。張君の推理のとおりにちがいあるまい。――では宝庫の番人に質問しよう」

ホック氏は先に立って、詰所となっている小部屋に入っていった。

小部屋には下級の宦臣が落着かない様子で居心地悪そうに椅子に座っていた。私たちが入ると彼等はいっそう落着かない態度で立上った。

「きみたちは、きょうずっとここにいたのかね?」

と、ホック氏がたずねた。この部屋の入口とそれに並んだ窓からは宝物庫の出入口がよく見えた。役人たちは煮えきらない態度で身体を動かした。

「返事をするんだ」

と、張警補が重味がある声でいった。

「沈太監が入るのは見ていたのかね?」

「そ、それが……」

と、ひとりが口をこもらせた。

「どうなのだ?」

「気がつきませんでしたので……」

「ここにいたのだろう?」

「おりましたが、象棋をやっておりまして……」

ばつが悪そうな顔でその〝男〟は、片隅の象棋盤を目で示した。

「賭けていたな? 夢中になっていたんだろう?」

張警補は追求した。

「申し訳ありません。めったなことでは人がこないもので、つい……」

「では、宝物庫から出て行った者も見なかったのか?」

「へえ……。しかし、だれも出て行ったはずはありません。象棋は間もなく終りまして、それからはずっと目を離しませんので……」

「やっているあいだに出入りしたかも知れんじゃないか。象棋の終った時間をおぼえているのか?」

「二時です。太和殿のほうで儀式があると触れる声をしおに、象棋をやめましたので」

「それからは遊ばなかったというのか? 信用できんな」

「誓って嘘は申しません。すっからかんになって、元気をなくしてしまったのです。申し訳ございません」

「このことを皇后に報告したらどうなる?」

「ど、どうか御内聞に願います……」

おどろいたことに三人の役人がいきなりひざまずいて

両手を組んで上にあげ、嘆願をはじめた。

「こいつら、嘘をいってはおりませんな。われわれが報告したら、この三人の生命はないでしょう」

と、張警補はあわれんだ目を三人に向けていった。

「怠慢のそしりを受け、首をはねられた者も多いですからな。生かすも殺すも西太后の自由です」

「むやみに生命を奪うこともあるまい。——午後二時以前はともかく、二時以降は宝物庫が監視されていたと思っていいわけだね」

と、ホック氏は考えこむようにいった。

「それじゃあ犯人は二時以前に出ていったのですか？　鍵を閉めてゆうゆうと立ち去ったのですか？」

と、私はいった。それに対してホック氏は答えず、部屋を出ると宝物庫の鍵の前に立った。なかではまだ太監や召使いたちが、沈太監の死体をはこび出したあとのあと片づけや、紛失した宝物の有無を調査していた。

宝物庫の錠というのは、大きな南京錠であった。あけるときは鍵をまわし閂を抜かないと扉は開けられない。閉めるときは閂を入れると自動的に締って、閂が動かなくなる。

大きいがそれほど複雑な錠とは思えなかった。閂を入れるとピーンと高い音がした。

「こけおどしの錠前だね。ぼくは錠や鍵について多少研究したことがあるが、この錠ならはじめて金庫破りをする者だってあけられるにちがいないよ。ただ、問題は閂を入れるときに大きい音がするね」

「そんな音も聞えないほど、賭けに夢中になっていたんですかね？」

私は詰所のほうを見ながら皮肉にいった。窓から三人の役人が不安そうに私たちを見ていた。

25

あとになって中国で生きる上でいやになるほど体験する羽目になったが、このころの中国は王宮の内部から、下層の庶民にいたるまで賭博が大流行していた。麻雀で負けた男が自分の妻や娘で支払うなどといったことが平然と行われていたりしていたのであった。宝庫番など、ふだんはまったく閑な役人が賭けにふけっていたのも、こうした世の風潮からすれば決して不思議でも不自然でもなかったのである。

「火薬の爆発で吹矢を飛ばすなどという凶器に出会ったのは、ぼくもはじめてだ。こうした凶器はだれもが持ち得るものではないと思うが、この特殊性が犯人に結びつく可能性は大きいと思うね……」

私たちは新鮮な空気を求めて、東暖閣を出て花園に歩をはこんだ。千秋亭、浮碧亭、御景亭などの豪華なあづまやが、四季花を絶やさない花園に点在している。私たちは朱塗りの円柱がギリシャの神殿のように並ぶ浮碧亭の土間に立った。

亭内にはいくつかの黄色いろうそくが燃えていた。夜の冷たい風が私たちのほてった頬にこころよかった。

「私も同感ですな……」

張警補が突き出した腹をゆすりあげるようにしていった。

「私が思うに、一種の銃にも似た凶器を持ち歩くからには職業的な殺人者といってよろしいでしょう。沈太監は融通の利かない固物《かたぶつ》だというから、何者かの誘惑、あるいは脅迫を断わったがために殺された……。彼は宝庫の責任者である。ここに原因がひそんでいるようですな」

「彼が外出したときに災厄の種をしょいこんだにちがいないよ」

と、ホック氏は闇の彼方の花々を見透かすようにいった。

「沈太監の家のある馬連道胡同へ行ってみましょう」

張警補がいった。

「その前に宝物庫のあと片づけが終ったかどうかを見てきたい」

ホック氏がそういってもどりはじめたので、私たちはふたたび東暖閣に行った。

李連英がそこでは汗をかきながら最後の掃除を指揮していた。彼は私たちを見ると近づいてきた。

「紛失物の点検に時間がかかりましたが、どうやら被害はなさそうです。死体をはこび出したあと、その場所を浄めます」

宝物庫では道士が呼ばれ、不浄の床から沈太監の魂を安らかに眠らせるための宗教的儀式がはじまろうとしていた。

「被害がなかったのは間違いないかね?」

ホック氏は問い返した。李太監はうなずいた。

「間違いありません」

「それはよかった。それから一つ聞きたいが、最近、兵馬俑を動かしたことはなかったかね?」

「馬俑を、ですか。馬俑は調査のためにしばしば庫外へ持出されます。調査に当っておられるのはお国の方でストーン博士とおっしゃる方ですが、城外の博士のところでくわしく一体ごとに調べられるのです。ですから昨日も一体がもどり、一体がはこび出されております」

「なるほど。では、はこびこまれた馬俑がどれかわかりますか?」

「立会った役人が知っているでしょう」

李は詰所の役人を呼び、そのことをたずねた。

「こちらです」

賭博による怠慢を知られているので、役人はホック氏や私たちをおどおどした視線でときおり盗み見しながら、宝物庫のなかへ案内した。

「たしか、これです」

どれもこれもおなじに見える兵馬俑の一体を役人はさし示した。それは沈太監が倒れていたところから、七体分はなれた場所にある一体だった。

ホック氏はその馬俑をみつめた。かすかな笑いが鋭い灰色の目にうかんだ。

「きみはロープを持っていますかね?」

「は、はい」

役人は腰のロープをはずし、怪訝な顔でホック氏に渡した。

「張君、ホイットニー君。この馬俑を縛るのを手伝ってくれたまえ」

「な、なにをなさるんですか?」

と、私はおどろいてたずねた。ホック氏は馬俑の背をてのひらでポンポンとたたいた。

「沈太監を殺した犯人を逮捕するのだよ。きまっているじゃないか」

「この馬俑が犯人だとおっしゃるんですか?」

私は一瞬、ホック氏の気が触れたのではないかと思った。だが、氏の目は真剣だった。

「沈太監はここで犯人と会った。それが午後二時前のことだ。以後、宝物庫は外から錠が下ろされている。そこで、ぼくたちはまどわされた。犯人が役人に知られずに門をかけて逃走したのだろうとね。ところが、門をかけると大きな音がする。その音を役人は聞いていないという。と、すると門がかけられたのは沈太監が宝物庫に入った直後だろう。このときは三人の役人が沈太監が庫をあけるのも、なかに入るのも気づいていない。しかし、いつ何時、役人が宝物庫の錠があけられているのに気づくかもわからない。沈太監を宝物庫に呼び出した人物は、ここまで一緒に来て、沈がなかに入ると門を締めて立ち去ったのだ。錠をあける音、閉める音、それに気づかぬほどだったのは賭けに夢中になっていたその時間だけだ……」

「沈はだれかと一緒だったのですか?」

「それでなければ宝物庫へ入るまい。何等かの口実を設けて、沈を庫へ入れる役目を負った人物がいるはずだよ。そして、なかには沈を処刑する人物が彼を待っていたのだ」

「じゃあ、犯人は鍵のかけられた宝物庫内に最初からいたというのですか?」

「正確にはきのうからね。犯人は沈の死体をわれわれが発見し、大騒ぎになったときも、ずっと宝物庫内にいたのだよ」

私は頭が混乱して、氏の言葉がしばらく理解できなかった。あれだけ私たちは壁や床を調べたはずである。宝物庫にいた人々は、西太后が庫をあけたとき、つきしたがっていた人物だけである。

「天井だけは探しませんでしたが、天井にひそんでいたのでしょうか……」

「もっと、近いところだよ。消去法によってさまざまな可能性を除去すると、非常に小柄な男がかくれていられるのは、ここだけだという結論に達したのだ」

ホック氏はまたてのひらで馬俑をたたき、次に隣りの馬俑の背をたたいた。

「あ、音がちがう……」

張警補は目を光らせると、ロープで馬俑の腹を縛りはじめた。

「暗いので見分けにくいが、トロイの木馬の例もある。昨日、調査の終った一体がはこびこまれ、一体が持ち出されたと聞いたときに気づいたのだ。犯人はまだいるとね」

私たちは太監や役人に手伝わせて、馬俑を外へはこびだした。明るい灯の下で見ると、彩色はそっくりだが、その兵馬俑は陶製ではなく木製であった。

この胴体にホック氏の言がたしかなら、身体をこごめた人間が入っているのである。子供のような人間なら非常に窮屈ではあるけれど入れないことはあるまい。しかし、彼はこうした姿勢で、いつ脱出しようとするのであろうか。

「ストーン博士の調査は、一体につきどのくらいの時間をかけるのだね?」

と、私は役人にたずねた。

「早いときは二日です。きのう運びだされたものは、明日にはもどされてきて、次の馬俑が引換えにはこびだされます」

李が答えた。馬俑の前に輪ができて、人々は一種のこわいものみたさと好奇心をないまぜにした表情で馬俑をみつめていた。

「なかにいるやつ、もう逃れられんぞ。観念して出てこい」

と、張警補が馬俑の背を拳でたたきながら怒鳴った。ホック氏と一緒に私も馬俑——トロイの木馬を調べはじめたが、すぐに腹部の横が外へ開くようになっているのを発見した。明るいところで注意すれば稚拙な作りだが、一見したところは陶製のものとそっくりに見える。このまま発見されなかったら、明日にでも堂々とこの木馬はストーン博士の研究室——かどうかはわからないが——ともかく紫禁城から易々と脱出できるのである。

李太監は警護の役人を呼んでこさせ、馬俑の周囲に槍をかまえて立たせた。

「さあ、出てこなければぶちこわすぞ」

張警補は大声でいいながらロープをはずしはじめた。

26

なかからなにが飛び出すかと、私はもちろん槍ぶすまを作った役人たちも一瞬、緊張した。やぶれかぶれになった犯人が必死の力で躍りでてくるかもしれなかったからである。

張警補は役人のひとりから小さい刀を借りると、胴体に作られた扉の隙間に刃をこじりいれた。彩色片がはがれ、木屑が飛んだと思うと、扉は割れる音を立ててぱっくりと外側に開いた。

その扉によりかかるようにしていた者が、どさりところがり出て床に落ちた。周囲の人々がどよめいた。床に落ちたのは上から下まで黒い服に身を包んで背を猫のように丸めた小柄な人間であった。私は子供かと思ったほどである。その人間は倒れたまま動かなかった。

張警補は注意してその人間の顔を包んでいる覆面を取り去った。なかから現われたのは、土気色の皮膚をし、顔を苦痛にゆがめたまま息絶えている、おそらくはまだ十代の少年と思われる男であった。

張警補は素早く男の胸のあたりに手をやり、生命のしるしをたしかめて首を振った。

「まだ、あたたかい。死んだばかりですな」

彼が死体を動かすと、死体は仰向けになり手が床に投げ出された。張警補は服を上から下へ抑えて、やがて服の下にあったものを探し当てた。

それは一本の筆であった。さらに携帯用の墨壺と一枚の書きつけであった。

「見てください。ホックさん」

張警補は筆を差出した。ホック氏はそれを受取って烈しい興味を抱いた様子で、筆を調べはじめた。

東洋の筆には大小いくつもの種類がある。細いものはじつに小さな字を書けるし、大きいものとなると身長をはるかに越えて、両手で抱えながら巨大な紙の上を走るようにして書くものまであるのは、東洋を知らぬ多くの外国人にとっては珍奇ですらある。男が持っていた筆は、サイズとしては日常使用されるものでなんの変哲もないが、竹で作られた軸の中空部分が鉄のパイプになっているのが、一般の筆とは異っていた。

ホック氏が穂先をひとひねりすると、穂先ははずれてしまった。

「これが沈太監を殺した凶器だよ。みたまえ。軸に吹矢を仕込んで、穂先をとった軸を火に近づけると、装塡されていた火薬が爆発して吹矢を飛ばすのだ。油断をしている至近距離の人間なら必ず当るだろうね」

原始的な銃――とでもいったらいいだろうか。私はこの奇妙な凶器をホック氏から受取ってつくづくとながめた。鼻を近づけるとかすかに火薬の匂いがした。張警補の話では、この吹矢銃は千年もむかしからあるのだそうである。政治的な抗争などで暗殺をたくらんだ者が、その相手と会談中、何気なくこの筆を取り出し、ものを書くふりをして穂先をはずし火に近づけると、吹矢は上方から飛び出して相手を刺す。筆の上部を相手に向けていなければならないという何気ないテクニックが必要であるが、近くにいる人間なら倒せるであろう。遠距離ではむずかしいが――。

私は口で吹く吹矢ならもっと簡単に思えたが、これも権謀術策のうずまく社会で、必要に応じて作られたものであろうか。

「ホックさん!」

張警補が叫んだ。彼は死体の袖をまくりあげ、腕に彫られた毒々しいさそりの刺青を見せた。

「こいつも青帮の一味です。脱出ができないと知って、みずから生命を絶ったのでしょうな。彼も毒を飲んでいます。多分、吹矢に塗られていた毒とおなじものでしょう。私の推定では鴆毒《ちんどく》という毒でしょうな。そいつは鴆という鳥の羽からとる毒でしてな。羽を酒に浸しただけでも、それを飲むと死ぬといわれています……」

「そんな鳥がいるんですかね?」

と、私はおどろいていった。

「さあね。人間は自分の理解できないことを拒否するからね。合理的に説明できない事実は、この世界にはいっぱいあるよ。毒鳥の存在はともかく、沈太監とこの男の死体の状況からアルカロイド系の毒であることだけは間違いない……」

李連英はすっかり青ざめていた。皇宮の奥深く、余人の入れぬ場所に陶俑にみせかけたにせものに、こともあろうに悪名高い青帮の凶賊がしのびこんで、宝物庫の責任者である沈太監を殺したのだから――。

男の持っていた書きつけのほうは、張警補に読んでもらったところによれば、街で唄われている戯歌《ざれうた》の一節、それも途中までで、その文章自体に意味があるとは思われないということであった。

「沈太監に油断させるためと、太監を近くへ寄せるための道具ですな。いわくありげに筆を取ってなにかを書く。沈太監が身を乗り出す。そこへ、吹矢です。沈太監はひとたまりもなかったでしょうな……」

「男はそのあと馬俑にもぐりこむ。一晩、我慢すると翌日は調査のためと称して、男の入った馬俑が堂々と城外へ出て行く、というわけだな」

と、私はいった。

「そういうことです」

「ストーン博士を調べようじゃありませんか。彼が馬俑調査の責任者ですからね」

私は勢いこんだ。

しかし、時間的におそかった。きょうは朝からいままで私たちはめまぐるしいほど忙しかったので、ふと気がついてみると自分の身体の疲労が限界まできていた。なにしろ太和殿でのセレモニー、宝物庫での沈太監殺害事件、つづいてその犯人の意外な場所での発見と死。間断なくつづいた出来事が私の神経を極度にたかぶらせて、蓄積していた疲労を忘れさせていたのである。

私たちに割当てられた部屋は、壁面にいろいろな書の額が掲げられ、細かい彫刻のほどこされた格子天井のある部屋であった。そこに落着いて、はじめて私は事件全体の像が、おぼろげではあるが見えはじめてきた。

青帮という組織は龍眼池をわれわれに取り戻されたが、決して宮廷の秘宝をあきらめたわけではない、と私は思った。

ホック氏は椅子に腰を下ろし、愛用のパイプをくゆらしながら、くちびるを強く結んで何事かを沈思黙考している様子であったので、私は話しかけるのを遠慮していた。私の脳裡には、この事件は沈太監を殺害した犯人を発見しただけでは、なにも解決したことにはならない、という想いが去来していた。事件の背景はもっと大きなたくらみであり、今度の事件はそのたくらみの、わずかなほころびの一端であるという気がした。そういう想いのなかで、いつか私はマーガレット・エヴァンズ嬢の面影を追っていた。彼女と別れてから、まだ三日である。それなのに長いあいだ会っていないような気がした。彼女の一挙手、一投足がしきりに思いだされてならなかった。

「思いきって手紙を早く書いたらどうだね?」

「そうしようかと思って……。どうしてわかったんです?」

ホック氏の言葉につい答えかけて、私ははっとした。いつのまにか氏は私のほうに顔を向けて微笑していた。

「きみはずっと物想いに沈んでいた。その表情から事件のことを考えているのだろうと思っていたら、きみの顔が和みはじめ、しきりにテーブルのペンと便箋をながめはじめた。右手が無意識に椅子の肘をつかんで立上る意志を示したが、なかなか決断にふみきれないでいる。――きみが手紙を出そうか出すまいかとためらう相手は、マーガレット・エヴァンズ嬢しかいない。恋する男のためらいが、はっきりと出ていたから、手紙を書くようにといったのだよ」

「おどろきました。ホックさんは私の心を読むのかと思いました」

「いくつかの事象を綜合して推理するだけだ。往々にして推理の過程を省いて、結論だけを口にするので、人は魔法でも使われたような顔をするがね」

「なるほど。そう説明されると納得しますが……。新しい事件に遭遇したことを知らせようと思っていたのです」

「弁解はいらないから、どうぞ書いてくれたまえ。ぼくはそのあいだに隣室の張君と話をしてこよう」

ホック氏は立上った。

第三部　長城《グレート・ウォール》の狙撃者《スナイパー》

27

サディアス・ストーン博士は英国王立考古学協会の会員で、今年六十五歳になるもじゃもじゃの白髪と大きな口ひげを貯えた中肉中背の人物であった。

博士は五年前から清国各地の陵墓の発掘調査にあたっており、純粋に考古学的見地から中国の古代文化を研究していた。従来、かえりみられなかった陵墓から出土した副葬品などが、ようやく貴重なものであるとの認識が清国政府にたかまったのは、ひとえに博士の熱心な助言によるものである。彼は紫禁城の西の平安里に民家を改造した研究室を設け、そこで数人の助手と起居を共にしながら、資料の分析調査にあたっていた。

ホック氏と私と張警補の三人は、翌朝、博士の研究室を訪問した。博士は私たちの突然の訪問にもかかわらず気軽に会ってくれた。

研究室は広い土間で、さまざまな立像――木像もあり石像もあった――や土器、青銅器、鉄器などが壁際に並んだり、大テーブルに乗ったりして散乱していた。私たちの行ったときには博士と二人の中国人の助手が忙しそうに立ち働いていた。

「ごらんの通りちらかっていて、ろくに座る場所もありませんが、いま、お茶でもいれましょう」

　博士は自分の周囲を片づけ、椅子をはこんできて、阿媽にお茶を持ってくるようにいいつけた。

「さて、あなた方のことは聞きましたよ。盗まれた秘宝を発見されたそうですね。その方たちが考古学に興味がおありとは知らなかった。われわれの研究は一般になかなか理解されないのが常でしてね。とにかく、お目にかかれて光栄です」

　同国人に会うのがひさしぶりのせいか、博士はなかなか話好きであった。

「うかがったのは、現在、紫禁城内にある兵馬俑についてですが……」

と、ホック氏が切り出した。

「素晴しいものでしょう」博士は興奮してもじゃもじゃの髪を片手で掻きまわした。「世紀の大発見です。ところが悲しいことに、その貴重さをだれひとり理解しようとしなかったのが現実です。陶器の馬や人型がなんの価値があるか、というのがこの国の一般の認識です。私は口を酸っぱくして、歴史上も考古学上も重要なものだと説きました。古代の文明の経路をたどり、歴史の空白を埋めることができるのだ、とね。ようやく、彼等も価値を認識してくれて、保管してくれることになったのです。今後、この国の遺跡が発掘できたら、世界でもっとも貴重な文化遺産が続々発見されるでしょう……」

「あの兵馬俑はどこで発見されたのです?」

　その質問に博士は急に悲しそうな表情になった。阿媽が中国茶をはこんできた。中国茶は茶碗に茶の葉を直接入れて湯を注ぐ。飲むときは表面に浮んだ葉が沈むまで待つか、葉を吹いて飲む。それでないと浮いた葉ごと飲んでしまう。私は口をすぼめ、表面の茶の葉を吹き散らし、その葉が寄ってこないうちに熱い茶を一口すすった。ホック氏は例によってパイプから紫煙を立ちのぼらせて、博士をじっと見入っていた。

「私が陝西《せんせい》省の西安の近くの驪山《りざん》に調査に行ったのは昨年の夏でした。この一帯は紀元前十一世紀ごろの周をはじめとして、紀元前六世紀ごろの秦――あなた方も名前だけは知っておられるでしょう。あの有名な建造物、ピラミッドやバベルの塔にも勝るとも劣らない万里の長城を築いた始皇帝の陵墓のある場所です。このあたりにはどんな遺跡があるか私は大きな期待を抱いておりました。とはいっても、行ったのは私とこの研究室にいる楊君という助手のふたりだけです……」

博士はお茶を一口すすり、話をつづけた。

「調査するにつれて、ここは大変なところだと思いました。もし、発掘できたら東洋、いや世界歴史上、じつに貴重な発見が期待できるだろうと思いました。しかし、残念ながら周囲はそれを許しません。墓に手をつけるのを恐れる現地の人々はともかく、役人たちも全く関心を示しません。私たちは将来のいつの日かを期して帰ることにしました。そのとき、人相の悪い、ならず者のような男が、夜、私たちの宿舎をひそかに訪ねてきました。

男はあたりをはばかって声をひそめ、

『旦那方は古い墓を調べていなさると聞いたが、墓から出てきたものを買う気はないかね』

と、いうのです。私は、この男は墓泥棒だなと思いました。エジプトでもそうですが、中国でも古代の墓を荒す盗賊は非常に多いのです。

『まやかしものを売りつけようとしても無駄だぞ。どんなものだ』

私が強い態度でいうと、男はニヤリと髭面で笑いました。

『ここから一里（中国の一里は約一キロ）ほどはなれたところに、荒れはてた墓地があるんだがね。古い墓地で見捨てられているようなところだが、そこになにかあるんじゃないかと掘ってみたら、なんと固い石にぶつかってね。仲間と大汗かいて石をどかしたらそいつがあったんだ。金でも銀でもねえ。陶器のでっかい人形と馬が出てきた。大汗かいただけ損したが、こんなもの売れねえから土をかぶせて元に戻しておいたのだ。そうしたら旦那方のうわさを聞いたので、もしかしたら買って下さるかも知れねえと思ってやってきたのだよ』

それを聞いて、私は興味をそそられました。漠然とですが、なにか重大な発見につながるのではないかと思う一方、この男の話の真偽をたしかめようと思ったのです。その墓地は村人たちが幽霊が出るといって近づくことも忘れている場所でした。西楊村と王鹼村というふたつの小さな村のあいだにありました。私たちは翌日、男の案内で墓地へ行き、話が嘘ではなかったことを知りました。男の言い値は妥当でしたので、墓泥棒たちが掘り出した馬俑を買い占めたのです。もっともっとあるにちがいないと思いましたが、今回はこれであきらめ馬俑を北京に持ち帰ったのです。調べるにつれて、これは始皇帝の墓を守るための馬ではないかと結論いたしました。政府の役人にその重要性を説いてまわったのですが、最初はだれも相手にしてくれません。思うにこの国の役人には考古学上の認識が欠落しているのですな。……しかし、ようやく沈という太監が話を聞いてくれました。彼は宝物庫の責任者で美術品の知識も豊富で、芸術一般に見識のある人物ですが、彼が馬俑の重要性を認めてくれ、西太后に進言して宝庫に保管することにしてくれたのです。保存場所がきまったので、私も一安心し、以後は一体ずつ綿密に調査をつづけているというわけです」

ストーン博士は話し終えると、お茶を飲んで咽喉をうるおした。

28

「大体、一体の調査に二日ぐらいをかけるそうですね」

と、ホック氏がたずねた。

「そうです。形状、色彩、文字の有無、そのほかを記録し、番号をつけて整理します。平均二日ということで、ものによっては五日もかけます」

「一昨日はいかがでした」

一昨日は〝トロイの木馬〟が東暖閣に運びこまれた日である。

「おととい？　おとといは紫禁城には行きませんな。現在、ここにある馬俑を返還して、次の馬俑を持ってくるのは明日の予定です。あいだに日曜日がはさまったので、期間が伸びました」

「どなたが運搬の任に当っているのです？」

「沈太監の命を受けた役人ですよ」

「それはいつもおなじ人物ですか？」

「ええ。ただ、前回は見たこともない男でした。いつも来る者が病気で来られなくなったとかで。調査済の馬俑を一体、馬車に乗せて行きましたが、それがどうかしたのですか？」

「どんな男でした？　特徴は？」

ストーン博士は眉を寄せた。

「そういわれると……若い男であったことはおぼえていますが、なにしろ中国人の顔はみんなおなじに見えるもので……」

「不審な点はなかったのですね？」

「気がつきませんでした。どうしたのです？」

「沈太監が殺されたことは、ご存知なかったのですね？」

ストーン博士はおどろきのあまり、口を半開きにして、私たちを丸い目でみつめた。

「それは本当ですか？　いつです？」

「きのうです」

「それが馬俑とどう関係があるのですか？」

「こちらへ現われた男は馬俑を引取り、途中でなかが空洞になって人間がかくれられるニセものと取り換え、それを宝物庫に納めたのです。沈太監は宝物庫で、馬備にひそんでいた男に吹矢で殺されたのです」

「これはおどろいた。唯一の理解者を失ってしまったことになる。今後、どうなるのでしょう」

博士は失望の身振りをした。

「李太監が重要性を認識しているようでしたから、すぐに変化はありますまい」

ホック氏はなぐさめるようにいった。

「しかし、彼はなんて殺されたのです？　私のせまい交際範囲では、沈太監は傑出した清廉な人材でした。公平無私で思慮も深い男でした。彼を恨むような者がいたとは思えません……」

「人は恨みだけで人を殺すものではありません。清潔で公平無私なために殺されることもあります……」

ストーン博士と別れを告げたのは、それから間もなくであった。

「いくらかわかった……」

と、ホック氏がいったが、私にはなにがわかったのか一向に見当がつかなかった。

「なにがわかったのです？」

「ストーン博士は直接事件に関係がないことは確かだ。彼のおどろきは心からのものだったし、唯一の理解者を失って失望したのもうわべだけではない。もっとも、彼にとっては研究のほうがより以上に大切なようだがね。学者にはよくある型だよ。青帮は想像以上に宮廷内にも喰いこんでいるらしいね。沈太監を宝物庫に手引したのもその一味だし、馬備をとりにきた若い役人も一味だろう」

「すると、根源は城内にあるということですね？」

「本当の黒幕は、外で糸を引いているのだろうがね」

「そうですよ。私は上海の富豪で、気前よく慈善事業に寄附したり、学校の教育活動に金を出したりしている人物が、じつは陰で阿片を取引し、賭博場をにぎっている青帮の幹部であることを知っていますが、どうすることもできないのです」

これまで口数の少なかった張警補がいった。

「彼等の狙いはなんなのだろう……」

と、私はいった。

「熱河故宮から龍眼池を盗んだ高官を想い出したまえ。彼等は紫禁城の宝物に目をつけたにちがいない。沈太監をおどしたりすかしたりして味方につけようとしたと考えれば……」

「そうか。清廉な性格の沈太監はいうことを聞かなかった。そのために……」

「みせしめ、さらに沈太監がそのことを上に報告することを阻止するための口封じですな」

と、張警補がいった。

「そのことが裏づけられてきたわけだ」

ホック氏はゆっくりと歩をはこびながらいった。

大胆不敵にも王宮の宝物を盗もうとする一味の野望は龍眼池で失敗したが、それであきらめたわけではないのである。もし、沈太監が一味にとりこまれていたら、清朝の秘宝のかなりの数が紫禁城から消えてしまったにちがいない。

「さて、次は沈太監の家族が住んでいる馬連道胡同へ行くとしようかね」

肥満した張警補は、秋の気持いい気温の下で汗をかきはじめていたが、ホック氏の言葉を聞くと、あたりを見まわした。そして、四つ角にたむろしていた辻待ちの馬車を手招きした。

「馬連道胡同は蓮花池の方角ですから、かなり距離がありますのでな、馬車で行くとしましょう」

私たちは幌のない馬車に乗りこみ、低い塀にかこまれた家々の並ぶ道を走りはじめた。人々は西欧の人間が珍しいらしく、歩いている者は立止まってふりかえり、物売りは手を休めて私たちの通るのをながめていた。子供たちは私たちをまるで異星から来た怪物を見るように、いくらかの怖さとそれにも増した好奇心でみつめ、ややはなれたうしろから長いあいだついてきたりする。そして、振返ると蜘蛛の子を散らすように四散するのである。

北京は胡同の街である。胡同《フートン》は横丁とか路地の意味だが、赤い煉瓦でかこまれた塀の織り成す曲りくねった路地のなかに、意外に広い敷地をとった屋敷があったり、大きな中庭をかこんだ四合院の家々があったりする。そして、胡同は静寂にみちていて、庭の大樹が風に葉をそよがせているのが、たった一つの音であったりする。

私は北京に着いて間もないので、短い散策のあいだに垣間見ただけであるが、宿舎の近くの胡同を歩いてみただけでも、ふしぎと時間が停止したような安らぎを感じるのである。

私たちの目指した馬連道胡同も、そうした胡同の一つで、表のやや広い道で馬車を下りた私たちは、路地の奥に沈太監の家を探し当てた。

ここもほかとおなじく塀でかこまれた敷地のなかに、中庭をかこんだコ型の建物が建っていた。建物は時代がたっていてくろずみ、窓や出入口をみな庭に向けている。庭の一隅には井戸があって、その横に小さな花壇があり、花の横に束ねられた薪が積まれてあった。

張警補が来意を伝えると、召使いらしい藍色の服の五十がらみの女がなかへ入っていったが、間もなく襟から胸にかけてと、裾のまわりに紅と青の刺繍をほどこした氅《しょう》衣を着た中年の女性が現われた。

私たちは色白で上品な顔立ちをしたその婦人の目が、泣きはらしてまっ赤なのに気づいた。

「弟たちは葬儀の仕度のために留守をしております……」

婦人は一室に私たちをみちびきながらいった。彼女の容姿は申し分なかったが、こうした家庭にもれず、アヒルのような歩き方をする纏足であるのが、私には気の毒に思われた。

彼女は沈太監の兄の妻であると自分を紹介した。城からの知らせで一家は悲しみに包まれ、ふたりの弟やその妻子はみな出払っているところだった。

「お城のなかで恐ろしい目に会うなどとは考えもしなかったことでございます。でも、先日、家に戻ってきてから、弟は急に人が変ったように打ち沈んでしまいましたので、なにやら不吉な胸騒ぎがいたしましたが、よもや、こんなことになるとは……」

新しい悲しみがこみあげてきたのか、彼女はハンカチを目に当てて声をふるわせた。

29

「私たちは沈さんを殺害した真犯人を糾明したいと思っているのです。沈太監が帰宅されたときの事情をおたずねしたいのですがね」

ホック氏の言葉を張警補が伝えると、彼女は泣きぬれた目を不審そうに上げた。

「犯人は自死したとうかがいましたが……」

「直接の犯人はね。しかし、その男は単なる手先です。背後で彼を命令して動かした者を私たちは突きとめたいのです」

「弟はなにやら恐ろしいことに捲きこまれてしまったのでしょうか……」

と、彼女はかすれた声でいった。

「弟さんは悪事に加担されることを拒否されたのですよ。死に対してはお悔み申し上げるが、不名誉な死ではなく誇り高い死であったと断言いたします」

「そうおっしゃっていただけると、せめてものなぐさめでございます」

「いつから態度が変わられたのです？　人が訪ねてきたのですか、それとも手紙などを受取ったのですか？」

彼女はうつむいて目頭をふいてから顔を上げた。

「弟は十代で官途に志し、十八のときにみずから志願して宦官になりました。官界で立身するために男であることを棄てたのです。それから二十数年、弟はよく宮廷に仕え次第に重用されて東暖閣の責任者になりました。

一月に一度、二月に一度は必ず家に戻ってきて仕事の話や弟たちの行末を心がけてくれ、相当の金品をくれて行きました。宦官になっても明るい性格で、弟が帰ると家にはいつも笑いが絶えなかったものでございます。今回、帰宅したときもいつもとおなじでございましたが、二日目のことです。夜になってそろそろやすもうかというころ、弟を訪ねて男がひとりやってまいりました」

「その男を見ましたか?」

と、ホック氏がたずねた。

「いえ。応待に出たのは阿媽の蘭英《ラン・イン》でございます。あとになって聞きましたが、その客は大変小柄で、どことなく気味が悪かったそうでございます……」

その言葉で、私は馬俑にひそんでいた男をすぐに思いだした。

「弟は不審な顔をして男と会って、なにか話していましたが、ちょっと出てくるといって表に出て行きました。時間にして一時間近くたったころ、弟はひとりで戻ってまいりましたが、そのときの険しい表情がまるで病人のように見えましたので、思わず具合が悪いのかとたずねたくらいでございます。弟は自分の部屋へ引きこもってしまい、翌日になると打ち沈んだ顔でお城へ帰らなくてはいけないといって、帰ってしまったのでございます」

「では、外でだれかに会ったと考えられますね。その小男は弟さんを呼び出しに来たのでしょう」

「そうだと思います。心当りがないようすでございましたから……」

「どんなことでもいいのですが、沈太監は外出先から戻ってきて城へ帰るまでになにか言いませんでしたか?」

と、ホック氏は聞いた。彼女はホック氏をみつめ、それから私に視線を移してためらった。

「なにか言いましたね。おかくしにならず言ってください。重要かどうかはこちらで判断しますから……」

兄嫁はそれでもためらっていたが、やがて言いにくそうに話した。

「ご気分を悪くされるかもしれませんが、お許しください。弟の言葉をそのまま伝えるだけですから……。弟がこういったのをおぼえております。『イギリス人はこの国から土地ばかりかすべてを奪おうとしている』と……」

「イギリス人、といったのですね?」

「はい、間違いございません」

「ありがとう」

「どうか気になさらないでくださいませ。弟は決して外国人を排斥しようという考えの持主ではございませんでしたから……」

彼女は弁解するようにいった。

「いや、われわれなら心配御無用です。イギリス人にもいい者と悪い者がいるのはよく承知しておりますから。沈太監には、これまでイギリス人の友人か知り合いがいたのですか?」

「いいえ。わたくしどもの知るかぎりでは外国の方に知り合いがあるという話は一度も聞いておりません」

「その晩、そのイギリス人に会った、といった話し方ではなかったのですね?」

「はい。うまくいえませんが弟の態度からそのときイギリスの方に会ったとは思えませんでした」

「沈太監は英語を話しますか?」

「いいえ。全然……」

ホック氏はうなずいて、火のついていないパイプをくわえた。

「ちょっとラン・インという阿媽に会ってみたいのですが……」

「呼びましょう」

彼女は席を立って召使いを呼びにいった。ホック氏は張警補と私のほうに顔を向けた。

「沈太監が外に呼び出されて会ったのは、おそらくよく知っている人物だろうね」

「え、どうしてです?」

張警補は意外そうにいった。

「小男が呼びに来たとはいっても、まったく未知の人物ならすぐに出ていくはずはないじゃないか。沈太監はすぐに外出したが、〝不審〟な顔をしていたというから、なぜ、相手が直接訪問してこず、使いをよこしたのだろうと思ったのだ。表にいた人物は沈太監に宝物を奪う相談——おそらくは買収を持ちかけたのだ。沈太監はそれを断わり、〝険しい〟表情でもどり、一晩、懊悩のうちにすごした。相手は背後にイギリス人の存在をほのめかした。だから、沈はイギリスに対して憎しみの言葉をつぶやいたのだね。——ホイットニー君、きみは国の出先機関の人間で、いわばわが国を代表する立場だから、ぼくの感想を聞くと不快かもしれないが、この国に対するわが国の態度はいささか強引にすぎるようだね。力で屈服はさせられるかもしれないが、中国の心まで屈服はさせられない。それが、将来に禍根を残さねばよいが……」

ホック氏の批判を聞いて、私はだまっていた。私は英国人として国家の方針に従わなければならない立場で、国の政策自体を批判することはできない。しかし、みずからを愛国者と任じている私には、ホック氏の言葉にいくらかの反発を感じたことも事実である。

そこへ、兄嫁に伴われて阿媽の蘭英が入ってきたので、一瞬の気まずい沈黙は中断された。

蘭英は私たちの訪問を出迎えた女で、不安そうにアーモンド型の目を、落着かなく私たちの上に走らせていた。

「気を楽にしていくつかの質問に応えてくれ」

ホック氏はおだやかな笑みをうかべていった。

「沈太監を呼びに来た男だが、少年だったかね?」

張警補の通訳で彼女はうなずき、甲高い声で火のついたようにしゃべりはじめる。

「ええ、ひげが生えはじめたばかりの子供でしたよ。でも、頭でっかちで顔色が青白くて、暗い戸口に立っていたときは、身体がぞくっとふるえましたよ。外で明るいときに見るとは大違いでした。太監に用があって使いで来たというので、そうお取り次ぎしたんです」

ホック氏は手を上げて、阿媽のおしゃべりをさえぎった。

「外の明るいところで見ると、といったが、表で見たことがあるのかね?」

「ええ、あれは宣武門のあたりで大道芸を見せている一座の子供ですよ。お使いに出たとき、一、二度見たことがあります。まちがいありませんよ」

「おまえ、そんなこといわなかったじゃないの」

と、兄嫁が横からいった。

「だって、奥様。あのあとは自分の部屋へ引取ってしまいましたもの……」

蘭英は口をとがらせた。ホック氏は重ねてたずねた。

「その大道芸の一座は、いつも出ているのかね?」

「ええ、大雨でもなけりゃ、朝から日暮れまで人を集めていますよ」

蘭英の話で私は馬俑のなかの男が、おなじ人物であるという確信がますます強まった。張警補を見ると彼は巨体をどっしりと構え、目を半眼に閉じて腕を組んでいた。いつもと変らず、彼からはそのときどきの感情を読みとることができない。この国では悠揚迫らざる風格の人間を〝大人〟と称するが、張警補はまさしくこの形容のあてはまる人物で、ちょっとやそっとの地震や嵐ではびくともしない巨岩を思わせた。

「いや、お邪魔しましたね。いろいろと有用なことを聞かせてもらいありがとう」

ホック氏は礼を述べて立上った。

30

兄嫁は塀の外まで私たちを見送り、気がかりと不安をないまぜた口調で、沈太監の死の真相は突きとめられるだろうかとたずねた。

「安心なさい。この方は西太后にも深く信頼され、今度の事件を解き明そうとしておられるのだ。きっと、太監の恨みを晴らして下さるだろうよ」

張警補はそういって彼女をなぐさめた。

私たちが胡同を歩いて行くと、前方がにわかに騒々しくなって、大勢の白衣を着た男女が旗や飾りのついた棒を持ち、前を歩く女たちがいっせいに泣声をあげながら歩いてくるのに出会った。列のうしろには紅の布に被われた、あきらかに棺とわかるものが乗せられた車が数人の男によって引かれていた。

涙と洟《はな》で顔中をくしゃくしゃにした泣き女たちは、身も世もないという悲しみをあらわして沈太監の家に向った。ふり返ると先程の兄嫁が白衣をまとい、門前で棺の列を迎えていた。沈太監の遺体が城から下げ渡され、実家にもどってきたのである。

私たちは、それを道の片側に退いて見送り、広い通りへ出た。

「どうやら馬倆にひそんでいた少年につながる線が出てきましたね……」

と、私はいった。

「吹矢といい、背の低さといい、大道芸人のことを考えてもよかったが、思いは及ばなかったですな」

張警補がいったが、その口調にはくやしさを感じさせるようなものはなにもなかった。

「それは仕方ない。宮廷と大道芸ではあまりにかけはなれているもの……」

私は街頭にいるさまざまな芸人たちを思いうかべた。盲目の少女が胡弓を引き、その姉妹らしい少女がオクターヴの高い声で歌を歌う姿は、上海でもしばしば目にした。また、残酷なことに幼児のうちから木箱に入れ、身長が伸びないようにして、人為的に奇形を造り出し、街頭でその姿を見せて金をとるものもあるという。いたいけな少年が人間業とは思われない身の軽さで曲芸を見せるのは、どこに行っても見られた。さらには街頭の芝居、掛合、音曲はこれまた通常のことである。犬や猿の芸を見せる者、武技を売りものにするもの、この国の都市の目抜通りではあらゆる芸人に行きかうのである。

宣武門の近くまでくると、人通りが多くなり露店が軒を並べ、喧噪がみちていた。私たちは人目にさらされるのもいとわず、わずかな空地や道の角で興行している芸人たちを見て歩いた。

「ホックさん、あれを……」

張警補が前方の人だかりを指さした。

私たちは輪になった人垣のあいだからなかをのぞきこんだ。そこは小さな空地で、空地の中央に四人の、まだ十二、三歳の少年少女がみごとなアクロバットを演じていた。彼等は背を反らせると頭が弓なりに地につき、そこから回転して立上ると、優美な動作で跳躍して、ふわりとひとりの少年の肩に乗った。また、一本の棒を立てるとそれをのぼった少女は棒の頂上で逆立ちをし、両手を広げ、その手で輪をあやつった。

演技をしている少年少女たちからはなれた後方には、やはり十代ではあるが年上の少年少女と、三人の男が立っていた。その男はいずれも三十代だが、黒い服を着て日に焼けた皮膚と鋭い目を持ち、見物人を見まわしていた。

「雑技団《ザーチー・トワン》です……」

と、張警補がいった。雑技は私たちのいうサーカスのような曲技だが、サーカスの中国語は〝馬戯、競技場〟で、意味がちがう。雑技は〝曲技をふくむ芸をする大道芸人〟の意である。

張警補がなぜ、この一団に目をとめたかはのぞきこんですぐわかった。

空地の一隅に木製の幾重もの色のちがう円を描いた的が置かれていた。その円の一つ一つに漢字による数字らしいものが描かれていた。

「吹矢の的かね?」

と、ホック氏が聞くと張警補はうなずいた。

少年たちの感嘆すべき技は次々につづいていたが、見物人たちはそのうちに私たちのほうを見はじめた。ひとりがささやくと、ささやきは波のようにひろがり、少年たちの芸はそっちのけで異人種である私たちが関心の的になってしまったのである。

これは当然、黒服の男たちの注意を惹かずにはおかなかった。彼等ははっとした様子で私たちを見つめ、なにやら短く話し合ったと思うと、ひとりがさっと身をひるがえしてどこかへ走り去った。残った男たちは大声で演技中の少年少女に命令した。すると、少年たちはアクロバティックな体形を解いて、男たちに走り寄った。ひとりの男が進み出て、抑揚のついた調子で見物に向って口上らしい言葉をしゃべりはじめた。

「なんといっているのだね?」

「これから一発百中の吹矢を見せるといっています」

少女のひとりが的を空地の一方に置いた。

「行こう」

突然、ホック氏がいうと人垣をはなれて大股に歩きだした。私と張警補はあわててあとを追った。

「どうしたのです? 吹矢を見ればあの男の持っていたものと同一かどうかわかりますよ」

と、追いすがった私はいった。

「みとれていると、別の方角から毒矢が飛んでくるかもしれないよ」

歩きながらホック氏がいった。

「三人の男がわれわれを知っているのはたしかだね。馬倫の男の仲間であることは疑いをいれない。ひとりはどこかへ報告に走ったようだ。われわれが大道芸人たちを突きとめたからには、彼等は必ず反撃に出てくるよ。ぼくたちは今後、彼等の襲撃を注意しなくてはならないだろう」

「やつらも青帮の一味ですな。いまのうちに一網打尽にして糾明したらどうですかな?」

と、張警補がいった。

「張君、これまでのことを思い出したまえ。いずれも官憲の手に落ちると自決してしまっているじゃないか。それだけ彼等の掟は厳しく、死をなにほどとも思っていないようだ。逮捕しても決して自白しないだろう。いたずらに犠牲者の数をふやすばかりだよ」

「それもそうですな。厄介な奴等ですわい……」

「ぼくは宮廷の高官で、沈太監のよく知っている人物が沈太監に会いに来た人物だと思う。その高官は固く悪の組織と結託して、清国の財宝を狙っているにちがいない。いや、――その高官ですら組織の手先にすぎないかもしれない。一方でイギリス人が組織と結びついているのも確実だ……」

「そのイギリス人とはだれでしょう」

「ぼくの推理が正しければ、それはウィリアム・モリアーティだよ」

「あの男は太湖で死んだはずです!」

と、私はおどろいていった。

「死体が上ったかね? あれほどの捜索にもかかわらず発見されたのは、芦の葉についていた血痕だけだった。彼は手傷を負ったかもしれないが死んだという確証はない。逃げのびたのだから、傷もそれほど深くはなかったろう。いまごろは傷も治って、悪の陰謀をたくらんでいても、ぼくはおどろかないよ」

「では、この北京に彼が来ているのですか?」

「十中八九、ぼくはそうだと思うね。モリアーティを庇護しているのは、青帮の組織だ。傑出した頭脳と強力な暗黒の組織がむすびついたとき、なにが起きるかはぼくにも予感できない。秘宝を狙うのは、彼等の陰謀のほんの一端かもしれないよ」

またしてもあの小肥りの小男だ。湖畔の銃撃で手応えがあったと思ったが死体が上らず、私は泥の底に沈んだか、沖へ流されたものと期待していたのである。しかし、彼が闇のなかを運よく逃れて、青帮にかくまわれ傷を癒していたとすれば……。私たちは強大な敵を相手にしてしまったのである。

31

私たちは広渠門の近くの旅荘〝万寿飯店〟に戻った。紫禁城内で宿泊するのも自由であったが、荷物はここに置いてあるし、城内ではなにかと気詰まりでもある。

私たちは熱い湯に入り、服をあらためた。夕食後はそれぞれの部屋に引取り、今夜はぐっすり眠って一日の疲れを取ろうと思ったが、牀《チュヤン》（ベッド）に横たわってみるとかえって目がさめて頭が冴え、寝つくことができなかった。

風が出てきたらしく窓が鳴っていた。天候が変わってきたらしく、空は厚い雲に被われているようだった。

私は起き上って窓辺に行き、窓を押し開いた。冷たい風がどっと室内になだれこんできた。あわてて閉めようとして、私はなにかが動いたような気がし、手を止めた。窓の外は露台である。首を伸ばしてみると、ホック氏の部屋には黄色いあかりがともっているのが目に入った。氏も眠らずに読書でもしているのだろうか。窓辺に氏の影らしい人影が映っていた。

私は動いたものを見た方角に目をこらした。旅館の横の槐《えんじゅ》の大木のあたりであった。その木は左右に大きく枝を張り、暗闇のなかで枝を風にゆらせていたが、その上部に黒いかたまりのようなものがある。そのかたまりが木の部分にしては不自然であるような気がして、私は目をこらした。しかし、夜光は暗く見定めることはできなかった。

私はなにかの錯覚であろうかと思い、あらためて窓を閉めはじめた。

そのときである。槐の樹上で閃光と轟音がひびき、ほとんど同時にホック氏の部屋の窓が割れる音がした。

銃、と直感した私は部屋を飛び出した。私の並びの張警補のドアが開いて、彼も飛び出してきた。私たちは目と目で変事が起きたことを知らせあうと、ホック氏の部屋のドアのノブに手をかけた。

「ホックさん！」

ドアには鍵がかかっていなかった。私たちは室内に飛びこんだ。窓際に向いて背椅子があり、その椅子の背の横から黒い首のようなものが傾いていた。室内はガス灯の弱い炎があるだけだったのでうす暗く、四囲には影が濃かったものの、正面の窓――それは中国の家の窓によく使われている囍という文字のかたちを表した桟のある窓であったが、その窓の一部が割れているのが目に入った。

「ホックさん！」

私は椅子に駈け寄った。ぐらりと椅子から突き出ていた黒いものが床に落ちた。それは丸められた毛布とその上に乗っていた丸い枕だった。

「ぼくはここにいる」

ふいに横合いから声がして、天井から垂れている簾児《リャンル》——カーテンからホック氏が姿を現わした。ホック氏はくつろいだガウン姿で、両手をポケットに入れ、いつもと変らない態度であった。

「ご無事でしたか。あなたを射った者は庭の槐の樹上におりました」

「まだ、遠くへは行っていない」

私の言葉を聞くと張警補は疾《はや》って駈けだそうとしたが、ホック氏はそれを押し止めた。

「相手はぼくを射ったと思って、すぐに逃げたよ」

「とにかく見てまいります」

張警補は足音も高く出ていった。私はホック氏の身に何事もなかったことを知ってほっとし、大きく肩で息をした。

「ぼくはこのことを予期していた。きょう、宣武門からの帰り、あとをつけられていたからね」

「ほんとですか？　それを知っておられたのですか？」

「きみたちは気づいていないようだったが、きみたちにいわなかったのは、相手の出方を見てみようと思ったからだ。へたに騒ぎを大きくすると、彼等の手の内が読めなくなるからね。ぼくは前にも狙われたことがあって、そのときはぼくそっくりの人形を使う余裕があったが、今度は毛布と枕で身代りを作ってみたんだよ。そして、はなれた窓から外を監視していたら、昼間見た大道芸人のひとりがこっそりと人目をはばかってやってくるのが見えたじゃないか。何をする気かと思って、観察をつづけた。もし、露台をのぼってきてこの部屋に押し入ってきたときの用心に、警戒は怠りなかったけどね。彼はあの木にそれこそ猿《ましら》のようにのぼった。そこで、彼はそこからぼくを狙うと見当をつけたのだ。火薬式の吹矢では距離があって貫通力が弱いから銃にちがいない。身代りを作っておいたのが役立ったわけだ……」

「用意周到でしたね」

「彼等はぼくが邪魔になってきたらしいよ。次はどんな手を打ってくるかな。ぼくが生きていると知ったら、さぞかしくやしがるだろうからね」

ホック氏は笑いながら丸めた毛布を片づけ窓を見ていった。

「早速、なにか貼らなくては。これでは寒くてたまらない……」

廊下に足音がして張警補がもどってきた。

「やはり、逃げてしまいましたな。こうなるとおちおち眠れませんな。宿舎を警戒させましょうか？」

「それほど大袈裟にすることもあるまいよ。しかし、これからはおたがいに身辺に十分注意したほうがいい」

落着いてみると、身体が冷えているのに気づいた。これまでは夢中で寒さなどは感じなかったのだが、十一月半ばすぎの北京の夜は上海よりはるかに気温が低い。

「組織は大きく根を張っている。次は沈太監と会った人物を探し出さなくてはならない……」

私は上海から持ってきたクラレットのびんを自室から持ってきて、グラスがないので湯呑みに入れて、とりあえず無事だったことへの祝杯をあげた。そのとき、ホック氏がこれからどうしたらいいのかという私の質問に答えてそういったのである。

「沈太監の実家を訪れた人物と、沈太監を宝物庫へ誘いこんだ人物とは同じだと思いますか？」

と、張警補がたずねた。彼はクラレットをまずそうにすすり、湯呑みを置いてしまった。

「宮廷内の、それもかなり高い位置にいる人間だね。顔を現わしたらすぐにだれとわかる者だ。同一人であることはまちがいないね。その人物は青帮、そして、モリアーティとつながっていることもたしかだ。なかなか正体を現わすまいが、正体をあばかなければ、どのような陰謀を画策しているか気にかかる……」

「宮廷の高官を残らず訊問するわけにはいきません」

と、張警補はがっかりしていった。私はホック氏と自分の茶碗にクラレットを注いだ。

「きみは飲まないのかね？」

私は警補の湯呑みがほとんど手つかずなのに気づいてたずねた。

「私は紹興酒か老酒《ラオチュー》のほうが合っていますな。こういう赤い色は血を飲んでいるような気がします」

彼は身体を傾けて会釈をしようとしたが、太鼓腹が邪魔をしてかすかに首が動いただけであった。

その夜はよもや第二の襲撃があるとは思わなかったものの、用心に如《し》くはないというので、ホック氏には無理に私の部屋と代ってもらった。私は拳銃をいつでも手にすることができるように枕の下に置き、浅い眠りに入ったのである。

32

翌朝、私は明るい陽光をまぶたに感じて、はっと身を起した。前夜の雲が一拭されて窓外には澄明な、心まで洗われるような秋空がひろがり、高い空に刷《は》いたような羊雲がうっすらとかかっていた。

うとうととして夢ばかり見ていたが、いつかよく眠ってしまったらしい。時計を見るとちょうど八時である。私は起き上って服を替え廊下に出た。するとホック氏の部屋——ゆうべの事件の前までは私の部屋の前に、張警補がぼんやりと立っていた。

「お早よう」

と、私は声をかけた。

「お早ようございます。ホックさんがいないのですよ」

「いない、ってどういうことだね？」

私はびっくりしてたずねた。

「朝早く出かけてくると旅館の主人にいって外出したそうです。帰りは何時になるかわからないが心配しないようにとの伝言です」

「いったい、どこに行ったのだろう……」

私にはホック氏の行先の予想がつかなかった。張警補にも心当りがなくて、彼は私とそのことについて話を交していたところへ、ボーイが朝食をはこんできたので、私たちは一緒に朝食を食べることにした。私はもうしばらく前から、この国で紅茶にビスケットとか、たっぷりバターを塗ったマフィンで朝食をとるのをあきらめていた。中国の朝食は粥である。私たちが政府の客であるせいか、その粥に十品を越える海老や野菜の具がつく。しかも、粥は平たい土鍋にいっぱいあって、三分の一も食べれば満腹になる。

張警補はうまそうにたちまち鍋をからにしてしまった。具を山盛りにした皿もなめたようにきれいである。

「底無しだね……」

と、私は感心した。彼はまだ物欲しげな目で私のほうをながめたが、さすがにあきらめたらしく今度はお茶を二、三杯、立てつづけに飲んだ。〝大飯桶《ターファントン》〟と自称するだけあって、もしかしたら彼の理想の食卓は、西太后の百品を越えるテーブルであるにちがいない。

「さて、どうしますかな？」

「ホックさんの帰るのを待つしかなかろう。われわれだけで動くわけにもいくまい」

「では、待つとしますか……」

この日、私たちは旅荘にふたりの女性を迎えることになった。

第一の女性は朝食が終って、それほど時間がたたないころ、旅荘の主人に案内されてやってきた。

「内廷からまいりました。李連英太監からみなさまの身のまわりをお世話するようにと命じられました。呉小玉《ウー・シャオ・ユイ》でございます……」

戸口で私たちに優美な挨拶をしたのは、真紅の絹の服に身を包み、髪に翡翠のかんざしをさした二十二、三歳の美しい女性であった。背はすらりとして高く、柳の葉のような眉とはしばみ色の瞳のきれいな、紅をさしたくちびるのかわいい姿は、室内が明るくなるようである。肌に香《こう》を焚きこめているのか、彼女の動きにつれて白檀《びゃくだん》の匂いに似た香りがただよってきた。彼女は内廷の侍女のひとりで、われわれに不足なものはないか、また、身のまわりの世話をするためにつかわされたのだと、あらためていった。彼女はわれわれの滞在中、主としてこの旅館の一室に在室し、用があれば宮廷との連絡を果すということであった。

彼女は、私たちふたりを見て怪訝な表情になった。そして、私にいった。

「ホックさまですか?」

「いや、私はホイットニー大尉。ホックさんは外出している」

「まあ、おひとりで?」

「われわれにもどこへ行ったかわからないがね。あの方のことだから大丈夫だろう」

「このお部屋、窓が破れておりますわね」

前夜の割れた場所にとりあえず紙を貼ってあるのをみつけて、彼女はそのそばに寄った。

「なんという不注意でしょう。きつく主人にいっておきます。午後には新しくさせますわ」

「それはゆうべこわれたのだ。旅館の不注意ではないよ」

彼女は何事によらず用をいいつけてほしいといい、ひとまず自室へ引取った。張警補は苦笑した。

「ああいう若い女性は苦手ですわい。まして、宮廷の女となるとなにを話していいか困りますな。私にも娘がおりますが、まだ七歳です」

「娘さんがいたとは知らなかった。さぞ、かわいいだろうね」

「問題は私に似ていることです。顔は母親似なのですが、やたらと肥っておりましてな。女房は大飯桶をふたりかかえこんだといって、いつもブツブツいいますわい」

私は彼が娘と歩いているところを想像しておかしくなった。

「子供はひとりかい?」

「ええ。そのせいか甘やかしていけませんな。父親の行動をすぐに母親に報告するし、生意気な口をきくはで、まさに女子は養い難しですな」

そのくせ、彼はうれしくてたまらないというふうに細い目をいっそう細めた。私は彼の言葉を聞きながら、呉小玉はもしかしたら西太后の意を受けてわれわれの動静を見にやってきたのかもしれないと思った。いわばお目附役である。その考えを張警補にいうと、彼はうなずいた。

「そういうこともありましょうな。見張りたければ勝手にやらせておくことです。少なくとも美女がそばにいれば、男三人で顔を合わせているよりはましですからな」

　呉小玉は昼食のときも甲斐甲斐しく給仕をしてくれたり、私たちの洗濯ものの手配をしてくれたりして、いろいろと気を配ってくれた。張警補は彼女の身体から立ちのぼる香りに鼻をうごめかして、むかしの中国の妃の話をしてくれた。とはいっても何千年という過去ではなく百数十年前の一七〇〇年代、清の乾隆帝のころである。帝は西域の王女を見初め妃に迎えた。遠くウィグルから北京にやってきたイスラムの美女は、馥郁《ふくいく》たる香りを放ち、その香りが清楚な花のようであったから、帝は彼女を香妃と呼んだ。

「香妃も全身に香を焚きこめていたか、特別に変った体臭の持主だったのでしょうな。若くして死んだと伝えられますが……」

　その午後はひさしぶりにくつろいだ時間をすごした。もっとも、気持は絶えずこうしていていいのだろうかという焦りに似た衝動を感じつづけていたのだが、いかんせん、私たちはホック氏の帰りを待たなければならなかったのである。


　呉小玉につづいて、第二の女性が突然、姿を現わしたのは、前門《チエンメン》がたそがれのたなびく靄《もや》にかすみはじめた夕刻であった。私は自室でこれまでの経過をノートにしたためていたが、廊下に走るような足音がして、いきなり強くドアがノックされたので、何事かあったのかとあわてたドアをあけた。

「マーガレット！」

　立っていたのはマーガレット・エヴァンズ嬢であった。そのうしろにエヴァンズ家の老執事のウィルフォードが謹厳な表情をくずさず立っていた。

「おお、アーサー。とうとう来ましたわ」

　彼女は伸ばした私の腕のなかに飛びこんでくると頬に接吻した。

「まあ、お入りください。これは一体、どうしたことです？」

　私はおどろきと同時にうれしくもあった。

「父が商売上のことでこちらに来ることになりましたので、せがんで一緒にまいりましたの。こちらの任務はもう終りになったのでしょう？」

「手紙を出しましたが、行きちがいになったようですね。例の龍眼池を返還する仕事は無事に終りましたが、また、とんでもない事件が起きたのですよ。しばらく上海にはもどれないというお手紙を出したところです」

「まあ。どんなことですの？　御一緒に北京を見物できるのではないかと楽しみにしてきましたのに……」

私はマーガレットに椅子をすすめ、背後に立ったままのウィルフォードにも座るようにいったが、彼はそれを丁重に謝絶した。

私には語ることが山ほどあった。マーガレットは私の話につれて驚愕の色をあらわにし、ときおり眉をしかめたり心配そうな目で私をうかがったり、恐ろしそうに肩をふるわせた。

いつか、窓外はとっぷりと暮れていた。室内がすっかり暗くなったのも忘れるほど私は話に熱中していたのに気づき、ガス灯に火をいれた。

「おそろしいことですわ。あのいやらしい男が生きているなんて。ホックさんはいったいなにをなさっているんでしょう……」

「どこへ行ったのですかね。ちょっと心配になってきました」

いささか時間が長すぎる。私はあらためて気がかりになってきた。そこへ、ドアがノックされた。私が返事をすると呉小玉が笑顔をのぞかせたが、マーガレットとウィルフォードを見るとびっくりしたような顔をした。

「あと、十五分でお夕食の時間ですわ」

「ああ、ありがとう。――マーガレットさん、お食事を一緒にいかがですか？」

「ええ。でも、今夜は父の会に出ませんと……。あの人、美しい方ね」

マーガレットは呉小玉の消えたドアに目をやりながらいった。

「宮廷から派遣されてきたんですよ」

マーガレットは立上った。

「明日はどうです。夕食をご一緒しましょう」

と、私はいった。彼女は笑顔を向けてうなずいた。

「よろこんで……」

「あなたの宿舎に七時にお迎えにあがります」

私は彼女のなめらかな手にくちづけをし、老執事とマーガレットを送り出した。玄関先で彼女たちが待たせてあった馬車に乗って去るのを見送り、なかへ入ろうとしたとき、ふいにすっかり暗くなった建物の蔭から、杖をついた盲目の年老いた中国人が現われた。その男は汚い白髪と髭に被われ、丸めた背で覚束ない歩き方で私のほうにやってくると、私にはわからない言葉でなにかいい、手にした椀をさし出した。物乞いであった。

私は手を振って建物に入ろうとした。

33

物乞いの老人はなおも近づいてきて、哀れっぽい声を出してまつわりつこうとする。玄関から流れ出した灯に、まるでボロきれのような衣服と垢じみた骨ばった手がうき上った。しらみがとりついていて、いかにも不潔であったから、私は声を大きくしてあっちへ行けといったが、老人は耳をかす態度を示さなかった。

そこへちょうど食堂に下りてきた張警補の姿が見えたので、私は彼を呼び、しつこい物乞いを追い払ってもらうことにした。

張警補は老人に向って、言葉短く叱りつけた。しかし、老人は耳も悪いのかまったく聞えない様子で、声のする張警補に手を差出した。張警補は我慢ならなくなったのか、老人の肩をどんと突いた。哀れな老人はよろよろとよろけ、尻餅をついてしまった。

「張君、乱暴はいけないよ」

「こういう輩は、はっきりさせなければすぐつけ上りますからな」

いかに汚ないとはいえ、年老いた男をころばしたままでは可哀相なので、私はそばに寄って手を貸そうとした。

老人はおかしそうに笑った。なにがおかしいのかと思ったとたん、これまでの哀れな力無い姿からは思いもよらない身軽さで老人は立上った。なおも笑いつづける老人に、張警補もびっくりしてみつめた。

老人の閉じられていた目が開いた。老人は頭に手をやると白髪をむしりとり、次に髭をとり去った。

「ホックさん！」

背はピンと伸び、身長までが高くなった。そこにはホック氏の笑みを浮かべる姿が立っていた。

「どうやら気がつかなかったようだね。中国人に変装するのは容易だが、瞳の色をかくすために一日、目を閉じていなければならないのは苦痛だったよ」

「ひとつも気がつきませんでしたよ。おどろきましたな。中国人より中国人らしかったですよ」

と、張警補が感心しながらいった。

「中国語が話せないので、それらしい声を出していたのだが、たいていのことは身振りで通じたよ」

「いままでどちらに行っていたのです。おそいので心配しましたよ」

私たち三人は玄関を入った。食堂から出てきた小玉が、中国服のホック氏を見て目を見はった。

「ああ、紹介します。李太監にいいつけられて宿舎に派遣されてきた呉小玉です」

小玉は意表をついたホック氏の姿におどろきながらも一礼した。ホック氏は彼女をみつめ、何もいわずにうなずいた。彼は二階の自室に行き、服をかえ顔や手足を洗うと、私たちの待っている食堂のテーブルにやってきた。

「きょう一日、かなり歩きまわってね……」

「なにをなさっていたんです？」

私は一刻も早くホック氏の行動を聞きたかった。物乞いに変装して、どこを歩きまわっていたのだろう。ホック氏ははこばれてきたお茶をうまそうに飲むと、

「きのう、宣武門でみつけた大道芸人の足跡を追ってきたのだよ」

と、いった。

「ホックさんを狙撃した一味ですね」

「きみたちもよく知っているとおり、西欧人の姿では目立ってしようがないからね。瞳は盲目ということにし、言葉はうまくしゃべれないことにして、物乞いに変装したんだよ。ぼくはこれまでにも、さまざまな職業の者に変装したことがあってね。自分でいうのもおかしいが変装にかけては、あるていど、自負を持っているんだ。しかし、中国人に化けたのははじめてだった。――朝、ここを出ると途中でみかけた老人に金と衣服をやって彼の服と交換した。彼の服はもう少し上等だったので、ほころびをつくったり泥を塗ったりしてできるだけよごしたよ。老人としては思いもかけず金と上等の生地の服が手に入ったのだから呆気にとられながらも大よろこびさ。――宣武門に行くあいだ、ゆうべのことがあったので風を喰って逃亡したかもしれないと思ったが、行ってみると早朝というのに、あのいたいけな少年少女たちは、もう興行をはじめていた。あのへんは市が立つので、早朝からにぎわっているのだ。しかし、きのう見た黒服の男たちの姿は見えない。しばらくすると、少年たちも興行をやめてしまって帰って行くから、ぼくはそのあとをついていった。通りがかりの人が、ぼくの椀に小銭を入れてくれるのは有難いような有難くないようなことだったが、ぼくは中国語のなかでようやくおぼえた『謝々《シェシェ》』を連発したよ。少年たちはすぐ近くの裏街にあるみすぼらしい旅館の前まで行くと、そこにきのうの黒服の男たちが待ちかまえていた。彼等は荷車に大きな櫃《ひつ》や包みや道具類を積んで出立しようとしていたのだ。ひとりの男が少年たちの稼いだ金を取上げた。彼等はぎりぎりまで少年たちに稼がせていたのだね。――それから長い追跡がはじまった。彼等は荷を積んだ一頭の馬車に、全員が乗っての旅だが、ぼくのほうは砂埃りの道を徒歩だからね。北西の方角へかれこれ十哩も歩いたろうか。小さな村に入って一軒の家の前で止まると、男たちは荷を下し、少年少女たちを棟続きの家に追い立てるように連れて行

き、少年たちをなかに入れると外から錠をかけてしまった……」

ホック氏の長い話を聞いていた張警補が口をはさんだ。

「それは逃亡を防ぐためですよ。少年少女たちは売られてきたか、さらわれてきたかのどちらかですな。そして、軽業を教えこまれ稼がされるのです」

「ぼくにも推察はついたよ。多分に酷使されている印象だったね。ところで、その家が大道芸人たちの家とわかったので、ぼくはまた徒歩で帰ってきたのだ」

「それはお疲れでしょう。往復二十五哩以上ですものね。犯人の家がわかってなによりでした。刑部の者にいって、とりあえず男たちを逮捕したほうがいいです」

私はたかぶった気持でいった。

「逮捕はこれまでの二の舞いになるおそれがある。それよりもぼくたちが乗りこんで、少年少女たちを解放してやりたいくらいだ……」

「それは果してどんなものでしょうかな」

と、張警補がいった。

「なぜだい？」

「あの子供たちを自由にしても、親許へは帰りませんよ。いや、親そのものを知らないでしょう。身についた芸のおかげで、食べることはできる。だが、解放したら結局、まただれかの下で働かされることになるだけです」

子供たちを保護する法も機関も施設もないのだ、と張警補はいった。

「しかし、彼等を使っているのは青帮の一味だよ。一味を逮捕したら子供たちの行きどころがなくなるのは同じじゃないかね」

と、私は反論した。

「まあ、それはそうですが、子供たちのことは考えないほうがいいです。成行まかせですな」

あとになって張警補のためらいが私にもわかってきた。私の正義感は単純で、清国の現実にはそぐわないものであった。現実をよく知っている張警補はもっと奥深いところをみつめていたのである。

そのあいだにも料理がはこばれてきた。ホック氏は、はなれたテーブルでひとり食事をしている呉小玉に目を向けた。

「彼女は泊るのかね？」

「そのようです。あ、それからエヴァンズ嬢がきょう北京にやってきました」

私はマーガレットが突然、現われたことを話した。

「きみにとっては元気が出るだろうね」

ホック氏はからかうようにいった。

夕食がすむと、私たちはホック氏の部屋でくつろぐことにした。氏が愛用のパイプをくわえてうまそうに紫煙を吐きだしたとき、呉小玉が白い酒びんと盃を乗せた盆を捧げて入ってきた。

「慈喜皇太后さまから、みなさまへおつかわしになられた名酒でございます」

彼女は艶然とほほえみながら、盃に酒を注いだ。その白い指に大きな翡翠の指輪が光っている。

「これはありがたい」

張警補はまん丸な顔をくずして盃を取り上げた。

「小玉《シャオユイ》といったね?」

ホック氏がたずねた。

「さようでございます」

「なにを怖がっているんだね? 手がふるえているじゃないか。その指輪をはずして見せてくれないか」

小玉の微笑が消え、顔が硬直したようになった。彼女の酒びんを持つ手が、たしかにこまかくふるえていた。

小玉はいきなり裾をひるがえして戸口に向った。

張警補の巨体が、どうしてあのように軽く動くのか不思議であるが、そのときも私が行動を起すより早く、彼はぱっと立上って小玉の行手をふさいだ。

「ホイットニー君、その酒を飲んではいけない。毒が入っている」

私は手にしていた盃をあわてて置いた。

34

ホック氏は立上って、すくんだようになっている小玉の指輪をしている手をつかんだ。

「みたまえ。このリングについているわずかな白い粉を……」

ホック氏は翡翠をつまむと、ぐっと引いた。石は開いてなかの白い粉がこぼれた。なかが空洞になっていて、そこに粉が入っていたのである。

小玉は血走った目を左右に走らせたが、逃げられる余地がまったくないことを知ると、蒼ざめた顔で倒れそうによろけた。


張警補は木の幹のような腕で小玉を抱えると、素早く右腕をまくりあげた。次に左腕。彼女の二の腕は白く、さそりの入れ墨はなかった。これまでの例で、青帮の一味は捕らわれるとみずから死を選ぶので、反射的に腕の入れ墨をあらためたのである。

「とんでもないやつだ。だれに頼まれた? 正直にいわないと痛い目に会うぞ!」

張警補は腕をつかんでゆすり、怒りを声ににじませた。小玉の髪がガクンガクンとゆれ、かんざしが床に落ちた。

「待ちたまえ。落着いて話を聞こうじゃないか」

ホック氏は小玉の前にたたずむと、じっとその顔をのぞきこんだ。

「小玉。だれが指に合わない指輪を渡したのだ。ぼくはおまえがひとりで食事をしながら、何度もゆるい指輪を気にしているのを見ていた。若い女性が急に痩せたとも思えない以上、指輪が自分のものではないと思うのは自然だ。なぜ、他人の指輪をはずそうともしないのだろう。指輪をはずせない理由があるからだ。ぼくは酒をはこんできたとき、表情とはうらはらに指がふるえ、リングに白い粉がついているのを見てとった。酒を注ぎながら、何度かぼくたちを盗み見、しかし、どこか落着かなげだった。おまえは本当に宮廷から来たのではないだろう……」

張警補の通訳を聞いていた小玉は、ふいに顔をゆがめると、みるみる大粒の涙がわいてきて、声を立てて泣きはじめた。

「お許し下さい。でも、こうしないと父の生命があぶないのでございます。三人の方に毒酒を差上げるのを条件に、父は助かるのでございます……」

「くわしく話してみたまえ……」

私は水を小玉にあたえた。水を飲むといくらか感情が静まったのか、しゃくりあげながらも小玉は話しはじめた。

「わたくしの父は呉振立《ウー・チェン・リ》。宝録玉牒抖晾《ほうろくぎょくちょうとりょう》大臣の曾紀沢さまの下にいる五品官でございます……」

「宮中の系譜を記録する部署です。〝抖晾〟は風を入れて乾かす、という意でしてな。宝物庫の管理も兼ねております。要するに宝物と歴代の帝王とその一族の記録の虫干しをするところでして……」

張警補が解説した。ものものしい職名だが、実際の職務の内容を知ると、なんだと思うことが、この国ではよくある。二十万ともいわれる文字がある国では、二十六字しかないわれわれとは文字に対する感覚がまるでちがう。彼等は一字一字に深い意義を持っているのだ。

張は小玉に先をうながした。

「きのうの夜でございます。その前日は城内で沈太監が不幸な目に会われて、父は善後策に追われて帰宅がいつもよりおくれるとは知っておりましたが、深夜になっても帰ってまいりません。きっと、その夜は城内に泊るのだろうと思っておりますと、父の使いだという男がやってまいりました。その男が父の手紙を渡したのでございます」

「どんな男だったね？」

と、ホック氏が聞いた。

「年のころは三十すぎの、黒い服を着た痩せた男でございました」

「それで?」

「父の筆蹟はよく知っておりますから、一日見て自筆とわかりましたが、いつになく乱暴な書き方で、いそいで心も乱れたまま書いたとしか思えません。その手紙の文面は暗記しております。『使いの者のいうことを聞いてそれにしたがえ。さもないと父の生命があぶない。おまえがいうことを聞いてくれないと私は帰れないだろう』。短い文面でございました。その使いの男に、これはどういうこと、と聞きますと、男は気味の悪い笑いをうかべて、『父親の身柄は城を出たところで預かった』といいました。そして、父親がどうなるかは今後のおまえの出方ひとつだが、なにをするかは、また知らせる。このことをだれかに口外したら、父の首が城門にさらされると思えというと、さっと姿を消してしまいました。きょうの朝早く、また男がやってまいりまして、私に指輪を渡し、万寿飯店にいってこれこれのことをするようにと詳細に指示いたしました。酒びんに粉を入れてお泊りになっている三人の方、なかでもホック様には必ず飲ませるように、それでなければ父とはもう会えないと覚悟するがよいと……。私は父を想い、いたし方なく男の言葉にしたがったのでございます。これで、父とはもう会えなくなりました。でも、恐ろしい罪を犯さずにすみました。どうすればよろしいのでございましょう……」

小玉のすすり泣きはいっそう高くなった。

彼女の言葉を前提として考えると、彼女の父を誘拐した者と、ホック氏を狙撃した者——大道芸人の一味とかかわりがあるのは確かであるが、狙撃に失敗したので、次の手が小玉を使っての毒酒というわけだ。

「父親が誘拐される心当りは?」

と、ホック氏がたずねた。

「職務のことはよく知りませんが、父は忠誠心の篤い人で、いつも国を憂えておりました。宮廷に巣喰う奸臣が、国を危うくするという意味のことを、ふと、洩らしたこともございます」

「その奸臣の名をいいましたか?」

「いいえ……」

「お父さんは死んだ沈太監と親交があったのかね?」

「はい。たいへん、親しい友人でございました」

「もし、われわれが毒酒を飲んで一命を落としたら、どうする気だったのだね?」

「すぐに事態は公けになりますから、わたくしは隙を見て旅館から逃げることにしておりました。そうしたら一日以内に父は帰されるといっておりました……」

「残念だがそれは嘘だ。お父さんは毒酒が成功しても不成功であっても生きて帰る可能性はない……」

「それはどうしてです?」

と、私はいった。

「沈太監も彼女の父親も共通するのは清廉潔白、忠誠心の篤い人だ。いわゆる〝奸臣〟にとっては目の上の瘤のような存在じゃないか。取り除きたくなるのは当然だろう。その〝奸臣〟は沈太監を引きこんで宝庫の中身を奪おうと試みたが、太監の性格を知らなかったために誤算が生じ、彼を始末した。呉振立も、同様に始末されなければならない。しかし、狙撃に失敗したので、この小玉を殺人者に仕立てることを思いついた……。なんとかして中心にいる〝奸臣〟の名を知りたいものだね。その人物が悪の組織と結びついているのだから……」

ホック氏は小玉に向き直って、彼女の顔を上げさせた。涙が美しい頬をひたしていた。

「お父さんは日記などをつけていたかね?」

「いえ、職務上の日誌はともかく、そんな習慣はございませんでした」

「それは残念だ。しかし、なにかのかたちで書かれたものがあるかもしれないから探してほしい」

「でも、でも、わたくしは……いえ、父はどうなるのでございましょう」

「大体の見当はついている。助けてあげられると思うよ」

小玉は顔を輝かせた。

「ほんとうでございますか?」

「ホックさん、呉振立はどこにいるのです?」

おどろいた張警補がいった。私もホック氏の言葉に目をみはった。

「足の早そうな馬を用意してくれたまえ。張君。それからわれわれは武器を用意しよう」

張警補はなにもいわずに巨体をゆるがせて部屋を出ていった。私たちは小玉を伴って自室にもどった。

私は拳銃を点検し、ホック氏は旅館の主人にいいつけて丈夫な樫の杖を持ってこさせた。

「どこへ行くのです?」

私はたまらなくなってたずねた。

「大道芸人たちの住家にきまってるじゃないか。ぼくの見た櫃はちょうど人間を入れるのに適当な大きさだったよ。呉振立は櫃のなかに入れられていたにちがいない……」

部屋の隅にたたずんでいた小玉が懇願の身振りで、なにか中国語で叫びだした。

35

小玉はホック氏と私の前の床にひざまずくと、両手を上げて早口にいった。どうやら一緒に連れて行ってほしいというようである。

そこへ張警補がもどってきた。彼は小玉の言葉を聞くとなにやら叱るように、あるいはなだめるように話していたが、やがて困った顔で私たちを見た。

「どうしても一緒に連れて行ってくれと申しております。危険だし足手まといになるといったのですが……」

「残すわけにもいくまいね。父親の身を案じてのことだ。いいだろう」

張警補は娘に向って話しはじめた。小玉は真剣な表情でうなずいた。

「決して早まった真似をするなと申しておきました。馬車の用意ができたようですな。いまからだと深夜になってしまいます。十哩を行くのに三時間はかかりましょう」

張警補はもう行先を察しているようであった。私はホック氏が疲れているのではないかと気にかかったが、氏はきょう一日、徒歩で二十哩を歩いたりしたとは思われないほど元気で活力に溢れていた。私はなにかの雑談の折に、睡眠と疲労の関係を話題にしたことがあるが、そのときホック氏がいったことを思いだした。

「人間の活動にとって睡眠と食事ぐらい無駄なものはないね。その二つがなかったら、その分に使うエネルギーを、すべて精神に集中できるのだが、そうはいかない。ぼくは必要なときはその双方を節約しても平気なだけの体力を維持できる鍛練を積んだがね……」

いまのホック氏はその言葉を裏付けるに充分な態度であった。

私たちは用意された馬車に乗りこんだ。折り畳まれた幌をかけた固い腰掛けの椅子に、向い合わせに四人が乗ったのだが、張警補が座ると、それだけでほかの空間が隙間なく占められる感じがする。

二頭立の馬車は車輪の音も高らかに静かな街を走りはじめた。私たちは毛布を膝にかけていたが、隙間から吹きこんでくる晩秋の風は冷たく肌にしみてきた。小玉の身体からたちのぼる香りがせまい車内に香っていた。

「しばらく身体を休めていたほうがいいよ」

ホック氏はわれわれにいって、自分も背をもたせて目を閉じた。氏はいつものようにチェックのインバネスに鹿打帽《ディア・ストーカー》という姿で、火のついていないパイプをくわえていた。

敵の巣窟《そうくつ》を奇襲するというので、私の神経は最初のうちたかぶっていたが、単調なひずめと車輪の音を聞き、ゆられているうちにだんだんと落着いてきた。

馬車に乗ってからはだれもしゃべらなかった。めいめいがそれぞれの想いにひたっているようで、張警補も目を閉じていた。呉小玉だけが不安と緊張で硬直した顔をし、大きな瞳をみはっていた。

眠っていると思ったホック氏は、ときどき外を見て馭者に道を指示した。私は夜にもかかわらず、昼間通った道筋の目標物を、かくも的確に記憶しているホック氏に驚嘆をかくせなかった。

北京の街を出はずれると、それまでも舗装されていないながら、かなり平坦だった道路の凸凹《でこぼこ》がはげしくなった。馬車は絶えずゆれた。

外はまったくの闇であった。おぼろげな夜光に妖怪のようにたたずむ楊柳や槐の木がくろぐろとそびえていた。空にはうっすらと雲がかかって星はわずかしか見えていなかった。わずかな夜光は地上の闇に吸収されてしまったかのようにあたりは暗かった。たまにくずれた土塀にかこまれた民家の窓に、黄色い灯影が見え、私は救われた気持になった。

時間は八時である。

馬車は水面が光る水路にかかった橋を渡った。このあたりはどこまでも広がる水田らしいが、私たちの馬車のほかには荷馬車一台、人ひとり通らなかった。前方を見ると、馬車の側面にかかげた角灯の灯だけが宙にゆれているように見えた。中国には神仙妖怪の類の話が豊富である。私にはそれらが迷信と伝説としか思われなかったのであるが、こうして闇夜のなかを走っていると、この大自然のなかに彼等の魔物――鬼《クイ》や亡霊がひそんでいても不思議ではないような気がした。いくら馬車の走る音がしても、より大きな静寂が馬車を押し潰してきそうな気がするのである。

やがて、馬車のゆれはさらにひどくなった。さすがに張警補も眠っていられなくなって目をあけた。

「ひどいゆれですなあ……」

そののんびりした声に、私は大自然の手から人の世に呼びもどされた。

「内臓がひっくりかえりそうだね」

「この速度だともうすぐでしょう」

「呉振立を救出できれば、背後の高官の名が明らかになり、悪の組織との関係も明白になるだろうね」

と、私はいった。そうなれば組織を壊滅させるのも夢ではないであろう。

「私もそれを期待しておりますが、根こそぎはむずかしいでしょうなあ……」

張警補は自信なさそうにいった。

「どうしてだい？」

「ホイットニーさん、あなたは青帮の全貌をご存知ない。十人二十人、いや、五十や百の団体ではないのですぞ。香港、上海、天津、北京、あらゆる場所に根を張っていて、いつか私がいったように表面は大変有徳の人物であったり、今回のように宮廷の中枢部に重要な官位を占めていたり、とだれがどうなっているかうかがい知れぬ面があるのです。青帮はそもそも船で穀物を北京にはこぶ運搬者の組合から生れたといいますが、途中、土匪からの襲撃を守るために土匪と連合し、あるときは政治的にあるときは経済的に次第に社会の裏面に根を張ってきたのです。一時は烈士としての評価もありましたが……。実体は数千人、もっとかもしれない。今度の場合もタコでいえば一本の足にすぎない。あとの七本は健在ですし、食いちぎられた一本も、すぐに生えてくるでしょう」

「では、絶滅はむりだと？」

「ある程度の打撃を与えることはできましょう。しかし、この国がいまのままでは無理でしょうな。大きく新しく生まれ変らねばなりません。それでないと、はっきり申し上げてアメリカ、ロシア、そしてヨーロッパ各国の恰好の獲物となってしまい、悪はいよいよはびこることでしょうな。それに、いまはいくらか静かだが日本もだまってはいないでしょう。必ずあの国はわが国に手を伸ばしてきますな。私には前途が明るいとは到底、思えませんわい。だれでも自分の国を憂い、愛する気持に変りはないとすれば、私の意味もわかっていただけるでしょう」

　私は肯定も否定もしなかったが、彼の言葉は理解できた。彼はヨーロッパの各国といって、わがイギリスを特定しなかったが、清国に対して非常に不利な条約を締結させたり、武力を行使したりしたのはわが国とフランスである。そのために反乱が起り、イギリスはその鎮圧のために多大の労力を費した。そこで、鎖国をしていた隣国の日本に対する政策では、あまりに高圧的な態度をとるのをやめたのである。

「いや、お気を悪くしないでください。私自身はあなた方に好意を持っておりますのでな。とにかく青帮、紅帮、それに藍帮《ランパン》というのもありますし、上海にはべつに潮州三合会《チヤオチヨウサイハフイ》という組織もありまして、警察の長――お国でいうと警察署長までその一味であったことがありました。こうなると、だれを信頼していいのかわかりませんな」

「きみの言うことはよくわかった。立場はちがうが協力しあおう……」

馬車が大きくゆれ、小玉は小さい声をあげてしがみついた。ずっと無言でいたホック氏が外をのぞき見ていたが、突然、馭者に向って、站住《ツアンチュウ》！（止まれ！）と鋭くいった。馬車はスピードをゆるめて暗やみのなかに止まった。

「ここで下りよう。目標は遠くない」

私たちは急に身の引きしまるのを覚え、いそいで馬車から下りた。

36

私たちは暗闇の道を足音を殺して歩いた。歩をはこぶごとに足許で小砂利がはねた。その音にも神経がさかだつ想いであった。

私たちは角灯を用意してきていたが灯はつけなかった。まばらな木と、起伏の多い畠がつづき、用水路らしい小さな流れがせせらぎの音を立て、それが虫の声とまじっていた。秋の虫たちは私たちの足音を聞くと、ぴたりと啼くのをやめ、そこを過ぎるとまた啼きだした。

土塀にかこまれた家の前を通ると、なかで犬が吠えだした。家は百ヤードに一軒ぐらいの割合で点在していたが、次第に密度が濃くなってきたので、私たちが村に入ったのだと知れた。

傾いた家に酒家の招牌が出たままになっていた。きっと村で一軒の居酒屋なのであろう。

「あれだ」

と、ホック氏が足をとめていった。あたりの家はもう寝静まっているのかまっ暗で、ホック氏の指さした棟つづきの三軒長屋も、窓に灯影ひとつ見えなかった。

私たちがそこへ近づこうとしたとき、ふいに周囲が青白く明るくなった。雲間にかくれていた月が出たのである。前方の家々がくっきりとうかび上った。ほかと変らない低い軒、土壁のところどころは剝げ落ちている。瓦が月光を浴びて水を打ったように濡れて光っていた。

「小玉、きみはここで待て！」

私は彼女を建物の蔭にとどめた。私たちは道を横断し、その家の前まで行った。

「おかしい……」

ホック氏が立止まってつぶやいた。氏の足許には地面にはっきりと錯綜した轍《わだち》があった。

「どうしたのです？」

私はささやくように聞いた。

「見たまえ。古い車輪のあとに新しいあとが重なっている。古いほうは彼等がこの家に来たときのものだが、新しいのはそのあとにつけられたものだ。どちらもほぼおなじ重量のものを積んでいる……」

「と、いうと？」

「ぼくの推理ではふたたび彼等が移動したのだね」

「すると家にはいないと？」

「張警補、入ってみよう」

張警補はうなずいた。彼が角灯をつけるのに習って私も灯をともした。張警補は板張りの扉の前に行くと、その巨体をもたせかけ、ぐいと身体をゆすった。たったそれだけで扉は裂けるような音を立てて開いてしまった。

すかさず私は張のあとから室内にふみこんだ。なかは土間でがらんとしていてだれもいなかった。よごれた鍋が片隅にころがり、欠けた茶碗や柄杓《ひしゃく》、それに陶器の酒びん――おおきな徳利がころがっていた。

張警補は素早く裏口をのぞき、なにやら悪口を吐きながら外へ出て行くと、隣りの家の扉を押しあける音がした。その家は少年少女たちが入れられたという家である。

角灯をかかげてホック氏は部屋をながめ、一隅にかまどがあるのを見ると、そこに近づいてなかをのぞきこみ、ころがった徳利から臭いを嗅いだ。

張警補が足音も高くもどってきた。

「隣りも藻抜けのからですわい」

「逃げられてしまいましたね……」

私は張りつめていた緊張が、風船から空気がもれるように抜けて行くのを感じ、吐息をついた。これで、また犯人が遠のいたと思った。

「農民は朝早いので、もうぐっすり眠っているころだと思うが、近所の者を起してたずねてくれないか。彼等の様子を知っているかもしれない。彼等がここを出ていったのは三時間ほど前だから、出発を目撃していた者がいるはずだ」

と、ホック氏は張警補にいった。

「三時間前とどうしてわかるのです？」

「夕食後、移動したのははかまどの灰のあたたかさと、鍋についている油、野菜をいためた残りかすからまちがいない。彼等は酒を飲んで食事をし、ふたたび馬車に荷を積んで出発したのだ」

「なるほど。たたき起して聞いてきましょう」

張警補は気を取り直して出ていった。

いまはかれこれ十時である。三時間前というと、まだ、だれもが起きている時間である。私たちは張警補に期待をつないだ。

「どうやらここは一時的な中継所のようだね……」

と、ホック氏はいった。生活に必要な調度類はいっさいないので、空家であるのかもしれない。角灯を掲げると天井には蜘蛛の巣がいっぱいだった。

戸口に月光を逆光にして人影が浮かびあがった。呉小玉だった。彼女はおずおずと入ってきた。

「一足ちがいでしたのね……」

彼女は荒れた室内を見まわし泣きそうな顔をした。

「まだ心配することはない。必ず探し出す」

私の言葉が通じたかどうかはわからないが、意だけはわかったようだ。彼女は絹のハンカチで目を押さえ、片隅に行ってしまった。

間もなく張警補はおどおどした痩せた中年の男を先に立ててもどってきた。男は紺の綿の上衣と先のつぼまったズボンをはき、垂れ下った貧弱な髭をはやしていた。彼はふたりの外国人が立っているのを見て、いっそうおどおどとした。そこにきらびやかな服の女がいるのも解せない様子であった。

「この男が出発を見ていたそうです」

張警補は私たちにいい、男に話すようにとうながした。男はどもりどもりしゃべりだした。

「夕食がすんだころ、家の前に音がするので出てみると、馬車に荷物を積みこんでいたそうです。この家は以前から大道芸人が借りていたが、ここは北京に往復するときの休憩所のようなものだったそうです。夜になって出発するのはめずらしいので、どこへ行くのかと男はたずねました。芸人とは顔見知りだったんです。すると、男が夜道をかけて帰るんだと答えました。彼等が八達嶺《パー・ダー・リン》の向う側から来るということは知っていましたので、気をつけて帰れというようなことをいって、家に入ったといっています」

張警補が男のなまりのある訥弁《とつべん》を通訳した。

「その馬車がどっちへ行ったか見たかね？」

ホック氏の問いに、男は手を上げて北を指した。

「八達嶺《パー・ダー・リン》というと？」

ホック氏は張警補を見た。

「ここから北北西に約四十哩ぐらいですかな。山地ですよ。かの有名な長城のあるところです」

37

ホック氏は愛用のパイプに火をつけた。農夫から聞き出せることはなかったので、氏は寝ているところを起した詫びに銀一枚を彼に渡した。農夫は仰天して、とたんに地に頭をこすりつけんばかりの礼を繰返し、踊るような足取りになって帰っていった。彼にとっては外国人も銀一枚もはじめて見るものであったのであろう。

「彼等のあとを追おう。三時間のおくれならいくらか取返せるだろう。どうだね？」

「私はかまいません」

「この機を逃すわけにはいきませんな」と、私たちはほとんど同時にいった。

「小玉。おまえはどうだね?」

いたわるようにホック氏が娘に声をかけた。

「ぜひ、お連れくださいまし……」

彼女のすがるような目は、真剣そのものであった。父親の安否を懸念して焦躁を深くしていた。それがつぶらな瞳にあらわれていた。

「では、行こう。その前に子供たちの家も見ておこう」

私たちは棟つづきの隣家に移動した。ここも空家同然で土間には藁くずが散乱し、雑巾《ぞうきん》のようなぼろぎれや、欠けた食器がころがっていた。とうもろこしの粉を練って焼いた一種のパンのかけらがこぼれているので、子供たちがここで夕食をとったことは明らかである。

ホック氏は鋭い目で室内を見ていたが、特に注意に値するものはないようであった。

「なにもないね……」

私たちはふたたび馬車に乗りこんだ。馭者は暗い道をこの時間に遠くまで走らせるのに難色をしめしたが、その点は賃金を大幅にはずむことで解決した。馬車はゆれながら走りはじめた。

北京からは十哩余、そして、さらに四十哩あまり。悪路では到着は朝であろう。私たちはできるだけ体力を消耗しないために、眠れるなら眠っておこうということにした。

さすがに前途が長いと思うと、馬車にゆられてきた疲れが出てきて、私は浅い眠りに入った。眠っているような起きているような、切れ切れの思念が意味もなさずに飛び交い、さまざまな色彩が脳裡に去来した。

上海を出立《しゅったつ》したとき、馬車で深夜の道をゆられて行くなどとは思いもよらぬことであった。それも私たちにとっては未知の、広大な土地をである。私のまぶたにはマーガレット・エヴァンズ嬢のふくよかな紅唇や、明朗で優美な動作がうかんだかと思うと、黒ずくめの奇怪な人間が、私めがけて毒矢を吹こうとしている光景がうかんだ。その都度、私はハッと目をさまし、自分がホック氏の隣りにいて馬車にゆられているのに安心し、また、浅い眠りにおちいるのであった。

何度目かに目をあけたとき、空がかすかに明るんでいるのに気づいた。周囲には急斜面の低い山が重なり合い、道は上り坂にかかっていた。これまで平地しか見てこなかったので、この山のながめは私には新鮮だった。馬車は山腹の道を走っていたので、片側が谷になっており、その谷もそれほど深いものではなく、谷間に二、三軒の家がかたまっているのが見えた。その一軒の煙突から白いけむりが立ちのぼっていた。

「居庸関《ジュ・ヨン・クァン》のあたりですな」
眠っているとばかり思った張警補がいった。彼の目はほとんど閉じられ、両手を突き出した腹を抱えるように前で組み合わしていたが、その姿勢は小さな村を出発したときから、ほとんど変っていなかった。私は彼の寝息を聞いているから彼が眠ったのはたしかであるが、どの程度眠ったのかは定かではない。

そのあいだにも空の明るみはどんどん増してくるようだった。私は首を外へ出して冷たい木と土の香りを深く吸った。そして、馬車からうしろを見て、空が七彩の複雑な色に染まった朝焼けに感嘆の口笛を吹いた。

美しい空であった。この空の色を一生忘れないだろうと私は思った。谷を越えた平地の向うにひときわそこだけが高くなった岩山があって、その半面が瑠璃色に光っていた。

「居庸畳《ジュ・ヨン・ジェ》とかいう岩山ですな」
おなじところを見ていた張警補がいった。
「長城《グレート・ウォール》はまだかい？　話には聞いていたが目にするのははじめてだ」
「私だってはじめてですよ。話だけはやはりいっぱい聞いておりますがな」
「あの兵馬俑の主の秦の始皇帝が作ったものだそうだね」
「いや、このへんのものは十六世紀に明が作ったものですよ。秦の時代のものは、もっとはるかに北で、遼陽《りょうよう》（現・遼寧省《りょうねい》）からはるか玉門関までだということですが、八達嶺の長城は山海関から嘉峪関《かよくかん》までです。距離にして、ええと……千五百哩ぐらいですか。秦の時代の長城はざっと三千哩近くあったということですな」

数千年のむかし、それだけの壁を築いた帝王とはどういう人物であろう。私はあの馬俑を連想した。
「いまはどうなっているんだろう？」
「だれも手入れなどしていないから、崩れ放題じゃないのですかな。いまさら蒙古が攻めてくるわけではないから、たしか県境になっているはずです」

私の知識では北方の民族の侵入を防ぐために築かれた長い壁——世界最長の防壁としか知らない。

その長城の向う側から、あの大道芸人たちがやってくることを思うと、私は長城の幻想からわれに帰った。

やがて、夜はすっかり明け、まぶしい朝日のあたたかい光が馬車を照らし出したので、いくらか寒いものの幌をあげさせ、私たちは周辺の景色を見るとともに、注意を払いながら馬車を進めた。

急斜面の山々は、高度はそれほど高くないものの襞のように重なり合い、どこまでもつづいていた。

一時間後、私たちはとうとう長城の見えるところまでやってきた。長城は朝日にかがやく赤っぽい日乾し煉瓦と石を積み上げ、あちこちが崩れているものの、眼前に丘の頂上を走っていた。

「マーヴェラス！」

ホック氏も馬車から下りて、この雄大な景観をながめいった。みどりの灌木に被われた山の、その上の城壁は高さが三十フィート近くはあるだろう。尾根にまたがるように延々と山上を縫っているのである。人ひとり、犬一匹いなかった。山を吹く風はもう冬の匂いを秘めていた。その冷たさに思わず襟を掻き合わさずにはいられなかった。

「みたまえ。轍だ。大道芸人たちの荷車のあとだ」

ホック氏の声でそのほうを見ると、氏は私たちの馬車の止まっている前方の路面をのぞきこんでいた。

やわらかい土にはいくつもの車輪のあとがついていたが、それらの上に新しい轍がくっきりと残っていた。かなり、重いものが通ったので、あとはほかのものより深い。

「感慨にひたるのはあとにして、先を急ごうじゃないか」

「そうでした。思わず気をとられてしまいました」

私たちは馬車にもどった。長いあいだ窮屈な姿勢でいたので、私は身体中が痛かった。張警補は馬車に乗っても、呼吸を深くゆっくりとし、次に手をゆっくりと伸ばしたりしていた。

「なにをしているんだね？」

「拳の技術の一つでしてな。心気をととのえて疲労を払い、体内に力を充実させるのです」

馬車が小道をゆくあいだ彼はそれを繰返していた。両側に木の繁った馬車一台がようやくという道は曲がって長城の下降した部分に、ちょうど馬の鞍を越えるようについている道を渡った。そこの部分の城壁は崩れ落ちて、いつか道がついてしまったものらしい。

その背を越すとき、はい上りうねうねとつづく長城が一望された。かなりの急角度でそそり立つ峰の稜線をそのまま利用しているから、城壁もおなじ角度で上り下りする。峰は襞《ひだ》のようにつらなっているので、長城もそれにつれて伸びている。

馬車は今度は山腹を下りはじめた。

38

ここだけが他と比較して傾斜がゆるいので道がつけられたのだが、それでもかなりの斜面で馭者は馬をあやつるのに大童《おおわらわ》だった。

あたりを見まわしても人家らしいものはなにもなく、私たちは細い道にしるされている轍を唯一の道標として進むよりなかった。

周囲はただ重畳《ちょうじょう》とひろがる山地である。無人の長城だけが数多《あまた》の歴史をひそめて日に光っているだけである。道の両側に樹木が密生してきた。鳥の羽音がふいに起り、白い羽の大きな鳥が樹間から飛び立ち、私たちをはっとさせた。各種の鳥の鳴声が林の奥から聞えてきた。

馬車が速度をゆるめ、馭者が私たちのほうへなにやら叫んだ。

「村があるそうです」

ホック氏は馬車を止めるようにいい、ひらりと馬車から下りた。私たちもそれにつづいた。前方で道は下りになっていて、その彼方に村というにはあまりに小さい、十戸ほどの家が寄り集っている集落が見えた。そこは盆地になっているので、家々はまるで円錐形の、高さもほとんどおなじ六、七百フィートの山々の底に落ちこんだゴミのように見えた。家々は土壁がくずれ屋根の瓦がずれて草が生え、いかにも貧しげだったが、そのうちの二、三軒からは白いけむりがゆっくりと朝の大気にのぼっていた。集落は三方を山にかこまれ、道はこの一本だけのようである。

私たちは馬車を置いて歩きはじめた。集落が眼下に見渡せる位置までくると、家々の横に馬がつながれ、荷車が二、三台置いてあるのが見え、さらにあひるが餌をついばんでいるのが目に入ってきた。

「ここが青帮たちの住家《すみか》でしょうか……」

呉小玉が恐ろしそうに私にささやいた。彼女の英語はたどたどしく、ほとんど片言であって、長い言葉は通訳の手を借りなければならないが、意志は通じるものである。

ホック氏は立止まって、家々をみつめた。私たちの前には木が張り出しているので、集落からは私たちの姿はかくれて見えない。

男が左から三軒目の家から出てきた。彼は右はしの家の扉を鍵を出してあけ、大きな声で内部に叫んだ。

「起きろといっているようですな」

その家のなかから少年がひとり現われた。男は口汚なく少年に罵声を浴びせ、頭をこづいた。少年は走ってあひる小屋の横から水汲み用の桶を前後につけた天秤をかついだ。そして、家の裏手へ消えた。

「山腹を迂回して、あの家の裏山にまわろう、できるだけ気づかれないようにするのだ」

ホック氏は行動を起した。さいわい、樹が茂っていて、姿をかくしたまま行動できる。私たちは樹間を這うようにして進み、大きく迂回して集落の真裏に出た。そのためにはのぼったり下りたり、かなり時間がかかった。

真裏に出てみると、集落はほとんど斜面に接して建っていたから、真下にながめられた。この山の一方は沢になっていて、早い流れが見えかくれしていた。さっきの少年は、その流れまで水を汲みに行くのであろう。

「小玉。おまえの服は目立ちすぎる。ここで様子を見ているのだ。なにかあれば合図をするといい」

彼女はうなずいて繁みに身体をひそませた。

私たちは用心しながら急斜面を下りはじめた。木につかまり、くずれる小石に気をつけながら、とうとう私たちは家の真裏まで下りた。そこには大きな錠のかかった裏口と、小さな明り取りの窓があるばかりだった。ホック氏は爪先立って窓のなかをのぞいた。

「男の子が三人、女の子がふたりいる……」

ホック氏は指で窓をコツコツとたたいた。

「張警補。われわれは怪しい者ではないといってくれたまえ。きみたちがここを脱け出したいのなら助けてやると……」

代って張警補がなかをのぞいた。ひとりの少年の顔が向う側から恐怖と不安でいっぱいの表情でわれわれをみつめた。窓の音で踏台をして顔をのぞかせたにちがいない。

張警補は早口に低い声でしゃべりだした。


少年は疑い深い目で、また私たちをみつめていたが、こっくりとうなずいた。

「逃がしてくれるなら協力するといっています」

「櫃に入れられた男はどこにいるか知らないか聞いてくれ」

短いやりとりがあった。

「それらしい櫃は〝親方〟たちのところだそうです」

「そこには何人いる?」

「四人。それから〝客〟がひとり……」

「客?」

「大事にされているらしいが、少年たちは会ったことがないといっています」

「張警補。裏口の扉をあけてやってくれたまえ」

「承知しました」

張警補は裏口の錠を見たが、一呼吸すると錠に手をかけてねじきってしまった。扉があいた。ホック氏は家のなかに入り、私たちもつづいた。

多くの貧しい家がそうであるように、ここも床はむき出しの地面で、せまいことに変りはなかったが、中継所とは異なって生活のための最少の用具がそろっていた。粗末な三段の寝台が壁の両側にあって、少年たちはそこで寝起きをしているようである。私が北京宣武門外で見たことのある少年と少女たちが不安そうにかたまって私たちを見ていた。

部屋にはかまどがあり、わずかな食器類が棚に並んでいた。片隅には例の吹矢の的や、輪などの軽業に使う道具が積まれ、そこに細長い筒がすだれ状に紐でくくられたものがあった。

年かさの少年がなにかいい、張警補がそれに答えた。

「ほんとに逃がしてくれるのかと聞きますから、われわれは刑部の者だと説明しました。必ず自由にしてあげるからとね」

ホック氏は筒をすだれ状にしたものを拾いあげた。

「これは同種のものをロンドンの上テムズ街近くの中国人の多い街で見たことがあるが、祝祭のときに使う爆竹だね」

「そうですな」

「いいものが手に入った。これで彼等をおどろかせてやろうじゃないか。身の軽い少年たちに、火のついた爆竹を男たちの家に投げこませ、同時に表でも鳴らさせるのだ。狼狽して飛び出してきたところを、張警補とわれわれで捕えよう」

「結構ですな。相手は四人。たちまち片づけてやりますす」

張警補は細い目をいっそう細め、腕まくりをした。

「しかし、注意したまえ。ほかの家の人間が一味でないという保障はない。われわれの目的は呉振立を助けることにあるのだからね」

私は拳銃をいつでもぬけるようにした。張は少年たちに説明をした。少年たちの顔が明るくなった。ホック氏にマッチと爆竹を渡されると、彼等はたちまち裏口から走り出て行った。

「爆竹が鳴ったら、われわれも男たちの家へ飛びこむのだ」

私たちはうなずくと、耳を澄ませた。

突然、静寂を破って爆竹が連続してはじける音がした。同時に表でも鳴りだした。私たちは家を飛び出すと一気に目指す家に走った。爆竹を投げこんだ少年が手を振った。

張警補は今度は錠をねじきるなどという姑息な手段をとらなかった。その巨体が裏口の扉にぶつかると建付の悪い扉が吹っ飛んでしまったからである。

なかにはふたりの男がいた。彼等はなにが起きたのか理解できないでうろうろしていたようである。張警補が腹の底から出した甲高い気合とともに、彼の拳が目にもとまらぬ早さで繰り出された。私は彼につづいて室内に飛びこんだのであるが、彼がどうやって男を倒したのかよくわからない。両手が左右に伸びたと思った瞬間、ふたりの男は壁まで飛んで、ずるずると尻餅をつき、動かなくなってしまったのである。

そこへ、表に様子を見に出て行ったらしい男が、なかの異変に気づいて飛びこんできた。私はその男が殴りかかってくるのを防ぎ、隙を見て痛烈な拳を男の腹に突き出した。男はよろけたものの、満面に朱を注ぎ、悪鬼のような形相でつかみかかってきた。私と男は床に倒れた。

張警補はそれに気づくと男の襟首をつかんで引き起し、男の咽喉に水平に手刀を入れた。男は奇妙な声をあげてひっくりかえり、動かなくなった。

もうひとりの男が外から飛びこんできた。ホック氏の杖がうなって男の背を打った。彼はうめいて振り向き、奇妙な構えをした。片足を出し、片足を引いて体を沈め、両手を突きだした。ホック氏が突き出す杖を躱すと、彼は跳躍し、その瞬間、片足がホック氏の胸を蹴り上げた——が、その寸前、ホック氏は身を引いていた。

「委しておいてください！」

張警補である。彼の巨体はまるで軽業の少年少女なみにはずんだ。拳と拳が宙でぶつかり、からみ合った。私たちのつけいる隙はなかった。

男が跳躍して足を繰り出すと、その足をつかんでひっくり返し、彼は打ちかかっていった。やがて、彼の拳が男の腹を打った。男は苦しげにうめいて腹部を押えうしろへ下った。そこに張警補の効果的な打撃が加わった。

彼の拳は男の首筋に打ち下ろされ、男はくたくたとくずれるように倒れてしまった。

ホック氏と私は外に出た。爆竹と騒ぎでほかの家々から男や女が飛び出してきて、この家を遠巻きにしていた。ざっと見渡したところ、大道芸人の一味のようには思えない。少年少女たちも、その人垣の前列にかたまって様子をうかがっていたが、私たちを見ると駈け寄ってきた。

張警補が手をさすりながら悠然と出てきた。彼は子供たちに縄を持ってこさせ、起き上れないで苦しげにうめいている四人の男たちを厳重に縛りあげた。

「ホイットニー君、見張りを頼む」

ホック氏は屋内に引返した。この家も造りは大同小異であるが、テーブルや椅子があったり、戸棚などもあった。そして、壁際に大きな櫃があった。

張警補が鍵をこじあけ、ふたを持上げた。なかには青白い顔の上品な顔立ちの男が、身をかがめ、ほとんど動かずに目を閉じたまま入っていた。

39

私は裏へ出て、山に手を振った。樹間に紅いものが動き、呉小玉が繁みから出てころがるように下りてきた。

彼女が近くへくると、私は安心しろと笑ってみせた。

屋内ではホック氏と張警補が櫃のなかに横たえられている男を寝台にはこびだしていた。呉小玉はそれを見ると立ちすくんだが、

「爸爸《バーバ》!」(お父さん)

と、叫んで駈け寄りしがみついた。

男はうすく目をあけた。焦点の合わない瞳が探るように小玉に向けられたが、なんの反応もなく閉じられてしまった。

「どうしたんです?」

「薬で眠らされているんだ。生命には別状ない」

ホック氏は呉振立を寝かせると、張警補に向き直った。

「もうひとり〝客〟がいるということだったが……」

ちょうど子供たちが走りこんできたので、質問は彼等に向けられた。少年たちは口々に外を指さしてしゃべりだした。

「〝客〟は逃げたといっています。隣りの家です」

少年たちの言葉を綜合すると、騒ぎの最中、その〝客〟が背を丸めて山のほうに逃げていったというのである。

ホック氏はそれを聞くと大股に外へ歩きだし、私もそのあとを追った。

隣家もまた造りはおなじであるが、ここには牀《チユヤン》が一つしかなく、敷布と毛布が真新しいのが真先に目に入った。しかも、その横にはスコッチのびんとグラスがあり、びんには三分の一ほどウィスキーが残っていた。〝客〟は着るものも荷物もそのままに逃げだしたので、壁には上衣やチョッキ、シャツとズボンまで吊るされていたし、小さな旅行鞄が床に置かれたままになっていた。かまどの横には手鏡と剃刀が放りだされていた。

「これを見たまえ、ホイットニー君」

壁の上衣の裏を返したホック氏がいった。そこにはロンドンのセビイル・ローにある洋服店のラベルとW・Mのネームが入っていた。

「〝客〟はモリアーティだった。ここにかくまわれていたのだね……」

ホック氏は室内の遺留物を調べはじめた。

「ホイットニー君は蘇州で彼の左腕を傷つけたね。彼は組織に助けられて傷の治療に専念していたんだ。われわれが北京に来ることは周知のことだから、彼は動静を見張らせていたにちがいない。芸人たちはわれわれを見て、手が迫ったものと思い、モリアーティの指示でぼくを狙ったが失敗した。次に呉振立を誘拐し、その娘を手先に使ったのは、彼等にとって一石二鳥の策略だったと思えるね。呉振立の誘拐はもっと前から計画されていたもので、沈太監の事件と関係しているのだ。小玉を使っ

て失敗してももともと、うまくいけばこれに越したことはない……」

「まだ、よくわかりませんが……。それにしてもモリアーティが左腕を負傷したとなぜわかるんで?」

「タオルに血がついている。剃刀で剃ったときの顔の傷から出た血痕だよ。彼が左利きだったことを想い出したまえ。不自由な右で剃刀を使ったので切ったのだ。いまもって利腕が使えないところを見ると、傷はかなりのものらしいね」

「いまから追えば捕まえられるかもしれません」

「それよりもまずこちらの始末をしなくてはなるまい」

私たちは張警補と呉小玉のところへ戻った。小玉はひざまずいて父親を心配そうにみつめていた。

「しばらくすれば、薬の効果がうすれてくるでしょう……。この四人はどうします?」

彼はかたわらの床にころがしてある、まだ半分気を失ったままの四人を眺めた。

「舌を嚙み切られないようにしなくてはならない」

「口に布をつめこんでおきましょう」

彼はあたりを見まわし、手拭いをみつけるとそれを引き裂いて丸め、男たちの口をこじあけて乱暴になかに押しこんだ。ついでに彼等の腕をまくると、青黒いさそりの刺青が現われた。やはり、彼等は青帮の一味であったことがこれで裏付けられた。

私たちの奇襲はモリアーティの逃亡を除けば多大の戦果を挙げたというべきである。呉振立の救出に成功し、子供たちを奴隷的な境遇から解放、さらに青帮の一味四人を捕縛できたのだから。

この集落の人々を張警補が質問することによって明らかになったのは、大道芸人たちの正体を彼等は知らずにいた事実である。数年前にこの集落に彼等がやってきたころは、わずか数戸に十余人の住人がいただけだったが、その後、いくらか増えて現在のようになったので、住人の多くは芸人たちを先住者と見ていたのである。住人は善良で無知な貧しい農民で、わずかな山間の畑を耕して暮らしていたから、ときおり見せてくれる子供たちの芸は恰好の慰安であり、疑いを抱いたこともなかったという。

「民家に溶けこんでいるというのも彼等の特徴のひとつでしてな。それが捜査上の障害になっているのです。なかには民衆が彼等の側に立つこともありましてね」

「悪の味方をするのかい?」

「おどかされてやむを得ずいうなりになる場合は仕方ないでしょう。だが、お恥かしい話ですが、いまのわが国の警吏には民衆に恨まれても仕方ない所業の者も多いのです。賄賂はとる、商人農民から苛酷に税をとる、名目をもうけて品物を収奪する……これでは民衆が離反してしまいます。地方へ行けば行くほどひどい。先が思いやられますな」

張警補は慨嘆した。彼は次に少年少女たちに事情を聞いた。彼等は幼いときに家が貧しくて売られたものが多く、父母の記憶をほとんど持ち合わせていなかった。少女のひとりは四歳のころ、突然、誘拐されたのである。

彼女も故郷や父母をおぼえていなかった。彼等は物心もつかないうちから、軽業を修行させられ、奴隷のように使役され、わずかな食事を与えられるだけで、絶えず監視下に置かれて夜は戸口に錠をかけられていたという。耐えきれずに逃亡をはかる者がいると、みせしめのために凄惨な懲罰が加えられた。逃亡に成功したとしても、結局は物乞いになるより道はないのである。

こうした質問がつづくうちに、縛られている四人の男たちは次第に意識を回復してきた。そして、自分の状態を知るとうめき声をあげて暴れ出したが、身動きもできないほど縛られている上に、口のなかに布が押しこまれているので、憎悪の目でわれわれをにらみつけるのが精一杯であった。少年少女たちはそれでも怖いのか、男たちの目を避けて怯えた。

帰途は人数が十人も増えた。子供たちが五人、男たちが四人、それに呉振立である。私たちを入れて十四名。

張警補は大道芸人の馬車のほかに集落の一軒から荷車を借り受けた。私たちが乗ってきた馬車は止めたところにのんびりと待っていて、馭者はいい気持で騒ぎも知らず眠っていた。

呉振立と娘の小玉、それにホック氏が馬車に、あとは荷台の荷馬車に、モリアーティの残した荷物などを積んで集落を出発したのは昼ごろになっていた。

想えば一晩かかって長城を越え、敵の巣窟に乗りこんであばれ、成果をあげて北京へ帰るのであるから、もっと勝利の快感があっても当然なのに、私はそれほど酔えなかった。モリアーティを逃がしてしまったことによるものか、それとも勝利に浸れないほど疲れてしまったのか。私にくらべるとサミュエル・ホック氏はふだんとまったく変らなかった。氏はほとんど口をきかず、ひたすら思考に沈潜しているように見受けられた。

40

私たちの三台の馬車は斜面をのぼり長城に向った。先頭にホック氏たち、二台目が張警補と四人の男、三台目が子供たちと私である。

子供たちもいくらか緊張が解けてくると、ようやく自由の身が実感できてきたのか笑顔を見せるようになり、ついには歌を歌いはじめた。彼等の歌の意味はわからなかったが、抑揚の強い哀切きわまりない旋律で、歌は周囲の樹間に流れていった。

馬車は長城の鞍部にさしかかった。秋の澄みきった大気に陽光を浴びている壮大な廃墟は、ただ静寂を秘めて視野の届くかぎり伸びている。

私はこの光景をしっかりと記憶に止めようと、あたりを見まわしていた。

そのときである。長城のくずれた楼門のあたりに白煙がひらめいたと思うと、大気をゆるがせて轟然と銃声がとどろいた。馬がおどろいていないた。先頭の馬車が急に止まった。そして、呉小玉の悲鳴がし、ホック氏が飛び下りた。

「下りて伏せろ!」

私たちは先を争って馬車を下りると、かたわらの石の蔭におどりこみ、姿勢を低くして銃撃に備えた。張警補も馬車の蔭に身をひそめていたし、ホック氏は小玉を引き摺るようにして岩蔭につれこんだ。

二発目の轟音とともに、ホック氏のかくれた岩の先端がはじけ飛んだ。私は拳銃をかまえ、そっと顔を出して銃の発射されたあたりをうかがった。

彼我《ひが》の距離はおよそ百ヤード。長城の楼門には銃眼のような小窓が作られているので、相手はそこから射っている。そのために射手の姿は見えず、小窓の向うにわずかに影が動いたかと思われるばかりである。

三発目がまたホック氏の身を伏せている岩の表面をけずりとった。拳銃で応戦するには距離がありすぎ、差を詰めるために出れば、相手とのあいだにさえぎるものがなくなってしまう。しかし、威嚇のために私は拳銃を発射した。

「小玉《シャオユイ》!」

ホック氏が叫んだ。はっとそのほうを見ると、小玉がホック氏を振り切って岩蔭を飛び出し、父親のいる馬車へ駆出したのである。

「小玉!」

彼女の真紅の服は絶好の目標であった。銃声がとどろき、彼女は走る姿勢のまま前のめりに倒れたのである。悲鳴もあげずに――。

「おのれっ!」

私は怒りが吹きあがってきて、拳銃を発射しながら岩蔭からおどりだした。射たれることなど忘れていた。私も大英帝国の一軍人であり、勇敢さは持ち合わせているつもりである。

意外なことに第五の銃撃はなかった。そればかりか城楼にかくれていた男が逃げ出すのが目に入った。敵は弾丸をうちつくしたのである。これに勇気を得て、私は小石だらけの急斜面を長城に向けて走った。しかし、傾斜角十五度ほどの斜面では足許がすべって思うように進むことはできない。私はすべり、ころげ落ちそうになりながらも、ようやく長城の壁の下に達した。はるか彼方をころがるように逃げて行く男の姿が見えた。

「モリアーティ……」

まちがいない。彼は私たちの急襲の最中に集落を逃れ、近くの山にひそんで様子を見ていたにちがいない。そして、長城の楼門にかくれ、私たちを狙ったのである。

「ホイットニーさん！」

張警補が呼んでいる。私はモリアーティを追うのを断念して人々のところへ戻った。

「呉親子が……」

張警補もさすがに青い顔をしていた。私は馬車に駆け寄った。呉小玉は馬車の前の地面に仰向けに寝かされていた。その胸許は服よりも濃い液体に染まり、中心に穴があいていた。

ホック氏は馬車で腰かけに横たわっている呉振立にかがみこんでいた。呉の顔は真紅だった。ホック氏は私を見て首を振った。

「ぼくは自分の愚鈍さが嘆かわしいよ。こういう可能性を真剣に考慮すべきだったんだ……。敵はぼくを狙ったが、弾丸がわずかに下にそれたので、横になっている呉の顔面を打ち砕いてしまった。小玉はそれを見て父にしがみついたが、無理に引きはなして岩蔭に避難したものの、父を気遣って飛び出し標的になってしまった……。ぼくさえ、注意していたらこのような事態は避けられたのに。モリアーティはもう逃げてしまったと思って油断してしまった……」

氏は痛恨にたえないといった深い悲しみの表情で、毛布を引き上げ呉振立を頭から被《おお》った。

「たしかにモリアーティでした。はっきりと姿を見ました」

私は肩を落とした。呉振立の口からすべてが明らかになるという希望は一瞬にして無に帰してしまったのである。

私は呉小玉の死体を見下し、片膝をついた。彼女の美しい顔は一瞬の苦悶をとどめていたものの、美しさは損なわれていなかった。私は十字を切った。

子供たちと張警補がまわりに立っていた。束の間の自由を歌った子供たちは、恐怖に見舞われ、固く寄り添って怯えていた。

「行こう。小玉を父親と並べてやってくれないか」

ホック氏の言葉に張と私は小玉を馬車の床に毛布を敷いて横たえた。ふるえている馭者を叱咤したり励ましたりして、三台の馬車はふたたび進みはじめた。今度は周辺にくまなく警戒の目を光らせ、片時も油断しないようにした。

五十哩は長い旅である。徒歩では二十時間余、馬車でも十余時間はかかる。急がせても北京に着くのは深夜になるであろう。私はマーガレットとの約束を思い出したが、約束の時間までに帰れる可能性はなくなってしまった。しかし、それを思い悩む余裕はなかった。ふたりの死者を出した痛みが私を重く被っていた。勝利の快感はいまや敗北の悔恨にとって代られていたのである。

居庸関まで来て、馬に水と食料をあたえ、子供たちにも饅頭《マントウ》を買って食べさせた。彼等は飢えていたので物もいわずむさぼり食べた。空腹が癒されると感情も和むものである。これまでの出来事で凍りついたような彼等の表情もいくらかゆるみ、私に笑顔を見せるようになった。そこで私は彼等にモリアーティについてたずねてみることにした。

それによると〝客〟は十日ほど前の夜、馬車でやってきた。物音で戸の隙間からのぞくと〝親方〟たちが馬車から下りるふたりの男を丁重に迎えていた。暗くて顔は見えなかったが、やがてひとりの大きい男は馬車で引き返して行き、小柄な男は残って親方たちにかこまれるように家のなかへ入っていった。その男がその後、客としてとどまっているのは親方たちの言動で知っていたが、客が少年たちの前に姿を見せたことはなかったから、客が西洋人かどうかは知らなかった。親方たちは客をチャイランという名で呼んでいた。

「チャイラン？」

「戦狼《チャイラン》は残忍な人間という意味ですな」

通訳をつとめた張警補がいった。モリアーティにはふさわしい名だ。親方たちの表向きの職業は大道芸人だから、北京に出ては、仲間と連絡をとりあったり、上の者からの指示を受けたりしていたようである。北京と八達嶺では距離があるので途中に中継基地を構えていたのである。

第四部　偉大なる犯罪者《グレート・クリミナル》

41

三台の馬車は午前零時ごろになって、ようやく北京城内に到着した。深夜であるにも拘わらず張警補は逮捕した四人の男と、ふたりの遺体の始末に役所を駆けまわり、どうやら身柄を預かってもらった。彼が奔走しているあいだに私たちは万寿飯店の主人を説得し、子供たちのために北側の小さな部屋をあたえてもらった。主人はああいう子供たちを泊めるのは旅荘の品位にかかわると渋い顔して、なかなかいうことをきいてくれなかった。

子供たちはさすがにぐったりと疲れきって、寝る場所がきまるとたちまち寝こんでしまった。

「今日一日、宮廷から使者がお見えになってお待ちしておりましたが、お帰りにならないので明朝また来るとのことでした」

旅館の主人がホック氏に伝えた。

ホック氏もさすがに疲労の色はかくせなかった。午前三時になって張警補がもどってきて、すっかり片がついたと報告した。

「呉家には人を走らせて凶報を伝えてもらうことにいたしました。なにしろ深夜のことで役所の責任者が不在で手間どってしまいました」

「ご苦労でした。四人は安全に保護されるだろうね？」

と、ホック氏が聞いた。

「とりあえずは牢に入れて監視を強めるようにと要望しました。くれぐれも舌を嚙みきるのを注意するようにと念を押しておきました」

私たちはこれ以上心配してもしようがないので、清国側の保証を信頼することにしてようやく寝についたのは四時近くである。寝る前に私は子供たちを見に行った。彼等はうすい布団にくるまってぐっすりと眠っていた。すっかり安心しきっている様子である。

私はだれかに肩をゆすられて目をあけた。とたんに窓の明るさが目に沁みて、意識のはっきりしない頭が痛んだ。細く目をあけるとすでにホック氏が着換えをして、いつもと変らぬ表情でかたわらに立っていた。

「そろそろ九時半だよ。宮廷からの使者がやってきたそうだ」

氏はにっこりと笑いながらいった。私は大きく伸びをし、目をこすって半身を起した。漠然としていた意識が急にはっきりしてきた。

「今度は本物の使者でしょうね？」

「そのようだね。主人は太監だといっていたよ」

私は冷たい水で顔を洗い、急いでみだしなみをととのえた。頭の芯にまだかすかな痛みが残っていたが、これは寝不足による疲労が回復していないせいであろう。

太監は痩せてしなびたような、年齢は四十から六十までなら何歳といっても通用する顔をしていた。しわが多いので、若いのだか、年をとっているのだか見当がつかないのである。

多くの太監（宦官）が共通しているのがこの年齢の不

明な点である。私にはいつまでたっても、この不思議な人種が理解できない。歴史的な知識としては、トルコと中国にこの種の人間が多く、発生のみなもとは奴隷とした異民族に対する処置だと知っていたが、中国では長いあいだに、宦官が宮廷の実権を握り、出世のために志願する者が多いのである。

彼等はひとり銀六両《テール》を払い、政府公認の刀子匠《タオ・ツー・チャン》という執刀人の手でみずからの男性を切断される。事後処置は単に冷水をひたした紙で傷を被い、飲食も三日間は供されない。熱も出るのであろうし、苦痛も想像を絶するものがあろうが、約百日もたつと傷も癒え、宮廷に入って実務を習得するのである。この間に死んでしまえばそれまでである。さらに切断された男性は〝宝《パオ》〟と称して保存され、宦官の宮廷での地位が上がるごとに、それを高官に見せて証拠としなければならない。もし、自分のものがなくなると、他人のものを借り受けたりしなければならず、そのときに支払われる金は銀五十両《テール》(約四十万円)になるという、まさに〝宝〟である。これらはわが国のステント氏が調査した報告によって得た知識であるが、実際の宦官に接すると、一種独特の匂い、女性的な声、女性的な皮膚、そして、奇妙な老化現象に出会って、ある種の気味の悪さを感じるのである。

私たちを待っていた太監もそうしたひとりであった。彼は目もさめるような青い地に金の唐草紋様を刺繡した服を着ていて、私たちが行くと袖に通した両手をあげ頭を下げた。彼のうしろには従者らしい、まだ若さの残る宦官がふたり、片膝を折ってすわっていた。

「東廠《トンチャン》太監の王林《ワン・リン》だ……」

と、彼はいった。その言い方には傲岸な権勢に馴れた者の口調があり、しなびた顔ときらびやかな姿とは違和感があった。ホック氏は張警補に目をやった。張警補は苦虫を嚙みつぶしたような顔をしていた。

「東廠とは、秘密警察で彼はその長です……」

王林は低いざらつくような声でしゃべりだした。

「……皇太后様は内廷における不埒な所業を働いた犯人の探索が、その後、どのようになっているかを気にかけておられる。私と一緒に参内して調査の結果をご報告願いたい」

「すぐに?」

「すぐにだ。きのうは一日、待たされてしまった。探索に手を焼いて逃げ出したかと思った」

多分、彼は笑ったのだろう。しわが引きつり深い陰影を作り、欠けた歯がのぞいた。その歯がぞっとするほど黄色かった。

「うかがいましょう」

と、ホック氏は答えた。

「では、お支度をなさるがよい」

ホック氏は部屋を出ようとして王林に振向いた。

「東暖閣の宝庫の長の後任はきまりましたか?」

「沈太監の後任は徐羅東《ジュ・ルオ・トン》太監にきまった」

ホック氏はうなずくと先に立って部屋を出た。

「いやなやつですね」

と、私は階段を上りながらいった。

「宦官のほとんどが成り上り者ですな。上に取り入るのがうまい者ほど出世をする。あの李連英にしてからが、もとは靴屋の小僧でした。なかには犯罪人もおりますよ」

「宮廷を運営している者にかい?」

私はおどろいていった。

「宦官になることによって罪は浄められるのです」

「人間の性格まで変るはずがない」

「自浄といって、そういうことになっているんですよ。いまの王林だって前身はなんだかわかるもんですか」

張警補は吐き棄てるようにいった。

「彼はひどい阿片中毒者だね。あの欠けた歯はそれを証明しているよ」

と、ホック氏がいった。

「そういう者が秘密警察の長官だなんて、どうかしている」

私はつい大きな声を出した。

「東廠は外省から集ってくる文書を点検したりして情報を知り、さらに外省の、いわば普通の人間の世界の動向を監視しているのですが、なんといいますか、密告や讒言《ざんげん》に惑わされることもあって、無実の人間が処刑されることもあると聞いております。私情で敵を陥れるくらいやりかねませんからな。気をつけられたほうがいいです」

「やれやれ。だが、ぼくたちはイギリス人だよ。妙な手出しは許さないぞ」

と、私はいった。

「張君、なにか手段を講じて沈太監の後任者と王林の経歴を探ってくれたまえ」

ホック氏がいった。張警補はうなずいた。

私たちは旅館の主人に子供たちの世話を頼み、待っていた王林たちと、また、紫禁城に向ったのである。

城内に入るのは二度目であるが、この前は他を見る暇などなかった。二度目ともなると、いくらかあたりに気を配ることもできたが、壮麗な建物のすべてをおぼえることなど、五回や十回通っても無理であろう。建物は大小合わせて八百もあるのである。

私たちは四分の三哩もの玉砂利を敷きつめた前庭を歩き、太和殿、中和殿、保和殿の横をすぎて奥へ奥へと歩きつづけた。

42

内廷の慈寧宮の横に李連英が立って、私たちをながめていた。私たちが近づくと彼は丁重に一礼した。彼は微笑していたが、その微笑の奥になにがあるかうかがうことはできなかった。彼が先導し、王林たちがうしろにしたがって、私たちは慈寧宮の隣りの建物に案内された。

外の明るさに馴れた目では、なかは暗かったが、ここも朱と金が豪華に使われている建物で、正面の金箔がほどこされた椅子に西太后が着座し、一段下った両側に十数人の侍女や宦官たちが並んでいた。

李連英が戸口で私たちを制し、ひざまずいて叩頭の礼をした。王林たちもいっせいに土下座をして額を地にすりつけた。私とホック氏は立ったまま頭を下げたが、張警補はひざまずいた。

礼が終ると李連英は数歩前へ進み、ふたたびひざまずいた。西太后がもっとも寵愛し登用している李でさえ、これでは、さぞかし疲れるだろうと思い、私は一瞬、笑いたくなった。

西太后が並んでいる宦官のひとりを手招きなにかいった。

「皇太后様はあなた方がこれまで、どのような成果をあげられたかをおたずねです。遠慮なく申し上げるがよい」

かなり正確なアクセントの英語で、その宦官がいった。

ホック氏はうなずいた。

「第一に、沈太監を吹矢で殺害した犯人の一味四名をこの張警補の絶大な努力で捕縛いたしました……」

それが中国語で伝えられると、まわりの人々のあいだにざわめきが走った。西太后の口許がほころんだ。張警補がなにかいいたそうにホック氏を見た。

「よくやった。一味は糾明の上、極刑に処するだろうよ」

「彼等は青帮と称する組織の一員ですが、彼等に指令をあたえている影の人物こそ真の元凶と考えるべきです」

「それはだれだい?」

西太后は宝座から身を乗り出した。

「その前に、沈太監は国を憂い、忠節をつくす清廉な心の持主であると申し上げなくてはなりません。彼は、ある陰謀に加担させられようとし、それを拒否したために死を招くにいたったのです。また、同様に呉振立も忠誠心に篤く、沈太監とふだんから心を通じておりました。彼は沈太監を捲きこんだ陰謀とその首謀者を知っていたために、彼の口からそれが洩れるのをおそれた首魁《しゅかい》は、彼を一味に誘拐させた上、呉の娘まで利用し、父親の生命を助けたければ、われわれを殺せと、宮廷から遣わされた侍女として、私たちに接近させました。しかし、この計画は失敗し、私たちは呉を救出に向い、いったんは救出したのですが帰途、私を狙った銃撃を受けて親子ともども帰らぬ者となってしまいました。捕えた一味が真相を告白するまでもなく、これまでの事実から、首魁は皇太后陛下の側近にいるものと断定せざるを得ません……」

ざわめきがいっそう高くひろがった。西太后の眉に神経質なしわが寄った。

「ここにいるというのかい？　裏切り者が」

「呉の娘の小玉によれば父親は奸臣という言葉を使っていたそうです。ふだんは余人の入れぬ宝物庫に沈太監をみちびいた者も、この宮廷にいてだれにも不審をもたれない者であることを示しております。その者は沈太監が帰宅した折りに太監の家を訪問し、太監を外に呼び出した者ですから、当日、この宮廷を留守にした人物を調査すれば必然的にその人物に行き当ります。残念ながら時間的に私たちは、それをこれから調べるところです」

西太后は椅子の背にもたれて猜疑的な目で居並ぶ臣下や侍女をながめた。

「いいだろう。早急に調べるがいい」

「おそれながら、それは如何かと存じます」

私たちの背後にいた王林がいった。

「なぜだい？」

「神聖な宮廷を外国人に勝手に歩きまわらせるわけにはいきません。そのようなことは古来、例がございません」

「わたしが許したのだ。その男は龍眼池を取り戻した手腕といい、なかなかのものだよ。裏切り者を暴いた暁には銀百両《テール》をとらそう」

「イギリス人にですか？」

そういった王林の声には、嫉妬と憎悪がふくまれているように思われた。

「この際、どこの国の人間だろうとかまわないよ。裏切り者がみつかれば八ツ裂きにしてやる。陰謀といったが、どういう陰謀だい？」

西太后はホック氏にいった。

「まず、宝物を奪取すること。おそらく首魁は青帮のなかでも重要な位置を占めている人物でしょう。彼等が宝物を盗みとったあと、その騒ぎに乗じて天下に乱を起したとしても不思議ではありません」

「革命でも起すというのかい？」

西太后は片頬をゆがめて笑った。

「革命というよりも乱を起して、勢力を拡大するつもりかもしれません。社会が混乱し動揺しているときが彼等のつけ目です」

「黄興《フォワン・シン》、宋教仁《ソン・チャオ・レン》の華興会《ホアシンフィ》の動向には密偵を放って監視しております。彼等は〝反清復明〟を唱えております。が、実行に出るほどの勢力はございません。宮廷は磐石でございます」

王林がいった。秘密警察の長であることを誇示するような言い方であった。それからわずか三年後には各地に革命を唱える勢力が出現し、なかでも中心的人物となる孫文も活動をはじめたのだが、このときは私にはそれらのことを知る由もなかった。

西太后は王林の言葉に満足そうにうなずいた。

「王林。この者たちに便宜をはかっておやり。なにかわかれば早急に報告するのだよ」

彼女は立上りながら、椅子の横のテーブルにあった絹の扇を取り上げた。

「これをそなたに授けよう」

ホック氏は宝座に近づいて扇を受けとり一礼した。西太后は裾をひるがえし、侍女たちをしたがえて部屋を出ていった。李太監が目を丸くして私たちのそばに寄ってきた。

「陛下はよほどあなた方を信頼されているのですね。絹扇《きぬせん》を賜わるのは非常に名誉なことなのですよ」

扇をひろげると、絹地に枯淡な水墨画が書かれているものであった。

「さて、次はなにをなさるのかな?」

王林が傲岸な口調でいった。

「張警補を残してぼくたちは帰るよ」

と、ホック氏がいった。

「帰る?」

「三人でうろうろしても仕方がないからね。このところ睡眠不足がつづいたから、昼寝でもするよ」

フンと王林は鼻を鳴らし馬鹿にしたような態度で歩きだした。事実、張警補を残して私たちはまた長い道のりを歩き、承天門を出てから輿《こし》に乗せられて万寿飯店まで送り届けられたのである。

「われわれも残って、沈太監が呼び出された時刻に宮廷を留守にしていた者を調べなくてよかったのですか?」

ホック氏とふたりになったときを待って私は聞いた。

「読めない漢字を前にして、いちいち通訳してもらわなければならないのは二重に手間がかかるだけだよ。宮廷に出入りする者は、必ず記録されているはずだから、張君に委せておけばやってくれる。それよりも、ぼくの話はもう首魁に伝わっているだろう。足許に火がつきだしたので、必ず何等かの攻撃にでてくることはまちがいない。そのほうをぼくは待っているんだよ」

「注意しなくてはいけません。また、銃撃でもされたら……」

「モリアーティも決してあきらめないだろうしね。彼にとってはぼくを亡き者にするのが、いまや究極の目的になっているはずだ。そして、モリアーティは宮中の首魁と結びついている。と、なると、ぼくとしては双方向からの攻撃から身を守らなくてはならない」

言葉とはうらはらにホック氏の態度はそれほど緊迫したものではなかった。

留守中、旅館の主人に世話を頼んだ大道芸人の子供たちは、すっかり元気を回復していた。腹一杯、食べて自由を実感したのであろう。年長の少年が一同を代表してホック氏をはじめ私たちに礼をのべていると、主人が伝えてくれた。

「彼等と話をしたくても言葉がちがうというのは不便だねえ。この子たちには近いうちに好きな職業をえらばせて、将来、自立できるようにしてやらなければなるまい。ところで、ホイットニー君、きみはエヴァンズ嬢をきのうから待たせっぱなしじゃないのかね?」

朝、起こされたときはもう王林が到着していたので、私は彼女のことを想い出す暇もなかった。ホック氏の言葉で私は飛び上った。

「そうでした。もし、よければ、これからちょっと行ってまいります。一時間で帰ってまいります」

「行ってきてあげたまえ。ぼくのことはかまわないから」

その言葉に甘えて私は旅館を飛び出した。

43

この街にはまだ西欧式のホテルはないが、西欧人が宿泊する限られた旅荘は何軒かある。エヴァンズ嬢から聞いていた彼女たちの宿舎は光華飯店という名の、英国公使館近くの旅館であった。ここはさすがに宿泊客が西欧人で占められ、ロビイにあたる正面玄関を通ったところは旅行客らしい一団で混雑していた。もっとも彼等は遊興客ではなく、いずれも商用で当地を訪れた者である。

その混雑のなかを銀盆にポットと茶碗を乗せて二階に上って行こうとする執事のウィルフォードをみつけ、私は彼を呼んだ。

「マーガレットさんにぼくが来たと伝えてくれ」

「昨夜はだいぶお待ちでしたよ」

「いろいろなことがあってね。どうしても来られなかったのだ」

私はウィルフォードと二階に上って行った。彼は一室をノックして入っていったが、すぐにマーガレットが飛び出してきた。

「アーサー。ゆうべはどうなさったの？　心配して使いを出しましたのよ。そうしたら、みなさんお出かけになって、どこへ行かれたかわからないというのですもの。なにかあったんじゃないかと思って、ずっと心配していましたわ」

「大変な目に会ったんです。連絡がどうしてもとれなかったのです」

「ご無事なお姿を見て安心しましたわ。父もおりますの」

「ご挨拶いたしましょう」

エヴァンズ氏は出かける支度をして、ウィルフォードのはこんだお茶を飲んでいた。

「ホイットニー君、娘が気にしていましたよ」

私はくわしく話せば一日かかるような出来事があったのだと答えた。

「わしはこれから綿の価格について交渉に出かけなければならない。時間があれば娘の相手をしてやってくださらんか。こっちへ来てもろくろくわしが付き合ってやれんので退屈しているからな」

エヴァンズ氏は紅茶を飲みほすと、あたふたと出ていった。

「なにがあったか話してくださいます？　一日かかってもいいわ」

「そうですね。退屈なさっているのなら、どこかを散策しながらでもお話しましょう。しかし、私はあまり長くいられませんが……」

「結構ですわ。──旅館にはお美しい方がおられますものね」

彼女は軽い皮肉をこめた口調で、私を横目で見たが、顔は笑っていた。

「呉小玉のことですか？　──彼女はもうこの世の人ではありません」

「まあ……」

マーガレットは息をのんだ。

私たちは近くの北海へ行った。北海は紫禁城の西にひろがる大きな沼、あるいは小さな湖である。南海、中海、北海とくびれた三つの部分に名がつけられ、北海の人工島には白塔というラマ塔が、青い湖面に映えている。紫禁城の濠を形成している筒子河《とうしが》の水は、北海の水である。対岸に紫禁城の代赭色の壁のつらなりと、瑠璃色の瓦の列が陽を浴びてかがやいていた。

私はそれをながめながら、これまでのことを語った。マーガレットはときどき嘆声をあげたり、恐ろしそうに息を吐いたりして私の言葉に聞き入った。

「……紫禁城からもどると、すぐにあなたのところへ駆けつけてきたわけです」

「なんという恐ろしい目にお会いになったのでしょう」

彼女は白い日傘を傾けた。ふと、私は彼女の目に涙が浮いているのではないかと思った。青い瞳がうるんでいるように見えた。

「蘇州での出来事をときどき夢に見ますのよ。あの男がまだあなた方をつけ狙っているなんて……」

「必ず捕らえてやりますとも。ホックさんがいるかぎり、モリアーティは逃がしません」

「あの方って、どういう方なんでしょう。なんでも見透かしておしまいになるのね」

「ホック氏はそれを推理といっています。そばにいればいるほど神秘的な人物です」

さざ波が岸に寄せていた。楊柳の下で私たちは立止まり、湖上をながめた。水面に音がして魚がはねた。周囲に人はいなかった。対岸は紫禁城の西華門のあたりになるが、その門の角楼に人がいるだけであった。

「いつまで北京にいるのです?」

「父の商売の都合ですけど、二、三日はいると思いますわ」

「そのあいだにまたお会いしたいものですね」

「ええ。落着いてお食事をご一緒できたらうれしいですわ」

「マーガレット……」

私は彼女を抱いた。彼女は目を閉じた。

「私の気持をわかってください。愛しています……」

私は彼女のくちびるにくちびるを重ねた。傘が大きく傾いた。彼女の片手が私の背で力をこめた。

「アーサー、わたくしも……」

私は前よりも強く彼女のくちびるを吸った。顔がはなれると、マーガレットは上気した頬で、私に微笑を向けた。

「そろそろお帰りにならなくては。ホック様おひとりだと、なにが起るかわかりませんわ」

私は現実にもどった。ホック氏に約束した一時間はあまりにも短い時間である。私は彼女を送りながら、マーガレットへの愛がますます強固になって行くのを感じた。私の内部には浮揚した感覚があった。その感覚は彼女と別れてからもずっとつきまとい、足が軽かった。第三者が見れば私は踊るような足取りで歩いていたにちがいない。

万寿飯店は私が出たときと変化はなかった。ホック氏の部屋をノックしようとして、私は聞耳《ききみみ》を立てた。なかからヴァイオリンを奏でている調べが聞えたのである。

ドアをあけると部屋の中央で窓に向けた椅子にホック氏が座り、ヴァイオリンの演奏に没入していた。曲はドイツロマン派の旋律のようにも思えたが、私は知らなかった。彼は私の入室にも気づかぬ様子で弾き終った。私は背後で手をたたいた。

「ホックさんが音楽に造詣が深いとはこれまで知りませんでした。なんという曲です?」

「即興だよ。かねがね人間の感覚と音楽の関係を小論文にまとめてみたいと思っているんだがね。ときにホイットニー君、エヴァンズ嬢とのあいだは非常にうまくいっているようだね」

その言葉をホック氏は、ヴァイオリンをケースにしまいながら、まったくうしろを振向かないでいったのである。

「なぜ、そんなことがわかるのです?」

と、私はおどろいていった。

「ぼくの前の鏡に入ってくる者の姿が映っているよ。きみのくちびるの横の紅いものは口紅だろう。それにきみは非常に楽しそうだ。エヴァンズ嬢とのあいだがうまくいかなかったら、そうはしていられないだろうね」

「なんだ、鏡でしたか……」

ホック氏はケースを持って立上った。

「きみのいないあいだこれを借りて弾いていたよ。広東から来た音楽好きの商人がこの宿にいてね。彼がこのヴァイオリンを持っていたのだ」

「その男は危険ではありませんか?」

と、私は思わず聞いた。

「いや、彼は大丈夫だよ」

ホック氏はヴァイオリンを返しに行き、もどってくると、

「張君の帰りは夕方になるだろう。それまではすることがない。子供たちも退屈しているようだ。彼等ははじめて与えられた自由の使い道を知らないのだね」

と、いった。

張警補が紫禁城から帰ってきたのは、午後の四時すぎであった。

44

張警補は晩秋だというのに額に汗の玉をにじませていた。彼はその汗をぬぐって、うまそうに水をコップに三杯もつづけて飲んだ。

「城内出入りの者は西門ですべて記帳されるので、沈

太監が呼び出された夜の前後に、城から出入りした者はすぐにわかりました」

と、彼はいった。

「一か所からしか出入りできないのかい？」

これは私が聞いた。

「そうです。重要な地位にある宦官といえど私事の出入りはここだけです。宦官は北京外へ出ることは厳禁されておりまして、もし、北京のそとに出たことが発覚すると死罪になります」

「なんと！」

「彼等は自宅にもどるか、別荘に行くか、いずれにしても行動は北京のなかですが、当夜は五十五名の宦官が外出しておりました」

「五十五名か……」

多いのか少ないのか私には見当がつきかねた。宦官は身分の高いものから〝名下〟といわれる下級の者まで約二千人。そのなかから外出する数はいつもどのくらいなのだろう。

「西門のそばには阿片窟が数軒、軒をならべておりまして、宦官の大半は阿片を吸いに行くものです」

私は王林を思い浮べた。あの男はホック氏のいったように、かなりの阿片吸飲者である。宮廷での吸飲者は予想外に多いものである。

「その外出者のなかに沈太監の後任となった徐羅東と王林の名もありました。さらに宝録玉牒抖晾大臣の部下で正五品の官位を持つ郎中（局長）の楊広国、おなじく劉恵康の名もありました。ほかの者は鐘鼓司《しょうこし》（音楽、演劇部門）や宝鈔司《ほうしょうし》（ちり紙製造係）の者で、事件にかかわることのできない部門の連中なので、除外してもよかろうと存じます」

「四人だね。その四人の外出時刻と帰城時刻は？」

と、ホック氏が聞いた。

「四名とも六時から七時にかけて城を出て、帰城は十時前後です。四名とも沈太監を外に呼び出して話をする時間は充分ですな」

ホック氏は目を宙に向けて一瞬、考えをまとめるふうであった。

「彼等が城外へ出てからの行動を聞いたかね？」

「一応はたずねました。本当か嘘かはわかりませんが、王林は阿片を吸いに行ったと、いやな顔をしていっておりました。ふだんは訊問する側が訊ねられるので腹を立てているようでしたな。徐は市内にある別荘へ、楊は酒を飲みに、劉は芝居に行ったということでした」

「もちろん、きみは阿片窟を調べたのだろうね？」

「そこはぬかりがありません。確実に王林がその時間に阿片を吸っていたかを、あのへんの店で聞きまわりましたが……来たようでもあり、来なかったようでもありで、はっきり記憶されていないのです。王林を知っている者は多かったのですが、当夜は大変混み合っていたのでというのです」

「すると、四人ともはっきりしないのだ」

と、私はいった。

「そうです。呉振立の言う奸臣はこの四人のだれかかもしれませんな」

「さっき、別荘といったが宦官はみな金持らしいね」

張警補は苦々しげに顔をしかめた。

「公金の着服、収賄は公然の事実ですよ。宮廷の工事で総額八万両《テール》の費用から五千両が太監のふところに入ったといわれていますし、大きなやしきで十数人の使用人を使っているのは、いったいだれだろうと思ったら、道を掃き清める都知監《とちかん》の宦官の別荘だったといいます。都知監は宦官のうちでも、もっとも低い位なのですよ。彼等の前身は物乞いあり犯罪人ありですが、宦官になったことで過去は消えるのです。だから、家族縁者のいないものも多く、それに市内から外へ出られないので、市内に豪華な別荘を作っているのですな」

「聞けば聞くほど不思議な制度だね。実際に見なければ信じられないよ」

と、私はいった。東洋は西欧の人間にとって常に理解を越えた神秘性があるというが、去勢された人間が二千人も権力の中枢部にいる宮廷などは、まさに想像できない世界であろう。

「時間がなかったので詳細に調べられませんでしたが、徐羅東の前身は舟の荷役労働者だったそうで、王林のほうは鍛冶屋の職人だったそうです。いずれも二十数年も前に自営（みずから宦官になること）して、宮廷に入り、いまの地位にのぼったのですな」

「短い時間によくやってくれた。欠けていた部分が、だんだん埋まって行くよ。ゆっくり休んでくれたまえ」

ホック氏は張警補の努力に謝意をのべた。

「これからどうなさるのです?」

「なにもしないよ」

「なにも?」

「すでに先方から行動を起すように種はまいた。あとは待つだけだよ。この国にはいいコンサートが聞ける劇場がないのが残念だね」

ホック氏は立上った。

「散歩でもしないかい、ホイットニー君」

「お伴しましょう」

私はマーガレットと湖畔を逍遥してきたばかりだが、ホック氏をひとりで外に出すわけにはいかない。氏のほうは紫禁城からもどって以来、ずっと部屋にいたのだから、外の空気を吸いたくなったのであろう。

「すっかり涼しくなりましたね」

たそがれの大気には早い冬の気配がこもっていた。どこかで犬が吠え、空気にはかすかな料理の油の匂いがただよっていた。先夜、銃を持った男がのぼっていた槐の大木のかたわらを通って、旅館の裏に出ると犬の啼き声が大きくなり、それを叱っている旅館の主人の姿が見えた。主人は私たちを見ると笑って、頭を下げた。赤毛の雑種犬が彼の裾にまつわりついていた。

「こいつめ、わたしが肉を持っているのをほしがりましてね。このあいだも阿媽を使いにだしましたらあとを追って行って、とうとう市場まで来たそうです。いつも餌をくれる阿媽をおぼえているのです。こいつは肥らさにゃなりません。冬になったら食べようと思いましてね」

「食料にするために飼っているのかい?」

「そうですとも」と、主人は答えた。「赤毛の犬がいちばんうまいのですよ」

「やれやれ可哀相に……」

と、ホック氏がいった。犬は啼くのをやめ、ホック氏のズボンに頭をこすりつけた。ホック氏がその頭をなでると犬は鼻を鳴らした。

この国の料理を知っている者には、材料は驚異である。思いもよらぬものまで食料にしてしまう。私には燕の巣や熊のてのひらや、猿の脳とかふかのひれ、くらげ、蛇から猫、犬、ある種の虫にいたるまで料理してしまう調理法を知って、ただ啞然とするのみである。しかし、おそるおそる食べてみたいくつかの料理は正直なところとても美味なのである。食に対する飽くなき追求、貪欲なばかりの調理法。これらは古来から美味と不老を追い求めた歴代の皇帝の意志と、貧しい一般の民衆の〝食べられないものまで食べる〟努力の積み重ねなのであろう。

旅館の裏手の通恵河のほとりに出ると、川の両岸には楊柳の並木がつらなっている。せまい川には豊かな水がゆっくりと流れ、むらさきの霞がたなびいた川岸に童女たちの遊ぶ声がしていた。層々とつらなる家々、胡同のあちこちから夕餉《ゆうげ》のけむりらしい白いけむりが風のない大気に立ちのぼって拡散して行く。

私はこうした平和な光景のなかにも、ホック氏や私を狙っている影がないかと、周辺に注意を怠らなかったが、あたりは静かでのどかであった。

ホック氏はパイプをくゆらしながら、じっと川面をながめていた。

「いくらか寒くなってきましたね。戻りましょうか」

と、私はいった。私たちはふたたび旅館の裏手に出た。厨房の扉が開いていて、数人の料理人が宿泊客の食事の仕度をしていた。強い火のためか、彼等は汗を流していて、ときどき顔と手を洗っている。その前を通って私たちは正面にまわり、短い散歩を終えた。

その夜、私たちに二件の訪問者があった。

45

はじめの訪問者は刑部から来た警吏の長だった。彼はがっしりした体格の有能そうな若者で多少の英語が話せた。彼は私たちが食事のすんだころやってきた。

「あの大道芸人たち四人の取調べに当っている者です」

と、張警補が伝というその男をつれてきた。

「なにかわかりましたか?」

ホック氏は興味をそそられたようにたずねた。

伝は固くなっていたが、ホック氏のくつろいだ態度にいくらか緊張をほぐした。

「自殺を警戒しながら個別に取調べておりますが、なかなかしぶとい連中です。というより自白すると仲間の報復を受けるのを怖れているのです。彼等の掟はきびしく、裏切り者は死という鉄則があるのですが……彼等とて意志の強い者、弱い者がいます。そのうちのひとりが、ホックさんを銃で狙ったことを白状いたしました」

「それはお手柄だ」

と、張警補がいった。

「宣武門で興行中にホックさんたちの姿をみかけ、手がまわったかと思ったそうです。それで、すぐさま指令を仰ぎ、宿舎のホックさんを狙ったのです」

「その指令者の名前はいったのかね?」

「それが、そこまでくるとどうしてもその先をいわないのです。自分が殺されるといって……」

「それではなんにもならんな……」

「われわれは白状させるために拷問を加えました……」

伝はそういって急に目をしばたき、身体を小刻みに動かした。

「どうした?」

「ちょっと……過ぎたようでして……その男は死んでしまいました」

「なんというバカなことを!」

張警補が眉を釣り上げて吐き捨てるようにいった。ホック氏が吐息をついた。

「ぼくは外国のそうしたやり方について口を出すつもりはないが、人間のいちばん愚かな行為だと思うね。法の名の下で犯罪者とおなじ罪を犯しているのだ。分析と推理、それだけで充分なのに、想像力のとぼしい人間が法にたずさわっていることが、どこの国でも多いのは悲しいことだよ」

その言葉が伝に理解できたとは思えない。彼は肩をすぼめていった。

「とにかく、ホックさんを射った人間が特定できたことをご報告にまいったのです」

彼等の感覚では、それを賞賛されたかったのであろう。犯人が死のうがどうしようがかまわないし、死んだと聞けばホック氏がよろこぶとでも思ったにちがいない。自白させたのを得々と報告にやってきたのだ。

伝が帰っていったあと、私たちの意見は大道芸人の四人――いまでは三人から彼等に指令をあたえた人物の名を知るのは無理だろうという悲観的な見方で一致した。彼等は仲間からの報復を怖れているし、たとえ白状するにしてもかなりの時間がかかるかもしれない。それもうまくいけばの話であって、みずから死を選ぶ可能性も強いのである。

私たち三人は、ホック氏の部屋でしばらく時をすごした。時刻はいつか九時であった。そろそろ、めいめいの部屋にもどろうかと思ったとき、ドアが控え目にノックされた。

「誰呀《シエア》?」(だれだ?)

張警補がいった。

「お城からお届けものです」

その声は主人であった。私が立ってドアをあけると旅館の主人が白い陶製の大きな酒びんを、重そうに両手で抱えて立っていた。そのびんたるや丈が二フィートはあり、ずんぐりした胴体は一抱えもあって、びんというよりは瓶《かめ》である。栓をした口に紫と赤の紐が巻いてあってなにやら書いた紙が下っていた。

「この酒罎子《ジュ・タン・ズ》――酒びんは浙江の銘酒で慈喜皇太后から下賜されたものです。諸兄の御尽力に対するささやかな志です……という意味ですな。私としてはありがたいが、呉小玉の例もある。一応、調べてみなくてはなりませんな。――亭主、これはだれが持ってきた?」

と、張警補はたずねた。

「従者を連れた宦官です。従者がこれを渡してほしいといって、すぐに帰って行きました」

「おかしいね。宮廷からの遣わしものなら部屋まで持ってくるのが自然じゃないかね?」

と、ホック氏がいった。宿屋の主人はうなずいた。

「わたしも不審でしたよ。使いに来た宦官のほうは一言もしゃべらず、使い賃も請求しませんのでね」

「その宦官はどんなふうだった?」

ホック氏が目を光らせた。

「そうですねえ。うす暗がりに立っていまして、あかりのほうへ出てこなかったのでよくわかりませんが、頭巾をかぶっていたのでたとえあかりに照らされても顔はわからなかったでしょう。背は私ぐらいでしたかね……」

「五フィート五インチぐらいか……。張君、きみのいうとおり、その酒は危険だよ」

ホック氏は酒びんを受取ると、それをテーブルにおいて注意深くまわりを調べ、栓をナイフの先であけにかかった。いくらか栓がゆるんだところで、そばに鼻を寄せて匂いを嗅いだ。

「思った通りだ。これは毒よりももっと悪い。相手はわれわれが不審を持つことを承知しているんだ。とにかく、この酒がぼくの部屋に持ちこまれればいいのだよ。中味は酒ではなくて、爆発物だ」

「爆発物ですと！」

張警補はうなるような声をあげた。われわれも顔色を変え、主人は青くなってうしろへ下った。

ホック氏は細心の注意をはらって栓をあけた。

「みたまえ。栓の中央から糸が下に垂れている。糸は下でなにかにつながっている……」

氏はナイフで糸を切断した。

「不用意に栓をあけると糸の先が硝酸の入っている小さな箱を破るのだよ。流れた硝酸が火薬に反応して爆発するという仕掛だ。この方法はどこかで聞いたことがあるぞ。——一八七八年にロシアで虚無党が政府の高官を暗殺したときに用いた方法に似ている。それから一八八七年にロンドンで恐喝に屈しなかった実業家がこの手で殺害されたが、その背後にモリアーティ教授の力があったといわれながらつながりを発見できなかった。その宦官はモリアーティの変装だよ。兄の方法を彼もマスターしているのだ」

「ついに、先方からやってきたというわけですな」

「そうだ。ご主人……」

ホック氏は旅館の主人に呼びかけた。彼は爆発を未然に防げたので、いくらかほっとした様子だったが、青い顔でテーブルのびんをみつめていたところを呼ばれて、あわてて返事をした。

「は、はい」

「すまないが裏の犬を貸してくれないか」

「犬、ですか？」

主人は目を丸くした。

「そうだ。犬だ。早くここへつれてきてくれ」

「では、早速」

意味もわからないままに、彼は駈けていった。ホック氏は私に向き直った。

「ホイットニー君、長城の向うの家で押収してきたモリアーティの服と荷物を持ってきてくれ」

あの荷物はまだそのまま私の部屋に置いてある。私はそれを抱えてきた。旅館の主人がなにがなんだかわからずに、あの赤毛の犬を引っ張ってきた。犬はクンクンと鼻を鳴らしながらホック氏のそばへすり寄ろうとした。

ホック氏は荷物を調べ、穿き古した靴下を取り出し、犬の鼻に匂いを嗅がせた。

「ご主人、この犬は匂いのあとをつけるのがうまいはずだね？」

「ええ、家のだれかが遠くへ行っていても、奇妙に探し出します」

「やってみよう。張君、ホイットニー君、出かけよう」

私たちはすぐに支度をして、ホック氏と犬のあとにしたがった。ホック氏は玄関に出ると、宦官の立っていた位置を聞いて、ふたたび靴下の匂いを犬に嗅がせた。犬は気負い立って吠え、ホック氏の握った紐を引っ張った。

犬は地面の匂いをしきりに嗅いでいたが、やがて道路のほうへ私たちをいざなった。

46

私たちは暗い道を犬にしたがって小走りに歩いた。犬はしばらくは迷うことなく進み、四つ角に出てちょっとうろうろしたが、すぐに進路をみつけて私たちを引きずるように前のめりになってハッハッと息を吐いた。

「以前、やはり犬を使って嗅跡を追わせたことがあるんだが、そのときはタールの匂いだった。ところが途中でタールを積んだ馬車があたりにタールをこぼしていて、そこで一度は混乱してしまった。失敗したかと思ったがやり直して、なんとかうまくいった経験がある。交通の点ではここはロンドンより量的に少ないから、案外、うまく行くかもしれないね」

ホック氏は紐を引かれながらいった。犬のほうは鼻先を一心に地表すれすれに近づけて疾《はや》っていた。

嗅跡は胡同のせまい道に入りこむようなこともなく広い通りを北東に向っていた。通りは外灯がないので暗いが、それでも夜光でかなり先まで見とおせた。家々の黄色い灯火や往来する人々のそばを、犬に引かれた西欧人ふたりと、異様に肥った男が小走りに行くのはきっと変った見ものであったろう。

半哩も行くと空地に出た。犬は空地に入り斜めに突っ切って正面の塀をめぐらせた邸《やしき》に向った。その門の前までくると閉っている扉の前を輪を描いて走りまわり甲高い声で吠えた。高い頑丈な木の門はしっかりと閉まり、奥をうかがう隙もなかった。

ホック氏は赤犬の頭を軽くたたいて落着かせた。私たち三人は反りかえった屋根だけが見える庭の奥の母屋をながめた。

「やつらはこの家だ。だれの家だろう……」

「徐太監の別荘だったとしても不思議はないね」

と、ホック氏がいった。

「やはり黒幕は徐ですか」

「これまでの経過を見てくると、背後の人物はいくつかの条件が当てはまらなくてはならない。宮廷に勢力を持っていること。宝物庫の周辺にいる者。モリアーティを庇護できる者。条件に合致する高官は何人かいるが、張君が調べてくれた宦官の実体を知ったとき、ぼくの関心事は沈太監の後任者がだれかということだった。後任が徐という人物で、それが前身は舟の荷役労働者と聞けば、なにか思い当ることがあるだろう?」

「青帮とのつながりですね」

私は突然、それに気づいた。

「おそらく宦官になる以前から、徐は青帮の一員だったにちがいないね。権力に食いこむ手段の一つとして、宮廷内に送りこまれてきたのかもしれない。この国の中枢部で力を得るためには、みずから男性であることを棄てなければならないが、それに見合うだけの利益があるのだろう……」

「ホックさん、この家へ押しこみましょうか」

横から張警補が割りこんできた。彼は細い目に憤懣やるかたない怒りを充満させて門をにらみつけていた。

「押し破ってモリアーティを今度こそひっつかまえてやりましょう」

と、私もいった。

「待ちたまえ。いたずらに押し入るのは無謀だよ。いずれこの家を訪問することになるが、ひとまず帰ろう。ぼくに考えがある」

私は興奮していたので、その言葉に反対を唱えようとしたが、私より先に張警補が素直にホック氏にしたがった。

「わかりました。棲家を突き止めたことでよしとしましょう」

私たちと赤犬はもと来た道を引返しはじめた。いくらか時間がたつにつれて、血がのぼっていた頭も冷静になってきて、あのまま突入したら、かえって敵の罠に飛びこむようなものであったかもしれないという反省が生じてきた。

「彼等はいまごろ私たちが粉々になっているとでも思っているでしょうな」

張警補がくすりと笑った。そして、

「様子をうかがいにくるでしょう。そして、失敗したと知ると、今度はどんな手を打ってきますかな……」

「その前に今度はこっちが攻勢をかけなくては」

と、私はいった。

「だとすると、早いほうがよろしい」

「相手は屋敷を突き止められているとは知らない。そこがつけ目だね」

と、ホック氏はいった。

「私たちが右往左往して、どこを探したらいいか迷っているとと思っているにちがいありませんな。その隙をつくことです。孫子いわく、兵は拙速を尊ぶ。多少、まずくともこちらに損害が出ては元も子もありません」

私たちは万寿飯店にもどり、赤犬を主人に返した。

「この犬を食料にしてしまうのは気の毒だよ。生かしておけばきっと役に立つ」

ホック氏は主人を説得したが、その説得が功を奏したかどうかは不明である。この国の犬には同情を禁じ得ない。

「子供たちは寝てしまったかな……」

犬を返却したホック氏は階下の一室を提供されている大道芸人の子供たちの部屋をのぞいた。五人の子供たちはかたまりあって寝息を立てていた。

「寝ているところを起こすのは可哀相だが、彼等の力がいるんだ。——高明《カオミン》、猛児《ミンアル》……」

ホック氏は小声で子供たちに呼びかけた。子供たちは寝返りを打って、眠そうに細く目をあけた。そして、戸口のホック氏を認めると、ぱっと上半身を起した。ホック氏の呼んだのは五人の子供たちのなかでも年長の男の子で、ふたりとも本来の自分の名を知らないところから渾名《あだな》で呼ばれていた。日頃の行動や日常の生活からつけられたものであろう。高明は利口という意味であり、猛児は向うみずとか大胆な意である。

そのふたりは何事かとホック氏の前に出てきた。

「手伝ってもらいたいことがあるんだ。やってくれるかい?」

「なんでもやります」

ふたりは言下に答えた。大道芸で酷使されていたころは顔も洗わず垢だらけだったが、ここへ来てからは衣服も清潔になり、髪も手入れしてみちがえるようになっている。高明は十五歳ぐらいで背も高く、うっすらとひげも生えていた。猛児は十二、三で小肥りで背もまだ低い。子供たちを代表して、救出の礼を伝えてきたのは高明のほうである。

ふたりの少年をつれて、ホック氏と私たちは二階の部屋に行った。

「危険な仕事だが、もし、いやだったら断わってかまわない。ある家へ忍びこんで、その家の様子を探ってほしいのだ」

「叔叔《シュウシュウ》（おじさん）のいうことだったらなんだってやるよ」

高明は眠気など吹っ飛んだ目をかがやかせた。猛児も大きくうなずいた。

「家のなかに何人ぐらい人がいるか、間取りはどうなっているかがわかればいい。私たちは外で待っているから、もし、なにかあぶないことがあったら口笛で知らせるといい」

「金のある場所はいいのかい？」

と、猛児がいった。

「バカなことをいうな。われわれは泥棒じゃない。おまえたちの行く家は青帮の頭目の家だ。そこには八達嶺の向うの家にいた客もいるはずだ」

張警補がいうとふたりの少年は身体を固くした。

「青帮だって？」

「われわれはなんとしてでもやつらをやっつけたいのだ。怖いならやめてもいいのだぞ」

「行くよ」

と、高明がいった。

「おれも行く」

猛児も答えた。ホック氏は危険には絶対に近寄らないようにと念を押した。

「さあ、われわれも再度、徐太監の家へ行こうじゃないか。外見というものは、いちばんの偽りであるかもしれないといったのはシェークスピアだったが、徐太監の仮面を剝ぐのも近いと思うよ。ホイットニー君、武器は万一の場合に備えて持って行きたまえ」

私たちは用意をととのえて旅館を出た。ふたたび暗い道を歩いて空地に着くと、ホック氏はふたりの少年に家を教えた。

「あれだ」

「たいしたことないや」

「油断をしてはいけない。時間は三十分としよう。三十分たったら口笛の合図がなくても探しに行く」

「わかった」

ふたりの少年は駈け出した。彼等は塀の前へ行くと、準備運動もなにもなく、猛児の身体が高明の差出した両手にふわりと乗ったかと思うと、次の瞬間にはもう塀の上に立った。高明のほうは猛児が伸ばした手をつかむと、垂直な塀を二歩で駈け上って、ふたりの姿は邸内に消えた。

私たちは全身を耳にして待機した。草むらからやんでいた虫の音が遠慮勝ちにおこりはじめ、それにつられていっせいに鳴声が高くなった。

十分、十五分と時が過ぎて行く。こうしてひたすら待つというのは辛い仕事であった。邸内にはなんの動きもなかった。この時間では大多数の人々は寝に就いていて、往来は絶えていた。

「来た……」

目をこらしていた張警補がいった。塀の上に人の姿が現われ、軽々と地上に飛び下りた。つづいてもうひとり。ふたりは空地に走ってきた。

「叔叔、行ってきたよ」

「よくやった」

「部屋は七つだよ。三つの部屋にあかりがともってい たが、あとの四つは暗かった。家のまわりからのぞいてみたんだ。庭に向いた大きな部屋に男が四人いた。なにやら話をしていたよ。そのうちのひとりは、服はこの国のものだけど、外国人だった」

それこそモリアーティにちがいないと私は思った。彼等はなにを相談しているのであろうか。私たちの無事を知って、次の攻撃の方法でも話し合っているのだろうか。

「住人は四人だけかね?」

「暗い部屋に寝てたかもしれない。見えなかったんだ。なかへ入ろうと思ったけどおじさんたちが待っているだろうと思ってもどることにしたんだ。もう一回、行ってきてもいいよ」

「それには及ばない。これでおまえたちは帰っていいが、その前に内側からそっと門をあけてくれないかな」

「いいよ」

高明が駈けていった。私たちは空地から出て門の前に移動した。すると、門は内側にゆっくりと開いた。

47

ホック氏は高明と猛児をねぎらい、彼等には旅館へもどってもらうことにし、私たちにうなずいた。私たちもうなずき、三人は門内に足を踏み入れたのである。

まず、大木が数本と花壇のある庭があった。庭の一隅には薪が山と積まれていた。その先に平屋建の大きな母屋があった。玄関の二本の柱には漢字を書いた細長い紙が貼りつけられていた。彫刻の枠の入った窓は青色に、柱は赤で塗られ、そのがっしりした造りは紫禁城内の小さな建物によく似ていた。

ホック氏は玄関の扉を拳でノックした。正々堂々と正面から向うと知って、私は腰の拳銃をいつでも抜けるように手をかけた。

しばらくすると足音がして扉の掛金をはずす音がし、宦官ではないふつうの男が顔をのぞかせ、私たち三人が立っているのを見ると声も出ない様子で驚愕に目を丸くした。

「夜分、こんな時間にお邪魔して悪いが、徐太監にご挨拶にうかがった。そう取り次いでくれないかね」

張警補がそれを通訳した。男は金魚のように口をあえがせ、唾を飲みこむと何もいわずに奥へ走りこんだ。玄関の内側はせまい部屋で、壁際に大きな壺、その横に金色の屏風、書をしるした掛軸などがあって、どこからともなく馥郁とした香の匂いがただよっていた。燭台があって、ろうそくの光が陰影を作り出し、外の風にあおられて影が動いた。

奥の扉が開いてあかりを手にした恰幅のいい〝男〟と、そのうしろにふたりの男がついて出てきた。あかりを手にしているのは一目で宦官とわかった。贅をつくした服、前髪を剃り上げた弁髪。しかし、顔にひげはなく尖ったあごと色の悪いくちびる、くぼんだ目、削いだように幅のせまい鼻梁などから受ける印象は、決して好感をもたらすものではなかった。彼は私たちの前に立つと早口にまくし立てた。

「人を訪問する時間ではあるまい、無礼なやつめ。門を破って押し入ったのか。ここをどこと思っている？」

「徐太監ですね？　私たちについては皇太后からお達しがあってお聞きおよびと思います。宮廷の方々への質問の自由をお許しになりましたからね」

「それは聞いた。おまえたちがそのイギリス人たちか。それにしても、これはどういうわけだ。明日、あらためて内廷で会おう」

「それではおそすぎます。この家にもうひとりイギリス人が滞在しています。その男とも話をさせてもらいたいのです」

「どこでそんなことを聞いたか知らないが、イギリス人などこの家にいるはずがない」

「いるのはわかっています。徐太監、あなたについても興味ある話があります。沈太監と呉振立親娘の死は、あなたに責任があるというような話ですが……」

「なんの話か見当もつかないが、そういうのなら話を聞かないでもない。通るがいい」

私はそのとき、徐太監の光った顔に笑うような翳が走りすぎたと思った。あかりのゆらめきのせいであったかもしれない。彼は態度を変えて先に立ち、私たちを奥へ案内した。

「ここならよろしかろう」

そこは奥まった小部屋だった。がらんとしていて調度も家具もない部屋で、中央部に長椅子、それに向き合ってひとり掛けの椅子が二脚あるだけでテーブルもなかった。

「そこへ座るがいい。さて、話を聞かせてもらおう」

彼は私たちに長椅子をすすめ、自分はひとり掛けの椅子の一つに腰を下ろした。男たちふたりはドアの前まで来たが、室内には入ってこなかった。

「徐太監、あなたが青帮の一員であることはもはや明白です。あなた方は熱河故宮で高官を抱きこみ、清朝の秘宝である龍眼池を盗みださせた。しかし、これは取引の段階で失敗し、龍眼池は宮廷に戻された。それはあなた方にとって重大な失敗であり、あなたはそれを取り返すために、もっと大がかりな計画を立てたのです。北京の宝物庫の宝物を残らず奪おうという計画だ……」

ホック氏は言葉おだやかに話しだした。徐は両手を膝の上に置いて背を反らせ、うすい笑いを浮べた。

「熱河におけるのとおなじ方法で、ここでも宝物庫を自由に出入りできる高官の抱きこみを策したのだね。どんな人間も欲には負けると思ったらしいが、沈太監についてはその見通しは甘かった。宮廷内ではなかなか機会もなく、人目についても困るから、あなたは沈太監が帰宅した夜、部下である大道芸人のひとりに太監を呼び出させ、外で会って話を持ちかけた。太監は申出をきっぱり断わったものの、生命を代償とする脅迫を受けたので心が休まらなかった。——あなたはぼくたちが龍眼池を返還したセレモニーのとき、沈太監にもう一度、宝物庫で計画に加わるよう迫った。そのときにはすでに宝物庫にストーン博士の調査している馬俑がすり代えられ、芸人の入った馬俑が宝物庫に納まっていた。沈太監はいくらいわれてもやはり計画に加担することはできないと、あなたのおどしを拒否したのですね。すると、あなたは彼に考えるようにいって何気なくそばをはなれた。番人たちは賭博に夢中になっていて、ふたりが宝物庫に入ったのも気がつかなかった。たとえ、出入りする人間を視野にいれていても、それが沈太監だったらあやしみもしなかった。当然のことですからね。そして、眼前のばくちに没頭して忘れてしまった。ひとつには城内の奥深くに不審な人間が現われるはずはないという強い先入観があったのです。ぼくは西欧の基準で考えてしまうのだが、この国の宮廷には奇異の念と、戸惑いを感じましたよ。二千名の宦官が支配し、その多くが阿片に中毒し、賭博も公然でだれもそれを奇としない……」

ホック氏は一語一語をゆっくりといい、張警補がそれを正確に相手に伝えられるように配慮した。

「……あなたがはなれたあと、馬俑にひそんでいた男が、突然、現われて吹矢で沈太監を射った。青帮は意にしたがわない者に死を、という脅迫を実行したのです。外側から閂をおろして立ち去った。馬俑の男は、そのまま一晩そこで辛抱すれば翌日、ストーン博士のところから来たという者の手で、紫禁城内から堂々と警護の目の前を通って外へ出る手筈だったのです。ところが、あなたにはひとつ手抜かりがあった……」

「それはなんだね?」

と、徐は聞いた。彼は相変らずうすい笑いを口辺に浮べているように私には思われた。

「沈太監はあなたから脅迫されて、それを呉振立に相談したのですよ。彼も沈太監とおなじく国を憂う心の篤い人だった。こういう人たちがたとえ少数でも宮廷内にいるということは、まだ救いになりますよ。呉は心痛した。どうすればこの危機を回避することができるかと思った。皇太后に直接、話すのがいいだろう。だが、早くもあなたは彼の意図を知った……」

「呉は建白書を書いたのだ。それをわしの息のかかっている部下が見て、知らせてくれたのだ」

徐は、はじめて怒りに口をゆがめて、うめくようにいった。

「なるほど。その書類についてはぼくも知らなかった。彼を誘拐したときに、身につけていたのだろうね」

「とっくに焼き捨ててしまった……」

と、徐はいった。

「いずれは彼も殺すつもりだったのだろう。ところが、そのときにはぼくたちの存在が邪魔になっていた。大道芸人がぼくたちに発見されたのでね。どうして彼等がぼくたちにわかったかというと、沈太監のところの阿媽が興行中の彼等のひとり——太監を呼び出しに来た男の顔を知っていたからだよ。あなたはぼくを銃で狙わせたが失敗したので、呉の娘の小玉をおどし、彼女にわれわれを襲わせようとした。しかし、これも失敗した上に、ぼくたちに芸人たちの住家を襲撃させる結果になった。ぼくたちは呉振立をいったんは救出したが、あなたたちと密接な関係にあるイギリス人のために、呉親娘を失う羽目になった。ぼくを狙った銃弾がはずれたからとはいえ、これはわれわれの最大の失点だった……」

徐羅東の口辺には、またうすい笑いがひろがった。

「その通りだよ、イギリスのお方」

彼は私たちをじろりと見た。

「話をしに来てくれたのはうれしいが、これからどうするつもりだね? 漢の到漑《とうがい》の有名な言葉を知らないだろうがおぼえておくといい。飛んで火中に入る虫というのだ。どれだけ頑張っても火に飛びこむ虫のように無駄な努力はやめたほうがいいという警句だ」

ホック氏はかすかに頭を下げて微笑した。

「おぼえておくとしよう。東洋の格言にはなかなか含蓄があるからね」

48

「徐太監、あなたは私たちの話を認められた。この家にいるイギリス人を出してもらいたい」

張警補が強い口調でいった。

「出せといわれてもいないものはいない」

「そうかな。四人で話をしていて、なかのひとりがそのイギリス人なのは、先刻承知しているのだがな」

徐の表情に一瞬、おどろきが走ったが、すぐにもとの顔になった。

「見たのかね?」

と、彼は疑うようにいった。

「そのへんにぬかりはない」

「では、嘘はつけないな。彼はわれわれの義兄弟でな。血をすすって誓いあった仲間だから、われわれとしてもどこまでも保護をし、協力しなければならない。いずれにせよ、あなた方をこのまま帰すわけにはいかないのだが、話ぐらいはさせてやってもよかろう。呼んでやる」

徐は立上った。ホック氏が徐の背に声をかけた。

「そのドアから出ないで呼んでもらいたいね」

徐は振り返った。

「心配かね?」

「この家には四、五人しかいないのはわかっているんだ。わしはおまえたちを全員捕縛するつもりだ」

と、張警補が拳を前に突き出していった。

「人数まで知っているとは、いよいよ抜目がない。張警補は南拳の達人ということも聞いている。しかし、勝敗は最後までわからないぞ」

徐太監はドアをあけた。そして、私たちをもう一度、振り返った。

「たとえば、こういうことも起るのだな」

突然、私たちの腰を下ろしている長椅子の下の床が落ちた。叫ぶ暇もなく私たちは長椅子ごと宙に投げ出された。周囲は暗黒となり、次の瞬間、したたかに私は腰を打ってうめいた。

「ホックさん、ホイットニーさん、大丈夫ですか?」

張警補の声が耳許でして、私は肩をゆり動かされた。

「ああ、大丈夫だ……」

「ぼくはここだ」

と、横からホック氏の声がした。三人は闇のなかで手を探り合った。張警補のふとい腕と、ホック氏の強靱な手が私をつかみ、私は息をついた。腰に痛みがあったが、どこも折れたりしているような様子はない。

「ホックさんも張君も怪我はありませんか?」

「私は猫みたいなものです。こうした際でも受身が役に立ちますからな」

張警補がいった。

「ぼくも運良く怪我はなかった……」

目がいくらか馴れてきた。どこからともなくかすかな明るみがただよっていた。ここは穴蔵のような場所で、高さはおよそ九フィート。広さも九フィート四方ぐらいであった。かすかな明るみは天井に近いところにある横長の小さな窓からであった。

「ホイットニーさん、私の肩に乗って下さい。あの窓の外がどうなっているか見てください」

と、張警補がいった。私はいわれるままに前に手を組んだ張警補を足がかりにして、彼の肩によじのぼった。

「外は庭だよ。ぼくたちのいた部屋はどうやら奥のいちばんはずれらしいね。——十フィートほどはなれたところに樹があって、その横に常夜燈がともっている……」

そのかすかな反映が、穴蔵の明るさのもとだった。

「不覚だった。ぼくは壁ばかり注意をはらって足許を見落としてしまった。なにか企みがあるとは感じていたがね」

ホック氏が舌打ちをした。

頭上で物音がしたので私たちは振り仰いだ。落し穴の戸があげられて、燭台を持った男の顔がのぞいた。忘れられない顔であった。赤い髭が頬からあごにかけて生えている陰険で凶悪で残酷な顔はウィリアム・モリアーティその人であった。彼は穴蔵の底の私たちをのぞきこんで面白そうに笑い声をあげた。

「こうなると手も足も出まいな。たっぷりと礼をしてやる。すぐに殺すのはもったいない。貴様たちが恐怖におののき、のたうちまわるのを見るのも一興だからな。兄の復讐とおれの恨みとを味わうがいい」

彼はふたたび笑うと、手にしていたものを頭上で振った。彼が持っていたのは竹で作られた篭で、なかから出てきたものが、あわてて飛びのいた私たちの足許に音を立てた。

「さそりだ！」

上海でヴィクター・トレヴァーの部屋をはいまわっていたとおなじ醜悪でグロテスクな生きものが、その巨大なはさみを振り立てて、がさがさと私たちの足許に寄ってきた。

張警補がすかさず一匹を踏みつぶしたが、そのとたんモリアーティの顔は引っこみ、ふたが閉じられたので私たちは闇のなかに置かれてしまった。

「気をつけろ、耳を澄ますのだ！」

ホック氏が鋭くいった。暗黒のなかにシュッシュッというかすかな音がした。しかし、その音の方角の見当がつきかねた。さそりは何匹いるのかわからないし、穴蔵にちらばった彼等は、四方から私たちを攻撃してこようとしているのである。

息さえもできない緊張と恐怖の瞬間がすぎていった。私たち三人は全身を神経にして、床の動き、空気のわずかな震動をとらえようとした。外のわずかな光では床は見えない。いくら目をこらしても、暗闇にうごめくさそりを見ることはできないのである。

ピシリッと、空気を裂く音がした。

「払い落したが、死んだかどうかわからない」

ホック氏がいった。そのとたん、私のズボンの裾になにかが触れた。と思った。私は咽喉の奥で声にならない声をあげて反射的にそのへんを払い除けた。冷たい甲殻の感触が指に触れ、醜怪な生きものが片側の壁に当る音がした。かさかさという音が高まった。シュッシュッと、はさみをこする音もそれにまじった。私は周囲がすべてさそりによって埋められているような想いにとらわれ、大声をあげてあばれまわりたい衝動に駆られた。私自身の名誉のためにいっておくが、私は勇気においては人後に落ちないつもりである。相手が目の前にいる人間なら、それがどんなに獰猛《どうもう》であっても戦うことはやぶさかでないであろう。だが、闇のなかをどこから襲ってくるかもしれない何匹かの巨大なさそりでは、有効に戦う方法を持たなかった。

ふっ、と気合のこもった息とともに不快なぐちゃっという音がした。

「一匹、やりました……」

張警補がささやき声でいった。

「あと、三匹だ。音でわかる」

ホック氏がいった。そのホック氏の手許でいきなり火がともった。ハンカチに燐寸《マッチ》で火をつけたのである。その火に床が照らしだされた。おどろいたさそりが急激に床を走る姿が明るく浮き上った。張警補の巨体が左右に跳躍したと思うと、八インチもある巨大なさそりは彼の足許で動かなくなった。

私はほっと安堵の息をもらした。床は五匹のいやらしい生きものの残骸の、はみだした内臓で汚れていた。

「叔叔《シュウシュウ》……」

声がしたのはそのときであった。

49

私たちは声のした方角を見上げた。さっき、私がのぞいた小窓から手がさしこまれ、その手がひらひらと動いた。

「高明……」

張警補が呼びかけた。

「心配で外で待っていたんだよ。いつまでたっても出てこないからさがしに来たら、火の色が動いていたんだ」

「ありがたい。猛児も一緒か?」

「うん。どうしたんだい?」

「不覚をとって落し穴に落ちたんだ」

「この窓じゃ小さすぎてでられないよ」

「よし、ぼくのいうとおりにしてくれ」

ホック氏が張警補を通じて指示をあたえると、高明はわかったといって姿を消した。

「しばらく待つことにしよう」

ホック氏の声にもようやく緊張を解かれたひびきがこもっていた。私たちは虫の死骸をよけて中央に集まった。もうそのときにはホック氏のハンカチは燃えつきて、穴蔵のなかにはきな臭いにおいとけむりが残っているだけであった。

だれもものをいわなかった。新しい緊張がふたたび暗闇の中に生じてきて、私たちは上部の物音を聞き逃すまいと耳に神経を集中した。徐羅東もモリアーティも、私たちを穴蔵に閉じこめ、さそりを放ったことに安心したのか動きもなかった。しかし、そのうちに様子を見に顔を現わすにちがいない。

「なにか声がする!」

上のほうで声高に叫ぶ声がした。つづいて乱れた足音と大声にわめく声がつづいた。それから五分もしないうちに、上部の戸が大きく開いた。ふたりの少年の顔がのぞいた。

「叔叔《シュウシュウ》、快的《クワイデ》!」

高明と猛児がロープを投げ入れた。

「ホックさん、早く!」

張警補がいった。ホック氏はロープをつかんで引いてみたかと思うと、ロープを身軽にのぼりはじめた。

「次はホイットニーさんだ」

ホック氏が部屋にたどりつくのを見て張警補がうながした。そのとき、私はきな臭い匂いを嗅いだ。うす青いけむりが穴蔵のなかにただよってきた。私はロープをしっかりつかむとよじのぼった。落し穴のふちに待ちかまえていたホック氏が私の手を握って引き上げてくれた。

私はとうとう穴から出た。ロープの端は柱にしっかりと結ばれていた。そして、扉の隙間からけむりが部屋のなかに流れこんできていた。

「張君!」

私は張警補がその巨体を引上げるのは容易ではなかろ

うと思ったが、それはまったくの杞憂にすぎなかった。張警補は低い気合とともにロープの中ほどにつかまるや、揺れを利用して壁を蹴り、その反動でロープが振子のようになった瞬間、両足を上にして弧を描いて部屋の床に立ったのである。あまりにもあざやかな肉体の鍛練の成果に、私は一瞬、目をみはったが、すぐに戸口に向った。けむりはいよいよはげしくなり、目が痛み咽喉を刺激した。

猛児が戸をあけた。とたんにどっと渦を巻いたけむりがわれわれを襲った。炎の色が壁に踊っているのが見えた。

「こっちだよ」

高明と猛児は私たちを励ますかのように先頭に立って、背を丸めて走った。もう目をあけていられず私は無我夢中だった。

唐突に私たちは冷たい空気の中に出た。庭であった。窓からもうもうと吹きだしているけむりと火が見えた。私は咳こみ、大きく息を吸った。人心地がようやくついた。

ホック氏は穴蔵で高明たちと連絡がとれたとき、この家にけむりを仕掛けて、火事だと騒ぎたて混乱の際に脱出する計画を指示したのである。

「ちょっとやりすぎた。なにか燃やしてけむりを出そうと思ったら、家に火がついちゃったんだ」

高明はすまなそうにいった。私は思わず笑いだしそうになった。

「こっちまで火焙りになるところだった。これも仕方ないだろうね」

ホック氏は苦笑した。張警補はふたりの少年の頭をなでながら愉快そうにいったものである。

「このほうが一挙に片づいていいかもしれんな。よくやったぞ、おまえたち」

そのあいだにも火勢は次第にもの凄くなってきた。ホック氏たちは急いで空き地へ避難した。夜空に炎の柱を吹き上げて徐太監の別荘は燃えさかっていた。

炎の反映であたりは明るく、火事を知った人々が叫びながら走り出してきていた。おたがいの顔も服もひどい汚れ方であった。

「屋敷の連中はどうしたでしょう?」

私は急にそれが気にかかってきた。徐太監とモリアーティと、ほかの男たちはどうなったのか。穴蔵から私たちが逃げられたくらいだから、いずれどこかに難を避けているにちがいないが、その行方をさがすには、周囲は混乱の度を深めていた。

ひときわ高く炎が中天に舞い、火の粉が発散すると、空地から見えている屋根が音を立てて崩れ落ちた。

「彼等とて火事の原因に不審を持つはずだよ。そう易々と信じないだろう。それにしてもぼくたちの落ちた穴蔵には、先住者がいたらしいね」

「先住者ですって?」

「壁に血痕があちこちにあった。徐太監がこれまでに拷問を加えたり、死にいたらしめた悪業の証拠だよ。われわれも少年たちが来てくれなければ朽ち果てていたかもしれないね。高明と猛児にはいくら感謝してもたりないくらいだ」

ホック氏は白い歯を見せていった。

「屋敷が焼けてしまっては、徐の悪業の数々を実証するのが困難ですな……」

張警補は残念そうにつぶやいた。空地はいまや人々でいっぱいだった。荒れ狂う炎と火の粉、猛煙、なにかがはぜる音、宮廷に巣喰う悪の巨魁の屋敷が断末魔を迎えていた。

「ぼくたちは帰ろうか……」

そう、火事をいつまで見ていても仕方ない。私たちは一団となって歩きだした。あれほど静かだった道が人であふれていた。人々は口々に声高に興奮した話を交し合い、屋敷のほうへ一つの流れを作っていた。

胡同の入口の井戸で六、七人が懸命に水を汲んでいた。手桶に入れた水をはこんで火事を消そうというのであろうが、ほとんど役に立たないのはあきらかである。なかの数人は頭から水を浴びたり、顔を濡らしたりし、ひとりは煤でよごれでもしたのか顔を洗っていた。

ホック氏は足を止める。

「モリアーティ君……」

氏が呼びかけたのは、その井戸にむらがっている人々に、であった。私と張警補は愕然とした。どこにモリアーティがいるのか。

顔を洗っていた男がふりかえった。中国服こそ着ているがまぎれもないモリアーティである。彼はぎょっとして私たちをにらみつけた。次の瞬間、彼は身をひるがえして走りだした。

「待て!」

私と張警補は同時に叫び、彼を追った。今度こそ彼を逃すまいという気持ちは、ふたりともおなじである。長城ではわれわれを銃撃し、爆発物を宿舎に届け、さらには毒さそりを投げ入れた男。その前にはエヴァンズ嬢を人質にとって、恐怖を味わわせた男であり、ホック氏の友人のヴィクター・トレヴァーを殺害した男でもある。殺人では、呉親娘も彼の犠牲になったのだ。

人通りのなかを彼を追うのは容易ではなかった。道にあふれだした群衆の流れのなかにモリアーティは飛びこんだのである。私たちは人々を掻き分け、突き飛ばし、群衆の罵声を浴びながら、遮二無二、モリアーティのあとを追ったのだが、相手は小柄な上に黒っぽい服なのでついに姿を見失ってしまった。

張警補と私は周囲を血走った目で探し、顔を見合わせた。ふたりともこの気温で汗びっしょりであった。

「狗子《グオヅ》！」（畜生）

張警補がいまいましげにいった。

私たちはなおもあたりをあきらめきれずに探し、すごすごと井戸辺《べり》にもどった。ホック氏と少年たちはそこで待っていた。

「この群衆にまぎれて逃げられてしまいました……」

「しばらくは彼も手を出せまい。いずれ組織を再建するだろうが、それまでには、ある程度の時間がかかるだろう……」

私たちは旅館への道をたどりはじめた。歩きながらもモリアーティをみすみす取り逃したのが残念でたまらなかった。北京の闇のなかに消えた彼は、青帮などこの国の裏面にうごめく悪の組織と組んで、必ずよからぬことを企むにちがいないのである。

「それにしても、ホックさん、どうしてモリアーティと一目でわかったのです?」

と、私はたずねた。井戸にむらがり私たちに背を向けていた男たちを、ホック氏と同様に見ていながら、張警補も私もそのなかのひとりがモリアーティなどとは全然気づかなかったのである。

「きわめて初歩的な問題だよ。推理を職業とする者は、ふだんの観察と注意を余すところなく利用できなければならない。ぼくは万寿飯店の厨房でコックたちが顔を洗っているのを見た。ホイットニー君は洗顔をするとき、どうやって洗うね?」

「そうですね、水を手ですくって顔をこすります」

「中国人の顔の洗い方は、顔のほうを動かすのだよ。西欧式の洗い方をしていたのだ、あの男は」

50

異例のことではあるが、早朝にもかかわらず西太后は私たちを謁見するために内廷の花園にある千秋亭に出御《しゅつぎょ》した。あい変らず十数名の侍女、女官、宦官をしたがえていた。

彼女はホック氏の話を聞くうちに烈火のように怒りだした。

「徐羅東をただちに捕らえなさい！」

と、彼女は側近に命じた。

「それからそのイギリス人も探すのだよ」

それから彼女は私たちに目を向けた。

「イギリス人にもいろいろあるものだね。わが国に無理難題を押しつけてくるものばかりかと思ったが、そなたたちはちがうようだ。約束通り銀百両《テール》を遣わそう……」

彼女が目配せすると、李連英が恭々しく盆に乗せた金《かね》をはこんできて、ホック氏に捧げるように差出した。

「ありがとうございます……」

ホック氏は一礼して金を受取った。

「徐が逮捕されたら、始末はこちらでつけるよ。一味の者も同罪だね」

「悪者は彼等ばかりではありません。くれぐれもご身辺をお気をつけのほどを……」

謁見が終ると私たちは禁じられた城をあとにした。もう、この壮大な城にくることはないだろうと思って、私は瑠璃色の瓦や建物を多少の感傷をまじえてながめながら歩をはこんだ。

「張君、もらった銀百両《テール》の半分はきみのものだ。いろいろとあぶない目に会ったりして、大変だったと思うよ」

城外に出たところでホック氏がいった。張警補は滅相もないというふうに宙で手を振った。

「私は職務上の義務を果しているだけですよ。すべてはホックさんの指示にしたがっただけですので、お金をもらういわれはありません」

「きみがいなかったら、ぼくたちは孤立してなにもできなかった。とっておいてくれたまえ。残りの五十両《テール》と、龍眼池を取返したときの謝礼の百両《テール》を合わせて、高明たち五人の子供たちの将来のために、なにかいい使い道を考えてやりたいのだが、どうだろうね、ホイットニー君」

「賛成です。彼等にまともな職業を学ばせるには充分でしょう」

私は即座に答えた。これで百五十両《テール》の使途はきまった。

私たちは旅荘に帰ると、主人にわけを話して少年たちの今後を相談した。旅館の主人は積極的に賛成してくれて、高明を旅館で使うこととし、あとの四人についても責任をもって身の振り方をきめてくれることになった。親兄弟も知らず苛酷な労働に耐えてきた少年と少女には、今後、新しい人生が開けたわけである。

私たちは数日滞在して、その後の推移を見守ることにした。火事のあと、行方をくらましてしまった徐やモリアーティや、そのほかの一味の消息がつかめないことには、私たちは完全に任を果したとはいえないからである。

私はその間にマーガレット・エヴァンズ嬢に事件が解決に向ったことを報告し、彼女と数刻をすごした。そのとき、かねてからひそかに考えていた決意を、ついに彼女に告げたのである。

「きっと、そういうお話があるという予感がしていましたわ……」

彼女は結婚を承諾してくれたのである。私は早速、ホック氏に報告した。すると、氏は多少シニカルな口調でいったのであった。

「恋愛と結婚か。その状態にある男女ほど主観的な存在はないね。ぼくだってストイックな人間では決してないのだが、どうしても理性を優先させてしまうので結婚はしないつもりだ。しかし、きみたちは似合いのカップルになるだろう。――しあわせになりたまえ」

氏は座っていた椅子から立上って、私の両手を握りしめて微笑した。

東廠の長官の王林がやってきたのは、それから二日ののちであった。彼はあいかわらず美々しい服を着て部下を従え、形式張った態度で私たちの前に現われた。

「徐羅東の件について知らせにきた。彼は城外の豊台《フエンタイ》にひそんでいたが、昨日、われわれの手で捕縛した。その際、徐にしたがっていた一味の男一人も捕縛したが、残党とイギリス人は逃亡したので、現在も厳重に探索中だ」

「どうやって発見したのかね?」

ホック氏の質問に、王林は黄色く濁った目を忙《せわ》しなく動かし、意味もなく手をこすり合わせた。

「それは……われわれが手配した人相書を見た者が密告してきたからだ」

「なるほど。それで」

「イギリス人も遠くへは逃げられまい」

「徐はこれから取り調べて裁判ですね?」

王林はまた手をこすり合わせた。彼のしわの多い顔が複雑に表情を変えた。

「それが……皇太后の命で即刻、処刑になった」

「処刑?」

「宦官が市外に出てはならぬという規則がある。それだけでも死罪に値するのだが、今回はそれに加えて重大な罪があるので、まず、徐は、舌と両手の指を切り取られ、自殺を防止されてから両眼をくり抜かれた。死に勝る苦痛を長時間あたえられて、今朝、斬首されたのだ」

「裁判もせずに?」

ホック氏は啞然としていった。私も同様だった。王林は私たちの視線をはねかえすように、傲然と背を反らせた。

「おかしいか? 罪状が明白なのに、なぜ裁判が必要なのだ。無駄ではないか」

ホック氏は嫌悪感をあらわにして、王林をながめた。

「私たちは明日、北京を発つことにします。では、これで失礼」

王林は私たちをにらみ、フンと肩をそびやかすと身をひるがえして出ていった。

「いやなやつだ……」

私は彼等があけ放して出て行ったあとの扉を閉めながらいった。

「王林も徐の一味ではないかと疑いましたよ。あいつも沈太監が呼び出された夜、外出していましたからな」

張警補が腹をゆすり上げるようにしていった。

「あの人物は阿片を吸いに行っていたはずだね。たしかに王林は片時も煙管を手放せないほどひどい中毒だから、阿片窟に行っていたのは本当だと思ったんだ。ぼくの見るところ、ああまでむしばまれていては彼の生命もそう長くはないね」

「この国の法はどうなっているんでしょう」

私は吐き出すようにいった。

「われわれの基準で考えちゃいけない。歴史を振り返っても、常に強大な君主はあらゆるものの上に君臨している。歴史は犯罪と災難の記録でしかないといったのはヴォルテールだが、強大な権力者こそ比類ない犯罪者だ」

ホック氏は愛用のパイプを取りだして葉を詰め、火をつけた。氏の顔のまわりに紫煙がまとわりつき、部屋の天井にゆっくりと上昇していった。氏の視線の先に、窓を通して、明るい初冬の空がひろがっていた。

翌日、私たちは旅館の主人や高明たち少年少女の見送りを受けて、旅館を出発した。高明たちはすすり泣いて、私たちの乗った馬車をいつまでも見送っていた。

北京站《ツァン》にはエヴァンズ嬢が執事のウィルフォードと見送りに来てくれた。エヴァンズ嬢のほうも、あと二日すれば父親の用事がすみ、上海にもどることになっているので、ここでは短い別離にしかすぎない。しかし、私は彼女を強く抱擁し、くちづけを交して、短い別れを惜しんだ。

そして、私たちが客車のステップに足をかけたときである。ひとりの、まだ十歳ぐらいの男の子がホームを駈けてきた。彼は手にした封筒を打ち振りながらキョロキョロ雑踏する乗客を見まわしていたが、外国人として、いやでも目につく私たちを見つけると、息を切らして寄ってきた。そして、ホック氏に、

「おじさんに手紙だよ」

と、彼は手にした封筒を差出した。

「誰からだね?」

「そこで頼まれたんだ。知らないおじさんに」

男の子はそれだけいうと、ぱっと身をひるがえして群衆の中に走りこんでいった。

ホック氏は慎重に封筒の裏表を調べた。封書の上書きはなかった。氏は封をゆっくりと切り、なかの紙片を取り出した。

列車が一ゆれして動きはじめた。私はマーガレットに向かって手を振った。張警補もニコニコしながら片手をあげた。彼女の姿は次第に遠くなった。

「なんの手紙だったのです?」

座席に向かい合って腰を下ろしながら、私はたずねた。

「モリアーティからだ」

氏は手紙を私たちに差出した。いそいで手紙を受け取って開くと、中は乱暴な書体で短い文面があるだけだった。

〝忘るるなかれ　復讐の炎が汝を焼きつくすときを〟

「頭文字《イニシャル》もないですね」

「左利きの男の特徴が出ているじゃないか。それにこんな手紙をよこすのは彼以外にない。ぼくはこの国にいるあいだに、兄と同様、弟のモリアーティと対決しなくてはいけないかもしれないね」

「やつが近づいてきたら、今度こそ息の根を止めてやりますとも」

意気ごんで私はいった。張警補は、客車にモリアーティがもぐりこんでいはしないかというふうに乗客を見まわした。

「彼が態勢をととのえるまでに、多少の時間が必要だろう。この手紙は示威でもあり予告でもあるが、それならこちらも準備万端怠りなくととのえて受けて立とうじゃないか。どうだい、ホイットニー君、張君?」

「やりますとも」

張警補と私は同時にいって、思わず笑顔をみせた。どちらからともなく握手をすると、ホック氏も微笑しながら手を私たちの手の上に重ねた。

列車は川を渡り、楊柳やニセアカシアの植えられている並木道に並行して、緩慢に走っていた。その道を越えたところは一望の高粱畑《コーリャン》だった。冷たい初冬の陽を浴びて、枯れた葉が一面に敷きつめられていた。地平のはてまでつづく畑、宏大な黄色い大地。私はそこにモリアーティの凶悪な顔を想いうかべ、闘志を新たにしたのである——。


本作品の執筆にあたり左記の資料を参考にしました。

『中国近現代史』姫田光義他五氏著。東大出版会。一九八二。

『戴逸主編〝簡明清史〟第一冊』北京。一九八〇。

『辛亥革命史研究』中村義著。未来社。一九七九。

『宦（かんがん）官』側近政治の構造。三田村泰助著。中央公論社。一九六三。

ホック氏・香港島の挑戦

プロローグ

ちょうど一年前の秋、私は東京で英語教師をしている若いアメリカの青年を紹介された。

彼の名はチャールズ・ホイットニーといって、オハイオ州の州立大学を卒業すると、かねてからあこがれていた東洋に職を求め、日本にやってきたのである。銀座裏にあるイングリッシュ・スクールでもらう給料は微々たるもので、世界一物価の高いといわれる東京でマンションの一室を借り生活するのは大変であろうと察したが、故郷の実家は裕福らしく、月々、ある程度の仕送りを受けているとのことであった。

彼は身長一七八センチのなかなかの快活な青年で、来日して日の浅い日本のすべてに旺盛な好奇心を燃やし、見聞するものすべてに貪欲な、それでいてかなりくわしい知識に裏付けされた質問を発し、私をとまどわせることもしばしばであった。

「最終の目標は中国で働くことです。故郷にいたころは中国と日本は共通点がいろいろとあって、日本にいけば中国的なものが理解できるのではないかと考えていました。ところが実際に来てみると大違いなんですね。まして東京ときたらニューヨークなみ。目に触れるのはコンピューター万能の社会です。せわしげに動いている人と車はたしかに異常なほどの活気はありますが、日本の佳きものが次第に失われて行くような気がします。たまに、田舎へ旅行して静かな寺の境内を歩いていると、ぼくのようなアメリカ人でさえほっとするんですよ」

彼と親しくなって、何回目かに会ったとき、苦笑しながら彼はいった。

「どうして東洋――中国に関心を抱くようになったの?」

と、そのとき私はたずねた。

「ぼく自身は生粋《きっすい》のアメリカ人ですが、わが家はイングランドから第二次大戦さなかの一九四三年にアメリカへ渡ったんです。曾祖父《そうそふ》のアーサー・ホイットニーは若いころインドに駐留していたイギリス軍の将校でして、その後みずから志願して中国――当時の清国の上海総領事館付武官として、一八九一年から九九年まで約八年間、現地で過ごしました。アーサーはそこでイギリスの実業家の娘のマーガレット・エヴァンズと結婚して、ぼくの祖父が生れたわけです。その祖父は成人してから貿易商となり中国や日本と商売をしていましたが、やがて第二次大戦で東洋貿易が困難になってきたり、住んでいたロンドンがドイツ軍の空襲にさらされるようになると、家族の身を考えて一家をあげ、兄弟がいたオハイオ州のクリーヴランドに移住したのです。祖父と父はそこで鉄鋼商としてそこそこの成功をおさめて、父はいまもその商売をつづけています。ぼくが東洋に関心を抱いたのは、曾祖父の残した克明な日記を読んだからですよ。それから小さいころ祖父に中国や日本の話をよく聞かされたせいもあるでしょうね。曾祖父の生きた時代は、まさに失われた古き佳き時代で、人間にまだロマンが残っていた時代だという気がします。アーサーは中国で普通では味わえない出来事や冒険に遭遇したのです。もし、関心がおありなら、もういまでは秘密にすべきことはなにもありませんから、その日記をお見せしてもいいですよ」

私はぜひ見たいと答えた。チャールズはそのときの会話を忘れないで、それから一月ばかり経ったころ、故郷から送ってもらったという何冊かの分厚い日記帳を届けてくれた。

流麗な書体で書かれている日記帳の紙はさすがに年月を経て黄ばんでいた。私はつたない語学力を動員して、それを読みすすむうち、次第に惹き入れられたのをおぼえている。

ランプのあかりの下、鵞鳥《がちょう》ペンにインクをつけては筆を走らせている、実際には見たこともないイギリス人の姿を私は思い浮かべた。

あとになってチャールズが、これが曾祖父のアーサーと曾祖母のマーガレットですといって、セピア色に褪せた楕円型の台紙の写真を見せてくれた。そこには立派な髭を鼻下に貯え、勲章が並んだ金モールの軍服に威儀を正して直立している男と、その左隣で椅子に腰をおろしている白っぽいドレス姿のうら若い美女が、かすかなほほえみを浮かべていた。

「老けて見えるけど、まだアーサーは二十八だったんですよ」

チャールズはさらにべつの写真を見せてくれた。これもセピア色になっていたが、このほうは四人の男女が写っている。女はマーガレットで、男のひとりは私服のアーサーとすぐにわかった。また、もうひとりの男は中国人で、まるで力士のような肥った巨漢である。中国特有の長衫《チャンサン》という服を着て、前額部を大きく剃り上げ、髪を長く編んで垂らしている弁髪の姿である。その満月のように丸い顔の細い目で愉快そうに笑っている。

さらに中央のひとりは、他の三人より長身で髭はなく写真で見ただけでも鋭い目を持ったイギリス人であった。年齢は三十五、六歳であろうか、痩せてはいるがバネのような強靱さを感じさせる。

「これが日記に出てくるサミュエル・ホック氏だね?」

と、私はその男を指さした。決して鮮明とはいえない古い写真でも、私にはすぐに見当がついたのである。

「そしてこの巨漢が張志源《チャン・シーイエン》という警補だろう?」

「そうです」

私はほぼ百年前の人々の写真に見入った。彼等が急に現実感を持ちはじめ、身近に感じられた。そう、彼等は実在していたのである。

裏を返すと日記とおなじ書体で、一八九一年十二月、上海サヴォイ・ホテル前庭という心おぼえがしるされていた。一八九一年といえば日本の明治二十四年である。この二年ほど前から日本でも一般向けの軽便写真機という木製の、いまのカメラとは比較にならない大きな箱のようなカメラが売り出されたり、照明用のマグネシュウムが渡来したりして、ようやく写真が一般にも使用されはじめてきたころだが、当時の上海は数段進んでいたはずだから、この写真は本職の写真師ではなく、だれか素人が撮ったものであろう。本職にしてはうまくない。

私はチャールズの曾祖父アーサー・ホイットニーの日記と、私に実在感をもたらした写真をもとに、まず一編の作品を書き上げた。この作品は『ホック氏・紫禁城の対決』というタイトルで上梓されたが、お読みになった方はわかる通り、実はまだ完結していないのである。早く先を書かなければいけないと思いながら、なかなかとりかかれなかったが、ようやくいくらかの時間ができたので、書き進めることにした。それにはチャールズ君のはげましと適切な助言があったことはいうまでもない。

第一部　迷宮の魔道士

1

一八九一年の十一月も押しつまった二十九日の朝は、重苦しい灰色の雲が垂れこめ、暖炉の火が恋しくなるほど底冷えのする日であった。

私は三日前に北京で別れたマーガレット・エヴァンズ嬢を、駅に迎えるために身仕度をととのえていた。早朝の領事館への北京からの電信によれば、北京はきのうから今年最初の本格的な雪であるという。今年の冬は早く、しかも厳しいそうである。

部屋の大きな姿見でネクタイのゆがみを直しながら、私は北京での数々の冒険を思い浮かべた。宏大で壮麗な紫禁城の絶対君主西太后と側近の宦官という中性人間の集団。宝物殿内の殺人、八達嶺《バーダーリン》の万里の長城での争闘、そして、わが敬愛するサミュエル・ホック氏の宿敵というウィリアム・モリアーティと、彼を庇護する暗黒組織青帮《チンパン》の魔手――。わけてもことの発端となった清朝の秘宝龍眼池の発見にかかわる顚末や、巨大な毒さそりの出現などの事実は、私に一生消えないであろう記憶を烙印のように焼きつけている。

その間、私は上海で機械工具類の輸入販売を手がけている実業家エヴァンズ&モースタン商会のヘンリー・エヴァンズ氏のひとり娘である、美しいマーガレット嬢と交際を深め、彼女に求婚した。彼女は商用の父と同行して北京に滞在していたが、三日おくれてきょうの午前九時二十分着の列車でもどってくるのである。

私にとって唯一の気がかり――ちょうど青空の一画に暗雲が生じたように気がかりなのは、私たちが北京站《ツァン》を出発しようとしたとき、使いの少年によって届けられたモリアーティの執拗な復讐の予告文であった。

〝忘るるなかれ　復讐の炎が汝を焼きつくすときを〟

巧妙に逃亡したモリアーティは、どこかから私たちをその蛭《ひる》のような目で盗視していて、上海へもどる私たちへ、挑戦状を送りつけてきたのである。

ホック氏の言葉によれば、ウィリアム・モリアーティはヨーロッパの悪の帝王といわれたジェームズ・モリアーティ教授の弟だという。ホック氏はスイスのライヘンバッハの滝で教授と死闘を演じ、その結果教授は谷底へ墜落して死んだ。凶悪な犯罪者の血が共通しているモリアーティは三人兄弟で、ウィリアムは末弟であるが、彼のほうは東洋にまで触手を伸ばし、清国の政財界に深く根を張っている青帮と手を組んで、あらゆる悪をほしいままにしようとした矢先、ホック氏と清国按察使直属の警察官で中国拳法の達人である〝大飯桶《ターファントン》〟（大食漢）張志源《チャン・シーイエン》警補によって意図を粉砕されたのである。このいきさつには私もいくらかの微力をつくしたことを記しておきたい。私はヴィクトリア女王陛下の軍人として、名誉ある行動をとったつもりである。

私は姿見の前をはなれると玄関に向った。

領事館の玄関ホールですれちがおうとしたカークウッド副領事が、ニヤニヤしながらいった。

「おめかししてどこへお出掛けかね」

「駅へ。一時間で帰ってきます」

「君の愛しい人によろしくいってくれたまえ」

「忘れずに伝えますよ」

と、私も笑いながら答えた。私とエヴァンズ嬢のあいだは領事館内の恰好の話題となっているらしい。

用意された馬車に乗りこむと、私は座席の背に身体をもたせかけた。わずか三日会わずにいるマーガレットに、一刻も早く会いたいという想いが胸をいっぱいにしていたのはわれながら不思議であった。恋というものは、これほどまでに男の感情を奪うものであろうか。彼女と北京駅頭で別れたときから、彼女の明朗で魅力的な品位のある容姿が、絶えず私を捕らえてはなさなかったのである。

振動のはげしい馬車の幌を通して、市井《しせい》の雑多な音と匂いが飛びこんでくる。かまびすしい物売りの声、奇妙に甲高い音楽、大気中を染めているにんにくの匂い、すでに私に馴染みになった音や匂いである。そして、一種独特な川の匂い。その匂いで馬車がどのあたりを通るかわかるように私はなっていた。

私は馬車の窓の被いをめくり、外をながめた。思った通り馬車は黄色く濁った蘇州河に添って下っていた。河岸には拾ってきた古材を打ちつけただけの低いくろずんだ小屋や、板さえもなく棒に破れたむしろを渡しただけの、到底人間の住家とは思えない群落が延々と並んでいる。この寒空に裸の垢だらけの子供や男女が小屋のあいだを動きまわっている。

この群落のもとはいまから三十余年前、清国内をゆるがした太平天国の乱によって流入した難民が作ったもので、一時は五十万人に達したといわれている。その後、上海が貿易港として整備されてくると、今度は各地から職を求める人々が無制限に流入してきて、この一帯に一大貧民地区をかたち作ったのである。

それを左に見ながら馬車は木造の橋を渡り、駅をめざした。駅に着くと馬車を待たし、私は雑踏する構内に足をふみいれた。チョッキにつけた懐中時計を取り出してながめると、九時十七分であった。もし、列車が定刻につくとしたらあと三分ほどであるが、これまでの例からみて清国の列車が定時に到着することは稀《ま》れであるので、私はゆっくりとホームに入った。事実、定刻になっても列車の入ってくる気配はなく、駅員も毎度のことなので のんびりと同僚と話をしている。ホームには私のように到着する列車を待つ出迎えの人々があちこちにかたまりあっていた。

列車は二十分超過して姿を現わした。私は蒸気を吹き出す機関車の横を急ぎ足に歩いて、一等車をめざした。すると、乗降口から走るように降りたマーガレットの父のヘンリー・エヴァンズ氏の姿が見えた。

エヴァンズ氏の態度は奇妙だった。うろうろとあたりを見まわし、改札口に向って小走りに走り出そうとして、そちらへ向う私を発見するや息せききって駆け寄ってきた。氏の顔面が蒼白であることに私は気づいた。

「ホイットニー君、きみに会えてよかった。マーガレットが……マーガレットが……」

そう言うなり極度の緊張状態に耐えきれなくなったのか、ふらふらとよろめいた。私が反射的に氏の身体を押えなかったら倒れてしまったであろう。

「どうしたのです？　しっかりしてください」

私の声にエヴァンズ氏はなんとか立ち直り、目をしばたいた。

「ちょっと目まいがしただけだ。それよりもマーガレットが消えてしまったのだ。すぐ警察に知らせなければならん。ああ、わしのマーガレット」

エヴァンズ氏の気が動顛しているのは明らかであったが、私は氏の言葉の内容に鼓動が止まるかと思われるほどの衝撃を受けた。

「ああ、旦那様、ここにおられましたか。おくれてしまって申し訳ございません」

その声に振り返るとエヴァンズ邸の執事のウィルフォードであった。

「いいところへ来た。きみは客室から荷物をとってきてくれたまえ」

「はい。ご主人様はお加減が悪いのですか？　お顔色が……」

「エヴァンズさんはぼくが見ている。早くきみは荷物を」

ウィルフォードは長身の身体をまるめるように一等客室に走っていった。ともかくもエヴァンズ氏を私は駅構内の待合室に連れこんだ。

「なにがあったのです。マーガレットの身になにが起ったのです？」

私は放心したようになったエヴァンズ氏の肩をゆすり切迫した口調でたずねた。

「消えてしまったのだ。走っている列車から消えてしまったのだ……」

エヴァンズ氏は急に目を見開くとふるえる声で繰り返した。

2

旅行鞄をとってきたウィルフォードはエヴァンズ家の馬車で、私はエヴァンズ氏と領事館の馬車で、ともかくも領事館に急いだ。清国に居住している西欧人の事件を扱うのは領事館警察である。私の見たところ、遺憾ながら清国にはイギリスやフランスのような近代的な警察力はなく、組織的な捜査力にもとぼしいのが現状である。

領事館にもどると、私はただちにヴィクトリア・ホテルに滞在しているサミュエル・ホック氏と、張志源警補にすぐ来てほしいと使いを走らせた。ふたりが来るまでのあいだ、領事館警察をとりしきっている元ロンドン・スコットランドヤードのシンプソン警部と私はこもごもエヴァンズ氏から事情を聞いた。

領事館に来て一杯のスコッチを飲んだエヴァンズ氏は、ようやくいくらか気持が落着いてきたようで、あい変らず驚愕と不安からはさめないまま、次のような奇怪な事実を物語った。

「北京での商用が予定通りすんで、きのうの朝、わしとマーガレットは列車に乗ったのです。上海まではざっと九百二十マイル。丸一日一晩の旅ですから、一等車室に入るとわしたちはくつろいで、わしは書類の整理を、マーガレットは読書をしたり、編物を取り出したりしていましたが、心ここにあらずといった態でした。父親としては娘のうれしさが手にとるように伝わってきて、わしとしてはアーサー君とめぐり合った娘の前途を祝福する気持でいっぱいでした。ともすればアーサー君やホック氏たちが経験したおどろくべき経験談を話し合うことになりましたが、夜ともなるとさすがに疲れ早くやすむことにしました。やがて娘は軽い寝息をたてて眠りにつき、わしはしばらく仕残した書類への記入をつづけましたが、何分ゆれる列車のことで思うようにはまいりません。そこでわしは書類を片づけ、車掌にランプを消してもらい、間もなく寝入ってしまったのですが、このときまでも、また明け方に目がさめたときまでも、格別変った出来事はありませんでした。時計を見ると六時を十五分ほどまわったところで、夜は明けきっておらず、窓の外を見ると寒々とした畑が広がっているばかりで、そこがどのへんかもわかりません。マーガレットも目をさまし、顔を直しに洗面所へ立ちました。娘が出て行ってから、しばらくわしは景色に目をやっておりましたが、そのうちに列車は小さな駅に停車し、二十人ぐらいの乗客がそれぞれ大荷物をかついだり提げたりして降りて行きました。二分ほどで列車はふたたび出発しましたが、そのときになってわしはマーガレットの帰りのおそいのに気づきました。女のことだから念入りに化粧でもしているのだろうと思いましたが、それにしてもおそすぎます。気になって洗面所まで様子を見に行きました。一等車室は全部で六室あって、わしたちが乗っていたのは進行方向にいちばん近い端の車室でして、洗面所にはだれもおらんのです。わしはマーガレットがほかの三等四等の汚い車輛に行くはずがないと思って、一等客室を残らずのぞいてみました。しかし、マーガレットはどこにもいないのです」

「それきりなのですね？」

シンプソン警部がメモをとりながらたずねた。エヴァンズ氏は総毛立ったような顔でうなずいた。

「まさにそれきりなのです。わしは車掌を呼んで全車輌を探させましたが、マーガレットはどこにもいないのです。まるで蒸発してしまったかのように消えてしまったのです」

「唯一、考えられるのは停車した駅で、お嬢さんが下車されたことです」

シンプソン警部が冷静な口調でいった。彼はなかなか信頼できる人物で、上海に赴任する前は、スコットランドヤードの敏腕にして優秀なレストレード警部のもとで働いていた、と私は聞いたことがある。警部の言葉はもちろん私もエヴァンズ氏の話を聞いたとたんに思ったことであった。

「そんな小駅に娘が降りる理由はありません」

と、エヴァンズ氏ははげしく頭を振った。

「もちろん、自発的に下車されたとは思えません。強制的という場合もあるわけですからね」

「では、何者かに誘拐されたとおっしゃるのですか？」

「断定はできませんが、ただちにその駅に係員を派遣し、列車の車掌などにも当ってみましょう。ところで、その駅ですがなんという駅か名前はわからなくとも、停車した時刻がわかれば見当がつきます。時刻を思いだしてください」

「先程、申し上げたように六時十五分の時計を見たのはおぼえております。それからしばらくしてからですから……そう、大体六時半ごろでしょうか」

「九時二十分着の列車は二十分おくれて到着しましたから、六時半とすると約三時間前です」

と、私はいった。警部は大きな地図を持ってきた。

「時速はほぼ二五哩《マイル》だから三時間でおよそ七五哩走ることになる。無錫《ムーシー》は大きな町だからそこを出たのちというと、上海から約七〇哩の地点に碩放《イエンファン》という小駅がある。このへんではないかな。すぐに周辺を捜査させましょう」

警部は部下に指示をあたえるために大股に部屋を出て行った。それと入れちがいにサミュエル・ホック氏が張志源警補の巨体と並んで入ってきた。

いつもは陽気な張警補も使いの者から大体の事情を聞いたとみえ沈痛な表情をしていたし、ホック氏もきびしい表情をさらに引き緊めていた。ホック氏は無言でエヴァンズ氏の手をとると、がっしりしたてのひらに包みこむようにしばらくはそのままの姿勢でいた。それから同情をこめた目差しでエヴァンズ氏にやさしくいった。

「さあ、最初から話してください」

エヴァンズ氏はシンプソン警部に語ったことを、ふたたび話しはじめた。内容は私の聞いたのとまったく同一で、食い違いや新たにつけ加えたものはなかった。

聞き終るとホック氏は愛用のクレーのパイプをくわえ、私のほうを灰色の瞳でながめた。

「ホイットニー君、きみにとってもショックだったろうねえ」

私はうなずいた。駅でエヴァンズ氏と会ったときから今まで、私の心にはマーガレットに対する不安と心配が渦を巻き、自分では冷静にならなければいけないと思いながらも、身体を焼く焦燥でじっとしていられない気持だったのである。

「マーガレットは連れ去られたのだろうか」

ホック氏に聞けば何事もわかるかのように、私はすがりつく気持でたずねた。

「エヴァンズさんにはお気の毒だが、その可能性を否定できないね」

彼は私をみつめながら残酷な宣言を下した。

「一体、だれが……」

「もちろん、北京の駅頭でわれわれに脅迫の手紙をもたらした人物だよ」

「モリアーティ……卑劣な。マーガレットは無関係じゃないか」

「方法をえらばぬのがあの男とその兄弟のやり方だ」

「彼女の生命に危険はおよばないだろうか」

「ぼくの考えではいまのところ、危険はないと思う。モリアーティの狙いは彼女を囮にしてぼくをおびき出すことだからね。——エヴァンズさん」

突然、ホック氏はエヴァンズ氏に向き直った。わずか数時間でこんなにも人相が変るかと思われるほど、エヴァンズ氏の顔には苦悩と焦燥によるやつれが出ていた。彼は椅子の背に身体を埋め、両手で頭を抱えこんでいたが、名を呼ばれてだまったまま顔を上げた。

「すみませんが、もう一度、お嬢さんの失踪時の話をしてくれませんか」

「そういわれても、いまお話した以外にお話することはありませんが……」

「おなじことでも結構。繰り返してください」

エヴァンズ氏は不思議そうな目をしたが、話をはじめた。多少、表現のちがいはあっても、内容はおなじである。

「……こんなところですが」

話し終るとエヴァンズ氏はほっと吐息をついた。

「その小さな駅で二十人ぐらいの乗客が下車したのを、あなたは見ていたのですね？」

ホック氏がたずねた。

「ええ。手持無沙汰でしたからね。いずれも汚い身装《みなり》の男や女が、大荷物を抱えたり背負ったりして出口に向って歩いて行くのをぼんやりながめていたのです。なかには籠ににわとりを入れたり、縄であひるの首をしばって二、三羽ぶら下げている者もおりましたよ。汽車に乗るたびに彼等はどうして生きた鳥などを何羽も車内に持ちこむのかと思いますがね。あれでは車内が不潔になるばかりです」

「その下車した客のなかにマーガレットさんがいなかったことは確かですね」

「いればどんなふうであってもすぐわかったでしょう」と、エヴァンズ氏はいった。「父であるわしが見逃すはずはありません。もっとも列車の反対側に降りればべつですが……」

「それはシンプソン警部が調べてくれるでしょう。こういう事態になった以上、ぼくとしても安閑としているわけにはいかなくなったようだ。ホイットニー君、くるかね?」

「どこへでも」

と、立上りながら私はいった。

「駅へ行ってみよう」

ホック氏がそういったとき、シンプソン警部が彼にしては興奮した様子で入ってきた。

「ホックさん、あなたへの脅迫状です」

3

警部は手にした白い封筒を差し出した。

「いま、入口にこれが落ちていたのです。表書《おもてがき》がないのであけてみると、なかはあなたあての手紙でした」

ホック氏は封筒を受取ると、注意深く表と裏をあらため、なかから二つに折り畳んだ紙片を取り出した。

忘るるなかれ　復讐の炎が汝を焼きつくすことを
前にも見たことのある特徴のある書体だった。ただ、北京駅で渡されたものとちがうのは、上面にS・Hへというホック氏の頭文字が書かれていることであった。

「正面玄関には常時、ふたりの警備兵が立っております。私はすぐにそこを出入りした者について問い訊《ただ》したのですが、ホックさんと張警補が入ってからは、だれも外来者はいないというのです」

「もし、封筒が落ちていればわたしらが当然気がつきますな」

と、張警補がいった。

「一体、だれが投げこんでいったのでしょう」

シンプソン警部は首をかしげた。私としても警備兵の目を盗んで怪しい者が館内に入ることは考えられない以上、封筒の出所は謎であった。

ホック氏のほうは紙片をもとのように封筒に納め、

「これはぼくが預かっていてもいいですか?」

と、聞いただけだった。

「結構です。私は怠慢な警備兵を訊問してやります。これでは領事館がなんのために警備されているのかわからない」

警部は憤然といった。

「おそらくそれは無駄でしょうよ。とにかくぼくたちはこれから駅へ出かけます」

ホック氏がそういうなり歩きはじめたので、私はそのあとを追った。張警補はエヴァンズ氏やシンプソン警部に、両手をゆるやかな袖に入れて頭を下げると同時に、その手を目の高さまで持って行く中国人独特の挨拶をすると、巨体をゆするようについてきた。

「手紙はモリアーティだね。マーガレットを誘拐して脅迫状を大胆にも領事館に置くとは、われわれのみならず大英帝国への重大な挑戦ですよ」

私は馬車に乗るなり我慢しきれずにいった。

「それほど大袈裟に考えなくてもいいよ。ぼくたちが館内に入って、エヴァンズ氏の話を聞き終るまで約三十分。その間、玄関に出入りがなかったという警備兵の言葉が真実なら、消去法で答は一つしかないじゃないか。つまり、手紙を玄関に落したのは領事館内の者さ」

「なんだって?」

「モリアーティの背後に青帮という組織が存在していることを、常にわれわれは念頭に置いておくべきだよ。青帮がこの国の政界、官界、経済界をはじめとする各層に浸透しているのを思い出すことだ。大実業家で慈善家として知られている人間が、裏では組織の一員として悪をほしいままにしている例もあると聞いた。領事館内にも息のかかった人間がいても不思議ではないじゃないか」

「それとわかっていたら、どうして警部にいわなかったのですか?」

と、私は思わず高い声でいった。

「壁に耳ありだよ。相手の手の内を知って、こちらがそれを利用するのも作戦の一つだ。モリアーティはマーガレットさんを抑えれば、必ずぼくが出てくると思っている。出てきたところを一挙に葬ろうというつもりだ。ぼくは挑発に乗るつもりだよ」

もともときびしい顔をしているホック氏の表情から私はなんの感情も汲みとれなかった。鷲のような鼻、強く結ばれたうすい一文字のくちびる。頬からあごにかけての意志的な鋭い線は常と変らなかった。

「でも、それではみすみす相手の掛けた罠に飛びこむようなものではありませんか」

「きみにしても最愛の人を取りもどすなら、危険に飛びこむのではないかね？」

「もちろんです。マーガレットを無事に取り返すためならどんなこともいといません」

「ぼくにとってもモリアーティの一族はどうしても倒さなければならぬ敵だ。いわば一族との闘争は宿命的でさえある。ようやく兄を倒したが、それで終りではなかったのだ。悪魔はこの世にいないにしても、悪魔のような人間はいるからね。そうした人間を法律がいかんともしがたければ、正義の代弁者として立向う者がいなくてはならないよ」

口調は淡々としていたが、ホック氏の決意はその言葉から充分にうかがえた。だまって聞いていた張警補は、半ば眠ったように重い瞼を閉じていたが、そのとき二度三度、我が意を得たりというふうにうなずいた。

やがて私たちは上海站（駅）前についた。馬車を待たせておいて、私たちはうすぐらい構内に入った。大きな荷物を抱えた男女が、板の長椅子に腰かけ、腰かける場所のない多くの者は地面に座りこんでいた。ある者は大声でしゃべり、ある者はじっとうつむいている。エヴァンズ氏の話にあったように、あちこちに生きたあひるやにわとりを籠につめこんだまま、列車の出発を待っている人たちがいた。喧噪《けんそう》のなかを走りまわる子供や、泣きわめく赤ん坊の声が、いっそう喧噪を際立たせており、さらに構内にまで入りこんできては大声で饅頭《マントウ》や煎餅《チエンピン》、焼餅《シャオピン》といった食料を売る物売りがまじって、構内は巨大な蜂の巣にでも入ったかのような反響がこだましていた。

「張警補。通訳をしてくれたまえ」

ホック氏はそういうと改札口の前に立っている駅員に近づいた。

わがイギリスが資本と技術を供与して鉄道を建設してから、清国内にも洋風の方式がごく一部に定着しかけていたが、鉄道と船舶はまずその先端的なもので、駅員の服装などもそのひとつであった。青いダブダブの上衣とズボンは身体に合っていず、頭に乗せた大きな、ひさしの突き出た帽子は、なにか妙なかぶり方だったが、その帽子の両側から、西欧人が多少、揶揄《やゆ》的かつ侮蔑《ぶべつ》をこめてピッグ・テール（豚尾）と呼んでいる弁髪の編んだ毛が背中まで垂れ下っているのは、われわれの目から見ると一見奇妙に思えた。

その駅員は鼻下に細い垂れた髭を生やしている中年の男であったが、ホック氏やわれわれが近づくのを見ると、好奇と警戒と緊張のまじった目をあげた。

「このひとに九時二十分着の列車が到着したとき、改札口にいたかどうか聞いてくれたまえ」

と、ホック氏はいった。

4

張警補が身分を明かすと、駅員は恐れ入ったように低頭し、無意味な笑いを満面にうかべた。私にとっていつまでも不可解で理解できないのはこの笑いである。彼等は内心どう思っていようと、表面は笑うことができるとしか思えない。

「ずっといたといっています。早朝七時から正午まではここを動かないそうです」

と張は駅員の返事を伝えた。

「ではその列車に外国人は何人ぐらい乗っていたかね?」

駅員は私を指さした。

「この方は乗客ではありませんが、乗客の病気のような紳士をお迎えに来ていました」

エヴァンズ氏の取り乱しようは、彼の目に病気のように映ったのであろう。ホック氏はうなずいた。

「ひとりだけかね?」

「いえ、一等車にはかれこれ十人ぐらいの方が乗っておられました。わたくしはものおぼえがいいのが自慢ですが、三つ四つの女の子の手を引いた若いご夫婦の方と、病気らしくうつむいた十七、八の少年とその少年を抱えた父親、それにその方とご一緒の男の方ふたり。このふたりは中国人です。それからやはり中年の男の方ふたりです。そうです。まちがいありません。全部で外国の方が八人。中国人がふたり。この方がお迎えにきた方もいれてです」

彼はいかにも記憶のよさを自慢するように、今度の笑みは得意な表情に変った。ホック氏は駅員の顔をじっとながめ、うなずいた。

「ありがとう。よくおぼえていてくれた」

駅員はうれしそうにピョコピョコと頭を下げた。

「今度は車掌に会ってみよう。それから列車がまだ上海にいれば、車室ものぞいてみたいのだが」

「聞いてみましょう」

それに対する駅員の返事によると、エヴァンズ氏の乗ってきた列車は機関区に回送され、明朝まではそこに止まるはずだということであった。車掌の行方は弁事処で聞かないと自分にはわからないという。

構内の弁事処に行くと、すでに領事館警察の趙《チョウ》刑事が来ていて、当事者の車掌を訊問しようとしているところだった。

車掌は二十二、三の若い狐のように尖ったあごと釣り上った目の若者で、緊張のためかコチコチになっている。

「さあ、おまえ、気がついたことを全部思いだすんだぞ。行方の知れなくなったお嬢さんは知っているな？」

趙刑事は私たちと挨拶を交すと威丈高《いたけだか》に車掌にいった。

「知っていますとも。わたしは一等客車の受持ですから、旅行中、何回かお茶などをはこびました」

「お嬢さんの父親から変事を知らされたときの事情をくわしく話してみろ」

車掌は順序を整理するふうに、わずかなあいだを置いて話しだした。

「列車の編成は機関車の次が荷物車、その次の二輛目が一等客車で、一等はこの一輛きりです。早朝にお茶をおくばりして、やれひと休みと荷物車のうしろにあります車掌室におりますと、あの紳士が駆けこんできて、娘の姿が見えなくなったので探してくれとおっしゃったのです。一瞬、列車から転落したかと思いましたが、紳士と一緒に各車輛の乗降口を点検してそれが杞憂とわかりほっとしました。乗降口の扉はいずれも内側から掛金が下ろされていたからです。わたしは十輛編成の最後尾まで紳士とくまなく探しましたが、お嬢さまのお姿はみつかりませんでした。途中で下車されたのでなければけむりのように消えてしまったとしか思われません」

「きみは一等の車室をすべて調べたのかね？」

と、ホック氏が聞いた。イギリスから輸入された列車は一等車だけがコンパートメントになっていて、進行方向右側に通路が設けてある。客車によって隔室ごとに乗降口があるものもあるが、エヴァンズ氏の乗っていた客車は前部と後部が乗降口の型式のものであった。

「はい。一応、窓越しにのぞきました。早朝なので、まだやすんでおられる方もおられましたので、そうした客室に入るのは遠慮いたしました。それに、ガラス越しにのぞけば見えますので」

「どの部屋にどんな人物が乗っていたね？」

「一等車はたいてい外国の方ばかりです。まず、前部の部屋にあの紳士とお嬢さまでした」

ホック氏は手帳を出して、それをしるした。

「二番目が空室で三番目に西洋の紳士がふたり。四番目が小さい女の子をつれたご夫婦。五番目が空室で、いちばん後尾の六番目に三人の男の方でした」

「六番目の男たちはたしかに三人だったかね？」

「え？　前の夜にお茶をおはこびしたときは、西洋の方ひとりと中国人がふたりでしたから、たしかに三人……いや、待ってくださいよ。わたしがのぞいたとき西洋人の方は目をさましていて、わたしに行けというふうに手を振られたのですが、その横で毛布をかぶって寝ている方がいて、前の席に……あ、四人です。たしか、三人だったはずですのに」

車掌はびっくりして目をまるくした。

「ホイットニー君、改札口の駅員がいった十七、八の少年は見当らないようだね。マーガレットさんは六番目の車室に引きずりこまれ、少年として堂々と改札口を通っていったのだよ」

「では、この上海で?」

「エヴァンズ氏は動転していたし、娘がほかの車室に入ったとは考えおよばなかったのだろう。まして、男ばかりの車室をのぞけば、そんなところにいるはずがないと思ってしまったのだ。エヴァンズ氏ときみが駅で話をしている間に人混みにまぎれて彼等は出ていってしまったのだね。あの混雑ではそれも容易だったろう。マーガレットさんは、抵抗もした様子がなく、抱きかかえられるように改札口を通っていったというから、なにか薬のようなものを嗅がされたか飲まされて自由意志を失っていたにちがいないね」

ホイットニーは車掌に向き直った。

「その西洋人だが、ぼくよりもはるかに背が低く、しかも小肥りで頬からあごにかけて髭を生やしていなかったかね?」

「たしかにおっしゃる通り、わたしとおなじくらいの背の方で、しかもいくらか肥ってらっしゃいましたが、髭はございませんでした」

「じゃあ、年のころは三十そこそこかね?」

「いえ、よくはわかりませんが四十にはなっていたろうと思います。お茶をはこんだときわたしを見た目がたいそうこわい目でした。でも、チップは応分にいただきましたが……」

「一緒の中国人というのは?」

「ふたりとも金持らしく立派な服装をしておりました。しかも、痩せた身体つきといい顔といい、とてもよく似ておりまして、一度か二度ではどちらがどちらかといわれても答えようがないほどなのにびっくりいたしました。あれは双子にちがいありません。年のころは三十ぐらいでしょうか。一言もわたしにはしゃべらなかったので声はわかりません」

「なかなか参考になったよ。趙君、ぼくの質問は終った。あとは委せますよ」

趙刑事は立上りながら気がかりな声でたずねた。

「するとお嬢さんは三人組の男によって誘拐されたのですね」

「そういうことだね。駅前にたむろしている黄包車《ワンパオチョ》(人力車)や馬車《マーチョ》の車夫などを当ってみてくれたまえ。

その四人連れをみかけた者があるかもしれない。それから念のために、おなじ一等車内に乗り合わせた人たちについても調べたほうがいいだろうね」

「早速、そういたします」

趙刑事はパッと明るくなって答えた。

「このことはシンプソン君にも早く知らせておいたほうがいい。何十哩もはなれた駅の捜査で時間を無駄にさせては気の毒だ」

「はい」

と、刑事は一礼すると足早に出ていった。

私は行きかけたホック氏にうしろから話しかけた。

「ホックさんは最初からマーガレットが上海で下車したと思われたのですか?」

「エヴァンズ氏は駅で下車した乗客を結構よく観察していたからね。娘がなかにいればすぐわかるはずだし、子供ではないので荷物にみせかけてかつぎ出すのも無理だ。列車の反対側に降りる可能性はあったが、多分、ぼくはコンパートメントのどれかにかくされていたのだと思った。いまの車掌の言葉で扉がみな内側からかかっていたというので、それがはっきりしたがね。小駅で外国人が下りれば必ずだれかの目を惹いてしまうことを考えると、どうしても無理だと思ったのだよ。この国では上海や北京、あるいは厦門《アモイ》、広東などといった港湾都市を除けば、西欧人はひどく目立つからね。あの車掌の観察眼もなかなかすぐれていて、ぼくがモリアーティについて髭とか年齢とかのちょっとした鎌をかけたことを否定して、みるべきものはみていたから、ぼくは彼の言葉を信用したのだ」

マーガレットがいまこの瞬間、どのような恐怖にさらされているかと思うと、私の焦燥は限界に達していたが、いまここで冷静さを失ってはならないと思い返し、たぎる胸を押さえた。

数歩、行きかけて、まだなにやら車掌と話をしている張警補を待ち、列車が回送されている機関区を訪れることにした。その張警補はなかなか出てこなかったが、ようやく私たちのところに来た彼の、いつもは茫洋としている顔が妙に緊張しているのに私は気がついた。

5

「モリアーティらしき男と一緒だった双子と思える男について、ちょっと心当りがありましてな。広東省で一年前に要人の暗殺が相次ぎました。犠牲者はいずれも鋭い刃物で咽喉を掻き切られ、残忍にも手足を板に釘で打ちつけられて発見されました。犯行は青帮《チンパン》の組織によるもので、犯人は瘋狗《ファンゴオ》と呼ばれて恐れられている双子の殺し屋と聞いております。瘋狗とは英語で狂った犬《クレージー・ドッグ》のことですな。もしかしたらそのふたりではないかと思えるのです」

「狂犬だって？」

と、私はおどろいていった。

「左様。凶悪で人間の心を一片だに持っていない血に狂った男です。姿かたちがそっくりで、肉親さえも見分けがつかないということですが、ふたりは特におたがいを似せあっている節もあると、わたしは推察しました」

「なぜです？」

「片方が目撃されて、警吏がのちに彼のいる場所を突きとめ逮捕したとします。だが、事件の起きた時間、まったく別の場所にいて多くの目撃者の前にいることが実証されてしまうのです。警吏にはどちらが事件にかかわっていたか、目の前の人物が双子のどちらかわからないという始末です。逮捕した男はそれで釈放です」

「拘束しておくことはできないのかね？」

と、私はいった。張警補は一瞬、悲しそうな顔をした。

「おそらく按察使の上のほうにいる人物に青帮の息がかかっているのでしょう。この国は阿片と賄賂で腐敗しきっておりますからな」

張警補の想定している人物が凶悪な双子なら、その手中に落ちているマーガレットは、はたしてどのような状況にいるのであろうと思うと、私はただ暗然とするばかりであった。

「そのような殺し屋とモリアーティが組んでいるとすれば、ぼくを狙う彼等も用意おさおさ怠りなしというわけだね」

ホック氏の口調はたとえ内心なにを思っているにしてもふだんと変りなかった。

私たちは弁事処で機関区に案内を頼み、駅員のひとりが案内役となって、半哩ほどはなれた機関区におもむいた。

問題の列車は到着後ここに回送され、翌日の出発を待つあいだに点検を受けるようになっており、引込線のひとつに停っていた。機関車ははずされていたが、客車は到着時の編成のままである。

私たちは一等客車にのぼった。こういう際でもおどろくことは、張警補の巨体に似合わぬかろやかな動作である。客車のステップはここでは地上から三フィートを超える高さになるのだが、ホック氏と私でさえ足がかりを探してなんとかよじのぼったのに、張警補はおおよその高さを目測したかと思うと、長衣の裾をひるがえしてあざやかにステップのいちばん上に跳躍したのである。

私たちは車室を一つ一つ調べていくことにした。最初は車内に入ったすぐの、さきほどの車掌の言葉による後尾の六番目の部屋、すなわちモリアーティと思われる男の三人組の車室であった。

ホック氏はインバネスのポケットから大きな拡大鏡を取り出すと、私たちの存在を忘れたようにかがみこみ、シートを調べ、膝をついて床を綿密に調べた。

「ホイットニー君、これを見たまえ」

床から指先でつまみあげたものを、ホック氏は私に差出した。それは一本の金色の髪の毛であった。

「マーガレットのものです」

と、私はいった。きっと、車室内に引き摺りこまれたときに落ちたものであろう。

ホック氏はさらにシートの下を調べ、なにかを指先でこすって匂いを嗅いだりしていたが、ようやく立上るといくらか残念そうにいった。

「ほとんど掃除されてしまっているね。掃除の仕方が雑だったので、収穫は髪の毛一本とモリアーティの存在を裏付けるこぼれた刻みたばこの粉だけだ。ぼくはたばこやその灰の鑑別について百四十種の比較論文を書いたことがあるが、落ちている粉はイギリスのものだ。ありふれたシャグたばこだが、上海では共同租界でしか売っていない」

「モリアーティが愛用しているのだろうか」

「おそらくね。たばこを吸う習慣のある者は無意識のうちに、いつか手にパイプを持っているということがある。ぼくにしてもそうだ。これで彼の性癖の一つがわかったが、たばこがなくなればきっと本人ではなくとも店に買いに現れるだろうね」

「ではその店を監視していれば、手がかりが得られるかもしれない」

「しかし、それは迂遠な方法だよ」と、ホック氏はいった。「相手は買い溜めをしているかもしれないじゃないか。それよりも彼等の狙いはぼくにあるのだから、待っていれば必ず次の指示がある。ぼくはいまのところ、なにもする気はないね」

私たちは次々と車室を調べたが、掃除の終ったあとではなにも収穫はなかった。

私たちが領事館にもどったのは午後二時をすぎていた。もう二時かという思いと、まだ二時かという想いが私の心に交錯した。長い一日になりそうだった。事件発生を私が聞いてからまだ五時間たらずしかたっていないのである。

領事館内のシンプソン警部の部屋がマーガレット誘拐事件の対策本部室となり、私たちが帰ったときはパーキンス領事をはじめ、主だった人々が詰めかけて協議しているところだった。

「趙刑事から話を聞いたので、碩放《イエンファン》への派遣は取り止めました。今後どのような対応をとるかについて協議していたところです」

シンプソン警部はデスクから立上ってきていった。

「脅迫状のことは聞いたよ。君の身辺を守るために常時、警護をつけることにしたいと思うのだがね、ホック君」

パーキンス領事がいった。

「お申し出はありがたいが、いまのまま自由に行動させてほしいですね。あまり厳重ですとかえって事態の解決をおくらせることになります。隙を見せて相手が近寄ってくるところを叩かねばなりません」

「聞けば相手は凶悪な奴等だぞ。きみひとりで立向うのは無理だ。万一のことがあったらマイクロフト氏に顔向けができん」

マイクロフト氏とは本国の高官で、ホック氏の身許保証人であると同時に、ホック氏が志しているチベットへの探検費用や滞在費などを出している人物である。

「ぼくにはホイットニー君と張警補がついていますよ。ふたりとも信頼できる人物です」

と、ホック氏は丁重だが断固たる調子で警護を固辞した。

「ふむ。そうまでいうなら好きなようになさるがいい。しかし、なにかあっても知りませんぞ」

パーキンス領事は不承不承にいった。

「もう一つ、重要な問題を協議していたのですよ」と、シンプソン警部は片眼鏡《モノクル》が似合いそうな端正な貴族的な顔をくもらせていった。「例のあなたへの脅迫状のことです。警備兵の目を盗んで玄関に入れないことがはっきりした以上、内部の人間によるものだという確信を抱かざるを得なくなりました」

「そう思っていましたよ。言わなかったのはこちらが逆に監視して、出方を見ようと思ったからです」

「そうでしたか。でも、館内の人間をひとり残らず徹底的に調べることにしてしまいました。現在、ここにはイギリス人が十一名。清国人の使用人が領事館警察の刑事からコック、ボーイ、それに清国側との折衝や清国内の内情分析の顧問まで含めると三十五名。計四十六名おりますが、そのなかのひとりが青帮への内通者であるとすると、今後の活動まで支障を来すことになりますのでね」

「仕方ないでしょう」

と、ホック氏はうなずいた。

あとになって調査をしないほうがよかったとホック氏がいったが、私はそのときは清国の方針に賛成する気持が動いていた。いったい、だれを信じていいのか自分の国のなかにいるような領事館内での疑心暗鬼に耐えられそうもなかったからである。

6

十一月二十九日は正に長い一日だった。

朝、九時四十分にヘンリー・エヴァンズ氏からマーガレットの失踪を聞かされ、ホック氏に脅迫状が届けられ、私たちが列車の車掌や車室を調べたりしているうちに、早くも日が暮れはじめた。

この間にシンプソン警部は迅速な指令を次々と発して、捜査を開始したものの上海の雑踏にまぎれこんでしまったマーガレット嬢の足取りをつかむには至らなかった。

私としてはそれも無理からぬこととは思いながら、一分一秒の経過とともに焦りは深まるばかりであったが、いかんともしがたくじっと耐えているより方法がなかった。しかし、この瞬間にも愛するマーガレットが悪人どもの手によって、どのような苦痛と恐怖を味わっているかと思うといても立ってもいられず、いたずらにデスクを叩いたり爪を嚙んだりするばかりであった。

午後六時にシンプソン警部は領事館の使用人三十五人をひとりずつ取調べる作業に入った。と、いっても領事館警察の職員のなかには趙刑事のように捜査活動に従事していて帰館していないものもいるので、当面はコックやボーイなど館内にいるものからはじめることになった。

もともとイギリス領事館が現地人を雇うときは確かな身許であることを条件としているから、あやしいものがまぎれこむはずはない。しかし、だからといって安心していられるものでもなかった。わがイギリスと清国とのあいだに起きた阿片戦争やその後の太平天国の乱によって、清国内は常にどこかで暴徒が騒ぎをおこしたり、地方には匪賊が跳梁したり、〝扶清滅洋〟を叫ぶ過激な輩が、イギリス人やフランス人を暗殺しようとうごめいている情勢であった。彼等は私たちを『洋鬼子《ヤンクイズ》』と呼び蛇《だ》蝎《かつ》を見るように忌み嫌うのである。

これらの騒乱に対して清国政府は効果的な手段を持たず、紫禁城に君臨する西太后は自国の海軍建設費を使ってまで、北京万寿山の離宮「頤和園《いわえん》」の再建をしたりした。だれの目からみても、清朝の体制はゆらぎつつあった。その弱体化に乗じて北方からロシアが清朝発祥の地である満州をうかがい、イギリス、フランス、アメリカなども開港場となった沿岸のいくつかの街に治外法権の租界という進出拠点を設けている。国の弱体化は悪人の跋扈《ばっこ》を許し、紅帮《ホンパン》と青帮《チンパン》という二大暗黒組織をふくれあがらせる結果にもなったのだ。

シンプソン警部が館内の内通者を取調べるあいだ、私たちは夕食を終り、館内の一室で事態の検討にとりかかったが、まだ、ろくろく話もしないうちに、廊下のほうで騒がしい足音や声がしたので、私はドアをあけてのぞいてみた。

「どうしたのだね?」

通りかかったのは庭師の王という初老の男だった。

「ボーイの楊《ヤン》、きゅうに死んだあります」

彼は顔色を変えていた。廊下に出てきたシンプソン警部が私を見ると残念そうに両手を広げた。

「楊のやつ、毒を飲みおった」

「毒を?」

「訊問中にそわそわしはじめたと思ったら、突然、苦しみだした。口のなかに毒を含んでいたのだ。医師を呼びにやったが駄目だろう」

ホック氏と張警補も出てきたので、私たちはシンプソン警部が取調室に使っていた部屋へ駆けつけた。

楊は二十一、二の若者であるが、警部と向き合った椅子に首をのけぞらせ、苦悶の表情を浮かべ、両眼を見開いたまま息絶えていた。

ホック氏は駆け寄って楊の瞳孔を調べ、手首を握ったが、すぐにその手をはなし首を左右に振った。張警補は楊のシャツのボタンをもどかしげにはずし、肩から上膊部をむき出した。

「やはりありましたな」

彼の右腕の肩の付根に近いところに、青黒い小さなさそりの刺青があった。楊は青帮の組織の一員であった。組織の者はこの刺青をもって一員であることを証明するのである。そして、また、みずからが捕らえられたり訊問を受けて逃れられえなくなったときは、自死するのが彼等の掟でもあった。

楊はその掟を守って口中に何等かのかたちであらかじめ含んでいた毒を飲んだのである。

「私は刺青のことは知っておりますから、まず取調べる者ひとりひとりに上半身、裸になってもらうことにしました。まず、その挙動を観察して反応を見ようと思ったのです。しかし、外部の者に金で釣られていれば刺青はないでしょうから、それほど刺青を期待していたわけではありません。掃除婦や阿媽《アマ》(女中)などはあとからどなたか女性の手でみてもらうことにし、はじめに男性から訊問しようとしたのです。楊に上衣を脱ぐようにいうと、急にそわそわしはじめ、あっという間に苦しみ出したのです」

と、警部はそのときの状況を説明した。

「楊は苦しみながらなにか叫んだのですが、立会っていた陳顧問にもよく意味がつかめない言葉のようです。

陳君、話してくれたまえ」

さっきから青ざめた顔で、部屋の横にたたずんでいた陳顧問がうなずいた。彼は清国内の事情に関するアドヴァイザーとして、みなから信頼されている人物である。シンプソン警部は彼については嫌疑から除外したのだが、それは彼が脅迫状が置かれた当時、領事館にいなかったことがはっきりしていたからだった。

「ツァイミングイダオシー……確かそう聞こえました。不明瞭でしたので確かとは言えませんが……」

「どういう意味です？」

と、ホック氏がたずねた
「直訳すると催眠鬼道士です。催眠鬼というのは死神のことで、道士は街でみかけられたかもしれませんが白い衣服を着た道教の僧です。その白い衣裳を道袍《ダオパオ》といっております」

「ああ、それなら見たことがある。なにやら字を書いた旗を数本、自分のまわりに立てて大声で人々に話していた」

私もその風景は何度か見たことがあった。道教は多神宗教で呪術や巫術《ふじゅつ》が加わり、中国人の生活に深く根を下ろしている。しかし、催眠鬼《ツァイミングイ》――死神とは聞いたこともない。

「わたくしにも意味がわかりません。楊はその言葉を遠くにいる者を呼ぶように叫んで息絶えてしまったのです」

と、陳顧問はいった。私はここがイギリスの法律の支配する領事館内で、しかも多勢の人間にかこまれていながら、一瞬、背筋が冷たくなるようなうす気味悪さを感じた。

楊の言葉は道教の宗教的な名詞の一つなのだろうか。彼は死の苦痛に直面して思わずその名を叫んだのであろうか。それとも――実在のなにかを呼ぼうとしたのだろうか。

私は悪魔や妖精や幽霊などは鼻で笑って否定するほうであり、大方の迷信も信じないほうである。だが、そうはいってもたとえば十三という数字を自然に避けたり、黒猫やはしごの下を通ることを無意識に除《よ》けたりしてしまうことはある。

ホック氏と張警補は顔を見合わせた。張警補も死神道士についてはなにも知らないらしいのが、その表情に出ていた。

「ぼくも東洋の神仙思想については知るところがなくてね。だが、楊の言葉が正確ならそこに何等かの意味があるにちがいないね」

と、ホック氏は困惑したようにいった。ヨーロッパとちがって、あらゆる風俗習慣文化のちがう東洋では、氏の該博な知識もさすがに及ばないものがあるのである。日本を経て清国に上陸してからまだ正味二十二日間しか経っていないのだ。

「楊が自供しないうちに死んでしまったが、彼が青帮であることが明白になった以上、脅迫状を置いたのは彼だと断定していいですね」

と、シンプソン警部は言い、一応ほかの者も調べ、楊の所持品もあらためるとつけ足した。

部屋にもどるとホック氏は例のパイプをくわえ、紫のけむりを吐いて私にいった。

「いったんホテルにもどるから、あとで道教に関する参考書があれば持ってきてくれないか。よかったら七時半に張警補と三人で食事をしよう」

「わかりました」

と、私は答えた。

7

ホック氏の滞在しているヴィクトリア・ホテルは三階建の白堊《はくあ》の石造りの建物である。租界には次第に欧風の華麗な建物がふえつつあり、周辺のくろずんだ低い煉瓦作りの清国人の建物は取りこわされつつあった。はじめて領事館が作られた当時は、あたり一面畑と水田であったそうである。それが開港場となって、急激に都市化が進みはじめた。領事館は一八七〇年にいったん焼失してしまったが、すぐに再建されたのが現在の建物である。租界の西欧人も次第に増えて、いまは二千人以上に達し日々増加の一途をたどっているので、ホテルも次々に開設され、ヴィクトリア・ホテルとサヴォイ・ホテルはなかでも群を抜いており、本国からはこんできた豪華な設備のなかにいると、ここが東洋の一角だとは思えないほどであった。

一時間後、私は領事館の図書室から探し出した一冊の本を抱えてホテルを訪れた。シンプソン警部の配慮によって、ホテルのロビイには領事館警察の清国刑事が二名、警戒の任についていていた。

ホック氏の部屋に行くと、そこには張警補と昼間、駅で会った趙刑事がいた。趙刑事は連絡のために来たところだといった。

「こんな本しかありませんでしたが、道教の概念だけはわかると思います」

私は持参した『中国における宗教の調査』をテーブルに置いた。私は趙刑事にたずねた。

「なにか目新しい事実はありましたか?」

「おなじ列車に乗り合わせた乗客の身許は、あの三人を除いて全員判明しました。ひとりひとりについてなにか見たり聞いたりしたことはなかったかを訊ねましたが、なにも知らないそうです。この人たちは信頼できる人柄と地位の人たちなので、その返事は信頼できると思います。三人の男と少年——マーガレットさんですが——を目撃してはいないかと駅前の物売りや馬車を当った結果、二、三の物売りと客待ちの馬車が四人を目撃しておりました。四人は待っていた馬車で走り去ったそうです」

「その馬車の手がかりは?」

私は意気ごんで聞いた。

「それが……」と、趙は声を落とした。「ありふれた馬車でして……」

「わからないのか……」

「わざと特徴のない辻待ちの馬車を使ったのでしょう」

私の意気ごみはとたんにしぼんだ。

「馬車の行方は知れなかったが、趙刑事はべつの手がかりを与えてくれたよ」

本を繰っていたホック氏が顔を上げた。

「なんです?」

「催眠鬼道士——死神道士だ」

「え?」

「南市《ナンシー》の老城隍廟市場《ラオチョンホワンミャオシーチャン》にいる幻術を使う道士の呼名ですよ。不思議な術を心得ていて、相手に触れないで相手を殺すことができるという評判です」

「そんなことができるものかね」

「中国には西洋の方には理解できない神秘がいっぱいありますよ」

と、趙刑事は不服そうにいった。迷信深い清国人としては彼もまた一概に迷信として否定できない心情を持っているのであろう。

「本当だということです。だれかの生命をちぢめたいときにその道士に依頼すると、彼は必ず相手を殺してくれるそうです。ただ、大金を積まないとウンといわないようですがね」

「楊がいまわの際に叫んだのは、どうしてだろう」

「その道士も青帮に関係があるのでしょうな」

と、張警補が口をはさんだ。

「明日になったら早速、行ってみましょう」

「それは危険です」と、趙刑事は真剣にいった。「相手は幻術を使う人間です。どんなことが起きるかわからないから不用意に訪問することはやめたほうがいい」

趙は心からおそれおののいているふうであった。そして、彼はつづけた。

「第一、南市は迷路です。外国人が入ったら出てこられなくなりますよ」

「わしはどうかね?」

と、張警補がいった。張はもともと北京にある按察使直属の警察官であって、上海の地理はそうくわしくない。

「だれにしても危険です」

私は中国の古い諺にある〝君子危うきに近寄らず〟という言葉を思い出した。だが一方には〝虎穴に入《い》らずんば虎児を得ず〟という言葉もある。いまは後者でなければならない。どんな手掛りにしろ、マーガレットのためには追って行かなければ、とひそかに決意したのであった。

ホック氏は本をめくって目を走らせていたが、そのときになっていった。

「これで見ると道教は原始的な自然宗教からおこったもので、いまは百数十派に分れ、仏教や儒教、はてはイスラム教からキリスト教までをとりこみ、渾然《こんぜん》とした多神教で末端では信仰の本義も漠然としているようだね。天文、占星、呪術、占い……なにもかもがごちゃごちゃになってしまっている。末端では人をまどわす悪道士が教会を温床にして社会悪をほしいままにしていると書いてある。不老長生のための深呼吸法や魔ものを抑えるための札《ふだ》や薬を取扱うこともでている。面白い。これは宗教の発生と発展についての考察をもたらしてくれるよ」

「要するにまやかしものですよ。死神道士などといういかがわしい名で、大金を搾取しているにちがいありません」

と、私はいった。

「やはり行ってみるべきだね」

と、ホック氏がいった。趙刑事は血相を変えた。

「おやめになったほうがいいですよ。南市の一部はわれわれだって危険なのです。まして、外国の方では目につきすぎます。ごろつき、逃亡した殺人者、盗人がうようよしているところです」

「わしがついているよ」

と、悠然迫らざる態度で張警補がいった。彼の武術の腕前を多少は知っている私としては、彼は頼母《たのも》しい味方であった。私だって拳銃の腕はそう悪くないと自負しており、ホック氏もボクシングや、日本のジュウジュツを身につけている。

「仕方ありません。充分、お気をつけください」

最後に趙刑事はあきらめたようにいい、

「どうしても城内に行かれるなら豫園《ユーユエン》の万里手杖店《ワンリーショウイ》の主人をおたずねなさい。主人は警察の協力者ですから、なにかの便宜をはかってくれるでしょう」

と、いった。

8

十一月三十日の朝は前日の雲が晴れて、さわやかな秋の陽が街にあふれていた。これも民衆に根を下ろした道教に関係のある重陽《ちょうよう》の節句も終り、月餅《ユエビン》を供える仲秋の行事も終り、十二月になってからかまどの神に祈る行事まではあいた時期であるが、道教に関心が向けられると、意外に民衆に深く慣習が根ざしているのに気付かされた。

　昨夜、あれから張警補が面白そうにいった言葉もその一つである。

「二十年近く前に亡くなった曾国藩《そうこくはん》は、地中の精霊によって頭にたむしができたと信じていたのですよ」

　彼のいう曾国藩は清朝の政治家であり著名な文人である。政治家としては湘《しょう》軍を組織して太平天国の乱によって崩壊の危地にあった清朝を救い、この国の近代化をはかって西欧の技術を積極的に導入する洋務運動の第一人者となった。彼の勢力の増大を疑う中央政府の妨害にもかかわらず、直隷総督などの重要な地位についた。また、文人としては杜甫《とほ》、韓愈《かんゆ》、陶潜《とうせん》の詩文に親しみ、古文と宋学の研究家としても有名である。その彼ですら道教の悪霊や精霊を信じていたというのであった。

「それから中流以上の屋敷に前をさえぎるような壁があって、入口を入った者はその壁を迂回しないと中へ入れないことをご存知ですかな。あの壁は影壁《えいへき》といって、悪鬼を防ぐ壁なのです。悪鬼はまっすぐにしか進めないと信じられているのです」

　と、彼はいった。私たちはそのあとしばらく道教の民衆とのかかわりを話題にしたのであった。

　さて、その朝、私たちは八時すぎにホテルを出た。モリアーティと青幇の一味がホック氏を狙っているからには、一歩ホテルを出ればどこかに彼等の監視の目が光っていると覚悟しなければならない。

　それはどのような方法でホック氏を襲撃してくるかもわからないので、私たちは周囲に警戒の念を怠りなかった。以前にも彼等は吹矢と銃で狙ったことがある。飛道具で狙撃される可能性も考えなければならなかった。

　趙刑事から話を聞いたシンプソン警部はホック氏の身を案じて、ふたりの警備の人間を派遣してくれていたが、このふたりが私たちからややはなれて、やはり周辺に目を光らせてついてきていた。だが、それも警察の力が及ばないという城内に入るまでである。そこから先は自身の力を恃《たの》むより方法がない。

　私たちは南市の近くで馬車を降りた。たちまち、あらゆる原色の色彩、喧騒、異臭が私たちを包みこんだ。この一帯はもともと上海の〝古い街《オールド・シティ》〟である。明代《みん》に作られた庭園である豫園を中心に、曲りくねった路地が縦横無尽に走っていて、西欧人は豫園の見物にくることはあっても、迷路には踏みこまない。

この小路に添って数知れぬ店が招牌（看板）を下げ、客を呼んでいる。小路は早朝というのに歩く人ではやいっぱいであった。店と店のわずかな間隙に、地面に直接品物を置いている露店が出ているので、せまい道はいっそうせまくなる。置いてある品物というのが、また奇妙なもので、古ぼけたガラスびんや、皮靴の片方、ボタン、生きた蛇、穴のあいたバケツなど、どのような用途に使うのか私たちには見当もつかないものばかりであった。

私たちは色彩と喧騒に半ば圧倒されてしまった。甲高い笛のひびき、どら《ルオ》の音。快板児《クァイバンアル》という速いテンポのあほだら経で人を集める男。盲目の老人が胡弓を引き、そのかたわらで十歳に充たない少女が物悲しげな歌をうたっている。

「このあたりは『小土特多《シャオトウタートゥオ》』というそうですな。小《シャオ》は商品の種類の多いこと、土《トウ》は地方の物産に富んでいること、特《ター》は特色のある商品のこと、多《トゥオ》は種類が豊富なことです」

張警補が注釈を加えた。酒店の床几《しょうぎ》では早朝から酒を飲んで酔っている男たちがたむろし、ちょっとした空間では地べたに坐りこんで車座になった男たちが賭博に夢中になっている。料理店の店先では饅頭や揚げものが湯気を立て、立ったままかゆをすすっている男女がいる。よちよちとあひるのように歩く纏足《てんそく》の女や頭をきれいに剃った小孩《シャオハイ》（子供）たち。

万里手杖店はこうした小道の一つにあった。ここは名前の通りさまざまに杖ばかり売っている店である。墨絵に描かれている仙人が持つような曲線を生かした杖から、輸入品のヨーロッパのステッキ類、さらには日本のものだという杖のなかに刀が仕込まれている杖まであった。

私たちがうす暗いせまい店内に入ると、暗い帳場から干からびたような五十すぎの小男が、おどろいたように飛び出してきた。彼は袖と裾の長い包衣を着て、頭にちょこんと丸い黒い帽子を乗せていた。彼は早口になにかいった。

「なにを差上げましょうか、旦那様といっております」

張警補が主人に向って短くなにかいうと、主人は作り笑いを消して、表をのぞいた。

「こちらへ」

彼は手振りで私たちに奥へ通るようにといった。帳場の横に黒いカーテンがあり、そこをあけると奥にせまい部屋があって、商売ものの杖と一脚の机と椅子が置かれ、窓のないこの部屋には天井からランプが下って、あたりに暗い光を投げかけていた。

張警補によって私たちの目的を聞いた主人はむずかしげに唸った。彼の名は梁《リャン》というのであった。

「催眠鬼道士はここから五分と行ったところにある道観（道教の寺）におりますが、このように混雑している場所でありながら、そこだけは人々は避けて通るほど恐れられています。よこしまな目的を持った者だけが、夜にまぎれて訪れ、人の死を道士に願うといわれております。道士は法外な金でその願いを引受け、いったん道士が引き受ければ必ず相手は不思議な死を遂げるのだそうです」

その言葉を張警補から聞いたホック氏がたずねた。

「どんな死に方をするのかね？」

「表面はまったく自然の死です。いまのいままで元気であった者が、突然、なんの理由もなく倒れるのです。若者でも女でも老人でもおなじです。道士に魅こまれた者は必ず死に、いくら調べても傷も毒も発見できません」

「単なる偶然じゃないのか？　死んだ者はもともとなにかの病気があったのに気がつかないで無理していたのだろう」

と、私がいった。梁は強く首を振った。

「そんなことはありません。道士ににらまれたらそれで終りなのです。わたしが聞いた例だけでも何十とあります」

きっとうわさがうわさを呼んで、誇大に伝わっているのだ、と私は思った。でも、そういっても梁を信じさせることは無理のようである。彼は信じきっていた。

「どうしても行かれるというなら仕方ありません。もし、道士に会っても、絶対に道士の目を見てはいけません……」

と、彼は吐息をつきながらいった。

「まるで目を見る者は石に変えられるというメデューサなみだね。ぼくたちはさしずめそれを退治に行くペルセウスといったところか……」

と、私は冗談めかしていったが、ホック氏は意外と深刻な顔をしていた。

「道士の話にいくぶんかの真実があるならば、彼の武器の一つは催眠術ではないかと思うよ」

と、彼はいった。

「なるほど」

「しかし、催眠術は人を殺すことはできないはずだ。人間は自衛本能が働いて、生命の危険がおよぶと抵抗して覚醒してしまうのだ。人が死ぬとすれば、べつの何等かの操作があるのではないだろうか」

張警補には催眠術がよくわからないらしいので、私はヨーロッパでは見世物で売りものにしている人間もおり、ジプシーという放浪する種族のなかにも占いや催眠術をよくする者がいると説明した。

「ほほう。どうして人が簡単に眠って、意志のままに動くのかわかりませんが、その術を破るのはどうしたらいいのです?」

拳の達人である張警補もとまどいの色をかくしきれないふうにいった。

「集中力をそらせば破れるはずだ」

と、ホック氏がいった。

9

代赭《たいしゃ》色の土壁が、ほぼ直径三十フィートほどの円型を作り、高さは二十三フィートぐらいで上方部分に行くにしたがって円堆形《えんついけい》にとがっている。正面にぽっかりあいた出入口からのぞくと、なかにはまっ暗で無数のろうそくがゆらめきながら燃えていた。それが道観であった。

たしかにこの付近にくると人の流れがとぎれて不思議な静寂がただよっている。私たち三人は道観をみつめ、さらにあたりに気を配った。あやしげな者は見当らなかったが、見当らないからといって安心するはずもない。


私は敵地に乗りこむ興奮を禁じ得なかった。マーガレットをめぐる謎の連鎖の一つが、少なくともここにある。ホック氏は万里手杖店を出るときに買ってきた日本製の仕込杖を手にしていた。ホック氏は日本滞在中、壮士といわれる男にこの杖の刀で襲われたことがあり、以来、この杖に関心を抱いていたのだという。杖に仕込まれた刀は実に鋭い。ホック氏によれば日本の刀は世界一であるという。私は上衣の下に拳銃を吊るしている。縄しか持っていないのは張警補だけである。

私たちは道観のなかに入った。入ったところは外とまったく違う別世界であった。目が馴れてくるにつれて正面の祭壇に祭られているものが見えはじめた。そこには髭を生やしたおそろしい形相の神の絵姿がかかっていた。

「伏魔大帝、地獄の神です。道教以外では関帝《かんてい》という名でよばれています」

小声で張がいった。

あたりにはだれもいなかった。数十本のろうそくと香の匂い。祭壇に供えられた供物。

「だれもいませんね」

私がいったとたん、まるで闇からわき出したように祭壇の蔭から人影が立ち上った。白い道袍を着た男である。ろうそくの光を受けたその顔はぞっとするほどの異相であった。年齢は五十から八十までなら、何歳といっても通用するだろう。あごから頬は白髪まじりの髭に被われ、髪は肩まで垂れるほどに茫々《ぼうぼう》と伸ばしている。深く落ち窪んだ目は異常なほどの光をたたえ、高い鼻を持っていたが、もし、髭がなければ死人と思われかねない灰色の肌をしていた。

「なんの用だ?」

と、彼はいった。

「われわれは按察使(司法)の者だ。おまえがここの道士か?」

張警補が進み出ていった。

「そのふたりの洋人はちがうだろう。ここはおまえたちの来るところではない。早々に立ち去るがいい」

彼は出入口を指さした。

「そうはいかん。昨夜、領事館の楊というボーイが死んだ。死の間際におまえの名を呼んでな。楊とはどういう関係か正直に答えてもらいたい」

「ははあ……おまえは張とやらいう警補か、するとこっちの洋人はホックとかいう奴だな。わしが出るまでもあるまいと思っていたが、そっちから来るとは手間が省ける」

彼は咽喉の奥でクックッと奇怪な笑い声をたてた。

「貴様も青帮の一味か?」

声を高くして張警補がいった。


「バカをいえ。わしはだれにも命令されず、だれにも領域を侵させるものか。銀を千両《テール》でも積んでくれば、願いを聞き届けてやるだけだ。おまえたちの首を持っていけば、千や二千は軽いな。三人そろえて五千と吹っかけてやるか……」

彼はふたたび咽喉の奥で笑い声をあげると、突然、まさに突然、奇怪な叫び声をあげた。

思わず私は彼を見てしまった。目を見るなという忠告は心得ていたはずだったが、叫び声に釣られて目を向けるのは本能でいたし方ない。

だが、そのとたん、私は彼の目から視線をはずすことができなくなってしまった。道士の窪んだ目が燐光のように青く輝いていた。彼の光る目が拡大し拡散し、私の身体はその光の渦のなかに巻きこまれて行く——。身体を動かそうとしても、全身がしびれたように麻痺して指一本動かすことができなかった。

私の頭のなかは錯綜する影や光りの乱舞に占められた。ホック氏と張警補のことも念頭から消え去っていた。

そして——私はふいに自分の呼吸が自分の意志によらずにしているのを知った。私の呼吸は外部からあやつられているようだった。そうしなければならぬ原因も理由もないのに、ハッハと早くなったかと思うと、突然、ゆっくりとなり、あるときはしばらくのあいだ呼吸を止めているのだった。

「きえーっ！」

いきなり耳もとで裂帛《れっぱく》の気合がしたとたん、私の麻痺と頭のなかの光りの乱舞、呼吸のおかしさが一度に消え、ろうそくの燃える光景が視野にもどった。

同時に張警補の巨体がじつに軽やかに宙を飛び、道士に向って打ちかかっているのが見えた。さらに、サミュエル・ホック氏が張警補に加勢するために杖を振上げて迫って行くのが見えた。

道士は張警補の必殺の拳をからくも交した。道士が構える隙もあたえず、張警補は第二第三の突きをゆるめなかった。

張警補は揚子江の南に伝えられた南派拳法を修行し、白虎推山、虎掌爬風などの虎拳に秀れている。猛虎が獲物を襲うときのように彼の拳は必殺の拳である。だが、道士も拳の心得があるのか、張警補の突きをなんとか逃れると、うしろ向きのまま祭壇に飛び上った。

そこをホック氏の杖が横ざまになぎ払った。ふつうなら脛《すね》を打たれるが、道士は飛び上ってそれをも交したのである。しかし、ふたりから攻撃を受けては、せまい場所で道士には不利である。彼は攻撃を避けるだけに懸命であった。

私ははっと思いついた。拳銃があるではないか。いそいでホルスターから拳銃を抜き出した。この間、決して長い時間ではなく、私がわれに返ってからものの十五秒ほどの出来事である。

道士は私の銃を見たにちがいない。私が構えたとたん、例の奇怪な叫びを発するや、私たち三人の頭上を越えて跳躍したのである。その瞬間に射った銃は轟音を立てたが、道士の飛ぶ裾をかすったにすぎない。

道士は入口を走り抜けていった。私は二発目を彼のうしろに発射したが、それもどうやら当らなかったらしい。

「待て！」

張警補はあとを追った。私がつづいて外に出、そのあとからホック氏がつづいた。道観の周辺は三本の細い路地である。しかも、一直線ではなく曲りくねり、さらに建物の裏にさらにせまい路地がある。低い二階建の家々の二階には洗濯ものがひるがえっている。その窓から騒ぎを聞きつけた顔が銃声におどろいた不安そうな目をのぞかせていた。

どの路地にも道士の姿は見えなかった。

「すばしっこい奴め！」

張警補は吐き捨てるようにいった。

10

道観の内部を調べてみたが、私たちの役に立つものは発見できなかった。祭壇の奥の部屋には粗末な椅子と卓があり、茶碗がいくつかと水瓶、鍋、それに護符が百枚ほどあるばかりで、あまり生活の匂いは感じられなかった。

道士の住居はほかのところにあるというのが結論であった。

「しかし、おどろきましたなあ……」

張警補は捜索が一段落したところであらためていった。

「あの気合に釣られて思わず道士の目を見てしまいました。すると全身が金縛りにあったようになって動かなくなりました」

「ぼくもだよ」

ホック氏がいい、私もそうだと答えた。三人が三人ともホック氏のいう催眠術にかけられたのだろうか。

「しまったと思って、渾身の力をこめて意思を自分に集中しようとしたんだ。道士の目から自分の目をそらそうとしてね。あんなに強力な催眠術の経験はないが、じつに努力を必要としたね。なんとか相手の念波をそらしたら、いくらか指が動くようになったので、思いきり腿《もも》をつねった。その痛みが意志の力を倍増してくれた」

「わしもこのままではやられると思い、道士の目に吸いこまれるのを抵抗して、気合をかけたのです。気合によって道士の術を破ることができました。何度か途中で息が止まるかと思いましたよ」

「私もだ。自分の呼吸があやつられているような気がした」

「幻妙な術を使いおって。しかし、手強い相手ですな」

張警補も疲れたようであった。道士の術を破るのに精魂をこめたためであろう。

「一つだけわかったのは、道士は青帮の仲間ではないが、金を積まれればなんでもやるということだ。これから先もわれわれを狙ってくるだろうよ」

と、ホック氏はいった。

「やれやれ。瘋狗に死神道士か。妙なものを敵にまわしましたね……」

と、私はいった。

「モリアーティはわれわれに必殺の布陣をもって臨んでいるわけだ。彼のぼくに対する憎悪の深さがわかるというものだ――残念ながらここにはマーガレットさんに通じる手がかりがないが、ひとまず帰るとしよう」

私は落胆した。ここへくればつながりの一つが解明されるのではないかという期待を抱いていたのだが、奇怪な人間との対決だけで進展はなかったのである。

「警吏たちを動員して道士を手配させましょう」

張警補は道士を取り逃したのが残念そうだった。

「相手はそんなことを見通しているし、集団催眠をかけられるから警吏の手に負えないかもしれないよ」

と、ホック氏はいった。

「かもしれませんなあ。それにこの一帯は一種の無法地帯で警察の手もなかなか及びませんからなあ……」

張警補の嘆きにさらに一言つけ加えておかなければならないが、清国の司法の力は弱体化していてわがイギリスのスコットランドヤードのようには機能していないということである。一本のたばこ、わずかな銀で悪事を見逃すのは日常のことであり、犯人をつかまえれば残酷なほどの拷問を加える。自白させるために手段をえらばないから、しばしば無実の人間も犠牲になる。形式的な裁判で簡単に死刑が宣告されると馬に乗せて市中を引きまわし、民衆の眼前で首をはねる。みせしめのためというのだが、私の目からみると前近代的な、中世的な司法制度がまかり通っている。それにこの国の根底にある儒教や仏教の思想があるので、西欧の合理主義的な思想とはあいいれない面が多い。

張警補は自国のそんな状況に腹立しい思いをしているのは、これまでの彼の言動のはしはしにのぞいていたが、いまもその壁に突当って切歯扼腕する想いなのであろう。一警補としては、どうするすべもないのである。

私たちはふたたび万里手杖店の梁のところに寄った。

「ご無事でございましたか。なにやら道観で騒ぎがはじまったとかで心配しておりました」

小男はもみ手をしながら私たちを迎えた。

「もうちょっとというところで逃してしまったよ」

私たちは道士がふたたび姿を現したら知らせてくれるようにいい、老城隍廟市場をあとにしたのであった。

領事館へもどると趙刑事たちも無事をよろこんでくれ、私たちの話を注意深く聞いてくれた。彼も迷信を信じるほうなので、張警補が金しばりに合ったという話をすると顔色を変えた。私は彼に催眠術というものを説明してやらなければならなかった。

「そんな術があるのですか。はじめて知りました」

「道士はみなそういう術を修行するのかね？」

と、ホック氏が聞いた。

「そんなことはないと想いますよ。道士といってもピンからキリまであって、いまではキリのほうが多くなっていますが。私の知っている慈眼という方は立派な方です。くわしいことはそうした方に聞けばわかると思いますがね」

「その人はどこにいるのかね？」

「王仏寺のそばの清妙観です」

「疲れているところだが、気になることがあるので、そこへ行ってみたい。来るかね？」

と、ホック氏は私たちを見返っていった。

たしかに疲れてはいたが、私としてはなんとしてもじっとしている気にはなれなかった。刻々と時間がたつにつれて、そのあいだにもマーガレットの身が心配でならなかったのである。なにかしていなければいられない気持であった。

張警補を加えて私たち三人は、ふたたび馬車を租界の北にある王仏寺に走らせた。

清妙観は南市の道観とは段違いに立派なものであった。朱塗りの門の上に清妙観と書かれた扁額がかかり、山門を入ると樹が多く小道の奥にひっそりと道教の寺が建っていた。張警補が案内を乞うと、ひとりの若い僧が出てきて来意を聞き奥へ入っていったが、間もなく私たちを寺に隣接して建つ僧房へ招き入れた。

死神道士の道観とはなんという違いだろう。あそこでは最初から鬼気のようなものを感じたが、ここの静かさは心を落着かせるおだやかなものにみちていた。

私たちが椅子にかけてしばらく待つと、白い道服に黒の頭巾を頭に乗せた老人がゆっくりとした足取りで入ってきた。

年のころは八十にでもなっているだろうか。銀色めいた白髯を長く垂らしている。温容な顔だがなんとなく威厳がある。私たちが立って突然、訪問したことを詫びると、老道士は腰をかけるように手振りで示した。

「このような場所へ異国の方が見えるのはめずらしい。なにか差迫っての御用と見受けるが」

向き合って座ると老道士は低いがはっきりした口調でいった。ホック氏は紹介がすむと、張警補を介して質問に移った。

「老道士《ラオダオシー》は催眠鬼道士《ツァイミングイダオシー》という者をご存知ですか？」

それを聞くと老人は一瞬、私たちを強い目でみつめ、それから悲しそうにうなずいた。

「名は聞いておる。邪道に堕ちた悪人じゃ。悪業をほしいままにし、邪法を使って人心を怖れさせておる男じゃ」

「老道士は彼の邪法をなんと思われます？ 私たちは西洋でいう催眠術――人を眠らせる術とにらんだのですが、そのほかにもなにかあるような気がするのです。私は東洋に来て日も浅く知識もありませんので、教えていただくことがあればぜひ御教示願いたいのです。私たちはなんとか彼の術を破ることができたのですが……」

張警補は死神道士との対決の状況を説明した。老道士の顔におどろきの色がうかんだ。

「――よく破れましたな。よほど精神力がお強い方でなければ、かれの引魂探霊の術から逃れることは難儀じゃ」

「引魂探霊の術、ですか?」

「さよう。彼の本名は馬《マー》雲深。山西省の竜虎山にある道教の一流派五斗米道《ごとべいどう》の流れを汲む道士じゃが、いつのころからとなく邪心の権化となりおったのじゃ。五斗米道は一名天師道とも呼ばれ、わが国の書聖といわれる王《おう》羲之《ぎし》も支持者のひとりであったくらいじゃが、もともとが祈禱やまじないを主とするもので、戒律のきびしいほかの流派とは異っておった。馬はさまざまな幻術を修行したと称し、民をたぶらかしておるが、いま言った引魂探霊の術にみられるように、彼の術はすべてが邪法じゃ……。引魂探霊とは人を眠らせ、その人の心臓の鼓動に気を合わせ、拍動を一致させて止める法じゃ」

「よくわかりませんが……」

「古来、中国には〝気〟の法が発達しておる。異国の方にはおわかりにくいでしょうが。〝気功〟といってこちらの気力を相手に通じさせて病いを治す法、〝導引〟といって呼吸によって心気をととのえる法だ。また〝運気〟といって身体を健康に保つ法などが何千年ものむかしから伝えられておる。――馬《マー》は人を眠らせることによって、相手を白紙の状態におき、その間にみずからの〝気〟を移すのじゃ。かれはそのために自己の心臓の拍動を自在にあやつるといわれておる。すなわち、おそくも早くも、また、ある時間みずからの意志で心臓を停止させられるという。気によって通じた相手の心臓は馬《マー》のあやつるままに、馬《マー》とおなじ拍動を打つようになり、馬《マー》が自己の心臓を早めれば相手も早くなり、停止させれば相手も停止する……」

「これはおどろきました」

張警補は通訳を忘れて叫んだ。

「わしは拳術を少々、たしなんでおりますが、あらゆる拳術の根底に呼吸法があります。しかし、気を相手に移して自在に心臓をあやつるとは……」

張警補の通訳も〝気〟についてはむずかしそうだった。どうやら呼吸のほかに精神的な感応力をもふくむ言葉と理解したものの、のちになっても充分理解し得たかどうか疑問である。

「本人は心臓を停止させてなんともないのでしょうかね?」

ホック氏も科学では説明できない現象にいささかおどろいた様子だった。

「私の理解している医学の範囲内では、心臓が停止しても適切な措置を講ずることで蘇生することがありますが、自由意志では心臓を左右させることはできないはずです」

「わしも馬《マー》がどのような修行をしたかしらぬ。しかし、そのような術を持っていることは確かじゃ。本人は仙人から授けられたと称しているということじゃが……」

老道士は嘆息するようにいった。

「ただ、非常な努力を要するので、その術を使ったあとは疲労がはなはだしいそうじゃ」

「東洋の神秘とばかりは言っていられない。しかし、世界にはせまい知識では考えおよばないこともあるんだね。ぼくも貴重な体験をしたよ」

と、ホック氏は私にいった。私とて自分が経験していなかったら、老道士の言葉を頭から一笑に付してしまったかも知れない。だが、あの体験を経てからは笑い事ではなくなったのである。

第二部　暗器〝点穴針〟

1

清妙観を訪ねたことは無駄ではなかった。敵の手の内を知ることが勝利への道につながるのは戦いの要諦である。

「人間とは思えん奴ですなあ……」

帰り途、張警補はおぞましそうにいった。

「まさにメデューサだね。化物みたいな奴だ」

と、私もいった。しかし、ホック氏は首を振った。

「ぼくは死神道士――馬雲深というそうだが――彼はもともと体質的に特異な人間であると思うよ。本来、不随意筋である心臓を意志で随意にできるなどということは、いくら中国の仙人でも無理だよ。ほら、単純な例をあげれば耳をピクピク動かせる者だって、いろいろなものを飲みこみ、観客の要求にしたがって名差されたものを吐き出す芸人だって、なにも知らない者からみれば魔法使いにみえる。彼はその特異体質に加えて、精神感応力の増大を訓練したにちがいない。とにかく、相手の目を見ることだけは警戒しよう。老道士によれば非常に疲れるというが、これは当然だ。異常なほどの集中力を凝集しなければならないのだから……。さて、ぼくも東洋の神秘にばかりおどろいているわけにはいかない。帰ったら死んだボーイの楊のことでなにかわかっているかもしれない」

領事館にもどるとシンプソン警部が私たちを待っていた。

「楊のことがいくらかわかりましたよ」

と、警部はいった。

「まず第一に身許引受人が架空の人物でした。楊の仲間が引受人になりすまして、彼を領事館に送りこんだのです。まじめな態度で働きながらわれわれの動きを組織に逐一報告していたのでしょう。今回もモリアーティの指令で脅迫状を館内の目につくところに置いたにちがいありません。――それから彼のここ一週間の外出記録を調べました。三回、夜の外出があります」

「館内に居住している者にしては多いね」

「うち二回は同僚が一緒です。訊問した結果、阿片を吸いに行っているのが判明しましたよ」

「楊は中毒者なのですか?」

「いいえ、そういう徴候はありません。同僚のほうはある程度、阿片がないといられない状態で、領事館の居室にもかくしていたのをみつけて押収しました。厳禁してあるのに管理が行き届かないと参事官が謝っていましたが、これは館の不祥事です」

警部は怒ったようにいった。

「楊は同僚とおなじ場所で阿片を吸っていたのでしょうか?」

と、ホック氏はたずねた。

「行きも帰りも一緒だったといっていますが、なかではどうでしょう……」

「その阿片窟の場所はわかっていますね?」

「ええ。同僚の李は取調べが終り次第、クビにするつもりです」

「阿片を吸いにいかないあと一回の外出についてはわかっていますか?」

「ええ。これは公用でした。碼頭《マトウ》まで本国から到着した荷物を参事官のウエザビーさんと引取りに行ったのですから」

「ふむ……」

「昨日、駅から消えたモリアーティの馬車の捜索をつづけていますが、まだなんの報告もありません」

マーガレットの乗せられた馬車は、ありふれた馬車だという。上海市内に何千台とある馬車のなかからうまく探し出せるだろうかと私は絶望的になった。

その日の午後はいたずらに時がすぎていった。ホック氏は張警補とヴィクトリア・ホテルに帰ってしまい、そのときは私にまた連絡するからといっただけだった。私は領事館付の駐在武官としての事務があり、手のつかない状態であったが義務として仕事を片づけなければならなかった。いっそ、マーガレットをみつけるまで休暇をとるべきだが、ただでさえ手の足りない現状では、パーキンス領事が警察に委せておけというにきまっている。

苛立ちを押えながら仕事をしているうちに、はや夜には早いたそがれがひろがってきた。

「マーガレット、どこにいるのだ……」

私はその言葉を何度つぶやいたかしれない。執務時間が終り次第、エヴァンズ氏夫妻を訪ねて、なぐさめとはげましの意を伝えようと思うと、いくらか気分がやわらいだ。

「ホイットニーさん、ここでしたか」

執務室にあわただしく趙刑事が入ってきたのは五時に十分ほど前であった。

「なにかあったのか?」

「マーガレットさんを乗せた馬車がわかりました」

私は飛び上るように立った。

「それで?」

「馬車屋の元締を片ッ端から当らせたのです。きのう貸し出した馬車について調べさせたのですが、閘北《ぎほく》一帯を受持っていた班からいまそれらしい馬車を発見し、駅者を確保したという急便が来ました。駅者を訊問すれば意外に早くマーガレットさんの行方が知れるかもしれませんよ」

私は狂喜したのをおぼえている。だが、頭にのぼった血は下るのも早かった。

モリアーティのような人間が、わざわざ行方を教えられる人物を使うはずはない。なにかの間違いにちがいない。

「でも、雇われて上海站から四人の外国人を含む乗客を乗せたといっているそうですよ。私はとにかく行ってみます」

「ぼくも行く」

私は半信半疑ながら趙刑事のあとについて行くことにした。

「行きがけにヴィクトリア・ホテルへ寄ってこのことをホックさんに知らせよう」

しかし、ホテルにいるはずのホック氏は不在だと、私を認めたフロントの係がいった。

「ホックさんと、あの肥った方はここへもどられたと思ったら、すぐ行先もいわずに出て行かれました」

「なにも伝言はないのかね？」

「はい。でも、いつもかぶっておられる帽子もかぶっておられませんでしたから、近くではないでしょうか」

と、フロントの中国人はいった。ホック氏がふだんかぶっている帽子といえば鹿打帽《ディア・ストーカー》であって、外出時には必ずかぶっている。無帽で張警補と出て行ったからには近所か、よほどの急用でもあったのだろうか。

私はとりあえずメモに馬車発見のことをしたため、表で待っていた馬車の趙刑事のところに引返した。

「どこかへ行って留守なのだ」

「それは残念ですが、先を急ぎましょう」

馬車は砂の多い凹凸《おうとつ》道を車輪の音も高く走りはじめた。

2

十分も北へ走ると、あたりは田園の風景がひろがった。縦横に掘られたクリークの流れに添って植えられている楊柳や槐《えんじゅ》の木も、初冬のたそがれのなかでうら枯れていた。おそい農作業から帰る農夫の一家が牛車にゆられている。点在する土壁の農家のかまどから白いけむりが一直線に空にのぼっている。

その風景を横目に、馬車はふたたび雑然と人家が密集した巨大な部落ともいうべき地区に入った。

私たちのめざす馬車屋はこの一画にあった。赤い素焼煉瓦の塀をめぐらした構内には廐舎と、馬車をおさめる小屋があり、中庭には二、三台の古びた車が置かれていた。

私たちをみとめて、弁髪の男が廐舎の裏手の小屋から走り出してきた。

「お待ちしておりました」

「馭者はなにかしゃべったか？」

と、趙刑事はたずねた。

「はい。なにはともあれ直接お聞きください」

彼は小屋へ私たちを案内した。

その小屋というのはうすぎたない小部屋が一つあるだけで、土がむき出しの床に、これまたこわれそうな腰かけが三つ四つと、傷だらけのテーブルが一つあり、欠けた茶碗が三つその上に乗っていた。壁に添って長細い台があるのはベッド代りなのだろうか。その台に警吏がひとり腰かけ、馭者は居心地悪そうに丸い腰かけに座っていた。彼は四十半ばの渋紙色にしわの多い愚鈍そうな男で、鼻下にうすい髭を伸ばし、黄色く濁った目とおなじく欠けた黄色い歯を持っていた。

「この男か？」

立上って礼をした警吏に趙刑事が聞いた。

「はい。さあ、上官《シャンクアン》（上役）にもう一度申し上げろ」

警吏は馭者に声を高くした。馭者はぼそぼそと話しだした。

「きのうの朝、上海駅で客待ちをしていたら、男がやってきて二時間ほど馬車を借り上げたいというので、こいつは上客だと思いました……」

趙刑事が訛のひどい馭者の言葉を整理して話してくれた。

それによると馭者はたんまりと賃金をもらい、幌を下ろした車内に男を乗せたまま、午前九時ごろから駅前で待機していたところ、十時少し前に四人連れの男が急ぎ足に駅を出てきた。車内の男は馬車を飛び降りて、その四人を乗せると自分はどこかに行ってしまった。

馭者は四人の男のうちふたりが外国人であることに気づいた。ひとりは小肥りで西欧人にしては背の低い中年の男で、もうひとりは病気のように青ざめぐったりとした少年に見えた。少年は帽子をかぶっていたというから、マーガレットの長い金髪は巻き上げられてかくされていたのであろう。

馬車は碼頭の近くの一軒の家まで行き、そこで四人は降りていったという。馭者はそれは嘘いつわりのない真実で、自分はそのこと以外にはなにもしていないと強調した。四人は幌のなかにいたので、なかでなにか話していたとしても聞こえるはずはないし、自分は馬をあやつるのに専念しただけだ、と彼はいった。

馭者の話は私が疑っていたより信憑性があった。四人の人相風態をくわしく重ねて問いただしたが、それはモリアーティとマーガレット、それにクレージー・ドッグと呼ばれるふたりの凶悪な男たちに違いあるまいと思われた。

「彼等を降ろした場所をおぼえているな？　われわれをそこへ案内するんだ」

と、趙刑事は馭者に命令した。

警吏たちはここで帰らせ、馬車に趙刑事と私が乗って行くことにしたのは、碼頭の近くなら領事館へも近く、なにかあれば応援をすぐにでも頼めるからである。

私たちが乗ってきた馬車へ警吏を乗せ、私たちは馭者が用意した汚ない馬車に乗って、わずかのあいだにすっかり夜の幕《とばり》が下りた道を、市街へ走らせたのは、それから二十分後であった。

蘇州河と黄浦江の合流点近くの外白渡橋を渡り、外灘《ワイタン》に添って行くと潮の匂いが鼻を打った。日中は船舶の荷役でにぎわっているこの界隈はいまは一日の労働を終え、港には碇泊している船の灯が赤、青、緑に光り、もやっている戎克《ジャンク》や舢舨《サンパン》で生活する人々の灯が暗い海面を彩っていた。

倉庫の並ぶ通りを抜けると、右側は昼間、死神道士と争った南市である。では、マーガレットはこの迷路のような街に連れこまれたのであろうか。うかつに外国人がひとりでは入れぬ司直の手も及ばないこの一画に——。

馬車は赤煉瓦の商館の並ぶ表通りから横にそれた。もうそこは表通りとはまったく違う世界だった。迷路はこのあたりからはじまるのである。馬車は止まった。

「ここで四人を降ろしたので……」

駁者が趙刑事にいった。

「降りた連中はどっちへ行った?」

「そこへ入りました」

と、駁者は灯影の見えない暗い窓の家を指さした。その家は四つ角の一軒で、表になんの看板も出ていないので、商店なのか個人の家かわからなかった。

「まちがいないな?」

刑事は念を押した。

「へえ」

駁者が嘘をついているとも思えない。私は彼の顔をうかがったが、その愚鈍そうな表情から彼の心のうちを読みとるのは至難だった。

「ここはなんだろう……」

馬車を降りた私は趙に聞いた。

「阿片窟ですよ」

「阿片窟だって?」

「ええ。ほかの店のように看板は出ておりませんがね」

「マーガレットはこんなところに……」

私は絶句した。

「入って捜索しましょう」

「もっと応援を呼ばなくていいかね?」

「そうですね。私はだれかをみつけて領事館に応援を求めます。彼等がくる前に私たちは入っていって主人を訊問しましょう。私は平気ですがホイットニーさんが、ためらわれるのだったらここでお待ちになっていてください」

「なにをいう? ぼくがこんなところを恐れると思っているのかね?」

と、私は趙刑事にあなどられたような気がして、いくらか声を荒げた。

「では、まず応援を頼んできましょう」

趙刑事はあたりを見まわし、路地の奥で走りまわっている子供たちをみつけると、そのほうにいった。彼は子供のひとりに話しかけ、その子がうなずいて駆出して行くと、私のところにもどってきた。

彼がいないあいだに私は拳銃の装填の工合を調べ、もし、何事かあればすぐに抜けるようにとホルスターを締め直した。

いよいよ、私たちは阿片窟に入った。

3

常用すれば中毒して廃人となる阿片を東洋進出の方策の一つとして使ったのはわが国イギリスである。そのために阿片戦争が起きたが、このけしからとれる甘美と陶酔の麻薬は清国各層にひろがり、上は王廷から下は波止場の苦力《クーリー》にまで浸透している。

入ると、とたんに異臭のけむりが鼻をついて私は思わず咳こんでしまった。ちょっとしたホールの正面に奥行きの長い廊下があり、その右側に五つの扉があった。廊下にもホールにもガス灯が燃えていた。

ホールにいた黒い長袴《チャンサン》の男に趙刑事は身分を明かし、主人に会いたいと告げた。男は私の顔をみつめ、奥へ入っていった。

彼はすぐに出てくるとこちらへと私たちを案内して先に立ち、ホールから三番目のドアをあけた。

「うっ……」

私はとたんに押し寄せてきたけむりにいそいでハンケチで鼻と口を被った。ガス灯が細い炎で部屋の両脇に燃えている広い部屋であった。二段のベッドが十台並んでいて、そのいずれにも人が横たわっていた。なにしろ照明はこの部屋にはあまりにも暗いので、人がいるのはわかっても顔などは見えはしない。

そうした人々の枕許には小さなランプがともされている。煙燈《エントン》というランプで、乾燥させた煙泡《エンパウ》（阿片）をあぶり、やわらかくするためのものだ。やわらかくなったものを煙槍《エンチャン》と呼ぶきせるに詰めて吸いこむのである。

私は顔をしかめながら案内役の男と趙刑事のあとからベッドとベッドのあいだの通路を歩いて行くと、足を出した男につまずいてのめってしまった。

私が不快な表情でその男をにらみつけると、男は垢だらけで髭をいたずらに伸ばしており、痩せた手を宙に泳がせただけで、また、きせるに熱中し目を閉じてしまった。私はおもわず顔をしかめ舌打をした。

陶酔にひたっている者が大部分だったが、なかには時折り、奇声を発している者もあった。これは幻覚が生じて錯乱状態になっている者であるらしい。

不快な甘酸っぱさときな臭さのまじりあった空気のなかに、長い時間耐えていられるはずもない。第一、この部屋にいるだけで阿片のけむりを吸いこんでしまうことになる。

不潔な部屋を通りぬけると、またドアがあり案内役の男はそのドアをあけた。すっと冷たい新鮮な風にふれて、私は反射的に詰めていた息を吐き出し、深呼吸をした。そこはせまい廊下だった。その廊下の突当たりにもう一つドアがあって、案内役はそれをノックした。

「さあ、どうぞ」

案内役は清国人特有の意味不明の笑いを浮かべてドアをあけ、私たちをなかに入れると自分は外からドアを閉めた。

部屋は二十フイートほどの方形で、片側に小さな窓があり、正面の机の向うに恰幅のいい五十代の男が長袴に丸い帽子姿で座っていた。色の白い、くちびるの赤い丸顔の男だが眉がひどくうすくて、剃っているのかと思ったほどであった。

彼の背後は重そうな黒いカーテンで占められており、一方には装飾過多な戸棚や磁器の壺をのせた卓があった。テーブルの上にランプ、壁の両側にガス灯で、室内はこれまでのところにくらべればはるかに明るかった。

机に向っていた男が立上って趙刑事になにかいった。趙刑事が笑いながら答える。その様子が捜索に来た刑事の態度のようには思えず、私はふと不審の念がきざすのをおぼえた。

趙刑事は私に向きを変えた。その手に黒く光る拳銃が握られていた。

「ホイットニーさん。あなたの銃を預らしてもらいますよ。おっと、動いてはいけません。下手に動くと大怪我をします」

「趙君、きみは？」

「領事館に潜入している者はボーイの楊ひとりではなかったのですよ」

彼の目は油断なく私をみつめ、拳銃を握ったまま素早く私の身体を探り、ホルスターから拳銃を取り出すと、それを阿片窟の主人のテーブルに置いた。

「ぼくを騙して連れこんだのだな」

「あのホックという男のそばでうろうろされると邪魔なのでね」

「マーガレットさんの行方も知っているんだな？」

と、私は怒りに身をふるわせながらいった。趙は笑った。主人は私の拳銃をとりあげて、銃口を向けていた。

「私は知らないよ。だが、彼女は大事な取引の道具だから無事だ。しかし、あなたが黄浦江に浮かんだと知ったときは嘆き悲しむだろうて。私は領事館にもどって、あなたが行方不明になったと報告するだけさ」

思わず趙に飛びかかろうとしたが、趙は拳銃を向けて首を振った。

「動くなといったでしょう」

主人のうしろのカーテンがゆれて、そこから出てきた男ふたりを見たとき、私は咽喉の奥でうめきに似た声をもらした。

それはこれまでにもいくたびか聞いていた気狂い犬――瘋狗――と呼ばれるモリアーティと列車に同乗していた男――凶暴な双子の殺し屋たちにちがいなかった。蛇のように冷たい目、げっそりと落ちた痩せた頬。残忍さを現しているうすいくちびる。酷薄非情を絵に書いたようなとはこのふたりのことだろうか。おなじ服装、おなじ顔かたち、あまりにもそっくりなので一瞬、目を疑ったほどであった。

双子のひとりが物凄い笑《えみ》を浮かべたが、それは頬がいくらか引きつったように思えるだけで目は笑っていなかった。

「私はこれで……」

趙はうすら笑いをするとカーテンのうしろへ入って行った。カーテンの向こうに、廊下か出入口があるのだろう。

私は絶体絶命だった。主人は私の拳銃をかまえ、私の胸を狙っている。双子のひとりが服の下に入れていた手を出した。その手には長さ八インチほどの鋭利なナイフが握られていた。彼等は目標の咽喉を掻き切り、釘で手足を打ちつける、という言葉を思い出した。

私が一歩下ると、双子は一歩前へ出た。ナイフをこれみよがしにもてあそんでいるので、刃が光を反射して光った。

趙が青帮の一味であれば、むろん援軍のくることは考えられない。彼が応援を頼むといって子供のところに行ったのは、簡単な芝居にしかすぎない。

私は巧妙な罠にはまってしまったのだ。

双子は楽しげな態度さえみせていた。血を見るのが楽しいのか。断末魔に苦しむ人間に快感をおぼえるのか。

ついに私は壁際に押しつけられてしまい、双子は眼前三フィートのところに迫って来た。

私が入ってきたドアがノックされて声が聞えたのはそのときである。主人も双子もはっとした様子で動きが止り、主人は怒った声でなんだと外にたずねた。ドアの外から私にはわからない中国語の返事がした。主人がうるさそうに、怒鳴り返す、と思ったとたん、ドアに大きな音がしてはじけるようにドアが開き、乱入してきた者があった。

4

銃声がこだました。阿片窟の主人が銃を射つ間もなく胸もとから血を吹き出してうしろへ飛ばされるようにのけぞった。双子に向って乱入してきた黒いかたまりが襲いかかった。それは私には黒いかたまりとしか見えなかった。黒い服のせいか、動きがあまりにも素早かったせいか。

双子のひとりは飛び上って襲いかかったかたまりに、手首を打たれてもろくもナイフを取り落した。

「張警補!」

黒い疾風の正体に気がついて私はよろこびの声をあげた。見馴れた張の姿とは服装といい鼻下の髭といい皮膚の色といい、まるでちがっていたので、咄嗟にはわからなかったのである。さらにドアから飛びこんできた中国人が、拳銃を双子に向けた。双子はテーブルの上の硯をつかむとその男に向って投げつけ、飛鳥のようにカーテンをくぐり抜け出した。中国人はそのあとを追った。

もうひとりの双子の片割れのほうは張警補の拳を迎え、みずからも拳で防戦していた。双子の高く舞い上げた足が、張警補の顔面に当り、警補は吹っ飛ぶようにうしろ向きに倒れた、と思うと瞬間的に立上っていた。

「きえーっ!」

肺腑をつく気合が張の口からほとばしり、その巨体がこまかくふるえはじめた。張志源警補の身長は五フィート八インチほどだが、誇張していえば横幅もおなじくらいある巨体が、急に小さくなったように思えた。彼は左足を一歩うしろへ引き、両手を猫がものを引っかくような格好で前方に突き出した。

双子も油断なく構えながらジリジリと体を移動させた。どんな隙があったのか張警補は気合を発すると、双子に向って飛んだ。猫のかたちの片手が目にも止らぬ早さで伸びた。

「ぎゃあっ」

と、双子がよろめいて片手で顔を押えた。指のあいだから鮮血がほとばしった。彼は二、三歩よろよろと後退したが、そこで立直ったとき、どこから出したのかナイフが握られていた。一本はたたき落されて床にころがっているから、まだほかにもおなじナイフをかくし持っていたにちがいない。

彼は奇声をあげてナイフを張に投げた。ナイフは張の胸に光りながら飛んだ。交す間もなかった。私はナイフが張の胸に刺さる瞬間を想像したが、なんと、張警補は胸の前で飛んでくるナイフを両手のひらで拝むように受取ってしまったのである。

どこかで銃声がした。私はこれまでの争闘があっという時間内に起きたので、呆然としていた。男たちが乱入してきて、まっ先に阿片窟の主人を倒し、双子に襲いかかるまでは時間にして十秒ぐらいの出来事だったのだ。

銃声でわれに帰った私は行動を起さなければと思った。私の銃は倒れた阿片窟の主人のところにある。私は対峙している張と双子のうしろへそっと身体を移動させた。

双子は顔を押えていた片手をはなした。鮮血が骸骨のような顔の反面を染めていた。その片眼から血はなおもあふれ出ている。

「ちいっ!」

双子の片割れはテーブルをひっくりかえした。卓上のランプが張警補の足もとにころがり、流れた油に火がついた。張はうしろへ飛びのいた。その隙に双子は跳躍し、ころがったテーブルを飛び越えるとカーテンのうしろへ飛びこんだ。

張は叫びながらあとを追った。私はいそいで目をむいたまま死んでいる主人の手から自分の拳銃をもぎとった。油についた火が広がりはじめていた。このままでは火事になってしまう。私は拳銃をホルスターにさしこむと、上衣を脱いで炎を消しはじめた。やがて炎は下火になり、あたりは油と燃えた匂いとけむりにみたされた。

カーテンが動いたので、私は拳銃を抜いた。現れたのは張警補で、そのうしろから双子の片割れを追っていった長身の中国人が現れた。

「怪我は? ホイットニーさん」

と、警補はたずねた。

「大丈夫。どこもなんともない」

私は中国人を見た。どこかで会ったと思ったら、大部屋を通り抜けるとき投げ出した足につまずいた男だと思い出した。阿片に酔い痴れていたはずだが、いまの彼にはそんな徴候はどこにもなかった。

彼は長袢の下からタオルを出すと、顔をこすりはじめた。垢だらけ髭だらけの、その髭がとれた。銅のような色の皮膚が白くなった。そして、私の前には服装こそまぎれもない中国人だがホック氏その人の顔が笑っていた。

「ホックさん!」

「ようやくわかったようだね。ぼくの変装も満更じゃあるまい。でも、さっき、きみの注意を惹いたときは、見破られるんじゃないかと思ってひやひやしたよ」

張警補は右手の指にはめた金具を抜いた。

「双子のひとりは目を突かれていますから、今後は二人一役などという真似はできんでしょうな。この点穴針をはめていてよかった」

金具は鉄の箸のように先端が尖っていて、下部に指をはめる穴がついている。これを指にはめると尖った部分は、ちょうど指よりわずか上に出る。かくし武器(暗器)の一つだ、と張警補はいった。この針の先端が双子の片目をつらぬいたのである。

「わしは警吏を呼んできます。趙の死骸をはこばせにゃなりません」

「趙は死んだのですか?」

「ぼくが双子のひとりを追っていったら、趙がいきなり射ってきたのだ。応射したぼくの弾丸が当ったんだよ」

と、ホック氏がいった。

この騒ぎのあいだ、阿片窟のほうからはだれもこなかったが、壁の石がよほど厚いせいなのであろう。

「よく助けてくださいました……。でも、どうしてここへ」

ほっとすると疑問が山のようにわいてきた。

「楊が通っていたという阿片窟がここなのだ。きみと一緒では目立ちすぎるから、張君と相談して変装して客になりすまし乗りこんで様子を探ることにしたのだよ。そうしたら、趙刑事ときみが現れたじゃないか。こんな場所へ無防備に乗りこむなんて乱暴な話だ。趙刑事はそんなことぐらいよく知っているはずなのに、これは妙だと思った。きみたちが奥へ行ったあとを、隣りのベッドの張警補とそっとつけたんだよ。そして、鍵穴からなかの様子をうかがったら、一刻も猶予できない状況にあったので、張警補が巨体を利して体当りするのと同時に、ぼくは用意してきた拳銃をかまえて飛びこんだのだ」

「そうでしたか。ぼくはもう駄目だと観念していました……」

張警補が警吏を呼びに出て行った。

「きみのほうはどうしてここに来たのだね?」

と、ホック氏はたずねた。

私は趙刑事と閘北《ぎほく》の馬車屋に行き、ここへ連れてこられたいきさつを話した。

「駅から四人をはこんだ馬車が、意外に早く突止められてしまったので、趙はそれを利用して、きみをここで殺そうという計略をたてたのだね。もし、ぼくも一緒だったらおなじように双子の待ち受けるここで殺してしまおうという腹だったのだろう。趙は有能な刑事の仮面を、なかなかうまくかぶっていたよ。ぼくも彼がきみとここへくるまでは気がつかなかった。ぼくの観察眼も鈍ったかな……」

ホック氏は苦笑した。

「こうなると本当にだれを信じていいかわかりませんね」

と、私はため息まじりに嘆いた。

5

どやどやと張警補が十数人の警吏を連れてきた。店を閉鎖し、店内の大部屋と個室にいる客四十五名については身許を調べ、単なる客は追い帰した。客のなかには名の知れた商店主や官吏もいたが、かねてから手配中のならず者と泥棒も四人いて、これはその場から引っ立てられた。阿片に酔って陶酔し意識がもうろうとしている者も警吏の手で容赦なく戸外に放り出された。

それから店内の大捜索がはじまった。私たちは主人の死体と部屋の検分にとりかかった。その結果、主人の右の上膊部に例のさそりの刺青が発見された。彼も青帮の一味だった。

「重要な証拠となるようなものは置いてありませんな……」

帳簿の類いは押収してゆっくり検査することにして、ほかの書類や戸棚を調べた張警補はいくらかがっかりしたようにいった。

「一味への指令とか連絡とかは後日の証拠にならないような方法をとっているにちがいないから、証拠を期待しても無駄だろうよ」

ホック氏はカーテンのうしろにあいた通路をランプの灯で調べながらいった。

双子がかくれていたここは、建物の配置からいって石壁と石壁のあいだに作られたかくし通路と思われた。幅三フィート、奥行十五フィートほどの通路は突当たって右に曲がったかと思うと、そこにドアがあり、ドアを出ると阿片窟の裏の路地であった。その路地側から見るとドアは一見、煉瓦の壁のように偽装されていた。ふつうでは壁としか見えないだろう。

その通路にもドアの外の地面にも、双子の片割れの目からしたたり落ちたと思われる血が点々とつづいていた。

「このあとを追えば行方がわかるね?」

ランプをさしかけて、地表に吸われたくろずんだ血痕をみつめながら私はいった。

「役に立つ犬がいればいいのだが……」

「あいにくここでは心当たりがない」

ホック氏と私は血痕を追って路地の外に出た。血は点々とつづいていたものの、人通りの絶えない通りに出ると、追跡は困難になった。老城隍廟市場の地域内なのである。どんな細いせまい路地も人と商店、物売りに充たされていることは、道士のもとを訪れる際にも触れた。夜は夜でランタンやランプの灯が入り、昼よりはいくらか人が減ったとはいえ、ぞろぞろと列をなしていることに変わりはない。その人々の流れが地上の血痕を踏み消してしまっているのである。灯のとぎれる場所にくると極端に暗い。

あとを追ってきた張警補に、そのあたりの商店の男たちに、怪我をした男について聞いてもらったが、彼等は言い合わせたように無表情に、そんな男はみなかったと首を振るばかりだった。

「うかつに物を言って後難を怖れているのですよ」

忌々しそうに張がいう。

「三猿という諺がありましてな。三匹の猿の像が、一匹は目を一匹は耳を、一匹は口を押さえておるのです。見ざる聞かざる言わざる――このへんの連中はみんなそうです」

思いきれずになおも血痕を追ってみたが、ついに人通りの特に多い場所で見失ってしまった。路地はさらにいくつもの路地に分岐している迷宮《ラビリンス》のような地区では、こうなると探しようがない。

「血の落ちるのを止めたか、それともこのあたりの一軒に飛びこんだかだろうね」

ホック氏はあたりを見まわしながらいった。服装は清国人、顔は西欧人というホック氏をみとめて不思議そうに足を止めて見る者が、あっという間に人垣を作りはじめた。ホック氏と私はここでは目立ちすぎる。

私たちはふたたび阿片窟にもどった。平べったい笠と綿入れの上衣に綿入れのズボンという〝制服〟の警吏たちの捜索はまだつづけられていた。

「こんなものがありました」

もどってきた私たちを待ちかまえていた隊長が差出したものを見て、私はおどろきの声をあげた。

「エヴァンズ嬢のだ！」

それはまちがいなくマーガレットの髪を束ねていた青い髪止めであった。

「どこにあった？」

「二階です」

私たちは隊長に案内させて二階へ上がった。階下の大部屋とちがって、ここは十室の小部屋が並んでいた。個室を希望する客のための部屋で、いずれも寝台と阿片の吸飲具一式が備えられていた。問題の髪止めは一番奥の個室にあったという。

マーガレットが駅からこの阿片窟に連れこまれたことは疑う余地がない。隊長の命令で阿片窟のボーイが連れてこられた。彼等が青帮の息がかかっているかどうかを見極めるのは、さそりの刺青がいちばんだが、刺青がなくても金で雇われていた道士のような者も多いし、この店自体が巣窟《そうくつ》の一つに思われるので、隊長の訊問は峻烈を極めた。

ボーイは七人いた。話を総合するとこの店の使用人はこれで全部らしい。隊長は七人を一列に並べると、まだ一言も発しないうちにはしのひとりを物凄い勢いで殴ったのである。その男は鼻血を吹き出し、うしろの壁にぶつかって崩折れるように倒れた。口も真紅だった。彼は両手を合わせて生命《いのち》乞いをしながらもぐもぐと口を動かし、口中から折れた歯を二本吐き出した。

隊長が威丈高《いたけだか》になにかいった。

「正直に話さないともっとひどい目に合わせるといっているのです。——おい、もういい。あまり手荒な真似はするな」

張警補は眉をひそめて押し止めた。

ほかのボーイたちは畏怖した面持ちで身をすくませていた。ボーイたちは十二、三の少年から四十がらみの者まで年齢はとりどりであった。

「きのう、ここへイギリスの女の方が連れこまれたのを見た者がいるだろう。知らぬとはいわせぬぞ」

隊長はボーイたちをねめまわした。張警補が彼の前に出た。

「男が三人。ひとりはイギリス人。ふたりは双子の清国人。それにイギリスの女性だが、その女性は少年のような恰好をしていた。どうだ、様子を知っている者がいれば前へ出るのだ」

張警補の言葉にもボーイたちはすくんでいて動こうともしなかった。

「張君、右の端の少年を残して、あとは別室に連れていってくれるように隊長にいってくれたまえ」

ボーイたちをみつめていたホック氏がいった。ホック氏のいう右端のボーイは、年のころ十三、四としかみえない赤い頰をした少年であったが、張警補の言葉で目に動揺が走ったのをホック氏は見逃さなかったのである。

隊長は別室でなおも訊問するためにボーイたちを連れ去った。ひとり残された少年はおどおどとして、目に恐怖と不安を浮かべ、私たちを盗み見るように視線を動かしていた。

ホック氏はやさしく彼に声をかけた。

「おまえはなにか知っているね。かくさずに話してごらん」

少年は通訳の張の言葉を聞いて、いっそうおびえた態度をみせた。張警補がなおもいうと、少年は消え入るような声でなにか答えた。

「殺されてしまう、といっておるのです」

「この場から保護して、危険のないようにしてやるといってくれたまえ」

少年は重ねての説得に、ようやくいくらか安心したようであった。

6

ふたりの西欧人と巨漢の張警補にかこまれて、少年のおびえた態度はなかなかあらたまらなかったが、やがて、ホック氏のやさしい問いかけに訥々《とつとつ》とした口調で口を開きはじめた。それを整理すると次のようなものであった。

少年は自分の本当の年も名も生地も両親も知らなかった。彼は搨鼻子《ターピーズ》とだけ呼ばれていた。搨鼻子とはぺちゃんこの鼻のことである。六歳ぐらいのときに街で物乞いをしていたところを拾われ、以来、ここで掃除などの雑用をして働かされている。

きのうの昼前のことだが、たまたまごみを棄てに裏へ出たところ、裏口から四人の男が主人に迎えられて家に入るのを見た。昼になって主人に二階の客に食事を持って行くようにいわれ、行ってみるとこの部屋の前に気味の悪い男がいて、食事の盆を受け取ってなかに入っていった。

そのとき、ちらりとなかの様子が見えたが部屋には人相の悪い黒っぽい服の洋人の男と、服装は男だがあきらかに金色の髪の長い洋人の若い女、それに扉の前にいた男と瓜二つの気味の悪い男がいた。若い女はベッドのふちに腰かけ、うつむいて両手で顔を被い、どうも泣いているらしかった。洋人の男が彼女に向かってなにか言っていた。そのときドアが閉められてしまったので、あとのことはわからない。

「でも、今朝早くです。おいらが表で掃除をしていると、どこかから馬車が来ました。迎えに来た男と、洋人の男が女の人をかつぐようにして出てきて馬車に乗りこみ行ってしまいました」

「迎えに来たのはどんな男だね?」

「頭が丸坊主で、まっ黒に陽焼けした体格のいい男です」

「おまえと馬車までの距離はどのくらいはなれていたのだね?」

「玄関の前から路地の入口までです。馬車は路地の入口に止まっていましたから」

「約二十ヤードぐらいだ。ほかに気がついたことがあればどんなことでも言ってごらん」

しかし、ボーイはほかにいうことはないと答えた。

マーガレットはこの魔窟で一夜を明かし、ふたたびどこかへ連れ去られたのである。ホック氏は室内の検分にとりかかった。氏は拡大鏡を取り出してベッドやその付近の床、壁などを詳細に調べはじめた。特に壁の一部については指先でこすったり匂いを嗅いだりして、長いあいだ調べをつづけた。

「エヴァンズ嬢の行先の見当がついたよ、ホイットニー君」

振り返っていったホック氏の言葉に私は一瞬、唖然とし次に興奮して叫んだ。

「どうして? まさかうそではないでしょうね」

張警補もふだんは眠っているような細い目をまるく見

開いて、ホック氏をまじまじとみつめた。

「出まかせやいい加減ではないよ。マーガレットさんは船に連れ去られたのだ。それも最近、南のほうからやってきた船だね。馬車で来た男は船の火夫《かふ》だよ。不用意に壁につけた新しい手のあとにかすかだが石炭の汚れがついており、男が立っていたらしい手のあとの床にインド産の強い刻みたばこの灰が落ちているのを見れば一目瞭然だ。男はこの部屋で壁に手をつきながら一服したのだね。この船にも船員にも青帮の息がかかっていることはまちがいあるまい。船というものは人知れず人間を隔離するのには大変都合がいいからね」

「モリアーティはマーガレットを船で遠くへはこぼうとしているのだろうか?」

「いや、彼の目的はぼくだ。エヴァンズ嬢を船にかくしておいて、ぼくに攻撃を集中する気だろうから、当面は碇泊しているはずだ。モリアーティもわれわれがわずか一日半で、道士や阿片窟を突き止めるとは考えていなかったろう。いまごろは双子から話を聞いてあわてているにちがいない」

「双子もその船だと思いますか?」

「ひとりは目に重傷を負っている。彼等はモリアーティと行動を共にしていたのだから、いまも一緒だと思う」

「すぐに船を調べましょう」

と、張警補がいった。

私はボーイのぺちゃんこ鼻がいったマーガレットの症状が心配であった。ぐったりして病気のようだったというのは、おそらく何等かの薬を飲まされて自由を失っているにちがいない。

どうか救いを信じて生きていて欲しい——私は心中に祈った。

ぺちゃんこ鼻に約束した通り、ホック氏は少年を同行することにした。魔窟に置いておけば、少年の将来の運命が、決してよいものではないことは明白である。

警吏の隊長によるボーイたちへの訊問は、まだつづけられていたから、なにか新事実があればただちに報告するようにいって、私たちは阿片窟を出た。

わたしたちの急追撃が効を奏して首尾よくマーガレットの行方を突き止め、救出に成功するか、モリアーティとその背後の青帮の組織が私たち、わけても仇敵といわれているサミュエル・ホック氏を倒すか予断は許さない状況であるから、私たちは帰途も充分に周囲を注意しながら、とりあえずホック氏の宿舎のヴィクトリア・ホテルに帰りついた。

シンプソン警部の部下二名が留守中も変わったところはなかったと報告した。私たちは部屋に入る前にとりあえずロビーのソファに腰を落ち着けた。すると、それまで忘れられていた疲労がどっと出てくるのを私は感じた。なにしろ早朝は催眠鬼道士との死闘、それから清妙観、ついで閘北《ぎほく》にいって、また南市の阿片窟での危機と、これまで体力がよくもったと思われるほど消耗の烈しい一日であった。時刻はようやく十時になろうとしていた。私はバーに行って私にはスコッチ、ホック氏にはフランスからの輸入品であるバーガンディ・ワインのモンラシェをとってきた。張警補はたらふく飲み、かつ食べるくせに洋酒は嫌いなのでいらないといったのである。

「これはすばらしい。ぼくはクラレットとモンラシェには目がないんだよ」

張警補のほうは食堂に行って、まだ調理場にいたコックから皿に山盛りのコールド・チキンとミネラル・ウォーターをもってきて、ぺちゃんこ鼻にもすすめ、自分は大きな鶏の腿にかぶりついた。

「やれやれ大変な一日でしたな……。ところでこの坊主、どうしましょうかな?」

「パーキンス領事に話して、領事館のボーイなどに使ってもらうのはどうかね。下働きの連中の宿舎に泊めれるだろう」

と、私は夢中でチキンにかじりついている少年をながめた。汚れているがよく見るとなかなか利発な顔をしている。六歳のときから物乞いをしていたという境遇は同情すべきものがないではないが、この国には悲惨な境遇の子供はあまりにも多くいる。私は少女の目を人工的に盲目にして街頭の歌唄いにさせる、安い金で売買される少年少女の話をいやというほど聞かされていた。北京でも上海でも天津でも広東でも、また地方の山村でも状況は似たりよったりである。

「おまえは親の記憶はまったくないのかね?」

と、私はたずねた。少年は口のまわりを拭きながらうなずいた。

「おいらよりずっと年上の女の子と一緒だったことがあるような気がするんだ。船があって、そこでその子が遊んでくれた。でも、どんな顔だか忘れちまった……」

「もしかしたら肉親かもしれないな」

少年の幼時の断片的な記憶はそれだけであった。船があったからには、川か海に家があったのかもしれない。船が私は蘇州河の岸のスラムを思いうかべた。少年の住居は水上生活者の舟であったのだろうか。

張警補は少年を連れて領事館に行くことになり、私はホック氏の部屋でもう少しきのうきょうの出来事を検討したいと思った。疲れてはいるが疲労と興奮でかえって心が安まらず、眠ることなどできそうにもなかったのである。

ホック氏は部屋の鍵をあける際にも慎重であった。

「何者かが忍びこむことを予想して策を講じていたのだが、無事のようだ」

ホック氏はドアの上部にはさんであった一本の髪の毛をつまみながらいった。だれかが留守中、部屋に侵入すればこの髪の毛が落ちるはずであった。

私たちが椅子に落ち着いて座ったのは、ホック氏がシャワーを浴びて、ガウンに着換えてからであった。すると、ノックの音がした。

7

私は立上がってドアに行った。

「だれだね?」

「フロントの李です」

「なんの用だ?」

「お忘れものです」

私はドアをあけた。さっき、フロントにいた係の清国人が立っていた。彼は手に縦横五インチぐらいの四角い箱を手にしていた。

「これです」

彼はその箱を差出した。箱は包装されていて一見、陶器の土産物《みやげもの》と似ていた。

「われわれのじゃないね」

そう言って李という男の顔を見た私は、彼の能面のような無表情さに奇異の想いを抱いた。

「いいえ、ホック様のです」

と、李はいった。

ホック氏が突然、横合いから私を突き倒したのはそのときである。氏は同時に李の前でドアを烈しく閉めた。

私たちが床にころがるのと閉められたドアの向こうで轟音が起こり、ドアが吹っ飛ぶのとは同時であった。私の上にホック氏が折り重なり、私の耳はしばしはガーンとしてなにも聞こえなかった。

廊下が急に騒がしくなった。ホック氏は手をついて起き上がり、私の手をとって助け起こした。

「怪我はありませんか?」

私はまっ先にたずねた。

「きみは?」

「どうやら大丈夫です」

吹き飛んだドアの向こうはひどい惨状だった。白い廊下の壁はえぐりとられ、炎でくろずんでいた。爆風はドアを破ってホック氏の部屋の窓ガラスを粉々に打ち砕き、カーテンを落としていた。

穴があいた廊下の壁にたたきつけられて即死したフロ

ント係の李はさらに無残であった。爆風が彼の衣服を剝ぎ、右足が消えていた。頭を壁にぶつけたとみえて血と脳漿が飛び散っていた。

シンプソン警部の部下が血相を変えて飛んできた。

「ご無事でしたか?」

「きみたちはどこにいたんだ?」

と、私は思わず声を高くした。

「お帰りになったので、ひとまず自分たちの部屋にもどっていたのです」

「李は催眠術にかかっていたのだよ。きみのうしろからのぞいたときにわかった」

ホック氏がいった。

「催眠術ですって?」

「道士の仕業にちがいない。彼はぼくたちがロビイを出、警戒に当たっていたふたりの刑事が引っこんだわずかな隙に、フロント係に術をかけ爆弾を持たせてよこしたにきまっている」

私は拳銃を抜いて駆け出そうとした。

「よしたまえ。みつけるのは無理だろうよ」

「ひどいやつだ。フロント係がみすみす死ぬのがわかっていて送りこんできたのですね」

「死神道士のことだ。そんなことはなんとも思ってはいないよ」

つくづくと昼間取り逃がしたのが残念だと思った。彼は蛇のごとき執念で、私たちの帰りをどこかで待ち受けていたのであろう。そして自分が登場するならまだしも、卑劣にもフロント係に催眠術をかけ、爆弾を持たしてよこしたのである。

「それにしてもなんにもかかわりのない人間が、術によって道士の意のままに動くとなると、今後も充分警戒しないといけませんね。今後、会うことがあったら必ず射ち殺してやります」

と、私はいった。

領事館警察の刑事は泊まり客を各自の部屋に押し返し、あわてふためいて飛んできた支配人や夜勤のボーイたちを指揮して、現場の保持やら領事館への連絡に大童《おおわらわ》だった。

まもなくシンプソン警部が飛んできた。

「ご無事でしたかホームズさん、いえ、ホックさん。こいつはひどい」

彼はあわててホック氏の名前を言い間違えたりしたが廊下の光景を見て絶句した。

支配人が私たちに三階の別の部屋をとってくれたので、私たちはそこへ移動した。李の死体が片付けられ、実況検分が行われたが、ロビイから私たちが引き揚げてからは、李ひとりがフロントにいたきりで、そのころ外部から入ってきた者の目撃者はだれもいないことがわかった。

「警戒の人員を増員しましょう。四六時中、あなたの周囲を警護させます」

ホック氏はシンプソン警部の申し出を丁重に固辞した。

「ただでさえ少ない領事館警察の人員をいま以上にぼくのために使うのは遠慮しますよ。かえって自由が利かないし、ぼくは自分で自分の身を守る術《すべ》は心得ていますから」

「領事館に宿舎を移されたらいかがです?」

「敵にうしろを見せたくはありませんのでね。それに彼等はどこにいても、入りこんできます。しかし、必ずエヴァンズ嬢と引き換えの条件になにかいってくるでしょうから、ここにいたほうがいいのです」

「ぼくがここへ泊まりましょう」

と、私はいった。ホック氏は微笑した。

「そうだね。ホイットニー君がいてくれればなにかと都合がいいかもしれない」

もちろん、私がついていたからといって万全でないのはわかっている。催眠鬼道士《ツァイミングイダオシー》——死神道士の催眠術の恐しさを、まざまざと見たいまとしては、あらゆる人間を警戒しなければならない。たとえば絶対に信頼し得るシンプソン警部にしても、うかうかと道士の術中に陥ったら、李のように生きた爆弾に変身するかもしれないのである。さらに、私にしても、どんなはずみで術にかけられないとも限らない。まして、道士の術を知らないほかの人々は、簡単に道士の意のままになるであろうとおもうと、慄然とせざるを得ない。

私たちは死神道士と双瘋狗《ツオフォングオ》——二匹の狂犬を倒し、その先にいるモリアーティをも倒さなければならないのである。

爆弾事件のおかげで、ようやくベッドに入ったのはもう深夜だった。打ちつづく出来事の余韻が尾を引いて目が冴えてしまい、かすかな物音にもはっとして身を固くする時間がつづいた。夢とも現実ともしれぬわずかな眠りに夢魔がしのびこんできた。

どことも知れぬ一室に恐怖のとりことなったマーガレットが必死に救いを求めている。彼女のまわりに祭壇が築かれ、無数のろうそくが燃えている。マーガレットは生贄として祭壇に捧げられるのである。彼女のまわりを黒衣の異相の僧がかこみ、神を冒瀆する黒ミサがはじまっている。異相の僧はそれぞれが道士であったり、あのふたりの狂犬であったり、モリアーティであったりした。そして、死神が持つ大鎌を手にした黒い頭巾の男がマーガレットに近づくと、彼女の首を引き据えて……私は汗びっしょりになって半身を起こした。

外はまだ暗かった。室内に夜明けの近い冷気が忍びこんでいた。暗い室内の隅にわだかまっている闇をみつめていると、その闇がうごめくような気がした。
きょう——十二月一日火曜日はどのような日になるのであろうか。

8

寝不足気味の頭がかすかに痛み、目が充血して赤かったが、私は寝ていることができなかった。髭を剃りながら鏡に映る私の顔はわずか二日で別人のように頬がこけ、憔悴の色を濃くしていた。冷たい水にしばらく顔を浸していると次第に頭がはっきりしてきた。

時間を見るとまだ六時十分前である。ホテル内はひっそりと、昨夜の事件が遠い出来事のように静まりかえっている。窓から外をのぞく。明け方のうすむらさきの光が広がる街をおぼろに浮き上がらせようとしていた。領事館もホテルも蘇州河から遠くないので、河の方角にたなびく白い靄《もや》が家々を夢幻的に包んでたゆたっていた。早起きの荷馬車がゆっくりと通って行く。

もし、何事もなかったらのどかで平和なたたずまいだ。暑いインドから着任したのは、やはり酷暑の八月であったが、私は悠揚とした中国の朝が好きであった。このまま、この国を愛しのんびりと同化してもいいと思うときもあった。ところが今朝はどうだろう。おなじ朝、おなじ風景に心が痛む。脳裡にはマーガレット嬢の青い瞳と赤いくちびるがはなれない。

ドアをノックする音がしたのは六時半だった。

「張です」

聞馴《ききな》れた張警補の声がした。ドアをあけると、ドアをふさぐように巨体が立っていた。今朝の張警補はいつもとちがって緊張した様子であった。

「飛んだ目にお合いになったそうですなあ」

私は彼を部屋に招じた。

「ホックさんが助けてくれなかったら、まともに爆発を食うところで、こんなふうにしてはいられなかったよ」

「私はぺちゃんこ鼻を領事館につれていって、あとのことを頼んで帰ってしまったので知りませんでした。今朝早くたたき起されて事件を知ったのですよ」

私はフロント係の李が催眠術をかけられたことを話した。

「——油断なりませんなあ」

張警補は嘆息した。

「この調子で信頼している人間に術をかけて送りこまれたらたまらないね。きみだってぼくだって危険はあるわけだ」

「きのうの経験で死神道士の術を破るのは、こちらが気をそらせばいいとわかりました。古来、妖術を破るには火をもって良しとしています。火は万物を浄化するもの。たとえばたばこの火を肌に押しつければその痛みで気をそらせることができますが、そううまく火があるとはかぎりません。あとはホックさんがやったようにつねるか刺すかですな」

「相手の念波を押さえこんで自分の意志を取りもどすなんて、凡人のぼくにはできそうもないよ」

と、私はいった。

「でも、なんとかやらなければいけません。道士の心搏とこちらの心搏が合ってしまったら、道士は心臓をとめる。すると、こちらの心臓もとまって死んでしまう。道士のほうはふたたび心臓を動かすことができるのですから、まず、催眠術にかからないことが肝心です」

「そういう妖術師のようなやつは、どうしても倒さないと……」

彼が銃には弱いのは知っている。私は道士を銃で倒すより方法がないとおもっている。

そんな話をしていると七時になった。私たちはホック氏の部屋に行った。氏の部屋にはもうもうと強いパイプたばこの匂いとけむりがこもっていた。ホック氏はガウン姿で私たちを迎えたが、ふと奥のベッド・ルームの開いているドアから見えたベッドには寝た様子がなかった。

「椅子で眠ってしまってね」

私の視線を追ったホック氏がいった。

「ホックさん、私は今朝こちらへ来がけに部下を動員して碇泊中の船舶を調べるように言いつけてきました。昼ごろには何等かの知らせがあると思います」

と、張警補が報告した。

「するとそれまでは待つより仕方ないんだね？　もし、よければ三十分ほどエヴァンズ氏をなぐさめて来たいと思うんだが……」

「行ってきてあげたまえ。ぼくからもよろしくと伝えてほしい」

「気をつけて行ってらっしゃいよ」

私はふたりと別れて、冷え冷えとした外へ出た。あたりを見まわしたがホテルの周辺に人影はなかった。ヘンリー・エヴァンズ氏の邸《やしき》はこの租界の、ホテルからさして遠くないところにある。

邸では早朝にもかかわらず、執事のウィルフォードや、小間使いからたちまちマーガレットの安否を気使う質問攻めに合った。エヴァンズ夫妻は丸二日間、ほとんど一睡もしないらしく目のまわりがくろずみ、げっそりと頬がこけていた。

「なんとか手がかりをつかみました。お嬢さんは必ず無事にホックさんやわれわれが救い出します」

私は決意を述べた。きのうおとといの私たちの行動を話すと、エヴァンズ氏も夫人も心から驚愕の態であった。

「そんな悪人の手に娘が握られていると思うとたまりません」

「金で娘が取り返せるものなら、わしは全財産を擲《な》げ抛《う》ってもいいと思っている……」

夫人は悲しみと極度の不安にうちひしがれて泣き、エヴァンズ氏はやり場のない怒りと心痛で握りしめた拳をふるわせた。

誘拐の目的が身代金ではないのが厄介だった。彼等の目的は、本来、マーガレット嬢とは関係のないサミュエル・ホック氏にあるのである。彼等は必ずホック氏がマーガレットのために、仕掛けた罠へ自分から飛びこんでくると考えているのである。

「どうか気を落とさずに希望をお持ちください。少しでもお休みになって、元気を保ってください」

私としてはそういうより仕方なかった。

予定していたより三十分以上長くなってしまったのに気づいて、私は早々に腰を上げた。

ホテルにもどると、ロビイにホック氏と張警補がいた。ホック氏は外出の支度をしていた。


「おそいので気にしていましたよ。待っていたのです」

と、張警補がいった。

「なにかあったのか?」

「外灘《ワイタン》付近の船を調べさせていた部下のひとりが、有力な知らせをもたらしたのです」

「船がわかったのか?」

「いえ、船はまだですが、きのう、三人のモリアーティたちとみられる一行が馬車から降りて舢舨《サンパン》に乗り移るのを見た者に会えたのです。で、これから私たちも出かけていってくわしく話を聞こうというのです」

「よし、行こう」

私のこころには気負いがわいてきた。

蘇州河、黄浦江、無数の運河《クリーク》、上海は水に恵まれている。水上交通はこの街の重要な交通手段で、穀類なども水路を利用して北京にまで送られている。中国一、いや世界でも有数の大河である長江(揚子江)もある。帆を張った戎克《ジャンク》や手漕ぎの小舟である舢舨は、その数数千隻もあって、この水路を縦横に往来し、沖に碇泊している船からの荷降ろし荷積み、船と陸との交通をになっている。

マーガレットは小舟に乗せられ、沖の船にはこばれたにちがいないと私は思った。

9

外灘《ワイタン》のことを私たちイギリス人はバンドといっていて、それがこのあたりの呼名になりつつあった。上海にやってくる船は日に日に増えているのに、岸壁や桟橋の建設が追いつかず、ほとんどの船は接岸できずに黄浦江上に錨を降ろしている。

開港以来、チューダー式やヴィクトリア調の商館や屋敷や官公庁が白亜の優美な姿をみせるようになったものの、まだ手のつけられていない雑木林や起伏のある空地があちこちに残っている。

小舟が岸に引き上げられていたり、かたまって浮かんでいる黄色く濁った水面には、ごみがよどんでいた。張警補の清国人の部下が私たちをみかけて手を振った。彼は一艘の舢舨の前に立っていた。彼の隣りにみすぼらしいみなりをした頭の禿げた痩せた男がいた。

「この者が三人をみかけたといっています」

と、部下はいった。

舢舨の船頭の申し立てによると、きのうの午後、河に沿った道に馬車がとまり、そこから西欧人がひとり、たくましい身体の丸坊主の男がひとり、それに病人のような少年らしい若者が支えられるようにして、もやってあった小舟に乗り移ったという。丸坊主の男は馬車を駆ってどこかへ行ったが、間もなく徒歩でもどってきた。馬車を返しに行ったのであろう。

その間、小舟で西欧人の男は合羽のようなものを少年の頭にかぶせ待っていたが、丸坊主がもどってくると、彼に舟を漕がせて上流のほうに行ったという。

「たしかに上流だね?」

ホック氏は念を押した。張警補は広い河幅をながめて舌打ちをした。私たちがいる地点から北に半哩《マイル》のあたりで黄浦江は北東にカーブするが、そこは蘇州河との合流点である。小舟はその川のどちらへいったのであろうか。

「南方から来た船を中心に調べさせていますので、間もなくわかると思いますが……」

張はまるで海のように広大な河面に点々と浮かぶ貨物船や客船をにらみまわした。蒸気船だけでも、この付近だけで十五隻はいる。かなり上流までさかのぼれるので、全部で何隻になるか見当もつかない。

「ぼくたちは次第にモリアーティの罠に飛びこみつつあるのかもしれないよ」

ホック氏がいった。

「どうしてです?」

「水上はそもそも青帮の本拠ではないかね。モリアーティは味方の牙城にエヴァンズ嬢をつれこんだのだ。いずれ、ぼくがやってくることを予想してね」

「なるほど」

「ぼくがだからといって敵にうしろをみせると思ったら大間違いだ。なんとしてでもエヴァンズ嬢を無事に取り返さなくてはならない」

氏は決然とした口調でいった。

「むろんです」

私も力をこめて答えた。ホック氏がいったように、清国社会に根を張りめぐらす暗黒組織青帮は、十八世紀初頭長江流域の水上労働者によって作られたものである。彼等は船を襲う賊と戦うために結束を固くしたが、やがてその賊と妥協し悪へ変身していった。相次ぐ戦乱や騒乱による亡命者、難民などを加えて巨大になり、当初は多少の大義があったものの、いまでは阿片、密貿易をはじめとして各層に根を下ろしているのである。発生時からの伝統で水上の影の支配権は、青帮に握られているというのも誇大ではない。港湾労働者を左右するのも、青帮の息がかかっているとのことである。

また、この組織はひとりの頭目によって支配されているのではなく、複数の幹部がそれぞれに横の連繋を保ちながら、自分たちの縄張りを押さえているのである。

私たちはともかくも上流に向かってみようと歩きだした。はっきりした当てがあるわけではなかったが、警補の部下がこの一帯を調べているので、途中でなにかを拾うことができるかもしれないと思ったのである。

「三年前のことだが……」と、ホック氏は歩きながら私に顔を向けた。「テムズの河岸をこうやって一隻の船を探したことがあった。ついにはその船を追って、相手が浅瀬に乗り上げて逃げ出したところを捕まえたがね。そいつはインドのアグラで宝石を盗んだ一味の片割れだった」

「ホックさんはずいぶん危険な経験をされたんですね」

「その代償として自分の力で事件を解決できることが無上のよろこびでもあり報酬でもあるんだよ。知りつくしているロンドンの街とちがって、国情も法律もちがう東洋では、なにかとハンディがあることを認めるがね」

「わしがおりますよ」

と、横から張警補がいった。彼は私たちにとってなくてはならぬ人になっていた。言葉、習慣、風俗をはじめとしてすべてがイギリスとは異質の、ときには理解を超越しているこの国では、張志源警補のような人物が側にいてくれなくては、私たちの行動は十分の一に制約されたであろう。

しばらく歩くうちに、私たちは二つの川の合流点にさしかかった。蘇州河側にかかっているのが外白渡橋（ガーデン・ブリッジ）であるが、そこまで来たとき、もやっている舟のあいだから張警補の部下が飛び出してきた。

「ああ、ちょうどいいところでお目にかかれました。私は荷役に従事している苦力《クーリー》がなにか知っていないかと、このあたりを聞きこんでいたのですが、早朝、荷積みを終わった船で働いていた男のひとりが、舢舨から船に移されるおたずねの三人らしい者をみかけたというのです」

部下は意気ごんで張警補に報告した。そして、岸にたむろしている十数人の苦力が円陣を作って焚火しているところへ私たちを案内した。

苦力という男たちの境遇は悲惨なものである。冬でも半裸で着るものもなく、ようやく飢え死にしない程度のわずかな金で、夜の明けるころから、時には深夜まで重い荷をかついで船と陸のあいだを往復する重労働者である。もちろん、彼等には妻をめとる金も機会もない。怪我でもしてはたらけなくなれば、たちまち物乞いに落ちるより仕方ない。多くは寝るところもなく、河岸に掘立小屋を建てて暮らしている。しかも、こうした彼等の賃金を世話役が上前をはねるということである。私は以前、乗馬して散歩していたイギリスの婦人が、そばに寄ってきた苦力を鞭で打ち据えたのを見たことがある。人間として扱われない人々なのだ。

垢だらけで汚れきった男たちの目が、いっせいに私たちに向けられた。その目に見たものは卑屈さと畏怖しかなかった。

「さあ、正直に申し上げるんだ」

張警補の部下は苦力のひとりの前で厳しい口調で声を張り上げた。その苦力はまだ十七、八の若者であった。

「おれはあの船に重い箱を積みこんでいたんだよ。そうしたら舢舨がやってきた……」

「あの船というのはどの船だ？」

と、張警補が聞いた。

「もう、出たよ」

「出航したというのか？　いつだ？」

「三時間ぐらい前だ」

「三時間？　何という船だ？」

「天橋号《テンチャオ》という名だと思った。香港へ行く船だ」

「舢舨がやってきてどうした？」

「そこからここにいる旦那のような外国人が、でっかい男と、外国の女を抱えて船に乗り移ったんだ」

「女をかね？　たしかか？」

「はじめは子供と思ったんだが、甲板で帽子が落ちたら長い金色の髪が垂れたんで女とわかったんだよ。おらは大男ににらまれて、知らんふりをしてしまった。その女の人、気を失ったみたいにぐったりしていた」

「まちがいないな?」

「うそはいわねえよ」

張警補は部下に、大至急天橋号について調べるように言いつけ、苦力の少年には小銭をやった。少年は思いがけない金が入ったのでペコペコと頭を下げ大よろこびであった。

張警補は思案顔でいった。

「どうやら本当らしいですが、確かだとするとその船は出航したことになりますな」

「われわれが上海でうろうろしているあいだに、マーガレットを絶対手の届かないところにはこんでしまおうというつもりか」

と、私は水面をにらんで叫んだ。

「いや、誘いをかけているんだよ」と、ホック氏がいった。「ぼくたちが必ずあとを追ってくることを計算に入れて、ぼくたちを消すことができる土地へ引き寄せようというのだ」

「あとを追うより仕方ありませんな」

「問題は天橋号の寄港地だ」

「それは所属する海運会社ですぐわかりましょう」

バンドに船会社が集中しているのが幸いだった。三十分もしないうちに部下が駈け戻ってきて、天橋号についての報告をもたらした。

それによると天橋号は千五百トンほどの蒸気貨物船で、台輪公司《コンス》という清国の海運業者が、五年前にインド近海の航路に従事していたイギリスの中古船を買取り、清国の沿岸航路用に使っている船だそうある。

「台輪公司だと?」

張警補は顔をしかめた。

「なにか問題があるのかね?」

と、私は聞いた。

「よからぬ風評のある業者でしてな。南からは阿片と武器をはこんでくるといううわさがあるのです。ご存知のように清国は阿片を禁止してはおりますが、実際は野放し同然です。きっとその船も公然と阿片をはこんできたのでしょう」

「天橋号の寄港地は広東で、最終目的地は香港です」

と、部下はいった。

「あとを追える船を探そう」

ホック氏がいった。

10

その日の昼すぎまでに、張警補をはじめとする清国側の奔走で、私たちは一隻の船をみつけることができた。

大同号《タートン》というその船は沿岸航路の、いわゆるトランプ・クレーター——不定期貨物船で、荷主次第でどこへでも行くというトン数わずか八百余トンのボロ船であった。たまたま大同号は夕刻、広東に向けて出航することになっていたのを知り、そこに便乗させてもらう手筈をととのえたのは、午後も三時をすぎていた。船の出航までは三時間たらずの時間しかない。

話を聞いたパーキンス領事もシンプソン警部も心配してくれたが、私たちの意志は固かった。

天橋号には逃亡した双子の狂犬も、さらには死神道士も乗っている可能性は充分あった。それらに見張られているマーガレットの身を思えば、私は私ひとりでも地獄の果てまで追っていったろう。しかも、せまい船は乗組員もすべて青帮の一味である疑いが捨てきれない。

外灘の沖の大同号を目にしたときは、私はこんな船で外海を乗りきれるのかと思った。ペンキははげ、赤錆が浮き出ている。ひょろ長い煙突やその周辺のファンネル・ケーシングも船橋《ブリッジ》も見るかげもないほどにみすぼらしい。マストも錆だらけであった。吃水線の上まで貝が付着し、降ろされたタラップも古びてガタガタになっていた。

陶《タオ》という名の船長は四十五、六の、あまり背は高くないが赤銅色《しゃくどういろ》に陽焼けした筋肉質の、真面目そうな男だった。張警補によれば陶船長は流れ者のような不定期貨物船の船長にしては義侠心に富んだ男で、青帮とは関係がないということであった。

私たちはとりあえず広東までの運賃に若干の割増金を添えて払ったので、私たちを迎えた船長は機嫌よく船橋の下にあたる船室に案内した。

「あいにくこの部屋しかあいていねえ。窮屈だろうが我慢してくれ。上海に着いたとたんに水夫が三人も逃げやがって、代わりをみつけるのに苦労させられて、出航がおそくなったんだが、おまえさんたちにとっちゃ運がよかったというもんだ」

貨物船のことであるから、当初から客船のような船室は期待していなかったが、それにしてもこの部屋はひどかった。丸窓が一つあるきりで、両側に二段ベッドがとりつけられているから、四人は眠れるようになっているのだが、ホック氏にしても私にしても足を伸ばすのは不可能であり、張警補にいたっては身体が半分ははみ出しそうなせまさである。おまけになにやらムッとする異臭がたちこめ、機関室からの熱気と振動がそのまま伝わってくるかのようであった。

私は丸窓をあけた。潮の匂いをふくんだ冷たい風が入ってくると、思わず深呼吸をした。

「やれやれ、ここで何日もすごすのかね」

私は愚痴をこぼした。ホック氏はそれを見て笑った。

「何事も経験だよ。ぼくもそのうちチベットに行くからには、どんな状況にも耐えられるようになっておかなければいけないから文句は言わないつもりだ」

ホック氏が日本から上海に到着したとき出迎えたのは私である。私はホック氏の口から氏が秘境チベットに踏査を試みてダライ・ラマに会う目的のあることを聞いた。それがモリアーティの出現と、それにからまる種々の事件でチベット行の用意が進展しないでいるのである。

「しかし」と、ホック氏はつづけた。「いまの季節にチベットに行くのは無謀だろうねえ。向こうは厳寒のころだから、春までは動けないと思うよ」

「そうですとも。わしは辺境の地のことは知らないが、チベットというところは人煙まれな空気もうすいところだそうです。外国人の入国を禁じてかなりになるので、だれも行ったことがありません。清国が宗主権を持っているので役人が派遣されることがありますが、派遣される役人は妻子と別れるのに泣きの涙といいますよ」

「だからこそ行ってみたい」

と、ホック氏はいった。

そんな話をしているうちに、機関の音が高くなり床をふるわして振動が伝わってきた。

「出航らしいね」

あけ放した丸窓を通して錨を巻き上げる音がし、出航の合図の汽笛が鳴った。窓の向こうに市街の灯がたそがれのなかに濃く浮き上がっていた。ゆるやかにゆれながら、大同号はやがて黄浦江を下りはじめた。

私は上甲板に出てみた。六、七人の船員がいそがしげに働いていた。私は手摺りにもたれ、眼下の黄色い水の流れを見下ろした。船首の立てる波のうねりが濁った泡を立ててひろがって行く。対岸の陸地は黒い起伏した線となって、薄暮のなかに沈もうとしていた。

今朝までは自分が上海をはなれることなど予想もしていなかった。それが、いまは広東へ向かって、マーガレットを追っている。果たして彼女をみつけだすことはできるだろうか、と思うと私の心は言いようのないもどかしさに充たされる。

冷たい風が次第に私を落着かせた。船は外海に出て、ゆれがひどくなった。しぶきが顔にまでかかりはじめたので、私はせまい急傾斜の階段を降りて船室にもどった。

水夫が食事をはこんできたが、饅頭《マントウ》とくずのような野菜と肉をいためたもので、私は食欲がなかった。みずから大飯桶《ターファントン》（大食漢）と称する張警補は旺盛な食欲で、残している私たちの分の饅頭を全部平らげ、まだ足りなそうな顔をしていた。

船室には小さなランプしかない。この二日間、寝不足がつづいていたせいか私は食事のあと眠くなった。

「いまのうちにゆっくり休んで鋭気を養っておこう」

私の気持を察したようにホック氏がいい、長身の足を折ってベッドに横になった。張警補も大あくびをし、下段のベッドに横になったものの、すぐに憤然として起上った。

「へりに背中が乗ってしまって、痛くて眠れんわい」

今度は横になったが、彼の身体では寝返りをうてば落ちること確実で、私はおかしいやら気の毒だった。しかし、張警補は武術の達人である。間もなくいびきをかきだし、寝返りをうったが、ちゃんとベッドにおさまっていて落ちるようなことはなかった。

私も横になり、疲れが出てきて眠ってしまった。

それからどのくらいたったろう。

私は叫び声と足音ではっと目がさめた。あたりは真っ暗だった。ホック氏と張警補も起きた気配がし、マッチをする音につづいて炎のなかにホック氏の姿が浮き上がった。

「なにかあったらしいね」

ホック氏はランプに火をつけた。私たちはベッドから出てランプを持ち、廊下をのぞいた。叫び声や罵り声が突当たりから聞こえてきた。突当たりは陶船長の部屋で、私たちがのぞくと船員たちが人垣を作っていた。

「どうしたのだ?」

張警補がたずねた。船員のひとりが振り返った。

「密航者をみつけたんだ」

11

人垣のあいだから差しのぞくと、陶船長の前にひとりの青年が、船員に襟首をつかまれて引き据えられていた。青年は二十三から五ぐらいの年頃とみえたが、長髪でほかの清国人のような弁髪ではないのが珍しかった。彼は眉の濃い、なかなか精悍な感じの男で、うすよごれたシャツに綿入れのズボンといった。この季節にしてはちぐはぐな服装をしていたが、悪びれた様子もなく昂然と頭を上げていた。

陶船長は私たちを見て困ったようにいった。

「お騒がせしてすまん。こいつ、どうやら言葉が通じんのだ」

「しゃべれないのかね?」

と、張警補が聞いた。

「いや、片言はしゃべれるのだが日本人らしい」

「日本人?」

「水夫が船艙にかくれているこいつをみつけたんだが、

香港香港というばかりでな。どうやら香港に行きたいらしい」

張警補は船長に紙と筆を借りて字をしたためた。

「筆談なら通じるだろう」

彼は紙を青年につきつけた。青年はそれをみると筆をとってさらさらと漢字を書きつらねた。

「――名前は宮本丈平。大望を抱いて香港渡航を希望す。船賃は将来必ず返却するから、乗船を許可してほしい……」

と、張は話してくれた。また、彼は書いた。

〝大望とは何ぞや?〟

〝みだりに他言されざるものなり〟

「言えないそうです。――この男の持物を調べたかね?」

張警補は船長にたずねた。船のゆれが大きくなり、私たちはなにかにつかまっていないとよろけた。

「小さな着換えの入った包みが一つだけだ。武器のようなものは持っておらん」

「で、どうする?」

「はじめはどこかへぶちこんでおこうかと思ったんだが、水夫の数がたりねえ。広東に着いたら引き渡すが、それまでこき使ってやろうかと思案しているところだ」

「この船が香港へ行くと思っているようだな」


「勝手に思いこんでいるんだ。知ったこっちゃねえ」

張警補がこの船は香港行ではなく広東が目的地だと書くと、青年はくちびるをかんで失望の念をあらわした。

そのときまでだまっていたホック氏が青年に向かっていったのは日本語だった。

「あなたは剣を使うね」

宮本は西欧人に日本語で話しかけられておどろいて目を大きくした。

「日本語がわかるのですか?」

「ほんの少し……」

「あなた方はイギリス人ですか?」

「イエス」と、ホック氏はうなずいた。青年は一語一語を考えながらブロークンな英語でいった。

「わたし、学生。ミー・スチューデント。――日本の学生です」

自分の胸をさしていう。もどかしくなったのか、彼は紙に英語をしたためた。話すのとちがって、こっちはなかなか上手な書体で文法も正確である。

「なぜ、剣のことがわかったのですか?」

「指のタコを見ればわかる。竹の刀……シナイによるタコだから」

青年はうれしそうに笑った。笑うといかにも純真そうな若者の顔になった。

こうしていくらか意志が疎通するようになり、陶船長のはからいで彼は水夫の見習いのようなことを航海中させられることになった。

船のゆれはこうしているあいだにも烈しくなってきた。陶船長は船橋に上っていった。

張警補も私もピッチングで気持が悪くなってきた。この季節の東シナ海はしばしば時化《しけ》になるが、この船も天候の悪化にまきこまれたようだ。

船室の丸窓に波がぶつかる。小さなテーブルの上のものが音立ててころがる。立ち上がるとどこかで支えなければ立っていることもできない。

「大丈夫でしょうかなあ。わしは一つだけ不得手なものがあって、それは泳ぎです。わしの重さではたちまち沈んでしまいますよ」

めずらしく張警補が青い顔で弱音を吐いた。彼のふとり方なら浮きそうなものだと思ったが、私も物をいう元気をなくしていた。

マーガレットを乗せた天橋号もいまごろ暗夜の波濤《はとう》に翻弄されているのであろうか。私たちは果たして追いつけるだろうか——。

大ゆれのなかで、いくらかうとうととしたにちがいない。目をあけると灰色の光が丸窓を彩り、あいかわらず波しぶきが窓を洗っていた。さいわい機関は正常に動いているらしく、規則的な振動が背中から伝わってきた。

私はふらつく足を踏みしめ、外の様子を見に上甲板に上ってみた。前夜のうちにうごきそうなものはロープでしっかりと固定されて、残っているものを数人がしばりつけていた。

波はすさまじいものであった。船は波の下へもぐるかと思うと、次にはぐっと持ち上げられて舳《へさき》が宙にでる。そして、ふたたび谷底に落下すると今度は船尾が持ち上げられて、スクリューが空まわりするいやな音が、風と波の響音を絶ってひびいてくる。

水夫のひとりが私を見て笑って頭を下げた。密航者の宮本であった。私は昨夜、かれの口から日本語による名を聞いていたので、彼のことをジョーと呼ぶことにした。

「元気かね?」

「イエス、だいじょうぶ」

と、かれは答えた。

その夜、彼は私たちの船室にやってきた。清国語と英語を習いたいというのである。かれの態度には真摯なものがあふれていて、わずかなあいだでも勉強したいという熱意が感じられた。

上海から広東までの航程は八二三海里ある。大同号はせいぜい八ノットの速度しか出せないから、目的地に着くのは早くて五日の夕方である。この間は無為に過ごすより仕方なかったから、つれづれのままに張警補と私はそれぞれの言葉を教えてやることにした。

「日本人がおどろくべきはやさでヨーロッパの文化を吸収するのには驚嘆させられるよ。ぼくは東京でその例にいくらも出会った。ショーグンの時代からの変わり身の早さ。長いあいだ鎖国していたとは思えない国だ」

と、ホック氏は評した。ジョーの吸収の仕方も抜群だった。こちらが辟易するほど執拗にさまざまなことを訊ねてくる。それをノートに克明に筆記し、会話の場合は復習でもするのか翌日にはちゃんとおぼえてくる。

あの時化を乗り切ってからの海はおだやかだった。ジョーは自分の身の上についても筆談と片言の英語、清国語、日本語もまじえて話すようになってきた。

それによると彼は日本の地方の出身で、東京の学校に入り、早朝働きながら学資を稼いで通学していたが、〝世界の現状に奮起して〟海外渡航を企てたらしい。上海までは来たものの、香港にいるある人物に会うために、ついに密航を企てたというのである。その人物は香港の医学校の学生だといった。名は孫《スン》といって、どうしてもこの人物に会うつもりだと彼は話した。しかし、会う目的については語ろうとしなかった。二十五歳の医学生にどんな用事があるのかしらないが、密航を企ててまで会いに行くくらいだから、かれにはとても重要な用件らしい。

機関はどうやら故障することもなく、十二月五日の夜、船は香港島を右にみて夜目にも黄濁した珠江《しゅこう》の河口をさかのぼりはじめた。

そのときである。

「あっ、飛びこみやがった！」

水夫たちの騒ぎがおきた。あわてて飛び出してみると、暗い海面を指さしている彼方に抜手を切って泳いで行く人影らしいものが見えた。

「あの日本人《リーベンレン》でさあ」

と、水夫がいった。ジョーはついに飛びこんでまで香港に行くつもりになったらしい。そのあと、船長と私たち三人に当てた置手紙が発見された。それには世話になった礼がしるされていた。

風は上海よりあたたかかった。季節にして二ヵ月ほど逆戻りした感じである。私は甲板で近づいてくる広東の港の灯をみつめた。天橋号は、果たしているだろうか——。

12

清国は阿片戦争の結果、香港島をわがイギリスに割譲し、千二百万ドルの賠償金を支払うとともに広東《カントン》、厦門《アモイ》、福州《フーチュウ》、寧波《ニンポー》、上海の五港の開港をみとめた。一八四二年の南京条約がそれである。だから直轄植民地の香港島には総督府が置かれ、広東にも領事館がある。

私は陶船長と別れて上陸すると、埋め立てて作った人工島の租界にある領事館を訪れ、今後の協力を依頼した。上海から電文が来ていたので、その件はスムーズにはこび、ホテルも領事館側で世話してくれた。

「弱りましたなあ」

と、張警補がいったのはとりあえずホテルに入ったときである。

「なにが?」

「中国は広い。ここでは上海語がよく通じんのですよ。広東の言葉はまるで外国語だ」

「そんなに違うのかね?」

「南と北では食いものからしてだいぶちがうのです。まあ、一般の庶民はべつとして北京語ならわかる者も多いようだから、わたしも北京語にしますか」

「もし、疲れていなければ、すぐにでも天橋号の消息を調べたいのだがね」

「わしもそう思っていたところです。港に行ってみましょう」

「船をみつけたらいったんもどって慎重に対策を協議しよう」

ホック氏にはふたりでまず様子を探ってくると断わって、私たちはホテルを出た。ホック氏はくれぐれも注意するようにといった。

外にはなまあたたかい夜風が吹いていた。それが、はるばると南方に来たことを教えてくれた。私たちはカントンと呼ぶが、この街の中国名は広州《クオチュー》という。珠江デルタに築かれた屈指の貿易港であったが、上海などの開港で繁栄を奪われ、いまはやや衰微している。沙面《さめん》という三角州を造成して作られた人口島が租界で城壁でとりかこまれている市内への道は海珠橋という長さ一八〇ヤードほどの橋でつながっている。

私たちはその橋を渡り、長堤という埠頭の方角に足を向けた。月も星もなく暗い夜であった。張警補は私の耳もとにささやいた。

「尾けられています」

私は聞耳を立てた。樹々を渡る風の音のほかに私にはなにも聞こえなかった。

やがて、せまい道をはさんで両側に民家が並んでいる街に入った。ここを抜けると海のような珠江に入る。人通りはない。

張警補はある四つ角を曲ったとたん、私の腕をつかんで壁に身を寄せた。私たちは息を殺した。私の耳にひた

ひたと歩く小さな足音がした。その足音のかぼそさから
いって大の男のものとは思われなかった。これが尾行者
だろうか、それとも単なる通行人だろうかと思ったとき、
足音は止まった。
張警補が物陰から躍り出したかと思うと、あっという
女の悲鳴がした。私はつづいて四つ角に出た。張警補が
女の腕をつかんでいた。見たところ十九、二十ぐらいの
若い女である。粗末なみなりながら夜目にも白い目鼻立
ちのはっきりした顔が、痛みをこらえてゆがんでいた。
「なぜ、おれたちのあとを尾けるんだね?」
女は首をはげしく左右に振った。
「はなしてよ。痛いわ」
「わけを話してもらおう」
張警補が力をゆるめたので、女は大きい瞳で警補をに
らみつけた。
「あとを尾けていたわけじゃないわ。おなじ方角へ歩
いていただけよ。女ひとり歩きじゃ怖いからね」
「嘘をつくな。わたしたちが右へ曲れば右へ、左へ曲
れば左へ。租界からずっとあとを尾けてきたではない
か」
「そんなこと知るもんですか」
「租界のどこに行って、これからどこに帰るんだね、
小姐《シャオチェ》」
娘はだまってにらんだままだった。
「どうだね?」
「あんたたちに言う必要はないわ。あんたたちあたし
をどうしようというの。大きい声を出すわよ」
娘がいきなり私に抱きついたので私はよろけた。と、
思うと彼女は私を突き飛ばして逃げ出した。あっという
間であった。張警補は追おうとはしなかった。
「ホイットニーさん。あなたのポケットに娘がなにか
入れて行きましたぞ」
「えっ」
「なかなか気の強い素早い娘ですな。敵意を感じなか
ったので見逃してやりましたが……」
ポケットを探るとくしゃくしゃに丸めた紙が入ってい
た。私に抱きついた娘がほうりこんだのだが、この紙を
入れるために抱きついたのであろうか。
外灯というものがないので、私たちは店を開いている
料理店の、表に掲げられているランタンの下まで行って、
紙を広げた。
「読んでくれ」
私が見ても上手とはいえない漢字の判読に張警補も眉
をひそめたが、読み終ってもしばらく無言だった。
「なんと書いてあるのだね?」
「――女は香港の張九《チャンジュウ》のところに送られる。とありま

す。あの娘はわれわれが何者かを知ってて尾けていたのですな。女というのはマーガレットさんのことでしょう」

「彼女の消息を伝えてきたということは……」

「二つの考え方があります。これはモリアーティの謀略なのか。すると、あの娘は敵です。もう一つはマーガレットさんの境遇を知って同情して知らせてくれたのか。それなら味方です」

「きみはどう思う?」

「わかりませんな。あの娘にはわれわれに対する敵意のようなものは感じられず、武器も持っていませんでした。何者ですかな」

「取り逃がして残念だった」

と、私はいった。娘を糾明したらマーガレットのことがもっとよくわかったにちがいない。しかし、もうあとの祭りである。

「われわれが大同号であとを追ってきたことを、連中はお見通しのようですな」

と、張警補がいった。

「天橋号は船足も大同号より早いし、だいぶ早く入港しているはずですから、監視の者を配置してあったのでしょう。天橋号のあとにつづく上海からの船は、大同号しかないのですから、連中はわれわれがこの船でくると読んでいたにちがいありません」

ふいに私はそのあたりの暗闇に、私たちをじっとみつめる目がひそんでいるような気がした。私たちは夢中でマーガレットのあとを追ってきたが、それは次第に彼等の網のなかに入って行くことになるのではないか。

「張九という男は何者だろう」

と、私は歩き出しながらいった。

「香港と連絡を取ってみましょう」

私たちは通りを抜けて水面が開けるあたりに出た。水面と夜光で陸よりも明るく、水音がひびいていたが、碇泊灯の灯が明るいほかは、私たちの周辺はまったくの闇だった。

沖の船のどれかが天橋号かもしれなかったが、船名を識別することなど到底無理なので、私たちは一まわりして引返すことにした。

あの不思議な娘に会った以外は、格別のこともなく私たちはホテルにもどり、すぐにホック氏に報告するために氏の部屋を訪れた。

ホック氏は外出姿で椅子に座り、愛用のパイプで紫煙をくゆらしていた。

「どこかへ出かけるのですか?」

と、私は聞いた。

「いや帰ってきたところだよ。あの娘を逃したのは残念だったね」

ホック氏の言葉に私たちはびっくりした。

「どうしてご存知なのです?」

「きみたちが様子を探りに行くというから、きっとなにか起るかもしれないと思って、あとを尾けたんだ。すると、案の定、きみたちを尾行する女がいるじゃないか。ぼくは張警補が娘をつかまえ、彼女が逃げ出すのを逐一、見ていたのだよ。そして娘のあとを尾けたんだ。彼女どこへ行ったと思う?」

「わしは相当、敏感なほうだがホックさんには気がつきませんでしたわい」

「それは娘の方に気をとられていたからだよ。ぼくはだいぶはなれていたしね」

「彼女はどこへ行ったんですか?」

「港だ。ボートが待っていて、それに乗って沖へ出ていった。行先は天橋号だ。ボートの横に天橋という字が書いてあったからね。ぼくはあの漢字を字としてではなく、かたちとして記憶していたんだ」

「すると娘は天橋号の者ですか?」

「どうもそうらしいね」

荒くれ者ばかりの貨物船に若い娘が乗っているというのは謎であった。

「ところで娘がぼくのポケットにこんなものを押しこんでいったのです」

私は問題の走り書きを出し、意味を説明した。ホック氏がまだ何もいわないうちに、ドアがノックされた。

13

「誰呀《シェア》?」(だれだ?)

と、張警補がドアの横から声をかけた。

「ボーイです。領事館からホック様へのお手紙です」

ドアをあけると白い制服の少年ボーイが立っていて銀盆に乗せた封書を差出した。張警補がそれをホック氏に渡すと、氏は封を切り封筒から手紙とさらにもう一通の封筒を取り出した。

「夜勤の領事館員からのメッセージだ。先程、大同号で到着したサミュエル・ホック氏に渡してくれと若い清国人女性が手紙を持参したので、使いのものに托す、とある」

「その娘というのはさっきの……」

ホック氏はもう一通の封書の表書をながめた。

「これまでの脅迫状とおなじ筆蹟だ」

「モリアーティですか?」

ホック氏はうなずいて封を切った。なかの一枚の紙片を広げて声に出して読んだ。

「〝復讐のときは近づけり　汝の生命と女を交換すべく次の指示を待て〟とある。あの娘はこの手紙を領事館に持参したその足で、ホテルの周辺をうろうろしていたんだね。なかへ入ってわれわれに面会するだけの勇気はなかったが、たまたまきみたちが出てきたので、紙片に走り書きをして渡すチャンスを狙っていたに違いない。張警補につかまったのを奇貨としてホイットニー君のポケットに押しこんだんだ」

「一味の使いの者だったのですね？」

「娘の走り書きのほうが領事館に届けられた手紙より、より具体的だ。彼女はわれわれに自分の知っていることを伝えたかったのだと思う」

「すると、彼女は味方でしょうか？」

「少なくともわれわれは一味のなかに通報者がひとりいることを知ったわけだ。さて、問題の張九だが……」

「これは人名です。明日の朝、すぐに調べます」

「僕の想像ではこの人物も青帮のかなり重要な地位にいる人物だと思うね」

上海とちがって、ここでは張警補が部下を駆使することもできず、私たちも領事館から特別扱いされて警察が協力してくれることもあまり期待できない。

その夜はドアの戸締りを厳重にし、窓の錠を確かめ眠ることにした。だがここから一哩とはなれないところに天橋号が碇泊し、マーガレットがいると思うと、すぐにでも出かけて行きたい思いに、私の胸は燃えていた。船にはホック氏の宿敵であり、私たちにとっても卑劣な憎むべき敵であるモリアーティが、（おそらく）あの奇怪な双子の殺し屋や、催眠鬼――死神道士に守られて乗っているのである。疾る心を抑えて、ここはひとつ冷静にならなければならないと自分自身に言い聞かせ、私はベッドに入った。

朝、六時に目がさめた。十二月六日。空は灰色にくもって風があった。上空の雲の下を灰色の雲が流れて行くのが窓から見えた。

七時に朝食でホック氏と顔を合わせたが、張警補の姿はなかった。

「なにやら忙し気にもう出ていったよ。清国の按察使を説き伏せてくるんだそうだ。協力を依頼してくるつもりらしい」

「なにをやるつもりでしょう」

「口実を作って天橋号の捜索ができないかといっていた」

「それはいい考えですね」

私は目先ばかり考えていて、警察力の行使を考えていなかったので、急に眼前が明るくなる思いであった。

八時半ごろ、張警補は憤然とした様子で帰ってきた。

「どうだったね?」

待ち構えていた私は早速たずねた。

「わしは上海でもよく腹を立てるのですが、まったくぐうたらで役に立ちませんな。言を左右にして船の捜索をしたがらんのです。わしのにらんだところでは、天橋号のような船から相当の袖の下が役人にばらまかれておりますな。きっと銀や阿片をもらっているのでしょう」

「駄目か……」

と、私はがっかりした。

「おどかしてやりました。イギリス人の女性が監禁されているのを見逃すと、イギリス政府は清国政府に厳重抗議して、役人をみんなクビにしてやるからそう思え、とね。保身に汲々としている連中ですから、それを聞くと不承不承、十人ほどの警吏を出すことを承知しました。あと三十分で臨検に向いますからご一緒に」

「もちろんだとも」

私は勇躍して椅子から立上った。いくら贈賄しているとはいっても、公的な権力にはさからえまい。十人というのは少ない感じだが、そんなことは言っていられない。船内を捜索し、マーガレットをみつけ出そうと私は決意を新たにし、拳銃の具合を調べた。

ホック氏はあまりしゃべらずに私たちと馬車を一緒に乗って港へ向った。

「これで手も足も出ないか、あるいは反抗するかわかりませんが、マーガレットに一歩近づいたわけですね」

と、私は上気していった。

「または役人側から通報がいっているかだろうね」

と、ホック氏がいった。その可能性は確かにあった。役人たちが買収され懐柔されているとすれば、いち早く通報が船に届いていることもある。それまで踊っていた私の心は、冷水を浴びせられて、一抹の不安が頭をもたげてきた。

港に行くと青い扁平な笠をかぶり、六フィートほどの棒を手にした警吏たちが集まっていた。そのなかの隊長らしいのが進み出て、ボートを用意してあることを張警補に伝えた。警吏の人数は十人ちょうどで、彼等の表情から私はなにも知ることはできなかった。清国人の多くが私たち西欧人に向ける表情は、意味もない追従笑いか、仮面のような無感動さである。

二隻のボートに分乗して、私たちは天橋号の碇泊地点に進みだした。

前夜はわからなかったが、昼の光の下で見ると宏大な水面には七、八隻の黒い蒸気船が錨を降ろし、そのなかの一隻は私たちの乗ってきた大同号で、めざす天橋号はそれより五百ヤードほどはなれたところに碇泊していた。

そして、これはまた無数としかいいようのない小舟と戎克。

「あの小舟には蛋民《タンミン》という水上生活者が住んでいるそうですよ」

と、張警補がいった。

オールを漕ぐ警吏たちの掛声が一インチ下も見えない黄色い水にひびく。天橋号が次第に近づいてきた。

隊長がてのひらをかこんで大声で船に向って何かいう。甲板にいくつもの人間の顔が現れて、タラップが降ろされた。警吏たちのあとについて私たちはついに天橋号の甲板を踏んだ。

人相の悪い男たちが、われわれの前に立っていた。隊長が捜索を告げると、彼等は左右にしりぞいた。男たちはたがいに笑ったり、話し合ったりしている。警吏たちは船内に散っていった。

私たちも船内に入った。この船もかなりの老朽船だった。私は拳銃を抜いていつでも射てるように握った。

「やけに素直に捜索を承知したな……」

張警補が首をひねってつぶやいた。

一部屋一部屋、綿密に調べて行くうちに、私たちは異様な光景を目撃した。

警吏の数人が船員と笑いながら話しているのである。私たちに気がつくと、素知らぬ顔で別れてしまったが、船員と警吏たちが顔見知りなのは明らかであった。

捜索は一時間半にわたって行われた。私たちは船内のあらゆる場所を調べ、もうこれ以上探すところがないまでに探したが、マーガレットはおろかモリアーティたちの痕跡もみつけることができなかった。船員がおとなしく捜索を承諾したのも当然である。

「昨夜の女がこの船に乗っていたのは確かになった」

ホック氏が一足の鞋子《シエズ》（くつ）を探し出した。小さな可愛い布袋の沓《くつ》で、前面に刺繍がほどこされているが、かなり古いものであった。

「そこの船室のベッドの下にあったのだがね。この隣の船室がきれいすぎる。急いで人のいた痕跡をくらまそうとしたんだ。ほかの船室のように雑然としていたほうが怪しまれないのにね。エヴァンズ嬢はそこに監禁されていたのだろう。ゆうべのうちに、この船からどこかへ移し変えられたのだと思うよ」

と、ホック氏はいった。

14

ホック氏の言葉を聞くなり、張警補は足早にどこかへ行ったかと思うと、ひとりの男の利腕《ききうで》をつかんで連れてきた。

「いてえよ。はなしてくれ」

と、男は悲鳴をあげた。張警補がそれほど力を入れているとは思えないのだが、男の悲鳴は本物であった。

「おい、イギリスの婦人をどこにやった？　正直に言わぬと痛い目に合わせるぞ」

張警補の巨体に威圧されたように男は目をそらしたが、張警補は男の身体を壁にたたきつけた。それを二、三回つづけると男は倒れかけた。張警補は片手で男の胸倉をつかむと、おどろくべきことに男は宙に浮上り、足をバタバタさせた。

「素直に白状しないとほかの連中におまえが密告したと匂わせてやる。たちまち簀巻《すまき》にされて放りこまれるだろうな」

男は顔色を変えた。

「な、なにを言いやがる。降ろせ、苦しい！」

「話せばここだけの話にしてやる。二つに一つだな。言うか？」

張警補の片手にどういう力の入れ方があるのか、男はみるまに顔面を紅潮させうめき声をあげた。

「いう……いう……」

「よし、話せ」

男の身体は床に下ろされた。


「夜中に戎克《ジャンク》に移したんだ。イギリスの女とイギリスの男と、ほかに三、四人を……」

「三、四人とは？」

「気味の悪い連中だった。航海中も一室に閉じこもってだれとも話をしねえ。ひとりは道士で、あとのふたりはそっくりおなじ姿かたちの幽鬼みてえな男だが、ひとりは目に怪我をしたらしく包帯で顔半分を巻いていた。ときどき痛むらしく、イギリスの男が手当していた。それからイギリスの女の世話をしている女。全部で六人だ」

「その女とはまだ二十そこその娘か？」

「ああ。上海で乗りこんできたんだ。向うの連中の指図で……」

「名前は？」

「白蓮《パイレン》と呼ばれていたが、女はイギリスの女のそばにいて、くわしいことはわからねえ」

「夜中に戎克に乗り移って、どこへ行った？」

「香港へ行く話が聞こえたから香港だろう」

「香港の張九を知っているな？」

男は張九と聞くと、今度は土気色になった。

「知、知らねえ」

ふるえる声で否定したが、その態度は張九が何者か知っているのを全身で肯定しているようなものであった。

「張九とは何者だ？」

と、張警補は重ねて聞いた。彼が男に手を伸ばすと男は怖れて身をちぢめ、情なさそうな目で私たちを見まわした。もともとがそれほど強情そうではなく、それほど利口そうでもなかったが、逃れられぬと観念したらしい。彼は消え入るような声で言った。

「張九は海賊の首領だ。人を殺すことなどなんとも思ってやしねえ」

「青帮だな？」

「香港島のあたりを牛耳っているお人だ」

広東から香港一帯にかけて海賊が跳梁しているのは周知の事実である。彼等は南方から物資を運んでくる船をしばしば襲い、貨物を略奪し乗員を虐殺し、傍若無人の行為を繰り返している。イギリスは砲艦まで出動させて、その撲滅に力を注いでいるが、海賊の横行はあとを絶たない。そのためにインド方面からくるイギリス船は自衛のために商船にもかかわらず砲を積み、乗組員は武装しているものもある。

イギリスの砲艦と海賊船が砲火を交えたことも再三であった。彼等は平和な戎克《ジャンク》を装って貨物船に接近し、奇襲をかけたり、もっと大きな船で攻撃をかけてくる。香港島をはじめこの付近には島が多いので、なかには島の住民全部が海賊というところもあるらしいのだが、手が及ばないのが現状であることは私も知らないではなかった。しかし、上海の私にとっては、香港はインドから赴任する際に寄港した経験があるだけで、海賊の話も遠い出来事のように思っていた。それが、いま、突然、現実になったのである。

「張九の本拠はどこだ？」

「そいつは知らねえ。ほんとうだ。おれは名前しかしらねえ」

どうやら嘘ではないと見極めて、張警補は男から一歩、身体をはなした。

「よし、行け。おまえのことはだまっていてやる」

男はこそこそと身体を丸めて出ていった。

「少々、手荒でしたかな。あのくらいでないと吐きませんのでな。ああいう下ッ端はみずから死ぬほどの勇気もありませんので、きっとなにかしゃべると思ったのです」

あとを見送って、張警補はいくらか弁解がましくいった。でも、これまで清国のさまざまな処罰や拷問の類いを見聞きしている私は、彼のやったことなど、それほど手荒とは思えなかった。イギリスの官憲も拷問を加えることはしばしばあるのである。西太后のように気に入らぬ者の舌を切り、目玉をえぐりだし、両手両足を切断して何日も生かしておくようなこととは、べつであるが……。

「私たちが会った女は、その白蓮ですね」

と、私はいった。

「どうやらエヴァンズ嬢に好意を寄せているらしいね。彼女たちが夜闇《やあん》にまぎれて香港へ向ったとなると、ここにいても無駄だ。さほどの収穫は期待できない。なにしろ、見たところ警吏と船員たちは通じ合っているようだからね」

私たちは船室を出て、もう一つ下層の機関室を調べることにした。ここまで来た以上は遺漏のないように調べておこうと思ったのである。ここが最後だ。

機関室は碇泊中でも火を焚いているので、たちまち汗が吹き出るほどの熱気がこもっていた。機関の音が暗いなかにこもり、張りめぐらしたパイプから白い蒸気が吹き上っている。

釜の前にいた男の姿が目にとまった。赤々と燃える火の反射を受けて、丸坊主のたくましい男の汗にまみれた皮膚が光っていた。

この火夫が阿片窟にマーガレットたちを迎えに来た男にちがいないと、私は直感した。まるでレスラーのような筋肉を持った男である。

私たちが彼の背後に行くまで、周囲の音にまぎれて足音に気がつかず、大きなシャベルで石炭の山をすくっては釜に投げこんでいたが、気配を感じたのか彼は振返った。ふたりのイギリス人と、巨体の清国人を見て彼はびっくりしたように目を大きくした。

「おい、おまえ……」

張警補が呼びかけた。

そのとたん、火夫は低いけもののような声を上げたかと思うと、手にしていたシャベルを横なぐりに張警補に襲いかかったのである。

あわや鋭いシャベルの側面が張の胴体を裂くかと思われた瞬間、張警補の身体は三フィートもうしろへ軽く飛んだ。勢い余って火夫がたたらを踏み、ふたたびわめき声とともにシャベルを振り上げて張警補に打ち下ろした。

空中に火花が散った。張警補がパイプのそばにあったスパナーを取り上げて、シャベルを払ったのである。

払い除けたシャベルの間隙を縫って、張警補の拳の突きが火夫の分厚い胴にめりこんだ。

時間にするとわずか数秒の出来事である。腰の拳銃を抜く暇もなかったが、そのときになって私はようやく拳銃を抜いた。しかし、張警補にしろ火夫にしろ巨体が近づきすぎて動くので、狙いを定めることができない。

火夫はうめいてシャベルを取り落し、両手で腹を押えて腰を折ったが、すぐに張警補に頭突きを喰わせた。ふたりは折重って石炭のなかに倒れこんだ。

張警補の手刀が火夫の首を打った。火夫がひるむ隙にどこにそんな瞬発力があるのか、張警補はするりと火夫の身体を抜けて立上り、矢継早《やつぎばや》に拳を火夫の顔面に炸裂させた。

火夫の首がぐらぐらと動いた。だが、彼は丸太のような腕で張警補の拳を防ぐと、張警補の腹を蹴り上げた。さすがの張警補もうしろへばったりと倒れる。火夫は落ちていたスコップをつかむや、ごろごろと身体を回転させる張警補に向って振り下した。張は回転を利用してそれを避けた。シャベルが床に大きな音で当り、火花が散った。二度、三度。

ホック氏が張警補の落したスパナーを拾い上げ、火夫のうしろから振り下したのはそのときである。うめいた男は頭から血を流しながらもホック氏に向き直り、両手をあげてつかみかかってきた。

私は拳銃の引金を引いた。せまい入り組んだ機関室に耳をふるわす音響がこだまし、火夫の肩のあたりが真紅に染った。ところが彼は苦痛を感じないかのように、凄まじい形相でなおもホック氏につかみかかり、氏の肩に手をかけた。ホック氏は火夫の顔にパンチを食わした。火夫は一瞬、顔を背けこそしたが平気だった。

張警補がうしろから男の首筋を手刀で打った。これは利いたとみえて火夫は二、三歩よろめいてうしろへ下ったが、そこは熱している釜の焚口であったから、彼は世にも怖ろしい絶叫をあげた。背中から白いけむりが立ちのぼり、肉の焦げる匂いがした。張警補の突きがまた火夫の胴にめりこんだ。はずみで火夫の身体は焼けた鉄の壁にふたたび押しつけられ、悲鳴がひびくと彼の身体は前のめりにどさりと倒れた。さすがの獰猛な男も、大火傷を負い虫の息である。

張警補は全身石炭の粉で真黒だった。私たちも汚れてはいたが、張にくらべればはるかにきれいである。彼はさすがに息を荒くしていた。

「怪我はないか?」

と、私は駆寄ってたずねた。

「まあ、なんとか。それにしてもなかなかしぶとい奴でしたな」

火夫の背中は一面に焼けただれていて目をそむけさせた。

「おとなしくしていればこんな目に合わないのに。ぼくたちがてっきり逮捕しに来たと思ったのだろう。それにしても、ぼくのパンチが利かなかったのは、はじめてだよ」

ホック氏が石炭の粉を払いながらいった。

張警補は警吏を呼んで火夫を陸で手当させるようにいった。警吏たちはおどろいて、応急の担架を作り、四人がかりで火夫の身体を甲板にはこびあげた。

水夫たちはこれを見て、にわかに険悪な表情を見せたものの、私が拳銃を抜いてにらみまわしたせいか、不穏な行動に出るまでには至らなかった。それに、いくら通じているとはいえ警吏十人も、ここで事を起すわけにはいかなかったのであろう。私たちはボートに乗り移り天橋号をはなれたのである。

15

ホテルにもどる道すがら、ホック氏がいった。

「ゆうべ白蓮《パイレン》という娘が領事館に届けた手紙は、エヴァンズ嬢をひそかに香港へ移送するための時間稼ぎで、われわれを第二の手紙に注意を惹きつけておくためだったのだね。だが、〝次の指示〟は必ず来ているだろう」

「ところが白蓮はわれわれに自分の知っていることを知らせてくれた、というわけですね」

「だから第二の手紙の内容も大体、想像がつくというものだ。香港に来いという内容にちがいない。張九とかいう海賊の巣窟にわれわれを誘い出そうというのだろう」

「その手に乗せられてたまりますか」


と、私はいった。青帮の海賊組織にみすみす飛びこむのは死にに行くようなものである。いくら、虎の子供をとるのには虎の穴に入らなければいけないという諺があるとはいえ、手ぐすね引いて待ちかまえているモリアーティたちのところへ正面から訪れる者はいない。

「どういう方法でぼくたちを罠に誘いこむかが問題だよ」

と、ホック氏がいった。私はくちびるを噛んだ。大変矛盾しているのだが、虎の子——すなわちマーガレットを奪い返すには、虎の穴——モリアーティの張りめぐらした罠に飛びこまなければならないではないか。ただ一つ残されているのは敵の裏を掻いてマーガレットを救出することである。それができるかできないかは、香港で様子を探ってからでなくてはならない。

ホテルのボーイたちもフロントの係も、私たちが玄関を入って行くと目をまるくした。私たち、とりわけ張警補のまっ黒に汚れた身体におどろいたのである。

「ホック様へのお手紙でございます」

フロントの男がホック氏に封書を差し出した。ホック氏は私と張警補を見てほほえんだ。

「思った通りだ。これが〝次の指図〟というやつにちがいない。ところで、この手紙はだれが持ってきたのだね？」

「二時間ほど前に見馴れない十二、三ぐらいの男の子が持参したのです。昨夜、若い女から明日の午前十時ごろにホテルへ届けるようにと言いつかったそうで、十時になるのを待って届けに来たといっておりました」

「ありがとう――。白蓮は命令されたことは忠実に実行しているようだ」

ホック氏は第一の手紙と同じ封筒、おなじ紙質の紙を取り出してひろげた。

〝香港へ来《きた》れ。エヴァンズ嬢は当方で手厚く保護して無事なり。されどみだりに行動をとれば生命を保証せず。あくまで汝と交換す。復讐のときは近づけり〟

「モリアーティがほくそ笑んでいる顔がうかぶようだね」

「すぐに香港へ発ちましょう」と張警補がいった。

「だがその前に身体を洗うくらいの暇はあるでしょうな」

「もちろんだよ。最短時間で行ける方法も探さなくてはならないしね」

広東から香港島までは約八〇哩ほどある。マーガレットたちを乗せた戎克は、実際にはまだ香港まで行きついておらず、海のように広い珠江デルタを行き交う何千という戎克のなかにまじっていることであろう。順風に乗ったとして彼等の戎克が香港に到達するのは、あと二、三時間はかかるであろう。私たちはおおよそ十二時間から十五時間おくれているわけである。清国は富裕な商人からの借金と、マレー、インドなど南方の華僑からの借入れ金と、主としてアメリカに依存する洋債（外債）の発行によって、鉄道の建設を各地に計画しているが、広東、香港にはまだ計画すらない。

もし、馬車を利用するとしたら、途中、道もないところがあるそうで、一時間五哩も行けないと、私はホテルの支配人に聞いた。したがって舟運《しゅううん》が一般の交通路であり、風さえよければ六時間ほどで香港へ着くだろうという。風がなくて珠江のゆっくりした流れに乗っても八時間ぐらいだそうである。蒸気船の便がないとのことで、ためらいなく私たちは戎克を一艘、借上げ香港へ行くことにした。

ようやく準備がととのったのは午後の三時半であった。私たち三人を乗せた戎克は、小舟のむらがる港を出た。広東は北江、西江、東江という川が珠江に注ぎこむ合流点である。ここで一気に川幅を拡大した珠江は下るにしたがって、ますます広がりもはや川と呼ぶに値しない黄濁した水を海に吐き出している。清国人はこの下流域を珠海《しゅかい》と呼ぶ。対岸から対岸までおよそ三〇哩もある河幅を、河と呼べようか。その河口に対岸の九竜半島とわずかな水路でへだてられているのが香港島である。

戎克は大きな帆を揚げて、進むとも見えぬ速度で南をめざした。漁船がところどころで網を打っていた。あいかわらず天候はくもりで風が強かったが、はじめのうちは逆風で舟の速度は思ったより上がらなかった。しかし、そのうち風の向きが変り、順調に走りはじめた。

私は艫《とも》に近いところに座りこみ、先般、北京に行く前にマーガレットからもらった彼女の写真をそっと取り出してながめた。ホック氏は舳《へさき》で周辺をながめ、張警補は中央部でせり出した腹の下に手を組み、眠っているように目を閉じていた。

楕円型の台紙のなかでマーガレットはきらきらとした目に微笑をうかべ、じっと私のほうをみつめていた。その半身像をみつめていると彼女の声が耳許で聞こえるようであった。すでに誘拐されてから一週間である。どのように苦難と恐怖の日々をすごしているのであろうか。切々と救出を求める彼女の声なき声は、私の胸に言いようのない焦慮を生む。

ようやく私は写真を胸にしまい、ふなばたを流れる水、それから岸の白茶けた陸地に目をやった。緑はところどころにしかなかった。

「エヴァンズ嬢は必ず救い出すよ。ホイットニー君」

ホック氏の声に半ば呆然と風景をながめていた私はわれに帰った。

「ぼくの考えていることがわかるのですか?」

「初歩的な推理でね。きみはさっきなにかを一心に見ていて、それをしまうとあたりをながめていたが、特定のものを見ているのではないことは視線がすぐ移動するのでわかった。そのうち、視線がまったく動かなくなってなにかに気をとられはじめた。内心の憂いがきみの行動を束縛してしまったんだね。と、なればいまきみの最大の関心事はエヴァンズ嬢のことだから、彼女のことを考えているのだと結論できる。もし、モリアーティたちのことを考えていたら、自然と表情に怒りが現れるが、きみの表情は夢みるようだったからね」

ホック氏は滅多に笑いを見せない人だが、このときは目が笑っていた。

「その通りです。彼女のことを考えていました」

「だが、夢みる表情が緊張して、意識していないだろうがふなばたを強くつかみ、くちびるを噛みしめた。エヴァンズ嬢を助ける決心を新たにしているのだなと思ったんだよ」

「そうおっしゃられると、なんだと思ってしまいますよ」

「だれもがそういう。推理は観察を基礎にしているので、プロセスを明かしてしまえば簡単なことなんだ」

やがておそい日没がやってきた。戎克のまわりの舟はもう見当らなかった。渺渺《びょうびょう》たる水面に私たちの小さな戎克だけが木の葉のようにゆれて香港をめざしていた。

16

インドのカルカッタから上海へ赴任する途中、香港に寄港したことは前に触れた。その折、二日間ほど滞在したことがあるので、私にとって香港島はまったく未知の土地ではない。

香港は大部分が山である。平坦な土地は九竜半島に面したところに広がっているにすぎない。その平坦な地域にイギリスが統治するようになって総督府が置かれ、インドのグルカ兵を中心とする連隊と砲艦数隻が配備された。名もない漁村であった海辺の人家が整理されて、港湾が作られ商館が建ちはじめ、教会や学校も作られた。ここも広東とおなじく小舟で生れ小舟で死んでいく漁民が多いが、それらは島の裏側のアバディーンに移った。半島に面した島一番の山はヴィクトリア・ピークと名付けられ市街にはヴィクトリア市と呼ばれるようになった。今年の一月、清国から十五万人という大量の流民《るみん》がやってきて、人口は一挙に増加した。彼等は貧民で、その処遇が問題になっている。

私たちの戎克が香港の灯を前にしたのは広東を出て九時間後、午前〇時三十分をすぎていた。正確にいえば十二月七日である。

ここでひとつ厄介なことが起きた。私たちは上陸すると、とりあえず深夜のホテルに宿を求めたのだが、そのホテルで清国人の張警補は泊められないと拒否にあったのである。イギリス人の支配人と押問答を重ねても頑として清国人が泊るようなところではないというのである。私は支配人の顔に上海の公園に掲げた〝中国人と犬の入園を禁ず〟という掲示板と同質のものを見た。

「わたしはほかを探しましょう」

張警補はそういって外へ出て行った。私はいそいであとを追った。

「張君。気を悪くしないでくれ。公務なのだからもっと交渉をする」

「いや、よろしいです。かえってご迷惑をかけることになります。明日の早朝ご連絡します」

「あんな支配人ばかりではないことをわかってくれ」

「ホックさんとあなたはちがいます。いい人たちです。だが、差別的な人間のほうが多いですな」

張警補はそういって闇のなかに消えていった。私はとって返すとホック氏に肩をすくめた。

「仕方ありません。行ってしまいました」

「彼にはいずれ償いをさせてもらおう」

ホック氏は不機嫌に支配人をにらみ、私たちはボーイに二階の一室に案内された。

こういう出来事で気分が悪くなったが、もう午前一時半であった。明日のためにきょうの疲れを休めなくてはならない。張警補はどこに泊ったのだろうかと気にかけながらも、私たちはベッドに入った。船旅の疲れが出たのか、私はすぐに寝入ってしまった。

まぶたに明るい刺激を受けて渋い目をあけると、すでにカーテンの隙間からもれた日光が部屋に縞を作っていた。あわてて半身を起し懐中時計を見ると七時である。となりのベッドはからだった。見まわすと部屋の一隅にある洗面台で水差しの水をあけて顔を洗っているホック氏の姿が目に入った。

「おはようございます……」

と、私は声をかけた。ホック氏はタオルでぬれた顔を拭きながら振り返った。

「よく眠れたようだね。顔色もいい」

「前後不覚でした」

私はベッドから降りて急いで身仕度をととのえた。

「張はどこへ泊ったのでしょうねえ……」

と、私は唯一の気がかりを口に出した。

「彼のことだから心配するにはおよばないよ。そのうちやってくるだろう」

「それにしても支配人は不愉快な奴です。ああいうタイプの人間が多いのは遺憾です」

「本国へ帰ったら植民地政策について、私見をまとめてみることにするよ。ぼくの兄は外務省に関係しているので耳を傾けてくれるかもしれない」

と、ホック氏はいった。張警補に関して私の想いは杞憂だった。食堂に下りて行ったのは部屋に食事をはこばせるより、外の雰囲気を少しでも知りたいからだったが、ロビイの椅子に張警補がひとりの若者と悠然と腰かけていたのである。

その連れを見て私は目をみはった。この若者は大同号から身を躍らして香港島へ泳いでいった日本人の青年だったからである。青年は立ち上って笑顔で一礼した。

「おとといは失礼しました。無事にこの通り香港に着きました」

ブロークンな英語だが、一語、一語区切るように彼はいった。

「これはどういうことだい？」

と、私は張警補にたずねた。

「偶然ですな。わしは昨夜、旗亭——中国式の旅館ですが——を探して泊りました。この若者はそこに泊り合わせていたのですよ。ホックさんとホイットニーさんに礼を言いたいからとついてきたようなわけでしてな」

「礼をいわれるようなことはなにもしていないよ」

「大同号の船中で人情に触れたといってよろこんでいるのです。密航して心細いときに親切にしてくださったといって……。日本人はその情を忘れないといっております」

彼の渡航の目的地、簡単な言葉の教授のことをいっているのであろうか。

「目的の人物には会えたかね？　たしか孫《スン》といったね」

ホック氏が腰を降ろしながら聞いた。青年は孫《スン》の名を聞くと目を輝かせた。こうしてみると宮本丈平——ジョーはいかにも一本気な誠実な好青年である。

「きのう、さっそくお会いしました。きょうもこれから会います」

「それはよかった。目的は達せられたわけだね。清国を改善しようという議論が白熱したことだろう」

その言葉の意味を理解すると青年はにわかに警戒した表情でおどろいた。

「なぜ、それを……」

「日本の青年が大望を抱いて、密航までして香港の尊敬すべき人物に会いに行く。正規の渡航手続きもとらず、目的もいわないとなれば、近頃この国の政治情勢から判断して革命に関係あると思える。清国の外国勢力に対する不甲斐なさに立腹しているのは、清国人ばかりではなく日本人も多いからね」

「わたしを官憲に通報しますか？」

と、ジョーはこちらの返答次第では許さないといった表情でたずねた。ホック氏は首を振った。

「ぼくは政治にかかわりはないが、愚かな君主や腐敗した官吏から解放される日がくるのは、世界史の上からいっても必然だよ。わずかな見聞でしかないが、この国に革命運動が起きないほうが不思議だと思っている」

「そうです。その通りです！」

と、ジョーは叫んだ。

「イギリス人にもそういう考えの方がいると知ってうれしいです。イギリスの方を前において悪いがイギリス、フランス、ロシア、ドイツ、アメリカ——列強はことごとくアジアを侵略しようとしている。いまこそアジアの人民はめざめるべきときです。日本は不平等条約に悩み、清国の阿片戦争の轍《てつ》を踏まぬように、清国の同志と奮起せねばなりません」

と、彼は激変した口調でいい、はっと気づいて声を低くした。

「だが、時間のかかる仕事だね」

「そうです。一生を捧げるつもりでおります」

張警補が面白そうに腹を抱えて笑いだした。

「わしは清国の司法の者ですぞ。その前で革命の話をするとは勇敢な人だ。だが、気持はわからんでもない。わしだって公務にいなければなにをしているかわからんですからな。まことに複雑な想いですわい。この話はこのくらいにして朝食にしませんか。わしは腹が減って死にそうだ」

「そうしよう」

「そのうち折があったら孫先生にお引合せします。先生がどんなお考えをお持ちかお聞きになれば理解が深まると思います。孫文先生はハワイにおられたので英語も達者ですから」

と、ジョーはいった。彼は二十五歳の医学生の孫という男に心酔しているようであった。

張警補は私たちに向き直った。

「とんだ時間をつぶしました。このホテルに泊れなかったおかげで、いくつかのことがわかりましたよ。張九のことで……」

第三部　シェクラブコック島の冒険

1

張警補の話は次のようなものである。

「わしの泊ったのは通りがかりにみつけた商人宿のような安宿でしてな。外で寝るよりはましという程度のところです。こうした旅館には実にさまざまな人間がおりまして、なかには胡散くさい連中もおり、上海でもそうですが情報をとるには恰好の場所なのです。深夜にもかかわらずアンペラを敷いただけの大部屋の片隅では夜通し博打をしている者もおり、持ちこんだ阿片を吸っている者もあり、この季節というのに南京虫が行列を作り、しらみがはっているという有様で、ホイットニーさんなら入ることもできそうもないところですな。わしはそれとなく同宿の者の話に耳を傾けておりましたが、ひとりの凶悪な人相をした男が仲間と、どうやら船を襲って獲物を盗んだ話を得々としているのを聞きつけました。そこで、わしは自分が上海の青帮の人間であるとほのめかしたところ、すっかりそれを信用しまして、自分たちは張九の手下の、またその手下、いわば下ッ端として雇われ香港島の西にある大嶼島《ターシュイ》やその付近の小島を根城に、近海を荒しまわっているという話をはじめました。話を次第に張九のところに持って行きますと、張九は海賊の頭目として恐れられているが、よほどの側近でないかぎりだれも顔を知らないのだそうです。指令はすべて側近たちから出され、本人は表面に姿を表したこともないそうです。ですからどこに住み、どこにいつもいるのか知っている者はないだろうというのですな」

「ではマーガレットが張九のところに連れていかれたとはいっても、彼を探し当てるのはむずかしい」

と、私はいった。だが、モリアーティとしては必ずホック氏に連絡をとってくるであろうから、張九の居所をすぐ探すことはできなくてもそれほどの心配はなかった。いずれわかることにちがいない。それよりもかねてから聞いているこの近海の海賊の、それも最大の首領のもとに連れ去られたマーガレットの心情を思うと暗澹とせざるを得なかった。彼女は救いを一日千秋の想いで待ち受けているか、それとももはや救われることはできないと絶望の淵にのぞんでいるか――。

珠江の河口には無数の小さな無人島がある。そのほとんどが海賊の根拠地として利用されている。そこを拠点として商船を掠奪し、たちまち他の無人島に逃げこむ。数隻の砲艦や清国側の艦艇をもってしても絶対数がたりず、治安を全域におよぼすまでに至らないのである。マーガレットがいるのは、そうした秘密の海賊船の一つなのであろうか。

「食事が終ったら総督府の隣りの警察署に行ってこなくてはならないね」

と、ホック氏がいった。広東でもそうであったが、私たちのために上海からは協力要請の電信が来ているはずである。私たちもまた行動を逐一、上海のシンプソン警部に打電していた。前夜はおそかったから、今朝になって挨拶かたがた香港にいることを知らせようということになっていたのである。

中央警察署はヴィクトリア・ピークの西麓にある。思ったより小さな白堊の建物だった。受付の書記に来意を告げると、私たちはすぐに警視のマグダーモット氏の部屋に招じ入れられた。

警視の部屋には三人の絹の長袖を着た清国人の先客があって、彼等は警視と親しく握手を交して帰ろうとするところであった。

「上海から来られた駐在武官のホイットニー大尉とサミュエル・ホック氏ですな。それから清国按察使直属の張警補。上海から電信をたしかに受取っておりますよ」

マグダーモットは小肥りで鼻下に貧相な髭を貯えた愉快そうな人物だった。彼はデスクから立ち上って早口にいい、

「ちょうどいいところでした。香港の事情についてわからなければ、この方たちにうかがえばよろしい。ご紹介しましょう。この方たちは自由港である香港を発展させるためにわが国と協調しておられる宝源祥銭荘の周《チュウ》総経理と、副経理の李さんと洪さんです。今回、倉庫業にも手を染められることになって、土地の使用権の問題で相談に見えられたのです」

彼はドアのところまで行っていた三人を呼びとめ、私たちに紹介した。

周と呼ばれた男は身長はあまり高くないが、いかにも俊敏そうな貴公子然とした顔の、まだ四十そこそこと思われる男である。李は長身で恰幅がいい白髪まじりの五十代の男、洪は三十代半ばの、これもいかにもやり手の感じのする男であった。

「なんでもご援助いたします。気軽にお出《いで》ください」

と、周は愛想よくいった。

「ありがとう。よろしく」

私たちは三人と握手した。周の手は色が白く労働とは無縁のやわらかな手だった。三人は出ていった。

「なかなか抜け目のない連中ですよ。ここに清国人資本による銀行を作ろうというのです。彼等のような親英派がいないと、なかなかうまく開発が進みません」

警視は腰を降ろしながらいった。

「現在は清国式の銭荘を経営していますが、それを近代的な銀行にしようというのです。将来の香港の繁栄をになうのは彼等ですよ」

「相当、信頼されているようですね」

と、私はいった。

「両方で利用しあっている、というのが真相でしょうな。持ちつ持たれつということです。さて上海からの電信は受取りましたが、みなさんは香港でなにをされようというのです？　簡単な協力要請だけで内容がわからんのですがね」

私はエヴァンズ嬢の誘拐と、それを追ってきたいきさつを話し、最後に張九に触れた。話の途中で警視はびっくりしたり感心したりしていたが、そのうち眉をひそめた。

「張九ですか。駐留している海軍もその男を追っているのですが、とんと手がかりがつかめんようです。この夏からこれまでにインドやマレーからの商船が三隻、帆《はん》船《せん》が九隻、戎克にいたってはわかっているだけで二十五隻も張九の海賊に奪われましてな。神出鬼没といいますか、一度は砲艦があとを追ったのですが、島と島のあい

だで見失ってしまいました」

　マグダーモット警視の言葉も、張警補の入手した情報を裏づけるものでしかなかった。張九の本拠がどこにあるのだか、皆目不明だという。島のどれかにあるのか、九竜半島のどこかなのか、それとも広東省の沿岸なのか。

　いずれにしても協力に支援は惜しまないといってくれたので、私たちは警察署を出てホテルに引き揚げた。モリアーティと青帮のことだから、私たちが香港に来たことは知っているであろう。それならばなにか言ってくるだろうから私たちとしてはそれを待つよりほかない。

2

　昼をすぎても私たちが待っているメッセージはどこからも現れなかった。

「やつらの目と鼻はうようよしているはずですからな。もう、わしらの到着は嗅ぎつけているでしょうにな」

　さすがの張警補もじりじりしたようにいった。しかし、ホック氏のほうは泰然としていた。ホテルにもどると例によってパイプをくゆらしながら、ゆったりと瞑想にふけってでもいるように目を閉じたままだった。これまでの例からすると、かすかな手がかりから行動を起すのが常であったから、氏の態度は解せなかった。そういえば口数も少ないし、マーガレットについても、ふだんはほとんど触れようとせず話題にすることもない。さすがのホック氏にも執《と》るべき手段がみつからないのではないかと内心私は思っていたのである。

　沈黙に耐え切れなくなって、とうとう私は口を出した。

「ホックさん。このまま荏苒《じんぜん》とわれわれは待つだけでしょうか」

　ホック氏はゆっくりと紫煙を吐きながら向き直った。

「先方が招待してくれるまで待つだけだね」

「なにか手がかりがないのですか？　時間がたつばかりでいても立ってもいられなくなりそうです」

「ぼくだってきみ同様にエヴァンズ嬢の身の上を案じているよ。でもエヴァンズ嬢はぼくのみたところ、しっかりした理性を持っている女性だ。ちがうかい？」

「理性的でもあり冷静さも持っています。だからといって……」

「海賊の巣窟に女ひとりではといいたいのだろう。だが、ぼくには彼女に味方がいて励まされていると思う」

「味方というと、白蓮《パイレン》ですか？」

　ホック氏はうなずいた。

「どうも彼女が蔭になり日向《ひなた》になりエヴァンズ嬢を勇気づけている気がするね。そのことがモリアーティ一味に気取られないうちは大丈夫だ。だからといって安閑としているわけではない。ぼくの予想によれば夕方までにはきっとなにかがあるよ」

そのなにかが起ったのは午後三時をいくらか過ぎたころであった。

部屋にノックの音がしたので、張警補が立っていってドアをあけた。すると立っていたのはこのホテルの清国人ボーイだった。

「なにかね?」

ボーイはただだまって立っているだけだった。

「なんの用だ?」

するとボーイはいかにも口を開くのが苦しそうに二、三回、口をあけたり閉じたりして抑揚のない声でいったのである。

「今夜十二時、アバディーンセメトリーに来れ……」

彼はあえぐようにもう一度、その言葉を繰り返した。ホック氏が飛んできてボーイを室内に引き入れた。そして、いきなりボーイの頰を平手でたたいたのである。

ボーイはまばたきをし、はっとした様子で前に立つ私たち三人をながめた。それまで焦点を失っていた瞳が生気を取り戻して動いた。

「どうしたのでしょう。なぜ、このお部屋に……」

「おぼえていないのかね?」

「ええ、まったく……」

その光景を見てただちに私たちが連想したのはあの死神道士であった。このボーイが催眠術をかけられているのは明らかである。

「おぼえているところまで話してごらん」

と、ホック氏はいった。

「裏で掃除をしていました。そこへ男が近づいてきて道を聞きました。顔を上げてその男を見たところまでおぼえているのですが、そのあとはいままでなんの記憶もありません」

「男の顔をおぼえているかね?」

「髭を長く生やしたなんとなく気味の悪い老人でした。目が窪んで鼻が高くて……」

私たちは目顔でうなずきあった。まちがいない。上海の道観から逃走した催眠鬼道士の馬雲深である。これまでのような手紙ではなく、今回は生きた人間を伝言の使者に仕立ててきたのである。

ボーイは首をかしげながら出ていった。ホック氏は地図を広げた。アバディーンは九竜半島に面したヴィクトリア・シティを表というならその真裏である。山を越えて下った海に出る手前の山の中腹に清国人の墓地がある。

「夜中の十二時に墓地ですか。妙なところをえらびましたな」

と、張警補はいった。

「われわれを殺すには絶好かもしれないな」

私は苦笑した。そこに待ちかまえているであろう道士や双瘋狗を考えるとその苦笑もひっこんでしまった。彼等は総力をあげて私たちを亡き者にしようとしている。道士たちのほかにも海賊張九の一味がいるかもしれない。

「むざむざ飛びこむのですか?」

と、私はいった。

「マグダーモット警視に応援を頼んで一網打尽にしたらどうでしょう」

「そんなことをすれば小物はつかまえられるだろうが、肝心のエヴァンズ嬢は遠くなってしまうよ。そのことは充分承知で来いといってきたんだ。ご招待を受けようじゃないか。もちろんこちらも充分準備をしなければならないがね」

ホック氏はなにかを考えるように目を宙に走らせていった。

「かりに……」と、氏はつづけた。「ぼくを倒したとしても、エヴァンズ嬢が無事にもどると思うかね?」

「そのような保証はありません」

と、張警補がいった。ホック氏はうなずいた。

「モリアーティが約束を守る紳士だと思ったら彼に対する認識不足だよ。たとえ、彼が約束を守る気になっても、連繋している青帮が承知すまい。エヴァンズ嬢を人質にとったまま父親のエヴァンズ氏に法外な身代金を要求することも考えられる。ぼくがいなければ勝手気ままなことができるからね」

私は直線的に考えていたけれど、たしかにマーガレットを取りもどすための具体的な条件はなにも提示されていないのである。卑劣なモリアーティのことだから、人質にとったマーガレットを極限まで利用することは当然、考えておかなければならない。

むろん、ホック氏をむざむざ標的にさせることはできないから、これはやはりこちらがモリアーティと強大な組織を打ち破って、マーガレットをわが手に取りもどすよりないではないか。

「張君、ちょっと一緒に出かけよう。ホイットニー君はホテルで待っててくれないか」

何を思いついたのかホック氏は立上りながらいった。そして、間もなく張警補と出ていった。

私は私だけが置き去りにされたような感じで、ひとり部屋に残された。いつもの伝でホック氏は行先をいわないから、どこへ行ったのか見当がつかない。私は室内を熊のように歩きまわったり、いたずらに椅子に座ったかと思うと立上ったりした。それから拳銃を入念に手入れした。上海で買った仕込杖をホック氏はずっと持ってきているので、それを持出してきて抜いてみたりした。

かねてから日本のサムライの刀の優秀さは聞いていたが、ずしりとした重量といい光り方といい鋭い刃先といい、なかなかすばらしいものである。

そんなことをしているうちにノックの音がした。私は刀を納め、拳銃を手にドアに寄った。

「だれだ?」

「ホックさまとホイットニーさまにお手紙でございます」

私はドアを細目にあけた。顔見知りのボーイが銀盆に二通の手紙を乗せて立っていた。

「だれが持ってきたのだ?」

手紙というと差出人が気にかかるのでそうたずねた。

「宝源祥銭荘の使いの方です。周様からホック様たちにお渡しするようにと……」

「周……」

思いだした。今朝、警察署で会った三人の男のひとりだ。それがなんだろうと、私は自分あての封筒の封を切った。

3

厚手の、印刷された紋様のある便箋に流麗な書体で、英語が書かれていた。

親愛なるミスター・ホイットニー。クイーン・メリー・ホールにおいて行われるささやかな夜会に御招待申し上げます。十二月九日、午後七時に御来駕下さいますよう。宝源祥銭荘総経理周全元。

そして、追信として、『香港在住のお国の方も多数まいられます。旅の無聊《ぶりょう》をおなぐさめできることと思います』と、書かれていた。

抜目のない実業家は私たちにまで好印象をあたえたいらしい。その好意はありがたいが、明日という日がわれわれにあるだろうかと思った。今夜、どのようなことが起きるか私にも予測はできないのである。

ホック氏と張警補は外出してから二時間ほどたった五時すぎにもどってきた。

「どこへ行ってきたんです?」

「日本人と一緒に医学校へ行ってきた」

「日本人? あのジョーですか?」

と、私はびっくりして聞き返した。革命家志向の青年が医学生の孫という青年に私淑しているのはわかっていたが、それが私たちとどんな関係があるのだろう。

「孫という人物を見極めるのが先決だった。会ってみると若いに似ず、非常にしっかりした考えの持主だったよ。彼は十二歳でホノルルに渡り、ハワイのハイ・スクールを出たのだが、そのころから祖国の因襲と貧困を改革し、祖国をヨーロッパ並みの近代国家にしたいという熱意を抱くようになったのだ。彼はいま医学校で外科を学んでいるが、彼のもとにはおなじ思想の青年たちが、彼を慕って集まりつつある。日本からもジョーのような青年が彼のもとへ馳せ参じる状況だ。ぼくがぼくたちの目的を話すと、彼は理解を示してくれてね。この国を毒する輩を少しでも減らしたいと、何人かの腕っ節の強い連中を貸してくれることになったよ。ジョーなどはすっかり興奮して腕をさすっていた。ただし、あくまで非公式だがね」

「戦争でもする気ですか?」

「まさか。彼等にはかくれていてもらうつもりだよ。要は相手の出方次第だ」

この新しい味方がどのくらい役に立つのか不安はあったものの、私たちがただの三人きりではないと思うのは心理的な負担をいくらか軽くしてくれた。

私は一通り話を聞いたあとで、周からの招待状を出した。

「こんなものが来ましたよ」

ホック氏は文面を読んで封筒にもどしながら、

「晴れた気持で出席できることを祈るよ」

と、いった。招待状はイギリス人の私たちふたりだけで、張警補には来ていない。清国人の警察官を夜会に招く必要はないという考えからだろうが、昨夜のホテルでの宿泊拒否のこともあるので、私はちょっと気になった。

しかし、張警補の表情にはなんの表情もうかばなかった。彼はふだんとまったく変らない態度で、夜また来るからといって部屋を出ていった。

その彼は大きな袋を提げて八時にやってきた。すでに出発の身仕度をして待っていた私たちは早速出かけることにした。墓地に行くのは舟で島の反対側にまわるのが楽だが時間がかかる。少々、疲れるが急な山道を越えたほうが早い。

私たちはホテルの裏山からのぼりはじめた。山道はまっ暗だった。仰げば今夜は満天の星である。人ひとりの幅の悪路を、私たちは黙々とのぼっていった。

中腹で一休みすると、眼下に海が見えた。せまい水道をはさんで対岸の九竜半島の民家のあかりがかすかにまたたき、もやっている船の灯が光る砂を撒《ま》いたようにかがやいていた。しんとした静寂のなかに夜鳥の叫びが時折りひびいた。さすがに冷たい風が吹きすぎて行く。それでも私はじっとりと汗をかいた。

「張君、その袋のなかはなんだい？」

張警補の肥満した顔には汗が吹き出している。彼はその汗を拭きながら私の質問に答えた。

「いざというとき相手をおどろかす爆竹ですよ」

清国では春節や祝日に爆竹を鳴らして祝う習慣がある。その爆竹でびっくりさせようという魂胆らしい。

一休みして私たちはふたたび行進を開始した。ときどき方角をまちがえないように張警補はマッチをすって地図と方位をたしかめた。

山の頂上に出ると夜の光を映した海がくらい銀色で眼下はるかにひろがった。私たちはでこぼこの道に張り出している木の根や枝に注意しながら下りはじめた。

斜面の土地を切り開いた墓地の前まで出たのは、約束の時間よりはかなり早かった。

暗さに慣れた目でも墓石のいくつかしか見えず、あとは闇に溶けこんでいる。風に鳴る樹々の音ばかりで、墓地は静まり返っている。深夜に近い墓地は気持のよいものではないが、私の神経は高揚していて、不気味さを感じるどころではなかった。

ホック氏は医学校の革命家の〝同志〟の協力があるといったが、墓地のどこにもわれわれ三人以外に人の気配などなかった。もし、彼等が口先だけでの約束で協力を無視したとしたら――頼れるのは私たち三人とその武器だけである。

「しばらく待つとしようかね」

ホック氏は真新しく土を掘り返したあとのある墓石の前でいった。

こうして時刻がすぎていった。山腹をカンテラの灯がゆれながらこちらに近づいてくるのを見たのは、ちょうど十一時五十五分であった。

「来た！」

と、私はいった。ホック氏は持参してきた野外用の携帯ランプに灯をともした。張警補は傲然と近づく灯をみつめていた。私は拳銃の感触をたしかめ、いつでも抜けるようにフックをはずした。

のぼってきたのはおよそ七、八人である。

彼等は私たちの灯をみとめ、三十フィートほど前方で横一列にひろがり足を止めた。しばらくは両者ともに無言だった。そのうち前方の列のなかで声がした。その声は北京で聞いた耳ざわりなモリアーティの声にまちがいなかった。暗くて姿かたちがはっきり見えないが、はじめて彼が姿を現したのである。

「約束通り来たな、紳士諸君《ジェントルメン》」

「しばらくだ、モリアーティ」

と、ホック氏がいった。

「いろいろと世話になった礼をするときが来たようだ。ここまで来させるのは面倒だったが、必ず来てくれると思ったよ」

彼は低いいやらしい笑い声をたてた。私はもう我慢できなくなって一歩前へ出て叫んだ。

「エヴァンズ嬢はどうした。無事か?」

「これはこれはホイットニー大尉。きみの献身的な愛情には胸を打たれるよ。イギリスの紳士はかくあらねばならないという鑑《かがみ》だな。わしとしてはせっかく東洋で、大事業を起そうというときに、きみたちの邪魔が入って迷惑しているがね。前にもいったようにエヴァンズ嬢はわが方で手厚く保護しているから安心したまえ、だが、彼女をきみの手に渡すには条件があってね」

「どんな条件だ?」

「きみと、その肥った男の生命は助けてやってもいい。このまま、まっすぐにホテルへもどって、いちばん早い船便で上海に帰るならだがね。そうして、今後われわれに手出しをしないと誓うなら、エヴァンズ嬢を上海に送り届けよう。ミスター・ホックを見捨てることをすすめるね」

「断わったら?」

「三人とも死んでもらう。エヴァンズ嬢は返すが、父親からそれ相当の謝礼をもらったあとになるな」

「卑怯者めが!」

「卑怯ではないよ。単なる計画だ。一考に値しないかね」

「私のほうも条件を出そう。いますぐ降服することだ。エヴァンズ嬢を返して法の裁きを受けることだ。イギリス人として外国の悪党と手を組んで恥かしくないのか?」

モリアーティは愉快そうに笑った。

「この国の眠っている莫大な富をあきらめろというのかね。なんという単純さだ。ここは宝庫だよ。黄金を思いのままにつかみとれる宝庫だよ。どうだね、だまって引返したほうが身のためだと思うがね」

「断わる!」

「ほう。そちらのデブはどうだ?」

「わしとしてはお前を殺したいくらいだな」

と、張警補がいった。

「では、仕方ない。こちらは八人。そっちは三人。しかも、全員銃を持っている。気の毒だがきみの恋人には会えないだろうよ、ホイットニー君」

カンテラがさっと私のほうに向けられた。

「それにだ、ホイットニー君。わしたちは銃を乱射してふもとの人々をおどろかしたくはない。きみがホック氏とそのデブを殺すのだ」

「なに?」

私は思わずカンテラに目をやった。逆光になっていてわからなかった人影の一つが進み出て、奇妙な気合を発した。

私はにわかに意識が遠くなった。ホック氏が叫んだような気がした。すべての声が遠くなった。眼前にくらい幕が下りてきた。

だが、その幕はたちまち消え、右手に痛みがひろがった。はっと気がつくと私は手を押えて立っていた。張警補が足もとから拳銃を拾った。

「催眠鬼道士……」

その道士がカンテラの光線を下から浴びて咽喉の奥で不気味な笑い声を立てた。

「いまのは小手調べだ。われわれはきみたちの胸に銃を向けているよ。ちょっとでも動いたら蜂の巣だ。これから道士に術をかけてもらって、きみたちを生捕りにしよう。時間をかけてなぶり殺しにするためにね。わけてもホック氏には地獄の責苦を味わってもらう」

蔭になったモリアーティの声が憎悪をふくんで聞こえてきた。

4

絶体絶命であった。拳銃を拾い上げた張警補もそれをどうすることもできなかった。八人、いや、催眠鬼道士の馬雲深を除く七人の銃口が私たちを釘付けにしている。その道士が不気味に笑いながら私たちのほうへ近づいてきた。

〝協力〟してくれるといっていたジョーたちはどうしたのだろう。一時の昂奮がさめて考え直してしまったのかもしれない。

「さあ、道士、術をかけるのだ」

モリアーティの声にさそわれるように、道士は両手を前方に突き出した。

そのとたんだった。彼等の背後でいきなり大きな爆竹が連続して炸裂した。モリアーティたちもさすがにおどろいて動揺した。道士も一瞬、気合をそがれた。張警補が私を突き飛ばした。ホック氏はかたわらの墓石の蔭に飛びこんで鋭く口笛を吹いた。

新しく掘り返された地面から板が土砂とともに持上り、そこから黒い服に身を固めた人間が飛び出した。それはひとりだけではなかったのである。実際には六か所から六人が飛び出し、さらに奥の墓石の蔭と周囲の木立から四人が飛び出した。

張警補はマッチを擂って爆竹に火をつけるとそれをモリアーティたちに投げつけた。銃声と火花が闇にひらめいた。

死神道士はうなり声をあげて張警補につかみかかってきた。

「目を見るな!」

と、私は叫んだ。ホック氏は走り寄ってきた黒い服の男につかんでいた仕込杖を投げ渡し、乱戦となっている一団に駈けていった。張警補は道士を迎え打って、裂帛の気合を発して応戦していた。暗くて足場が悪いので、双方ともに充分な動きができないが、私が加勢に走り寄ろうとしたとき、張警補は地上四フィートも舞い上った道士の蹴りを食ってどうと仰向けにころがった。なにしろ相手の目を見ては不利という鉄則があるので、拳をもって戦うのはむずかしい。常に相手の目の動きを読まなければならないからである。

それでも張警補は身体を反転させ、瞬間的に立上っていた。

仕込杖をつかんだ黒服の男が走ってきたのはそのときである。彼は杖から刀を抜くと、そのまま道士に突っこんでいった。張警補に神経を集中していた道士はそれを避ける暇はなかった。

刀が道士の胴を刺しつらぬく瞬間を、私ははっきりと見たように思った。ランプが墓石で淡い光を放っていたが、そこまでの距離は三十フイートはあって、ろくに光が届かないのに、その光景は白昼のようにまぶたに焼きついている。

死神道士はけものじみたうなり声をあげた。すさまじい生命力を見せて、串刺しの刀を胴体に刺したまま振返り、黒服の男へつかみかかろうとした。張警補が八フィートはなれたところから、気合とともに拳を突き出した。それは、彼からはなれている私の身体が透明な打撃を加えられてたじろいだほどの気合であった。

拳が道士に触れてもいないのに、道士は身体を折り、鼻と口からくろぐろとした血を吹き出したかと思うと、のたうつように地上に倒れた。張警補は太鼓腹を波打たせ、荒い息を吐きながら道士のそばに近寄ってきた。

黒服の男も寄ってきた。日本人ジョーであった。彼は私に向って白い歯を見せた。

「やりましたね」

張は足で道士の身体を仰向かせた。彼は死んでいた。

のちに聞いたところによると、張警補の使った拳は南派小林拳法七十二芸の一つで、井拳功と称する術なのだそうである。

「深い井戸の底に向って、全身の気合をこめて拳を打ち下します。もちろん、下の水は微動だにしません。しかし、修業を重ねると底の水に波動が起るようになります。やがて、水は大きくゆれ動くようになりますす。これを習得するとはなれたところから敵を倒すことができ、名人は百歩の距離でも倒せるといいますが、私ではせいぜいあの距離が限度ですな」

張警補が説明してくれたけれど、私には理解を絶する神技であった。東洋につたわる各種の武術について知れば知るほど、それは神秘に充ちている。

さて――戦いはこのあいだにも終ったようだ。私たちは前方の人々に駈けつけた。

黒い服に身を固めた若者たちが、倒れた者や傷を負った者の様子をみていた。

「モリアーティは？」

私はホック氏にまずたずねた。

「闇にまぎれていち早く逃げてしまった。こちらは傷ついた者が三人。相手は死者ひとり、傷を負った者ふたり。あとは逃げた」

引き据えられた怪我人の怪我はたいしたことはなかったが、ふたりとも人相の悪い凶悪そうな男たちだった。例のさそりの刺青はないが、海賊の一味なのであろう。

味方の若者の怪我の手当をしていた青年が笑った。

「四時間も土の下にひそんでいるのは苦しかったですよ」

「感謝しますよ。おかげで最大の敵のひとりを倒すことができました」

ホック氏は丁重に礼をいった。墓の下から飛び出した青年たちは八時ごろからもぐって待ちかまえていたらしい。ジョーもそのひとりだった。

「しかし、……」と、私はいった。「これで、マーガレットがまた遠くなりました」

「彼女の居場所はわかっているじゃないか。張九のところだ」

「そうでしたね。その張九を探しましょう」

そう言った私の声は自分でも力がなかった。自分自身に言い聞かせるような調子だった。ホック氏は私の肩を力づけるように軽くたたいた。

「必ず探し出すよ。張九がどこにいてもね」

黒服の青年たちは、やがて手負いの仲間を支え闇にまぎれて去っていった。残ったのは私たち三人と海賊の死者ひとり、道士、傷ついた者ふたりである。張警補がアバディーン駐在の警察署に連絡し、事後の処理を依頼してくるあいだ、私たちはふたたび静寂を取りもどした墓地で待っていた。

「あの騒ぎでは死人も起きてしまったでしょうね……」

私は気持が落着くにつれて、苦が笑いをしながらそんなことをいう余裕もできてきた。私たちの足もとには応急の手当をした海賊がときどき痛そうにうめき声をあげていた。黒衣の青年たちの得物は棍棒だったが、殴られて手首を骨折している様子であった。

道士ともうひとりの男の死体は並べられていた。死神道士の胴には刀がまだ刺さったままだった。強敵のひとりは死んだ。しかし、今夜現れなかった双子の狂犬――双瘋狗が残っている。双子のひとりは張警補の〝暗器〟によって片眼を失っているはずで、現れなかったのはこの傷のためであろうか。

張警補がイギリス人の警察官と清国人の巡査数人を案内してもどってきた。彼等は死体と負傷者をはこぶ用意をし、イギリス人の警部補はホック氏に事情の説明を求めた。ホック氏はマグダーモット警視に連絡するようにいい、彼は私たちの身分を確かめて納得したようであった。

「こいつらにはてこずらされておりますからなあ。賊の内情を白状させてやりますよ」

警部補はそういってもどっていった。アバディーンは小さな漁村である。水上生活者の蛋民と漁師たちの家がかたまっているにすぎない。警部補と別れぎわに泊るところはないかとたずねたが、あいにくそんなものはないとのことで、私たちは銀一両《テール》で島を半周しヴィクトリア・シティまで舟を出してくれる漁師をみつけ、夜を徹してもどることにした。時間はかかるが山越えよりは楽である。

小舟にゆられながら帰る。その夜のことを私はのちになっても鮮明に記憶している。波はおだやかで星明りに小さな波がきらめいていた。くろぐろとした陸地が夜の空にそびえている。興奮に熱した余韻がまだどこかに残っていたが、エネルギーを消耗しつくしたような戦いで身体はくたくたに疲れていた。その疲れを感じないほど、興奮していたのであろう。それが小舟にゆられているうちに、どっと出てきた。

波間で魚が飛びはねた。満天の銀河をながめながらさまざまな想いに浸っているうちに、いつか私は眠りこんでしまった。

ヴィクトリア・シティに着いたのは午前五時であった。暁の気配をにじませながらも、夜はまだ明けていなかった。

5

十二月九日、快晴。

泥のように眠ったが、九時に目がさめた。熟睡したおかげで思ったほど疲れてはいなかった。ホック氏はもう起きて身仕度をととのえ、窓際に椅子を持出してパイプをくゆらしていた。ホック氏でおどろくべきことは、睡眠時間がじつに短いことである。ほんの二、三時間の眠りでも完全に疲労から回復するようだし、まったく眠らないで活動しても平気なこともある。それについて氏が言ったことがある。

「睡眠ぐらい無駄なものはないのじゃないかね。だらだらと八時間眠るより、三時間に凝縮して眠る訓練をするほうが有益だよ。人生の半分をベッドですごすより、三分の一にすればそれだけ人生を長く享受できる。ナポレオンはその点だけは賢明だ」

私が朝の挨拶をすると、ホック氏はにこやかにいった。

「陽光のあふれる外界を見たまえ。深夜の墓場での悲観を希望にかえてくれるよ」

窓からは九竜半島の山々が一望である。香港島とのせまい水路に蒸気船と戎克が行き交っている。青空と海、清明な山の稜線。

「そうですね。新しい勇気がわいてきましたが、きょうからはなにをしたらいいのでしょう」

「きみらしくもないね。きまってるじゃないか。張九を探すのだ。もう、先方からの悪意ある招待を待つことはない。今度はこちらから行動するのだ」

「張九のところにモリアーティもマーガレットもいるのですね」

「それはたしかだね。午前中にぼくはゆうべの協力の礼に行きがてら、あの青年たちにも張九についての情報の収集を頼もうと思う」

「ご一緒に行きます」

「張君も、もう来るころだ」

私たちはおそい朝食を頼み、部屋でとっているところへ張警補の巨体が現れた。

「少々、寝すごしてしまいました。井拳功を使うとひどく疲れますのでな」

と、彼は面映《おもば》ゆそうにいった。はなれたところから相手を倒す秘術を聞いたのはこのときである。さすがにホック氏もその術にはおどろいたようであった。

私たち三人は間もなくホテルを出た。医学校は香港島の西のなだらかな斜面を切り開いて開校されたが、まだ規模も小さい。建物も小型だが私たちが会った孫君とおなじ外科を学ぶ者は、彼をいれてわずか三人しかいないという。その代り教授と学生のあいだの感情は緊密で、学問を学ぶには最高だと、私たちに孫君はいった。

彼はがっしりした身体と濃い眉、知的で冷静な瞳を持った青年であった。私たちは昨夜の〝協力〟の礼を言い、張九についての情報を探ってくれないかと彼に頼んだ。

「そうですね。友人が各層におりますから彼等に依頼してみましょう。海賊や匪賊の横行はまことに恥ずべきものですが、それというのもこの国の大多数の国民が貧しいからです。世界の中心は自分たちであるという中華思想を改革して、積極的に国の改革をはからねばならない時が来ています。それには心ある外国の方の援助も必要です。その点、ホックさんは私たちに多大の理解を示していらっしゃることが、きのうお会いしたときにわかりました」

と、彼はいった。彼は国の改革のために、民族の平等と外国からの独立、民主主義の実現、民権の確立といった三つの民、三民主義というものを考えているとつづけた。この三つを基本に、共鳴する青年たちと語らって〝興中会〟という結社を作っているという。

「しかし、道遠しです。現実を見極めながら模索している状態です。医学のほうも棄てきれないし……卒業したらマカオで外科医を開業するつもりなのです」

「あなたのところへ来た日本人もなかなかの情熱家でしたね」

と、私はいった。彼は楽しそうに笑った。

「宮本君にはおどろきました。深夜、ぬれた姿でいきなり訪問されたのですから……。イギリスの方の前でいうのは、はばかれるが日本も将軍の政府が結んだ不平等条約に悩んでいて、アジアの民は一つなりと考える層がふえているのです。どこかから私のことを聞いて、矢も楯もたまらず来たのです。一八六一年に清国との貿易を求めて五十数人の日本人が上海にやってきたのですが、そのなかに高杉晋作という人がいて、清国の現状を憂え、日本人に訴えたそうです。以来、日本の青年たちは自国の革命とわが国の革命を同一と考え、わが国の轍を踏まないようにとの声が、あの一八六七年の日本の革命につながったのです。日本は驚異的な改革をなしつつあります。それは自国の現状を見るにつけ、私にはうらやましいかぎりです」

彼の目はきらきらと輝いていた。私はイギリス帝国の駐在武官であり、祖国の命令にはすべてをなげうって従わなければならないのだが、彼の言葉はよく理解できた。彼には人を引きつける魅力がそなわっている。一種のカリスマ性とでもいったらいいだろうか。

「歴史の流れはきっとあなたに味方すると思いますよ。ぼくも国にいるときはわが政府の政策にそれほど疑問を持たなかったことを正直に告白します。人は外の世界に出てものをながめなくてはいけませんね。――ところで傷を負った方々はいかがですか?」

と、ホック氏は話を現実にもどした。

「いずれも銃によるかすり傷で、昨夜のうちにぼくが手当をしました。闇夜の鉄砲はそれほどあたるものではないようですね」

「それはよかった」

ホック氏は持参してきた若干の見舞金を孫君に手渡した。

「では、よろしく」

私たちは孫文と別れた。

「なかなかの情熱家だね」と、ホック氏がいった。「きのうはじめて会って、あの青年は将来この国に欠くべからざる人物になるような気がしたよ」

「でも、まだ海のものとも山のものともわからないでしょう」

と、私は疑問を投げかけた。一介の医学生が改革を叫んだところで、わずか十数名の同志でなにができるだろうか、と思っていたことも事実である。

「そう、まだわからない……」

遠くをみつめながらホック氏がいった。

「さて、われわれはわれわれで張九を探しますかな」

と、張警補がいった。

「死神道士が倒れたおかげで、心臓を止められたり、爆薬をはこんでくるボーイの心配はなくなった。あとは二匹の狂犬だけかな。手強いのは」

「それはわかりませんぞ。張九の手下の海賊のなかにはどんな人間がいるかわかりませんからな」

「墓地でわれわれを倒すのに失敗したからには、次にどんな手段をとるだろう」

「さぞかし口惜しがっているでしょうから、闇討もしかねませんな。こうやって歩いていても、どこかから銃弾が飛んでくるかもしれませんぞ」

「おどかさないでくれよ」

私はあわててあたりを見まわした。張警補は笑った。

「いやいや、昨夜のように土の下から伏兵が飛び出したのにこりて、うかつな真似はせんでしょう。あれにはびっくりしたことだろうて」

「まったくだ。ぼくも心臓が止りそうになったよ。ホックさんもきみも一言も教えておいてくれないんだから、人が悪いよ」

「計略は密なるをもってよし、です。どこからもれるかわかりませんからな。ホイットニーさんは正直すぎて態度に出てしまいます。ほら、イギリスでなんとか言いましたな。知っていて知らぬ顔で通すことを……」

「ポーカーフェイスかい?」

「そう。それがあなたにはできません」

と、張警補はいい、道端の小屋で売っている茶色の果物をみつけると、小銭を払って一山かかえこんできた。

「一ついかがです？　茘枝《ライチー》の一種で宋家香というやつです。おいしいですよ。むかし、白楽天という詩人がおりましてな。

一騎紅塵妃子笑

無人知是茘枝来

と、うたっております。中国史上に有名な美人で楊貴妃という名をご存知ですか？」

「ああ、赴任する際に歴史をいくらか詰めこんだのでね。唐の玄宗皇帝のころだから、七六〇年ごろだろう」

「そうです。紅塵のなかを一騎の早馬が駈けて行く。貴妃をよろこばすための茘枝をはこんで――という詩です。そのころも珍重されていたんですな。茘枝には宗家香もいれて五種類ありましてな。それは懐枝《ホエチー》、桂枝《クオチー》……」

「いいから一つくれ」

と、私はいった。茶色の皮をむいて口に入れた白い甘酸っぱい果肉は冷たくて美味であった。

6

その日の午後は張九についての情報を集める以外にすることがなかった。張警補はどこかへ出かけてしまい、ホック氏はホテルの支配人から借りてきたヴァイオリンを弾いていた。氏にとってはひさしぶりの自分の時間に耽溺しているようであった。土地にも人間にも不案内な私たちとしては、しばらくは待つよりほかなかったのである。そうはいっても、私はじっとしていることはできなかった。ロビイに行って支配人をつかまえ、海賊についてなにか知らないかと聞いてみたりしたが、この支配人は傲岸と気取りが同居しているような人物で、まるで愛想というものがなく、首を振るばかりであった。

ロビイに居合わせた客も、旅行者やこれから香港で事業をはじめようという商人やらで、張九については名を聞いたことはあるが、なにも知らないということであった。しかし、インドから五日前に着いたという生糸商人が、自分の友人が一月前に海賊に会ったという話をしてくれた。

「その友人――ジェイソンというのですがね。インドのマドラスで貿易のほうをやっている男です。香港に時計とか陶器を積んで、自分も一緒に出航したところが、この近海で海賊に出会い、積荷も銀も身につけていた銭もすべて掠奪され、抵抗した船員が三人まで殺されたそうで、生命《いのち》からがら香港にたどり着いたのです。その海賊の首領が張九だったといいます」

「ジェイソン氏は張九を見たのだろうか？　だれに聞

いても張九の顔や姿を見た者はいないのでね」

「さあ、どうでしょうか。私もくわしくは聞いておりません」

「ジェイソン氏に会って話を聞きたいものですね」

「あいにく彼は広東に行っていて、きょうの夕方、こちらにもどってくる予定です。当地の銀行家の夜会に間に合うように帰ってくるという話でしたから」

「その銀行家は周という人ですか?」

「そうです。事業の提携話が進んでいるのです。周のような実力者はこちらで商売をする上には欠かせませんからね。彼は香港に来るイギリス商人とコネクションをつけたがって、よく夜会を催し、私も招かれているのです」

「私も招待されているのですよ」

上海領事館付駐在武官の身分を明かすと、生糸商人は握手を求め、ファガスンですと名乗った。

私は部屋にもどった。ホック氏はヴァイオリンに熱中していた。彼が没入している姿を見ると、声をかけるのがはばかられた。曲は私にまったく馴染みがなかったから、多分、即興であろう。即興としても、それはなかなかのものであった。

ホック氏は弾き終ると、立っている私を振り返った。

「張九についての情報があったようだね」

「情報というほどではないのですが……どうしてぼくが張九の情報を?……」

「きみの最大の関心事はそのことじゃないか。そわそわして出て行ってしまったから、近くで張九のうわさを聞き集めているのだろうと思った。言葉の不自由さがあるから外へは行かないだろう。きっと、ロビイあたりだ。きみのもどってきた足取りと顔を見れば、なにか聞いてきたことはすぐにわかるよ」

「なるほど、そうおっしゃられるとうなずけます。でも、いつもびっくりさせられますよ。たしかにロビイで……」

と、ファガスン氏から聞いた話を伝えると、ホック氏が聞いた。

「行くつもりかね?」

「いままで夜会のことなど忘れていたのですが、なにかファガスン氏の友人から聞けるかもしれないですね」

それはかすかな手がかりかもしれないが、いまの私にはどのようなものであれ張九についての話は切実であった。

「ぼくもその人に会ってみよう。部屋に閉じこもっているのも能がないからね。それに、折角の招待だ」

張警補や興中会の若者たちを待つというかと思ったホック氏が積極的に言ったのには、私のほうが意外だった。

きっとホック氏も内心、手がかりが得られないので鬱屈していたのであろうと推察した。

私たちは定刻、周の主催する夜会の会場であるクイーン・メリー・ホールに到着した。ホールは正面に三つの破風《はふ》を持つ赤煉瓦と花崗岩を組み合わせたゴシック調の建物である。香港が英国のものとなってからすでに五十年。在住イギリス人と清国上流社会の社交界の場である。夜会や舞踏会はホール一階の大宴会場が当てられる。

会場は数十本のろうそくをともした水晶の大シャンデリア五基と、壁間のガス灯の映えるなか着飾った紳士淑女にあふれていた。いずれも正装で、婦人たちの美しい色彩のバッスル・スタイルが目を奪った。これに対して清国人の実業家たちは刺繡をほどこしたあざやかな中国服に弁髪、夫人たちも目もあやな中国服をまとって歓談している。そのなかには総督府の長官や各部の局長なども夫人同伴で出席していたし、海軍の将官の姿も見えた。

主催者の周は人々に絶え間ない微笑を投げかけ握手を交し、李や洪も人々のあいだをまわって挨拶を交していた。この顔触れを見ても、周が当地で大きな勢力を持っていることがわかる。

「これはこれは……」

陽気な声をかけられて振り向くと、それはホテルのロビイで会ったファガスン氏であった。

「いらっしゃいましたね。お連れの方も軍人ですか」

と、彼はサミュエル・ホック氏をかえりみた。

「私は文官ですよ」

ホック氏は私がなにもいわないうちに横からそういって名を名乗り握手した。

「あなたがおたずねになっていたジェイソン氏はあそこですよ。ご紹介しましょう」

彼はいましも周全元と談笑している肥った頭の禿げた五十代の男を指さし、私たちを彼のところへ引っ張っていった。私たちはそこでジェイソン氏に紹介されたのであるが、同時に周と挨拶を交し、招かれた礼を述べた。

「突然、御招待状を差上げて申し訳ありません。旅行者の方にはこの街はご退屈だろうと思いましてね」

と、周は笑いながらいった。

「こんなに豪華だとは思いませんでした」

「何事も当地の発展のためです。どうか、ごゆっくり楽しんでください」

彼はそういって次に挨拶にやってきた紳士と話をはじめた。

「この方たちはきみが海賊に襲われた話に興味を持たれて、ぜひ、その話を直接聞きたいとおっしゃるのだよ」

ファガスン氏の言葉に、ジェイソン氏は肩をすくめた。

「あのことは思いだすのもぞっとする。わしの生命は十年もちぢんだよ。目の前で水夫が三人、やつらの手で血だらけになって倒れるのを見たときは、わしももう駄目だと観念した」

彼はありありと情景を思い描いたのか、恐怖の表情をした。

7

「あなたは張九という海賊の首領をごらんになったのですか？」

と、私は聞いた。

「いや、首領は見ません。海賊の頭《かしら》らしい男が獲物を見れば張九様がおよろこびになるだろうと言ったのを聞いたのです。私はインドと香港を結んで、ここ十五年来貿易をやっておりますので、多少の広東語はわかるのです。――わしたちは甲板に並べられて身につけていた貴金属を強奪されました。婦人が乗っていなかったのが不幸中の幸いです。もし、婦人が乗り合わせていたら、どんなむごい目に合ったか知れません。殺された三人の水夫は、勇敢にも海賊たちに向っていったのです。わしは海賊どもがどんな行動に出るかと思って必死に聞耳をたてておりました。すると、ひとりがシェクラブコック島にもどったら勝利の祝盃をあげるのだと仲間に言ったのが聞こえました。言われた仲間がシッと制して、わしたちのなかでいまの言葉を聞いた者がいないかとにらみつけましたから、わしは素知らぬ顔をしていますと、ようやく安心したのか行ってしまいました。そのとき、この海賊の本拠はその島にあって、前後の様子から張九もその島にいるのではないかと思ったのです」

「なかなか鋭い。ジェイソンさんの観察眼に敬服しますよ」

ホック氏の言葉に商人はちょっと胸を張った。

「いやいや、それもあとから思ったことです。そのときはおそろしくてふるえっぱなしでした」

「で、解放されてから当局へ話されたのですか？」

「無論です。でも、その島は捜索したばかりでなにもみつからなかったというではありませんか。わしは確かにこの耳で聞いたといったのですが、二度捜索する余裕がないとかで取り上げてもらえません。捜索隊が帰っていったあとで海賊が上陸することだってあるでしょう。この近辺の島々はことごとく海賊の基地になっているといいますから……」

「もちろんです。東シナ海に出没する海賊を制圧するだけの力が足りないのは事実ですからね。でも、大変参考になることを聞かしていただきました。お礼をいいますよ」

ホック氏は生糸商人の手を握った。彼は一区切ついたところで、知人と話をしなければと人のむれのなかへ入っていった。

「おそらく積荷は陶器や時計ばかりではないね。あの男は阿片も扱っているのだろう」

「それは充分考えられますね」

需要のあるところには供給がある。また、供給のあるところに需要もある。インドから清国に来る船は大部分が阿片を積んでいるのは公然の秘密である。清国政府は阿片の輸入禁止令を再三出しているが、ほとんど有名無実である。上は西太后の側近の宦官や政府要人をはじめ、下は物乞いに至るまでが阿片の妖美なけむりに酔い痴れていて、その数は全国で一千万とも二千万ともいわれている。利に敏《さと》い商人がそれに手を出さないはずはなかった。

「陶器と時計では張九がそれほどよろこぶとは思えないからね」

音楽が鳴りはじめた。ワルツの旋律に乗って紳士淑女たちが踊りはじめた。フロアの周囲ではグラスを手に商談に夢中になっている実業家や婦人相手になにやら自慢そうに話している士官たちがいる。

私たちがしつらえられた料理の台のそばで皿に料理をとっていると、周全元が洪と一緒にそばへやってきた。

「ああ、ホックさんとホイットニーさん。いかがです。楽しくおすごししていただいていますか?」

「ええ、おかげで……」

「なにかあったらわたくしに言ってくださるか、副経理の洪君か李君に申し出てください。できることならいたしますよ」

人をそらさぬ態度で彼はいった。

「ありがとう。シェクラブコック島というのはどのあたりにあるのです?」

ホック氏が銀のフォークを置いてたずねた。

「シェクラブコック島? それは大嶼島の西北の小島だったと思いますよ。漁師がいくらかいるだけの島です。その島がなにか?」

彼は眉と眉のあいだにしわを寄せた。

「見物しようかと思いましてね」

「なにを聞かれたか知りませんが、かつがれたのでしょう。見物するものなどないところですよ。行かれても失望されるだけでしょう」

「そうですか。景色がいいと聞いたものでね。島めぐりをしようかと思っていたところです」

「おやめになったほうがいい」

と、周は真顔になった。

「この近海は海賊の巣ですからね。なにかあると取返しがつきません」

横にいる洪もうなずいた。

「そんなに危険なのならご忠告にしたがいましょう」

あっさりとホック氏は説を撤回した。

「海賊といえば張九の名をしばしば聞きます。いまもジェイソンさんから被害に会った状況をお聞きしたところですよ」

「ああ、あの方はお気の毒でした。積荷を全部奪われて大損されたそうです」

「張九の一味は凶悪なようですね」

「それはもう。わたくしたちにも影響があります。たとえばジェイソンさんが積荷を奪われなかったら、その利益をわたくしどもの銭荘に預けていただけたでしょう」

「張九について、もっとくわしい話をご存知ないでしょうか?」

「残念ながらわたくしは世上知られている程度のことしか知識はありません」

彼はそこで洪をうながして、次の客のあいだに入っていった。

そのあと人の好いファガスン氏が私たちを何人かの実業家たちに引き合わせたけれど、いい加減なところで切り上げてホールを辞することにした。

格別の収穫は得られなかったにしろ、ジェイソン氏が聞いたというシェクラブコック島については大きな関心を抱いた。その島が張九の拠点であるならばマーガレットもその島にいるのではないかと思うと、私の心は逸《はや》るばかりであった。もちろん、そこに行くには難関も数多くある。モリアーティや二匹の狂犬もいるであろう。また、海賊も多数いるであろう。ひとりやふたりの力で真正面から当っても勝目はないのはわかりきっている。しかし、なお私はその島に行きたい想いを捨てきれなかった。

私たちは周やファガスン氏などに挨拶をして夜会の途中から外へ出た。

「雨だ……」

来るときまでは晴れていたのに、いつの間にか上空は厚い雲に被われている。弱い雨が降り出していた。たむろしていた人力車が私たちのそばへむらがり寄ってきた。ホテルまではそれほど遠くないが、歩くにしては雨の勢いが強いので、ホック氏と私とはそれぞれ一台ずつの車に乗りこんだ。車夫は幌の出入り口を閉め、走り出した。

一分ほどして懐中時計を見ようとして、胸のチョッキの金鎖をまさぐったが、つい手をすべらせて時計を足のあいだに落してしまった。反射的にかがみこんだとき、鋭い音がして幌が裂けた。はっとして見るとちょうど頭のあるべき位置の右側に拇指大の穴があいているではないか。

「止めろ！」

私は車夫に向って叫んだ。車夫はびっくりして振り返り、私の身振りを見て梶棒を下ろした。私は車から飛び降りて周囲を見まわした。夜のことなので扉を固く閉めた暗い商館が並んでいるばかりで、人影も見えない。私は先へ行くホック氏の車を追いかけ、止まれと叫んだ。

「どうしたのだね？」

ホック氏が幌をあけて顔をのぞかせた。

「射たれたのです」

「射たれた？　銃声らしいものは聞こえなかったが……」

ホック氏は車を降りた。

「偶然、上体をかがめたので当らなかったのです」

私の乗っていた車に近づいてなかをのぞきこんだホック氏はあいた穴を見、それから床を見てなにかを拾いあげた。

「銃ではないよ。石つぶてだ」

「石つぶて？」

「手紙らしい」

車の横のカンテラの灯で見ると、たしかに小石をなかに包んだ、なにかを書いたひきちぎられた紙片である。広げてみたが走り書きの漢字で、これはホック氏にも私にも残念ながら読めない。しかし、その筆蹟には見おぼえがあるような気がした。

「白蓮の字だ」

と、ホック氏がいった。

8

私たちは急いでホテルにもどった。玄関を入るとほの暗いロビイに、張警補が座っているのが見えた。彼は私たちに細い目を向け、立上った。

「フロントで言づけを聞きました。夜会にしては早いお帰りですな」

「途中で帰ってきたんだよ。ちょうどよかった。白蓮の手紙らしいものが、人力車に投げこまれたんだ。読んでくれ」

張は紙片のしわを伸ばした。

「――わたしは元気、愛をこめてアーサーへ英国婦人より……マーガレットさんからの伝言ですな」

私は張警補の手から紙片を受取って、読めない文字をみつめた。白蓮がマーガレットの言葉を伝えてきてくれたとなると、その漢字がまるで英語であるかのように思われた。

マーガレットは白蓮から私たちが近くまで来ていることを聞き知っているのだろう。健気《けなげ》にも希望と勇気をふるいおこして、私たちに意を伝えることを白蓮に頼んだのだろう。

白蓮という娘が、もっとくわしいこと——マーガレットがどこにいるかまで教えてくれれば、と思うが、そこまでは書けない事情があるのかもしれない。乱れた走り書きの文字の様子では、非常に急いで書かれたものらしい。わずかな隙をみて、彼女は伝言を私に伝えてくれたのだろう。

「エヴァンズ嬢が元気であることは信じてもいいようだ。——張君、なにか収穫があったかね」

ホック氏は張警補に目を向けた。

「わしは午後いっぱいかけて楼梯街《ロウダーシエ》のあたりを聞きこみでまわりました。せまい長い石段の両側に盗んだ品物を売る露店がぎっしりと並んでいる場所でしてな。別名を泥棒市場といいます。ここへ来れば、前日に盗まれた品物が堂々と売られているというところです。海賊が盗んだものも出まわると、旗亭の同宿の男がいうので行ってみたのです。その街の露店の酒屋で酔っぱらった男に出会いましてな。刀傷が頬にある、潮の匂いをプンプンさせているやつでした。船員でもなく漁師でもないので、うまく探りを入れてみましたら、やはり海賊の手下のようで、酔った挙句にもう島へ帰らなければと立上ったものですから、わしは石段を降りるのを支えてやって、島の名を聞き出しました」

「シェクラブコック島かい？」

張警補は目をまるくした。

「そうです。よくおわかりになりましたな」

「なに、われわれも夜会でその名を耳にしたんだよ」

「そうでしたか。わしはそれを聞いて、今夜にでも島に渡って様子を探ろうかと思っておるのです」

「ぼくもおなじことを考えた。だが、危険が多すぎる」

と、私はいった。

「だからといって手をこまねいているわけにはいきません」

「そうだ。手をこまねいているわけにはいかないよ。張九の巣窟がその島にあるなら調べるべきだ」

意外にもホック氏がいった。

「ホックさん……」

「われわれは島めぐりをするだけさ」

ホック氏は微笑した。

「張君。きみだってひとりで行く気ではあるまい」

「わかりましたか？　宮本《グーペン》に話をしたら、彼等も行くということでした……」

と、張警補は腹をゆすりあげた。

「行こう」

私は拳を握りしめた。そのときの私に愛する女性を救いに危地に飛びこむ騎士のような英雄意識があったわけではないが、白蓮からの伝言を見た直後では、遮二無二マーガレットのもとへ駈けつけたかったのも正直な気持であった。

ホック氏と私は自室にもどり、身仕度をととのえてふたたびロビイに降りた。と、いっても私は愛用の拳銃をつけ、ホック氏はいつものように鹿打帽をかぶり、動きやすい服装をしただけである。

「ただし、今夜同行してくれる若者は五人です。孫さんには内緒なのです。孫さんはやたらと血気に疾《はや》るのをいましめていまして、海賊退治といったら許可しなかったでしょう。だが、興中会の若者はみな血の気が多い。宮本はそのなかでも筆頭で、わずかなあいだにほかの連中とすっかり仲が良くなってしまった……」

歩きながら張警補がいった。興中会の若者が小舟を用意して待っていてくれるという場所まで、私たちは雨のなかを歩いた。

大きな倉庫の前の栈橋に黒衣の若者たちが待っていた。私たちが行くとジョーが栈橋につながれている小舟を指さした。七、八人は乗れる大きさの舟である。

「島はここから十五哩はあります」

昨夜、というより今暁《こんぎょう》の墓地で顔を知っている若者が英語でいった。私たちが乗りこむと、艪《ろ》の音をさせて舟は海面をすべりだした。屈強の若者が交代で漕ぐ舟足は意外に早い。あたりは海面を打つ雨と闇に閉ざされ、視界が悪いせいか陸の灯もまもなく見えなくなった。

もし、若者たちが青帮の一味だとしたらひとたまりもなく殺されてしまうな——ふと、私はそんなことを思った。なにも見えない闇の海に小舟で浮かんでいると、私たちの無謀さが今更ながら身に沁みた。だが、こうなれば行くところまで行かなくてはならない。

さいわいにして若者たちは憂国の志に燃える連中だった。いずれ、清国の政府を倒すという思想に結ばれている。（私には果してそれが成就するのかどうか疑問だったが。）

彼等には海賊退治もこの国の浄化策の一つと思えるのかもしれない。あるいはありあまる血気の捌口《はけぐち》と思っているのかもしれない。

だれも口を利かなかった。青年たちはこのあたりの海をよく知っているとみえて、闇をすかし、小さな磁石を頼りにときどき方向を修正した。

ちらりとかすかな灯が右に見えた。

「大嶼島《ターシェイタオ》です」

と、青年が一言いった。香港島よりはるかに大きな大嶼島は、ふつうランタウ島とイギリス人が呼んでいる。その北端の小島のあいだをまわりこんで行くと、目的のシェクラブコック島だという。

雨がいくらか強くなってきたようである。

香港を出てから四時間あまり。波が穏やかで潮流も幸いし、目をこらすと黒い陸地が見えるようになってきた。それはやがてはっきりと見えだし、淡いかすかな灯のあるのもわかった。漁師の家が何軒かあると聞いていたから、その人家のあかりなのであろう。

舟は人家を避けて暗い側へまわっていった。

「小さな入江があります。そこから上陸します」

と、へさきに立った青年がいった。ジョーはそれを聞いて腕をたたいた。

「血が躍ります。日本の友人に話をしてやればうらやましがるでしょうなあ。思いきりあばれまわってやります。せまい日本にいるより宏大な大陸の風雲に乗じて革命に挺身しようという連中が、これを聞けばわれもわれもとやってきますよ」

「そんなに日本人は隣国に関心を持っているのかね?」

私はひやかすように聞いた。

「持っていますとも、今年の夏、七月に清国北洋艦隊が提督の丁汝昌《ていじよしよう》にひきいられて横浜へ示威のためにやってきました。それで心ある者は憤慨したものです。自国の足もともあぶないのに、体制が盤石と信じているのは西太后ぐらいのものですからね。清国の現状を見るに欧米列強のほしいままの侵略を受けている。現状を打破するには革命しかありません。ぼくはその一助をになうつもりなのです」

「きみのいう侵略者はわが大英帝国かね?」

「まあ、そうですね。フランスもロシアもドイツもアメリカもオランダもポルトガルもです。ホックさんとホイットニーさんと、お国の政策は区別していますよ」

「それはありがたいことだ」

「論争はあとにしたまえ」

ホック氏がいった。私は反論を加えたかったが口を閉《とざ》した。いまはわが国の植民地主義についてとやかくいっている場合ではない。

9

暗い入江に波もほとんどなかった。雨が降りしきっていた。時間は午前一時である。

舟から降りた一団は黙々と進みはじめた。小高い丘に立つと眺望が開けた。このまま島を一周することにした。小さな島だからむずかしくはない。

「ここが海賊たちの巣なら、どこかに彼等の船があるはずだ。船にいないとしても近くに巣窟があるはずだ」

青年たちの意見もホック氏の考えもおなじであった。この島はジェイソン氏の訴えによって当局が一度手入れをしたものの、なんの収穫もなかったとかいう。そのあとに海賊たちが来ても、恒久的な建物があるとは思えない。彼等はたくさんの小島を利用して転々と根拠地を変えるというから、ここも一時的なものであろう。

雨にぬれながら私たちは足音を忍ばせて歩きはじめた。ごろごろした石や地面から突出《つきだ》した岩の歩きにくい道であった。しかも、あかりはつけず闇と雨である。

島は平坦地が少なく、入江もそれほどない。断崖があったり、岩礁が夜目にも白い波濤を嚙んでいた。ところどころの入江には漁師の小船が波打際に上げられ、雨に打たれていた。その近くに肩を寄せ合うように粗末な小屋がかたまっていて、よく見ないと見えないようなろうそくのゆらめきがもれていた。

私たちは時計と反対まわりに島の海岸線に添って歩きつづけた。樹々が深くなり、枝を払いながら進むので速度はおそくなった。先頭を行く若者のひとりがふいに足を止めた。

「船だ」

そこは急傾斜に山裾が海に落ちこんでいるところで、海面までは一二〇フィートはあろう。夜のなかにかすかに白く浮き上る砂浜と、小さな入江と、碇泊しているトン数にして一五〇トンぐらいの帆船が見えた。あきらかに漁船ではない。目をこらすと甲板に砲のようなものも見えた。

「海賊船ですな……」

張警補がいう。砲の威力は私の目からすればそれほどあるとは思えないが、商船を相手なら数発で撃沈も可能であろう。空砲を射つだけで怖れおののいてしまうにちがいない。

私たちは斜面をすべらないように注意して下りはじめた。

10

私たちの足音は雨に消されていた。無事に斜面の下に着くと、ホック氏が指示した。

「相手は何人いるかわからない。まず、偵察だ」

張警補が青年たちに言葉を伝え、彼等はうなずいた。

船はもう目の前だった。波打際に二隻のボートが引き揚げられているので、乗組員の大半は上陸しているのであろう。その連中がどこにいるのだろうか。

「あれを……」

前にいた青年が手を上げて示した。山裾にくっつくようにして小屋があった。もともとは漁師小屋であろうが、いま、灯のもれているところをみるとそこにいるのが漁師でないことは明らかだった。小屋は頭上に被いかぶさった樹のために上からはまったく見えなかったのである。

近づくにつれてボートから小屋へ乱れた足跡が深く砂浜にしるされていた。雨が大半を洗い流していたが、ほかの部分とは凸凹の具合がちがう。

「船にも何人かいるはずだね」

私は張警補にささやいた。

海賊たちは安心しきっているのか見張りも立てていない。青年たちと一緒に私たちはそれでも用心して、暗い蔭を拾いながら小屋に接近していった。このときも雨と闇が幸いした。

小屋の板窓が閉まっていたが、隙間からも戸口からも灯がもれている。窓の下にはい寄って隙間に目を当てると、天井の梁《はり》に暗いランプが吊されて油煙をくすぶらせながら燃えており、七、八人の男たちが酒瓶を立てたあいだに大の字になって眠りこんでいた。

彼等は酒盛をしていて酔いつぶれてしまったらしい。部屋は丸太を組んだ十五フィートほどの方形で奥に木箱が積まれ、鉄砲が数挺たてかけてあるのが見えた。さらに船舶用のふといロープの束や雑多な道具が片隅にあった。

「寝入っています。不意を襲って縛りあげてしまいましょう」

と、張警補がいった。ホック氏がうなずいた。青年たちは戸口に忍び寄って行き、私とホック氏は周囲の警戒に当った。

それからの数分は小屋のなかで鋭い音や叫びが飛び交ったが呆気ないといえば呆気なかった。

「全員、縛りあげましたよ」

落着き払って出てきた張警補がニヤリと笑った。男たちはロープで縛られ、口には猿ぐつわを咬まされ、低いうなり声をあげながらころがされていた。青年たちがそれの連中の背後に立っていた。酔って寝こんでいたところをふいに襲われ、抵抗する間もなく、なにが起きたか知る余裕もなく、彼等は気がついたら縛られていたといった状態だったにちがいない。海のほうからの敵を船の見張りが監視するので安心しきって、山の上から来る敵のことなど考えもしなかったのであろう。

奇襲作戦は成功した。私たちはまず小屋のなかを調べた。積んである木箱の中味はなんと小銃と弾薬、それに火薬であった。木箱に書かれているところによるとフランスから北京に送られるものらしい。清国政府軍の装備の一部であろう。それが途中で海賊たちに強奪されたにちがいない。

「酔っていただけではなく、阿片もやっていたのですよ」

酒類のなかにまじった阿片の吸飲道具を足で蹴りながら青年のひとりがいった。

張警補は縛られた男のひとりの猿ぐつわをはずして指をつきつけ、鋭い声で訊問を開始した。

「おまえたちは張九の手下だな」

男には阿片の影響が残っていて、まだ意識がすっきりしないらしい。焦点を失ったような目で首をゆらゆらと振るばかりである。張警補が重ねて聞くと、男は呪詛の言葉を吐いた。

「返事をしろ」

張警補はいきなり平手で男の頬を連続して殴った。

「いかにも張九様は首領だ。こんなことをしやがって、いまにどうするか見てやがれ」

「大層な口を利くのも首のあるうちだ。頭《こうべ》を刎《は》ねられたらしゃべりたくてもしゃべれないぞ」

男はそれを聞くと顔色を変えた。張警補は海賊の持物である青龍刀を手にし、男の襟首をつかんでずるずると戸口へ引き摺っていった。私は思わずその行為を止めようとした。すると、ホック氏が押しとどめた。

「ほかの連中もよく見ておれ」

海賊たちは色を失った恐怖の目を見開いていた。いまにも自分が処刑されるかのようにうめいていたが猿ぐつわをされ縛られて身動きができないから、いたずらにもがくだけである。

張警補は暗い戸外へ男を引き摺って姿を消した。私はいまにも男の断末魔の叫びが聞こえてくるのではないかと思い、身体を固くした。

清国の警吏の犯罪者に対する苛酷な拷問や処刑は知っていたが、張警補もおなじであったのか。彼はもっと人間的な愛情と正義感を持っていると思ったのに――。

戸口に張が巨体を現した。手には大きな青龍刀を提げている。

「彼はどうした?」

と、私は聞いた。張はニヤリと笑った。

「生命《いのち》乞いをしましてな。知っていることは全部話すというので助けてやりました」

「なんだ、おどしただけか……」

「あのくらいやらないと白状しません。もっともここで助けたとしても、この連中を警察に引渡せば大半は処刑されてしまいます。それが海賊への方針ですからね」

私はうなずいた。海賊に対する法の執行は厳しい。だが、私は張警補の手を無益な血で汚したくはなかったのである。

「このへんにある武器はここ二、三日のうちに割符《わりふ》を持ってやってくる商人に銀と引換えに売り渡すのです。武器商人は奥地の土匪に高い値段で流すのですな。碇泊している船にも火薬と阿片が相当あるそうです。船には十五人いるが、張九はいないし、自分も直接見たことがないといいます。これは信用していいでしょう。張九はどこかから指令だけを発し、手下どもを統率しているのですな」

「張九と対決できるかと思ったのに、ここはちがうのか……」

私は失望した。張九のいるところマーガレットもいると信じていたのである。張九のいるところマーガレットもいると信じていたのである。たとえモリアーティや双瘋狗の殺し屋が立ちはだかっても、マーガレットを救出するという希望に燃えていたのである。

「それはわかっていたよ……」

ホック氏がいった。

「え？　ホックさんがそれを知っていたというのですか。それならなぜ……」

「具体的な証拠が欲しかったんだ。ぼくの推理、というよりこれまでは想像にすぎなかったものに裏付けを与えてくれるなにかをね」

「それはありましたか？」

「張君、武器を引渡すときに割符を使うといったね」

ホック氏は私には答えずに張警補にたずねた。

「ええ」

「それはどこにある？」

「聞いてみましょう」

彼は外に出ていったがすぐにもどってきて、ころがされている男たちのなかから額に古い傷跡のある男をみつけ、その男のふところを探って三インチぐらいの金属の板を取り出し、ホック氏に渡した。

「これですな」

板は銅でできているらしい。片面に左側を向いた清国人の好む架空の動物〝龍《ドラゴン》〟が浮き出て、顔のある側面は複雑にギザギザが入っていた。一つの板を真中で折ったようである。

「相手はこの断面にピタリと合う半分を持ってきて合わせ、そこで取引相手が確認されるわけです」

ホック氏は灯のそばに持っていって板を仔細にながめた。

「このドラゴンの下の文字はなんという字だね？」

ホック氏は張警補に聞いた。

「漢字には偏《へん》と旁《つく》りがあるのです。多くの字が二つを組み合わせて一つの字となるので、ホックさんたちにはなかなか理解できないと思われますな。これは其《き》と読みますが左半分に偏があるようですな。かすかですがそれらしいものが見えます。二つ合わせて一つの字になりますから、だとすれば左側の偏は示です。こう書きます」

張警補は羽目板に青龍刀の先で〝祺〟と書いた。

「意味は?」

「キと読んでめでたいとかさいわい、安らかという意があります」

この間、海賊たちを見張っていた青年たちは、私たちの会話を興味深げに聞いていたが、話がよくわからない日本人のジョーは、いくらか苛立った様子でいった。

「これからどうするんです?」

「海賊船をやっつけましょう」

と、青年のひとりがいうと、ほかの若者たちも拳を振り上げた。

11

「法の力がおよばなければ正義のためにわれわれが危地に入るのも仕方ないが、いたずらに人命を奪うわけにはいかない。いかに恐れられている海賊とはいってもね。だからこうしよう。船に爆薬を仕掛け、船内の武器、火薬、阿片もろとも海中に沈めてしまうのだ。だが、その前に警告をあたえて逃げる者は逃してやるのだ」

「わかりました」

青年たちはただちに行動に移った。小屋の火薬と武器を手に、私たちは砂浜に引き揚げられていた小舟に分乗し、雨のなかを碇泊している帆船に向った。

もう午前三時である。闇はいよいよ深く雨は烈しさを加えている。オールの音も雨で消されているが、いやが上にも慎重に私たちは海賊船に接近していった。

おそらく見張りがいるのだろうが、安心して眠ってしまったのか、発見されることもなくボートは帆船の船腹に接舷した。小さな錨を結びつけたロープを青年が船端に投げ上げると、錨の先端が甲板の手摺に引っかかった。小銃と爆薬を背負った青年が二人、三人とロープを伝ってよじのぼった。日本人のジョーは白い歯をみせて笑い、青年たちにまじって姿を消した。ここは船尾に近い場所である。

やがて、甲板から顔がのぞき、合図の手が振られた。いつも感心するのだが、張志源警補の身体に似合わぬ俊敏さはおどろくべきである。彼はロープをつかみ、それを二、三度軽く引っ張ってみると、声にならない気合を発してボートから飛び上った。それによる反動を私は全然感じなかった。彼は船腹を一度蹴っただけで海面から十フィートはある甲板へ上ってしまった。

私はそうはいかない。ロープにすがってよじのぼり、最後は青年たちに手を差伸べて引上げてもらう始末だった。

甲板にはわれわれのほかに人影はない。私たちは火薬を雨にぬれない船室の蔭に仕掛け、布に油を浸して作った即製の導火線をうまく伸ばした。青年たちは船首のほうまで忍んでいっておなじ仕掛けを作った。

用意がすんだところで、船上に三人を残しホック氏が待っているボートにもどった。いきなりガンガンと空缶をたたく大きな音、火事と叫ぶ声がはじまった。

青年がひとりロープを伝わってボートに降りてきた。

「導火線に火をつけました。あとの者もすぐ来ます」

騒ぎは大きくなった。人声がふえた。それとともに銃声が聞えた。私たちははっとした。まだ船上にいる青年ふたり——そのうちのひとりはジョーだったが——があわてて飛び出してきた海賊に発見されたか鉢合せをして戦いになったのではないか。

「早く来ないと火薬に火がつく。せいぜいあと三分です！」

ロープを伝わって青年がボートにもどった。

ほかの者が聞いた。

「宮本《グーベン》は？」

「まだなのか？」

またひとりロープにすがって黒衣の青年が降りてきた。ジョーではない。

「すぐボートを出さないとこっちまで巻添えを食います」

もう待っている余裕はない。青年たちはオールを漕いで船側からはなれた。船上では走りまわり叫ぶ声がする。ボートをみつけられたのか、銃声とともに弾丸が飛んできた。暗夜のことであるから弾丸はいずれもはずれたが、一発は私の手を置いた舟端のすぐそばの木片を飛び散らした。

浜にボートの底が乗上げた。私たちが小屋に駈け出したとき、あたりが白昼のように輝き轟音がとどろいた。周囲は赤く染めだされた。振返ると天空高く火柱が上って、爆発音はさらにつづいて、二度三度と巨大な炎とけむりが宙に舞い上った。

私たちは反射的に砂浜に身体を伏せた。燃えている物体の破片がばらばらと落下してきた。

耳をふさぎ、ややあって顔を上げるともうあたりは暗かった。振返るといままで見えていた船はあとかたもなく、船のあったところに無数の破片や浮遊物が、あるものは炎をあげながら漂っていた。

私たち以外の人影が浜辺で立上った。いや、海のなかから出てきたのだ。あわてふためいて海に飛びこんだために一命を取り止めた海賊たちである。

「ジョーは?」

彼の姿は見えなかった。

青年たちは浜辺に上った海賊たちのところへ走って行き、抵抗する術《すべ》を失った彼等を小屋に引立ていった。いずれも酔いと阿片のためにいくらかもうろうとしており、何が起きたのか理解できない様子である。

張警補は浜辺を調べていたが、海中にザブザブと入って行ったかと思うと、腰をかがめなにかを引っ張って浜にもどった。黒い人間のような物体であった。

「ジョーだ」

それはたしかに日本人ミヤモトであった。爆発にやられたらしく片腕が吹っ飛んでいたが、奇蹟的に顔面に損傷はなく、いつもの笑顔をうかべている表情をそのままに彼は息絶えていた。

「壮士、志を抱いて倒る……残念でしたろうなあ」

張警補はジョーの死顔をみつめながらつぶやいた。中国改革の志に燃え、密航をして香港にやってきた青年の、呆気ない死であった。興中会の青年のふたりが小屋からもどってきてジョーをながめ、涙を流して合掌した。

「彼の真情は私たちにも火を注いでくれました。彼は同志でした……」

「志を得ずして異郷の地に倒れて残念でしたでしょう……海賊の生き残りはみな縛り上げました」

青年は顔を上げて報告した。

「香港にもどって海軍に知らせてやれば彼等を引取りにくるだろう。ぼくたちは帰ろう」

私たちはジョーの遺骸を小屋の近くの林の土を掘って埋め、簡単な墓標を作ってからボートに分乗した。

交代でオールを漕ぐうちにかすかに空が明るくなり、厚い雲に灰色の光が流れはじめた。雨は依然として降りつづいていた。

右に大嶼島の山がうっすらと見えていた。

「マーガレットに直接つながるものがなくて、残念です……」

と、私はいった。

「だが、失敗とはいえませんよ。張九の海賊に打撃を加えたのですから」

張警補がいったがなぐさめにはならなかった。

「かえってマーガレットの身に危険がおよぶことはないだろうか」

それが心配であった。張九が自分の船を沈められたことに報復しないはずはない。私たちの仕業ということはすぐに知れるであろう。その場合、彼等はどう出てくるだろうか。

やがて空は明けきり、私たちは香港島の島影が前方にかすむのを望むところまできた。

「ホックさん、たとえあなたでも張九の本拠はわからないでしょうね。マーガレットをいつになったら助け出すことができるのでしょう……」

私は沈んだ絶望的な口調でいった。ホック氏は私を見た。

「ぼくには大体の見当はついているよ。だが、もうひとつ証拠がたりないのだ」

「まさか嘘ではありますまいね」

「ぼくは嘘はいわないよ」

「では、どこです?」

「証拠をつかむまでは言えない。言ってもきみを納得させるだけのものが、まだないのだ」

と、彼はいった。

第四部　モリアーティの最期

1

疲れきっていた私はホテルに帰りつくとベッドに倒れこむようにして眠ってしまったが、三時間ほどで自然に目をあけた。

雨は止んでいた。依然として雲は厚かったが明暗にむらができて、そのうち晴れ間も出そうであった。時計は十一時だった。ホック氏の姿が見えないので私は急いで着換えをした。そこへホック氏がもどってきた。

「下に孫君が来ている。ボーイが呼びに来たが、きみがよく眠っているようなのでとりあえず行ってきた。きみにも会いたいそうだ」

私はホック氏と連れ立ってロビイに降りた。

孫文はこの時代の清国人にはめずらしく弁髪ではない。七年間のハワイでの生活で清国的な習慣はほとんど彼から抜けてしまっているようであった。彼は質素なスーツを着込んでいた。

「今朝、友人たちから聞いておどろきました。宮本の死は遺憾です。彼はきっと良い同志だったでしょうに……。しかし、彼の死を無駄にしたくはありません」

「ジョーは勇敢な働きをしてくれました。ほかの青年たちの参加についても謝罪しなくてはいけないのはこちらです」

と、ホック氏がいった。孫にだまって行動したことへの謝罪である。

「私は平和裡に改革を望みますが、一方で現政府を倒すには武闘もやむを得ないと考えています。友人たちは若くて血気に疾るのが玉に瑕《きず》ですが、今度のことは一つの経験になったことでしょう。今後はみだりに騒ぎを起して元も子もなくすようなことは慎むように申し渡します。でも、海賊の一隻が壊滅したことは結果からみればいいことです。私はできれば彼等の戦力をもわが方へ取りこみたいくらいです。悪を善に向けるのです」

と、彼は生真面目な口調でいった。

「清国政府に反対、もしくは反抗する勢力を一丸とすることが希望です。紅帮《ホンパン》も青帮《チンパン》もその勢力を革命に向けさせることができれば、清国は音立てて崩れるでしょう」

「雄大な構想ですな」

と、私はいった。孫文の言葉は私には夢のようにしか聞こえなかった。一介の医学生と数十人の若者が、この国をひっくりかえすなんてできるだろうか。

彼は私たちに友人たちをもう使わないでくれと釘をさしに来たのだった。犠牲者がこれ以上出ては困るのは私たちも同様だから、その件は快く諒承した。

ジョーの日本の家には、孫が手紙を書くということであった。気の毒なジョー。彼は私たちと知り合ったばかりに短い生命を散らしたのである。

そこへ第二の訪問者がやってきた。張警補である。

早朝、香港にもどると私はすぐにイギリス海軍の基地を訪ね、シェクラブコック島の小屋に残した海賊たちの処置を依頼しておいた。海軍はただちに艦艇を派遣して海賊たちを逮捕するといってくれた。張警補はそのあとで旗亭にもどり一眠りしてくるといって去ったのである。

それにしても張警補と別れ別れに泊らなければならないというのは不便なものである。滞在が長引くならば一考しなければならない。張警補はふだんと変らぬ態度だが内心はどう思っているのであろう。

張警補は孫に若者たちの協力への感謝と宮本丈平の死への悔みを述べた。自分が宮本に話を持ちかけたのだから責任はみな自分にあると彼はいった。

「過ぎたことは仕方ありません。宮本君のおかげで日本にも私を理解してくれる人たちがいるとわかりました。

興中会が将来大きくなったら、もっと参加してくれる宮本のような人物も現れるでしょう」

孫は私たちと握手してホテルを出ていった。

（蛇足ではあるが、孫文の組織〝興中会《シンチヨウフイ》〟が正式に行動を起したのは、この時点から三年後の一八九四年であり、彼のもとに多くの日本人が参加したのは歴史的事実である。孫文――孫逸仙《いっせん》は現在でも中国の国父である。）

「よく眠れましたよ」

張は私たちに向き直った。正直なところ二日つづきの墓場での死神道士との対決や、海賊船襲撃といった体力を消耗する行動のために、私は疲れていた。だが、疲れたなどとは言っていられない気持だった。きょうは十二月十日である。マーガレットを誘拐されてからすでに十二日がたつ。彼女の恐怖、絶望、希望、落胆を想えば疲れたなどとはいっていられない。マーガレットは白蓮という娘を通じて、私たちが上海から来ていることを知っているはずである。救いを一日千秋の思いで待ち受けているであろうが、私たちが近くにいることに彼女はかすかな希望を抱いており、私はその希望と期待に一刻も早く応えなければならないのである。――それなのに、まだ私は彼女の居場所さえつかめないでいる。ホック氏は張九の本拠について大体の見当がついているといったが、氏のことだから納得の行く証拠があるまでは教えてはくれないだろう。

私は自分の考えに気をとられて、ホック氏に張警補がなにか言っている言葉を聞き逃した。

「なんです？」

「いやね、張君の泊っている旅館に、もう海賊船の沈没の噂が広まっているそうだよ。火柱がランタウ島の漁民をおどろかしたらしい。イギリス海軍が攻撃したとか、海賊の同士討ちだとか根拠のない臆測が乱れ飛んでいるらしい」

「いまごろは香港中の話の種になっていますよ。わしは素知らぬ顔で聞いておりましたがな」

「一部には腹癒《はらい》せに海賊たちが手当り次第に掠奪をはたらくのではないかともいわれているそうだ」

「わしらは奴等の目の敵ですな」

「そうだろうね」

「船一隻と積荷を失って大損害だから、報復を考えることはまちがいない。せいぜい気をつけよう」

と、ホック氏は面白そうにいった。

「ホックさん」

私はたずねずにはいられなくなった。

「香港へ帰る途中で、張九の本拠について心当りがあるが、証拠がないといわれましたね。あれは本当ですか?」

「あのときも嘘ではないといったはずだよ。だが、ぼくは想像でものをいわないようにしているんだ。今度の事件で、ぼくたちが相手にしているのはモリアーティ一個人ではなく、大きな組織だからね。モリアーティを追及するには、まずその組織を追及しなければならないのが、通常の場合とはちがう。ぼくにとっても、むろん、東洋という異郷で出会った未知の体験だから、さまざまな理解しがたいことや試行錯誤があることはやむを得ない。なかでも文字と言語が障壁だ。いちいち読んでもらったり、通訳してもらわなければわからないのだからねえ。このことが、ぼくの活動をいくらか鈍らせていることとは認める。だからといって、それを言訳にするつもりはないがね。――ホイットニー君、ぼくはきょうは証拠を集めに行ってこようと思っているのだ」

「私もご一緒にまいります」

現金なもので沈んでいた気持に火がついたように私はいった。

「いや。連れ立っては目立ちすぎる。ただでさえわれわれが歩くと、子供たちがあとをついてきたり、前世紀の動物を見るような好奇心の対象になるからね。きみは留守を守っていてくれたまえ」

「仕方ありません。ホックさんおひとりですか?」

「張君がいないとぼくも手も足も出ない」

すると、私ひとりホテルの部屋で待つわけか、とがっかりした。

「では仕度をしてくるから待っていてくれたまえ」

ホック氏は自室に上っていった。張警補と私は海賊島での冒険やジョーの死について話をはじめ、気がついてみると三十分もたっていた。

「おそいですなあ」

張警補が眉をひそめた。

「見てこようか」

私は立上って二階の部屋に急いだ。

部屋はからっぽだった。

2

室内は荒された様子もない。ロビイにとって返すと、張警補は見たこともない白髪の中国人と相対していた。老人は年のころ七十あまり、清国の老人によくある長い白い髭を垂らし、陽に焼けた皮膚はしわだらけ、しかも、目が片方悪いのか黒い眼帯をしていた。

「ホックさんはいない。どこかへ消えてしまった」

私はせきこむようにいった。

「いない？　それは妙ですな」

「なにかあったのかもしれない。部屋の様子に変ったところはないが……」

「ホイットニーさん、朱《チュ》さんを紹介しますよ」

私は老人に会釈した。ホック氏のことが気にかかって気もそぞろだった。

「この人はだれだい？」

「わしらにとってなくてはならん人です」

「と、いうと？」

「わからないのかね、ホイットニー君」

老人が聞きおぼえのある声でいったので、私はあっと彼の顔を見直した。老人は笑った。すると彼の目の色が灰色であるのに気づいた。

「ホックさん！」

目の色を除けばどこからどこまで清国人の老人であった。ホック氏の変装にはいつも感心させられるのであるが、二フィートとはなれないところで顔を合わせていながら見破れないとはなんと見事な変装であろう。

「どうやらきみの目もごま化せたようだね。問題は目の色だが、目を細めていればそれほどわかるまい。では、これから行ってくるよ」

張警補は声を立てて笑った。

「わしもわかりませんでしたよ。裏からまわって正面から入ってこられたのですからな」

「目立つのはきみのほうになった」

ホック氏は張警補にいった。張のような肥満漢はそうやたらといるものではない。痩せた老人と巨漢が揃ってホテルを出て行くのを、私は見送った。

「やあ、昨夜は失礼しました」

うしろから声をかけられて振り向くと生糸商人のファガスン氏が外出の支度でロビイに降りてきたところだった。

「もっとお話できたらと思っておりましたらお帰りになってしまって残念でした」

彼は出ていったホック氏と張警補を目で追った。

「あれは何者です？　お知合いですか？」

「ええ、ちょっとしたね」

「面白い取合せですな。――周さんもジェイソン氏もあなた方が早くお帰りになったので残念がっておりましたよ。周さんはおもてなしにまちがいがあったのではないかと気にしていました」

「そんなことはありません。また、お会いになったらよろしくお伝えください」

と、私はいった。

「必ず伝えましょう。わたしにとって昨夜の夜会は収穫がありました。周さんに紹介されたこちらの実業家と商談が持上りましてね。清国の生糸を輸入して、雑貨を輸出する目鼻がつきました。これからそれをまとめに行くのです」

ファガスン氏は機嫌よかった。

「それは結構でした」

と、私は答えた。

「商談がまとまり次第、インドに電報を打って品物を用意させるつもりでおりますが、ジェイソン氏のように途中で掠奪を受けてはかなわんから、たっぷり保険をかけることにします。その代り儲けは少なくなりますがね」

それから彼はきょうは何か予定があるのかとたずねた。どうやら私を休暇で来ていると誤解している様子である。そう思われても仕方ない。領事館の武官が総督府の宿舎にいず、ふつうのホテルでブラブラしているのだから。

「いや、終日部屋にいるつもりです」

「お友だちもですか」

「彼は出かけました」

「お若い方が部屋にこもっていてどうなさる。この街は面白いですぞ。ポーカーもルーレットも不自由しません。そういってはなんですが清国の女の絹のようになめらかな肌を体験してごらんなさい。ここの女はどんなことでも従順ですぞ」

彼は私の耳に顔を寄せ、いやらしい笑い声をたてた。

彼は上機嫌でホテルを出ていった。私は取り残された。このまま部屋でいつ帰るともしれぬホック氏たちを待っているのは、あまりにも無策である。と、いって私にはなすべきことも思い当らなかった。

私は散歩に出た。英国の土地となってから主だった商館や商店は中国語と英語を表記しているから、どのような営業をしているかよくわかって不便はない。地名も両国語で二種類ある。あるいは英語でつけられた地名に漢音をあてはめてある。たとえば海岸に添った主要道であるコンノート・ロードは干諾道中だ。

私はあてもなく歩き、どんどん発展して行く市内が、ここへ立ち寄った八月よりさらに変貌しているのに驚嘆した。そのうちに私は通りの角に立つ三層の立派な中国式の建物の看板を見て足を止めた。bao yuan xiang qian zhuang (Bank of bao yuan xiang)。この建物は周全元の経営する宝源祥銭荘であった。

不案内な人のために説明をすれば、銭荘というのは小規模な銀行であり両替商である。多くは自国の商人と外国商人のあいだに立って仲介役をしている場合が多い。この仲介のことは買弁《マイベン》という。周の銭荘は建物を見ても規模が大きく、彼が西欧の銀行組織にあらためたがっているのも理解できた。香港の将来の経済の発展のために、イギリスもこうした規模の銭荘を育成する方向に向っているのである。

私は銭荘に出入りする人々をしばらくながめホテルにもどって、これまでに起きた出来事をしるしている日記を書きはじめた。この二日間は書く暇がなかったので、書きはじめると書くことがいっぱいあった。

没頭しているうちに、いつか三時間の時間がすぎていた。それに気づいたのは、ドアにノックの音がしたからである。ドアの音は妙に低くて、はじめは気がつかなかった。

「だれだ?」

私はドアの内側からたずねた。

「わたしです。早くあけてください」

張警補の声だった。いそいで錠をはずしてドアをあけると、張警補がその巨体に紺色の服を着た人間を抱えるように室内に走りこみ、つづいてホック氏が廊下を見まわしてすべりこんできた。

紺色の服の人間は少女だった。少なくとも私には少女に見えた。西欧人にとって東洋の女性はみな若く見える。少女は張警補の腕から飛び出すと怯えた目で部屋を見渡した。彼女の粗末な服や、また清国の中・上流社会の女性の習慣となっている幼児のころから足の発達を押えて成長を止める纏足《てんそく》ではないところから、大方、まずしい家の娘であろう。

少女は勝気そうな目とかたちのいいくちびるをしていた。肌は陽に焼け髪は油気もなく、その手にいたっては荒れているのがはなれていてもわかるほどだった。

彼女はあとずさりをして、われわれを見開いた瞳でみつめた。

「張警補。彼女を安心させてやってくれ。裏口から入ってくるのは大変だったよ」

ホック氏は白い眉と白い髭をむしりとった。娘はあっと声を上げた。みるまに現れてくる西欧人の顔をみつめ、彼女はおどろくと同時に、どういうわけか貧血でもおこしたようによろめいて椅子に手をついた。張警補が娘を支えて椅子に座らせた。

「なにをされるかと思っているんだ。――ホイットニー君、白蓮を紹介するよ。前に会っているはずだが、明るいところで顔を見るのははじめてだろう」

ホック氏はタオルで顔をこすりながらいった。陽に焼けた色としわがとれていった。

私はあらためて娘――白蓮に目をやった。

「時間がない。彼女を十分で帰さなくてはならないんだ」

と、ホック氏がいった。

3

どこでどうやって彼女を発見し、連れてきたのか疑問はいっぱいあったが、ホック氏はひどく忙《せわ》しそうに張警補を通じて早口にいった。

「イギリスの婦人は元気だろうね？　おまえが彼女をかばってくれているのは知っている。さあ、言ってくれ」

白蓮はうなずいた。

「よし。帰ったらこっそりと彼女に伝えてくれ。われわれは必ずきみを近いうちに助け出すとね」

娘は危害を加えられないとわかったのか、いくらか落着きをとりもどしてうなずいた。

「張九のところには双子の男もいるのだね？　イギリス人の男も？」

「……おそろしい男たちです。双子のひとりは目の傷のために高い熱を出して寝ていましたが、ようやくよくなってきました」

「これからは連絡をとりあおう。おまえは一日に一回は使いに出るね。そのときに様子を書いて、どこかに置いてもらおう。ぼくたちがそれをあとから取り出して、こちらから伝えたい手紙を入れておく。おまえはそれを読んでおぼえたら手紙は捨ててしまうのだ。わかったね？」

「坂の途中に小さなくずれかけた道廟《どうびょう》があります。その仏像のうしろならみつかりません」

「よし、そこにしよう。さあ、何事もなかったように帰るんだ。張君、彼女を送り出してくれたまえ」

「わかりました」

「白蓮、くれぐれも張九に気取られないように。わかったね？」

白蓮はまたうなずいた。

「おまえもそのときは自由の身にしてあげる」

娘の瞳が光った。張警補は廊下の気配を偵察し、白蓮を手招くと彼女を伴って出ていった。

「ホックさん、どこで彼女をみつけたのです？」

「張九の屋敷から出てきたところをだよ」

と、ホック氏はいった。私はいくつもの質問がいっぺんに浮かんできて、かえって口ごもってしまった。

「ど、どうして張九の家がわかったのですか？」

ホック氏は窓辺に行くとそこでパイプをくわえた。

「夜会の帰り、きみの人力車に投げこまれた手紙からだよ」

私は戸惑いの色を浮べた。あの手紙はマーガレットの無事を伝えたもので、海賊の首領の本拠を示す手がかりなどはどこにもなかったからである。

ホック氏はたばこに火をつけた。張警補が足音も立てずにもどってきた。

「無事に帰しましたよ。これでエヴァンズさんとパイプが通じたわけですな」

「ホイットニー君はぼくたちが白蓮をみつけたわけを知りたがっている。——まず、ぼくは白蓮がなぜクイーン・メリー・ホールの近くにいたのだろうと考えた。偶然、通りかかってわれわれをみつけたなどという説は通らない。彼女はそこにいる必然性があったと思えば納得が行く。では、どうしていなければならなかったのか。だれかにつきしたがってきたからだ。あのとき、ホールの外には主人を送ってきた馬車がたくさんとまっていた。馬車には駁者、それから小間使い、召使いなどが待っていた。夫人たちのなかには小間使いを連れてくる者も多かったからね。彼女はそのなかにいて、われわれが一足先に帰るのを見て、たまたまそこにあった紙に走り書きをし、石をくるんで投げた。その紙は馬車のなかにあったものだろう。——きみはあの紙がぼくたちに来た招待状の便箋とおなじ紙質であることに気づかなかったかね?」

「では……」

「白蓮は忠実な小間使いなのだろう。張九は彼女にエヴァンズ嬢の世話をさせ、身のまわりの世話をもさせているのだ。張九は夜会でなにか手伝わせることでもあって、白蓮をつれてきていたのだろう」

「ホックさん、それでは……」

「張九の正体は銀行家の周全元だよ。ぼくたちはシェクラブコック島に行ったが、そこでもっと具体的な証拠が手に入るかと思った。しかし、収穫は意外に少なく、海賊が取引に使う割符しかなかった。そこで、ぼくと張君とは周の私邸の様子を探りに出かけたのだ。張九が周全元であることはまちがいないだろうと思ったが、より具体的な証拠がないと相手は香港政財界の有力者だから、どうすることもできない。さいわいにして、網を張ってから二時間で娘が邸内から出てきて、どこかへ行く様子だ。あとをつけてどこからも見られていないというところで、彼女をつかまえた。白蓮と呼ぶとおどろいて振返ったから、ここへ連れこんだのだ。彼女は街へ食料の買い出しに出てきたんだ。ここへ連れてきても、すぐに帰さないと彼女が怪しまれるので、急いでいたというわけなんだよ」

あの俊敏そうな貴公子然とした男が、珠江流域を恐怖におとし入らせている海賊の首領だったのか。私はホック氏の言葉を目をまるくして聞いた。

「天橋号捜査のときを想い出してください。水夫たちと警吏たちの馴れ馴れしさ。あれが現実です。訴えても実力者の周が海賊であるはずがないと取り合ってもくれませんよ。あなたはあの白蓮という生き証人がいるから、彼女に証言させればいいとお考えになるかもしれない。だが、小娘の証言など、言を左右にして一蹴されてしまいますよ。はっきりいって、いまのわしの国の警察の腐敗に、わしは信をおいておらんのです。正義の士はおりますがその力は全体におよびません。心ある者は大きな改革を望んでいますが、いまは表に出せないでいるのです」

「ぼくたちの手でやるより仕方ないのだ」

ホック氏は私の肩に手をおいて、なぐさめるようにいった。私は両手で顔を被った。

「白蓮がなにかを知らせてくれるだろう。内部をまず知らなくてはならない」

私は心のなかでマーガレットの名を叫んだ。ここから遠くないところに彼女がいるというのに、その距離は上海―香港間より遠いものに思われた。

「表向きはイギリスと手を組んで香港の発展に尽す熱心な実業家。彼の富は裏側の海賊による利益とはだれも知らない。資本がただ同然でふえるのだから、事業にいくらでも手を伸ばせるというわけだ。ジェイソン氏などは自分の荷物を奪った張本人から、同情されて感激しているのだからね」

「あの男が海賊だったのですか。……おどろきました」

私は考えをまとめるために椅子へ腰を降ろしたのだが、椅子に座ったこともおぼえていなかった。

「周は張九として蔭から海賊たちを指揮していたのだ。副経理の李も洪も周の腹心として組織の運営にかかわっているにちがいない。みな、青帮の幹部なのだ」

「マーガレットが周の屋敷にいるのなら、警察を動員して踏みこんだらどうでしょう。そうすれば手も足も出ますまい」

「そのためにマーガレットさんを危機にさらすのかね」

「清国の富豪は私兵を抱えています。周の場合は手下が屋敷を固めているでしょう。それに――はたしてわれわれの持っている程度の推理と証拠で、警察が動いてくれるでしょうか。おそらくこれまでの例にみられる通り、袖の下が大量にばらまかれているにちがいありません」

「では、なにもできないのか?」

張警補の顔は悲しそうだった。

4

墓地での争いで催眠鬼道士を失い、さらにシェクラブコック島で船を沈められた張九とモリアーティが、私たちに報復を考えないはずはなく、ホック氏に対する復讐の念が、さらに燃えさかっているのは当然であろう。

私たちはいつどこで彼等の襲撃を受けても不思議ではない位置にあった。十二月十日の午後はホテルに出入りする者と廊下ですれちがっても、張九の差し向けてきた刺客ではないかと思ったりして、不断の緊張を強いられながらすごした。もっとも、われわれの名誉のために敢えて言うならば、刺客に怯えたり怖れたりしていたのではなく、反対に待ち受ける気持であった。

しかし、それらしい気配もなく、午後の六時すぎになって、私たちを訪問してきたのはイギリス海軍の砲艦〝エクゼター〟の艦長アーノルド中佐と彼の副官だった。

砲艦エクゼターは私の連絡でシェクラブコック島におもむき、小屋に縛られていた海賊たちを逮捕するとともに、沈没した船から流失した品物の調査をしてきたのである。

「じつにみごとなお手並だったよ。ホイットニー大尉。きみの功績を上海領事館に報告しておいた。女王陛下から功績に対して勲章が授与されるのは確実だろう。われわれが追いまわしてもなかなか捕捉できない海賊共を一網打尽にしたのだからね」

「とんでもない。私がひとりでやったわけではありません。ここにおられるサミュエル・ホック氏と張志源警補や正義感に燃える青年たちが主としてやられたのです」

私はあわてていった。報告したときは急いでいたので、詳細を話していなかったから、艦長は私がひとりで海賊退治をしたのかと思ったらしい。

あらためて私はホック氏と張警補を紹介した。艦長はふたりと握手を交してから、

「それにしてもどういう経緯でシェクラブコック島に海賊がいると突き止められたのですか？　あの島は調査したばかりでした」

「海軍が調査したら、しばらくは来ないとわかっているからですよ。いつ、どの島を調査するかという情報が海賊たちにもれているのです」

「海軍のなかに海賊への内通者がいるとでも！　艦隊の行動は常に秘密裡に行っていて、この行動予定を知っている者は基地の上層部と乗組員、総督府と中央警察署の一部のはずですが」

艦長はおどろいていった。

「そのなかの全員が口が固いわけじゃありません。信頼できる人物に口をすべらすこともあるでしょう。その人物は信頼の仮面をかぶっているだけかもしれない」

と、ホック氏がいった。

「機密保持の徹底化をはかる必要がありますね」

「そうです。いまのままだといつも後手後手にまわって、しっぽをつかまえられませんよ。もっと、行動を知っている者の範囲を限定すべきです」

「今後はそうしましょう」

艦長は情報の漏出を調査するといって帰っていった。

「これで艦隊の行動の秘密が保たれるようになれば、海賊共の動きもかなり制約されるだろうよ」

と、ホック氏がいった。

「情報を入手していたのは周でしょうね」

「もちろんだ。彼の警察や総督府との癒着ぶりを見れば艦の予定を聞き出すことなど容易だろうよ」

「さて――これからどうしましょう」

私はまた一日が暮れようとしている窓外に目をやりながらいった。

「休息して体力の充実をはかる。二日つづきの出来事で疲れているはずだよ」

「それはそうですが」

「もうわれわれには日本人のジョーも、興中会の青年たちも頼りにすることはできない。気力を貯えておかなければ、いざというときに困る」

張警補と別れて私は自室にもどった。その夜は部屋に食事をはこばせて食べ終ってから、しばらくホック氏と取り止めのない雑談をした。それはロンドンにおける犯罪談であったり、音楽や絵画の話だった。ホック氏がみずからこうした話をするのは、はじめてであったが、氏は意識して私の焦る気持をやわらげようと意図したものと思われる。私はホック氏が故国でかかわったいくつかの探偵談に興味を惹かれ、絶えず心にあるマーガレットのことさえ一時的に忘れたほどである。なかでも猛毒のヘビを使って義娘を殺そうとしたロイロット博士の事件や、赤い髪の色の人間ばかりを募集する奇妙な広告の裏にかくされた謎の話は感心するばかりであった。

「常に行動を共にしてくれるきみのような立場の誠実な友人がいてね。彼は医師なのだが、いまはぼくが死んだと信じている。ぼくはときどき彼に生存を知らせてやりたい衝動をおぼえるのだが、それをこらえるのはつらいことだよ」

ふっと、ホック氏は遠い幻を追う目差しになった。パイプをくわえたまま、氏はしばらく放心したように姿勢をくずさなかったが、やがて顔を私に向けた。

「さあ、今夜はこのくらいにしよう」

やはり身体は疲れていたのであろう。私はベッドに入るといつか眠ってしまった。次に目をさましたのは何時ごろだったろう。私の胸をだれかがゆすっていたのだ。はっとしたとたんに、手が私の口をふさいだ。

「しっ」

耳もとでホック氏の緊張した声がした。

「声を出すな。だれかが来た」

私がうなずくと手がはなれた。室内はまっ暗だった。拳銃はクローゼットに吊してある。私は耳をすました。なにも聞こえなかった。静寂の音と重みがあるとすれば、そのとき私の頭のなかにしていた音と、全身を緊張させて横たわっていた身体の感じがそれであった。

どこかで、かすかなコトンという音がした。つづいてべつの音がした。私たちの隣りのつづき部屋のほうだ。

5

私はそっとベッドから抜け出た。目が馴れていくらか室内のもののかたちが見えたものの、窓の分厚いカーテンのせいで見える範囲はかすかなものだった。

ホック氏の身体が私のそばからはなれた。まったく足音も立てず、空気にかすかな波動を伝えただけでつまずきもせず、氏は隣室との境のドアへ行き、慎重にノブをまわして一インチ二インチとドアをあけ、隣室をうかがった。

私もドアの隙間の明るみを目標にそっと近づいた。

いきなり窓が大きな音をたてて破られた。砕けたガラスが部屋のなかに飛散し、窓から飛びこんできた影が躍った。

私たちの部屋は二階にあり、窓はホテルの西に向って開いている。ホテルの正面は北向きだから私たちの部屋は西の側面にあたる。その窓の外は垂直の壁であるが、仮に長いはしごでも使えばのぼれないことはない。

飛びこんできた影は中国語でいった。ひどくざらざらした濁った声だった。

「快出来吧《クワイチューライバ》！」（早く出てこい！）

ホック氏はドアをあけた。外の光りで室内はいくらか明るかった。しかし、依然として立ちはだかっている影は黒く顔はわからなかった。しかし、影が長身で手に刃物を握っているのが反射した光でわかった。幅の広い刀——青龍刀であろう。

また一つ、べつの影が窓から入ってきた。そして、またひとり、またひとり。都合四人が窓から侵入してきた。

「動いたらこの場で殺す」

べつの声がたどたどしい英語でいった。用意してきたランプに火がつけられ、室内は明るくなった。四人の男たちはいずれも見たことのない顔であったが凶悪そうな人相は共通していた。ふたりが刀を持ち、ふたりが短銃を油断なく私たちに向けていた。

「いっしょに来る」

と、男がいった。ホック氏と私は手をあげた。廊下への出入口であるドアには鍵をかけ、窓の錠も下ろしていたが、窓枠ごと体当りでもしたようにこわして入ってこられては、戸閉りは意味をなさない。短銃をかまえた男の合図でふたりが私たちの身体を素早く調べ、なんの武器も身につけていないとわかると、ふところから細いロープを出して私たちをうしろ手に縛り上げた。

「来る……」

英語をしゃべる男、といっても彼の英語は片言を並べる程度であったが――そういって歩けという身振りをした。

ホック氏は一言も言葉を発しなかった。私は怒りがこみあげてきていたが、このような状況では不利と思い抵抗を思いとどまった。

男は私たちを追い立てた。窓の外にははしごがかけられていた。手を縛られたまま、私たちははしごを降ろされた。途中で足をふみはずしそうになったが、どうやらうまく地上に降りられた。いま、何時ごろなのかわからなかったが夜もだいぶ更けているようで、暗い小路にも建物の先に見えている通りにも人影も馬車の往来もなかった。

彼等は一言もしゃべらなかった。ホック氏と私は縄尻をとった男に乱暴に引っ張られ、小路を表通りとは反対側に歩かされた。

深夜、闖入《ちんにゅう》してきた男どもになんの抵抗もせず縛られ、奴隷のように歩かされる――私は屈辱に身体をふるわせた。

馬車が一台、暗い道にひっそりと待っていた。四人の男のうち三人が私たちを押しこめ、ひとりが馭者台に乗って、私たちは進みはじめた。私たちの脇腹に短銃を喰いこませて、ふたりの男が乗っている。はさまった私たちが妙な動きをしたら、容赦なく引金を引こうというつもりだ。向い合わせの補助椅子に青龍刀を構えて、私たちをにらみつけた男は、馬車が走り出すとかくしから布きれを出して、ホック氏と私に目かくしをした。せまい車内なのでほとんど身動きができない。

馬車はかれこれ三十分も走ったろうか。途中、何度も右左折を繰り返したので、はじめのうち方角をはかっていた私も、ついにはどこがどこだかわからなくなった。

しかし、潮の匂いが強くなってきたので海辺に近いところを走っているらしい。車輪が噛む地面の音が小砂利の上を走る音から、砂地に変った。

船へ連れて行く気か、と私は思った。男たちが海賊の一味であることはまちがいない。張九、いや周全元の命令で襲ってきたにちがいない。私たちはむざむざと、なんの抵抗もせずにいとも簡単に誘拐されてしまったというわけだ。

それともホック氏にはなにか考えがあるのか。私はそっとホック氏の身体を押した。なんの反応もなかった。

馬車が止った。低い早口の会話が交されたが、ネイという広東語が聞き取れただけで私にはわからなかった。

縄を乱暴に引かれて私たちは馬車を降ろされた。足下にしめった砂と石の感触がし、波の音がすぐ近くでした。目かくしのまま、私たちは歩かされ、つまずくと腕が抜けるような力で引っ張られた。砂と砂利が板の上を歩く感触に変った。海に突き出た桟橋の上だと思った。

私は止らされ、ふいに背中を突かれてあっと思う間もなく私の身体が宙に踊り、いやというほど身体をぶつけてころがったところは舟のなかであった。ホック氏も同様に舟のなかへ突き落とされた。そのはずみで小舟が大きくゆれた。

男たちが乗り移り、櫓の音がはじまった。

海上に連れ出して殺す気か、それともべつの船にでも乗せようというのか。あるいは対岸の九竜の城内にでも連れこもうというのか。

私たちが乗せられたのは蛋民たちの舟のようなものだろうと想像した。舢舨では大の男が六人乗れないし、戎克にしては小さすぎる。

櫓の音がやみ、これまでだまっていた男の声がなにか叫んだ。するとそれに答える声が頭上からひびいてきた。大きな船に接舷したのだ。

私はふたたび縄尻を引かれて立上った。ぐっと上に引かれたので、タラップがあるのだなとわかったが、とたんに脛《すね》をいやというほどぶつけてしまい、思わずうめき声をもらした。男が口汚なく罵った。足さぐりで縄を引かれるままになんとか急傾斜のタラップをのぼった私はたちまち周囲に起きた笑いと罵声にとりかこまれた。まわりには少なくとも七、八人の人間がいて、縄で引かれる私を見物しているようであった。この連中は海賊にちがいない。

私は目かくしをされ、うしろ手に縛られた縄尻をとられ、犬のように引かれながら歩いた。ホック氏はどうしたろう。おそらくおなじような目に合っているのだろうが、すぐそばにいるのかはなれたところにいるのかもわからない。

急に私は止らされた。がやがやと騒いでいたあたりの声が静まった。足音が近づいてきて止った。

「これはこれはお二方。来るのを待ちかねていたよ。いろいろとやってくれたが、それもこれで終りだ。わしはいまどんな気持かわかるまい。うれしいのだよ。心の底からうれしくてたまらんのだ。このときをどんなに待っていたろう。先夜は墓地でちょっとした失敗を犯したが、ここでは墓地の地面の下から飛び出してくる者もいない。ゆっくりと殺せるわけだ」

「モリアーティ……」

私はうめくような口調でいった。足音の主はたしかにモリアーティだった。

「わしとしてはきみたちが死ぬのを見届けたくてね。どうしてもこの手で殺してやると決心しとるのだ。おふたりとも三回殺せたら三回、五回殺せるものなら五回殺してやりたいが、死は一回しかないので我慢しよう。残念だが手間暇かけて苦しむのを見物している余裕はない。すぐに処刑してあげるよ。これはわしの慈悲と思いたまえ。わしとてきみたちがこういとも簡単に連れてこられるとは半信半疑だったが、さすがのきみたちも運は尽きたとみえる。——まわりは荒くれ男に一分の隙もなくかこまれている。きみたちは死んでいくのだ。わしの兄を殺し、わしの仕事を邪魔したきみもこうなると口ほどにもないな。とにかくわしは楽しいよ……」

モリアーティは笑いだした。私はくちびるを噛んだ。固く結ばれた手首の縄はゆるみもしない。このまま声に向って体当りを食わせてやろうかと思った。

「どういう方法でぼくたちを殺そうというのかね、モリアーティ」

ホック氏の言葉が聞こえた。ホック氏の声はいつもとまったく変化がなく冷静そのものだった。

「足枷をはめてこのまま海に沈めるのだ」

憎々しげにモリアーティがいった。

「なるほど。それはいい方法だ。ぼくはもしかしたらきみに会えるのではないかと思っていたが会えてよかったよ。きみに言っておくが命運の尽きるのはそっちかもしれないぞ」

「なに?」

「いやね、われわれを殺しても長いことはないだろうというんだ。きみの生命もね」

「負けおしみか。おまえらしくもないぞ。さあ、重石をつけてしまえ」

がらがらと鎖を引き摺る音がしたかと思うと鉄環が足首に金属の音を立ててはまった。私は目かくしをとられた。五フィートほどはなれたところにホック氏がいた。そして、私の前に憎悪と復讐の炎に目を燃やし、抵抗できない捕虜を前に快感に酔っているモリアーティの凶悪な姿があった。

「さあ、歩け！」

船端から海に突き出した板がある。モリアーティはそこを指さした。

私は周囲に視線を走らせた。荒くれた水夫——みな海賊の一味であろう——が私たちをかこんでいた。奇蹟は望むべくもなかった。ホック氏が突き飛ばされるようにして板へ歩かされた。モリアーティは興奮して両手をすり合わせた。

「落せ！」

海賊が板の突端に乗ったホック氏の身体を突いた。ホック氏の身体は暗い波間にしぶきをあげて落ちていった。私は思わず叫び、怒りにまかせてそばにいた男に体当りを食わし、男がひるむ際にモリアーティに向ってつかみかかろうとした——が、重い足枷に邪魔されて私の身体は甲板にころがってしまった。

海賊たちはいきりたってわっと押し寄せ、私の身体をかつぎあげると海に投げこんだのである。一瞬、私の脳裡にマーガレットやホック氏や張警補の顔が、故郷の家や母の姿が思いうかんだ。海面に落下するまでの一秒の何分の一かに、切れ切れの思念が閃光のように頭のなかを通りすぎた。死に至る瞬間、人はそれまでの一生を舞台を見るように思いおこすと聞いたことがある。それは真実であった。

そして、冷たい海水が私を烈しくつつみ、暗く永遠の闇のなかへ引き摺りこんだ。

私は必死にもがいた。

6

水があらゆるところから侵入してきた。思わずあけた口のなかへ海水があふれ、呼吸が止った。胸が焼けるように苦しくなり、目の前が真紅になった。私は生きたかった。しかし、両手を縛られ足に鉄環をつけられていてなにができるのだろうか。

ふいに、私の身体はなにかにつかまれ、海面に上昇をはじめた。水圧が軽くなるのが感じられ、つづいて新鮮な大気が肺に流れこんだ。私はあえぎむさぼって空気を飲みこんだ。

「いま、切ってやる」

声がして手が自由になった。目の前にホック氏の顔があった。氏の手にナイフが握られていた。

「大丈夫ですか？」

べつの声が近くでした。波のあいだに小舟が見え、そこに数人の男がのっているのがわかったとたん、私はまた水中にもぐってしまった。私は両手で水をかいたが、足の重石《おもし》のために沈むばかりである。力強い手が私をふたたび水中から引き上げ、小舟に引き入れてくれた。

私はしばらくぐったりと目を閉じ、忙《せわ》しい呼吸をした。重石をつけた鎖をはずす音がした。

「水はあまり飲んでいない……」

聞きおぼえのある声が聞こえた。私は薄目をあけた。

「……張警補」

満月のような、いつもと変らない張警補の顔が目近《まぢか》にあった。それからオールを握っている四人の水兵の姿があった。水中にあった時間が短かったので、一時のショックがおさまると次第に気力も回復してきた。

「脚の内側に貼りつけておいたナイフが役に立ったよ……」

ホック氏が張警補にいっている声が聞こえてきた。それにしても一体どうしてホック氏は自分の手の縄と鉄環をはずせたのだろうか。

「おい、逃げてくぜ」

ひとりの水兵が大声をあげた。それにつれてほかの水兵が笑った。私はボートの、へりに手をかけて半身を起き上らせた。張警補がぬれてつめたい服を脱がしてくれ、タオルで強くこすってくれた。

「あいにく着換えがないんでね。風邪を引かないでくださいよ」

こすられているうちに肌が熱くなってきた。そのあいだに私は水兵たちが笑った原因をみつめた。どこから現れたのかイギリス海軍の小型の蒸気艇が明るい灯をかかげて去っていくところだった。

「海賊船を追っているのですが、武器が小銃しかないので、追い払うだけですな……」

張警補が私の視線の先を見ながらいった。

「どうなっているんだ……」

「わしはホックさんと相談してひそかにホテルを見張っていたのですよ。あなた方が連れ出されるのを見て、あとをつけましてな。小舟に乗せられるのを見届けて、ただちに基地のアーノルド中佐に連絡したのです。中佐はこのボートと水兵さんをすぐに貸してくれ、蒸気艇を出動させてくださるとおっしゃったので、わしたちはボートで小舟のあとを追ってきたのです。大きな舟を発見して、乗りこもうかと考えていたら、ホックさんが落されるのを見たのですよ」

あとを追ってきた海軍の艇を見て、モリアーティの乗っている船はあわてて逃げ出したのだという。

「事情はわかったが、ホックさんはどうして……」

「両手を縛られたとき、すでにいつでも縄抜けができるようにしていたのだよ。小舟の上では縛られているふりをしていたんだ。ぼくはロープの縛り方と、逆にそこから抜け出す方法についてもくわしい。将来、探偵の技術の研究という論文でこの種のことを詳述したいと思っている」

ホック氏が微笑しながらいった。

「鉄環はどうやってはずしたんですか?」

「突き落されるということは、海賊たちから解放されて自由になるということだ。いくらぼくでも多勢に無勢ではかないっこないから、この目で彼等を見ていずれ脱出するつもりだった。それまでには必ず張君が来てくれると思っていた。いまもいったように落されたとき両手はもう自由だった。ナイフを取り出すと、沈みながらナイフの先で足枷の粗末な錠をあけたんだ。たいていの鍵はあけられるよ。もっとも重石をつけられたときは予想外だったが、そのときに錠をよく見ておいたので、必ずあけられると思った。はずして浮き上ったら、ちょうどきみが沈みかけたところだったんだよ」

私は長い吐息を吐いた。

「どこへ連れていかれるかが問題だった。もし張九の屋敷ならなんとしてでもエヴァンズ嬢を救出したかった。ところが船だ。モリアーティが焦って独断でした行動だと思ったよ。彼は待ちきれずに張九にだまって行動をおこしたのだと思う。きっと、このことで張九とのあいだに不協和音が生じるだろうよ」

「わしも馬車がてっきり周の屋敷に向うと思いましたよ。そうしたら踏みこむつもりでおったのです」

と、横から張警補がいった。

水兵たちのたくましい腕に漕がれるボートは間もなく香港島の浜辺に着いた。さいわいなことに季節は十二月でも、ここ南の香港の気温は上海の秋の気温である。ずぶぬれになりながらも病気にならなかったのは、気温とわりに頑健な体力のおかげであったといわねばならない。

岸につくと三百ヤードはなれた兵舎から水兵が毛布を持ってきてくれ、ホック氏と私は毛布にくるまってひとまず基地の建物に落着き、ウィスキーをたっぷり入れた舌の焼けるような紅茶であたたまることができた。

一時間もしないうちにアーノルド中佐が私たちのいる部屋にやってきて、

「雲をかすみと奴等の船は逃げてしまったそうですよ」

と、報告した。いっそのこと撃沈してくれたらと思ったが、沿岸巡視用の小艇ではろくな武器もないそうだからいたしかたない。

中佐は私たちの処刑の話を聞き、大いに憤慨した。

「海軍としては海賊船に対する取締りを強化することしかできませんが、個人としてはできるかぎりのご援助をします」

ホック氏はその言葉に感謝して立上った。

「どうやら元気も出たのでこれで失礼します」

「ホイットニー大尉、きみは大丈夫か?」

中佐は気遣いをみせて私の顔をのぞいた。

「吐くほどの水も飲みませんでしたし、もう平気です」

「水兵にホテルまで送らせましょう」

親切な中佐はわざわざホテルまで二名の銃を持った水兵を護衛につけてくれ、水兵たちは部屋までついてきて、なかをのぞき安全を確認してから帰っていった。

「もうじき夜明けだ。張君、ソファでよければここで寝たまえ」

一緒についてきた張警補にホック氏は声をかけ、私もそれがいいとすすめた。支配人がなにを言おうと、口を出させるものではない。

7

短いけれど充分な睡眠で、私はかなりの気力と体力を回復した。まだ、身体の節々が痛み、あちこちに痣があり、手首と足首にロープと鎖によってできたかすり傷があったが、生きている、という実感が明るい窓の陽光を見て感じられた。前夜のことを想い起すと、恐怖よりも怒りが、怯懦《きょうだ》よりも勇気がわいてくる。

「よく眠りましたね?」

私が起きて行くとつづき部屋のソファに腰を降ろしていた張警補がいった。

「うん、ホックさんは?」

「もう出かけられましたよ」

「どこへ?」

「白蓮からの連絡があるかどうか見に行かれたのです。わしと一緒ではあまりに目立ちますからな」

ホック氏が例の清国の老人の変装で裏口から帰ってきたのは午後の三時ごろであった。

「白蓮は約束を守っていたよ。廟の仏像のうしろに手紙があった」

ホック氏は紙片を張警補に差出した。

「周は今夜、市の商工会議所の人たちと会談があって留守。英国婦人に伝言を伝えた、と書いてあります」

漢字で書かれた読みにくい文字を張が翻訳した。

「ホイットニー君、また、夜に活動しなければならなくなったよ。屋敷の様子を探るために行かなくてはならない。もし、機会があれば機を逸せず屋敷内に潜入してエヴァンズ嬢を救出するのだ」

「やりますとも!」

と、私は胸を張って答えた。

「だが、機会がなければあきらめる。慎重に、しかも決断が大切だ。時期を的確に判断しないと元も子もなくなるからね」

それは逸《はや》る私への忠告であった。

「わかりました」

私は勇躍した。〝機会があれば〟マーガレットを救出できるのだ。機会は待たなくても作ればいいではないか。作ることができるかどうかは神のみ心のままだが、神は機会をあたえてくださるにちがいない。

「屋敷内の間取り、なかにだれがいるかなどをまず知らなくてはならない」

「見張っていれば大体の様子はわかりますな」

「もっといい方法があるよ。香港を代表する実業家のひとりともなれば、屋敷の設計図が建築業者のところにあるはずだ。それを見せてもらおう。なかにいる人間のことはさておいてね」

「わしが行ってきましょう」

張警補は立上った。彼が出て行ってから、私は今夜のための準備をととのえることにした。と、いってもランタン、ナイフ、拳銃と弾丸の確認ぐらいのもので余計のものは一切省くことにした。ホック氏も武器らしい武器は持たず、ほとんどふだんの服装のままだった。

張警補が図面の写しを持って帰ったのは五時半であった。

「業者は自慢しておりましたよ。こんな立派な屋敷はなかなか作れないと申しましてな」

テーブルに広げた図面の屋敷は、それだけでもたいしたものだった。全部で十五室あり、使用人の住居らしい別棟と廐舎が付属している。ホック氏は片方の眉を上げた。

「エヴァンズ嬢はどの部屋にいると思うね？　本屋《ほんおく》か別棟か……」

「もちろん本屋でしょう」

「予断は禁物だよ。以前に探す人物が別棟に隔離されていたこともあるし、あの屋敷が設計図通りだと信じることもできない。洋の東西を問わず、うしろ暗いところのある人間は、ひそかにかくし部屋や地下室を作るものだ。この屋敷にそんなものがないとはだれも断言できないよ」

早目の夕食をすますと、私たちはホテルの裏口から夕闇にまぎれて出発した。

周全元——張九の屋敷は島の東寄りのヴィクトリア・ピークにつらなるマウント・ゴフ——歌賦山の中腹にある。そこへ行くにはようやく馬車一台が通れる道を曲りくねってのぼらねばならない。周辺は深い木立で、谷があったり湧き出した水が小さな瀧をかけていたりした。

山をのぼりだしたときは、あたりはもう夜になっていた。

十二月十一日。この夜、私は可能なかぎりマーガレットをこの手で救い出したかった。それは決意であり願望であり、愛の立証であった。

馬車道は道の右側に切り開かれた平地に建つ屋敷の正門である大きな鉄の扉の前で終っていた。道はなおも頂上に向ってつづいてはいるが、門から先は急にせまくなり、人ひとり通れるだけの小道になる。馬車道は屋敷のために作られたのだろう。

この門の奥に木立のあいだから周の屋敷が見えた。外観はサセックスの大地主の邸宅のようで清国の匂いはまったくなかった。二階建ての母屋のいくつかの窓に灯がともっていた。

あの窓のどこかにマーガレットがいると思うと、私の胸は熱いものに充たされた。窓と私たちの距離は一五〇ヤードはあるだろう。その一五〇ヤードの距離は、ひどく遠かった。

母屋からはなれた斜面を利用した位置にもう一棟が見えたが、厩舎は暗くて見えなかった。図面によれば別棟に隣接しているはずである。

門から母屋までのあいだは樹木の多い前庭になっている。そこに人影がふたり見えたので、私たちは道の反対側の木立にかくれた。

「見まわりをしているようですな」

張警補がささやいた。ふたりは前庭を横切って門に近づいてきた。ふたりとも肩にマスケット銃をかついでいる。

「警備は厳重のようだね」

ホック氏が見張りの影が遠くなると立上りながらいった。私たちは小道をのぼりはじめた。ある程度行ってから右の林のなかに入った。すると、眼下の建物の一部と前庭が俯瞰できた。母屋の裏側にも庭があった。青白い下弦の月がその光景を浮き上らせていたが、前庭の西欧ふうにくらべると裏庭のほうは典型的な清国の庭だった。池がありほとりに亭がある。亭の屋根は青い瓦でそりかえっている。柱の色は見えないが朱に塗られているにちがいない。その清国ふうの庭には、よくわからないがあちこちになにかが置かれているのが見えた。石像のようなものか、と思った。

私たちは斜面をそろそろと下りはじめた。見張りのいるところからみて、警戒は厳重であり、どこにどんな仕掛がしてあるかもしれない。細心の注意が必要だ。たとえば樹間に、草の茂みに、細い糸が張られていて、それに触れようものなら、たちまち鳴子が鳴って銃をかまえた連中が飛び出してくるかもしれない。清国の富豪は自国の警察力に不信を持ち、さらに自己の勢力を誇示するために私兵を養っているというが、ここにいる連中は張九の配下の海賊の一味であろう。

やがて私たちは高さ九フィートもあろうかという石塀に突き当った。この塀が屋敷全体をかこっているのである。石塀の上には針のように光った槍の穂先のようなものが一面に埋めこまれていた。

屋敷に潜入するにはこの塀を乗りこえるほかに方法がなさそうである。

私たちは足音を忍ばせて塀に添っていった。足もとで枯葉が音を立てた。そのたびにはっとして耳をすます。この音を聞いてだれかが接近してくる気配はないかどうか、しばらく立止って様子をうかがった。

ホック氏はときおり塀を押したり目を近づけたりした。ずいぶん長い時間がたった。歩くのに非常な注意が必要だったので、なかなかはかどらなかったのである。

ホック氏が塀の一部に目を近づけ、うしろにつづいていた私たちを手で招いた。

「かくし戸だ。必ずどこかにかくし戸があると思っていた」

ちょっと見てはまったく塀と変りない。しかし、目を近づけると石と石のあいだに一直線の隙間があって、戸が巧妙に作られているのだとわかった。異変が起きたときに脱出するかくし戸にちがいない。もちろん、内側からしか開かず、押しても引いてもびくともしなかった。

ホック氏はちょっと思案した。

「内側から閂がかかっている……」

こうしたかくし戸が一か所だけとは思えなかった。あらゆる緊急事態に対応できるようになっているはずである。

どこかで水の音がしていた。私たちが歩いて行くと水音は高くなった。そして、小さな——幅三フィートたらずの渓流が烈しく斜面を流れ下って邸内に消えている場所に出た。山の湧水がそのまま邸内に引きこまれているのである。ホック氏は水流が塀の下をくぐって消えるのを立ちつくしてながめた。

8

水は塀の下の暗い穴に流れこんでいた。穴をくぐって池にそそぎこんでいるのだろう。ホック氏はやにわに腹這いになると穴に手をさしこんだ。

「鉄の格子がはまっている。水の深さは七インチ。穴の天井から水面までは十五インチぐらい……」

水音があるので声を出しても聞かれる心配はなかった。天井から水の底まで二二インチあり、幅が二フィート以上あるのだから、鉄格子をはずせばここから忍びこめる。たとえ、巨大漢の張警補にしてもだ。

張警補もおなじことを考えたのか、四つんばいになって穴に手を差しこみ、鉄格子をゆさぶって確かめた。

「また、ずぶぬれになりますかな」

彼は首をめぐらして笑った。そして、腕まくりをして、もう一度穴に手を入れ、格子をつかむと全身に力をこめた。張警補の力の入れ方がこちらにまで伝わってくるようだった。おそらく満身に朱を注ぎ、大木の幹みたいな腕の筋肉が波打っていることであろう。

「ううむ……」

おどろいたことに張警補が再度力をこめると、鉄格子ははずれてしまったのである。彼の手につかまれた格子は長さ二フィート七インチぐらい、高さ二〇インチもあった。そして鉄がみごとに折れていた。

私たちは服を脱いで持物を一つにした。

「まず、わしが……」

張警補は太鼓腹をゆすって、流れのなかに身体をつけ寝そべった。そして、穴のなかへ徐々に身体を入れていった。彼の身体が消えると私の番だった。水に足をいれると、氷のような冷たさであった。海の温度とはまるでちがって、山の湧水は真夏でも冷たいのだから、いまの季節はさらに冷たく感じられる。私は深く息を吸うと腹這いになって穴へ身体を入れた。荷物は片手に捧げるようにして、ぬれるのを防いでいた。

塀の下をくぐると張警補の手が荷物を受取り、私の手を引っ張った。そこは岩の上だった。すぐにホック氏が現れたので、ふたりで手伝って引き上げた。

私たちは池にそそぐ瀧の上にいた。流れこんだ水は瀧となって池に落ち、あらたに小さな流れとなって回遊し、またどこからか邸外に出て行くようである。

中国の水墨画によく見られる配置で、岩には小さな樹木があったから、私たちはそのかげになっていたが、見張りが気づけばたちまち発見されてしまう位置なので、いそいで服を着こむと高さ一五フィートはある岩を降りはじめた。

ここは山の上方から見たときの裏庭であった。私たちは蔭を拾い、周辺に気を配りながら歩きはじめたが、突然、くらがりに立っている人影に気づいて、一瞬、心臓も凍るような感じに襲われた。

人影は動かなかった。よく見ると、それは奇妙な立像だった。陶器でできていて、極彩色が使われている耳のやたらと大きい老人の立像であった。この老人の絵を私は見たことがある。財産をもたらす幸運の神だ。その老人はくらやみで笑っていた。

これが庭内各所に立つ像の正体だった。像は一様ではない。象もあれば地獄の鬼もある。虎がいるかと思うと、幸福や長寿を象徴する神もある。共通しているのはみな陶器製で大きく（象もほぼ実物大あった）、極彩色、もしくは灰色で彩られていることである。

正体がわかってみれば、この像はなにかのとき姿をかくすのに都合がよかった。私たちは亭までたどりついた。亭のかげでしばらくあたりをうかがっていると、見張りが二名やってきた。彼等は私たちの前方一〇ヤードのあたりを過ぎながら、亭のほうをみつめた。私たちは息を殺した。彼等はそのまま歩み去った。

母屋の裏側は庭をへだてて二〇ヤードぐらいだろうか。そこまではあいにく遮蔽物がない。一つの窓に灯がともっていた。ほかの窓は二階の三つの窓が明るいが、階下の窓はいずれも暗い。

「わしが見てきましょう」

張警補は手で私たちを制し、背を低くして庭を駆抜けていった。壁に張りつくと、明るい窓の下にじりじりと寄っていった。私たちは亭の蔭から彼の行動を注視していた。もし、見張りがなにかの理由で引返してきたりしたら、すぐにでも援護できるように、私は拳銃に手をかけていた。その手はじっとりと汗ばんでいた。

張警補は窓をそっとのぞいた。それから手を振って私たちに合図した。ホック氏と私とは庭を横切って張のところへ走った。窓のなかの光景を、私たちはのぞいた。

小さな部屋だった。恐るべき部屋だった。壁には鞭がいくつも下っていた。しかし、部屋の壁に添って寝台があったが、よく見るとふつうの寝台ではなかった。木でできたそれは人間の手足の部分に鉄の環がとりつけてあり、寝かされた人間を緊縛するようになっていた。それから大きな、こて。これを焼いて肌に押しつけるものだ。

いま、部屋の中央にはテーブルが一つあり、それを前にして白蓮が背もたれのない椅子に座っていた。テーブルの上のろうそくの光でさえ、彼女の顔が灰色なのが見てとれた。

白蓮の前と横にいるのは、あの双子の殺し屋——双瘋狗だった。おなじ服装であることは変りないが、ひとりは黒い眼帯をしている。

「あっ」

私は思わず声をあげた。白蓮は両手をテーブルに伸ばしている。その手が血まみれなのがわかったが、その理由は彼女の両手の甲がテーブルに釘付けにされているためであった。

双瘋狗のひとりが白い紙片を折りたたみながら、異様な笑いを片頬に刻んでいた。白蓮の顔がゆがんだ。彼女は苦痛と恐怖とを必死に耐えているようであったが、いまにも失神しそうであった。

双子の殺し屋は白蓮を部屋に残して出ていった。

「ホックさん、彼女を助けましょう。きっと、われわれへの連絡がばれたんです」

私はせきこむようにいった。あのような少女の両手を釘づけにする。残酷な双子のやり方を目のあたりにして、私の身体は怒りでふるえていた。

「待ちたまえ。彼女はまだ大丈夫だ」

ホック氏は亭へ引き揚げるようにと私にいった。

「ホックさん、あれを見たでしょう。あんな非人道的な行為を許しておくわけにはいきません」

亭の蔭にもどると私は激高していった。

「落着きたまえ。ホイットニー君。どうやらあの様子では白蓮のぼくたちへの内通が知られてしまったようだ。双子のひとりが持っていたのはきっとわれわれへの伝言だろう。エヴァンズ嬢が書いた手紙かもしれない。白蓮はそれを受取ったところをあやしまれたのかもしれない」

「こうなると躊躇できませんな。あのままでは白蓮の行末も心配です。わしたちが身を守ってやるといったのですからな」

と、張警補がいった。

「まず、エヴァンズ嬢の所在を確かめたいものだ。別棟の様子を探ってみよう」

一体、この屋敷全体で何人いるのか。銃を持った手下はどのくらいいるのか、まだ私たちはつかんでいない。

私たちは行動を起した。物蔭を縫って建物の側面の別棟にまわると、高いところからは見えなかった廐舎が見えた。廐舎は馬が三頭入るだけの広さしかなく、そのうち二頭の姿と馬車がないところをみると、周が乗っていっているのだろう。山腹の屋敷への往復は二頭立《だて》でなければ無理である。つながれた馬は私たちの気配を察したのか首をもたげて低くいななき、前足で地面を蹴った。

別棟の窓にもいくつかのあかりがともっていた。しかも、一室からは何人かの話声がしていた。見張りの連中の控室かもしれない。

私たちが廐舎の横の木の蔭からうかがっていると扉が開き、ふたりの銃を持った男が出てきた。彼等はなにか笑いながら闇に消えていった。あとには五、六人いるようである。

手下は十人ぐらいだろうか、と私は思った。使用人はそれほど恐るるにたりないとしても、あと双瘋狗とモリアーティもいる。私たち三人で全部を敵にまわしても勝目はない。張警補の腕なら見張りの連中を、個別に倒すことはできるかもしれないが――。

9

「巡回の間隔は三十分おきですな」

私たちはふたたび母屋の、白蓮の部屋の窓の下にもどった。白蓮は釘づけにされた両手を伸ばして気を失ったのか、突っ伏したままみじろぎもしない。

張警補が窓を押したり引いたりしてみた。掛金がおりている。彼はホック氏からナイフを借りると両開きの窓の中央にこじいれ、掛金をあけてしまった。窓は簡単に開けられるようになった。

張警補は窓をあけると、例のおどろくべき跳躍力でほとんど音も立てず窓框《まどかまち》に飛び上り、室内に降り立った。つづいてホック氏が、そのあとから私が室内に入った。

「残酷なことをするものだ」

白蓮を間近でみると、いたましさが胸を突き上げた。手の甲に三インチもある鉄釘が打ちこまれていて、彼女の血まみれの手はテーブルと一体化していた。張警補もホック氏も眉をひそめた。張警補は釘の頭を二本の指でつまむと、瞬間的に引き抜いた。

あとになって知ったのだが、このときの釘の先はテーブルに二分の一インチも打ちこまれていたのである。これを二本の指で引き抜くことは少なくとも通常力のあることを自慢している者にもできることではない。長年にわたって鍛練を重ねた〝技〟と〝気〟によるものなのである。厚さ三インチの角材を手刀で真っ二つに折ったり、煉瓦を重ねておいて砕ける張警補の技でなければ、できないことなのである。

白蓮はうめいて、はっと意識を取りもどした。激痛が彼女をよみがえらせた。ホック氏は自由になった彼女の両手の傷を自分と私のハンカチで固く縛り、出血を止めた。

白蓮は恐怖に満ちた目で私たちを見つめたが、その目が安堵にゆるんだかと思うと、ふたたび失神しそうになった。

「助けに来た。しっかりするんだ」

張警補が強く彼女の耳もとでいった。白蓮は気力をふるいおこしてうなずいた。それにしても気丈な娘だった。

「イギリスの女の方は二階です」

と、彼女はいった。

「よし。おまえはこのまま、ここにいるんだ。動かないほうがいい」

「二階に、瘋狗《フォンゴオ》います。悪いイギリス人、います。気をつけてください」

「わかった」

張警補はろうそくを吹き消した。たちまちあたりは闇につつまれ、窓からの淡い月の光が青い影を作った。

「女のひとからのことづけを、受け取ったときみつかりました。どこへ持って行くのだと責められて、答えなかったら手を……手をこんなにしました。言わなければ今度は耳を削《そ》ぐと……もうすぐ、またここへ来ます」

痛みに言葉をとぎれさせながらも、白蓮は説明した。

「きっと、いま、イギリスの女のひと、責めていると思います」

「おお、神《ゴッド》よ……」

私は思わずいった。マーガレットが不気味な双子の殺し屋とモリアーティに訊問されている光景が目にうかんだ。白蓮を通じてわれわれへ、あるいは私にあてた手紙について、彼女は責められ暴力を加えられているかもしれない。白蓮にした仕打ちを見れば、彼等がどんな残酷な拷問を加えるかはかり知れないのである。

「二階の廊下の奥の左の部屋です」

白蓮はささやいた。

張警補はドアを細目にあけ様子をうかがった。廊下のあかりがさしこんできた。張はうなずき、私たちはあとにつづいた。私は拳銃を抜いていつでも射てるように引金に手をかけていた。

廊下は無人だった。壁の燭台に燃えている火が、廊下とだれもいない中国ふうの部屋を浮き上らせていた。豪華な部屋だった。朱と青の柱、天井から吊るされた金糸と銀糸で刺繍された幕、螺鈿《らでん》細工の箪笥や小箱、黒い漆にやはり螺鈿細工をほどこした椅子。唐代のものと思われる大きな壺、一抱えもありそうな翡翠で作られた象の置物、玉石の彫刻、南画の屛風、ゆっくりと時を刻んでいる大時計、床にはペルシャのものと思われる絨緞。青銅製の燭台。周全元——張九の富の一部で飾られている部屋であった。

私たちはこの部屋から玄関に向い、ホールにある手摺のついた階段を二階に一歩一歩のぼった。

あらかじめ邸内の設計図を見ていたので、部屋の配置の概略は記憶していた。二階は七室あって、階段は建物の裏にもあるはずである。厨房から料理をはこんだりする使用人の通路になっているのであろう。厨房には使用人がいるかもしれない。

白蓮に教えられた部屋のドアは固く閉まっていた。

張警補は私たちを手で制して、ドアに耳を寄せた。神経を集中させると、話声のようなものが聞こえる気がした。

張警補は私たちのそばへもどってくると、手を引いてはなれたところへ連れていった。

「なかにいるが、このままドアを破って入るのはまずいです。わしが囮になります。ホックさんたちはかくれていて、双瘋狗をおびき出したら、そのあいだにエヴァンズさんを」

「うむ……」

かくれるところといっても、二階は部屋が廊下の両側に並んでいるだけで、ドアが閉まっている。私たちは奥の階段を下りるところにかくれることにした。廊下に敷物が敷かれているおかげで、私たちの足音が吸収されてしまうのがさいわいであった。モリアーティも双瘋狗もマーガレットへの訊問に気をとられて、まだ侵入者である私たちに気づいていないようである。

まして、武芸の達人である張警補はその巨体にもかかわらず、足音を立てない点では猫よりも静かである。

張警補はドアを軽くノックした。なかから鋭い声がした。張は使用人の口調を真似ていった。

「使いの者がまいりました」

私たちの耳にもドアの鍵をあける音がした。そっと壁から目を出してのぞくと、ドアがあくところだった。張警補がドアのノブを勢いよく引っ張った。そのとたん、うめき声がし、廊下にひとりの男がころがり出てきた。

私は目にしていながら、張警補がなにをしたのかよくわからなかった。ころがり出た男は腹を押さえてうめいた。黒い眼帯をしている双子のひとりである。

つづいて、もうひとりがドアから飛び出してきた。張警補は私たちのいる場所とは反対側へ、ほとんど八フィートもうしろ向きに飛んだ。

これらは時間にして数秒のあいだに起きたことである。彼等は屋敷の周辺を警備され、まったく安心しきっていたにちがいない。

張警補の奇襲にドアをあけた男が、まずやられた。異変に気づいた兄弟は、さすがに闘いの構えで飛び出してきた。張警補はその男を誘うように廊下をじりじりと後退した。ドアの前が無人となった。廊下に倒れたほうは立上ろうと壁に手をかけていた。

「いまだ!」

ホック氏の言葉にはっとし、私は階段の蔭から出るとドアに駆け寄った。

瘋狗がぎょっとして振り返ったが、その隙を狙って張警補が気合とともに拳で打ちかかった。殺し屋はそれを防ぐのが精一杯で、私たちにまでかまっている余裕はない。

ドアから飛びこんだ私たちが見たものは――。

「マーガレット!」

モリアーティに羽交い締めされ、こめかみに銃を突きつけられているマーガレットだった。モリアーティは窓際にあとずさりし、片手でマーガレットの口を押えて、凶暴な笑いを浮かべていた。マーガレットは恐怖に目を大きくし、私たちを訴えかけるようにみつめた。

「銃を捨てるんだな、ホイットニー君。それ以上近づくと、せっかく会うことができたエヴァンズ嬢と永久にお別れになる。それにしても無謀なことをするものだ。——よくきみたちはここがどこかわかっているのかな。来てくれたと挨拶したいくらいのものだよ」

「モリアーティ。貴様の悪運も尽きた。ぼくたちがそれ相当の用意をしないでここに来ると思うかね」

と、ホック氏がいった。それがホック氏のはったりであることは承知していた。私たちは三人だけで、どこにもなんの連絡もしていなければ応援を頼んでもいないのである。

だが、それを知らないモリアーティは、ちらっと動揺の色を浮かべた。

「それならそれでいい。この女を道連れにするまでだ。銃を捨てろ！」

彼は血走った目で嚙みつくようにいった。

私は彼の顔色に本気でマーガレットを殺すかもしれない感情を読んで、銃を足もとに落した。

「こっちへ蹴るんだ、ホイットニー君」

廊下からは張警補と狂犬が闘っている気合が聞こえてくる。私は拳銃を蹴った。

10

背後にうなり声を聞いて、私は振り返った。ドアのところに黒い眼帯の双子のひとりが立っていた。彼は片手をドアの枠にかけ、片手で腹部を押えていたが、その部分に長さ十インチもの細い黒い串のようなものが刺さっていて、彼はそれを抜こうと試みているのだった。

張警補はドアがあいた瞬間、この鉄串を双子の腹部に刺したのであるが、急所をはずしたのか、それとも恐ろしい生命力のためか、彼は立上って来たのである。

しかも、彼は一声、地獄から聞こえてくるような声をあげたかと思うと、ほとんど身体を刺し貫いていた鉄串を引き抜いてしまった。そして、その鉄串をかまえて私たちに向ってこようとした。

ホック氏が行動を起したのはそのときである。氏は男に躍りかかった。

突然、モリアーティが悲鳴をあげた。マーガレットがモリアーティの手に嚙みついたのだ。私は猛然と反射的に、この機を逸せずモリアーティに飛びかかった。彼は拳銃を射とうとしたが、私が頭突きをくらわしたので壁にぶつかった。私は彼の拳銃をもぎとろうと争った。彼も必死の力で拳銃をはなすまいとする。だが、もともとモリアーティというのは、小柄で悪を企むことはべつだが、力となると私には劣るのである。

ついに、私は彼の手首をつかみ、壁に思いきりぶつけた。それを数回繰り返すと彼の手の拳銃はついに手をはなれた。

双子の片割れの身体が、ホック氏のジュウジュツのわざで、大きく弧を描いて投げ飛ばされたのはそのときである。彼はおりから窓の前によろめいたモリアーティの身体にぶつかった。

窓枠が砕け、ガラスの破片が散乱し、悲鳴とともに双子とモリアーティは暗い闇のなかに吸いだされて姿を消した。鈍いドスンという音がした。私は自分の拳銃を拾いあげた。

「アーサー!」

反対側の壁でこの場の成行をふるえながら見守っていたマーガレットが私のもとへ駆け寄ってきた。私は彼女を抱いた。

「マーガレット!」

首筋に頬に額に耳に鼻に、私は接吻の雨を降らせた。ついにこの手でマーガレットを、恋人を取り返したのだ。

物音がした。私は彼女の身体をはなした。ホック氏の姿はなかった。張警補の気合が聞こえた。私はドアに走った。

廊下ではまだ死闘がつづいていた。双子のひとりはいまや張警補とホック氏を相手にしていた。張警補の服が何か所か切れ、顔の半面が血で彩られていたが、双子もおなじような状態だった。両者とも死力を尽して闘いながら、まだ勝負は決していなかったのである。

「きえーっ!」

裂帛の気合とともに瘋狗は打ちかかっていった。その拳を宙で受け止め、同時に片手が相手の腹を突く。すると瘋狗の足がすかさず張警補の肩のあたりを蹴る。張警補はよろめいて壁に衝突した。瘋狗はそこへ飛びかかって、張の顔面に拳で突きを入れる。張警補の鼻から血が吹きだした。角材を打ち砕く力を、瘋狗が持っていることは確かだった。あの突きを二、三度やられたら張警補の顔は砕けてしまうだろう。

私はためらいなく、拳銃の引金を引いた。轟音と硝煙の匂いがたちこめた。殺し屋は背をそらした。彼の身体は一瞬動きをとめ、それから私に顔を向けた。背中に焼け焦げた穴があき、血が流れだした。私は夢中でもう一発射った。彼の身体はびくんとふるえ、その骸骨のような不気味な目が私をにらんだ。彼は両手をあげてつかみかかるような姿勢で身体を前に泳がせると、そのまま床に倒れた。

「大丈夫か?」

私は張警補に駆け寄った。彼は荒い息を吐き、うなずいた。手を壁にかけ立上るのを手伝っているうちに、ホック氏がマーガレットを連れてきた。

「いまの銃声と窓のこわれる音を聞かれてしまった。早く」

私たちは階段に向った。階段を駆け降りると、右側が厨房だった。そこに料理人らしい老人がふるえていた。私たちは裏口のドアをあけた。

私たちが外に出ると、別棟から走ってくる海賊たちの叫び声と足音がした。

「だめだ、なかへ!」

庭を横切っている時間はない。厨房へとってかえし、張警補がふるえている老人に強い口調でたずねた。老人は聞きとりにくい言葉でもぐもぐと答えた。

「出入口はここと玄関しかないそうです」

海賊たちを相手にどこまで戦えるかわからないが、私は戦えるだけ戦おうと決意した。だが、弾丸が残り六発しかない。

「モリアーティの銃がある」

ホック氏がいった。マーガレットを連れ出すときに落ちていた銃を持ってきたのであるが、それとても予備の弾丸があるわけではない。

叫び声が近づいてきた。張警補が廊下を走った。走るにつれて燭台の灯が消え、あたりは真の闇につつまれた。厨房のほうから聞こえてくる叫びの調子が変ったです」

「庭に落ちているモリアーティと双子を発見したようです」

もどってきた張警補がいった。

「玄関から入ってくる敵を迎え撃とう。張君、厨房の出入口はせまく、いっぺんに大勢の人間は入ってこられない。そっちを頼む」

「わかりました」

ホック氏と私は玄関に向って走り、白蓮のいる部屋の隣り——中国ふうの大きな部屋にかくれた。ほとんど同時に玄関の両開きのドアが銃声とともに砕け散った。海賊共は表と裏にまわって入ってくるつもりらしい。

まっ暗ななかに人影が動いた。私はそれに向って狙いを定めて拳銃を射った。先頭の人影は悲鳴をあげひっくりかえったが、あとにつづいた者が銃口の火を目標に射ってきた。唐の壺が砕けた。朱の柱が木屑を散らしてえぐれた。ホック氏と私は身を伏せ、壁から顔を出しては射った。そのうちの何発かは入りこんできた人間に当った。少なくとも相手は五人。三人は手応えがあった。あとは用心深くなって、玄関の外から闇雲に射ってくるだけで入ってこようとはしなかった。

「弾丸がない」

引金を引いてもカチッという音だけだったので、私は思わず叫んだ。

「こっちもだよ」

厨房のほうは静かだった。そっちにいる張警補のことが気にかかったが、動くのは危険だった。

私たちの沈黙が長いので、敵は用心しながらも入ってこようとしていた。外の夜光に黒い影がうごめいたのでそれとわかったのである。

「奥へ」

と、ホック氏が短くいった。私たちは後退し、部屋のはずれから廊下へ出ると、一気に厨房に走った。轟音が連射されて壁土が飛んだが、さいわいにも命中しなかった。

「ホックさん」

まっ暗な厨房のどこかから張警補の声がした。

「どこだ?」

「ドアのそばです」

「敵は?」

「足もとにころがっていますよ。ひとりしか通れないので、ひとり入ってくるごとに当身をくらわせてやりました。全部で四人です」

「無事でよかった」

「あなた方も」

私たちは玄関から廊下をやってくる残りの敵の気配をうかがった。銃を射つのはやめていた。彼等にも私たちがどこに逃げたかわからないので不安なのであろう。

黄色い光が廊下にさした。私たちのいるところも闇がしりぞいておぼろに見えてきた。

ドアの近くに黒っぽい服の男たちがころがっていた。彼等のマスケット銃が横に投げ出されているのを見て、私はその一挺をつかみあげた。武器は手に入った。

「捨てるのだ、ホイットニー大尉」

いきなり声がした。はっとして振り向くと厨房の入口に拳銃を手にした人影が立っていた。料理人の老人と隅にいたマーガレットが立上った。黄色いあかりが人影のうしろから室内に突き出された。海賊のひとりがランタンをかざし、さらに三人が銃を構えていた。

人影の顔が浮き上った。周全元――海賊の真の首領である張九の、貴公子然とした顔であった。争闘のあいだに帰ってきたのである。

「ホックさん、それから張警補、こちらからご招待しようと思っていたのに、早々と来られましたなあ。それにしては乱暴な訪問で、少々、礼を失しておられますな」

「周さん、いや張九と呼んだほうがいい。きみのことはすでに明白になっている。ここでわれわれを始末しても、きみ自身の生命もそう長くないことを銘記しておくんだね」

「それはありがたいご忠告で」彼はおかしそうに笑った。「だが、わたしの信用は絶大でしてね。役人はむろん、警察や軍隊にも息がかかっています。わたしをつかまえようと愚かな行為をする者はいますまい」

「そうかな」

「そうですとも。今夜のことについても、永遠にだれにも知られないでしょうな。ここは山の中です。銃声も聞こえますまい。あなた方も、わたしの忠実な部下の死骸も、明日の夜明けまでには地下深く埋められ、証拠はなくなります。モリアーティ氏がどうやら亡くなられたようで、彼を庇護する義務もなくなりましたから、そちらの美しい娘さんをここへ置いておく理由もなくなりました。モリアーティ氏の独断のおかげでわたしの船がイギリス海軍に追いかけられるという不手際があったのは残念です。そちらの娘さんは場合によっては生命を助けてもよい。むざむざと殺すのはもったいない。わたしは黒い髪の女しか知らないので青い目と金色の髪に興味があるのです」

「一歩でも近づいてみろ！」

と、私は怒りにふるえながら叫んだ。マーガレットが私の腕に飛びこんできた。

「アーサー、死ぬのなら一緒です」

と、マーガレットはいった。

「これはこれは。では、いたしかたありません。ホックさん、あなたには多くの部下の損失と、大切な船と積荷を沈められた恨みがあります。どうしても苦しんで死んでいただかなければなりません。張警補も青帮に手向うとどうなるかを身をもって知るでしょう。わたしとしてはその太鼓腹が西瓜のようにはじけるのを見たい……」

彼は拳銃の撃鉄を起した。四人の銃がいっせいに私たちに向けられた。

私はマーガレットを片手で強く抱いた。イギリス帝国の軍人として、最後はみじめでありたくない。

銃声がとどろいた。意外にもそれは周たちの背後の廊下からであった。銃をかまえた海賊のひとりが音立てて倒れた。周も不意をくらって、思わず体勢がゆらいだ。張警補の手がひらめいたのはそのときであった。

「うっ！」

周全元の胸にナイフが刺さっていた。彼は拳銃を取り落しよろめいたが、そのときさらに銃声がとどろいて、周の額に赤い花が咲いた。後頭部から前額部へ弾丸が貫通したのだ。

私がマスケット銃を取り上げて残った三人に向けて射つのと、ホック氏と張警補が跳躍するのとは同時だった。周――珠江流域を震撼させた海賊の首領、香港実業界の実力者の仮面をかぶった周全元の身体が、床に倒れる寸時のあいだにこれだけのことが進行したのである。

ホック氏と張警補によって銃をたたき落された海賊はあわてて逃げようとしたが、ホック氏の投げと張警補の手刀であえなくひっくりかえった。

「白蓮！」

まだけむりを吐いている拳銃を両手で握りしめたまま、よろめくように白蓮の姿が現れた。マーガレットが駆け寄ると、白蓮は安心したように銃を下げマーガレットの胸にもたれこんで目を閉じた。

張警補は瘋狗との死力を尽した闘争と、さらにつづく海賊やいまの周へのナイフによる攻撃で全力を使い果したのか、壁によりかかって荒い呼吸をするばかりだった。

ホック氏が張九の腕をまくりあげた。青黒いさそりの刺青があった。

「気絶している者を縛りあげるのだ」

ロープを探してホック氏と私は、気を失っている者を縛りあげた。全部で六人いた。玄関わきと入ったホールのところに死者一名、傷を負っている者が三人。

私は別棟に行って、そこでふるえている召使いの女三人と庭師、それに馭者をみつけた。彼等は海賊ではなくて、実業家周全元としての雇人ではあったものの、女のうちのひとりは江西《こうせい》から買われてきた者、ふたりは借金のかたに無給で働かされている者とわかった。

瘋狗のひとりは二階で死んでいた。もうひとりの双子の兄弟は窓から落ちて、モリアーティ同様、首の骨を折っていた。双子は私の射った銃弾を背に受けていたので、二階から落ちたとき、もう半ば死んでいた状態であったろう。

ついに私たちは勝ったのだ。私の手のなかにはまぎれもない事実として、マーガレットのあたたかい感触が、髪と肌の匂いがあった。

11

張警補は傷を洗い、私たちはマーガレットと白蓮を伴って屋敷を出ることにした。小間使いの女三人は、自由の身になったことを知ると大いによろこんで、ぜひ、街まで一緒に連れて行ってくれとせがんだ。

しかし、これで全部が終ったわけではない。張九と彼を守っていた海賊たち、それに私たちの宿敵であるモリアーティは死んだが、まだ海には海賊が多勢いるし、周の腹心とホック氏が見抜いた李や洪がいる。私たちは山を下りたその足で、まずイギリス海軍の司令部をたずね、司令官とアーノルド中佐に事件の顚末を報告した。すぐに武装した水兵の一隊が歌賦山の周邸に急行し、邸内がくまなく捜索されたことはいうまでもない。その結果、周全元が張九であることを示す書類や、奪いとった金銀宝石が、邸内の一室の壁に作られたかくし金庫から山のように発見され、さらに秘密の地下室から阿片と奥地に送られるばかりになっていた多量の武器のかずかずが押収された。

余談になるが一八九一年の末から九二年の夏にかけて、珠江一帯に勢力をふるっていた海賊の拠点が次々に英清両国の海軍力によって撃滅されたのは、このときの捜索で得た秘密書類がもとになったのはかくれもない事実である。推定四千人とも五千人ともいわれた海賊が半減、もしくは三分の一にまで減り、航行する商船の脅威がいちじるしく軽減したのはいうまでもない。李と洪はいち早く司直の手の伸びるのを察知し逃走したが、李はまもなく広州で逮捕され、洪の行方はのちになっても不明のままだった。

さて、司令部では私たちを厚遇してくれ、白蓮と張警補の傷は軍医によって手当され、マーガレットの健康状態も調べられた。彼女は特別の異常はなく、強いて言えば二週間にわたる拘禁生活とあちこちへの移動による精神的ショックがあったが、これも急速に回復に向うだろうということであった。

「白蓮のおかげですわ。彼女が蔭になり日向になり、ともすれば絶望におちいりがちなわたしを励ましたりなぐさめてくれたのです。なんとかホックさんたちに連絡をとる機会を狙っているうちに、広州で機会をつかむことができたんです。あなたが近くにいると思うだけで希望が持てました。きっと救いに来てくださると信じていましたわ」

マーガレットとようやく落着いて話ができるようになると、まっ先に言ったのが白蓮のことだった。彼女はできれば白蓮をこれからも召使いとして自分の——将来は私たちの——家で働かせたいといったが、もちろん私には異存はなかった。

私たちがそろってホテルにもどったのは、もうすっかり夜が明け、街には忙しげに人が行き交うころとなっていた。白蓮は包帯で両手が痛々しく、まだおびえた目をしていたが、マーガレットが自分と上海に行かないかというと、はじめて目を輝かせた。

「うれしい。わたし、上海で生まれたのです」

「では、向うに親がいるの？」

「いいえ……」彼女は急にうつむいて首を振った。「お父さん、わたしが小さいころどこかに行ってしまいました。おかあさん、病気で死にました。わたし、弟と物乞いをいたしました。すると、ある日突然、さらわれて弟とはなれればなれになってしまいました。さらったのは張九の手下でしたが、わたしが気がきくというので張九の召使いとして働かされていたんです。上海に行けばきっと弟を探し出せるかもしれません」

「別れてどのくらいになるの?」

「七年です」

「めぐりあえたらいいわねえ……」

「きっと探します。揚鼻子のことははっきりおぼえています」

「いま、なんといった?」

張警補が聞いた。

「揚鼻子……弟のぺちゃんこの鼻の綽名です」

「これはおどろいた。白蓮、おまえの弟はホックさんとわれわれの手で阿片窟で働かされていたところを救い出し、イギリス領事館で働いているよ」

白蓮は一瞬、口を開いて私たちを見つめたが、急に顔をゆがませると張警補にわれを忘れて武者ぶりついた。

「ほんとですか? うそ、ちがいますね!」

「本当だ。まちがいなくあの少年がおまえの弟だろう。あの子は小さいころの記憶をほとんどおぼえていなかったが、年上の女の子が遊んでくれたこと、自分の名も知らないがぺちゃんこ鼻という綽名は知っていて、その名で呼ばれていた」

「謝々《シエシエ》、謝々……」

白蓮は涙をぽろぽろこぼしながら、感極まってありがとうという言葉を繰返しつづけるばかりだった。

この冒険談もそろそろ終りであるが、二、三の点についてはどうしてもつけ加えておく必要がある。

私たちは二日後、上海へ向うイギリスのアーチャード汽船の商船ヨークシャー号に乗った。すでに電報をもって入港の日時を知らせてあったので、碼頭にはマーガレットの両親をはじめ知人や友人、総領事館からはシンプソン警部たちが大勢、私たちを出迎えてくれた。両親のよろこびはここにあらためて書くこともない。どんな気持で誘拐された娘を迎えたかは、当事者の身になってみれば痛いほどわかるはずである。

香港から私たちの行動が長文の電報によって入っていたので、祝福は想像以上であった。パーキンス領事は私たちに勲功章が授与されるであろうと受合った。事実、私と張警補には名誉ある勲功章がのちになって授与されることになったのであるが、意外にもホック氏はそれを固辞した。

「当然のことをしたまでで、勲章などはぼくに必要ないよ。まして、今回の事件では推理の活用の余地が少なかった。ホイットニー君や張君、日本人のジョー、それに香港の孫青年や興中会の若者たちこそ、それに値いするものだ」

そういって、どうしても受取りを拒んだのである。

一方で白蓮とぺちゃんこ鼻は、七年ぶりの再会を果した。約束通り白蓮はマーガレットの小間使いとして働くことになった。私は記念にと思い、いやがるホック氏と張警補たちをホテルの前庭に引っ張っていってシンプソン警部が自分で記念写真をとった。この写真は長く私たちの冒険の想い出としてわが家に残ることであろう。

上海は冬だった。今回の事件がサミュエル・ホック氏のチベット行の予定を狂わしたのはまことに残念であったが、冬の季節はいかんともしがたい。

「三月まで延期するより仕方ないようだね」

残念そうにホック氏がいったが、私にとってはそのほうがよかった。

「奥地は大変な寒さです。チベットのようなところはいまの季節では無理です。私からもお願いします。春まではいてください。そして、マーガレットと私の結婚式に立会っていただきたいのです」

すると彼は皮肉な微笑を浮かべた。

「男はみんな女性のために勇敢になり、感情的になる。きみもその典型だ。ぼく自身は理性を保持するために結婚はしないつもりだが、これから先、きみたちが幸福であることを願っているよ」

彼が伸ばした手を私はしっかりと握りしめた。

エピローグ

チャールズ君の曾祖父の日記の、ホック氏に関する記述は、大体ここで終っている。翌年の三月、アーサー・ホイットニー大尉はマーガレット・エヴァンズと結婚し、チベットへ発つホック氏を見送った。以後、ホイットニー大尉はホック氏と会うことはなかった。だが、彼はその後、一八九九年にイギリスへ帰国した際、本国で評判になっている書籍を買い求め、その内容に自分の過去の冒険を想い起させるなにかを見出して一驚したようである。それは有名な探偵の探偵談を協力者である医師がまとめたものであるが、そのなかに行方不明になっていた探偵が、突然医師の前に変装して現れ、三年間にわたる東洋への旅を物語る記述があったからである。

ホイットニー大尉がその探偵——シャーロック・ホームズに会いに行ったかどうかは知ることができない。したがってシャーロック・ホームズとサミュエル・ホック氏が同一人物であるかどうかを示す証拠も私の手もとにはない。ただ私はホイットニー家に伝わった一枚のセピア色の写真を脳裡に焼きつけているだけである。少なくともホック氏はあの写真によって実在を証明しているのである。

解題

北原尚彦

本書は加納一朗の代表作〈ホック氏〉シリーズを一冊にまとめたものである。旧作全て（長篇四作＋短篇一作）に加えて、新作書下ろし短篇一作も収録しており、合計六作。いわば〝ホック氏大全〟である（予告でも『名探偵ホック氏の事件簿』となっていた）が、《論創ミステリ叢書》からの刊行ゆえタイトルを揃えた方が良かろうという判断のため、『加納一朗探偵小説選』に変更となった。

本書で活躍する名探偵サミュエル・ホック氏とは、アーサー・コナン・ドイルの生んだ名探偵シャーロック・ホームズの偽名である。シャーロック・ホームズは「最後の事件」（『シャーロック・ホームズの回想』所収）において、犯罪界のナポレオンと呼ばれるモリアーティ教授と対決する。その後ホームズは死亡したと思われたまま身を隠し、数年間を過ごすのだが、その時期はホームズ研究家により「大空白時代」や「失踪期間」などと呼ばれる。「空き家の冒険」（『シャーロック・ホームズの生還』所収）でロンドンに帰還した際、ホームズは大空白時代には東洋へ渡ってチベットなどへ行っていたと語っている。しかし詳細は明らかにされておらず、言及のない国へ行っていた可能性も否定できない。正体を明らかにできないのでホームズではなくサミュエル・ホックと名乗り、チベット訪問の前に日本と中国にも訪れていた――というのが、〈ホック氏〉シリーズである。コナン・ドイルによるシャーロック・ホームズ物六十篇（研究家などに「正典」と呼ばれる）には「ホック氏」という名前は登場せず、そこはあくまで加納一朗による創作である。

加納一朗は一九二八年一月十二日、東京都豊島区生まれ。本名は山田武彦。祖父は言文一致体および新体詩運動の先駆者で、尾崎紅葉らと硯友社を起こしたことでも知られる山田美妙（一八六八〜一九一〇）。

幼少期に父が亡くなったため、一九三九年に中国の大連で貴金属商を営んでいた伯父のもとへ渡る。終戦後、一九四七年一月に引き揚げ。

二松学舎（旧制）国文科卒。東京都港区教育委員会、出版社（教育図書）で勤務しつつ、執筆活動を開始。一九六〇年〈宝石〉誌に「錆びついた機械」が掲載。一九六〇年代前半にＳＦ同人誌〈宇宙塵〉に参加。ＳＦ関係で懇意になった平井和正に依頼され、アニメ『エイトマン』（一九六三〜六四）脚本陣に加わる。その縁でアニメ『スーパージェッター』（一九六五〜六六）のメイン脚本家となり、主題歌も作詞した。その後もアニメ脚本家として活躍。

『歪んだ夜』（光風社／一九六二年）、『怪盗ラレロ』（講談社／一九六八年）などを着々と発表する一方、児童向け学年雑誌で小説や海外作品リトールドを大量に執筆。ホームズ関係だけでも〈５年の学習〉一九六八年二学期開始号付録『四つのサイン』（『四つの署名』）、〈６年の学習〉一九七〇年一学期開始号付録『復しゅうの血文字』（『緋色の研究』）、〈５年の学習〉一九七三年三学期開始号付録『光る魔犬』（『バスカヴィル家の犬』）など多数ある。

さらに、細川智栄子「星のナギサ」（〈週刊少女フレンド〉一九六四〜六五年）のようなマンガ原作者の仕事もしており、ユニコン出版のコミック〈名探偵ホームズ〉全六巻（一九七六年）では構成を担当している。

一九八四年、『ホック氏の異郷の冒険』で日本推理作家協会賞を受賞。その他、『死霊の王国』（インタナル出版部／一九七七年）、『女王陛下の留置場』（角川文庫／一九八二年）、『にごりえ殺人事件』（双葉社／一九八四年）、『特急〝あじあ〟殺人行』（双葉社／一九八六年）、〈荒馬・是馬〉シリーズ（朝日ソノラマ／一九六九〜九一年）など著作多数。

日本推理作家協会では、一九六三年から九三年まで理事を務め、また同協会の親睦会「土曜サロン」の仕切り役も長らく務めている。二〇一八年には九十歳を迎え、現在は健康上の理由から執筆活動を休止している。

以下、本書収録の各作品について。内容に踏み込んで解説しているので、未読の方はご注意を。

『ホック氏の異郷の冒険』

〈ホック氏〉シリーズ、記念すべき第一作である。初出は角川書店《野性時代》一九八三年二月号での一挙掲載。同年八月に文庫オリジナルで、角川文庫から刊行された。第三十七回日本推理作家協会賞を長篇部門にて受賞。

その後、一九八九年に天山出版の天山文庫から再刊。また一九九八年には、双葉社の双葉文庫から〈日本推理作家協会賞受賞作全集〉の一環として刊行された（第四十四巻）。

蔵から発見された手稿が、シャーロック・ホームズ（この場合はホック氏だが）の知られざる活動を伝える貴重な資料だった……というのは、ニコラス・メイヤー『シャーロック・ホームズ氏の素敵な冒険』以降、定番となったパターンを踏襲している。だが語り手（書き手）は、大空白時代ゆえワトスン博士ではなく、日本でワトスン役を務めた榎元信。彼が医師であることは、ワトスン博士の代理としての役目を強固にしている。

榎元信は架空の人物だが、彼にホック氏との共同調査を依頼した陸奥宗光、英国公使ヒュー・フレーザー、重要な役割を果たす伊藤博文らは実在の人物である。加納一朗は天山文庫版の「あとがき」で、「この小説でいちばん時間がかかったのが、当時の英国公使の名前と当時のイギリスの花の生産地を調べることであった。前者は外務省の倉庫を調べてもらって掘り出し、後者のほうは三日間、古本をひっくりかえしてみつけた」と語っている。また「固有名詞や会話のなかに本来の〝原典〟から借用したものがあるので、ホームズ物語の好きな人はそれを探していただきたい」とあるので、探してみることにしよう。

第一章でフレーザーは「外務省の高官であるマイクロフト氏の添書によれば、大変優秀な方だそうですし、本国でも外交上の文書盗難事件にもかかわりあったそうですからな」と述べているが、この〝マイクロフト氏〟とは、もちろんシャーロック・ホームズの兄マイクロフト・ホームズのこと。〝外交上の文書盗難事件〟とは、「第二のしみ」（『シャーロック・ホームズの生還』所収）のことである。

ホック氏は榎元信と出会った際、急に呼ばれた医師であることを看破する。これはもちろん、『緋色の研究』でホームズがワトスンと初めて出会った際に「あなたはアフガニスタンに行っていましたね」と述べたひそみにならっている。

ホック氏の「鳥のくちばしのように突出たパイプ」が「黒いクレー」である、というのは、「赤毛連盟」（『シャーロック・ホームズの冒険』所収）における描写を踏襲している。

探偵と行動を共にするに当たって榎元信が本業である医者の代診を立てることになったが、「ボスコム谷の謎」(『シャーロック・ホームズの冒険』所収)でワトスン博士もアンストラザーという医師に代診を頼んでいる。

続いて第二章で登場する警視庁の中条警部が、スコットランド・ヤードのレストレード警部の役どころだ。

ホック氏が言及する「バリツ」とは、「空き家の冒険」で語られる、ホームズが体得していたという日本の格闘技である。バリツの正体については諸説あり、「ブジュツ」の言い間違いであるとか、実際には講道館柔道であるとかは、それらの説のひとつである(最近ではE・W・バートン＝ライトの護身術「バーティツ」説が有力)。

第三章、ホック氏は「ここでぼくの好きなクラレットを味わえるとは思いもかけなかったよ」と述べているが、ホームズは「瀕死の探偵」(『シャーロック・ホームズ最後の挨拶』所収)でクラレットとビスケットを「こいつをこれほど欲しいと思ったことはないよ」と語っているのが由来である。

香炉のふたばかり八個も消失した事件は、ナポレオンの胸像ばかりが次々に狙われる「六つのナポレオン」(『シャーロック・ホームズの生還』所収)のオマージュであろう。

また同章、ホック氏は「何人かの機転の利く敏捷な少年たちを集めて、馬車屋とリキシャ屋を当たらせたまえ」と言っているが、これはロンドンにおいてホームズが使ったベイカー・ストリート・イレギュラーズの応用だ(特に『緋色の研究』を踏まえている)。

ホック氏が「ぼくはかつて百四十種のさまざまな煙草の灰の鑑別法について詳論をまとめたのだが」と語っているのは、『四つの署名』でホームズが〈各種煙草の灰の見分けかたについて〉という論文を書いており、こういう内容だと説明しているのに則っている。

第四章、ホック氏が太陽系や星に関する知識がないことを自ら語っているが、これは『緋色の研究』においてワトスン博士がホームズの知識一覧を作成した際に「天文学の知識――ゼロ」としたことなどに由来する。

推理に対して榎元信から「どうしてそんなことがわかるんだ?」と言われたホック氏は「初歩的なことだよ、ミスター・モト」と応じているが、これはホームズのセリフとして世に流布している「初歩的なことだよ、ワトスン君」のもじり。但しそのセリフは舞台や映画で用いられたもので、原作では「なに、初歩さ」としか言っていない。また「ミスター・モト」という呼びかけは、ジヨン・P・マーカンドの作品に登場する日本人諜報員〈ミスター・モト〉シリーズへのリスペクトであろう。

ホック氏がエドガー・アラン・ポーの生んだ探偵オーギュスト・デュパンに言及するシーンがあるが、その論調は『緋色の研究』でホームズが語った言葉と同様である。

第六章、香炉のふたに残された暗号に関連して、ホック氏は「暗号についてはいくつかの事件で扱ったこともあり、百六十種の暗号を分析して小論文にまとめたこともあるのだが」と語っている。シャーロック・ホームズはそれと同じことを「踊る人形」(『シャーロック・ホームズの生還』所収)の中で述べている。

月末には上海へ向かうオーロラ号かルリタニア号に乗らなければならない、とホック氏は語っているが、オーロラ号は『四つの署名』、ルリタニア号は「高名な依頼人」(『シャーロック・ホームズの事件簿』所収)に登場する船名である。

第八章ではオデッサで発生したトレポフ殺人事件についてホック氏が言及するが、これは「ボヘミアの醜聞」(『シャーロック・ホームズの冒険』所収)でちらりと触れられる、語られざる事件である。

第九章、ホック氏がコカインの七パーセント溶液を注射するシーンがある。ホームズは初期においてコカインを常用しており、『四つの署名』の冒頭では七パーセント溶液を注射している。

第十章、榎元信宅に滞在中のホック氏は朝、ガウン姿で縁側に出てきている。シャーロック・ホームズは青(『シャーロック・ホームズの冒険』所収の「唇のねじれた男」)、紫(『シャーロック・ホームズの冒険』所収の「青いガーネット」)、ねずみ色(「空き家の冒険」ほか)のガウン(ドレッシング・ガウン)を使用していた。

第十二章でホック氏は、チベット潜入の際は「ノルウエー人ジーゲルソン」と名乗るつもりでいるが、これは「空き家の冒険」における記述の通り。

エピローグでは、ホック氏が引退後はサセックスで養蜂と晴耕雨読の生活をしたいと語ったことになっているが、ホームズがそれを実行したことは「第二のしみ」冒頭で語られている。

以上のようなストーリー中の事柄だけでなく、章題のほとんども正典タイトルのもじりになっている。

「緑色の香炉」↓　緑柱石の宝冠
「廃屋の冒険」↓　空き家の冒険
「美しい玉乗り」↓　美しい自転車乗り
「女の拇指」↓　技師の親指

「かくれた顔」→ 黄色い顔
「とぐろを巻いた紐」→ まだらの紐
「男爵夫人の醜聞」→ ボヘミアの醜聞
「歌舞伎役者の失踪」→ 花嫁失踪事件又は
　　　　　　　　　　　花婿失踪事件

そしてストーリー全体も、先述の「第二のしみ」オマージュだと言えよう。本作が果たした功績については後述する。

ここでは主にシャーロッキアン的観点から解説したが、本作の魅力は百数十年前の日本の姿を描いた〝明治小説〟としての側面もある。実際、加納一朗は本作以降も〈開化殺人帖〉シリーズ（青樹社／一九八七～九〇年）など明治を舞台にしたミステリを発表している。更に他作家で面白い明治小説を読みたいという方には、山田風太郎や横田順彌の諸作品をお勧めする。

底本には、角川文庫版を使用した。

「ダンシング・ロブスターの謎」

〈ホック氏〉シリーズ第二作となる短篇。《野性時代》一九八四年七月号に掲載。前作の日本推理作家協会賞受賞を記念して発表された。

タイトルは、ホームズ正典「踊る人形」のもじりとなっている。入院患者に異変が起きるというシチュエーションは「入院患者」（『シャーロック・ホームズの回想』所収）、謎のダイイング・メッセージという要素（＋α）は「まだらの紐」（『シャーロック・ホームズの冒険』所収）のオマージュである。

本作は、日本作家によるホームズ・パロディ／パスティーシュ・アンソロジー『日本版ホームズ贋作展覧会（上・下）』（河出文庫／一九九〇年）の下巻に収録され、同書を大幅に再編集した『シャーロック・ホームズに愛をこめて』＆『シャーロック・ホームズに再び愛をこめて』（河出文庫／二〇一〇年）の前者にも再び収録されている。

加納一朗の単行本に収録されるのは今回が初となる。前掲書『日本版ホームズ贋作展覧会（下）』の解説によると、当初は《野性時代》誌上で受賞記念対談が行なわれる予定だったものが中止となり、急遽小説に切り替えさせられ、作者は時間的余裕もなく大変だったらしい。

ラストで樋口一葉が関係してくるが、加納一朗は樋口一葉が登場する明治ミステリ『にごりえ殺人事件』を、同じ一九八四年に発表している。

底本には、河出文庫のアンソロジー『日本版ホームズ贋作展覧会（下）』を使用した。

「宙に光る顔」

書き下ろし新作。〈ホック氏〉シリーズ通算第五作で、短篇としては二つ目となる。「ダンシング・ロブスターの謎」と同じく、ホック氏の日本滞在中、『ホック氏の異郷の冒険』の最中の別エピソードという形式である。本書では「ダンシング・ロブスターの謎」の次に置かれた。

ホック氏はもちろん、相棒の榎元信、警視庁の中条警部と、懐かしい面々が勢ぞろいである。

タイトル、及び「怪しい顔」というモチーフは、ホームズ正典「黄色い顔」（『シャーロック・ホームズの回想』所収）のもじりである。しかし「光る怪異」という要素は、『バスカヴィル家の犬』からの導入である（実際に作中で『バスカヴィル家の犬』への言及あり）。そして今回も、ホック氏は好物のクラレットで乾杯する。

加納一朗最新作ではあるが、実際の執筆は七年ほど前（二〇一一年頃）であることを付記しておく。当時、論創社から加納一朗作品集（全三巻）が企画されており、そのために書き下ろされたが、諸事情により変遷を経て本書への収録となった。作者が執筆活動休止中であるにもかかわらず本書に新作が収録されたのは、そのような事情からである。何はともあれ、折角の書き下ろし作品が幻のまま埋もれるような事態にならなかったことを喜びたい。

『ホック氏・紫禁城の対決』

〈ホック氏〉シリーズ第三作（長篇第二作）。早川書房《ミステリマガジン》一九八七年九月号に掲載された中篇「ホック氏の知られざる対決」の末尾を改稿してこれを第一部とし、第二部以降を書き加えて長篇の形で双葉社の双葉ノベルズから一九八八年一月に刊行された。

シャーロック・ホームズは一八八七年に『緋色の研究』で初登場したため、一九八七年は記念すべき〝ホームズ百周年〟だった。《ミステリマガジン》九月号も「ホームズ生誕百年記念」特集号で、多数のホームズ関連記事やパスティーシュが誌面を飾った。本作以外には、E・D・ホック「第二の〝まだらの紐〟」、ヒュー・ペンティコースト「シャーロック叔父さん」、清水義範「シャーロック・ホームズの口寄せ」などなど。

本作より、〈ホック氏〉シリーズは舞台を日本から清国（現在の中国）へと移す。相棒もイギリス領事館付武官であるアーサー・ホイットニーに交替する。ホック氏がアーサーと会うなり、彼について推理を披露するところはお約束。彼らと行動を共にすることになる清国の警察官・張志源は、Ｅ・Ｄ・ビガーズの生んだ名探偵チャリー・張《チャン》へのリスペクトではないかと推察される。

第一部、たまたま再会したホック氏の大学時代の友人だというヴィクター・トレヴァーは、正典「グロリア・スコット号」（『シャーロック・ホームズの回想』所収）に登場する人物。ヴィクターの飼っていたブルテリアがホームズの足首に噛み付いたことから二人は友人になった。「グロリア・スコット号」事件こそ、ホームズが手がけた最初の事件である。

領事館警察のシンプソン警部はスコットランド・ヤードでアセルニ・ジョーンズ警部と同僚だったという人物だが、『四つの署名』でバーソロミュー・ショルトー殺害事件を担当したのがジョーンズ警部である。

パーキンス領事が「ロンドンから送られてくる新聞にはベーカー街に住んどる探偵が、かなり活躍しているらしいが」と語っていて、これぞシャーロック・ホームズのことなのだが、領事はホック氏が正にその人物であることには気づいていない。

そしていよいよ、ホック氏を狙う敵が、ジェイムズ・モリアーティ教授の弟、ウィリアム・モリアーティだと明かされる。モリアーティ教授には兄弟がふたりおり、ひとりはファースト・ネームが同じジェイムズ・モリアーティ大佐（「最後の事件」）。もうひとりはイングランド西部の片田舎で駅長をしている、とホームズは『恐怖の谷』で語っているが、ファースト・ネームは（正典では）明らかでない。これが、〈ホック氏〉シリーズにおける宿敵ウィリアム・モリアーティというわけである。

モリアーティに協力する清国の組織として「青帮」が登場するが、これは清代から二十世紀半ばまで実在した秘密結社である。

第二部、秘密結社に関連してホック氏が「以前にアメリカの炭鉱町で猛威をふるっていたスコウラーズと称する殺人結社についての事件を扱ったことがある」と語っているが、これは『恐怖の谷』事件のことである。

第三部、ホック氏は前に狙われた時は自分そっくりの人形を使った、と語っているが、それに合致する「空き家の冒険」は大空白時代後の出来事。ここはシャーロッキアン的に「他にもそのような事件があったらしい」と推察しておくことにしよう。

第四部、ホック氏はウィリアム・モリアーティを追跡するため、犬を使っている。シャーロック・ホームズは『四つの署名』「スリー・クォーターの失踪」（『シャーロック・ホームズの生還』所収）で犬を使用した。ホック氏が「タールの匂い」云々と言っているのは、『四つの署名』の際の出来事である。

ホック氏はここでも少年たちの協力を得ているが、やはりベイカー・ストリート・イレギュラーズの応用である。

初刊本の奥付は「昭和六十三年一月十日　第一刷発行」となっているが、当方がメモした読了日は一九八七年（昭和六十二年）十二月二十日になっているので、実際に店頭に並んだのはホームズ百周年である一九八七年内だった模様である（それに飛びついて買って、むさぼるように読んでしまった模様である）。

その後、一九九〇年に双葉文庫から文庫判で刊行された。

底本には、双葉ノベルズ版を使用した。


『ホック氏・香港島の挑戦』


〈ホック氏〉シリーズ第四作（長篇第三作）。双葉社の双葉ノベルズより書き下ろしで刊行された。年代記的には最終作となる。前作『ホック氏・紫禁城の対決』から話がつながっており、ホック氏中国篇の第一部・第二部といった趣である。プロローグとエピローグでは、この二作の基となった日記がいかに発見されたかが述べられており、『ホック氏の異郷の冒険』におけるそれと同趣向である。

第一部、「ホック氏は日本滞在中、壮士といわれる男にこの杖の刀で襲われたことがあり」云々というのは、もちろん『ホック氏の異郷の冒険』における出来事のことである。

第二部において〝阿片窟〟へ調査に赴くシーンがあるが、これは「唇のねじれた男」のオマージュである。阿片を吸っていた男のひとりが実はホック氏の変装だった、というシーンなどは、「唇のねじれた男」を読んでいる方ならばニヤリとするであろう。

同じく第二部、「テムズの河岸をこうやって一隻の船を探したことがあった。（中略）そいつはインドのアグラで宝石を盗んだ一味の片割れだった」というのは、正典『四つの署名』のことである。

火夫と格闘になったホック氏は、パンチをあびせて攻撃しているが、シャーロック・ホームズがボクシングの名手であることは『四つの署名』ほかで語られている。

第四部、ホック氏がアーサー・ホイットニーに語った〝ロイロット博士の事件〟は「まだらの紐」、〝赤い髪の色の人間ばかりを募集〟した事件は「赤毛連盟」である。

また〝常に行動を共にしてくれるきみのような立場の誠実な友人〟である〝医師〟で、ホック氏が死んだと信じている人物とは、言うまでもなくワトスン博士のこと。将来「探偵の技術の研究」という論文を書くつもりだとホック氏は語っているが、ホームズは引退後に養蜂とともに探偵学の研究をしている（「第二のしみ」）ので、この論文も執筆していることだろう。

この中国篇二作は冒険小説の要素が強くなっており、ホック氏も「今回の事件では推理の活用の余地が少なかった」と自ら語っている。東洋の宝物が絡んでくるところ、河川での追跡劇があるところ、語り手である人物が女性と知り合って最後には結ばれるところなど、中国篇全体として『四つの署名』オマージュになっているとも言えるだろう。

前作での西太后、本作での孫文など、実在した歴史上の人物が登場するのも〈ホック氏〉シリーズの特徴である。

『ホック氏・香港島の挑戦』の発表が一九八八年だったので、本書『加納一朗探偵小説選』は、それ以来三十年ぶりのホック氏の単行本となる。また本作は再刊や文庫化がされてこなかったので、今回が初の復刊となる。

加納一朗は少年時代から青年期にかけて中国の大連で過ごしていたわけだが、以前、作者から頂いた手紙によると、そのおかげで纏足も宦官も馴染みがあり、間違って阿片窟に飛び込んでしまったこともあったが、それらの経験が中国を舞台にした『ホック氏・紫禁城の対決』及び『ホック氏・香港島の挑戦』の執筆に役立ったという。

「最後の事件」及び「空き家の冒険」での記述に、〈ホック氏〉シリーズをはめ込むと、この期間におけるシャーロック・ホームズの行動は以下のようになる。

【一八九一年】
四月～五月「最後の事件」
九月二十六日～『ホック氏の異郷の冒険』
十月一日「ダンシング・ロブスターの謎」
十月後半「宙に光る顔」
十一月七日～『ホック氏・紫禁城の対決』
十一月二十九日～『ホック氏・香港島の挑戦』
【一八九二年】（チベット滞在）
【一八九三年】（チベット滞在～ペルシャ、メッカ、ハルトゥームと移動）
【一八九四年】
一月～三月？（フランスのモンペリエでコールタール誘導体の研究）
四月「空き家の冒険」

加納一朗は、〈ホック氏〉シリーズ以外にもホームズ・パロディ／パスティーシュを発表している。まずは「「捕星船業者の消失」事件」。これはSF同人誌〈宇宙塵〉第四十八号（一九六一年七月一日発行）に掲載されたもので、「ホームズの舞台が未来だったら」という設定のSFパロディ。『日本版シャーロック・ホームズの災難』（北原尚彦編／論創社／二〇〇七年）に採録された。

さらには、児童向けに書かれた「消えた黄金の仏像」がある。これは一九八四年の『6年の読み物特集』（学習研究社）に発表されたもの。より正確には『ルパン対ホームズ』のパスティーシュである。特筆すべきは、舞台が明治期の日本であること。ホームズ、ルパンともに来日し、黄金の仏像を巡って対決するのである。ルパンの年齢などを勘案すると一八九五年の出来事と推理される（詳しくは東京創元社〈ミステリーズ！〉四十九号（二〇一一年十月）掲載の北原尚彦「ホームズ書録2 新発掘 ホームズとルパンが日本で対決していた？」を参照頂きたい）。そのため、ホック氏の後日譚、と位置付けることもできる。

残念ながら本書への収録は叶わなかったが、次の機会を待ちたい。

本作については、二〇一一年頃に作者にインタビューを試みたことがある。時期的に、『ホック氏の異郷の冒険』の日本推理作家協会賞受賞の影響が考えられたためである。しかし「学年雑誌及びその付録では、あまりにたくさん仕事をしたので個々の作品については細かく覚えていない」とのことだった。現物をお見せしたのだけれども、残念ながら「全く記憶にない」とのことだった。

加納一朗はホームズ以外にも、ミス・マープルが来日する「そして女もいなくなった」（〈推理界〉一九七〇年一月号）というパスティーシュを書いている。〝欧米の名探偵が訪日する〟というシチュエーションが、昔から気に入りだったのだろう。英国婦人クラブの団体旅行で東京を訪れたミス・マープルが殺人事件に遭遇し解決する、というお話。

我が国にホームズ・パロディ／パスティーシュが導入されたのは、一九一二年のこと。モーリス・ルブラン「ユダヤのランプ」（『ルパン対ホームズ』所収）を安成貞雄が翻案した「春日燈籠」である。北原尚彦編『怪盗対名探偵初期翻案集』（論創ミステリ叢書別巻／二〇一二年）に復刻・収録したので、興味のある方はお読み頂きたい。

翻案でなく、日本オリジナルのホームズ・パロディ／

パスティーシュの最初のものは、一九二二年の水島爾保布「アリッシュマン伯と三探偵」とされている。しかしこの作品でホームズは何人か登場する探偵のひとりという位置付けに過ぎない。その後も〝探偵〟の記号としてのホームズ（もしくはホームズもどき）が登場する短い作品が続く。東健而「その後のワトソン博士」（一九三一年）あたりから、日本産のホームズ・パロディ／パスティーシュが確立される。

一九三五年には山本周五郎「シャーロック・ホームズ」が〈新少年〉誌の付録として発表された。同作は時を経るうちにすっかり〝幻の作品〟と化してしまい、ホームズ書誌学者ですら現物を確認できず、（そのシンプルなタイトルのせいもあって）正典の翻訳だと思われてきた。しかし今世紀に入って発掘されてみれば、複数の正典を組み立てて新たな物語を創り上げたパスティーシュだった。しかもホームズが来日して事件を解決するパターンの話だった。『ホック氏の異郷の冒険』のご先祖様と言うべき作品だったのである。これは比較的長め（中篇と長篇の中間ぐらい）の作品だったが、これは例外で、その後も日本で書かれるホームズ・パロディ／パスティーシュはほぼ短篇ばかりだった。

その状況を打破したのが、『ホック氏の異郷の冒険』だった。その翌年（一九八四年）には島田荘司『漱石と倫敦ミイラ殺人事件』が発表され、この二作が日本におけるホームズ・パロディ／パスティーシュのターニング・ポイントとなった。

『ホック氏の異郷の冒険』が「ホームズが日本へ来訪する」パターン、『漱石と倫敦ミイラ殺人事件』が「ホームズが渡英中の日本人と遭遇する」パターンだったことも、「日本オリジナルのホームズ・パスティーシュ、ここにあり」と強く知らしめることとなった。

また、『ホック氏の異郷の冒険』が日本推理作家協会賞を受賞したことも、それを後押しした。「ホームズ・パスティーシュでも小説の賞を受賞し得る」という、大いなる先例となったのである。このおかげかどうかはともかく、その後、一九九〇年には水城嶺子『世紀末ロンドン・ラプソディ』が第十回横溝正史賞優秀作、一九九二年にはマーガレット・パーク・ブリッジズ『わが愛しのワトスン』が第十回サントリーミステリー大賞特別佳作賞となり、ホームズ・パスティーシュによる受賞が続いた。

そして現在では、日本人作家によるホームズ・パロディ／パスティーシュ長篇が刊行されるのも、ごく当たり前のこととなった。近年のものでは、松岡圭祐『シャーロック・ホームズ対伊藤博文』（講談社文庫／二〇一七年）があるが、これは「ホームズの日本来訪」「ホームズが渡英中の日本人と遭遇」の両パターンを取り混ぜており、『ホック氏の異郷の冒険』と『漱石と倫敦ミイラ殺人事件』両者の系譜を継いでいると言える。大傑作パスティーシュなので、〈ホック氏〉を楽しんだ読者には、強くお勧めしておく。

日本人ではなく、インド作家が「空白時代に日本を訪問したホームズ」を描いた作品もある。ヴァスデーヴ・ムルティ『ホームズ、ニッポンへ行く』（国書刊行会／二〇一六年）である。但し日本の描写が色々と奇想天外で（明治天皇が浴衣姿で秘密会議に出てしまうなど）、なかなかの怪作。こちらも、別な意味でお勧めしたい。

中国にホームズが行っていたというパロディ／パスティーシュは、樽本照雄編・訳『上海のシャーロック・ホームズ』（国書刊行会／二〇一六年）で読むことができる。また中国におけるホームズの受容については樽本照雄『漢訳ホームズ論集』（汲古書院／二〇〇六年）に詳しい。

ホック氏（シャーロック・ホームズ）は日本・中国を後にして、チベットへ渡ることになる。その時代を描いたパスティーシュは、ジャムヤン・ノルブ『シャーロック・ホームズの失われた冒険』（河出書房新社／二〇〇四年）、テッド・リカーディ『シャーロック・ホームズ 東洋の冒険』（光文社文庫／二〇〇四年）など、複数書かれている。興味のある方は、そちらもお読み頂きたい。

欧米において、ニコラス・メイヤー『シャーロック・ホームズ氏の素敵な冒険』は、重要なターニング・ポイントたる作品となった。我が国においては、『ホック氏の異郷の冒険』がその役目を果たしたと言える。今後も〈ホック氏〉の後を継ぐ、日本産のシャーロック・ホームズ・パスティーシュが多々書かれ、傑作が次々と生まれていくことを大いに期待したい。

［著者］**加納一朗**（かのう・いちろう）
1928年、東京生まれ。本名・山田武彦。当時の満州国大連で育ち、帰国後、二松學舍専門学校国文科を卒業。教育委員会勤務や編集者を経て、60年に『宝石』へ投じた「錆びついた機械」が掲載されて作家デビュー。推理小説のほか、ジュブナイル、SF、時代小説まで幅広い分野で執筆活動を展開し、また、アニメ業界でも脚本家や作詞家として活躍した。84年に探偵作家クラブへ入会して書記局担当となり、同年、「ホック氏の異郷の冒険」で第37回日本推理作家協会賞長編部門を受賞。1967年から93年にかけて日本推理作家協会理事を、88年から2005年まで日本文芸著作権保護同盟理事長を務めた。高齢のため、現在は執筆活動を行っていない。

［解題］**北原尚彦**（きたはら・なおひこ）
1962年、東京都生まれ。青山学院大学理工学部物理学科卒。作家、翻訳家、シャーロック・ホームズ研究家。日本推理作家協会員、日本古典SF研究会会長。主要著書は小説『ジョン、全裸連盟へ行く』（ハヤカワ文庫）、『ホームズ連盟の事件簿』（祥伝社文庫）、エッセイ『シャーロック・ホームズ 秘宝の研究』（宝島社SUGOI文庫）、編書『シャーロック・ホームズの古典事件帖』（論創社）、訳書『シャーロック・ホームズの栄冠』（創元推理文庫）ほか。『シャーロック・ホームズの蒐集』（東京創元社）で日本推理作家協会賞候補となる。

加納一朗探偵小説選《かのういちろうたんていしょうせつせん》　〔論創ミステリ叢書112〕

2018年3月20日　初版第1刷印刷
2018年3月30日　初版第1刷発行

著　者　加納一朗
装　訂　栗原裕孝
発行人　森下紀夫
発行所　論 創 社
〒101-0051 東京都千代田区神田神保町2-23 北井ビル
電話 03-3264-5254　振替口座 00160-1-155266
http://www.ronso.co.jp/

印刷・製本　中央精版印刷

ISBN978-4-8460-1682-1

論創ミステリ叢書

①平林初之輔Ⅰ
②平林初之輔Ⅱ
③甲賀三郎
④松本泰Ⅰ
⑤松本泰Ⅱ
⑥浜尾四郎
⑦松本恵子
⑧小酒井不木
⑨久山秀子Ⅰ
⑩久山秀子Ⅱ
⑪橋本五郎Ⅰ
⑫橋本五郎Ⅱ
⑬徳冨蘆花
⑭山本禾太郎Ⅰ
⑮山本禾太郎Ⅱ
⑯久山秀子Ⅲ
⑰久山秀子Ⅳ
⑱黒岩涙香Ⅰ
⑲黒岩涙香Ⅱ
⑳中村美与子
㉑大庭武年Ⅰ
㉒大庭武年Ⅱ
㉓西尾正Ⅰ
㉔西尾正Ⅱ
㉕戸田巽Ⅰ
㉖戸田巽Ⅱ
㉗山下利三郎Ⅰ
㉘山下利三郎Ⅱ
㉙林不忘
㉚牧逸馬
㉛風間光枝探偵日記
㉜延原謙
㉝森下雨村
㉞酒井嘉七
㉟横溝正史Ⅰ
㊱横溝正史Ⅱ
㊲横溝正史Ⅲ
㊳宮野村子Ⅰ
㊴宮野村子Ⅱ
㊵三遊亭円朝
㊶角田喜久雄
㊷瀬下耽
㊸高木彬光
㊹狩久
㊺大阪圭吉
㊻木々高太郎
㊼水谷準
㊽宮原龍雄
㊾大倉燁子
㊿戦前探偵小説四人集
(別)怪盗対名探偵初期翻案集
(51)守友恒
(52)大下宇陀児Ⅰ
(53)大下宇陀児Ⅱ
(54)蒼井雄
(55)妹尾アキ夫
(56)正木不如丘Ⅰ
(57)正木不如丘Ⅱ
(58)葛山二郎
(59)蘭郁二郎Ⅰ
(60)蘭郁二郎Ⅱ
(61)岡村雄輔Ⅰ
(62)岡村雄輔Ⅱ
(63)菊池幽芳
(64)水上幻一郎
(65)吉野賛十
(66)北洋
(67)光石介太郎
(68)坪田宏
(69)丘美丈二郎Ⅰ
(70)丘美丈二郎Ⅱ
(71)新羽精之Ⅰ
(72)新羽精之Ⅱ
(73)本田緒生Ⅰ
(74)本田緒生Ⅱ
(75)桜田十九郎
(76)金来成
(77)岡田鯱彦Ⅰ
(78)岡田鯱彦Ⅱ
(79)北町一郎Ⅰ
(80)北町一郎Ⅱ
(81)藤村正太Ⅰ
(82)藤村正太Ⅱ
(83)千葉淳平
(84)千代有三Ⅰ
(85)千代有三Ⅱ
(86)藤雪夫Ⅰ
(87)藤雪夫Ⅱ
(88)竹村直伸Ⅰ
(89)竹村直伸Ⅱ
(90)藤井礼子
(91)梅原北明
(92)赤沼三郎
(93)香住春吾Ⅰ
(94)香住春吾Ⅱ
(95)飛鳥高Ⅰ
(96)飛鳥高Ⅱ
(97)大河内常平Ⅰ
(98)大河内常平Ⅱ
(99)横溝正史Ⅳ
(100)横溝正史Ⅴ
(101)保篠龍緒Ⅰ
(102)保篠龍緒Ⅱ
(103)甲賀三郎Ⅱ
(104)甲賀三郎Ⅲ
(105)飛鳥高Ⅲ
(106)鮎川哲也
(107)松本泰Ⅲ
(108)岩田賛
(109)小酒井不木Ⅱ
(110)森下雨村Ⅱ
(110)森下雨村Ⅲ
(111)加納一朗

論創社